In tweestrijd

Jenna Blum bij Boekerij:

Het familieportret
In tweestrijd
De verloren familie

www.boekerij.nl

Jenna Blum

In tweestrijd

Een meeslepend verhaal over de onverwoestbare band tussen tweelingen

BOEKERIJ

Eerste druk 2011
Dertiende druk 2019

ISBN 978-90-225-8753-9
ISBN 978-94-6092-837-6 (e-book)
NUR 302

Oorspronkelijke titel: *The Stormchasers*
Oorspronkelijke uitgever: Dutton
Vertaling: Carolien Metaal
Omslagontwerp: DPS Design & Prepress Studio, Amsterdam
Omslagbeeld: © Penguin Random House USA
Zetwerk: CeevanWee, Amsterdam

Voor JRB,
Immer wonderbaarlijk en geliefd.

Menselijke waanzin is vaak een listig en uiterst katachtig iets.

– Herman Melville, *Moby Dick*

DEEL I

Karena, juli 2008

1

Karena Jorges verjaardag begint heel stilletjes, maar dat vindt ze niet erg. Zo heeft ze het het liefst. Ze heeft wel een paar leuke dingen gepland voor later: een reprise van *Gejaagd door de wind* vanavond op de tv en morgen uit eten met haar beste vriendin Tiff. Maar over het algemeen probeert Karena deze dag zo onopmerkelijk mogelijk voorbij te laten gaan en dat is haar al jaren grotendeels gelukt. Daarom is ze op de middag van de 14e juli dan ook oprecht verbaasd als ze onder het mom van een bespreking naar het kantoor van haar redacteur William geroepen wordt, maar daar het grootste deel van het personeel van de *Ledger* uit Minneapolis verzameld vindt, samen met een taart op Williams bureau die zo vol brandende kaarsjes staat, dat Karena bijna zeker weet dat de brandweer dit niet goed zou vinden.

Ze lacht en maakt een kleine reverence als ze klappen. 'Bedankt, allemaal,' zegt ze. 'Hoewel ik tot mijn spijt moet zeggen dat iemand een vergissing heeft gemaakt. Er staan echt veel te veel kaarsjes op die taart – ik ben pas negenentwintig.'

'Alweer?' roept iemand.

'Echt?' zegt stagiaire Annaliese geschrokken.

Karena's redacteur William, een knappe, ongetemde beer van een vent, wiebelt boven zijn bril met zijn wenkbrauwen naar haar. Hij weet heel goed dat Karena achtendertig is geworden. 'De vraag is, jongedame,' zegt hij, 'ga jij die kaarsjes nog uitblazen, zodat wij die verdomde taart kunnen opeten?'

'Zeker weten,' zegt Karena, terwijl ze haar lange haar met beide handen naar achteren trekt. Dan staat ze even stil. Ze neemt wensen serieus en is ervan overtuigd dat je daarbij niet overhaast te werk moet gaan. Hartelijk gefeliciteerd, Charles, denkt ze. Ik zou verdomd graag willen dat je erbij was. Dan zuigt ze haar longen vol en blaast.

Alle kaarsjes gaan uit, behalve één. Dat dreigt koppig te blijven branden, maar dooft dan op het laatste moment toch. Iedereen klapt.

'Poe hee,' zegt Karena. 'Het is maar goed dat ik gestopt ben met roken.'

Annaliese begint de taart in punten te snijden; de verslaggevers duiken erbovenop en nemen ze mee naar hun bureau. Alsof er geen deadlines bestaan, blijven ze onderweg daarnaartoe even stilstaan bij Karena om haar te feliciteren. Glimlachend maakt ze met iedereen een praatje, terwijl ze haar taart – met geel vanilleglazuur – met haar vork ophoopt aan een kant van het bordje.

'Sorry,' zegt haar vriendin Lisa als de kamer bijna leeg is. Ze buigt zich zo ver als ze kan voorover – Lisa gaat over een week met zwangerschapsverlof. 'Je moet weten dat dit niet mijn idee was,' mompelt ze. 'Die stagiaire heeft het bedacht. Je weet hoe overijverig die kunnen zijn.'

Karena glimlacht. 'Geeft niets,' zegt ze. 'Het was eigenlijk best lief. Bovendien ben ik al de hele dag met dat artikel voor *Hot Dish!* bezig en kon ik best even een pauze gebruiken.'

Op Lisa's gezicht verschijnt wat Karena haar onbetrouwbare-bronblik noemt: hoofd schuin achterover en ogen halfgesloten, alsof ze wil zeggen: je kunt me nog meer vertellen. 'Je mist je broer, hè?' zegt ze.

Karena is verbaasd over de prikkende tranen, hoewel ze niet zeker weet of het door de opmerking zelf komt, of door het feit dat die onverwacht was. 'Ja,' bekent ze. 'Altijd, maar vandaag meer dan anders.'

'Dan wordt het tijd voor je echte cadeau,' zegt Lisa. 'Volgens mij is de kust veilig.'

Ze speuren de kamer rond. Iedereen is weg, met uitzondering van de stagiaire, die papieren bordjes in een vuilniszak stopt, en William, die gebogen over zijn bureau schijnbaar zonder te kauwen een enorme taartpunt naar binnen zit te werken. Hij lijkt wel een hond.

Lisa neemt Karena mee de trap af naar het weinig gebruikte damestoilet in de kelder van de *Ledger*, waar ze haar de geruite thermoskan geeft die haar man voor het vissen gebruikt. Daarin treft Karena een erg smerige wodka-martini, compleet met drie dobberende olijven. Ze lacht. 'Dank je wel,' zegt ze. 'Jij weet altijd precies wat je me moet geven.'

‘Proost, jarige Jet,’ zegt Lisa. Ze wrijft over haar buik, die volgens Karena in een fascinerende zwangerschapsfase verkeert: zo gigantisch groot, dat het optisch bedrog lijkt. ‘En vergeet niet dat je ook voor mij drinkt.’

Ze kijkt jaloers toe als Karena een slok neemt. ‘Hoe heet je broer ook alweer?’ vraagt ze.

‘Charles,’ zegt Karena.

‘Het is vast heel bizar, een tweeling zijn.’

‘Geen idee,’ zegt Karena. ‘Ik ben het nooit niet geweest, dus ik kan het je niet vertellen. Maar het is wel vreemd dat ik niet weet waar hij is.’

Lisa trekt meelevend haar neus op. ‘Ja, hoe ís dat eigenlijk? Dat wil ik je al heel lang vragen. Als je het niet erg vindt om erover te praten, tenminste.’

‘Nee, dat is niet erg,’ zegt Karena. ‘Het lijkt een beetje op... oorsuizingen. Je bent nooit helemaal in evenwicht, maar je leert ermee leven.’ Ze kijkt glimlachend omlaag naar de buik van haar vriendin. ‘Mag ik even gedag zeggen?’ vraagt ze.

‘Ga je gang,’ zegt Lisa, en Karena buigt zich naar Lisa’s navel. ‘Hallo,’ zegt ze. ‘Hier spreekt je tante Karena.’

Een bobbel schiet onder Lisa’s elastische wijnrode shirt omhoog en schuift dan weer weg.

‘Wauw,’ zegt Karena. Ze lacht. ‘Wat vind ik dat toch prachtig. Verbijsterend. Elleboog of knie?’

‘Hiel, denk ik,’ zegt Lisa. ‘Hij is dol op je. Hij is altijd superactief als jij in de buurt bent. Jij wordt echt een goede moeder.’

Karena slaat haar ogen ten hemel. ‘Dat weet ik zo net nog niet.’

‘Nou, ik wel,’ zegt Lisa. Ze knipoogt en steekt als een politicus haar vinger naar Karena uit. ‘Het enige wat je nodig hebt is een goede babyvader. En nu: drinken.’

Terug in de redactieruimte stort Karena zich in een aangename roes op haar belangrijkste taak van die middag, en dat is het interviewen van een bron voor haar *Hot Dish!*-artikel over de streekgerechten van Minneapolis. De bron geeft haar recept voor gestoofde *lutefisk*; door de combinatie met de wodka komt Karena’s maag in opstand. Ze is door en door Noors – zij en Charles kregen in hun kinderstoel melige *rommegrod* en *lefse* –, maar daardoor is Karena's afkeer van de traditionele, rubberachtige, in een sterke loogoplossing geweekte stokvis alleen maar groter geworden. Ze onderdrukt een martiniboer met haar hand en zegt: 'Hé, dat heb ik me nou altijd afgevraagd. Wat is nou eigenlijk het verschil tussen een *hot dish* en een *casserole*?'

De bron vertelt Karena dat een casserole met het deksel op de pan wordt bereid en een hot dish niet. Karena bedankt haar en gaat verder met de volgende vraag op haar lijstje. Ze levert op gepaste momenten commentaar en noteert de antwoorden op de automatische piloot. Ondertussen blijft ze voortdurend de website van het Storm Prediction Center checken, die ze altijd stand-by op haar laptop heeft staan. Ze tuurt naar de groene, door de computer vervaardigde wolken alsof ze eronder kan kijken om te zien waar Charles is. En dan merkt ze dat ze terugdenkt aan een verjaardag waarop ze wel taart heeft gegeten, toen zij en Charles – hoeveel? – drie of vier jaar werden. In ieder geval nog jong genoeg om op stoelverhogers te zitten, zij aan zij op hun rode plastic tronen die tegen de tafel aan waren geschoven in het eetgedeelte van hun huis in New Heidelburg. Karena weet nog heel goed hoe ze een handjevol taart pakte, dat bestudeerde en het vervolgens in haar broers oor propte. Hoe Charles zich vervolgens omdraaide en haar met grote ogen van komische verbazing aanstaarde, toen uitbarstte in zijn brommerige babygehinnik en hetzelfde bij haar deed. En zo ging het maar door: gillend van de pret smeerden ze taart in elkaars haren en ogen en monden, tot de volwassenen ophielden met foto's maken en hun moeder, Siri, hen uit elkaar moest trekken. 'Jullie twee weten nooit van ophouden,' had ze gevit. De herinnering brengt een glimlach op Karena's gezicht, maar naarmate de middag vordert, voelt ze zich in een melancholische bui zakken, een droefenis die als de wind vrij spel heeft. En dat is niets voor haar. Normaal gesproken is ze een zeer opgewekt iemand. Ze wijt het aan de datum en de alcohol.

2

Na het werk besluit Karena de film over te slaan en een eindje te gaan rijden. In de auto zitten heeft altijd een geruststellende uitwerking op haar – als zij en Charles vroeger dreinerig waren, vielen ze alleen in slaap als ze in hun autostoeltjes op de achterbank van hun ouders' Dodge Dart zaten, en als tiener zong Karena altijd tweestemmig met haar beste vriendin Tiff tijdens het rijden over de verlaten boerenwegen. Nu luistert Karena naar de publieke omroep als ze haar Volvo de stad uit navigeert. Ze neemt de 494 richting het vliegveld en rijdt dan in zuidelijke richting over de Mendota Bridge. Ze heeft geen plan en pas als ze langs de toren van de Lone Oak Church rijdt, beseft ze dat ze de villawijken achter zich laat: de nieuwbouwprojecten en de chique winkelcentra waar je lattes en sushi en boerenbrood kunt kopen.

Karena slaat af naar highway 52 en rijdt in zuidelijke richting, wat haar allereerst bij Tiff in Rochester en vervolgens bij het ouderlijk huis in New Heidelburg zou brengen als ze dat wilde. Ze passeert de raffinaderij met de duizenden twinkelende lichtjes – Nintendo City, noemden Charles en zij het altijd – en de parkeerplaats voor trucks met het verkeersbord waar alleen FOOD op staat. Uiteindelijk ziet Karena tegenover de kroeg waar ze al die tijd onbewust naar op zoek is geweest. Ze rijdt de auto de berm in, zet haar parkeerlichten aan en stapt uit.

In het midden van een weiland staat een boog van kalksteen. Toen Karena en Charles klein waren, was die voor hen het eerste teken dat ze echt in de buurt waren van de Twin Cities, waar ze vier of vijf keer per jaar heen gingen om op visite te gaan bij hun oom Carroll. Degene die de boog als eerste ontdekte, zong dan 'Daar is de Boog naar Nergens!' Voorin, achter het stuur, schraapte hun vader Frank dan zijn keel op een manier die erop zou kunnen duiden dat hij lachte, en draaide hun moeder Siri zich om, waarbij haar nootmuskaatkleurige haar als een sjaal over de stoel gleed. 'Wie weet wat die boog vroeger was?' vroeg ze dan, en dan antwoordden Charles en Karena in koor: 'Een kerk!'

'Dat klopt, en wie hebben die kerk gebouwd?'
'De pioniers!'
'En wie zijn er familie van de pioniers?'
'Wij!'

'Absoluut,' zei Siri, 'en vergeet dat nooit. Het waren dappere, sterke mensen die niet klaagden en wij moeten net zo zijn,' en dan draaide ze zich weer naar voren.

Karena probeert het ontzag op te roepen dat ze altijd voelde als ze naar de Boog naar Nergens keek, het besef dat dit een van de weinige overblijfselen uit het verleden was, een tastbaar relikwie van haar familiegeschiedenis. Zij en Charles voerden altijd lange, fluisterende gesprekken over wat er met de kerk, waar de boog ooit aan vastzat, gebeurd zou zijn. Charles dacht natuurlijk dat die door een tornado was weggevaagd en Karena denkt nog steeds dat hij misschien wel gelijk had. Maar net als de meeste jeugdsouvenirs heeft de boog niet die magische aantrekkingskracht meer en Karena vraagt zich nu af hoe lang het zal duren voor hij gesloopt wordt om plaats te maken voor verkaveling of een nieuw winkelcentrum. Ze denkt aan de mensen die hem gebouwd hebben, die stenen in hun karren vervoerden en de ene op de andere stapelden, en ze denkt aan de rampen die ongetwijfeld hun deel zijn geweest: ziekte, beten van ratelslangen, het verlies van kinderen.

Ze slaakt een zucht en houdt met haar hand het haar, dat de westenwind alle kanten op zwiept, uit haar gezicht. Het land is hier open en zo plat als een dubbeltje, en de zonsondergang is spectaculair: een vlammenzee van fluorescerend geel en oranje. Zuurstokroze doorregen met pimpelpaarse wolken. Haar broer bevindt zich in de richting die Karena op kijkt, ergens in Tornado Alley. Dat is het enige wat Karena zeker weet. Ze weet niet wat Charles voor werk doet – waarschijnlijk is hij kok of portier, een tijdelijk baantje waarvoor hij zwart betaald krijgt om zijn dure zomerse tornadojachten te kunnen bekostigen. Hij is niet getrouwd, althans niet wettelijk, anders had Karena die papieren wel gevonden. Maar is hij alleen? Is hij eenzaam? En het allerbelangrijkst: is hij gewond, ligt hij opgerold tot een balletje ergens in een motelkamer, is hij in orde? 'Waar ben je, Charles?' zegt Karena. 'Ik hoop dat het goed met je gaat.'

Ze hoort het gesis van vrachtwagenremmen achter zich en als Karena zich omdraait, ziet ze een man uit de cabine van zijn tientonner leunen. 'Alles in orde, dame?' vraagt hij.

Karena glimlacht en zwaait. 'Ja hoor, dank u,' roept ze.

'Gewoon de zonsondergang aan het bewonderen?'

'Jep, daar komt het wel op neer.'

'Nou, het is inderdaad een beauty,' zegt de trucker. 'Hebt u misschien behoefte aan gezelschap?'

Karena lacht. 'Nee, bedankt. Ik stond eigenlijk net op het punt om naar huis te gaan.'

'Oké,' zegt de trucker. 'Je kon nooit weten. Fijne avond, hè?'

'U ook,' zegt Karena. Ze ziet hem achteruitrijden. Als hij weer op de weg is, laat hij ter afscheid twee keer zijn machtige claxon schallen. Zij loopt terug naar haar Volvo en voelt zich een beetje opgelaten. Tja, denkt ze, vind je het gek als je langs de kant van de snelweg in jezelf staat te praten? Natuurlijk denkt er dan iemand dat je hulp nodig hebt.

Toch is het fijn om te weten dat ze op haar achtendertigste nog trucks tot stilstand kan brengen. Karena draait aan het achteruitkijkspiegeltje zodat ze naar zichzelf kan kijken. Haar lange bleke haar is verwaaid, haar wangen zijn rood. Vanuit de truck heeft die kerel de lijntjes op haar voorhoofd en de kringen onder haar leigrijze ogen vast niet gezien. Hij heeft alleen een blondine gezien: de vrouwelijke Hallingdahls worden niet grijs. 'Niet slecht,' zegt Karena. Dan slaat ze haar ogen ten hemel en pakt haar mobiel om Tiff te bellen.

'Ik ben nu dus officieel sneu geworden,' zegt ze, als Tiff opneemt. 'Ik zit mezelf in de berm van highway 52 te feliciteren met het feit dat ik lokaas voor trucks ben.'

'Wat?' zegt Tiff. Achter haar klinkt gegil en ze zegt: 'Mama is aan de TELEFOON.' Tiff heeft vijf zoons, in leeftijd variërend van veertien jaar tot zeven maanden. 'Wat zei je?' vraagt ze nogmaals. 'Wat doe je op highway 52? Ik dacht dat we morgenavond uit zouden gaan, bij jou in de buurt.'

'Dat is ook zo,' zegt Karena. Een van Tiffs jongens stoot een vibrerend gekrijs uit. Karena krimpt ineen en haalt de hoorn bij haar oor vandaag. 'Sorry,' zegt ze. 'Verkeerd moment?'

'Het is altijd het verkeerde moment in Huize Testosteron,' zegt Tiff. 'Ik heb echt zo'n zin om naar je toe te komen en het op een zui... sla hem niet,' zegt ze. 'NIET DOEN. Doe je hand naar beneden, NU.'

'Oké,' zegt Karena. 'Ik laat je met rust. Ik belde zomaar.'

'Wacht,' zegt Tiff. 'Blijf hangen.' Er klinkt een ruisend geluid alsof ze in de wasmachine zit, wat waarschijnlijk betekent dat ze aan het lopen is, en dan zegt ze: 'Oké, ik heb me in de provisiekast verstopt. Hoe is het met je? Gefeliciteerd met je verjaardag, trouwens.'

'Dank je,' zegt Karena. 'Het gaat goed. Ik mis Charles een beetje, maar...'

'Nou, het wordt tijd dat je je over die onzin heen zet,' zegt Tiff monter. Tussen Tiff en Charles is nooit enige liefde verloren gegaan. Dan zegt ze: 'Nee. NEE. Hoe vaak moet ik je dat nog zeggen? Nu is het genoeg. Ga in de hoek staan. GA IN DE HOEK STAAN – ik moet hangen,' zegt ze tegen Karena.

'Succes,' zegt Karena en ze hangt op.

Als ze terugrijdt naar de stad is ze in een veel betere stemming en tegen de tijd dat ze haar huisje in Edina bereikt, zit ze te neuriën. Ze gaat door de achterdeur naar binnen en schopt haar hoge hakken zwierig in de hoek van de keuken. De dag is naar verwachting verlopen en nu is die bijna voorbij. Karena heeft nog tijd voor een kort stukje hardlopen voor het eten, wat, zo heeft ze besloten, zal bestaan uit wijn en een croque monsieur van Le P'tit Lapin. Ze trekt haar joggingbroek en een T-shirt van de universiteit van Minnesota aan en gaat dan naar de badkamer naast de keuken. Je gezicht wassen, gelooft Karena, is een van de mooiste dingen in het leven, vooral na een lange dag werken of autorijden. Ze dompelt haar gezicht in zo koud mogelijk water en komt briesend als een paard weer boven. En op dat moment rinkelt haar telefoon, haar vaste lijn in de studeerkamer.

'Nee hè,' zegt Karena druipend. Ze vergeet steeds dat abonnement op te zeggen. Het idee om die vaste telefoon voor noodgevallen te houden staat haar wel aan, maar in feite is het alleen maar lastig, aangezien de enige mensen die dat nummer ooit bellen telemarketeers zijn en de nieuwe vrouw van haar vader, de Weduwe. Waarschijnlijk is het nu ook de Weduwe, want zodra de telefoon ophoudt met rinkelen, begint hij opnieuw. Net als veel van haar generatiegenoten in New Heidelburg heeft de Weduwe niet veel kaas gegeten van het concept voicemail en ze wil ongetwijfeld haar verplichtingen nakomen en Karena feliciteren namens haar vader Frank, die zelf niet meer kan praten.

Karena zou de telefoon met alle liefde negeren. Maar als die blijft rinkelen, zegt ze: 'O, góéd dan.' Ze rent naar haar studeerkamer om hem op te nemen. In haar haast knalt ze met haar schouder tegen de deurpost. 'Au,' mompelt ze, terwijl ze erover wrijft. 'Hallo?'

'Spreek ik met juffrouw Karena Jorge?'

Het is een telemarketeer. Karena knijpt haar ogen samen. 'Ja,' zegt ze, 'maar ik sta op het punt de deur uit te gaan, dus kunt u alstublieft een andere keer terugbellen?'

'Juffrouw Jorge, mijn naam is Gail Nelson en ik werk in de psychiatrische kliniek van het WMC in Wichita, Kansas. Juffrouw Jorge, hebt u een broer die Charles Hallingdahl heet?'

Karena krijgt het eerst heet en dan koud. Ze gaat op de rand van haar bureau zitten en kijkt de kleine witte kamer rond, alsof daar iemand anders is om te bevestigen dat dit het inderdaad is. Het telefoontje. Het telefoontje waar ze al twintig jaar op wacht, voor gerepeteerd heeft, dat ze met angst tegemoet heeft gezien. 'Ja, ik heb een broer die Charles heet,' zegt ze. 'Hij is mijn tweelingbroer. Is alles in orde?'

Dan vloekt ze, want natuurlijk is niet alles in orde. Als dat zo was, zou deze vrouw haar niet bellen. 'Ik bedoel, wat is er met hem?' vraagt ze. Zelfmoordpoging, denkt ze. Of een psychose? Misschien allebei, maar in ieder geval een zelfmoordpoging.

'Ik ben niet echt in de positie om die vraag te beantwoorden, juffrouw Jorge,' zegt de verpleegkundige. 'Ik ben feitelijk slechts een contactpersoon voor patiënten. U kunt beter rechtstreeks met de arts spreken over Charles' toestand. Ik kan u vertellen dat hij hier bij ons is en uw naam heeft gegeven als zijn meest nabije familielid.'

'Dat klopt,' zegt Karena, 'dat ben ik.' Hun vader, Frank, is er ook nog, maar die arme man telt niet meer mee. Karena graait naar een notitieblokje en een pen op haar bureau. Haar handen trillen en ze stoot een nietmachine op de vloer, maar de vertrouwde handelingen kalmeren haar enigszins.

'Juffrouw... Nelson, toch?' zegt ze schrijvend. 'Kunt u me dan in ieder geval vertellen of Charles op de een of andere manier lichamelijk gewond is? En hoe hij eraan toe was toen hij binnenkwam? Was hij geagiteerd, manisch? Was hij aan het hallucineren?'

'Nogmaals, ik ben slechts een contactpersoon, mevrouw,' zegt de verpleegkundige. 'Over de details zult u met dokter Brewster moeten praten. Ik kan haar oppiepen en vragen of ze u wil bellen.'

'Ja, doet u dat alstublieft,' zegt Karena, 'en ik respecteer uw positie, maar alstublieft. Alstublieft. Al vertelt u me maar íéts. Zodat ik in ieder geval weet waar ik aan toe ben.'

Als de verpleegkundige weer spreekt, is haar stem minder formeel. 'Ik mag dit eigenlijk niet zeggen,' zegt ze, 'en het is gewoon een gok, denk erom. Maar als Charles lichamelijk gewond was, zou hij op een andere afdeling van ons ziekenhuis liggen. Dit is de afdeling Psychiatrie.'

'Oké,' zegt Karena, 'ontzettend bedankt. En wilt u me nog even vertellen hoe de dokter ook alweer heette?'

Ze schrijft de naam op, evenals de locatie van het ziekenhuis en het directe nummer van de afdeling. Ze herhaalt dit hardop voor de verpleegkundige en geeft haar ook haar mobiele nummer. Karena weet maar al te goed dat ze zichzelf nu niet kan vertrouwen. Haar gedachten zijn glashelder, ijzig en traag geworden, alsof ze bevroren is. Ze weet dat ze in deze toestand echt in staat is om te denken dat het goed met haar gaat en zonder iets in te pakken naar de auto kan rennen. Om vervolgens haar sleutels in de koelkast te vinden. Ze verkeert in een shock. Karena weet wat een shock is. Daar heeft ze al eerder mee te maken gehad.

'Dank u,' zegt ze tegen de verpleegkundige als ze uitgesproken zijn. 'Kunt u er alstublieft voor zorgen dat dokter Brewster me zo snel mogelijk belt? Het maakt niet uit hoe laat. Ik wacht op haar telefoontje.'

Als ze opgehangen heeft, schakelt Karena haar computer aan en kijkt dan verwonderd rond in haar studeerkamer. Het verbaast haar dat de kleine witte kamer, die ze soms, in haar fantasie, als de binnenkant van een marshmallow beschouwt, er nog net zo sereen uitziet als toen ze er net binnenkwam. Het dringt tot Karena door dat haar wens vervuld is: voor het eerst in twintig jaar weet ze waar haar tweelingbroer hun verjaardag doorbrengt.

'Jezus, Charles,' zegt Karena binnensmonds. Zo praat ze altijd tegen Charles als ze alleen is. Ze opent een website van vliegreizen. 'Nog even volhouden, broertje, ik kom zo snel mogelijk,' en ze begint door de vluchten te scrollen.

3

De volgende dag zit Karena tegen elven in de ontvangstruimte van de psychiatrische kliniek van het WMC te wachten op Charles' arts. Er is veel veranderd sinds de laatste keer dat Karena haar broer op een psychiatrische afdeling heeft bezocht. Deze is chic en beige, met comfortabele banken en een frisdrankautomaat; heel wat anders dan de gebarsten groene muren en tralieramen van het krankzinnigengesticht Black Wing waar hij vroeger zat. Hier staat zelfs een flatscreentelevisie. Wat niet veranderd is, althans niet voor Karena, is haar bijna pijnlijke alertheid, alsof ze probeert alles hier in zich op te nemen, een plek waar ze niets van weet, maar die alle geheimen bevat om haar broer te helpen. Ze gaat kaarsrecht overeind zitten en spert haar neusgaten open als ze de geur van ontsmettingsmiddel ruikt. Het geheugen is een valstrik.

Karena probeert haar e-mail te checken tijdens het wachten, maar ze blijft maar blikken werpen op de deur naar de afdeling. De dokter kan daar nu elk moment doorheen komen om Karena naar Charles te brengen en wat dan? Wat zeg je tegen iemand die je twintig jaar niet gezien hebt? Karena heeft talloze keren geprobeerd het zich voor de geest te halen, maar het enige wat ze ziet is een donkere vlek, als de kern van een eclips. Hoe ziet Charles er nu eigenlijk uit? Tijdens hun adolescentie was hij beeldschoon met zijn gouden lokken, grote bruine ogen en honingkleurige huid – rum-rozijnen en vanille, noemde hun oom Carroll hen altijd. 'Die heeft een beetje Sioux-bloed in zich,' zei oma Hallingdahl altijd grimmig over Charles.

Maar twintig jaar is een lange tijd. Charles' golvende filmsterrenhaar kan dunner geworden zijn en zijn middel dikker. Misschien heeft hij wel helemaal geen haar meer. Voor hetzelfde geld heeft hij misschien wel een krulsnor, tatoeages, littekens, een mank been; weet zij veel. Om de paar minuten laat Karena haar enige foto van Charles uit het plastic hoesje van haar portemonnee glijden. Een kiekje dat gemaakt is in hun voortuin in New Heidelburg op de avond van het schoolbal. Charles had Marie Hauser daarmee naartoe genomen, het sloomste meisje van hun klas, omdat hij wist dat niemand anders haar zou vragen. De enige dans die Marie kende was de polka, en Karena ziet nog steeds helder voor zich hoe haar broer ernstig met zijn date in het rond hopte op het themanummer van dat jaar, 'Glory of Love' van Peter Cetera. Op de foto staat Charles naast de Austin Healey van hun vader, die hij een maand later in de prak zou rijden. Hij grijnst zijdelings naar het gras – die brede witte glimlach is het enige wat de tweeling deelt – en draagt een lichtblauwe smoking met een overhemd met roesjes eronder. Zijn haar is kort aan de zijkant en lang aan de achterkant; aan de voorkant is het zo hoog getoupeerd, dat de zon er in banen doorheen schijnt. Hij zal in ieder geval die apenlook niet meer hebben – hoopt Karena.

Ze zit hierover te glimlachen als de afdelingsdeur opengaat en een kleine vrouw verschijnt – de dokter, neemt Karena aan, want ze draagt een witte jas en heeft een klembord in haar hand. Met uitgestoken hand haast ze zich de wachtruimte door. Haar gympen piepen op de vloer. 'Ik ben dokter Brewster,' zegt ze, 'sorry dat ik u heb laten wachten. U moet de zus van Charles Hallingdahl zijn. Ik zie de gelijkenis.'

Karena bergt vlug de foto op, klapt haar laptop dicht en staat op. 'Karena Jorge,' zegt ze, terwijl ze de hand van de dokter schudt. 'Ik ben Charles' tweelingzus. Knap van u. De meeste mensen zien het niet meteen.'

'Die lach,' zegt de dokter, 'en iets in de ogen.' Met haar kastanjebruine bobkapsel, helderblauwe blik en een aangenaam hese stem is ze een opvallende verschijning. Toch heeft ze een professionele waakzaamheid over zich, een mentholkoele kalmte als een krachtenveld. Karena lacht naar dokter Brewster met het automatische respect dat ze heeft voor elke beoefenaar van de medische professie, vergezeld van een meer persoonlijke belangstelling. De dokter is ongeveer van Karena's leeftijd en ooit, voordat Charles' ziekte en andere factoren haar ervan weerhouden hadden, had Karena overwogen om zelf arts te worden.

‘Zullen we hier praten?’ vraagt de dokter. ‘Of gaat u liever naar mijn kamer?’

Karena kijkt opnieuw naar de deur van de afdeling. ‘Neem me niet kwalijk,’ zegt ze. ‘Ik snap het niet helemaal. Gaan we niet eerst naar Charles?’

‘Hebben ze het u niet verteld?’ vraagt dokter Brewster. Ze werpt een blik over haar schouder, op de verpleegkundige achter de balie, en zegt dan: ‘Uw broer is vanmorgen vroeg ontslagen.’

‘Wat?’ roept Karena uit.

‘Ja, om...’ Dokter Brewster kijkt op haar klembord. ‘Half negen. Ik heb hem zelf ontslagen.’

‘O, nee,’ zegt Karena, ‘niet te geloven.’ En tot haar grote schaamte begint ze te huilen.

Dokter Brewster overhandigt haar een zompig pakje papieren zakdoekjes uit de zak van haar jas en loodst Karena naar een van de banken. ‘Ik denk dat we beter even kunnen gaan zitten,’ zegt ze. Ze laten zich op de bank zakken en de dokter wacht tot Karena klaar is met het deppen van haar ogen en het zo zacht mogelijk snuiten van haar neus.

‘Het spijt me,’ zegt Karena. ‘Ik was niet van plan een scène te maken.’

Dokter Brewster trekt haar wenkbrauwen op alsof ze denkt: we zijn hier op de afdeling psychiatrie. ‘Ik heb het wel erger meegemaakt,’ zegt ze ietwat spottend.

‘Ik ben gewoon ontzettend teleurgesteld,’ zegt Karena. ‘Ik zoek Charles al twintig jaar en nu dit... Zo dichtbij en toch zo ver weg.’ Ze kijkt op haar horloge. Hoe ver kan Charles gekomen zijn in ongeveer drie uur? Best ver. Karena slaakt een diepe zucht en kijkt dan op. ‘Kunt u me alstublieft vertellen waarom hij is ontslagen?’ vraagt ze. ‘Ik dacht dat hij suïcidaal was, of in ieder geval een psychose had...’

Dokter Brewster verroert zich niet, maar haar blik verscherpt. ‘Het is niet gebruikelijk om mensen met een paniekaanval vast te houden,’ zegt ze. ‘Wat brengt u ertoe suïcidaal te zeggen?’

‘Paniekaanval?’ vraagt Karena.

‘Daar hebben we Charles voor behandeld,’ zegt dokter Brewster. ‘Maar blijkbaar mis ik iets.’

Karena schudt haar hoofd. ‘Hij heeft het u niet verteld,’ zegt ze.

'Wat?' vraagt de dokter.

'Mijn broer heeft een bipolaire stoornis,' zegt Karena. Ze zucht en somt op: 'Een bipolaire-1-stoornis, maar met *rapid cycling*, dus snelle en wisselende op elkaar volgende vormen van stemmingen, en de incidentele psychotische episode. Echt een mengelmoesje. In 1984 heeft dokter Amit Hazan van de Mayo Clinic de diagnose gesteld. Later is hij langere tijd opgenomen in de Black Wing, van 1988 tot... Sorry, dat weet ik niet precies. Eind jaren negentig is daar brand geweest en ze zijn hun hele archief kwijtgeraakt. Maar ik weet bijna zeker dat de Mayo zijn gegevens nog wel zal hebben.'

Dokter Brewster maakt snelle aantekeningen op haar klembord. Karena hoort het getik van haar ballpoint. 'Waarom werd Charles opgenomen?' vraagt ze.

'Dat was die zelfmoordpoging,' zegt Karena.

'Heeft hij dat daarna nog wel eens geprobeerd?'

'Niet dat ik weet,' zegt Karena. Ze huivert en wrijft over het kippenvel op haar armen. De airco staat hier erg hoog. 'Ik mag graag denken dat ik het wel voel mocht er iets mis zijn, aangezien we een tweeling zijn, maar... ik weet het gewoon niet.'

De dokter kijkt op. 'U had het over psychoses,' zegt ze. 'Charles ziet en hoort dingen die er niet zijn?'

'Ja,' zegt Karena. 'Soms. Heeft hij daar iets over gezegd toen hij binnenkwam? Een bepaalde hallucinatie? Iets over tornadojagen?'

De dokter bladert door haar aantekeningen en schudt haar hoofd. Karena zakt in elkaar op de bank en dwingt zichzelf vervolgens weer rechtop te gaan zitten.

'Wat is het verband met die tornado's?' vraagt de dokter.

'Dat is wat Charles doet,' zegt Karena. 'En hij gaat er het liefst achteraan als hij manisch is. Tenminste, dat was zo. U kunt zich voorstellen dat dat nogal een heidense combinatie is.'

'Interessant,' zegt de dokter, bijna binnensmonds. 'Oké, nog één vraag: kunt u een reden bedenken waarom Charles hier niets over verteld heeft?'

'Ik weet bijna zeker dat Charles niet vindt dat hij bipolair is,' zegt Karena. 'Hij heeft die diagnose nooit geaccepteerd. Hij zei altijd dat hij gewoon slimmer was dan iedereen.'

'Natuurlijk,' zegt dokter Brewster, 'dat klinkt als een manie.' Ze legt het klembord op haar schoot. 'Tja, juffrouw Jorge, ik zal u onze kant van het verhaal vertellen,' zegt ze. 'Charles heeft helemaal niets van dit alles aan ons verteld. Toen hij bij de Eerste Hulp kwam, dacht hij dat hij een beroerte had.'

'Ach jee,' mompelt Karena. 'O, wilt u alstublieft even wachten?' Ze haalt haar notitieblokje en pen tevoorschijn en glimlacht naar de dokter. 'Vindt u het erg als ik aantekeningen maak?' vraagt ze. 'Ik kan niets onthouden als ik het niet opschrijf. Beroepsdeformatie.'

'Nee hoor, geen probleem,' zegt dokter Brewster, hoewel ze enigszins bedachtzaam naar het notitieblikje kijkt. 'Ze hebben hem onderzocht, de gebruikelijke testjes gedaan – bloed, giftige stoffen, hersenscan – en toen alles in orde bleek, hebben ze hem aan ons overgedragen in de veronderstelling dat het een paniekaanval was. En Charles had last van kortademigheid, hartkloppingen, duizeligheid enzovoort. Maar uw broer verkeert in een goede fysieke conditie, juffrouw Jorge,' voegt ze eraan toe, 'het kostte ons alleen wat tijd om hem ervan te overtuigen dat een gezonde jonge man niet zomaar ineens iets aan zijn hersens kan krijgen. Charles was ervan overtuigd dat hij ging sterven – hij maakte er feitelijk nogal een drama van.'

'O, vast,' zegt Karena, terwijl ze dacht: o, Charles. 'En wat hebt u toen gedaan?'

'We hebben hem in een plastic zakje laten ademen,' zegt de dokter met een klein glimlachje. 'En hem voorgesteld een nachtje ter observatie te blijven. Toen ik hem vanmorgen weer zag, was hij honderdtachtig graden omgeslagen en eiste hij ontslagen te worden. Op dat soort momenten kan ik besluiten iemand nog tweeënzeventig uur vast te houden, wat gebeurt als ik het gevoel heb dat iemand een gevaar voor zichzelf of voor anderen kan zijn. Maar er was absoluut niets wat mij deed vermoeden dat Charles tot die categorie behoorde – sterker nog, dat hij iets anders was dan een jonge man met een milde angststoornis. Ik heb een tijdje met hem gepraat over mogelijke oorzaken en hoe hij ermee om kon gaan, en toen heb ik een recept voor hem geschreven en hem laten gaan.'

Karena's pen stokt. 'Wat zei hij over de oorzaken?' vraagt ze.

'Dat hij zich de laatste tijd abnormaal gespannen voelde,' zegt de dokter, 'en dat hij zich vaak zo voelt rond zijn verjaardag. Misschien omdat jullie gescheiden zijn?' voegt ze er vriendelijk lachend aan toe.

'Misschien,' zegt Karena. Er zijn andere, zeer goede redenen waarom Charles gespannen is rond hun verjaardag, maar die kan ze niet onthullen. Ze stopt haar haar achter haar oren en loopt zuchtend haar aantekeningen door.

'Oké,' zegt ze dan. 'Tja, er zal wel geen enkele manier zijn om hem te achterhalen, hè? Hij is niet aan iemand overgedragen of zo?'

'Niet na één overnachting,' zegt dokter Brewster. 'Niet voor angst.'

Karena wrijft over het plekje boven haar neus. 'En toen hij binnenkwam?' vraagt ze. 'Moest hij een adres geven om opgenomen te worden?'

'Dat zou u bij de administratie moeten navragen,' zegt de dokter. Karena knikt. Dat zal ze doen, maar ze weet nu al wat Charles gedaan heeft: het adres van een motel, of een postbusnummer, of een volledig verzonnen adres opgegeven. Adres onbekend, zoals Karena's ex-man altijd zei.

'Juffrouw Jorge,' zegt de dokter vriendelijk. Karena kijkt op. 'Ik vind het vervelend om u nog meer onder druk te zetten, maar als u er ook maar enigszins kans toe ziet, is het belangrijk dat u Charles zo snel mogelijk terugbrengt. En als dat niet hier kan, dan naar een andere medische voorziening. Op grond van wat u me verteld hebt, moet hij op een totaal andere manier gediagnosticeerd worden. En hoewel ik hier waarschijnlijk voor eigen parochie preek: Charles moet medicijnen hebben en in de gaten gehouden worden.'

'Weet ik,' zegt Karena. 'Ik zal mijn best doen.'

'Bovendien,' zegt dokter Brewster, 'heb ik Charles paroxetine voorgeschreven, aangezien ik niet op de hoogte was van zijn stoornis. Dat is weliswaar een mild antidepressivum, maar als Charles tegen een manische periode aan zit, kan dat hem net dat laatste zetje geven.'

Lekker dan, denkt Karena, maar ze zegt: 'Dat begrijp ik. Goed dat u het zegt.'

Dokter Brewster staat nu, dus Karena bergt haar notitieblok op, verzamelt haar spullen en komt ook overeind. 'Dank u, dokter,' zegt ze. 'Fijn dat u even tijd voor me hebt vrijgemaakt.'

De dokter loopt met piepende zolen met Karena mee naar de uitgang. Bij de deur wisselen ze visitekaartjes uit. Dokter Brewster krabbelt iets op dat van haar. 'Mijn privénummer staat op de achterkant,' zegt ze. 'Bel me alstublieft als u hem vindt, dag en nacht.'

Karena weet wat een concessie dit is. 'Dank u wel,' herhaalt ze. Ze meent het.

'Hé,' zegt dokter Brewster als ze de deur voor Karena opendoet, 'is uw broer echt een tornadojager? Net als die kerels op Discovery Channel?'

'Ja,' zegt Karena, want dit is één ding, het enige ding, dat ze zeker weet over Charles. 'Dat doet hij.'

Dokter Brewster lacht en schudt haar hoofd. 'Goh,' zegt ze. 'Ik kan het me niet eens voorstellen. Ik kom uit Florida, en ik dacht dat het daar flink tekeerging, maar dat is niets vergeleken bij hoe het hier kan spoken. En ik ben wat dat betreft ook een ontzettende lafaard. Zodra de sirene afgaat, zit ik onder de tafel.'

'Ik ook,' zegt Karena, geheel naar waarheid. Ze bedankt de dokter nogmaals en loopt de hal in.

4

Als Karena het ziekenhuis verlaat is het middag en brandt de zon genadeloos boven Wichita. Karena rijdt met haar huurauto een paar straten verder naar een broodjeswinkel op de begane grond van een wolkenkrabber. Ze neemt een vegetarisch stokbroodje om de hongerhoofdpijn voor te zijn en laat Charles' apenlookfoto aan de mensen achter de toonbank zien. Ze leveren commentaar op zijn kapsel en smoking, maar hebben hem niet gezien. Terwijl ze eet, zoekt Karena op internet alle buurtwinkels, benzinestations en fastfoodrestaurants binnen een straal van vijftien kilometer op. Dit zijn de plekken die tornadojagers bezoeken voordat ze op pad gaan. De rest van de middag rijdt Karena van de ene plek naar de andere. Had ze nou maar enig idee van Charles' route! Hoewel hij ook best hier zou kunnen wonen, denkt Karena wanhopig, terwijl ze van Conoco naar Exxon, en van McDonald's naar Arby's rijdt. Ze breidt haar zoektocht uit naar restaurants waar Charles zou kunnen werken, en vervolgens naar motels. Overal ontlokt de apenlookfoto bewonderend commentaar in diverse ironische gradaties, maar geen herkenning.

Tegen de tijd dat Karena haar auto parkeert bij haar eigen motel, The Sunflower Inn & Suites bij het vliegveld van Wichita, ruikt haar haar naar frituurvet en is ze doodmoe. De zon zakt boven de ventweg, het is kwart voor zeven: hoogste tijd voor de dagelijkse dip. Vandaag is Karena's stemming waarschijnlijk nog slechter vanwege de afgelopen vierentwintig uur, maar toch, dit mismoedige, angstige gevoel bekruipt haar elke avond tussen vier en zeven, waar ze ook is en met wie ze ook is. Haar ex-man deed er altijd nogal geringschattend over en zei dat daarom het borreluur was uitgevonden. Karena's vroegere therapeut, dokter B., zei dat het een veelvoorkomend verschijnsel bij sommige mensen was, een natuurlijke reactie op het wijken van het licht. Het enige wat Karena weet, is dat ze zich op die momenten het meest eenzaam en verdrietig voelt. Als ze incheckt bij The Sunflower Inn & Suites peinst Karena, zoals zo vaak, over het feit hoe bizar het is dat de aandoening van haar tweelingbroer van hetzelfde laken een pak is: buien, het wisselvallige emotionele weer dat gezonde mensen als vanzelfsprekend beschouwen.

Ze deelt de lift naar de derde verdieping met een gezin dat net uit het zwembad komt. Het roze, onbewogen gezicht van de vader onder zijn petje, de kinderen die elkaar rond Karena's benen te lijf gaan met schuimrubberen staven. 'Hou daarmee op,' sist de moeder, terwijl ze hen in hun nekvel grijpt. Karena glimlacht naar de kinderen, die ogenblikkelijk stil en nukkig worden. Met hun soepele lijfjes en stijf van het chloor staande witte haar, doen ze Karena denken aan Charles en zichzelf.

Op haar kamer doet Karena snel de dingen die ze na al die jaren van reportages maken geperfectioneerd heeft: ze trekt de sprei met zonnebloemen van het bed op de grond, rukt de gordijnen met zonnebloemen open en klieft met een karateslag het gele douchegordijn doormidden, waarna ze onmiddellijk achteruit springt voor het geval daar iets onplezierigs achter vandaan komt. Dat gebeurt niet. Karena is niet pietluttig, maar levende insecten, haar dat niet van haar is en verdachte vlekken gaan haar te ver. Ze heeft ooit in een B & B overnacht waar afgeknipte teennagels in het bed lagen. Gelukkig is dit motel, hoewel ietwat kitscherig, brandschoon. Karena wast haar gezicht, bestelt een sandwich met kip bij roomservice en zet de tv zonder geluid op het Weather Channel. Na het uitvoeren van deze routinehandelingen nestelt ze zich met haar mobiel op bed. Op dit soort momenten vindt ze het jammer dat ze niet getrouwd is, dat ze niemand heeft die zich – onder andere – verplicht zou voelen om haar te helpen in tijden van crisis. Maar Karena is lang genoeg gescheiden – acht jaar – om te weten dat deze manier van denken een valstrik is, dat ze het idee van Michael meer mist dan Michael zelf. En het is de angst voor juist deze crisis die haar huwelijk heeft geruïneerd, hoewel Michael dat niet wist. Karena kan zich Michael en Charles nog steeds niet in één kamer voorstellen, vooral niet als Charles manisch is. Absoluut niet. Veel te riskant.

Voor de derde keer die dag belt Karena Tiff. ‘Waar bén je?’ zegt ze, als Tiffs mobiel meteen in de voicemail schiet. ‘Het is acht uur, weet je waar je beste vriendin is? Nog steeds in Wichita. Heb je mijn andere berichten gehoord?’ Ze laat haar stem zakken voor een extra dramatisch effect. ‘Charles... is... weer boven water,’ zegt ze, waarna ze een zucht slaakt. ‘Behalve dan dat hij nu weer weg is. Bel me als je tijd hebt. Sorry van de martini’s.’

En omdat ze het nu echt niet langer uit kan stellen, belt Karena de vrouw van haar vader – het woord stiefmoeder krijgt ze echt haar strot niet uit. Het is een grote gok, aangezien Karena betwijfelt of Charles weet dat hun vader hertrouwd is, of hoe Frank eraan toe is, of zelfs dat hun moeder Siri in 2000 gestorven is. Hij is in ieder geval niet op Siri’s begrafenis geweest. Noch op Franks huwelijk met de Weduwe. Ook is Karena hem nooit tegengekomen in de Barmhartige Samaritaan, het verzorgingstehuis in New Heidelburg waar Frank zijn laatste dagen slijt. Om die reden lijkt het onwaarschijnlijk dat Charles nu geprobeerd heeft contact te leggen met Frank en verwezen is naar de Weduwe –, maar Karena vermoedt dat haar broer heel misschien, als hij er maar slecht genoeg aan toe is, geprobeerd heeft naar huis te gaan, niet wetende dat thuis daar niet meer is. Trouwens, ze heeft geen andere keus.

De telefoon blijft maar overgaan in het gerestaureerde victoriaanse huis van de Weduwe. Karena vermaakt zich tijdens het wachten door een mentaal bezoekje aan dat huis te brengen. Het leger van stenen creaturen, voornamelijk eekhoorntjes, die door de struiken aan de voorkant gluren. De vooroverbuigende dame van karton in de tuin, die haar onderbroek met polkadotten aan de gasten toont. De jongens- en meisjestrol die elkaar kussen boven de plastic wensput in de achtertuin. Het bordje op de veranda met DE HALLINGDAHLS, FRANK & LOIS. Hoe graag Karena haar broer ook terug wil vinden, ze hoopt bijna dat Charles niets weet van Franks tweede huwelijk en zijn beroerte, dat hij niet bij het huis van de Weduwe is geweest. Dat zou hem wel eens dat laatste zetje kunnen geven.

Karena wil het net opgeven om het later nog eens te proberen – misschien heeft de Weduwe een bridgeavondje – als de Weduwe opneemt. ‘Hallooooo,’ zegt ze, met een extra gezellige draai aan de ‘o’.

'Lois? Met Karena.'

'O!' zegt de Weduwe. Dan klinkt er een gedempt gekletter, alsof ze zojuist een arm vol bestek in de gootsteen heeft laten vallen en daarin staat te roeren. 'O, in petrusnaam,' hoort Karena haar mompelen. 'Neem me niet kwalijk, met wie spreek ik ook alweer?' zegt de Weduwe dan. 'Ik zit midden in de afwas.'

'Met Karena.'

'O,' zegt de Weduwe. 'Karena.'

Ze hoort getik op de lijn. Karena wacht tot de Weduwe verdergaat, tot ze zegt 'hallo, hoe gaat het', en ze doet haar best om te bedenken dat ze lang zo kwaad niet is. De Weduwe heeft meer dan genoeg redenen om verongelijkt te zijn, en die hebben allemaal niets met Karena te maken. Maar Karena kan het niet helpen: ze ziet de Weduwe voor zich in haar keuken, waarin alles bij elkaar past: geel geruite behangranden met wijnranken, geel geruite theedoeken, geel geruit vinyl op de stoelzittingen. De Weduwe staat ongetwijfeld bij het aanrecht, verzorgd en onverstoorbaar als een pop, terwijl ze met haar kleine mondje liefjes en giftig naar niemand lacht.

'Goh!' zegt de Weduwe eindelijk. 'Wat een verrassing. Wat kan ik voor je doen? Het is een beetje laat voor een kletspraatje, toch?'

Karena kijkt uit het raam naar de zonsondergang, die perzikkleurige strepen aan de horizon tovert. De klok op het nachtkastje meldt dat het kwart over acht is. 'Ach,' zegt ze. 'Sorry, Lois. Het was niet mijn bedoeling je te storen. Maar ik ben op zoek naar mijn broer. Charles. Heb jij toevallig iets van hem gehoord?'

Er valt een ijzige stilte. 'Nee,' zegt de Weduwe dan.

'Is hij niet naar mijn vader op zoek geweest? Heeft niemand hem in de stad gezien?'

'Nee,' herhaalt de Weduwe. 'Hoewel, weet je, ik vraag me af of ik hem zou herkennen. Het is zo lang geleden dat iemand hier hem gezien heeft.'

Karena sluit haar ogen en masseert ze. 'Ik snap wat je bedoelt,' zegt ze. 'Maar als er iemand opduikt die volgens jou wel eens Charles zou kunnen zijn, een vreemde man voor je deur, wil je me dat dan meteen laten weten, alsjeblieft? Het is dringend.'

'Oké,' zegt de Weduwe.

‘Ik zal je mijn mobiele nummer geven.’

‘O, hemeltje, alsjeblieft niet,’ zegt de Weduwe vrolijk. ‘Dat onthou ik toch nooit. Zelfs niet als ik het opschrijf. Er zwerven hier al zo veel briefjes rond, met mijn kinderen en kleinkinderen en alles, dat het een wonder is dat ik mijn verstand niet verlies! Zeg,’ voegt ze eraan toe, ‘heb je de verjaardagskaart nog gekregen die ik je gestuurd heb?’

O, nee hè, denkt Karena. Ze heeft inderdaad een kaart van de Weduwe gekregen, een week geleden. Er stond een teddybeer met een gestreepte hoed met glittertjes op, die een spandoek vasthield waarop stond: EEN KNUFFEL VOOR JOU OP DEZE SPECIALE DAG! De Weduwe had er ook een cheque van negenendertig dollar bijgedaan: Karena’s leeftijd plus een jaar extra om alvast te wennen. Op de stippeltjeslijn had ze in haar schuine, voormaligeschooljuffenhandschrift geschreven: *de verjaardag van Franks dochter*. De kaart zelf was niet getekend. ‘Ja, die heb ik gekregen, Lois,’ zegt Karena, ‘het was een leuke kaart, heel hartelijk bedankt.’

‘O, fijn,’ zegt de Weduwe met haar lieve krakerige stemmetje. ‘Ik was al bang dat je hem niet gekregen had. De post daar in de Cities kan zo onbetrouwbaar zijn, zeker als er geld bij komt kijken... En toen ik niets van je hoorde, heb ik maar aangenomen... Maar nu ik weet dat je hem gekregen hebt, slaap ik vast beter.’

‘Mooi zo,’ zegt Karena.

‘Ik had hem meegenomen naar het tehuis om aan je vader te laten zien voordat ik hem verstuurde,’ vervolgt de Weduwe. ‘Ik kon zien dat hij hem echt mooi vond.’

Karena doet haar best om zich niet te herinneren hoe Frank er vorige maand, de laatste keer dat ze hem gezien heeft, uitzag. Opzij hangend in zijn rolstoel; de roze schedel zichtbaar tussen de spinragachtige haren. Hij had totaal geen reactie vertoond, hoe hard Karena ook in zijn handen kneep en lachte en tegen hem praatte. Met zijn ene oog staarde hij naar de huppende en tjilpende vogeltjes in de volière van het tehuis en het andere was recht vooruit gericht. ‘Hoe gaat het deze week met hem?’ vraagt ze.

‘O, hetzelfde,’ antwoordt de Weduwe. ‘Maar dat zou je natuurlijk met eigen ogen kunnen zien als je langskwam. Ik weet dat hij erg blij zou zijn met een bezoekje.’

Karena trekt een gezicht in de spiegel die tegenover het bed hangt en pulkt aan haar haar. 'Zodra ik kan,' belooft ze. 'Luister, Lois, ik moet ervandoor, maar vergeet je alsjeblieft niet wat ik je over Charles heb verteld?'

Maar de Weduwe zegt monter: 'Oké, dag hoor!' en verbreekt de verbinding.

Karena haalt de telefoon van haar oor, staart ernaar en gooit hem dan naast zich op het bed. Ze kijkt naar de tv. Tja, Karena verwachtte niet veel van de Weduwe en die verwachtingen zijn uitgekomen. Als die vrouw niet zo weerzinwekkend was, zou Karena misschien nog medelijden met haar hebben – misschien. De Weduwe heeft drie echtgenoten gehad voor Frank. De eerste schijnt haar op hun boerderij avond na avond buiten bewustzijn te hebben geslagen, voordat een ongeluk met de dorsmachine hem fataal was geworden. Met elke successievelijke echtgenoot was de Weduwe verder de financiële en sociale ladder opgeklommen en ze moet gedacht hebben dat ze met Frank Hallingdahl, de meest succesvolle advocaat van Foss County, de buit binnen had. Die tweeling was een minpunt, vooral die gestoorde zoon, Charles. Een bedreiging. Een gênant iets. Maar de Weduwe moet geweten hebben dat er van Charles al jaren niets vernomen was en dat Frank zijn dochter alleen heel af en toe zag tijdens een lunch. Wat de Weduwe niet had kunnen voorspellen, was Franks beroerte twee jaar na hun huwelijk – een wel heel slechte grap, aangezien Frank al lang voordat dat in de mode kwam een jogger en gezondheidsfreak was. Nu kon de Weduwe geen kant meer op: ze moest zorgen voor haar hoopje ellende van een echtgenoot zonder te kunnen hertrouwen.

Karena wil haar vader opeens zó graag zien, dat ze het nauwelijks kan verdragen. Niet de Frank die hij nu is, maar zoals hij was toen zij en Charles klein waren: een mager, taai mannetje dat vergenoegd in zijn handen wreef en zich verkneukelde over een bijzonder lastige rechtszaak. Frank was weliswaar een afwezige pa – zijn motto luidde: gerechtigheid wacht op niemand – maar hij is alles wat Karena heeft. Nog heviger verlangt Karena echter naar haar moeder, Siri. Ze doet dat met een heftigheid die ze niet meer gevoeld heeft sinds de dagen na Siri's overlijden, toen Karena ervan overtuigd was dat ze de rest van haar leven in zwarte kleren, jankend en de haren uit haar kop rukkend zou kunnen ronddolen door de woestijn, terwijl dat bij lange na geen recht deed aan de omvang van haar verdriet. Als Siri nu hier was, zouden ze samen witte wijn uit de plastic badkamerbekertjes drinken, die ze gekoeld hadden met ijs uit het apparaat in de gang. En ze zouden een pakje Marlboro delen – hoewel Karena jaren geleden is gestopt. Ze zouden lachen over de korzeligheid en nutteloosheid van de Weduwe. Ze zouden Charles' situatie analyseren, er ruzie over maken en samen een plan bedenken. Karena gaat op haar rug liggen en doet haar ogen dicht.

5

Die nacht schiet Karena wakker. Klaarwakker, alsof ze überhaupt niet geslapen heeft. Ze kijkt naar het klokje op het nachtkastje: ja, exact half vijf. Net als thuis. Dit gebeurt haar bijna elke nacht, alle onopgehelderde kwesties uit haar leven beginnen dan tegelijkertijd te wauwelen. Het gaat er daarboven behoorlijk heftig aan toe. Een e-mail aan een vergeten informant. Een reactie op een onbeantwoorde huwelijksinvitatie. Verhitte discussies waarin Karena alles zegt wat ze overdag niet heeft durven doen: 'Waarom doe je zo naar?' vraagt ze aan de Weduwe. 'Ik weet dat je een rotleven hebt gehad, maar ík heb je niets misdaan. Kun je me niet gewoon helpen?' En dan zijn er nog de gebruikelijke muizenissen, bijvoorbeeld: waarom is Karena in het holst van de nacht alleen in deze motelkamer? Zonder man, zonder kind? Achtendertig jaar en bijna te laat; dat was helemaal niet de bedoeling. En altijd is Charles er. Charles, Charles, Charles. Haar afwezige tweelingbroer. Als een radiosignaal dat de ene keer sterk en de andere keer zwak is, maar dat Karena altijd hoort.

Vannacht is het signaal extra krachtig vanwege haar bijna-vondst. *Vind hem. Vind hem. Vind hem.* Karena staat op en gaat naar de badkamer voor twee aspirines en een druppelaar met bachbloesemtherapie, dat kalmerende bloementincturen zou moeten bevatten, maar volgens haar bijna zeker voor negentig procent uit cognac bestaat. Soms helpt dit. Vannacht dus niet. Terwijl Karena roerloos op bed ligt, houdt ze zichzelf voor dat ze vannacht toch nergens iets aan kan doen. Morgen is er weer een dag. Om half zes doet ze het licht aan, gooit de lakens van zich af en sloft door de kamer naar haar laptop.

Eerst kijkt ze of Tiff online is, aangezien die 's ochtends soms graag een virtueel kletspraatje maakt als ze haar jongste, Matthew, de borst geeft. Maar Tiff is nergens te bekennen. Vervolgens opent Karena haar e-mail, maar natuurlijk is daar sinds middernacht, toen ze voor het laatst heeft gekeken, niets nieuws bijgekomen, omdat alle normale mensen liggen te slapen. Ze raffelt de berichten af die ze in haar hoofd heeft gecomponeerd en bewaart ze in haar kladblok. Dan opent ze de weerwebsites, Weather Channel en Storm Prediction Center en Wunderground, en belandt uiteindelijk op Stormtrack.

Stormtrack is het forum van de tornadojagers. Daarop hebben ze levendige discussies over de plek waar zwaar weer op tilt is en doen ze verslag van jachtpartijen die ze net achter de rug hebben. Een jaar lang is Karena als deelnemer van de site geweerd, nadat ze iets te veel pogingen had ondernomen om Charles te vinden. De moderators hadden haar in niet mis te verstane bewoordingen laten weten dat Stormtrack bedoeld is voor mensen die op zoek zijn naar zwaar weer, niet naar andere mensen. 'Maar ik ben de zus van Charles Hallingdahl,' had Karena geschreven, 'en ik probeer hem te vinden. Ik kan hem op geen enkele andere manier bereiken. Kunnen jullie me alsjeblieft helpen?' Het antwoord had een week op zich laten wachten en was erg zakelijk: 'Wij kunnen niet nagaan of u bent wie u zegt en de privacy van onze leden dient beschermd te worden.' En daarna toch nog een soort PS: 'Sorry, veel succes.'

Karena gaat naar de pagina Forecasts & Nowcasts, tegen beter weten in hopend dat Charles daar iets op heeft geschreven, maar ze weet dat die kans erg klein is. De zomer is te droog geweest voor tornado's en er wordt pas volgende week weer zwaar weer verwacht in de Dakota's, dus er zijn nauwelijks berichten. Toch scrolt Karena door de oude bijdragen, voor het geval ze er een van C-HALLINGDAHL gemist heeft, maar ze vindt niets. Dus mag ze van zichzelf doen wat ze altijd doet in nachten dat ze Charles wel heel erg mist: ze kijkt in de archieven van Stormtrack. Daar zijn Charles' foto's van eerder deze zomer te vinden, het bewijs dat hij nog steeds actief is, en tot gisteren het enige bewijs dat Karena had dat haar broer nog leefde.

Ze klikt op elke foto om die te vergroten, hoewel ze ze stuk voor stuk qua kleur en compositie uit haar hoofd kent. Soms ziet ze ze aan de binnenkant van haar oogleden zweven als ze probeert te slapen.

De kudde witte paarden die vlucht voor een naderende storm: *rosebud county, montana*, C-HALLINGDAHL.

De amishkinderen die op een onverharde weg bij elkaar staan en onder hun strooien hoedjes en mutsen angstig omhoogkijken naar een bliksemschicht met twee zijtakken: *bij sioux city, iowa,* *C-HALLINGDAHL.*

Een spookachtige tornado in een stortbui, aangelicht door bliksem, wit op grijs: *cimarron county, kansas,* *C-HALLINGDAHL.*

Dat was het voor dit jaar. En dat is alles wat Charles ooit schrijft: bijschriften bij zijn foto's.

Karena kijkt ernaar totdat haar hoofd pijn begint te doen, naar deze beelden waarvan ze geraden zou hebben dat die van haar broer waren, zelfs als hij er niet zijn naam bij had gezet. De grillige, eenzame en prachtige manier waarop de fotograaf de wereld omkadert, zegt genoeg. Ze heeft zo ontzettend haar best gedaan om Charles te vinden. De privédetectives die ze heeft ingehuurd – het waren er twee, van harte aanbevolen, belachelijk duur en allebei nutteloos – vormen nog maar het topje van de ijsberg. Karena heeft advertenties geplaatst in alle kranten uit Tornado Alley om informatie in te winnen. Online heeft ze hetzelfde gedaan. Ze is op alle weerwebsites geweest, heeft gecorrespondeerd met een handjevol tornadojagers dat beweert haar broer hier en daar gezien te hebben maar nogal een einzelgänger is, het liefst op zichzelf is, fijne jacht verder. Ze heeft gebruikgemaakt van de databases van de *Ledger*, van zoekmachines die elk vastgelegd feit van een mensenleven ophoesten, van geboorte tot faillissement, van overtredingen tot echtscheidingen, van huwelijken tot adressen. En toch is het Karena niet gelukt Charles te vinden. Hij heeft nooit onroerend goed bezeten, nooit in een verzekerde auto gereden, nooit belasting betaald. Hij heeft een onzichtbaar bestaan geleid.

Karena stopt haar gezicht in haar handen en wrijft, terwijl ze zacht jammerende geluidjes maakt. Had ze in godsnaam nog maar dat vermogen uit haar jeugd, dat ze altijd wist waar Charles was. Elke volwassene die vroeg waar haar meer avontuurlijk aangelegde tweelingbroer was, kon op een antwoord van Karena rekenen: 'Hij zit onder de veranda' of 'Hij zit op het dak' of 'Hij is bij de watertoren'.

'Waar ben je, Charles?' vraagt ze.

Het streepje raam onder de gordijnen begint grijs op te lichten. Karena klikt op VERNIEUWEN om te zien of er, op een of andere miraculeuze wijze, de laatste tien minuten nog een nieuw bericht is binnengekomen van C-HALLINGDAHL. Het bovenste deel van de ladende pagina is een advertentie, een bruine tornado die over de bovenkant van Karena's scherm tolt en WHIRLWIND TOURS: HET AVONTUUR VAN JE LEVEN! in zijn kielzog achterlaat. Als het puin is neergedaald, is er een witte bestelbus met knipperende waarschuwingslichten te zien en verdwijnt de verwoestende tornado langzaam in de verte.

'O mijn god,' zegt Karena. Ze schudt haar hoofd. Hoe heeft ze zo stom kunnen zijn? Waarom heeft ze dit niet eerder bedacht? Zo zal ze haar broer vinden. Ze klikt op de link van Whirlwind.

6

Hoewel ze er alle reden toe heeft, vindt Karena niet dat ze een fobie heeft voor noodweer. Net als iedereen die in Minnesota geboren is, heeft ze er iets meer dan een vage notie van. Ze is gewend aan bliksem, donder en hagel. Ze weet hoe ze een wolkenmuur moet herkennen: het verlaagde deel van een wervelstorm waaruit een tornado kan komen. Ze is eraan gewend dat de televisieprogramma's 's zomers worden onderbroken door meteorologen die Doppler-radar gebruiken om haar te laten zien waar het gevaarlijke weer zich zal voordoen. Als de lucht groen wordt, als de sirenes beginnen te loeien, dan gaat Karena naar de kelder.

Dat is het. Geen gillende zenuwen. Geen flashbacks, geen hysterie. Karena neemt eenvoudigweg voorzorgsmaatregelen, zoals ieder verstandig mens, om het onheil uit de weg te gaan.

Wat haar, als ze conferentiezaal B van het City's Gateway Hotel in Oklahoma aan de achterkant binnensluipt, op de vraag brengt: wie zijn deze mensen?

Rond de ovalen tafel zitten de gidsen van Whirlwind en hun cliënten, en ze valt midden in de voorlichtingsfase. Als ze op de dichtstbijzijnde stoel is gaan zitten en verontschuldigend heeft geglimlacht naar de vrouw naast haar, kijkt Karena met een meer dan gewone nieuwsgierigheid naar de gidsen. Deze drie mannen, die door hun T-shirts van Whirlwind zijn bestempeld als leiders en beschermers van de trip van de komende week, behoren tot de meest gerespecteerde tornadojagers in het veld. Ze zouden Charles kunnen kennen, hebben misschien zelfs een paar dagen geleden nog contact met hem gehad. Ze zijn van dezelfde leeftijd als Charles. Maar waarom wijden ze hun leven aan het achternajagen van weersomstandigheden waar alle anderen voor weglopen? Waarom zou iemand dat doen, tenzij hij of zij gestoord is? En nu we het daar toch over hebben: hoe zit dat met de toeristen? Karena kijkt naar de sympathiek ogende mensen die rond de tafel zitten en aandachtig luisteren naar de leider, Dan Mitchell. Karena telt zeven gasten, een mengelmoesje van mannen en vrouwen. Dat verbaast haar, aangezien ze verwacht had dat vooral jonge mannen zich aan zouden melden voor een adrenalinekick als deze. En sommigen zijn nog van middelbare leeftijd ook. Waarom hebben die tweeduizend dollar per persoon betaald om dicht bij een krachtige, dolende luchtzuil te komen die hen met gemak kan doden? Weten jullie niet dat dit echt is? Die vraag brandt Karena op de lippen. Waarom blijven jullie niet lekker veilig thuis?

Zo onopvallend mogelijk haalt ze haar notitieblokje tevoorschijn en zet ze haar kleine recorder op tafel. Officieel is ze hier op reportage: ze heeft haar redacteur zover gekregen haar een artikel over tornadotripjes te laten schrijven. En vanmorgen vroeg, toen ze stand-by was op het vliegveld van Wichita, heeft Karena met de voorzitter van Whirlwind, Tim Tarrant, gepraat om te regelen dat zij met deze trip mee mocht. 'Je weet dat de bestelbus vol zit, hè?' had Tim gezegd. 'Je zult erachteraan moeten rijden in je eigen auto. Kun je dat? Heb je wel eens eerder in zwaar weer gereden?' Karena had een seconde geaarzeld en toen 'ja' gezegd. 'Huur dan maar een auto met een sterke motor en vierwielaandrijving, die hoog op zijn wielen staat,' had Tim haar opgedragen. 'En neem in petrusnaam een allriskverzekering.' Dit heeft Karena allemaal in het afgelopen uur voor elkaar gekregen, sinds ze geland is in Oklahoma City. Desondanks is ze toch nog te laat.

'Oké,' zegt Dan Mitchell, die een introductierondje niet nodig vindt en is overgestapt op de logistiek. Hij is een enorme, blonde kerel met een mopsneus en sproeten; een doodnormale verschijning, iemand voor wie Karena zich op straat niet zou omdraaien. Dat geldt eveneens voor de twee gidsen die hem flankeren: de ene heeft een grijze baard en een slap vishoedje en de andere is ongeveer van Karena's leeftijd, klein en gedrongen als een uitsmijter en heeft een gezicht dat zo rond is als een pannenkoekpan. Niet wat Karena verwacht zou hebben van de genieën uit de tornadojachtwereld, zoals ze door Stormtrack genoemd worden.

'Ik wilde het nu even hebben over wat jullie deze week tijdens jullie zwaarweersafari kunnen verwachten,' zegt Dan Mitchell monotoon, terwijl hij door een multomap bladert. 'Wie gaan er allemaal mee om koeien door de lucht te zien vliegen?'

Er klinkt wat gegniffel uit de hoek van de toeristen bij deze verwijzing naar het vliegende vee in de film *Twister*. De gezette jongeman die tegenover Karena zit, steekt zijn hand op.

'Wat dachten jullie van een stelletje tornado's?' vraagt Dan.

Er wordt nog meer gelachen en dan gaan alle handen omhoog, waaronder die – te laat en weifelend – van Karena.

'Mooi zo,' zegt Dan. 'En we gaan proberen dat voor jullie te realiseren. Maar in tegenstelling tot wat jullie misschien in films en op de tv hebben gezien, komen tornado's doorgaans niet achter elkaar uit de lucht vallen. Ze zijn een stuk moeilijker te vinden. De meeste tornado's duren ongeveer dertig tellen en raken de grond op het platteland. En dat kan overal in Tornado Alley gebeuren, van North Dakota tot Texas. Dus raad eens wat we het grootste deel van de tijd zullen gaan doen?'

'Verdomd veel rondkarren,' mompelt de jonge vrouw die naast Karena zit met een Brits accent.

'Heel veel rijden,' zegt Dan Mitchell. 'Het komt er eigenlijk op neer dat we een potje gaan schaken met de atmosfeer. In plaats van achter het noodweer aan te gaan, willen we ons zo opstellen, dat we het kunnen opvangen als het naar het noorden trekt.' Hij bladert door de multomap. 'Op sommige dagen zou de atmosfeer wel eens niet mee kunnen werken,' vervolgt hij op een voorleestoon, 'en dan gaan we naar lokale attracties, zoals Carhenge, of het Corn Palace in Mitchell, South Dakota, of naar de grootste garenklos ter wereld...'

'Weet je, ik doe dit nu al negentien jaar en ik heb dat verdomde ding nog nooit gezien,' onderbreekt de grijsharige gids hem. 'Hoe ziet dat er eigenlijk uit?'

Het pannenkoekgezicht buigt zich voorbij Dan. 'Garenachtig,' zegt hij.

'Bedankt, Kevin,' zegt de gids met de grijze baard.

'Graag gedaan.'

'Oké, aangezien jullie klaarblijkelijk in een praterige stemming zijn,' zegt Dan, 'willen jullie het vanaf nu misschien even overnemen. Dennis?'

'Met alle liefde,' zegt de grijsharige gids. Hij maakt een vredesteken. 'Gegroet,' zegt hij. 'Als jullie chauffeur op deze trip heb ik niet alleen het voorrecht om jullie honderden kilometers te transporteren en jullie zo dicht mogelijk bij het noodweer te brengen, maar zal ik ook jullie persoonlijke veiligheid in de gaten houden – zoals wij allen,' voegt hij eraan toe, terwijl hij naar zijn collega-gidsen kijkt. 'Wie weet wat het grootste gevaar is tijdens het jagen?'

'Eh, tornado's?' zegt een vrouw met kastanjekleurig haar en een vlinderbril.

'Ach,' zegt Dennis, terwijl hij met zijn armen een x vormt. 'Fout.'

'Bliksem?'

'Het op één na gevaarlijkste. Nog één.'

'Autorijden,' zegt Karena ondanks zichzelf.

Dennis wijst naar haar. 'Bingo,' zegt hij. 'Slechte bestuurders. Zoals Dan al zei, zullen wij het meeste noodweer midden in niemandsland treffen, bijvoorbeeld in het weiland van boer Bob. Maar wij zullen dat weiland waarschijnlijk delen met honderd andere jagers. En geloof het of niet, maar niet alle jagers zijn verantwoordelijke, zich aan de verkeersregels houdende burgers als ik. Sommigen worden een ietsepietsie te enthousiast als die buizen uit de lucht komen vallen en letten dan niet goed meer op. Dus mensen, alsjeblieft, als we jullie uit het busje laten om foto's te maken, ga dan niet over de weg zwerven. We vinden jullie zo het leukst, met jullie ingewanden aan de binnenkant.'

'Ingewanden,' zegt de stoere tiener tegenover Karena, en hij lacht zachtjes.

'En dan hebben we nog de beesten,' gaat Dennis verder, terwijl hij zijn vingers een voor een opsteekt, 'wespen en ratelslangen. Loop niet het hoge gras in. En, inderdaad, bliksem. Als je er dicht genoeg bij bent om de regen te voelen, ben je er dicht genoeg bij om getroffen te worden, dus klamp je niet vast aan telefoonpalen of bomen. Prikkeldraad, probeer daar niet in verstrikt te raken. En wind – als jij als laatste de bus uit gaat, zorg dan dat je de deur sluit. Anders kan die dichtklappen en iemands arm afhakken.'

Hij wendt zich tot de pannenkoekgids, Kevin. 'Ben ik iets vergeten?' vraagt hij.

'Hagel,' zegt Kevin. 'Daar blijven we uit principe bij uit de buurt, aangezien sommige van die rotstenen het formaat softbal aan kunnen nemen en je wilt niet weten wat dat met een autoraam kan doen. Maar als we in een situatie verzeild raken waar hagel onvermijdelijk is, prop je je jas of je trui of wat dan ook tussen jezelf en het raam. Dit moeten jullie goed onthouden,' voegt hij eraan toe, 'want als het eenmaal echt hagelt, kunnen we elkaar niet meer verstaan.'

Karena huivert. Dit was ze vergeten. Kevin kijkt haar vragend aan. Ze haalt haar schouders op en glimlacht.

'Dank je, Kevin,' zegt Dan Mitchell met een uitgestreken gezicht. 'Volgens mij zijn we zo wel zo'n beetje...'

'Ho, wacht even,' zegt Kevin. Hij heeft een volle, snerpende stem, zoals dj's uit de grote stad. 'Drinken,' zegt hij waarschuwend. 'Drink niet te veel. We proberen weliswaar regelmatig een sanitaire stop in te lassen, maar als we midden in een bui zitten, is dat niet altijd mogelijk.'

Gekreun van de vrouwelijke gasten. 'Dan maak je de toverplee,' mompelt de vrouw die naast Karena zit.

'Wat is een toverplee?' vraagt Karena vanuit haar mondhoek.

'Je wacht tot iedereen aan de overkant van de weg naar de onweersbui staat te kijken, loopt naar de andere kant van de bus, zet twee deuren open en gaat op je hurken zitten. Voilà, toverplee.'

'Begrepen,' fluistert Karena.

'Dames,' zegt Kevin. Hij stopt met praten en kijkt hen streng aan. 'Moeten we jullie naar de gang sturen?'

Karena's buurvrouw slaat een hand voor haar mond, terwijl Karena kaarsrecht gaat zitten, haar hoofd schudt en zegt: 'Nee. Nee, meneer. We zijn klaar.'

'Ik denk eigenlijk dat we allemaal klaar zijn,' zegt Dan Mitchell. 'Tenzij iemand een vraag heeft...'

De toeristen kijken elkaar aan en glimlachen.

'Oké,' zegt Dan, 'laten we dan snel even gaan lunchen bij Panera hiernaast, zodat we over een half uur terug kunnen zijn bij de bus. Wegwezen.'

Terwijl iedereen zich uitrekt, gaat staan en camcorders uitschakelt, draait Karena zich naar de vrouw naast haar. Ze is halverwege de twintig, schat Karena, en heeft haar dat zo zwart is geverfd, dat het een paarse gloed heeft. Ook heeft ze twee piercings in haar rechterwenkbrauw. Maar haar smalle, aantrekkelijke gezicht heeft iets innemends. 'Karena Jorge,' zegt Karena, 'van de Minneapolis *Ledger*. Ik ga jullie volgen op deze trip.'

'O ja?' zegt de vrouw. 'Cool. Ik ben Fern. Fern Michaels.'

'Noord-Engeland?' raadt Karena.

'Inderdaad,' zegt Fern, die het woord aan het eind een draai geeft om haar verbazing te laten blijken. 'Hoe weet je dat? De meeste yanks denken dat ik zo'n verdomde Australische ben.'

'Ik ben getrouwd geweest met een Brit,' zegt Karena. 'Maar hij kwam uit Zuid-Londen.'

'Lekker dan, *mate*,' zegt Fern. 'Dus je bent nog maagd?'

'Pardon?' zegt Karena.

Fern grijnst. 'Is dit je eerste trip?'

'O... Ja. Is dat zo duidelijk?'

'Ja,' zegt Fern. 'Niet kwaad bedoeld.'

'Geeft niet. Ik moet nog veel leren, dat is zeker. Bedankt voor de toverpleetip.'

'Graag gedaan,' zegt Fern. 'En dat stelt niets voor. Wacht maar tot je je eerste douchedier ontmoet.'

'Douchedier,' mompelt Karena als Fern opstaat.

'Over plees gesproken,' zegt ze, 'ik ben even weg. Ik zie je wel in de Panera, hè?' en ze loopt snel weg door de conferentiezaal.

Karena pakt haar spullen en haalt buiten de draaideur van het hotel Dan Mitchell in, waar hij toezicht houdt op de twee andere gidsen die een berg bagage in een grote witte bestelbus proppen. Het lijkt wel of ik naar een spelletje Tetris sta te kijken, denkt Karena. De bus wemelt van de antennes en op de grille zit de schedel van een langhoorn.

Ze zegt: 'Dan? Hai, ik ben Karena Jorge, van de Minneapolis *Ledger*, je mediaescorte tijdens deze trip. Mijn redacteur heeft me op het laatste moment met deze reportage opgezadeld – ik hoop dat Tim Tarrant gelegenheid heeft gezien je van mijn komst op de hoogte te stellen?'

Dan knikt. 'Welkom aan boord,' zegt hij, op precies dezelfde toon als hij zou zeggen: loop naar de hel.

'Sorry dat ik zo laat was,' zegt Karena. 'Het heeft me even gekost om de juiste huurauto te vinden op het vliegveld.'

'Welke heb je genomen?' vraagt Dan.

'Die rode jeep,' zegt Karena wijzend, 'die Grand Cherokee Laredo.'

'Prima,' zegt Dan. 'Ik neem niet aan dat je er een ham in hebt.'

'Een wat?'

'Wij communiceren via ham-radio,' zegt Dan, 'maar aangezien je die niet hebt, zul je het met je mobiel moeten doen, en in de meeste streken waar we komen is het bereik niet al te best. Je kunt dus maar het beste vlak achter ons blijven, zodat we je in de gaten kunnen houden.'

'Oké,' zegt Karena, terwijl ze haar mooiste lach tevoorschijn tovert, 'dat lukt me wel.'

'En misschien moet je ook een scanner halen bij een truckstop,' zegt Dan. 'Dan kun je ons tenminste horen.'

'Scanner,' zegt Karena, terwijl ze het opschrijft. Is Dan altijd zo chagrijnig of is hij geïrriteerd vanwege het feit dat hij ook nog eens een onervaren verslaggever in de gaten moet houden die achter zijn busje aan rijdt? Karena wil hun niet tot last zijn, maar ze is op reportage. Om nog maar te zwijgen over haar heimelijke motief.

'Trouwens,' begint ze, en ze staat op het punt te vragen of Dan toevallig een jager kent die Charles Hallingdahl heet, als Dan haar onderbreekt.

'Als je nog wilt lunchen,' zegt hij, 'kun je maar beter nu gaan. We hebben een lange rit voor de boeg.'

'O,' zegt Karena, die beseft dat ze deze informatie ook gemist heeft. 'Waar gaan we naartoe?'

'Kansas,' zegt Dan, 'om morgen de juiste uitgangspositie te hebben.'

Karena lacht en Dan kijkt haar voor het eerste echt aan. 'Wat is er zo grappig?' vraagt hij.

'Daar kom ik net vandaan,' zegt Karena. 'Dan ga ik dus precies dezelfde weg weer terug.'

'Welkom bij het tornadojagen,' zegt Dan. Hij knikt naar Karena en loopt de parkeerplaats op.

7

In het begin is het leuk. Nadat ze laat in de avond zijn aangekomen en de nacht hebben doorgebracht in Hays, Kansas, gaat de Whirlwind Tour de volgende dag verder naar het noorden, in de richting van Nebraska. Tijdens de briefing vertelt Dan dat hij optimistisch is over de kans op noodweer die middag in de buurt van Ogallala, wat betekent dat Karena hoopvol is Charles daar aan te treffen. Ondertussen staat ze zichzelf toe om, naarmate de trip vordert, te vergeten waarom ze überhaupt is meegegaan. Het is net of ze spijbelt, en dat gevoel wordt versterkt door het feit dat ze niet eens haar normale kleren draagt. Toen ze uit Minneapolis vertrok, heeft ze niet genoeg gepakt voor een reis van een week. Dus heeft ze vanmorgen in de Walmart van Hays, terwijl de rest aan het ontbijten was, tegelijk met de scanner een nieuwe garderobe aangeschaft. Haar roze geruite hemd, een cowgirlkledingstuk dat Karena thuis nooit zou dragen, wasemt de zure geur van goedkope nieuwe katoen uit. Ze rijdt in een gelukzalige droomtoestand achter de bestelbus aan, ziet hoe de kleuren van het land verbleken naarmate de zon stijgt en luistert naar het geklets van de gidsen op haar scanner.

Ze rijden Nebraska in en slaan op interstate 80 af in westelijke richting. Er is hier niets anders te zien dan groene maïsvelden, de fletse snelweg en de denimblauwe lucht. De zon ketst flakkerend van het bestelbusje. De steden liggen een uur uit elkaar en doen hun best toeristen te lokken met attracties als Harold G. Warp's Pioneer Village of de geboorteplaats van Kool-Aid in Hastings. De rivier de Platte stroomt soms langs de snelweg, maar is onzichtbaar achter de rijen glinsterende populieren.

Karena kent veel mensen die een hekel hebben aan dit deel van het land, die ruimtevrees krijgen als ze alleen al denken aan al dat niets onder de immense hemel. Karena is er dol op, op alles ervan. Ze houdt van de platheid van het land; ze krijgt altijd een hevige behoefte om er luidkeels zingend op een paard overheen te galopperen. Ze vindt het heerlijk dat tachtig procent van haar beeld uit lucht bestaat. Ze geniet met volle teugen van het feit dat ze alles om zich heen kan zien. Waarschijnlijk heeft ze deze karaktertrek geërfd van haar pionierende voorouders, die ongetwijfeld wilden zien welke gevaren hun kant op kwamen: sneeuwstormen, prairiebranden, sprinkhanenplagen, tornado's. Als ze onder het Great Platte River Road Archway Monument in Kearney door rijden, juicht Karena en drukt op haar claxon. Ze zingt het versje dat op een plaquette in het museum stond en dat zij en Charles uit het hoofd moesten leren toen ze er tijdens een schoolreisje waren:

De lafaards zijn nooit weggegaan
De zwakken stierven onderweg
Alleen de sterksten bleven in leven
Zij waren de pioniers!

8

Als ze die middag tegen vieren bij de Sapp Bros *travel plaza* in Ogallala stoppen, is de nieuwigheid er een beetje vanaf. Karena is moe, verkreukeld en chagrijnig. Haar gezicht is vettig van al die uren in de jeep. Als ze door het supermarktje in de richting van de damestoiletten strompelt, heeft ze het gevoel urenlang niet met haar ogen geknipperd te hebben. En dit is nog maar de eerste dag. Karena heeft zin om te kreunen. Misschien ligt het aan het begin van de dagelijkse dip, maar deze hele onderneming komt opeens nogal lachwekkend op haar over.

Nadat ze haar gezicht heeft gewassen en drooggedept met een papieren handdoekje voelt Karena zich ietsje beter. Ze loopt de winkel door om het personeel Charles' apenlookfoto te laten zien. Zoals gewoonlijk heeft niemand hem gezien en Karena begint zich af te vragen of het aan het kapsel ligt. Die apenlook leidt gewoon te veel af. Ze struint door de gangpaden, langs de wegenkaarten en bonen in blik, de snacks en de auto-onderdelen en de memorabilia van de lokale footballclub, en vergelijkt de foto met de mannen die ze ziet. Ze begint gewoon hier en gaat dan langzaam naar buiten. Ze sluit alle mannen die kleiner zijn dan één meter tachtig uit, want Charles zal niet gekrompen zijn. Ook de zwaarlijvige types slaat ze over, want dokter Brewster had gezegd dat Charles in een goede conditie was. Maar verder is elke man van Karena's leeftijd een makkelijke prooi. Bij de pinautomaat, het apparaat waar je loten kunt kopen en zelfs bij het herentoilet probeert ze zich de ene kerel voor te stellen zonder petje en bril, en de andere zonder baard en snor. Ze heeft een sterk vermoeden dat Charles in de buurt is; Charles noemde dat altijd hun tweelingradar. Ze ziet hem alleen niet.

Als ze de hele winkel af is geweest, koopt Karena een afgrijselijke witte zonnebril van een draaiende standaard en loopt naar buiten. Daar blijft ze staan. De parkeerplaats is een picknickplek voor tornadojagers geworden. Het plein is veranderd in een doolhof van voertuigen met radio- en radarantennes, Skywarn-stickers en oranje lavalampen op het dak. Ertussendoor drentelen jagers, die Big Gulps drinken en stukken magnetronpizza eten. Karena hoort alleenstaande vrouwen zich vaak afvragen waar al die mannen toch zijn. Nu weet ze het antwoord. Ze overweegt een voorstel voor een tweede artikel in te dienen, maar dan voor de 'lifestyle'-bijlage van de *Ledger*. Elke ongebonden vrouw in Minneapolis zal gaan deelnemen aan tornadotrips.

Karena gaat op haar tenen staan en speurt naar een slanke ééntachtiger met goudblond haar. Charles is nergens te bekennen, dus gaat Karena op zoek naar haar gidsen in de veronderstelling dat ze het best het dichtst bij huis kan beginnen. Maar het team van Whirlwind is druk bezig. Dan zit op de chauffeursstoel van de Witte Walvis – de bijnaam die Karena de witte bestelbus heeft gegeven – en kijkt op de radar. Dennis geeft een aantal toeristen een lesje en staat driftig naar de lucht te gebaren. En Kevin ijsbeert telefonerend aan de rand van de parkeerplaats. Karena slaakt een zucht, duikt tussen de jagers en werkt de parkeerplaats van links naar rechts systematisch af. Dit keer neemt ze niet de moeite de foto te laten zien, maar vraagt gewoon of iemand een jager kent die Charles Hallingdahl heet. Velen zeggen van wel – ze noemen hem Chuck – en kijken haar nieuwsgierig of onbewogen van onder hun baseballpetje en van achter hun zonnebril aan. Maar niemand heeft Chuck Hallingdahl gezien, dit seizoen niet, sorry. Maar succes ermee, hoor. Het partijbeleid van Stormtrack.

Uiteindelijk trekt Karena zich ontmoedigd en bezweet terug op de middenberm en gaat in de schaduw zitten van een gigantisch reclamebord met een rode koffiepot op een witte achtergrond. Ze wuift zichzelf koelte toe met haar notitieblok. Sluiten deze jagers de gelederen of hebben ze haar broer echt niet gezien? Charles, de einzelgänger. Misschien is hij hier echt niet. Misschien is hij zelfs wel in een andere staat. Maar Dan zei dat ze vandaag alleen hier, op deze plek, kans maken op zwaar weer. Karena knijpt haar ogen tot spleetjes en inspecteert de menigte. Kom op, Charles, denkt ze. Laat je zien. Ik weet dat je hier ergens bent.

‘Ho-oi,’ zegt Fern, het Britse meisje. Ze komt op haar gemak naar haar toelopen, terwijl ze een pakje sigaretten tegen haar pols tikt. ‘Zin in gezelschap?’

‘Graag,’ zegt Karena. Ze kan net zo goed vrienden maken en materiaal voor haar verhaal verzamelen.

‘Hoe gaat het daar in je eentje achter ons?’ vraagt Fern.

Karena glimlacht. ‘Prima,’ zegt ze. ‘Hoewel ik jullie zo natuurlijk wel minder snel leer kennen. Maar ik hou van autorijden.’

‘Ik zou gek worden,’ zegt Fern. ‘Jullie yanks rijden als debielen. Niet kwetsend bedoeld. Word je niet slaperig?’

‘Soms,’ bekent Karena.

‘Rook je?’ vraagt Fern, terwijl ze haar pakje uitsteekt.

‘Niet meer,’ zegt Karena.

‘Jammer,’ zegt Fern, terwijl ze een Marlboro opsteekt. ‘Daar zou je wakker van blijven. Maar je kunt ook zonnebloempitten proberen. Dat doet Dennis, aangezien hij in de bus niet mag roken.’

Ze blaast de rook attent opzij, waar die in het zonlicht een verwrongen parabool vormt. Je kunt eraan doodgaan, weet je, wil Karena tegen haar zeggen. Je bent niet immuun. Kanker overkomt niet alleen maar anderen. Ze wil Fern vertellen over haar moeder Siri; dat er aan het eind, nadat ze een van Siri’s longen hadden weggehaald en haar met chemo, bestraling en steroïden hadden behandeld, niets herkenbaars meer van Siri over was, behalve haar stem. Maar Karena is na het overlijden van haar moeder nog drie jaar blijven roken en is alleen maar gestopt omdat ze er migraine van begon te krijgen. Het is zo’n hardnekkige gewoonte. Dus ze zegt niets. Ze zitten een tijdje als oude boeren zwijgend naast elkaar, terwijl Karena naar de jagers kijkt en Fern naar de lucht.

‘Lekkere cu,’ zegt Fern.

‘Nou en of,’ zegt Karena afwezig. En dan: ‘Wacht even, wat is cu?’

Fern lacht. ‘Ik vergeet steeds dat je nog maagd bent,’ zegt ze. Ze wijst met haar sigaret naar de witte, opbollende wolken die over de parkeerplaats drijven. ‘Cu,’ zegt ze. ‘Een afkorting van cumulus, cumulus congestus. We hebben hier feitelijk iets van een cu-veld, en ze zijn opgefokt. Zie je hoe ze zichzelf opblazen? Dat betekent dat er waarschijnlijk snel iets gaat gebeuren.’

Karena lacht en haalt haar kleine recorder tevoorschijn. 'Opgefokte cu,' zegt ze in het apparaat. 'Cu-veld. Geweldig, Fern. De gidsen zouden je een deel van de opbrengst moeten geven.'

Fern kijkt ontzet, alsof Karena heeft zitten vloeken. 'Ik stel geen reet voor in vergelijking met hen,' zegt ze. 'Zij zijn verdomde genieën.'

'Hoe vaak ben je eigenlijk al met zo'n trip mee geweest? Vind je het erg als ik dit opneem voor mijn artikel?'

'Nee, geen probleem,' zegt Fern. 'Zes keer.'

'Zes keer!' zegt Karena.

Fern blaast rook in de lucht. 'Whirlwind is briljant,' zegt ze.

'Blijkbaar,' zegt Karena. 'Hoe heb je hen gevonden? Waarom heb je überhaupt besloten om dit te gaan doen?'

'Ik heb een documentaire gezien op Discovery Channel over tornadojagers,' zegt Fern, 'en ik wist meteen dat ik hiernaartoe moest. Ik ben altijd geobsedeerd geweest door tornado's. Als klein meisje was ik er al gek op.'

'Interessant,' zegt Karena. 'Hoe komt dat? In Engeland komen die nou niet bepaald vaak voor.'

'Tja, dat is het nou juist,' zegt Fern. 'Het weer in Engeland is klote. Het hoogst haalbare is een of ander sneu onweersbuitje en dan gaat iedereen uit zijn dak. Het is bezopen. Dus ik wist dat ik naar de States toe moest. En die eerste trip heeft mijn leven veranderd.'

'Interessant,' herhaalt Karena, iets alerter nu. Hier zit een verhaal achter. 'Hoezo?'

Fern drukt haar sigaret uit op de zool van haar laars, waarbij haar wijnkleurige haar naar voren valt. 'Tja, verliefd geworden, hè,' zegt ze.

'Op het weer?' vraagt Karena.

'Op een man,' zegt Fern. 'De beste, slimste, meest sexy man ter wereld... Vuile klootzak.'

Karena trekt een meelevend gezicht. 'Ach,' zegt ze. 'Dat had ik kunnen weten.'

Ze wacht terwijl Fern een nieuwe sigaret opsteekt. Karena had gelijk: dit wordt een veel smeuïger verhaal dan het artikel dat ze in gedachten had, wat zo vaak gebeurt als mensen zich erbij betrokken gaan voelen.

‘En wie is die sexy klootzak?’ vraagt ze. ‘Als je het tenminste niet vervelend vindt om erover te praten.’

Maar voordat Fern antwoord kan geven, schreeuwt iemand op de parkeerplaats: ‘Daar gaat-ie!’

Fern kijkt op en grijnst. Ze geeft Karena een por met haar elleboog. ‘Kijk,’ zegt ze wijzend.

Karena kijkt. Haar mond valt open, een heel klein beetje maar. Een van de grote cu’s is als een zak popcorn ontploft en dijt nog steeds uit. De wolk bolt zo snel op, dat Karena het gewoon ziet gebeuren, alsof er een film versneld wordt afgespeeld. De bovenkant is verblindend wit tegen de blauwe lucht, en scherp en knokig, maar de onderkant is donkergrijs, en terwijl de wolk uitdijt, verduistert zijn schaduw de parkeerplaats.

‘Oké dan,’ zegt Fern, ‘showtime.’ Ze stampt haar sigaret uit, bukt om de gedoofde peuken op te rapen en loopt dan op een drafje naar de Witte Walvis. Halverwege draait ze zich om. ‘Ik zie je daar,’ roept ze.

‘We gaan, mensen,’ schreeuwt Dan Mitchell.

De parkeerplaats verandert in een gekkenhuis. De jagers springen in hun voertuigen en racen in de richting van de uitgang, wat resulteert in een fikse opstopping. Er wordt luid getoeterd en sommige voertuigen beginnen over de middenberm heen te ploegen in plaats van te wachten. Een daarvan, een bizarre kruising tussen een tank en een gordeldier, komt vast te zitten in de modder en blokkeert de rest. Karena kijkt met open mond toe.

‘Hé, Laredo,’ roept Kevin. Het kost Karena even om te beseffen dat hij het tegen haar heeft door te verwijzen naar haar autotype. Natuurlijk: ze heeft zich nog niet aan hem voorgesteld, dus hoewel ze de hele dag naar hem heeft zitten luisteren, weet hij niet hoe ze heet.

‘Opzadelen, Laredo,’ schreeuwt hij en hij slingert met zijn arm. ‘We moeten gaan!’ En dan rent Karena ook; net als alle anderen sprint ze in de richting van haar auto.

9

Ze slaan rechts af en rijden door Ogallala om op de 61 in noordelijke richting te kunnen komen. Karena zit tegen zichzelf te praten in haar Laredo. Vooruit, zegt ze. Je kunt het best. Het is vast anders dan de vorige keer. Deze kerels zijn anders dan Charles. Dit zijn professionals. Ze hebben radar. Maar Karena trilt over haar hele lichaam, zo heftig dat ze amper het stuur kan vasthouden. Ze kan er niets aan doen. Elke vezel in haar lichaam schreeuwt dat ze terug moet rijden naar Sapp Bros waar, als een kelder ontbreekt, toch in ieder geval een wc moet zijn waarin ze zich kan verstoppen, een raamloze kamer in een kooi van leidingen. In plaats daarvan blijft ze achter die volkomen vreemden aan rijden, regelrecht op het levensbedreigende gevaar af.

Ze is weer in de hyperalerte modus geschoten: haar ogen schieten van links naar rechts voor het geval een of ander detail later een levensreddende rol kan spelen. De pakhuizen en eettenten van Ogallala. De bungalows in de buitenwijken ervan. Opnieuw de rivier de Platte. Het landschap wordt heuvelachtig naarmate ze noordelijker komen: langgerekte, vriendelijke glooiingen onder de grasvlakte. Een schitterend blauwgroen meer. Een picknicktafel en dennenbomen als op een ansichtkaart uit de jaren vijftig. Het licht is fel en vervormd, afgeknepen door het noodweer, alsof Karena een zonnebril met gele glazen draagt.

Ze begint te bedenken wat ze tegen hen kan zeggen. Er was een waarschuwingslichtje gaan branden in de auto. Ze had een plotselinge aanval van voedselvergiftiging gekregen van die hamburger van gisteravond. Er was gebeld dat ze onmiddellijk naar huis moest komen. Maar dan zou Karena haar redacteur moeten bellen om te bekennen dat ze zich terugtrekt. Ze zou Tim Tarrant, de eigenaar van Whirlwind, hetzelfde moeten vertellen, terwijl ze hem op het hart had gedrukt dat ze dit kon. Ze ziet voor zich dat de toeristen zeggen: wat is er toch gebeurd met die verslaggeefster? En dat Fern dan zou zeggen: ze heeft wel gezegd dat ze achter ons steeds zo slaperig werd. Dan zou niets zeggen en waarschijnlijk opgelucht zijn. Maar wat Karena echt dwarszit, om welke reden dan ook, is de blik die Kevin haar toewierp in de conferentiezaal. Die blik van: gaat het wel? Ze wil dat kleine vriendelijke gebaar niet beantwoorden door te verdwijnen.

En dan is Charles er nog. Ze is hiernaartoe gekomen om Charles te zoeken. Karena strekt haar armen, zet zich schrap tegen het stuur en blijft rijden.

Na een poosje begint Karena zich te ontspannen, gehypnotiseerd door het volgen van de bestelbus over de golvende snelweg. En het gekke is: de zon is er weer en schijnt fel tussen de opgefokte cumuluswolken door die Fern heeft aangewezen en die als galjoenen boven de jeep zeilen. In haar achteruitkijkspiegeltje is het noodweer dat boven Sapp Bros uitbarstte nauwelijks zichtbaar en het lijkt op een bolletje smeltend vanille-ijs. Ook heeft Karena geen andere jagers meer gezien sinds ze uit Ogallala zijn vertrokken. 'Wat krijgen we nou?' zegt Karena. Waarom gaan die kerels van Whirlwind de verkeerde kant op? Boven de heuvels voor hen hangt een witte streep die in het midden opbolt als een contactlens, maar dat is geen onweer. Dat is een front.

Opeens begint haar mobiel zoemend te trillen en beweegt over de passagiersstoel. Karena schrikt, ze was hem vergeten. Ze pakt hem op. 'Hallo!' zegt ze. 'Met Karena Jorge.'

'... scanner,' zegt een van de gidsen. Volgens haar is het Kevin. De telefoon piept drie keer en valt uit.

'Verdomme,' zegt Karena en ze schudt het apparaat heen en weer, alsof dat helpt. De telefoon zoemt in haar hand.

'... scanner, Laredo,' zegt Kevin ergens in de verte. '146.520.'

'O!' zegt Karena als de telefoon weer uitvalt. Kwaad op zichzelf zwaait ze naar de bestelbus. Waarom is ze nou vergeten de scanner aan te zetten? 146.520, herhaalt ze in gedachten, 146.520. Op dat kanaal moet ze de scanner zetten om hen te kunnen horen. Ze stuurt met haar ellebogen, terwijl ze de frequentie intoetst.

'... bij ons, Laredo?' zegt Kevin op de scanner. 'Knipper twee keer met je koplampen als je ons kunt horen.'

Dat doet Karena.

'Oké, begrepen. Gaat het een beetje daar?'

Knipper. Knipper.

'Begrepen. Mooi. Wilde je alleen even laten weten dat ons buitje nu een rad van fortuin heeft. We proberen hem over ongeveer twintig minuten te onderscheppen.'

'Rad van fortuin,' herhaalt Karena verward. Ze knippert snel met haar koplampen en steekt vragend haar hand op.

'O, sorry, Laredo,' zegt Kevin. 'Een rad van fortuin is een lang, dun dingetje, een ronddraaiend icoontje dat op onze Threat Net-radar verschijnt als een bui begint te roteren. Daar zijn we naar op zoek.'

Karena knippert twee keer om aan te geven dat ze het begrepen heeft, en in reactie daarop steken alle toeristen hun armen uit het raam. Vervolgens bewegen ze die tegelijkertijd op en neer, zodat het lijkt of de bus vliegt. Karena lacht en zet haar recorder aan. 'Rad van fortuin,' zegt ze. 'Threat Net.' Zit Charles nu ook zo te praten? Waarschijnlijk wel. Karena weet nog dat hij dingen zei als 'raak het oog' en 'in de berenkooi'. Hij is altijd gek geweest op het vakjargon.

Dan denkt ze: wacht even, zei Kevin nou óns buitje?

Ze buigt naar voren en schudt haar hoofd. 'Waar?' zegt ze. 'Ik zie gewoon helemaal nie...' En dan komt het busje het dal uit waar ze doorheen hebben gereden, met Karena's jeep daar vlak achter, en ze beseft dat wat zij voor een front aanzag uiteindelijk toch een zware bui is. Die is gewoon zo enorm, dat ze het niet als zodanig herkende. Ze had nooit gedacht dat een buienwolk zo gigantisch kon zijn, als een ruimteschip dat de hemel vult en de hele horizon absorbeert. Hij hangt daar, de veelzeggende aambeeldwolk die Karena herkent van Stormtrack, de onderkant plat en de bovenkant, die door hoge wind wordt afgesneden, ook. Elke tornado die uit dat ding komt, zelfs als die zo groot is als een wolkenkrabber, zal eruitzien als een tandenstoker. 'O mijn god,' zegt Karena.

Haar scanner kraakt. 'Oké, Laredo,' zegt Kevin, 'als het goed is, komen we over ongeveer drie kilometer bij een onverharde weg. Die nemen we.'

'Oké,' zegt Karena. 'Oké.'

'Laredo? Begrepen?'

Ze is vergeten met haar lichten te knipperen. Dat doet ze nu, twee keer. Haar handen trillen weer.

Ze rijden verder in de richting van de bui; het wordt donkerder als ze onder het aambeeld rijden. De temperatuur daalt. De prairie verstomt. Ze bevinden zich nu in het schaduwrijk onder de basis, een plek die Karena zich herinnert. De wind snelt in de richting van de buienwolk en Karena kan de regen zowel ruiken als zien, een ondoorzichtige grijze stengel die van de onderkant van het aambeeld wegdrijft. Ze ziet de bliksem erin flitsen. Maar ze hoort geen donder.

'Hier is onze weg, Laredo,' zegt Kevin.

Karena knippert met haar lampen en begint te huilen als ze achter hen aan rijdt. Ze rijden díchter naar die bui toe. Ze gaat erín. Ze weet dat het hierom draait, maar ze kan de tranen niet tegenhouden. Ze veegt haar neus af met haar hand en zegt tegen zichzelf dat Charles waarschijnlijk hier ergens geparkeerd staat en foto's maakt.

'Wolkenmuur op twee uur,' zegt Kevin. Karena herkent de dalende wolkenband, waar een tornado uit zou kunnen komen. Ze slaakt een doodsbange kreet en buigt naar voren om omhoog te kunnen kijken. De viesbruine onderkant drukt op de jeep en staat bol van enorme, hangende, borstvormige bulten. Die herinnert Karena zich ook en ze weet nu dat die mammatus heten en wijzen op zware turbulentie erboven. Het licht is teruggebracht tot een onheilspellende gele streep aan de horizon.

'Oké,' zegt ze tegen zichzelf, 'je bent oké, je kunt dit. Je hoeft alleen de Walvis maar te volgen.' En daar concentreert ze zich met alle macht op, op het niet uit het oog verliezen van die vierkante bus, want als ze dat wel doet, is ze er geweest. Dan ziet Karena dat wolken zo groot als huizen in de wolkenmuur gezogen worden en verdwijnen. Opgezogen worden. Meteen stijgen aan haar rechterhand nog meer wolken op van de prairie, zo snel als rook in een schoorsteen. En er verschijnt nu ook een klein puntje aan de onderkant van de wolkenmuur dat zich tot een buis probeert te verlengen.

'Dit is niet veilig,' zegt Karena. 'Ze zijn allemaal godvergeten gestoord. Dit is absoluut niet veilig!' Ze haalt haar voet van het gaspedaal en raakt achter op het busje dat verder rolt richting de wolkenmuur. Dan draait ze haar jeep om en spurt terug in de tegenovergestelde richting.

'Laredo?' zegt Kevin. 'Laredo, je bent uit beeld. We zien je niet, Laredo. Kom dichterbij, alsjeblieft.'

Karena zet de scanner uit en stuitert zo snel mogelijk over de onverharde weg naar de snelweg. Alleen is er iets gebeurd: of de bui, of zij is op de een of andere manier gedraaid, want nu hangt de stortbui recht voor haar. Het oog. Zo noemde Charles het in ieder geval. 'We gaan het oog raken! Dat moet wel, we kunnen er alleen dwars doorheen!'

Maar Karena weet ook nog al te goed wat er in het oog gebeurt. En aan de andere kant daarvan. Ze kijkt achterom en ziet de donkerbruine wolkenmassa roteren boven de verlaten weg. De bus is nergens te bekennen. Die kant kan ze niet op. Stel dat ze ergens afgeslagen zijn? Maar ze kan ook niet vooruit, want het oog...

Dan is het te laat, want hij veegt over haar heen, de regen ontneemt meteen al het zicht en de jeep begint te schudden. De wielen aan Karena's kant worden van de weg getild, komen naar beneden en gaan weer omhoog. Karena klampt zich happend naar lucht vast aan het stuur. 'Denk na,' zegt ze. 'Denk na!' Ze weet dat de tornado aan de andere kant van het oog zal zijn, in wat haar broer de berenkooi noemde. Maar stel dat ze de berenkooi al ingeschoven is en dat dit de tornado is, hier, nu? Verborgen door de regen? Ze kan hier niet blijven. Dan wordt ze opgetild en weggeslingerd.

Ze zit te worstelen om de jeep in zijn één te schakelen als iemand op het raam bonkt. Het is Kevin, met zijn hand boven zijn ogen zodat hij naar binnen kan kijken. Zijn donkere haar zit vastgeplakt aan zijn voorhoofd. 'Stop,' schreeuwt hij. 'Zet hem in zijn vrij!'

Dat doet Karena.

Kevin rukt de deur open. 'Stap uit en loop om,' schreeuwt hij.

'Wat?' gilt Karena.

'Of schuif gewoon op! Laat mij rijden!'

'Oké!' schreeuwt Karena. Ze springt de auto uit en is meteen doorweekt. Ze rent langs de achterkant van de jeep en houdt die met één hand vast, zodat ze hem niet kwijt kan raken, zo verblindend is de regen. Ze klimt op de passagiersstoel en knalt de deur dicht. Kevin zet de jeep in zijn één en geeft gas. Af en toe probeert de jeep weer omhoog te komen als de wind tegen zijn flank beukt. Karena ziet kleine takjes over de weg scheren. Dan zijn ze er aan de andere kant uit en is er blauwe lucht voor hen. Voorbij het aambeeld schijnt de zon.

De vogels zingen op de akkers. Dit herinnert Karena zich. De vogels, hoe ze na afloop zingen. Hoe bizar vredig het is. Haar eigen ademhaling klinkt erg hard en schurend in haar oren. Ze zit vastgenageld aan haar stoel en klauwt in de zitting. 'Waar is...' zegt ze, en ze moet haar keel schrapen. 'Waar is het busje?'

'Op zes uur,' zegt Kevin en maakt een hoofdbeweging naar de achterbank.

Karena draait zich om en ja hoor, nu ze niet meer in het oog zitten kan ze de schedel van de langhoorn op de grille van de Witte Walvis door de achterruit zien. Ze hebben moeten omkeren voor haar. Ze heeft zich in jaren niet zo gegeneerd. 'Het spijt me verschrikkelijk,' zegt ze.

Kevin werpt haar een zijdelingse blik toe. 'Wat gebeurde er nou?' vraagt hij. 'Gaat het wel?'

'Ja,' zegt Karena. 'Ik was gewoon doodsbang. Ik voel me zo'n tút.'

Kevin haalt zijn schouders op. 'Mensen raken soms in paniek,' zegt hij. 'Dat kan gebeuren.' Hij strijkt met zijn hand over zijn gezicht en schudt dan de druppels van zijn vingers. 'Brrr,' zegt hij. 'Regen. Ik haat regen.'

'Maar... je bent een tornadojager,' flapt Karena er uit.

'Tornadojagers vinden het afschuwelijk om nat te worden, Laredo,' zegt Kevin. 'Als je zeik wordt, ben je op de verkeerde plek.'

'O,' zegt Karena bedeesd.

Kevin blijft rijden. Hij ruikt lekker, denkt Karena, naar vochtig katoen en eau de cologne, iets veiligs en ouderwets wat je bij een drogist kunt kopen. Na een minuut weet Karena het: Old Spice. Zijn bruine haar is extreem kort en geknipt in een coupe met zo'n gedraaid kuifje aan de voorkant; als het opdroogt gaat het als stekeltjes boven zijn ronde gezicht omhoog staan.

'Ik heet trouwens Karena,' zegt Karena. 'Ik bedoel, ik weet dat je dat weet, maar volgens mij zijn we nooit aan elkaar voorgesteld.'

Kevin kijkt verbaasd. 'Je hebt gelijk,' zegt hij. 'Ik ben Kevin Wiebke.'

Karena zegt: 'Aangenaam kennis te maken.' En dan moet ze lachen, gezien de omstandigheden. Kevin snuift. 'Serieus, bedankt dat je me hebt geholpen,' zegt ze. 'Ik vind het echt vervelend dat je je voor mij nat hebt laten regenen. Maar het was heldhaftig om in het oog naar buiten te gaan.'

Kevin werpt haar een snelle blik toe. 'Het oog?' zegt hij. 'Welk oog?'

'Al die regen waar we net doorheen zijn gereden? Was dat niet het oog?'

'Nou, nee,' zegt Kevin. 'Dat was gewoon AFD.'

'Wat is dat?'

'De achterflank-daalstroom. Gewoon een beetje wind.'

'O,' zegt Karena met een klein stemmetje.

Ze rijden verder.

10

Die avond loopt Karena over het terrein achter de Pony Express Lodge met een doos bier. Ze weet dat ze nog steeds een beetje bibberig is, omdat het haar vreselijk veel moeite heeft gekost om te beslissen welk merk ze moest kopen. Ze heeft een half uur staan wikken en wegen bij de drankenhal op de travel plaza, verdwaasd en afgeleid door de limonade met alcohol, de wijn in zakken en het zout met limoensmaak. Uiteindelijk was iemand van het personeel haar te hulp geschoten. Toen de keuze op Budweiser was gevallen, had hij Karena zelfs geholpen haar pinpas uit haar portemonnee te halen.

Aan de achterkant van de Pony Express, bijna verscholen achter de dennenbomen die het hotel scheiden van de snelweg, staat een *hot tub*. Het zwembad ernaast is afgedekt uit een soort eerbied voor het bordje waarop staat NIET ZWEMMEN NA 22.00 UUR! De hot tub is niet afgedekt en de drie gidsen zitten erin. Nou ja, Dan Mitchell en Kevin Wiebke dan; Dennis zit, nog steeds met zijn slappe vishoedje op zijn hoofd, op de rand vol vuur ergens over te praten als Karena aan komt lopen. Kevin ziet haar en knikt. Dennis draait zich om. 'Gegroet,' zegt hij. 'Jij moet Onze Lieve Vrouwe van de Budweiser zijn.'

'Inderdaad,' zegt Karena, terwijl ze de doos bij de rand van het bad zet en over de binnenkant van haar ellebogen wrijft, waar de scherpe randen van de kartonnen doos in haar huid hebben gesneden. Ze aarzelt een beetje of ze hen wel kan storen, maar ze neemt aan dat een groepje mannen altijd blij is een vrouw met bier te zien. 'Dat is wel het minste wat ik kan doen na die stunt die ik vandaag heb uitgehaald,' zegt ze. 'Nogmaals bedankt dat jullie achter me aan zijn gekomen. Het spijt me echt heel erg.'

Ze kijkt naar Dan Mitchell en probeert net te doen of ze zijn stevige, gespierde borst vol druipnat blond haar niet ziet. Hij haalt zijn schouders op. 'Die dingen gebeuren,' zegt hij, net als Kevin.

'Hoezo, gaan er regelmatig mensen door het lint?' vraagt Karena.

'Nou, niet regelmatig,' zegt Dan. 'Maar soms. Dat noodweer is geen geintje. Mensen worden bang.'

Dennis maakt een flesje bier open en geeft dat aan Karena. 'Ga zitten,' zegt hij.

'Ik wil me niet opdringen,' zegt Karena. Ze was eigenlijk van plan om terug te gaan naar de kamer die ze met Fern en een andere toerist, Alicia, deelt – de Pony Express had niet genoeg kamers – om aantekeningen voor haar verhaal te maken en de motels in de buurt te bellen om te kijken of Charles ergens logeert.

'We staan erop,' zegt Dennis, en Dan knikt. 'Alle media in de hot tub,' zegt hij. 'Dat is verplicht.'

Karena lacht. 'Op de een of andere manier klinkt dat een beetje verdacht, maar... oké.' Ze trekt haar nieuwe Walmart-gympen uit, gaat op de naar chloor ruikende tegels zitten en laat haar voeten in het warme water zakken. Dennis deelt biertjes uit. Karena neemt slokjes van het hare. Het is lauw en misschien wel het lekkerste biertje dat ze ooit gedronken heeft. 'Bedankt,' zegt ze.

'*De nada*,' zegt Dennis, en een minuut lang zegt niemand iets. Het geborrel van het water lijkt erg luid en Karena is zich heel erg bewust van het feit dat zij als enige vrouw met drie mannen in een hot tub zit, ook al dragen twee van hen een shirt. De stroom duwt haar voeten steeds maar in de richting van Kevins ondergedompelde schoot.

'Maarre...' zegt ze, 'vertel me alsjeblieft dat het niet alleen groentjes als ik zijn. Of de gasten. Jullie zijn vast ook wel eens bang, toch?'

Dan Mitchell slaakt een zucht en Dennis knikt. 'Tuurlijk,' zegt hij. 'Als je niet bang bent, moet je je zorgen maken. Dat betekent dat je te nonchalant wordt. Hoewel... Ik zou het niet echt bang willen noemen. Meer alert en respectvol. Je moet bereid zijn iets van dat noodweer op te steken. Het leert je altijd iets.'

Dan Mitchell strekt zijn armen naar achteren. 'Maar soms zijn ze gewoon doodeng,' zegt hij.

'Dat ook,' zegt Dennis. Hij neemt een slok en zegt: 'HA!'

'Maar er is vast heel wat voor nodig om jullie bang te maken,' zegt Karena. Ze klopt op de zakken van haar korte broek en baalt dat ze haar recorder niet heeft meegenomen. Maar misschien zouden deze kerels niet vrijuit met haar praten als dat zo was.

'Wanneer zijn jullie voor het laatst in een angstaanjagende situatie verzeild geraakt?' vraagt ze, en ze steekt haar lege handen omhoog. 'Gewoon, onder ons.'

'Tweeëntwintig mei van dit jaar,' zegt Dennis meteen. 'Voordat ik me bij trip vier voegde. Gove County. Centraal Kansas. Man, moedertje natuur had die dag wel een heel erg slechte bui.' Hij maakt nog een biertje open. 'Ik zou eigenlijk gaan jagen met deze sperzieboon,' – hij schopt water naar Kevin – 'maar hij had zijn zaakjes nog niet voor elkaar. Hij was nog niet eens uit St. Paul vertrokken. Dus ik was een beetje in mijn uppie aan het rondrijden in de oude paarse PT Cruiser...'

'De Aubergine,' zegt Dan.

'Ja, de Aubergine,' zegt Dennis. 'En toen waarschuwde de SPC voor een verhoogd risico – waar ik dus helemaal niet blij mee was,' zegt hij tegen Karena, 'want zo'n situatie kan erg snel uit de hand lopen. En dat is dus precies wat er gebeurde.' Hij neemt een slok van zijn bier en gaat verder. 'Dus aan alle kanten om me heen gingen die cellen tekeer. *Boem! Boem! Boem!* Het enige wat ik moest doen was op de juiste plek gaan staan. Het was zo'n dag waarop elke cel die naar boven ging als een monster zou eindigen. Je hoefde niet eens te kiezen achter welke je aan zou gaan. Het enige wat je moest doen was wachten tot ze langskwamen, en als de ene voorbij was, zou de volgende alweer langs de dauwpuntlijn aan komen tollen.'

'Kat in 't bakkie,' zegt Dan.

'Precies,' zegt Dennis, terwijl hij naar hem wijst. 'Dat zou zo moeten zijn. Maar dat was het niet, omdat ik mijn kop er niet bij hield. Dus ik reed daar over zo'n plattelandsweggetje en zag die cel op elf uur. Er was al voor gewaarschuwd en hij roteerde als een bezetene. Geloof me, dat ding was een beest. Er was die dag iets met die buien. Ze waren niet alleen gigantisch en snel, maar ze leken wel woedend.' Hij zwijgt even om een slok te nemen. 'Dus ik zit te kijken hoe recht boven me die meso ontstaat... Weet je wat een meso is, Laredo? Sorry, wat is eigenlijk je echte naam?'

'Karena,' zegt Karena.

'Mooie naam,' zegt Dennis. 'Noors, gok ik. Maar als je het niet erg vindt, hou ik het liever bij Laredo, want daar ben ik nu aan gewend.'

'Mij best,' zegt Karena glimlachend. 'En wat gebeurde er?'

'Nou, ik zit dus naar die meso te kijken,' herhaalt Dennis, 'zo'n compact roterend gebiedje waar de tornado's uit komen en wat wij het aandachtsgebied noemen. En de radar toont die twee prachtige compacte lijntjes en mijn scanner slaat op hol, *wah, wah, wah*, één en al tornadowaarschuwingen. En ik zeg tegen mezelf, ik zeg, man, dat ding zit recht boven me, misschien kan ik beter naar het zuidoosten rijden, maar dan hoor ik opeens POP en gaat er een lampje branden op mijn dashboard.'

Hij draait zich naar Karena. 'Dat geloof je toch niet?' zegt hij. '*POP!*' Hij lacht. 'Weet je wat dat was?'

Ze schudt haar hoofd.

'Mijn band,' zegt Dennis. 'Linksachter. Op de een of andere manier was er een spike in gekomen. Geen spijker, een spike, met een kop ter grootte van een kwartje erop. Ik bedoel, dat ding had tánden. Dus daar zat ik, onder die bui waar elk moment een tornado uit kon komen, en die ging me toch tekeer, en ik was mijn kloteband kwijt.'

'Wauw,' zegt Karena, die als een bezetene alles probeert te onthouden. Haar hart klopt in haar keel. 'En wat deed je?'

'Wat denk je dat ik deed?' zegt Dennis. 'Ik sprong uit de auto en rende naar de kofferbak en gooide alles eruit om de reserveband te pakken. Maar wat denk je?'

'O, nee,' zegt Karena.

'O, ja,' zegt Dennis. 'Mijn broer had de auto een maand daarvoor geleend en een klapband gehad, en die halve gare had dus de reserveband niet vervangen. Dus ik kon het wel schudden. Ongeveer anderhalve kilometer verder lag links van mij een boerderij en ik stond net op het punt daar op mijn velg naartoe te rijden om te schuilen, toen deze meneer opeens langskwam.' Hij knikt naar Dan. 'Met trip drie. Dus we gooiden al mijn spullen in de bestelbus en maakten dat we wegkwamen.'

'Het ging er die dag nogal heftig aan toe,' zegt Dan. 'Wat voor schaal had die in Gove County ook alweer, een F3?'

'Jep,' zegt Dennis. 'Precies op de plek waar ik stond. Ik durf gerust te wedden dat die boerderij daar niet meer staat.' Hij haalt een pakje sigaretten tevoorschijn, houdt het Karena voor en steekt er een op. 'Dus ja!' zegt hij, terwijl hij zijn armen spreidt. 'Ben ik wel eens bang? Jazeker wel! Maar ik heb die dag wel iets belangrijks geleerd. Ik had never-nooit-niet mogen vertrekken zonder de reserveband te controleren. En sinds die tijd heb ik altijd dit bij me...' Hij verschuift om iets uit zijn kontzak te pakken: een notitieboekje. 'De checklist,' zegt Dennis, met de sigaret tussen zijn tanden geklemd. Hij slaat de voorkant naar achteren, zodat Karena de geschreven tekst kan zien. 'Elke dag stel ik mezelf de vraag hoe ik de jacht veiliger kan maken. Wat kan ik verbeteren voor de gasten? Wat heb ik over het hoofd gezien?' Hij stopt het boekje weer in zijn zak. 'Je kunt niet alles in de hand houden,' zegt hij. 'Dat maakt dit werk ook zo interessant. Maar regel nummer één is: wees paraat.'

'Eigenlijk is dat het motto van de scouting,' zegt Dan.

'Ja, dat klopt,' zegt Dennis. 'Ik ben je reinste padvinder.'

Karena lacht en schudt haar hoofd. 'Jee,' zegt ze. 'Wat een verhaal. Bedankt dat je het verteld hebt.'

'Graag gedaan,' zegt Dennis, terwijl hij zijn hoofd buigt.

'Maar morgen,' zegt Dan Mitchell, terwijl hij zich uitrekt, 'ga ik een van jullie met de reserve-ham bij haar in de auto zetten. Kevin?'

'Mij best,' zegt Kevin, terwijl hij zijn T-shirt van Whirlwind, dat door de kracht van de waterstralen opbolt, naar beneden slaat. Karena realiseert zich dat hij, hoewel hij de hele tijd heeft zitten luisteren, geen woord heeft gezegd, wat eigenlijk niets voor hem lijkt te zijn.

'O, dat hoeft niet hoor,' zegt ze. 'Ik wil het jullie niet nog lastiger maken dan ik al gedaan heb.'

'Er zit niets anders op,' zegt Dan. 'We kunnen het niet riskeren je kwijt te raken. Dat brengt iedereen in gevaar. En mensen van de media mogen de trip niet verlaten. Tim zou uit zijn dak gaan.'

Karena lacht, hoewel ze niet zeker weet of Dan een geintje maakt. 'Tja, in dat geval,' zegt ze. Ze grijnst verontschuldigend naar Kevin. Hij trekt zijn wenkbrauwen op. 'Jullie zijn allemaal ontzettend aardig,' zegt ze.

'We zijn allemaal padvinders,' zegt Kevin. 'Vanbinnen.'

Karena komt overeind, het water druipt van haar benen. 'Heren,' zegt ze. 'Ik heb al genoeg ellende veroorzaakt voor een dag. Ik laat jullie alleen. Bedankt voor de spannende verhalen.'

Dennis maakt een proostend gebaar. 'Bedankt voor het bier.'

Karena trekt met twee vingers haar gympen aan. Ze is halverwege de binnenplaats als ze zich omdraait. Ze moet nog steeds een beetje van haar stuk zijn als ze het vergeten is te vragen. 'Hé,' zegt ze, 'kent een van jullie toevallig Charles Hallingdahl?'

De mannen zitten weer met elkaar te praten, maar bij haar vraag kijken ze allemaal op. 'Je bedoelt Chuck?' vraagt Dennis.

'Ja, klopt, Chuck,' zegt Karena, terwijl ze denkt: mijn hemel, Chuck.

'Tuurlijk kennen we Chuck,' zegt Dennis. 'Iedereen kent Chuck. Hoezo?'

Karena staat even met haar mond vol tanden. 'Zomaar,' zegt ze. 'Ik bedoel... We zijn samen opgegroeid. In hetzelfde stadje. En mijn redacteur dacht dat het cool zou zijn om hem in het verhaal op te nemen. De persoonlijke noot. Hij ging toen ook al achter tornado's aan.'

Ze glimlacht, hoewel haar gezicht in brand staat. Kevin zit haar vanuit de hot tub met die samengeknepen, vragende blik aan te kijken. 'Ik heb hem dit seizoen niet gezien,' zegt hij. Hij kijkt de anderen aan. 'Jullie?'

'Al jaren niet meer,' zegt Dennis. 'Man, Chuck H., die halve gare oetlul. Weten jullie nog die keer dat hij...'

'We hebben hem niet gezien,' zegt Kevin.

'Oké,' zegt Karena. 'Mochten we hem toch tegenkomen, wil je hem dan aanwijzen?'

'Zeker weten,' zegt Kevin.

'Bedankt,' zegt Karena. 'Welterusten.'

Ze zompt al foeterend op zichzelf weg over het cement. Wat was dat nou weer? Ze vindt het afschuwelijk dat ze tegen deze mannen gelogen heeft, vooral nadat zij er alles aan gedaan hebben om haar te helpen. Gered hebben, feitelijk. Ze weet niet zeker waarom ze dat gedaan heeft. Waarschijnlijk omdat de jagers zich ongetwijfeld afvragen – hoewel ze wellicht te beleefd zijn om dat hardop te zeggen – waarom Karena en Charles van elkaar vervreemd zijn, waarom ze hem niet op een andere manier kan vinden. En dat is privé. Familiezaken. 'We praten hier niet over.' Karena weet nog goed dat Frank dat zei, toen ze na Charles' eerste aanval – die bij Starlite – terugreden van de Mayo Clinic. Bovendien wordt liegen na een tijdje een gewoonte. Dingen verzwijgen ook. Karena zucht en gaat sneller lopen.

Als ze in de gang staat te worstelen met een frisdrankautomaat en een vochtig dollarbiljet in de gleuf probeert te schuiven, gaat de deur naar de binnenplaats open en komt Kevin door de gang naar haar toe lopen. Hij komt heel dicht bij haar staan en Karena's hart maakt een sprongetje. Meestal vindt ze het vervelend als mensen zo dichtbij komen, maar Kevin voelt niet als een vreemde. Hij ruikt op de een of andere manier vertrouwd, naar haar kindertijd misschien, door water verwarmde huid en chloor.

'Angst,' zegt hij. Hij plukt de dollar uit haar hand en buigt zich voor haar langs om die in de gleuf van de automaat te schuiven. 'Ik wilde alleen nog één ding over angst zeggen.'

'En dat is...?' zegt Karena, terwijl ze ziet hoe de automaat de dollar met een sissend geluid inslikt.

Kevin draait zich naar haar om. Zijn ogen zijn niet bruin, zoals Karena dacht, maar groenbruin. Heldere knopen in zijn ronde gezicht. 'Angst is goed,' zegt hij.

'Vertel,' zegt Karena.

'De meeste mensen zien angst op de verkeerde manier,' zegt Kevin. 'Ze zijn bang voor angst. Ze raken net zo verlamd dóór angst als door wát hun angst aanjaagt.'

'Het enige wat we moeten vrezen is de angst zelf?' zegt Karena.

'Dat klopt,' zegt Kevin. 'Maar weet je? Angst is het oplaaien van je overlevingsinstinct. Angst is de manier waarop je lichaam zegt dat het niet genoeg informatie over een bepaalde situatie heeft. Hoe krijg ik meer informatie? Hoe kan ik meer te weten komen om mezelf te kunnen beschermen?'

'Zo heb ik het nooit gezien,' zegt Karena.

'Oké, wat wil je?' vraagt Kevin.

'Hè?' zegt Karena. 'O... Cola light, alsjeblieft.'

Kevin drukt op een verlicht knopje en er valt een plastic fles naar beneden. 'Onthoud,' zegt hij, 'dat angst goed is. Of kan zijn.' Hij kijkt alsof hij nog iets wil zeggen, opent zelfs zijn mond om dat te doen, maar lijkt zich dan te bedenken.

‘Is er iets?’ vraagt Karena.

‘Niets,’ zegt Kevin. Hij geeft Karena haar flesje. ‘Slaap lekker,’ zegt hij, ‘en morgen gezond weer op.’ Dan zompt hij de gang weer door en laat amoebevormige natte voetsporen achter op het tapijt.

11

Karena heeft de apenlookfoto aan het dienstdoende personeelslid achter de balie laten zien om zich ervan te verzekeren dat, hoewel het hotel vol zit met jagers die na het noodweer van vandaag zijn teruggekeerd, Charles niet een van hen is. Toch gaat ze terug naar de lobby om een lokaal telefoonboek te vragen. Het is laat, bijna middernacht, en haar kamergenoten liggen vast al te slapen. Karena wil hen niet wakker maken door op zoek te gaan naar haar laptop. Ze gaat met de gids van Ogallala op een van de leren banken zitten, staat dan impulsief weer op, loopt over de trap langs de muurschildering van de postkoets met paarden naar boven en gaat buiten op het balkon aan de achterzijde staan. Om de een of andere reden voelt ze zich gedwongen om omlaag naar de hot tub te kijken. Maar de jagers zitten er niet meer in en het bad is afgedekt, alsof ze er nooit geweest zijn. Ze ziet alleen een gigantische oranje maan en hoort het gedreun van de vrachtwagens, onzichtbaar maar krachtig achter de cycloonomheining en de bomen.

Karena haalt haar mobiel uit haar kontzak, ziet dat ze hier een beetje bereik heeft en gaat aan de slag, werkt het lijstje motels af. In niet één motel overnacht een Charles, Chuck of C. Hallingdahl. Vervolgens probeert Karena de campings – ze krijgt voornamelijk bandjes te horen – en in een laatste vertwijfelde poging, de ziekenhuizen. Niemand heeft haar broer gezien. Maar dat zegt op zich niet zo veel. Charles kan een verzonnen naam gebruiken. Maar Karena denkt dat het waarschijnlijker is dat hij in zijn onverzekerde levensgevaarlijke auto slaapt. Karena leunt op de reling, strekt haar armen en staart naar de maan. De laatste keer dat ze die zo groot heeft gezien, was toen ze acht waren. Karena had toen tegen Charles gezegd dat een maan die zo groot was wel op de aarde moest neerstorten en iedereen doden. Charles had de hele nacht gehuild. Is hij ergens in de buurt? Slaapt hij eronder of kijkt hij er ook naar? Een of ander instinct zegt Karena dat hij dat inderdaad doet.

Haar mobiel begint opeens te zoemen in haar hand en haar adem stokt – Charles? –, maar natuurlijk is hij het niet. Het is Tiff. Karena klapt de telefoon open.

'God, éíndelijk,' zegt Tiff. 'Ik probeer je al de hele dag te pakken te krijgen. Waar bén je?'

'Kansas... nee, Nebraska,' zegt Karena. 'Waar ben jíj? Je klinkt alsof je in een windtunnel staat.'

'Ik ben in de garage,' zegt Tiff. Weer dat *FFffff*-geluid. 'Ik sta te roken. Ik kan er gewoon niet meer tegen.'

'Dat is niet goed,' zegt Karena. 'Leg die sigaretten neer en loop langzaam achteruit. Waarom ben je in de garage?'

'Dat kind,' zegt Tiff, 'ik zweer je dat die baby vleermuisoren heeft. Matthew, bedoel ik. Waar ik ook in het huis ben, hij hoort me en wordt wakker. En hij wordt sowieso zo'n vijf keer per nacht wakker. Ik heb het slapen min of meer opgegeven.'

'O nee, Tiff,' zegt Karena. 'Wat vervelend. En die pillen dan?'

'Dan word ik niet wakker als hij me nodig heeft,' zegt Tiff.

'Maar... als hij je nu nodig heeft en je bent in de garage?' vraagt Karena.

'Babyfoon,' zegt Tiff. Ze blaast oorverdovend uit. 'En waar was jij ook alweer?'

'Ogallala, Nebraska,' zegt Karena, 'in de Pony Express Lodge!' Ze zegt het een soort van juichend, op een toon die 'ta daaa' impliceert, maar Tiff is niet onder de indruk.

'Waarom?' vraagt ze.

'Omdat we vandaag achter een tornado aan zaten en we hier zijn geëindigd met elke andere jager op deze aardkloot. Behalve Charles.'

'Uh-huh,' zegt Tiff. 'Dus je hebt hem niet gezien.'

'Nog niet.'

'Er-rug,' zegt Tiff.

'Hé,' zegt Karena.

'Wat?' zegt Tiff. 'Is het niet bij je opgekomen dat wat jij doet, eh, hoe zal ik het zeggen, een soort van... gestóórd is?'

'Nee,' zegt Karena. 'Ik ben hier op reportage, voor het geval je dat vergeten was. Dit is mijn werk.'

'Tsss,' zegt Tiff. 'Ook goed. Maar we weten allebei dat jij deze opdracht enkel en alleen doet om Ding Nummer Twee te vinden.'

Ongewild snuift Karena bij het horen van Charles' oude bijnaam. 'Oké, misschien,' geeft ze toe. 'Maar ik ben wel degelijk op reportage. En statistisch gezien heb ik een grote kans om Charles te vinden. Trouwens, wat zou ik volgens jou dan wel moeten doen?'

'Eh, het loslaten?' zegt Tiff. 'Als de sodemieter naar huis komen en je eigen leven leiden?'

'Leuk,' zegt Karena.

De lijn kraakt als Tiff rook uitblaast. 'Liefie,' zegt ze, 'ik ken jou langer dan wie ook, behalve dan misschien die waardeloze vader van je – sorry dat ik het zeg – en ik weet hoeveel je van Charles houdt. Ik weet dat jullie dat, hoe heet het, tweelinggedoe hebben waar niemand iets van begrijpt. Maar Charles bezorgt je alleen maar problemen, Kay, en laten we eerlijk zijn, jij kunt zijn problemen nooit oplossen. Wat ga je doen als je hem vindt? Hem mee naar huis nemen als een puppy?'

Karena, die op het balkon heen en weer heeft gelopen, blijft staan en schudt haar hoofd. Want, ja, feitelijk heeft ze het zich inderdaad zo voorgesteld. Jarenlang, al die tijd dat ze op zoek is geweest naar Charles, heeft ze dat beeld voor zich gezien: dat hij op een avond voor haar deur zou staan. Met pijnlijke voeten, uitgeput, eng dun. Misschien wel met zo'n vies baardje. Hij heeft duidelijk op straat geleefd, of erger – zijn geschonken kleren zitten hem niet goed en hij stinkt. Maar Karena stelt geen vragen. Ze haalt hem gewoon naar binnen, laat het bad voor hem vollopen, maakt een voedzame maaltijd voor hem en stopt hem in haar eigen bed, met heel schone, zeer koele nieuwe lakens. De volgende dag gaan ze samen naar de huisarts.

Ze is niet zo naïef om dit beeld als realiteit te zien. Ze weet dat als ze Charles vindt – áls – hij misschien opstandig zal zijn. Zal tegenstribbelen. Misschien zelfs erg gemeen tegen haar is, gezien de manier waarop Karena hem heeft achtergelaten. Maar hij heeft om hulp gevraagd, dat telefoontje uit Wichita was het eerste teken in jaren dat hij er open voor stond. Karena denkt niet dat dit zo vergezocht is. 'Ik zou wel een beetje steun kunnen gebruiken, Tiff,' zegt ze.

'Líéfie,' zegt Tiff. 'Natuurlijk steun ik je. Ik zeg gewoon wat ik vind, want als je vrienden dat al niet voor je doen, wie doet het dan, toch? En eerlijk gezegd denk ik dat als jij wat meer omhanden had in je leven, zoals een man en kinderen, je niet in Verweggistan zou rondscheuren om te proberen je broer te vinden.'

Karena zwijgt. Ze houdt de telefoon tegen haar wang, ademt, staart naar de maan. Niets zeggen, zegt ze tegen zichzelf met een van woede vertrokken gezicht. Niets zeggen waar je later spijt van krijgt. Tiff is altijd zo als ze borstvoeding geeft. Toen ze twee jaar geleden haar derde zoon had gekregen, waren Tiff en Karena een avondje gaan stappen. Karena was halverwege een beschrijving van een wel heel vervelende date geweest, toen Tiff haar gelukzalig glimlachend had onderbroken met de woorden: 'Weet je, als ik dit verhaal hoor, ben ik zó blij dat ik straks terug kan naar mijn man en kindjes.' Voor Karena had dat gevoeld alsof Tiff haar hand in haar tas had gestoken, daar een klein mes uit had gehaald, daar een haal mee over Karena's wang had gegeven en het vervolgens weer in haar tas had gestopt. Later bleek dat Tiff een postnatale depressie had en allerlei pillen slikte. Karena had haar die opmerking weliswaar vergeven, maar ze was het nooit echt vergeten.

Nu wacht ze tot ze niet meer zo'n verstikt gevoel in haar keel heeft en zegt dan: 'Weet je, ik ga maar net doen of ik dat niet gehoord heb.'

'O mijn god,' zegt Tiff. 'Ga nou niet op die toer. Ik zég het alleen maar, hoor. Voor je eigen bestwil. Je weet dat ik van je hou, Kay.'

Karena zucht. 'Dat weet ik,' zegt ze, omdat dat zo is. 'Ik hou ook van jou.'

Als ze ophangt, werpt ze nog een laatste blik op de maan, die nu hoger staat en wit en onopvallend is. Dan gaat ze naar haar kamer. Fern en Alicia liggen als inerte figuren in de bedden vast te slapen en de bedompte lucht van hun ademhaling is om te snijden. Karena steekt het verlichte schermpje van haar mobiel als een zaklantaarn voor zich uit, tot ze haar laptop op de ronde tafel bij het raam vindt. Ze loopt er op haar tenen mee naar de badkamer, knipt het licht aan en barst in tranen uit.

Het is waar, denkt ze tijdens het huilen. Tiff heeft gelijk. Dit is zinloos. Wat doet Karena hier in Nebraska, midden in niemandsland, omringd door slapende vreemden? Zij zijn op vakantie. Karena is bezig met een hopeloze onderneming. Ze probeert niet in paniek te raken, zegt tegen zichzelf dat ze kapot is, schreeuwende honger heeft en hoofdpijn van het bier, en dat het een ongelooflijk lange en stressvolle dag is geweest. Een wirwar van beelden verschijnt voor haar geestesoog: de picknickende jagers op de parkeerplaats, Fern die glimlacht naar de zon, de zak popcorn die achter het reclamebord bij Sapp Bros ontploft, het gigantische witte aambeeld, de onderkant van de wolkenmassa die op de jeep drukt, de wind die haar optilt, Kevin voor het raam met een druipnat gezicht, Kevin naast haar in de gang met een handdoek om zijn middel geknoopt... De jagers, Fern...

Werken. Werken is het tegengif bij paniek. Karena schakelt haar laptop aan en ademt diep in als die opstart. Ze weerstaat de verleiding om te kijken naar terugvluchten vanuit, laten we zeggen, Lincoln of Omaha, en opent in plaats daarvan een nieuw document. Dan beseft ze dat haar kleine recorder nog in de slaapkamer staat en ze sluipt naar binnen om die te pakken. Fern, de berg paarszwart haar op een kussen, ligt hevig te snurken, terwijl in het andere bed Alicia met het engelengezicht, een latina-studente meteorologie uit Dallas, met haar handen onder haar wang als een kind ligt te slapen. Karena glimlacht en veegt de tranen van haar gezicht. Ze is gesteld op deze twee vrouwen die zo aardig zijn geweest haar op hun kamer te nemen, zodat ze niet op zoek hoefde naar een ander motel. Maar ze gaat mooi bij Alicia in bed liggen, zeker weten.

Terug in de badkamer luistert Karena naar haar recorder en noteert de gebeurtenissen van die dag. *Opgefokte cu. Cu-veld. Rad van fortuin.* Als ze klaar is, mailt ze het bestand naar zichzelf en naar haar redacteur en wrijft in haar ogen. Zoals gewoonlijk heeft het schrijven een kalmerend, slaapverwekkend effect gehad. Het is erg laat, bijna drie uur, en Karena weet dat ze morgen waarschijnlijk weer een lange rit voor de boeg heeft. Maar ze besluit om toch nog even op Stormtrack te kijken, als beloning voor haar harde werk van vannacht. En waarom niet? Ze wil graag zien waar de andere jagers vandaag zijn beland, wat ze gezien hebben en waar ze verslag van hebben gedaan.

Karena leest de beschrijvingen van het avontuur van vandaag. De meeste bijdragen komen uit Ogallala. Er zijn geen tornado's waargenomen, maar veel jagers maken melding van de prachtige wolkenformatie achter de parkeerplaats. Karena knikt en scrolt door de foto's, herkent de voertuigen, waaronder de vastgelopen tank.

Op de laatste pagina stopt ze. De op één na laatste bijdrage is een foto van de witte popcorncumulus die als een bloemkool omhoogschoot achter het reclamebord van Sapp Bros. Alleen is het handvat van de rode koffiepot gedraaid en wijst naar het zuiden in plaats van naar het noorden. De foto is gemaakt vanuit de tegenovergestelde richting, vanaf de andere kant van de parkeerplaats waar Karena en Fern zaten. Het bijschrift luidt: *ontploffende cumulonimbus, ogallala, nebraska,* C-HALLINGDAHL. Charles moet dus al die tijd achter Karena hebben gestaan, een paar honderd meter bij haar vandaan.

12

'Gaat het, Laredo?' vraag Kevin vanaf de passagiersstoel.

Karena knippert met haar ogen. 'Tuurlijk,' zegt ze, 'hoezo?' Hoewel ze best weet waarom hij het vraagt. Was ze maar alleen, dan kon ze zichzelf een klap in haar gezicht geven. Nu moet ze genoegen nemen met het kietelen van haar verhemelte met haar tong, een trucje dat Tiff haar jaren geleden heeft geleerd om wakker te blijven tijdens de geschiedenisles. Het werkte toen al niet goed en dat doet het nu ook niet. Karena blijft maar weg sukkelen in microdutjes. Dan denkt ze dat er niets aan de hand is en is de omgeving opeens veranderd en zwenkt de jeep richting berm. Het komt door de drie uur slaap en het gebrek aan cafeïne. Omdat ze niet staat te springen om de toverplee te gebruiken, heeft ze niet het risico van haar gebruikelijke hoeveelheid koffie durven nemen.

En het komt door het stuk waar ze nu doorheen rijden. Kevin heeft haar verteld dat Cherry County, Nebraska, de op één na grootste county in het land is, maar slechts twee hoofdwegen heeft. Ze rijden nu al eeuwen op een van die wegen, op weg naar het potentiële noodweer morgen in de Dakota's, en slingeren zich door en langs een eindeloze reeks heuvels. Want dat is Cherry County: heuvels. Grote groene heuvels, heuvels die als dinosauriërs onder de aarde begraven lijken, heuvels die zover het oog reikt alle kanten op golven. Het is als de smaragden stad maar dan zonder stad, en het werkt hypnotiserend.

'Ho ho, Laredo,' zegt Kevin, terwijl hij het stuur grijpt om de auto weer terug naar de weg te dirigeren. 'Zal ik een tijdje rijden?'

'Nee hoor, dat hoeft niet,' zegt Karena. Ze gaat rechtop zitten en bijt op de binnenkant van haar wang. Gisteren, toen Kevin reed, was het anders, een anomalie, een noodgeval. Karena zit het liefst achter het stuur van haar eigen auto en niet alleen omdat Kevin in deze huurauto niet verzekerd is. Alleen op die manier voelt Karena zich veilig. Ze begint weer weg te doezelen, haar hoofd valt opzij, en dan herinnert ze zich wat Fern zei over zonnebloempitten. Die hebben ze niet in de jeep, maar... 'Kun je me wat van die geroosterde maïskorrels geven, alsjeblieft?' vraagt ze aan Kevin.

'Natuurlijk,' zegt Kevin. Hij scheurt een zak open en de geur van oude gympies verspreidt zich in de jeep. 'Steek je hand uit.'

Dat doet Karena en Kevin schudt er een paar vuurrode nootjes in. Karena ruikt eraan en stopt ze dan in haar mond. De nootjes zijn oorverdovend knapperig, maar niet slecht. En Karena voelt zich inderdaad wat minder slaperig. 'Mmmm,' zegt ze. 'Barbecue.'

'Ik kan wel zien dat jij een vrouw met een geweldige smaak en een veeleisend gehemelte bent, Laredo,' zegt Kevin, terwijl hij een handjevol noten in zijn eigen mond stopt. 'Nog een paar?'

Karena steekt haar hand uit. 'Dank je,' zegt ze krakend.

'Geen dank,' zegt Kevin. 'En, Laredo, vertel eens wat over jezelf.'

Karena lacht en verslikt zich bijna in een nootje. 'Zou je misschien iets specifieker kunnen zijn?' vraagt ze, als ze uit gehoest is.

'Natuurlijk,' zegt Kevin. 'Eens kijken. Hoe lang werk je al bij de *Ledger*?'

'Negen jaar,' zegt Karena en ze knippert verbaasd met haar ogen. 'Wauw.'

'Bravo, Laredo,' zegt Kevin. Hij heeft een pilotenzonnebril op, waardoor hij er als een politieagent uitziet. 'Dat zeggen mijn vrienden in die wereld ook.'

'Ach, jouw vrienden in die wereld,' zegt Karena grijnzend. 'Heb jij vrienden die journalist zijn dan?'

'Tuurlijk,' zegt Kevin, 'ik heb met een stelletje van die types op school gezeten. Wat denk jij dan, Laredo, dat die sjofele tornadojagertjes geen intellectueel leven hebben? Dat we gewoon de hele dag rondrijden, geroosterde maïskorrels eten en op zoek zijn naar noodweer?'

'Zoiets, ja,' zegt Karena, 'en Big Gulps drinken en dingen zeggen als hé, gozer, je hebt die buis in Kansas gepakt, lekker dan!' Ze steekt haar wijsvingers en pinken op en prikt in de lucht.

Kevin zet zijn bril af om haar aan te kijken. 'Een buis, hè,' zegt hij. 'En gisteren had je het over het oog... Ik denk dat onze sterverslaggever stiekem een tornadogroupie is.'

Karena haalt haar schouders op. 'Ik lees Stormtrack,' zegt ze bescheiden.

'Uh-huh,' zegt Kevin. 'Ja, ja... Maar vertel me eens, Laredo, wat vindt jouw vriendje eigenlijk van deze opdracht? Wat vindt hij ervan dat jij het land door tuft met van die sjofele jagerstypes?'

Karena schenkt de weg een klein Mona Lisa-glimlachje. Zit Kevin nu met haar te flirten? Tenzij ze zich vergist, denkt ze dat dat het geval is. Het punt is: ze vindt het niet erg. 'O, alsjeblieft,' hoort Karena Tiff zeggen, 'een tornadojager? Meen je dat nou? Wat komt hierna, een degenslikker? Kom op, Kay. Doe normaal.' Maar in de buurt van Kevin voelt Karena iets wat ze nooit gevoeld heeft bij iemand met wie ze de afgelopen jaren iets heeft gehad, misschien zelfs niet sinds de echtscheiding. En daarbij behoren William, haar redacteur, de piloot die haar op uitgebreide dineetjes trakteerde tot hij op een avond gevlogen was en niet meer terugkwam, haar buurman de alcoholist, die net zo lief en sneu was als Iejoor. Tja, iedereen heeft wel iets, een of ander mankementje, en dat geldt ongetwijfeld ook voor Kevin Wiebke. Karena in ieder geval wel. Maar om de een of andere reden voelt ze zich aangetrokken tot deze kerel met zijn taartronde gezicht en Old Spice-luchtje, en ze voelt zich veilig en lichtzinnig in zijn buurt en dat is iets van heel lang geleden.

Ze besluit het hem flink lastig te maken. 'Vriendje, hè,' zegt ze. 'Waarom denk je dat ik niet getrouwd ben?'

'Geen ring, Laredo,' zegt Kevin, terwijl hij zijn linkerhand opsteekt en wiebelt met zijn kale ringvinger.

'Een drogreden, meneer Wiebke,' zegt Karena. 'Misschien heb ik die wel per ongeluk in het gootsteenputje laten vallen. Of hij ligt bij de juwelier om hem groter te laten maken. Of...' Ze werpt hem een zijdelingse blik toe. '... ik heb hem af moeten doen omdat mijn vingers gezwollen zijn vanwege de zwangerschap.'

'O,' zegt Kevin. 'Oeps.' Hij draagt vandaag een steenrode polo van de universiteit van Oklahoma in plaats van zijn T-shirt van Whirlwind, en de blos die vanuit zijn kraag opstijgt, heeft dezelfde kleur.

‘Ben je in verwachting? Dat had ik niet gezien. Gefeliciteerd.’

Karena lacht. Ze likt aan een vinger en steekt die op, terwijl ze ‘Tsss!’ zegt. ‘Eén-nul,’ zegt ze. ‘Ik win. Nee, ik ben niet zwanger en ik ben op dit moment niet getrouwd en ik heb geen vriendje. Maar bedankt voor het meespelen.’

Kevin schudt nog een handje noten uit de zak. ‘Laredo, Laredo,’ zegt hij kauwend. ‘Ik probeer gewoon de tijd te doden. Speel “Wie ben ik”. Want voor het geval je het nog niet opgevallen is,’ – hij zwaait met zijn handpalm naar boven, als een ober die een dienblad draagt, over het dashboard – ‘we hebben niets anders dan tijd. Deze plek is gemáákt van tijd.’

‘Dat is waar,’ beaamt Karena. Voor hen rijdt de bestelbus, die in vergelijking met die gigantische heuvels wel een luciferdoosje lijkt, een bocht om. In het noordwesten pakken wolken zich samen; ze filteren en concentreren het licht totdat alles om hen heen gloeit. De kleuren zijn surrealistisch: de hemel achter hen is maagdenpalmblauw, het gras een helder citroenachtig groen en de eerst zo grijze weg roodpaars.

‘Mijn beurt,’ zegt Karena.

‘Draaien we de rollen om, Laredo?’

‘Zeker weten,’ zegt Karena. ‘Dat doen verslaggevers nu eenmaal. Wij stéllen de vragen liever.’

‘Uh-ooo,’ zegt Kevin.

‘Jij bent begonnen,’ zegt Karena lachend. ‘Oké, wat doe jij buiten het seizoen?’ Zo. Dit moet haar innerlijke Tiff wel de mond snoeren.

‘Je mag drie keer raden,’ zegt Kevin.

‘Wacht even, dat is niet eerlijk. Waarom moet ik raden?’

‘Dat zei je net zelf, Laredo. Ik ben ermee begonnen. Ik bepaal de regels.’

‘Oké,’ zegt Karena zuchtend. Ze trommelt met haar vingers op het stuur. ‘Je bent een... stierenvechter.’

‘Sinds dat ongeluk niet meer. Probeer het nog maar een keer.’

‘Een balletdanser?’

De blos kruipt weer omhoog uit Kevins shirt. ‘Hou op, Laredo,’ zegt hij. ‘Straks krijg ik mijn hoofd niet meer tussen de deur door. Nog één keer.’

'Hmmm,' zegt Karena. Ze knabbelt nog wat nootjes op en denkt erover na. Zijn zichtbare passie voor het weer en de ernstige blik die hij Karena en Fern toewierp tijdens die eerste bijeenkomst. 'Natuurkundeleraar,' zegt ze. '*Highschool*.'

Kevin rukt zijn zonnebril af en legt die op het dashboard. '*Holy moly*,' zegt hij. 'Niet te geloven! Hoe deed je dat?'

'Ik ben niet alleen verslaggever, ik ben ook paranormaal begaafd.'

'En hoe!' zegt Kevin. 'Ik ben onder de indruk. Behalve dat het *junior high* is. Ik geef les op Fitzgerald in St. Paul. Aan de andere kant van de rivier bij jou.'

'Jésses,' zegt Karena. 'Nu ben ik onder de indruk. Kinderen van die leeftijd zijn afschuwelijk. Je bent veel dapperder dan ik.'

'O, dat weet ik niet hoor,' zegt Kevin. 'Je hebt het best aardig gedaan in dat noodweer gisteren... Oké. Nu ik. Je zei dat je op het moment niet getrouwd was. Wil dat zeggen dat je het wel geweest bent? Nog kinderen?'

De jeep slingert over de gele lijn. 'Jézus,' zegt Karena lachend, 'het is maar goed dat je niet subtiel bent of zo!'

'Zo ben ik,' zegt Kevin, 'meneer Savoir-faire.' Op dat moment komt de ham-radio krakend tot leven.

'Dit is KE5 UIY,' zegt Dennis. 'Versta je me, KB1 SLM?'

Kevin haalt de handset eraf. 'Dit is SLM,' zegt hij.

'Wat gebeurt er daarachter allemaal? Zit Laredo weer achter het stuur te drinken?'

'Niets, we voeren gewoon een gesprek, dat is alles.'

'Nou, jullie hebben duidelijk veel te veel lol,' zegt Dennis. 'Hou daarmee op. KE5 UIY, over.'

'KB1 SLM, over en sluiten,' zegt Kevin en hangt de handset weer terug. Hij draait zich naar Karena. 'Je zei,' zegt hij.

Karena glimlacht naar de weg. 'Volgens mij zei ik helemaal niets,' zegt ze.

Maar door Kevins vragen is ze gaan nadenken over haar huwelijk en haar ex-man Michael, en de laatste keer dat ze hem gezien heeft en de laatste ruzie die ze hebben gehad. Dat was ongeveer een maand na Siri's overlijden, toen Karena's hele leven zo vreemd aanvoelde dat de man met wie ze al acht jaar getrouwd was het enige herkenbare object in een buitenaards landschap was. Zij en Michael hadden elkaar ontmoet op de universiteit – Karena was eerstejaars en Michael een uitwisselingsstudent – en ze waren meteen na hun afstuderen getrouwd. Samen hadden ze een aantal schrale jaren doorstaan. Ten tijde van het noodlottige gesprek verdiende Michael eindelijk een flinke boterham als makelaar en zaten hij en Karena op een bankje bij het Lake of the Isles mistroostig naar de parade van wandelwagentjes te kijken. 'Wanneer denk je er dan klaar voor te zijn?' had Michael gevraagd. 'Over twee jaar? Vijf? Ik wil geen oude vader zijn.' Karena had haar schouders opgetrokken. 'Ik weet het niet, Michael,' had ze gezegd, 'het is geen rekensommetje.' Maar Michael had voet bij stuk gehouden. 'Maar wil je het dan niet voor je moeder doen? Als compensatie voor je verlies?' Toen was Karena opgestaan en weggelopen. Woedend was ze over die opmerking: een moeder verliezen, een kind krijgen; alsof dat Siri's dood goed zou maken. Ze had gedacht dat dit de reden was waarom ze niet meer met Michael getrouwd wilde zijn, dat ze niet meer door het leven wilde met iemand die dingen zo simplistisch zag. Maar ze dacht ook: en Charles dan? Ik kan toch geen kind krijgen met iemand die Charles niet kent? En de gedachte dat Charles zou komen opdagen, bij hun thuis of in het ziekenhuis, en met Michael zou praten – die was letterlijk onvoorstelbaar.

De echtscheiding viel samen met haar dertigste verjaardag en Karena had Michael daarna nog maar een keer gezien. Ze stond voor een stoplicht in *uptown* toen ze Michael in de buurt van zijn kantoor met verende tred over straat zag lopen. Zijn honingkleurige haar was op zo'n Lady Di-achtige manier naar achteren gekamd, hij lachte met open mond en zag er gelukkig uit. Karena had bijna getoeterd, maar deed dat toch niet. Ze had daar zitten peinzen hoe raar het was dat de mensen in de auto's om haar heen niet wisten dat de man op de stoep en de vrouw in de Escort acht jaar getrouwd waren geweest, 's nachts tosti's voor elkaar hadden gemaakt, hadden gevreeën op de steiger bij Lake Calhoun en op zondagmorgen na het luisteren naar de kerkklokken lachend het bed hadden opgemaakt. Elkaar gelukkig hadden gemaakt. Toen sprong het stoplicht op groen en was Karena doorgereden.

'Ik ben ooit getrouwd geweest,' vertelt ze nu aan Kevin. 'Het werkte gewoon niet.'

'Hè, wat naar,' zegt Kevin. 'Wat ging er mis?'

'Ik kan wel merken dat jij nooit getrouwd bent geweest,' zegt Karena.

Kevin had zijn zonnebril weer opgezet, maar duwt die nu naar beneden om haar met samengeknepen ogen aan te kijken. 'Hoe kom je daar nu bij?'

'Als je getrouwd was geweest, zou je weten dat die vraag niet in één zin te beantwoorden is,' zegt Karena. Maar ze geeft Kevin haar standaardverklaring: 'Hij was een geweldige man, maar we zijn veel te jong getrouwd. Geen kinderen.'

'Ach,' zegt Kevin.

'En? Werkt mijn paranormale gave nog?' vraagt Karena. 'Had ik gelijk?'

'Waarover?'

'Over dat jij nooit voor het altaar hebt gestaan?'

'O, daar heb ik wel gestaan,' zegt Kevin. Hij slaat zijn armen over elkaar. 'Ik heb daar wel degelijk gestaan.'

'Dus ik had het mis,' zegt Karena.

'Nee, je had gelijk,' zegt Kevin grimmig. 'Ze kwam niet opdagen.'

'O,' zegt Karena.

'Inderdaad, o,' zegt Kevin. 'En mijn getuige ook niet.'

'O nee,' zegt Karena huiverend. Ze kijkt naar Kevin, maar die staart recht voor zich uit. Ze ziet de heuvels weerspiegeld in zijn brillenglazen. 'Neem me niet kwalijk, Kevin,' zegt ze.

Kevin haalt zijn schouders op. 'Nee, natuurlijk niet. Hoe kon jij dat nou weten. Ik wist het zelf niet eens. Je weet wat ze zeggen. De bruidegom komt er altijd als laatste achter.'

Karena schudt haar hoofd. 'Wat afschuwelijk,' zegt ze.

'Ja,' zegt Kevin. 'Dat was het ook. Erg au. Heel erg au. Het heeft even geduurd voor ik daaroverheen was. Ik ben niet zo goed van vertrouwen meer, op zijn zachtst gezegd.'

'Dat kan ik me voorstellen,' zegt Karena.

Ze zwijgen een poosje, kijken hoe het busje de grote groene heuvels op- en afrijdt. De wolken in het westen pakken zich samen voor de zon en het licht tempert een beetje, samen met Karena's stemming. Dus dat is Kevins mankement. Hij heeft moeite met vertrouwen. Hoe kan het ook anders na wat hij heeft meegemaakt? En kan er nog een slechter iemand voor hem zijn dan Karena, met wat zij te verbergen heeft? Nee, dus. Lekker dan, denkt ze. Af, meisje. Laat die arme man met rust. Maar dat stemt haar treurig. Dat wil ze eigenlijk niet.

'Joe-hoe, KB1 SLM,' zegt Dennis over de radio.

'Roept u maar,' zegt Kevin in de handset.

'Aangezien we geen haast hebben en aangezien Dan al kamers heeft gereserveerd in Valentine, heeft het busje gestemd voor een bezoekje aan Carhenge,' zegt Dennis. 'Wat stemt de Laredo?' Op de achtergrond scanderen de toeristen: 'CAR-HENGE! CAR-HENGE!'

Kevin kijkt naar Karena, die haar schouders ophaalt en knikt. 'Laredo stemt hetzelfde als de bus,' zegt Kevin. 'KB1 SLM, over en sluiten.' Hij hangt de handset terug en draait zich naar Karena. 'Goh, wat kan ik de stemming lekker verpesten, hè?' zegt hij. 'Sorry, hoor.'

'Nee hoor, helemaal niet,' zegt Karena.

'*Au contraire*, Laredo. Daarnet zat je nog volop te stralen. En nu ben je opeens zwaarmoedig.'

'Ik zit gewoon na te denken,' zegt ze. 'Dat kan toch.'

'Waarover?' vraagt Kevin. 'Aha, een glimlachje. Je ziet vast mijn plaatsvervangende carrière als balletdanser voor je.'

Karena lacht. 'Inderdaad,' zegt ze. 'Ben ik zo doorzichtig?'

'Helemaal niet, Laredo,' zegt Kevin. 'Sterker nog: integendeel. Ik vind je een groot mysterie.'

De zon komt weer achter de wolken vandaan en overstroomt het landschap met zulke schitterende Maxfield Parrish-kleuren, dat Cherry County verandert in een droom waarin alles wonderbaarlijk is, hoewel niet echt geruststellend.

'Nou, oké,' zegt Kevin, 'mijn laatste vraag... Ben je er klaar voor?'

'Heb ik een keus dan?' vraagt Karena.

'Nee. Hier komt-ie: wat is jouw relatie met Chuck Hallingdahl?'

Karena's glimlach is meteen verdwenen. Ze klampt zich vast aan het stuur. 'Je hebt me voor de gek gehouden,' zegt ze. 'Dat vind ik vervelend. Waarom heb je dat niet gewoon meteen gevraagd?'

'Het spijt me, Laredo,' zegt Kevin. Zijn stem klinkt schaapachtig. 'Je hebt gelijk. Mijn fout. Maar ik wilde het een beetje omzichtig aanpakken, want het lijkt me een netelig onderwerp. Je bent aardig,' voegt hij eraan toe, 'en ik twijfel er niet aan dat je hier bent omdat je een dijk van een verhaal wilt schrijven voor jouw krant. Maar toen je gisterenavond naar Chuck vroeg, zag ik iets in je gezichtsuitdrukking wat me aan het denken zette... Bovendien voelde er iets niet goed, er klopte iets niet.'

Karena kijkt strak voor zich uit. Haar gezicht gloeit nu ook, is waarschijnlijk net zo rood als dat van Kevin, de nootjes en de jeep. Ze heeft het afschuwelijke gevoel op een leugen betrapt te zijn – op heterdaad. 'Dus jij bent ook paranormaal begaafd,' zegt ze dan.

'Misschien,' zegt Kevin. 'Hoe dan ook, ik vroeg me gewoon af hoe je hem kende. Je hoeft het me niet te vertellen als het te persoonlijk is.'

Karena slaakt een zucht en ontspant haar handen. Het heeft geen enkele zin om dit nog langer voor Kevin verborgen te houden. Het wordt alleen maar een groter mysterie als ze het hem niet vertelt. Trouwens, om welke reden dan ook en ook al begaat ze een enorme vergissing, ze vertrouwt hem. In ieder geval voldoende om hem dit toe te vertrouwen. 'Hij is mijn broer,' zegt ze. 'Charles is mijn broer.'

'Je broer!' zegt Kevin. Hij zet zijn zonnebril weer af en Karena voelt dat hij haar gezicht bestudeert. 'Goh, dat zou ik nooit geraden hebben,' zegt hij, meer tegen zichzelf dan tegen haar. 'Ik dacht misschien je ex-man of een vriendje, maar... De naam,' zegt hij, 'jullie hebben verschillende achternamen. Ik denk dat dat me op het verkeerde been heeft gezet.'

'Ik heb de naam van mijn ex gehouden,' zegt Karena. Ze weerhoudt zich ervan haar verhitte wangen aan te raken. Kevins kritische blik werkt als een hoogtezon.

'Dus dan moet jij de tweelingzus zijn waar Chuck het over had,' zegt hij.

'Inderdaad,' zegt Karena. Ze werpt een snelle blik op hem en ziet dat zijn groenbruine ogen haar aandachtig en nieuwsgierig opnemen. En er is nog iets anders... Medelijden? Respect? 'Je klinkt alsof je hem behoorlijk goed kent,' zegt ze dan.

'Vroeger, ja,' zegt Kevin afwezig. 'Net zo goed als alle anderen, vermoed ik. We gingen vroeger best vaak samen op jacht... Wauw,' zegt hij, terwijl hij zuchtend met zijn handen door zijn haar strijkt. 'Oké. Nu zie ik het; het is een soort zoekplaatje, weet je? Je lacht hetzelfde als hij, en je manier van praten, en de vorm van je gezicht...'

'Dank je,' zegt Karena. 'Maar wanneer heb je hem voor het laatst gezien?'

'O,' zegt Kevin. 'Dat moet in... 2002, of 2001 geweest zijn... Het jaar van de tornado in Guymon, dus dat moet 2001 geweest zijn. Ja. En jij?'

'Al heel lang niet,' zegt Karena.

'Hoe lang?' vraagt Kevin, maar voegt er dan aan toe: 'Sorry, sorry.'

'Dat geeft niet,' zegt Karena. Ze heeft het gevoel dat ze van een heuvel af is geduwd en nu steeds sneller naar beneden rolt, zonder te kunnen stoppen. 'Ik heb liever dat dit onder ons blijft, oké? Maar... twintig. Twintig jaar.'

Kevin blaast tussen zijn tanden door.

'Maar ik probeer hem nu te vinden,' zegt Karena snel. 'En het is echt belangrijk dat ik hem vind, dus denk je... Zou je me alsjeblieft willen helpen?'

'Natuurlijk,' zegt Kevin. 'Vanzelfsprekend. Maar, Karena, mag ik vragen waarom...'

'KE5 UIY,' zegt Dennis over de radio.

Kevin vloekt en grijpt de handset. 'Ja, verdomme!'

'Jéééés, SLM,' zegt Dennis, 'effe dimme, ja! Ik wilde alleen maar vertellen dat we zo gaan stoppen om foto's te maken van een dot van een regenboog, maar als je zo doorgaat, doe ik dat niet.'

Kevin buigt voorover en kijkt door de voorruit. 'Regenboog, fotomoment, begrepen,' zegt hij kortaf. 'SLM, over en sluiten.' Hij hangt op en wendt zich tot Karena, die de jeep de berm in rijdt en achter de Witte Walvis stil blijft staan. 'Wordt vervolgd, oké?' zegt hij.

'Oké,' zegt ze. Ze is opeens doodmoe.

Kevin geeft een klopje op haar onderarm en stapt uit. Karena ziet dat hij zijn zonnebril weer opzet en zijn shirt naar beneden trekt als hij naar de bus loopt, waar de toeristen als stijve harken uit komen. Ze bewegen zich op de verdwaasde, zombieachtige manier van mensen die heel lang stilgezeten hebben en strekken hun nek en benen. Karena gaat even bij zichzelf na of ze hun namen kent. Naast Fern en Alicia zijn daar Marla met de vlinderbril en haar man Pete uit Iowa. Zij doen mee om Marla's vijftigste verjaardag te vieren. De tiener is Alistair, eveneens Brits. Hij is enigszins autistisch, heeft *Twister* 1408 keer gezien en wordt vergezeld door zijn tante Melody. De vrouw met de halo van blond krullend haar is Scout uit Californië. Zij heeft Karena verteld dat ze is meegegaan omdat ze het leuk vindt om met vreemden in busjes rond te rijden. En dan zijn er natuurlijk nog Dan Mitchell en Dennis, die de Walvis uitstapt en een sigaret opsteekt. Kevin loopt naar hem toe en Dennis slaat hem op zijn schouder.

Dan begint Alistair te schreeuwen en naar de lucht te wijzen, en iedereen slaakt verrukte kreten en maakt foto's. Karena stapt uit de jeep om ook te kijken. Een spectaculaire dubbele regenboog staat achter hen tussen twee heuvels in; de levendige kleuren schitteren tegen de paarsachtige hemel. Karena kijkt er bewonderend naar en werpt dan een blik op Kevin. Ze kan het niet helpen. Ze zou hem beter niet leuk kunnen vinden, maar dat doet ze wel. Ze voelt zich opeens gelukkig, nu ze hier zo op de bodem van deze enorme binnenlandse zee staat. Alsof haar problemen in vergelijking met de heuvels net zo klein zijn als zij is en misschien, heel misschien, op te lossen zijn. Ze loopt terug naar de jeep om haar camera te pakken en ziet dan het plekje op haar arm waar Kevin haar heeft aangeraakt en een poederige barbecuevlek heeft achtergelaten.

13

Die avond stopt de karavaan bij de Sandhills Lodge & Suites in Valentine, Nebraska. Fern en Alicia vragen of Karena opnieuw een driepersoonskamer met hen wil delen en Karena neemt dat aanbod met liefde aan, maar ze verontschuldigt zich voor het groepsdiner die avond. Ze moet aan haar artikel werken en ze wil ook de gebruikelijke telefoontjes naar de plaatselijke motels plegen om te informeren naar Charles. Hoezeer ze ook gesteld is op Fern en Alicia, ze doet dit liever zonder dat zij bij haar op de kamer zijn. Karena voelt zich al gespannen genoeg nu ze Kevin op de hoogte heeft gebracht van haar geheime motief voor deze tocht – alsof ze onheil over zichzelf heeft afgeroepen.

Ze gaat aan de wel heel erg grote ronde tafel onder een gebutste goudkleurige hanglamp zitten. Dit motel lijkt, net als de meeste andere die Karena hier gezien heeft, een relikwie uit de jaren vijftig en versterkt haar indruk dat hoe verder ze de binnenlanden in reizen – de plekken die alleen met de auto bereikbaar zijn – hoe meer ze terug in de tijd gaan. Karena zit op een stoel van oranje vinyl, de muren zijn bedekt met vurenhouten schrootjes en de televisie is wat je noemt een kijkkást. Het ontroert haar. Ze maakt er een beschrijving van voor haar verhaal, waarin ze ook het prikbord in de vorm van een schilderspalet en het speeltuintje met de ouderwetse houten schommels opneemt. Dan sluit ze het bestand af en opent Stormtrack. Charles heeft sinds de foto bij Sapp Bros niets meer gestuurd. Toch blijft Karena's tweelingradar haar vriendelijk doch hardnekkig waarschuwen.

Ze zit te staren naar het scherm zonder iets te zien, draaiend aan een haarlok zoals ze altijd doet als ze iets uit moet vogelen. Ze denkt aan de vage reacties die ze van de jagers kreeg in Ogallala, aan Dennis die Charles een halve gare oetlul noemde, aan Kevins gezichtsuitdrukking vandaag in de jeep, toen hij ontdekte dat Charles Karena's broer is. Karena denkt dat ze Kevins blik nu doorgrond heeft: een deel medelijden en twee delen behoedzaam respect, alsof hij ontdekt heeft dat ze haar hele leven met vuur heeft gespeeld. Afgaande op wat Karena weet van Charles' gedrag wekt dat geen verbazing. Wat ze zich afvraagt, is hoeveel Kevin en de andere jagers weten van Charles' aandoening. Karena heeft er niets over gezegd omdat er, al dan niet terecht, nog steeds een taboe rust op een bipolaire stoornis. Ze heeft Charles niet willen verraden als hij er zelf niet open over is geweest. Trouwens, zij is opgevoed om hem te beschermen, om het stil te houden. 'We praten hier niet over,' had Frank op barse toon gezegd, toen ze na Charles' eerste grote aanval terug waren gereden van de Mayo. 'Dit zijn familiezaken.'

Dat was gebeurd toen de tweeling veertien was, tijdens een etentje ter gelegenheid van Vaderdag bij Starlite – hoewel iedereen altijd had geweten dat Charles anders was. Het aantal bijnamen van Charles was groot: wildebras, lastpak, de duivelse tweelingbroer, opgewonden standje. 'Die levert niets dan problemen op,' zei oma Hallingdahl altijd. 'Charles leeft in zijn eigen wereld,' was Siri's verklaring. Toen de tweeling tien jaar was, had Siri hen meegenomen naar de Cities voor een IQ-test. Charles scoorde torenhoog; hij bleek een genie en dat gold over het algemeen als een excuus voor zijn gedrag. Maar in de dagen voorafgaand aan het incident in Starlite had hij zich nog vreemder gedragen dan normaal. Zijn stemming sloeg om als een blad aan een boom: het ene moment zat hij te lachen en te kletsen, praatte hij honderduit over dingen waar niemand iets van begreep, en het volgende zat hij te krijsen omdat er geen *rootbeer* in huis was. Hij hield op met eten. Hij sliep niet. 's Nachts hoorde Karena hem beneden in zijn slaaphol ijsberen als een gekooid dier.

Ze was die middag in Starlite dan ook niet verbaasd geweest toen Charles flipte. Ze had het aan voelen komen. De lucht rond Charles was ermee geladen; een soort onheilspellende felheid. Hij zat tegenover Karena aan een ronde tafel in het midden van het restaurant, die de familie Hallingdahl deelde met de Budge's: Franks zakenpartner Don Budge, diens vrouw Ann en hun bleke, stille dochter Amelia. De hele tafel trilde mee met Charles' benen daaronder. Hij hing met over elkaar geslagen armen onderuitgezakt op zijn stoel en keek hen allemaal met een ongelovige grijns aan, alsof hij echt stomverbaasd was over de domheid van de mensen die om hem heen zaten. Toen het licht zwakker werd, de televisie een alarmerend gepiep liet horen en er een tornadowaarschuwing over een balkje aan de onderkant van het scherm begon te lopen, zei Charles: 'Zie je nou, ik zei het jullie toch! Ik heb het tegen jullie gezegd, ik heb het al eerder tegen jullie gezegd, maar jullie waren allemaal te stom om me te geloven.' En hij was opgesprongen en had daarbij zijn stoel omgegooid.

Frank, die naast Charles zat, schraapte zijn keel. 'Ga zitten, Charles,' had hij gezegd.

'Echt niet, pa,' zei Charles, hoewel hij wist dat Frank het afschuwelijk vond om pa genoemd te worden. 'Blijf maar zitten als je dat wilt, maar je krijgt er spijt van. Want het komt eraan. Ik kan het voelen en het wordt ook nog een grote, een F3 of F4.' En hij was naar de deur gestormd.

'Charles Oskar, kom onmiddellijk terug,' had Siri geroepen, toen mensen Charles verbaasd nakeken. 'Dit kind wordt nog eens mijn dood, Frank,' zei ze, terwijl ze opstond. 'Blijf daar nou niet zitten, doe iets!'

Frank legde zijn vork neer.

'O jeetje,' zei mevrouw Budge, 'die arme jongen.' En Amelia had haar neus opgetrokken en gezegd: 'Waar heeft hij het eigenlijk over?'

'Tornado's,' had Karena tegen de kip op haar bord gemompeld. Ze zat als aan de grond genageld. 'Hij heeft het over tornado's.' En toen hoorden ze Charles buiten tegen iemand schreeuwen: 'Het komt eraan! Tornado... Jawel, een grote! Ik zou maar naar binnen gaan en dekking zoeken!'

'Karena,' zei Frank, en Karena had opgekeken. 'Kom mee,' zei Frank. Karena had haar servet afgedaan, haar tas gepakt en toen waren zij en Frank naar de bar gelopen. Die was nagenoeg verlaten, want hoewel de eters hun kipmaaltijd, waar ze goed geld voor hadden betaald, niet in de steek wilden laten, waren de drinkers wél in voor een beetje actie.

Buiten stapte Charles al aan het andere eind van de parkeerplaats in Franks Mercedes – hij moest de sleutels gewoon uit de zak van hun vader hebben gepakt, dacht Karena. Wat was Frank toch ongelooflijk sullig. Charles had over één ding gelijk: er kwam noodweer hun kant op. Stof en maïskaf stoven door de lucht. In het zuidwesten, net over de grens in Iowa, torende een wolkenbank, waar de zon nog net door een gaatje heen scheen. De wind weerhield elke toekomstige held ervan om achter Charles aan te gaan. Ze stonden op de trap van Starlite of net daaronder en knepen hun ogen samen tegen het gruis.

'Charles,' riep Siri. Dit was nog voor ze haar haar had laten knippen en dat waaide als een strakke vlag één kant op. Ze hield haar handen om haar mond om zich verstaanbaar te maken. 'Charles Oskar Hallingdahl, kom onmiddellijk terug. Ik meen het!'

Als antwoord liet Charles de motor van Franks Mercedes brullen. Hij had nog niet veel ervaring in het stelen van auto's en toen hij achteruitreed, knalde hij tegen de deur van de Buick van mevrouw Russert.

'O, nee hè,' lachten twee van de toekijkende kerels, en één van hen schreeuwde: 'Plankgas! Plankgas, Charles!'

Siri had zich naar hen toe gedraaid. 'Hou je mond,' zei ze, 'jullie moesten je schamen.' En toen had ze omhooggekeken naar Frank en Karena, die boven aan de trap stonden.

'Frank,' zei ze, en Frank had zijn hand op Karena's schouder gelegd.

'Ga hem halen, Karena,' zei hij. 'Jij bent de enige die dat kunt.'

En Karena wist dat dit waar was, door de avonden waarop zij de enige was die Charles in slaap kon zingen, de enige die hem zover kon krijgen van het dak af te komen, hem ervan kon weerhouden de watertoren te beklimmen, hem kon laten ophouden dat liedje op te dreunen, die bal te laten stuiteren, tegen die deur te trappen. Ze rende de parkeerplaats op – proefde de viezigheid in de lucht – en stelde zich op tussen de rijen auto's, zodat Charles ofwel zou moeten stoppen ofwel over haar heen moest rijden.

'Charles,' schreeuwde ze, terwijl ze tevergeefs probeerde haar haar achter haar oren te strijken – dat slingerde alle kanten op. Ze stak een hand naar voren als een verkeersregelaar. 'Charles, stop!'

Gelukkig wist hij het verschil tussen de rem en het gaspedaal, en de Mercedes kwam vijftien centimeter van Karena's knieën slippend tot stilstand.

‘Wacht op mij,’ gilde Karena, en ze rende naar de passagierskant. Charles liet het knopje van het slot omhoogspringen.

‘Hé, zussie,’ zei hij, alsof ze gewoon in de tuin bezig waren. ‘Wil je een lift?’

‘Natuurlijk,’ zei Karena, terwijl ze instapte. ‘Laten we alleen niet te ver gaan, oké? Laten we gewoon naar het eind van de parkeerplaats rijden, zodat je me die bui kan laten zien.’

‘Oké,’ zei Charles, terwijl hij de grote auto op de een of andere manier langs de andere loodste zonder al te veel bumpers te raken en het gras langs de parkeerplaats opdook, waar hij op de rem ging staan. Karena ving zichzelf tegen het dashboard op.

‘Oké,’ zei Charles. ‘Oké, oké, zie je, K? Daar is het. Daar is het aambeeld en daar is de overschuivende bovenkant en daar is de wolkenmuur, zie je? Zie je? En *holy shit*,’ gilde hij, terwijl hij zijn haar vastgreep, ‘daar is het, hij valt vlak voor ons, o mijn god, niet te geloven! Kijk dan, K! Kijk die trechter dan!’

Karena had naar de wolkenbank gekeken en toen weer naar haar broer en ze kreeg kippenvel op haar armen. Hij geloofde het. Hij dacht echt dat het er was. ‘Charles,’ had ze gezegd. ‘Er is geen trechter, Charles. Het is gewoon een onweersbui.’

Charles had haar aangekeken en geglimlacht; zijn gezicht straalde een en al liefde en medelijden uit. ‘O, K,’ zei hij, ‘zie je het dan niet?’ En toen had hij het portier opengedaan en was ervandoor gegaan. Hij sprintte eerst de snelweg over, waardoor een sedan toeterend opzij slingerde, en was toen regelrecht het maïsveld van Elmer in gerend en verdwenen. Uiteindelijk had het sheriff Cushing en twee agenten vijf uur gekost om hem te vinden, helemaal op de boerderij van de Swensons, waar hij thee met cake nuttigde met die enge oude Duitse vrouw, mevrouw Swenson.

Karena gaat rechtop zitten en wrijft in haar ogen. Ze bedenkt hoe verbazingwekkend het is dat, hoewel het verhaal al snel mythische proporties aannam – ‘Heb je gehoord wat die gestoorde jongen van Hallingdahl heeft gedaan? Geprobeerd de auto van zijn eigen vader te stelen! Bijna de hele weg naar Iowa gerend!’ – niemand ooit op het idee was gekomen dat Charles manisch depressief was, zoals de diagnose toen luidde. Ze dachten gewoon dat hij een grappenmaker was, een dondersteen, een joker. Toen Charles thuiskwam, werden ze afgeleid door zijn ontwrichte schouder – de Hallingdahls hebben nooit te horen gekregen hoe hij dat gedaan had – en zijn talloze geïnfecteerde schrammen van prikkeldraad. En Frank en Siri en Karena deden hun uiterste best om de diagnose geheim te houden. 'We praten hier niet over,' had Frank gezegd toen ze wegreden bij de Mayo en Charles gesedeerd hadden achtergelaten in een klein kamertje. En dat heeft Karena dan ook doorgaans niet gedaan.

Ze hoort iets schuiven in het slot van de deur, wat betekent dat een van haar kamergenoten op het punt staat binnen te komen. En als Fern en Alicia dan lachend naar binnen tuimelen, heeft Karena een glimlach tevoorschijn getoverd. 'Hé,' zegt ze. 'Lekker gegeten?'

'Geweldig,' zegt Fern. Ze houdt een doosje van schuimplastic omhoog. 'We hebben wat schnitzel voor je meegenomen, voor het geval je voor het feestje nog iets wilt eten.'

'Welk feestje?'

'Marla's vijftigste verjaardag,' zegt Alicia. 'Ze heeft speciaal gevraagd of we jou wilden meenemen.'

'O, dat weet ik niet hoor,' zegt Karena. 'Het klinkt geweldig, maar ik moet eigenlijk...'

'Kom op,' zegt Fern. 'Het leven bestaat niet alleen uit werken, moppie, je moet ook af en toe pret maken.'

'Nou, ik zou het ook niet erg vinden om een keertje op tijd naar bed te gaan,' zegt Alicia diplomatiek. 'Ik wil wel met je meegaan om alleen even onze neus te laten zien.'

Karena staat op. Ze is het zat om zich hier maar rot te zitten voelen. En die telefoontjes kunnen best even wachten. Als Charles hier in de buurt is neergestreken, maakt een uurtje ook niets uit. En als hij hier niet is, kan ze niets anders doen dan het morgen opnieuw proberen. 'Oké,' zegt ze. 'Jullie hebben me overgehaald. Eén drankje.'

Ze steken de parkeerplaats over onder een hoge, zacht paarse lucht. Vleermuizen bombarderen de dennenbomen rond het hotel. Fern klopt op de deur van kamer 117 en die vliegt open. 'Welkom!' zegt Marla. 'Hartstikke fijn dat jullie zijn gekomen.' Naast haar vlinderbril draagt ze rode gympen met lovertjes, een T-shirt waarop staat DWING ME NIET ACHTER DE GERANIUMS! en een zwarte pet met vlammen erop.

'Wauw,' zegt Karena. 'Dat is nog eens een hoofddeksel.'

'Dank je,' zegt Marla bescheiden. 'Ik vond gewoon dat dit het duidelijkst "vijftig" zei.'

De drie vrouwen lopen achter elkaar naar binnen en feliciteren Marla met haar verjaardag. Pete, haar man, draait zich om van de geïmproviseerde bar op de kaptafel. 'Dames,' zegt hij. 'Iets drinken? We hebben dit' – hij houdt een fles Jägermeister omhoog – 'of Chuck Norris.'

'Wat is Chuck Norris?' vraagt Karena.

'Wodka met Red Bull,' zegt Pete, terwijl hij een gemeen rode vloeistof in een glazen karaf rondwalst. 'Minzaam in de avond, maar 's morgens geeft het je een schop onder je kont.'

'O jee,' zegt Alicia, die, herinnert Karena zich, een redelijk vrome christen is.

'Graag,' zegt Fern.

'Karena?'

'Natuurlijk,' zegt Karena. 'Dit is research.' Ze pakt een plastic bekertje vol Chuck Norris aan, bedankt Pete en kijkt om zich heen. Iedereen is er – bijna. Dennis houdt audiëntie in de hoek. Zijn vishoedje wiebelt geanimeerd mee met zijn avonturenverhalen. '... dus ik sprong naar buiten en schepte er een paar op,' zegt hij, 'deed er een paar in de koelbox, en die avond hadden we hagelblokjes in onze drankjes. HA!' Alistair zit ingespannen naar *Twister* te kijken op een mini-dvd-speler en Scout zit naast hem. Dan Mitchell komt langs om Marla met een uitgestreken gezicht vanuit de deuropening te feliciteren. Maar waar is Kevin? Karena is ervan uitgegaan dat ze hem hier zou zien, fris gedoucht en ruikend naar Old Spice, zich mengend zoals het een goede gids betaamt. Het ergert haar een beetje dat ze zo teleurgesteld is dat hij er niet is. Ze proost met Alicia, die een slokje van haar Chuck Norris neemt en het bekertje dan vlug op de grond zet. Karena grijnst en neemt zelf een slok. Het drankje smaakt naar hoestsiroop met een kersensmaak en glijdt alarmerend makkelijk naar binnen.

Scout stoot Karena met haar voet aan. 'Hai, mevrouw Mysterie,' zegt ze. 'Kom bij me zitten,' en ze klopt op de sprei naast haar.

'Oké,' zegt Karena, terwijl ze zich laat zakken. 'Waarom ben ik mevrouw Mysterie?'

‘Omdat we helemaal niets van je weten,’ zegt Scout. ‘Je zit altijd achter ons in de achterste wagen.’ Ze glimlacht. ‘Hoe is het daar eigenlijk?’

‘Erg goed, dank je,’ zegt Karena, ‘zeker nu ik niet meer flip en bij jullie weg rij.’

‘Tja, je hebt nu een goede gids,’ zegt Scout. Ze knipoogt. ‘En als je het mij vraagt ook een smoorverliefde.’

‘O, dat weet ik niet, hoor,’ zegt Karena. ‘Hij moet aardig tegen me zijn. Dat is zijn werk... En hoe zit het met jou?’ vraagt ze. ‘Vind je het allemaal nog steeds leuk nu niemand meer een vreemde is? Of is het leuke ervan af?’

‘Jep,’ zegt Scout, ‘laat mij maar gaan, ik heb het gehad.’ Ze lacht. Met haar krullerige blonde bobkapsel en witte glimlach doet ze Karena een beetje denken aan haar moeder, Siri. Ook heeft Scout een enigszins verweerd gezicht, hoewel dat bij haar te danken is aan veel buiten zijn en niet aan het vele roken. Thuis in Californië is Scout een professionele ruiter.

‘Geintje. Feitelijk geniet ik met volle teugen,’ zegt ze. Ze laat haar drankje walsen en neemt peinzend een slok. Aangezien dat helder is, moet het water of pure wodka zijn. ‘Toen ik hier aankwam, dacht ik dat het gewoon weer iets nieuws was. Elk jaar probeer ik iets wat ik nog niet eerder heb gedaan, zoals vliegvissen of een ranchvakantie. Maar weet je, dit zou wel eens iets voor mij kunnen zijn. Volgens mij heb ik de smaak te pakken.’

‘Wauw, echt?’ zegt Karena. ‘Nu al? Waarom?’

‘O, ik geniet van het ritme,’ zegt Scout. ‘Elke ochtend wakker worden zonder te weten waar je ’s avonds terechtkomt of wat er gaat gebeuren. Dat je naar plekken gaat waar je anders nooit zou komen – plekken die nergens anders bestaan, zoals dit hier,’ zegt ze, terwijl ze om zich heen kijkt. ‘En de mensen zijn zo geweldig, en dan heb je natuurlijk dat natuurgeweld. Ik weet dat we nog niet echt iets heftigs hebben meegemaakt, maar dat van gisteren bij Ogallala, dat was echt verbazingwekkend, hè?’

‘Nou en of,’ zegt Karena.

‘Ik ben niet godsdienstig,’ zegt Scout, ‘maar door dat noodweer ben ik gaan denken dat ik het wel zou kunnen zijn. Het was een soort...

bezinning, het besef zo klein te zijn in vergelijking met zoiets groots en er toch deel van uit te maken, van iets wat zo veel groter is dan jezelf.'

'Dat is mooi gezegd,' zegt Karena. 'Mag ik dat gebruiken?' Ze is haar recorder vergeten – daar moet ze voortaan beter op letten – maar ze gebruikt de blocnote van de Sandhills die op het nachtkastje ligt. Maar zodra Scout haar woorden herhaalt, denkt Karena dat ze iets dergelijks al eerder gehoord of gelezen heeft. Wanneer... En dan schiet het haar te binnen. Charles, Charles die zei: 'Het is zo prachtig, K, ik zweer het je, je gaat er bijna door in God geloven.'

'Oké, mensen,' roept Marla, en de muziek stopt. Ze gebaart hun naar de ronde tafel te komen. 'Kom hier... Dit moeten jullie zien. De wil van de jarige is wet.'

'Wat is het?' vraagt Alicia reikhalzend.

'O, gewoon de grappigste video die ooit gemaakt is,' zegt Marla, 'van de mooiste verjaardag, door de beste echtgenoot.' Ze pakt Pete's wangen en geeft hem zo'n lange, hartstochtelijke kus, dat de kale plek op zijn hoofd knalroze wordt.

'Oké, Marl,' zegt hij als ze hem loslaat, 'misschien moet je het wat rustiger aan doen met die sterkedrank.'

'Ach, nou ja,' zegt ze, en ze wappert met haar handen om haar gasten dichterbij te noden. 'Iedereen klaar? Start het filmpje, schat.'

Dat doet Pete en het scherm van de laptop, waarop een bevroren Marla naast een rek met hoedjes staat, komt tot leven. Karena ziet dat dat het Chevron-benzinestation in Chadron is, waar ze eerder die dag na het bezoek aan Carhenge hebben getankt. Marla knipoogt naar de camera. 'Hallo,' kondigt ze aan, 'ik ben Marla Johannssen en ik ben op zoek naar de juiste hoed voor mijn verjaardag.' Ze draait zich om, zet een roze cowgirlhoed op, schiet met haar vingers naar de camera en zegt: 'Pief-paf-poef!' Dan schudt ze misprijzend haar hoofd en hangt de hoed terug. Ze kiest een stevige pet met een grote klep, waarover ze met een Barry White-stem zegt: 'Sexy.' Dan ontdekt ze de pet met de vlammen, die ze van het rek graait, omhoog houdt en zegt: 'O, dit is hem.' Ze drukt hem op haar hoofd en duwt de klep omhoog.

'Wat ben je nu, schat?' vraagt Pete buiten beeld.

'Het nieuwe gezicht van vijftig!' zegt Marla en ze gooit haar hoofd achterover om als een wolf te huilen.

Dan begint het rek te schudden en komt er een man achter de hoeden vandaan. Hij trekt een verbaasd gezicht, steekt zijn hand naar voren en schudt ermee voor de lens, alsof hij paparazzi af wil weren, en verdwijnt dan uit beeld. Een paar tellen later verschijnt hij aan de andere kant van het beeld met een roos tussen zijn tanden. Hij geeft die aan Marla, zegt 'Hartelijk gefeliciteerd!', kust haar op de wang en buigt zich naar voren om in de camera te grijnzen. Dan moonwalkt hij langzaam naar achteren tot hij uit het beeld verdwijnt.

Iedereen ligt in een deuk.

'Hilarisch,' zegt Alicia. 'Waar kwam hij vandaan?'

'Weet ik niet,' zegt Marla, 'maar vonden jullie hem niet geweldig?' Ze wendt zich tot haar man. 'Weet je zeker dat je hem er niet voor betaald hebt?'

Pete schudt zijn hoofd. 'Volgens mij kwam hij regelrecht uit een coffeeshop, schat.'

'Echt niet,' zegt Scout. 'Daar is hij veel te schattig voor. Heb je de roos nog?'

'Nee,' zegt Marla schaapachtig. 'Die was van chocolade. Ik heb hem opgegeten.'

'Best een lekker ding,' zegt Fern. 'Ik zou hem het bed niet uit schoppen omdat hij beschuitjes eet. Mogen we het nog een keer zien?'

'Natuurlijk,' zegt Marla.

Alicia buigt zich voorover en klopt op Karena's schouder. Haar lange donkere haar strijkt langs Karena's arm. 'Hé,' zegt ze, 'gaat het wel?'

Karena zit namelijk met haar handen tegen haar wangen gedrukt naar de laptop te staren.

'Karena,' zegt Alicia. 'Wil je weg? Heb je een beetje frisse lucht nodig?'

Karena kijkt om zich heen. 'Hè?' zegt ze. 'O... Goed. Dat is een goed idee. Ik ben een beetje duizelig.' Ze glimlacht naar Alicia, wimpelt haar aanbod om mee te gaan af en staat dan op om te vertrekken. Maar in de deuropening kijkt ze om naar de laptop, waarop de man opnieuw achter het hoedenrek vandaan komt. Hij is lang, dun en heeft een huid die donkerder is dan zijn donkerblonde haar. Hij heeft een mottig zwart baardje, precies zoals Karena zich voor had gesteld. Maar verder ziet hij er anders uit dan ze gedacht had; niet uitgeput, mager en sjofel. Integendeel, hij lijkt te stralen van gezondheid. Hij buigt zich naar de camera met die grijns van een witte watermeloen in zijn gebruinde gezicht en beweegt dan langzaam achteruit. Charles is altijd goed geweest in de moonwalk, denkt Karena. Ze stormt de kamer uit, maakt Dennis, die buiten staat te roken, aan het schrikken en beent de parkeerplaats over.

14

Een paar minuten rent ze rond als een kip zonder kop – Karena is daar tot haar afgrijzen ooit getuige van geweest op de boerderij van haar grootouders, en nu denkt ze dat ze zich kan voorstellen hoe dat voelt. Ze loopt op een drafje naar het eind van de parkeerplaats en kijkt links en rechts highway 20 af, alsof Charles daadwerkelijk op het feestje is geweest en net is weggereden. Dan draait ze zich om en scant het terrein van de Sandhills. Ze is zo kwaad – op Charles én op zichzelf. Hoe kan ze hem nou misgelopen zijn bij het benzinestation? Zat ze op het damestoilet of liet ze Charles' foto aan het meisje achter de kassa zien? En hoe kan Charles haar over het hoofd hebben gezien? Op grond van de voorbeeldige werking van de tweelingradar is Karena er altijd van overtuigd van geweest dat ze het zou weten als Charles zo dicht in de buurt was. Blijkbaar niet. Ze heeft of verschrikkelijke pech gehad, of Charles speelt een of ander spelletje.

Karena heeft het al eerder nagevraagd bij de receptionist van de Sandhills en Charles is niet hier. Maar ze heeft de andere motels nog niet gebeld, noch de ziekenhuizen en campings, dus ze haast zich terug naar haar kamer. Dan ziet ze licht branden en blijft staan. Alicia is toch eerder teruggegaan en zit nu gebogen over een dik boek, een van haar meteorologieboeken of misschien de bijbel die ze in haar rugzak heeft zitten. Karena verandert van richting en gaat op weg naar de lobby. Die is verlaten, en als ze op de bel drukt en op de receptionist wacht, kijkt ze naar de televisie boven de bank. Die staat op het Weather Channel, zoals blijkbaar de meeste televisies in deze buurt. De kaarten tonen een grote rode vlek die vanuit Canada naar beneden glijdt om Montana, Wyoming en de Dakota's te overschaduwen. Het zware weer van morgen.

'Kan ik u helpen?' zegt de receptioniste, die naar de balie loopt. Ze draagt een shirt dat een operatieschort zou kunnen zijn: dunne blauwe stof met teddybeertjes erop gedrukt.

'Hebt u een telefoonboek van de omgeving?' vraagt Karena.

'De Gouden Gids ligt daar in de hoek,' zegt de receptioniste. Ze staart een poosje naar de tv, wenst Karena dan goedenacht en verdwijnt weer achter haar gordijn.

Karena gaat op de bank zitten en belt met een telefoon waar nog een ouderwets snoer aanzit. Haar broer is nergens geregistreerd. Bij de campings krijgt ze voornamelijk bandjes. Bij de ziekenhuizen bevestigen vermoeide of onverschillige stemmen dat er geen Charles, Chuck of C. Hallingdahl is binnengebracht. Niet dat dit een volkomen verrassing is voor Karena. Hij zag er geweldig uit op Marla's video. Maar soms was dat potsierlijke goede humeur een voorbode van zijn manie, een aanwijzing voor ophanden zijnde ellende, en stel dat hij bijna zover is? Of al is? Of dat hij rondraast en iets afschuwelijks doet en dat morgen zijn aanval komt? Het zwarte gat in, noemde hij het vroeger altijd. Karena laat haar hoofd achterover zakken en sluit haar ogen tegen de tranen van frustratie en angst.

De wodka, de lege maag en het urenlang op de weg zijn, moeten haar in slaap hebben gebracht, want als ze wakker wordt staat de tv uit en geeft de klok in de vorm van een zon aan dat het half vijf 's ochtends is. Natuurlijk, denkt Karena. Ze staat een beetje verdwaasd op, legt de Gouden Gids terug en loopt naar buiten. Iedereen is naar bed gegaan en het is zo stil, dat Karena het zachte getik van de motten die tegen de felverlichte en verlaten lobby ketsen kan horen. Karena weet dat ze eigenlijk terug moet sluipen naar haar kamer, aangezien ze morgen een lange rit naar de Dakota's voor de boeg hebben. Hoe meer slaap ze krijgt, hoe beter. Maar ze is nu klaarwakker. Ze drentelt naar de schommel en gaat erop zitten, duwt zichzelf met één voet voor- en achteruit. Karena is altijd gek geweest op schommels, maar lang niet zo erg als Charles, die een paar zomers lang geobsedeerd was door de tweepersoonsschommel in hun achtertuin. Hij jammerde en smeekte en bedelde – 'Ah, kom nou, K,' – altijd net zo lang tot Karena zwichtte en met hem in het bakje kroop, waar ze vervolgens urenlang in moest blijven zitten, terwijl hij luidkeels zingend zijn lichaam naar voren en achteren klapte om te kijken hoe hoog ze konden komen.

‘Ho-oi,’ zegt iemand achter Karena. Het is Fern, die op haar cowboylaarzen met hoge hakken licht wankelend aan komt lopen.

‘Hai, Fern,’ zegt Karena met haar hand op haar wild kloppende hart. ‘Jees. Ik schrok me wild. Wat doe je hier?’

Fern houdt de karaf met wodka omhoog, waarin nu nog maar ongeveer tweeënhalve centimeter Chuck Norris rondwalst. ‘Drinken,’ zegt ze. ‘En jij?’

‘Schommelen,’ zegt Karena.

‘Mag ik bij je komen zitten?’

‘Ja, gezellig,’ zegt Karena en Fern loopt om de schommel heen naar voren. Ze geeft de wodka aan Karena, laat zich voorzichtig op de andere schommel zakken en duwt die dan naar achteren. ‘Proost,’ zegt ze.

Ze schommelen een tijdje; de kettingen maken een zacht knerpend geluid.

‘Kon je niet slapen?’ vraagt Fern.

‘Vannacht niet,’ zegt Karena. ‘Of eigenlijk meestal niet. Ik heb nogal last van slapeloosheid.’

‘Ik ook,’ zegt Fern. ‘Ik lig alleen maar te woelen en aan hém te denken.’

‘Wie...’ begint Karena, maar dan schiet het haar te binnen. ‘O ja, die sexy klootzak. Daar heb je het over gehad op die parkeerplaats in Ogallala.’

Fern knijpt haar ogen even tot spleetjes en zegt dan: ‘Klopt, klopt.’ Ze neemt een slok en voegt eraan toe: ‘Dat is hem, ja. Verdomde klootzak. Thuis is het erg, als we een halve wereldbol van elkaar verwijderd zijn. Maar het is nog veel erger als hij vlakbij is.’

Karena krijgt plotseling een nare inval. ‘Het is... het is toch niet Kevin, hè?’

Fern schenkt haar een ondeugende glimlach. ‘Nee,’ zegt ze, terwijl ze met haar schommel tegen die van Karena botst. ‘Geen zorgen. Hij is nog vrij.’

‘Ik maak me geen zorgen, ik probeer er alleen maar achter te komen...’ Dennis? Die is misschien een beetje te oud voor Fern, denkt Karena, maar... Dan weet ze het opeens. ‘Dan?’ zegt ze. ‘Is het Dan?’

Fern knikt mistroostig. ‘Ik zei het toch,’ zegt ze. ‘De beste, slimste, meest sexy man ter wereld en hij valt niet op mij. Was ik maar dood.' Ze begint te huilen: er glijdt een traan langs haar neus, en dan nog een. Karena kijkt de andere kant op voor het geval Fern niet aangekeken wil worden, maar als Fern blijft snikken, zet Karena haar voet in het zand om haar schommel dichterbij te bewegen.

'Hé,' zegt ze, terwijl ze over Ferns rug aait. 'Het is goed. Het komt goed.' Dan? Hij is zo eng, denkt Karena. Hij is net zo'n cowboy uit de oude doos die praat zonder zijn mond te bewegen. Maar misschien valt Fern op het stoere, zwijgzame type en trouwens, wie is Karena om iets te zeggen over de luimen van de liefde?

Fern veegt haar ogen af met de mouw van haar trui. 'Ik hou zo veel van hem,' zegt ze met een bibberige stem. 'Al vanaf het moment dat ik hem voor het eerst zag. Ik zou echt alles voor hem doen, naar de States verhuizen, zijn kinderen baren. Ik zou mezelf verdomme onderdompelen in een frituurpan als hij dat wilde. Maar hij wil me niet.'

'Hoe weet je dat?' vraagt Karena praktisch. 'Heb je het hem verteld? Weet hij hoe jij je voelt?'

'O, ja hoor,' zegt Fern woedend. 'Ik heb het een keer geprobeerd. Trip drie, 2004. Toen hebben we een paar dagen samen gejaagd voordat de rest van de groep erbij kwam en dat was hemels. Maar toen moest ik het natuurlijk weer verpesten door hem bij een Super 8 te versieren en toen heeft hij het me in niet mis te verstane bewoordingen gezegd.'

'Wat zei hij?' zegt Karena. 'Misschien heb je het verkeerd begrepen.'

Fern strijkt over haar gezicht. 'Vast niet,' zegt ze. 'Hij zei dat hij me een leuke meid vond, maar dat hij gewoon niet hetzelfde voor mij voelde en dat ik beter iemand van mijn eigen leeftijd kon gaan zoeken die me goed zou behandelen.'

'O,' zegt Karena. 'Wat erg, Fern. Wat rot. Ik weet hoe je je voelt.'

'O ja?' zegt Fern, terwijl ze haar zijdelings aankijkt.

'Ja,' zegt Karena. 'Iemand heeft ooit bijna precies hetzelfde tegen mij gezegd.' En ze vertelt Fern over William, haar redacteur, die na de scheiding haar eerste vriend was en over wie ze na de breuk in bepaalde opzichten veel moeilijker heen kon komen. 'Het was deels mijn eigen schuld,' zegt ze samenvattend. 'Ik kon hem gewoon niet loslaten. Ik heb het geprobeerd, maar ik kon het niet.'

Fern steekt een sigaret op. Haar handen trillen een beetje, maar ze lijkt wat kalmer. 'Hoe ben je over hem heen gekomen?' vraagt ze.

'Langzaam,' zegt Karena, 'en toen opeens. Het was alsof ik een afschuwelijke koorts had. Ik heb zo lang alleen maar aan hem kunnen denken; ik stond ermee op en ik ging ermee naar bed. En toen, op een dag: pfff! Ik werd wakker en het was over.'

Fern knikt. 'Tja,' zegt ze. 'Pfff. Daar zit ik op te wachten. Waar is mijn pfff? Dat zou ik graag willen weten.'

'Waarschijnlijk onderweg,' zegt Karena. 'Kan elk moment hier zijn.'

'Dat mag ik verdomme hopen,' zegt Fern. Ze begint weer te schommelen. 'Bedankt dat je mijn zielige gedoe hebt willen aanhoren,' zegt ze.

'Ik vind helemaal niet dat je zielig doet,' zegt Karena. 'Liefde kan zwaar zijn.'

'Zeg dat wel,' zucht Fern en stoot dan tegen Karena's schommel aan. 'En hoe zit het nou met Kevin?' vraagt ze.

'Hoezo?' zegt Karena. Ze lacht, dit overvalt haar. 'Wat is er met hem?'

'Jullie samen,' zegt Fern. 'Kom op, ga me nou niet vertellen dat je niet gezien hebt dat hij op je valt. Hij is smoorverliefd op je. We hebben in de bus een weddenschap afgesloten.'

'Nee, hè!' zegt Karena.

'Welles,' zegt Fern en ze steekt twee vingers op. 'Ik zweer het.'

Karena schudt lachend haar hoofd. 'Goh,' zegt ze, 'we moeten snel wat zwaar weer voor jullie vinden, want jullie zijn wel heel erg toe aan wat leven in de brouwerij.'

'Klopt,' bekent Fern. 'Maar toch. Heb je een vriend?'

'Nee,' antwoordt Karena.

'En je bent niet getrouwd.'

'Niet meer.'

'En val je ook niet een béétje op Kevin?'

Karena lacht. 'Hij is erg aardig,' zegt ze.

'Hij is érg aardig,' zegt Fern, met een totaal andere intonatie. Ze drukt haar sigaret uit. 'Als ik niet zo hopeloos, wanhopig, pathetisch verliefd was op Dan, die verdomde onbeschikbare klootzak, zou ik misschien zelf wel een poging bij hem wagen. Waarom ga je er niet gewoon voor?'

Karena duwt haar schommel naar voren en naar achteren. Ze wil zich nu helemaal niet met Kevin bezighouden, ze wil niet nadenken over hoe leuk ze hem vindt en over alle redenen – één in het bijzonder – waarom ze hem met rust zou moeten laten. 'Ik vind Kevin echt geweldig,' zegt ze, 'maar ik heb wel iets anders aan mijn hoofd.'

'Zoals?' houdt Fern aan.

'Nou, ten eerste ben ik op reportage. En...'

'Ga verder,' moedigt Fern aan.

Karena graaft haar tenen in het zand en zet haar schommel stil. 'Weet je nog die kerel op het filmpje vanavond?' zegt ze langzaam. Haar keel is droog. 'Dat is mijn broer.'

Dan krimpt ze ineen, wacht tot de hemel op haar neerknalt. Ze kan niet geloven dat ze dit aan Fern heeft verteld. Maar het was zo'n opluchting geweest om het aan Kevin te vertellen en Karena kan best een extra paar ogen gebruiken. In haar eentje heeft ze het er tot nu toe niet echt goed van afgebracht.

'Het filmpje,' herhaalt Fern. Ze klinkt verward. 'O, die gekke video?'

'Precies,' zegt Karena. 'Dat is mijn broer, Charles. Ik ben naar hem op zoek.'

'Juist,' zegt Fern. Ze schommelt even en zegt dan: 'Ik ben volkomen de weg kwijt.'

Karena lacht bedroefd. 'Sorry,' zegt ze, 'mijn fout. Ik ben niet gewend om erover te praten... Charles is een jager, en hij is... niet in orde, dus ik moet hem vinden en hem helpen. Ik heb het tegen niemand gezegd omdat het een soort van familieding is. En ik wilde niet dat Dan zou denken dat ik onder valse voorwendselen mee ben gegaan.'

'Oooooo,' zegt Fern en ze steekt nog een sigaret op. 'Ik zal niets zeggen. Ik hou mijn mond stijf dicht. Maar denk je dan dat hij in de buurt is?'

'Dat zou ik wel denken,' zegt Karena. 'Ik ben hem vandaag net misgelopen. Dus ik wil het graag stilhouden, maar ik zou het ook fijn vinden als je me kon helpen. Als je iemand ziet die op Charles lijkt...'

'Absoluut,' zegt Fern. 'Wat betreft beide. Absoluut.'

'Bedankt, Fern,' zegt Karena.

‘Geen punt. Maak je niet druk. We vinden hem wel.’

Karena voelt tot haar verbazing opeens de tranen in haar eigen ogen prikken. Ze snuift ze terug. ‘Goh, dat waren me een paar heftige dagen,’ zegt ze.

‘Nou, hè?’ zegt Fern. Ze geeft de karaf aan Karena, die een slok neemt en hem weer teruggeeft. Dan zitten ze een tijdje loom te schommelen, terwijl ze de Chuck Norris opdrinken en kijken naar de zon die opkomt. Die verschijnt in eerste instantie als een grijs vlekje in het oosten, en schiet dan witte stralen over de gebouwen aan de overkant van de snelweg. Als er een fijnmazig goudkleurig net over het grasveld van de Sandhills ligt, staan ze eindelijk op en gaan naar hun kamer. Karena is stijf van het zitten, en verkleumd en vochtig van de dauw. Maar als ze het gras oversteken, schrikt een groep vogels op de lege parkeerplaats naast het motel op. Karena blijft staan om ze allemaal tegelijk de lucht in te zien cirkelen. Het lijkt een teken van iets. Karena weet alleen niet van wat.

15

Als ze die ochtend de Sandhills verlaten, vraag Karena of Kevin wil rijden. Want hoewel ze nog steeds niet op haar gemak is als iemand anders achter het stuur zit, vertrouwt ze zichzelf niet. Ze is eraan gewend om met weinig slaap toe te kunnen, maar niet zo weinig. Het is alsof ze een kater heeft. Karena's maag gaat tekeer, haar ogen zijn wazig en gevoelig, en haar reflexen werken niet meer. Alles oogt te fel, beweegt te snel. Karena denkt dat ze het na een uurtje slapen, misschien twee, wel weer over kan nemen. Tegen de tijd dat ze klaar zijn met tanken, is ze in dromenland.

Als ze wakker wordt, heeft ze geen idee waar ze is; ze weet alleen dat ze het erg warm heeft. De jeep staat stil en de voorruit bundelt het zonlicht tot één laserstraal, die recht op Karena in haar stoel is gericht. Ze gaat hevig zwetend rechtop zitten en voelt zich een insect onder een vergrootglas.

Op het dashboardklokje is het kwart over zes 's avonds. Kevin zit met het portier open op de bestuurdersstoel op een laptop te tikken. 'Goedemorgen, Laredo,' zegt hij.

'Mogge,' zegt Karena. Ze veegt haar mond af en kijkt vol afschuw naar haar hand. 'Waar zijn we?' vraagt ze.

'Badlands,' zegt Kevin.

'De Badlands!' herhaalt Karena. 'Jeetje. Dan heb ik wel erg lang geslapen.'

Ze stapt de jeep uit. Door de warme wind die uit een föhn lijkt te komen, is haar transpiratie meteen opgedroogd. Op nog geen meter bij haar vandaan maakt de weg een steile daling en begint een kloof die zich tot aan de horizon uitstrekt en gevuld is met torenvormige rotsformaties in prachtige puntige en afgeronde vormen. Ook de kleuren zijn verbijsterend: rood, roestbruin, purper, goud. Maar achter Karena's rug bevindt zich een compleet ander ecosysteem: grasland dat wordt onderbroken door tafelbergen. Prairiehonden steken hun kopjes uit onzichtbare holen om Karena met hun pientere, melancholieke oogjes aan te kijken om vervolgens te verdwijnen en ergens anders op te duiken. Alsof ze kiekeboe spelen, denkt Karena.

Ze laat haar blik een beetje verdrietig door de kloof dwalen. Ooit was het de bedoeling geweest dat ze hier als gezin een bezoek aan zouden brengen. Om de plek in South Dakota te vinden waar de eerste Hallingdahls zich hadden gevestigd en daarna door de Badlands naar Mount Rushmore te rijden. Maar nog voordat ze zelfs ook maar de staatsgrens gepasseerd waren, had Charles in een wegrestaurant een aanval van razernij gekregen omdat hij geen tweede glas rootbeer kreeg. Met Siri in zijn kielzog had hij rond de tafels gerend. Ze hadden moeten omkeren en waren terug naar huis gegaan. De tweeling was toen tien.

De Witte Walvis, die voor de jeep in de berm staat, is leeg. 'Waar is iedereen?' vraagt Karena.

'Ergens daarbeneden. Om een foto van de zonsondergang te maken.'

Karena houdt haar hand boven haar ogen. Het wordt een schitterende avond. De lucht is knalblauw. 'En, wat is er met ons noodweer gebeurd?' vraagt ze, terwijl ze terugloopt naar de jeep en tegen Kevins portier leunt.

'Naar de knoppen,' zegt Kevin, zonder zijn blik van de laptop te halen. 'Helaas, pindakaas. Dat noemen me nou een blauweluchtflop, Laredo. Het hoedje wilde er niet af. De pileus was te sterk.'

'Ho, wacht even,' zegt Karena, en ze haalt haar recorder uit haar zak. 'Blauweluchtflop,' spreekt ze in, 'pileus.' Dan vraagt ze aan Kevin: 'Vind je het erg als ik dit opneem?'

'Helemaal niet,' zegt Kevin. Hij buigt zich naar de recorder toe en zegt: 'Hier Kevin Wiebke, tornadojager en ondergoedmodel. Wat wilde je weten?'

Karena grinnikt. Ze kan het niet helpen. 'Vandaag heeft het weer dus niet meegewerkt, meneer Wiebke. Hoe wordt het morgen?'

'Goh, grappig dat je dat vraagt, Laredo,' zegt Kevin, terwijl hij de laptop naar Karena toe draait, 'want morgen ziet het er veelbelovend uit. Ik ben zeer optimistisch. Zie je dit stukje hier, boven het centrale noorden van South Dakota?'

Karena buigt zich verder naar voren om te kijken naar de plek die Kevin aanwijst. Het Storm Prediction Center toont een soort gebakken ei boven de Dakota's; het eiwit heeft een groene omtrek, de dooier is rood. In het midden van de dooier staat de afkorting MDT.

'Dat betekent middelgrote kans op zwaar weer,' zegt Kevin. 'Klinkt niet echt indrukwekkend, hè? Maar het is ongebruikelijk dat ze al een dag van tevoren een middelgrote kans aankondigen. Het betekent dat ze er behoorlijk zeker van zijn dat er iets op stapel staat. En kijk hier eens naar,' vervolgt hij, terwijl hij op een tornadolink klikt. 'Een kans van vijfenveertig procent is indrukwekkend en betekent doorgaans opmerkelijke, langdurige tornado's. Het zou mij niet verbazen als we tegen de ochtend zijn opgewaardeerd tot een verhoogd risico.'

'Dat is goed, toch?' zegt Karena. 'Nou ja, afhankelijk van wie je dat vraagt natuurlijk.'

'Inderdaad, Laredo. Het betekent dat we te maken krijgen met een uitbarsting. Maar denk aan Dennis' verhaal,' zegt Kevin, 'dat verhaal over die lekke band. Dat gebeurde ook op een dag met verhoogd risico. Dan kan het er al snel heftig aan toegaan. We zullen op onze tellen moeten passen.'

'Wauw,' zegt Karena. 'Eng.' Maar een verhoogd risico betekent ook een grotere kans om Charles te vinden, denkt ze. Hij zal dit voor geen goud willen missen.

'Niet eng, Laredo,' zegt Kevin. 'Een ervaring. Denk ook aan wat ik over angst heb gezegd. Je moet gewoon weten waar je mee bezig bent.' Hij tilt zijn arm op, spant zijn biceps en wijst naar zichzelf. 'Net als ik,' zegt hij op pocherige toon. 'Ik leer het je wel.'

'Ja, hállo,' zegt Karena. 'Nu zit je gewoon op te scheppen.'

'Klopt,' zegt Kevin. 'Maar jij houdt nu je grote mond, jongedame, want anders laat ik je nablijven.' Hij klapt zijn laptop dicht. 'Stukje wandelen, Laredo?'

'Goed,' zegt Karena, en ze stopt haar recorder in haar zak.

Ze doen de jeep op slot en lopen de kloof in. Karena krijgt het ontzettend warm als ze zich voorstelt dat ze na schooltijd in Kevins klaslokaal zit. Ze wappert zichzelf koelte toe door de hals van haar T-shirt op en neer te bewegen. Daar staat RED EEN PAARD, BERIJD EEN COWBOY op en ook die heeft ze onlangs aangeschaft. De weg slingert zich in haarspeldbochten naar beneden en de omgeving is elke honderd meter weer anders. De pieken torenen boven hen uit en worden nog onwaarschijnlijker: een enorm rotsblok balancerend op een flessenhals, twee pieken die bij elkaar komen en een sleutelgat vormen. Als ze de bodem van de kloof naderen, buigt de weg naar een schaduwrijk gedeelte, hoewel de wanden boven hen nog in de zon staan en vuurrood zijn.

'Moet je die strepen zien, Laredo,' zegt Kevin. 'Gaaf, hè?' Hij komt naast Karena lopen en draait haar met zijn hand op haar schouder om. 'Zoals die,' zegt hij wijzend. 'Weet je wat dat is? Sediment. Dit hele gebied stond vroeger onder water en we lopen nu dus over de bodem van de zee. Waanzinnig, hè?'

Karena knikt en probeert niet opzij naar zijn hand te kijken. Ze smelt.

'O god,' zegt Kevin en haalt zijn hand weg. 'Ik draaf weer te ver door, hè? Sorry, Laredo. Volgens mij heb ik een soort lesgeef-Tourette. Beroepsdeformatie.'

Karena grijnst. 'Dat geeft niet, meneertje Genie,' zegt ze. 'Ik vind het wel leuk.'

Ze lopen weer verder; hun gymschoenen knerpen door het witte zand.

'Eh... trouwens,' zegt Karena terloops, en haar maag schiet naar haar keel, alsof ze van een heuvel afrolt; ze is er nog steeds niet aan gewend om hierover te praten. 'Ik heb Charles gisteravond gezien.'

Kevin blijft staan. 'Je hebt hem gezíén?' herhaalt hij. 'Waar? In het motel?'

'Niet precies,' zegt Karena, en ze vertelt Kevin over Charles' gastoptreden op Marla's video. 'Ik word er gestoord van,' zegt ze, 'om zo dichtbij en toch zo ver weg te zijn. Het is alsof hij een spelletje met me speelt. En ik ben bang...'

Kevin knikt. Hij strijkt met zijn hand over zijn kin alsof hij wil weten of hij stoppels heeft en kijkt haar peinzend aan. 'Je bent bang dat hij manisch is,' zegt hij.

Karena kijkt hem met grote ogen aan. Ze is ooit bij Tiff in de tuin van een geïmproviseerde trapeze gevallen en plat op haar rug terechtgekomen. Zo'n soort gevoel heeft ze nu ook. 'Je wíst het,' zegt ze. 'Je wist het en je hebt niets gezegd.'

Ze begint weer te lopen. 'Dit is de tweede keer dat je me dit flikt,' zegt ze. 'Hoe wist je het? Weet iedereen het?'

'Ho, wacht even,' zegt Kevin, die op een drafje achter haar aan komt. Zijn gezicht is rood. 'Het spijt me. Ik wist gewoon niet of jij het wist... Nou ja, ik wist dat je het wist, maar ik wist niet hoeveel je wist... O jezus,' zegt hij, 'ik klink als iemand uit een soap.' Hij raakt haar elleboog aan. 'Alsjeblieft,' zegt hij. 'Zullen we even gaan zitten? Kom, we gaan even zitten om te praten.'

Karena blijft staan, slaakt een zucht en knikt. Ze zijn onderweg al een aantal informatiepunten gepasseerd – houten verhogingen waar borden met weetjes over de omringende natuur op staan – en ze laat zich er door Kevin naar eentje toe loodsen.

'O ja, alsof dit zo'n goed idee is,' zegt Karena, als ze naar de borden kijkt. Er wordt niet alleen melding gemaakt van het feit dat hier ooit dinosauriërs rondzwierven, en gigantische prairiehazen en wilde pony's zo groot als honden, maar er hangt ook een grote, door de zon verbleekte foto van een Texaanse ratelslang en een waarschuwing om de paden niet te verlaten. Sinds ze in de omgeving van New Heidelburg oog in oog heeft gestaan met een kronkelend exemplaar van drie meter lang is Karena niet echt dol op ratelslangen.

'Val de slangen niet lastig, Laredo,' zegt Kevin, 'dan vallen ze jou ook niet lastig.' Hij gaat zitten en tikt op het ijzeren bankje, dat een hol kerkklokachtig geluid maakt.

'Oké,' zegt Karena en ze gaat naast hem zitten. Ze slaat haar armen om zich heen en huivert. Zonder de zon is de wind kil hierbeneden. 'Dus je wist dat Charles bipolair is. Waarom heb je niets gezegd?'

Als Kevin niet meteen antwoord geeft, kijkt Karena hem aan. Hij zit met samengeknepen ogen naar de rotswand tegenover hem te kijken, naar een hologram van zonnestralen halverwege de wand.

'Karena,' zegt hij dan, 'dacht jij dat ik je wilde versieren?'

Karena draait haar hoofd met een ruk van verbazing om. 'Ja,' bekent ze.

'En wilde je dat?'

Nu kijkt Karena naar het verbleekte pad van planken dat rechts van hen de woestijn in leidt. 'Ja,' zegt ze.

'Mooi,' zegt Kevin. 'Omdat ik dat ook deed. Doe. Het overweeg. Heel serieus. Maar eerst moet je iets weten. Over je broer en mij.' Hij raakt haar hand op de bank aan en Karena draait zich weer naar hem toe. Haar hart schiet in haar keel. Kevin zit haar aandachtig op te nemen, zijn lichte groenbruine ogen zijn zo ingespannen op haar gezicht gericht, dat ze de neiging krijgt haar hoofd weer weg te draaien. 'En ík wil ook iets weten,' gaat Kevin verder. 'Misschien is dit wel ongepast, een beetje te snel – ik ken je tenslotte amper. Maar ik heb wél het gevoel dat er iets tussen ons is wat we misschien kunnen uitproberen, en als jij er ook zo over denkt, moet ik voordat we verdergaan zeker weten dat jij het belangrijk vindt om eerlijk te zijn. Want na wat er met mijn ex gebeurd is, hecht ik veel waarde aan de waarheid. Niet de halve waarheid, niet een soort van waarheid, maar niets dán de waarheid. Als in alles op tafel. Ben je het daarmee eens?'

Nu kijkt Karena inderdaad een andere kant op, naar de vlek licht waar Kevin net nog naar zat te turen. Die glinstert als een levend iets op de rots. Ze haalt adem. Neemt een besluit. Draait zich weer naar hem toe. 'Natuurlijk,' zegt ze.

'Fijn,' zegt Kevin. 'Ik ben blij dat we het daarover eens zijn. Dus dan zal ik je nu maar vertellen wat er met mij en Chuck gebeurd is. Hoewel je, als je dat gehoord hebt, misschien helemaal niets meer wílt uitproberen met mij. Maar dat risico wil ik wel nemen.'

'God,' zegt Karena. Ze lacht nerveus en strijkt haar handpalmen over haar korte broek. 'Wat is het dan? Wil ik dit echt wel horen? Jullie waren toch niet geheime minnaars of zo, hè?'

'Nee,' zegt Kevin. 'Chuck is schattig, maar hij is niet mijn type.' Hij pakt haar hand weer vast. 'Serieus, ik hoef het je niet te vertellen. Ik dacht alleen, nou ja, als het mijn broer was, zou ik het willen weten. Ik bedoel, je weet kennelijk dat hij een bipolaire stoornis heeft. Jij kent hem stukken beter dan ik. Maar toen je zei dat je hem al twintig jaar niet meer gezien hebt, dacht ik alleen... dat je misschien niet zou weten waar hij nu toe in staat is.'

'Dat is waar,' zegt Karena. 'Dat weet ik niet.' Ze brengt haar vrije hand naar haar keel. Daar bonst haar hart; haar keel is droog. 'Alsjeblieft,' zegt ze. 'Vertel het me maar. Voordat ik verdomme een hartaanval krijg.'

'Oké,' zegt Kevin. 'Als je het zeker weet.'

'Nou, eigenlijk niet. Maar ik moet het weten. Informatie overtroeft angst, toch?'

'Juist,' zegt Kevin. 'Goed zo, meisje.' Hij knijpt even in haar hand en steekt van wal.

16

'Nou, het was dus in Oklahoma,' zegt Kevin, 'in 2001... Weet je nog dat ik me probeerde te herinneren in welk jaar ik hem voor het laatst gezien had? Dat was in 2001, en het was de laatste keer door wat er tijdens die jacht is gebeurd.

Volgens mij heb ik al verteld dat we vroeger regelmatig samen op tornadojacht gingen, Chuck en ik... Charles, bedoel ik. Ach, nou ja. Jouw broer. Ik heb hem op de universiteit van Oklahoma leren kennen toen ik mijn master deed en toen was hij al een halve gare, maar iedereen was dol op hem. Ze noemden hem een gestoorde *motherfucker – excusez le mot* – een echte grappenmaker, maar op zo'n bizarre manier dat het hem alleen maar geloofwaardiger maakte. Want dat soort types behoren tot de beste jagers... In een bepaald opzicht zal dat op elk terrein wel zo zijn; je hebt de types die alles volgens het boekje doen en je hebt de savants. Chuck hoorde bij die laatste groep, maar hij was absoluut niet van het idiote slag. Hij was de uitzondering die de regel bevestigde. De andere ijverige meteorologen, tot wie ik behoorde, zaten ochtenden, middagen en avonden lang gegevens te analyseren, soms wel wéken voordat we er daadwerkelijk op uitgingen, en dan kwam Chuck twee dagen van tevoren binnenwaaien van een of ander vreemd baantje dat hij op dat moment had, keek over onze schouders naar de grafieken, zei "Mmmmmm, nou nee, ik zou voor die plek gaan" en vertrok weer. En weet je? Hij had altijd gelijk. Ik heb geen flauw idee waarom, maar aan het eind reden we allemaal als dollen achter elkaar aan voor in het gunstigste geval een mooie foto en ging Chuck de wildernis in en kwam terug met waanzinnige beelden, bijvoorbeeld close-ups van tornado's die hij op een paar honderd meter afstand had gemaakt.

Natuurlijk kwam dat doordat hij ongelooflijk veel risico nam, hij reed gewoon zo'n superbeest met veel neerslag in tot aan de berenkooi, en je wist dat je met je leven speelde als je met Chuck op pad ging, maar tijdens mijn laatste jaar ben ik dat toch gaan doen. Ik had respect voor zijn instinct – ik probeerde altijd wat van hem te leren – en voor mij was hij goed gezelschap. Hij had zijn slechte dagen, dat weet jij ongetwijfeld ook, maar meestal was hij uitgelaten en vol energie en verdomd geestig. Maar ik denk dat het ook te maken had met het feit dat ik op het punt stond om met De Ex naar de Twin Cities te verhuizen en stiekem vreesde dat mijn leven als man bijna voorbij was; ik had gewoon zin om iets roekeloos te doen. Maar nogmaals, het kwam vooral door het feit dat als het aankwam op het voorspellen van de plek waar zwaar weer op komst was, of achter welke bui je aan moest gaan, of wat er zou gebeuren als je die bereikte, Chuck het bijna altijd bij het rechte eind had.

Dus op die specifieke dag, 10 juni 2001... Een beetje laat in het seizoen voor magie in de Oklahoma Panhandle, maar dat is het juist met dat gebied, je weet het nooit zeker. Eigenlijk jaag ik daar het liefst, in Niemandsland. Ze noemen het zo omdat het een smalle strook tussen Texas, Kansas en Colorado is die niemand aanvankelijk wilde claimen, en waarschijnlijk was dat ook terecht, want in de jaren dertig werd dat gebied levend verslonden door de Dust Bowl. De mensen daar zijn zo taai als een schoenzool. Maar hoe dan ook, als ik een plek precies in het midden van Tornado Alley moest kiezen, zou dat highway 412 in Niemandsland zijn, die de Panhandle horizontaal lijnrecht in tweeën deelt. Het is daar zo plat, dat je volgens de plaatselijke bewoners tachtig kilometer ver kunt kijken, waar je ook gaat staan, en wel honderdzestig als je op een blikje tonijn gaat staan. Daardoor is het een eersteklas speeltuin als het om het weer gaat. De fronten botsen hier en gaan uit hun dak, en het noodweer stort zich gewoon recht op de 412. Dus ook al zeiden de grafieken die dag dat we meer kans hadden in Amarillo, ik vond het geen enkel probleem om met Chuck rond te hangen in Boise City.

En dat deden we ook. Hangen op de motorkap van Chucks stationwagen. Hij had in die tijd een oud wrak, god mag weten waar hij die vandaan had gehaald, maar het was zo'n jarenzeventigmodel met van dat nephout aan de zijkant. Hij noemde hem de Wervelwagen, maar wij noemden hem allemaal de Chuckwagen. Die auto hing van ellende aan elkaar, maar man, wat kon die rijden. Hoe dan ook, we zaten bij een benzinestation burrito's te eten en naar de radar te kijken en een beetje slap uit onze nek te lullen met de plaatselijke bewoners, dat ze zeker naar de lucht moesten kijken omdat er later misschien wat zou gaan gebeuren. En gewoon te wachten tot de cu omhoog zou gaan. Goede tijden, weet je. Dat waren nog eens tijden.

En de cu ging nog omhoog ook. Een mooie opgefokte cu, net als die je pas in Ogallala hebt gezien, behalve dan dat deze écht een vliegende start had. En een van die wolken ontplofte gewoon – weer net als je gezien hebt –, alleen ging deze niet naar de knoppen. Absoluut niet. Deze steeg op als een waterstofbom en ging ervandoor over de 412. Dus wij sprongen in de Chuckwagen en gingen erachteraan. Ik was behoorlijk opgefokt, dat mag je best weten, want deze bui was fenomenaal. Binnen een uur groeide die wolkenmassa uit tot een laminaire supercell… Dat wil zeggen dat er ringen omheen zaten, Laredo, prachtig gevormde banden die er als de ringen van Saturnus omheen gewikkeld zitten vanwege de snelle rotatie. En hij had zo'n intens blauwgroene kleur van de hagel; dat was nog eens een echte ijsbereider, een beeldschoon moederschip dat aan de noordkant van de snelweg hing. Ik ging helemaal uit mijn dak. Ik zei tegen Chuck: "Je hebt de spijker weer op z'n kop geslagen, man. Laten we onze mogelijke vluchtroutes nog even doornemen en dan gewoon hier blijven wachten. Volgens mij gaat dit ding binnen de kortste keren met iets komen."

Maar je broer zei nee. Hij wilde blijven rijden, hij was echt geagiteerd die dag – tja, dat ben ik dus vergeten te vertellen, hoewel dat juist het meest relevante onderdeel van het verhaal is. Freudiaanse vergissing, misschien. Enfin, ik was ook geagiteerd, zo worden we allemaal, je moet een tandje bijzetten als je jaagt, want dan ben je op je best en je scherpst. En dat maakt het ook zo leuk. Maar ik wist dat Chuck zou kunnen doordraaien, dat had ik al eerder meegemaakt, tijdens driedaagse tochten die ik met hem gemaakt had en waarop hij geen oog dichtdeed, of die keer dat ik in zijn souterrain in de buurt van Meridian rondhing en hij een hele week niet geslapen moet hebben omdat hij een video zat te bewerken. Op die momenten had hij zo'n bizarre... onheilspellende gedrevenheid over zich, broeierig, zo noemde ik dat voor mezelf. Dat had ik van die oude Dave S. van het Weather Channel, herinner je je die nog? Hij was een van de eerste presentatoren en elke keer als er gewaarschuwd werd voor noodweer was hij helemaal in zijn nopjes, ook al was dat niet de bedoeling als je op tv was. Maar die ouwe Dave kon zich gewoon niet inhouden en zodra er een rood vierkant om, laten we zeggen, Nebraska op de kaart verscheen, zei hij zoiets als: "Mmm mmm mmm, er broeit iets bij jullie, North Platte."

Maar die dag was Chuck niet alleen broeierig, er was ook nog iets anders, iets extra's. Het was me niet opgevallen toen we ernaartoe reden en ook niet bij het benzinestation; toen zat ik alleen maar naar de lucht te kijken om te zien wat er gebeurde. Maar toen we eenmaal op de 412 waren, zag ik het duidelijk. Het leek wel... Nou ja, ik weet dat dit nogal melodramatisch klinkt, maar het leek wel of hij bezeten was. Ik zweer je dat ik bijna iemand anders onder zijn huid kon zien zitten. Ik weet geen betere manier om het... Wat is er, Karena? Gaat het?'

Want Karena grijpt Kevins hand vast. De djinn, denkt ze. Hij zag de djinn. De Vreemdeling. Ze knikt en haalt haar nagels uit Kevins handpalm. 'Sorry,' zegt ze. 'Het spijt me. Ga verder.'

'Zeker weten?'

'Uh-huh. Dat laatste stukje klonk gewoon zo bekend... Alsjeblieft, vertel verder.'

'Oké, als je het zeker weet... Oké. Waar was ik. O ja, die gast onder Chucks gezicht. Daar leek het op en daar leek het niet op, als je begrijpt wat ik bedoel, hij had gewoon een nauwelijks te bedwingen felheid in zich, alsof er elk moment iets naar buiten kon barsten, en zijn uitdrukking was veranderd, hij keek uiterst somber. Hij was rusteloos en lichtgeraakt, hij zat te tikken met zijn voet en aan één stuk door te praten over het noodweer, en de andere buien, en dat we misschien de verkeerde hadden gekozen en dat hij het gevoel had dat we op de verkeerde plek waren, hij wist gewoon zeker dat er iets ergs ging gebeuren... Van die dingen. En ik durf best te zeggen dat ik me een beetje zorgen maakte. Niet dat ik dacht dat hij iets zou gaan doen – toen niet. Ik weet mijn zenuwen niet eens aan hem. Ik dacht gewoon, je weet wel, dat hij zo'n goed instinct had, dat hij misschien aanvoelde dat de bui waar we naar keken een of andere afgrijselijke wig zou laten vallen.

Dus ik zei tegen hem: "Chuck, man, het is jouw auto dus jij mag het zeggen, en als jij wilt blijven rijden dan doen we dat, maar volgens mij maken we geheid kans iets te zien als we hier gewoon blijven staan."

En toen keek hij me aan alsof ik hem zat te jennen... Maar niet alleen dat, hij keek ook alsof ik opeens tégen hem was, of ik iemand was die hij kende en vertrouwde die hem opeens kwaad wilde doen. Hij veegde met een doodsbange blik zijn mond af en zei: "Maak je nou een geintje, Wiebke? Je maakt een geintje, hè? We kunnen hier niet blijven, weet je dat dan niet? Je zit me gewoon te treiteren, hè? We moeten blijven rijden, Wieb, en we moeten hard rijden. Want anders ziet hij ons."

Dat was zo'n bizarre opmerking die zomaar uit de lucht kwam vallen, dat ik er in eerste instantie niets van begreep. Hoewel ik dus wel kippenvel kreeg en alle haren op mijn armen overeind gingen staan, net als wanneer ik te dicht bij een WG-veld sta... Sorry, Laredo, dat betekent een wolk-grondontlading, dat de bliksem rechtstreeks van de wolk in de grond slaat. Dus ik vermoed dat mijn lichaam het eerder wist dan ik, maar op dat moment drong het gewoon niet tot me door. Ik keek om me heen en zei: "Over wie heb je het, Hallingdahl? Er is helemaal niemand!"

En dat was waar, hoewel we in de buurt van Boise City nog wel een paar spotters hadden gezien. Maar hier was niets, letterlijk niets anders dan yucca, in een cirkel van honderdzestig kilometer om ons heen. En dat noodweer, natuurlijk. Dat hing daar maar en wervelde en werd steeds prachtiger, zo je wilt.

Maar Chuck had die wilde blik in zijn ogen die paarden krijgen als ze in de buurt van slangen komen en hij zei: "Het is echt zo. Je zit me te treiteren, Wieb. Je gaat me toch niet echt vertellen dat je hem niet gezien hebt?"

Toen drong het eindelijk ook tot mij door en besefte ik dat hij geen grap maakte en ik dacht: uh-ooo, we zitten in de nesten. Toch wist ik nog steeds niet wat het was. Ik had het idee dat Chuck misschien dealde, in crack of coke of speed of zoiets, en dat hij daarom zo opgefokt was... en, sorry hoor, Karena, maar het was niet de eerste keer dat ik me dat afvroeg. En dat zijn leverancier zonder dat ik het wist achter hem aan zat en ons net had ingehaald en dat dat degene was over wie hij zich zo druk maakte.

Dus ik zei: "Nee, Hallingdahl, maar het zal wel behoorlijk dicht zitten, want als er iemand achter jou aan rijdt, is mij dat volledig ontgaan."

En toen keek hij me weer met van die uitpuilende ogen aan en zei: "Zie je hem echt niet, Wieb? Probeer je me nu te vertellen dat je hem niet gezien hebt?"

En ik zei: "Nee, man, ik heb hem niet gezien." En misschien ging ik toen in de fout, maar ik was zo geflipt dat ik begon te lachen. Ik zei: "Over wie heb je het eigenlijk, Hallingdahl? Het Michelin-mannetje? Jézus, man, vertel het me gewoon als iemand jou lastigvalt."

En toen knikte hij, alsof hij opgelucht was, en hij zei: "Dat is zo. Ik zit in de problemen, Wieb. Want hij zit achter me aan en ik denk dat hij me bijna te pakken heeft. Volgens mij weet hij precies waar ik ben."

En ik vroeg: "Wie dan?"

En toen zei hij: "De man op de motor."

En ik zei: "Wie?" Maar toen keek hij in het achteruitkijkspiegeltje – hij zat de hele tijd om zich heen te kijken – en krijste: "HOLY SHIT, daar heb je hem!" En hij gaf opeens zo veel gas, dat ik mazzel had dat ik mijn nek niet brak. Maar ik kan je wel vertellen dat ik aan die dag een ernstige whiplash heb overgehouden.

Maar toen ik achteromkeek, zag ik nog steeds niemand. De snelweg was totaal verlaten. Dus ik begon te schreeuwen: "Rustig aan, Chuck, jezus christus, rustig aan, straks rij je ons nog dood." En Chuck schreeuwde: "Hou je kop, hou verdomme je bek, Wieb, ga me verdomme niet afleiden want dan pakt hij ons en vermoordt me!" En ik bleef maar zeggen: "Wie dan, man, je bent totaal gestoord, er is daar niemand! Ga nou gewoon langzamer rijden! Zet hem gewoon aan de kant en laat mij rijden!" Zo gingen we ongeveer vijftien kilometer lang door, allebei krijsend, en toen moet Chuck gedacht hebben dat die mythische man op de motor op hem inliep, want opeens gooide hij het stuur om en reed van de snelweg af de yucca in. Dus in feite reden we in een Dodge-stationwagen uit 1977 met honderddertig, honderdvijftig kilometer per uur de velden in, ook al zou je denken dat de wielen in de modder zouden zakken, maar dat was helaas niet zo. Chuck stónd praktisch op dat verdomde gaspedaal en hij zat nog steeds te krijsen en ik zat te krijsen en hij reed regelrecht die donderbui in. En daar kwam op dat moment ook nog eens een mooie grote grijze mierenetersslurf uit.

Maar toen was het geluk wel met ons, bij wijze van spreken dan, omdat de auto over de kop sloeg. We moeten een diepe greppel of een grote kei hebben geraakt, want voor ik het wist verruilden de lucht en de grond van plaats, een paar keer zelfs, en had ik het gevoel dat ik in een wasmachine zat. Mijn hoofd kreeg een paar rake klappen en ik brak mijn linkerpols, hoewel er zo veel adrenaline door mijn lichaam gierde dat ik dat op dat moment niet eens voelde. En toen lagen we opeens stil, gelukkig met de goede kant boven, en was Chuck buiten westen. Wat ook goed was, want daardoor had ik de tijd om de auto uit te gaan en terug te rennen naar de snelweg om hulp in te roepen, die ongeveer tien minuten later langskwam in de vorm van een wel zeer aantrekkelijke ambulancemedewerkster met de naam Sylvia Ramirez. Ik ben haar nooit vergeten. Ze was aan het surveilleren voor de brandweer van Guymon en ze bracht ons daarnaartoe voordat de tornado écht schade kon aanrichten. Hoewel er dus wel een F2 naar beneden is gekomen, dat zeiden ze de volgende dag op NWS, dus ondanks alles had Chuck het wel weer bij het rechte eind gehad. Wat dat betreft wel, in ieder geval.'

Kevin zwijgt. Om even op adem te komen, veronderstelt Karena. Ze zit recht voor zich uit te staren en concentreert zich op haar eigen ademhaling. Dwingt oppervlakkige hapjes lucht naar binnen en naar buiten, naar binnen en naar buiten, want sinds het moment dat Kevin vertelde dat Charles die man zag die er niet was, is Karena bang dat ze flauw zal vallen. Ze heeft de duizeligheid nu echter wel zo'n beetje onder controle. Ze kijkt omlaag naar het pad dat tussen de rotswanden de woestijn in loopt en zegt: 'Ga alsjeblieft verder.'

'Dus,' zegt Kevin. Het lijkt hem een paar tellen te kosten om weer op gang te komen, maar dan is hij los. 'Dus. Dus ze lapten ons op in Guymon, want Chuck had hechtingen nodig in zijn voorhoofd en hij had een paar gebroken ribben, en ik had die pols, en terwijl die eerstehulparts die aan het zetten was, zei ik... nou ja, ik zei: "Volgens mij is mijn vriend niet in orde. In zijn hoofd."

En toen zei hij: "Weet u dat zeker? Waarom denkt u dat? Denkt u dat hij een gevaar voor zichzelf of voor anderen is?" En ik aarzelde, want ik wist dat als ik gelijk had en dit niet door drugs werd veroorzaakt, ze Chuck een tijdje op zouden kunnen sluiten. Maar ik was bang, voor hem en voor mezelf en ook voor andere mensen, want stel nou dat ik zou zeggen: ach nee, weet u, het stelt waarschijnlijk niks voor, gewoon een bad trip of zo. En dat hij dan de volgende ochtend naar buiten zou gaan en precies hetzelfde deed? En dan wel zijn eigen stomme nek zou breken of iemand anders' dood zou veroorzaken?

Dus ik deed het. Ik zei inderdaad: "Ja, dat klopt. Ik denk echt dat hij gevaarlijk is. En hij praatte tegen een man die er niet was."

En wat er dus gebeurde, was dat ze mij lieten gaan, maar Chuck nog een nachtje vasthielden, en toen ik de volgende ochtend terugkwam, hadden ze hem afgevoerd naar een psychiatrische inrichting in Oklahoma City omdat ze zelf dat soort voorzieningen niet hadden, en tegen de tijd dat ik daar aankwam, hadden ze hem behoorlijk zware medicijnen gegeven. Antipsychotica, vermoed ik. Thorazine. Troep. En op dat moment ontplofte ik dus min of meer, omdat, nou ja... Laten we maar zeggen dat Chuck zichzelf niet was. Ik had nog nooit iemand gezien die er zo erg aan toe was en het was behoorlijk angstaanjagend. Hij...'

Dan herinnert Kevin zich tegen wie hij dit zegt, want hij zwijgt.

'Sorry,' zegt hij dan. 'Je snapt wel wat ik bedoel. Hoe dan ook, ik vroeg aan de dienstdoende psychiater of het echt nodig was om hem zo plat te spuiten, of ze niet iets minder heftigs konden vinden. Thorazine light, misschien? En toen begon die dokter me toch tekeer te gaan. Hij was waarschijnlijk moe of gewend dat er tegen hem geschreeuwd werd of er lagen nog honderd andere patiënten op hem te wachten of wat dan ook, maar hij keek me op een bepaalde manier aan en zei: "Meneer Wiebke, uw vriend meneer Hallingdahl is bipolair. Op het moment dat hij zichzelf en u verwondde, was hij in de greep van een zware manische episode. Ook had hij een psychotische aanval. Daarna heeft hij tevens blijk gegeven van psychoses en hij wordt geterroriseerd door de beelden in zijn eigen hoofd. We moeten hem stabiliseren voordat we kunnen bepalen wat we verder nog voor hem kunnen doen. Dus, ja, meneer Wiebke, de antipsychotica zijn noodzakelijk."

Nou, daar had ik niet van terug, dus ik vertrok. De volgende dag moest ik voor een tijdje naar de Twin Cities, omdat De Ex een huis in St. Paul aan het inrichten was en ik gedomesticeerd moest worden. Tegen de tijd dat ik weer terug was in Oklahoma City, ongeveer een week later, was Chuck verdwenen. Ze hadden hem ontslagen. Ik was sprakeloos. Ik ben bang dat ik opnieuw ontplofte. Ik was absoluut niet de favoriete persoon van die dokter. Maar ik kon er gewoon niet bij dat iemand in Chucks toestand zomaar ontslagen werd. Maar dat was dus wel gebeurd. Volgens zijn artsen was hij er zogenaamd klaar voor. Daarna heb ik verschrikkelijk mijn best gedaan om hem te vinden. Ik ben naar zijn etage gegaan, heb overal waar hij gewerkt heeft naar hem geïnformeerd. Maar hij was weg. Gewoon weg. En dat was dus de laatste keer dat ik hem gezien heb.'

Kevin zwijgt. Hij knijpt in de bovenkant van zijn neus. Wind blaast zand over de weg, de verhoging, de woestijngrond. Na een tijdje raakt Kevin Karena's hand aan. Zijn ogen zijn rood. 'Het spijt me,' zegt hij.

Karena knikt en kijkt de andere kant op. Ze bijt op haar lip om niet te huilen.

'In principe is het dus mijn fout dat je hem niet kunt vinden, Karena,' zegt Kevin, 'want ik heb hem in zijn schulp gejaagd toen ik hem in de steek heb gelaten. Volgens mij durfde hij daarna niemand meer onder ogen te komen. Daarom wist ik niet of jij nog wel met mij wilde praten als ik je dit zou vertellen. Maar ik moest het je vertellen. En ik moest hem laten opnemen. Ik wist gewoon niet wat ik anders moest doen.'

Karena knikt opnieuw om te laten zien dat ze het begrijpt... O, ze begrijpt het best. Ze laat haar hoofd achterover zakken. De hemel boven haar hoofd is zo blauw als een gasvlammetje en neigt in het oosten naar donkerblauw. De maan is al boven de horizon verschenen, schuift langs een rotspiek omhoog, en er is ook één enkele heldere ster.

'En, Karena,' zegt Kevin. 'Ik zal je helpen hem te vinden. Ik zal alles doen om dat voor elkaar te krijgen. Ik wist gewoon niet of jij wist wat je je op de hals haalde, of je een plan hebt voor als je hem vindt. Heb je dat?'

Karena schudt haar hoofd. 'Nee,' zegt ze met een schorre stem. Ze schraapt haar keel en haalt haar neus op. 'Niet echt. Mijn vriendin Tiff vroeg me of ik hem gewoon mee naar huis zou nemen als een puppy, en veel verder ben ik eigenlijk niet gekomen. Maar ik heb het altijd zo graag gewild, snap je?' kermt ze, terwijl ze zich weer naar Kevin toe draait. Haar ogen vullen zich opnieuw met tranen en haar kin trilt. 'Ik weet dat het stom is. Ik weet dat het waarschijnlijk niet zal werken. Maar ik wil hem alleen maar helpen. Ik wil hem gewoon stabiliseren, hem naar een dokter brengen. Ik wil hem gewoon mee naar huis nemen.'

'Dat is niet stom,' zegt Kevin. 'Dat is volkomen begrijpelijk. En het is te doen. Echt. Het kost alleen een beetje planning, dat is alles.'

Karena schudt haar hoofd. Ze tuurt opzij naar de weg en veegt haar ogen af met haar onderarm.

'Het komt allemaal goed, Laredo,' zegt Kevin. 'Kom hier.' En als hij Karena in zijn armen neemt, laat ze haar hoofd tegen zijn borst rusten. Ze sluit haar ogen en luistert naar het gestage geklop van zijn hart. En als hij haar dan eindelijk kust – langzaam, onderzoekend – hoort Karena iets wat haar eigen suizende bloed zou kunnen zijn of misschien wel het mysterieuze geruis van de wind in haar oren.

17

Ze blijven op de bodem van de Badlands tot ze naar boven worden geroepen, en dat is niet lang. Hun gesprek heeft aardig wat tijd in beslag genomen en kort daarna gaat Kevins telefoon. 'We vragen ons af,' zegt Dan, 'of jullie van plan zijn je weer bij ons te voegen of dat jullie een wandelvereniging gaan beginnen.' Karena en Kevin haasten zich hand in hand omhoog en laten elkaar los als de Witte Walvis in zicht komt. Scout knipoogt naar hen en Fern mimet 'lekker dan', en Karena's wangen voelen schraal van opgelatenheid en te veel zon, wind en Kevins stoppels.

Maar ze krijgen pas een uur later de kans om iets anders te doen, als iedereen is ingecheckt in de J & J El Ranco Fergusson Inn & Suites in Kadoka. Karena slingert haar tassen in de kamer die ze deelt met Fern en Alicia en gaat dan terug om de jeep op slot te doen, die geparkeerd staat op de allerlaatste vrije plek van de parkeerplaats, onder een paar oude dennenbomen. Kevin zit op de chauffeursstoel en trekt de snoeren uit de laptop en de ham om ze veilig naar binnen te brengen.

'Hallo,' zegt Karena.

'Laredo,' zegt Kevin.

En hoewel ze niet weet wie ermee begint, zitten ze opeens in de auto als bezetenen aan elkaar te plukken; iets wat Karena sinds highschool, toen zij en Tiff het 'schuren' noemden, niet meer heeft meegemaakt. Die eerste kus op dat bankje in de Badlands was verbijsterend, verrukkelijk en glibberig en onderzoekend, zoals alleen een eerste kus kan zijn... En die sloeg echt alles. Nu worden shirts omhooggeschoven, Karena's haar raakt los en haar beha schiet door een behendige polsbeweging van Kevin open. 'Linkshandig,' mompelt ze. 'Mooi.'

'Op dat terrein ben ik dubbelhandig, Laredo,' zegt Kevin tegen haar hals. 'Met mij kun je alle kanten op.' Ze zoenen en klampen zich aan elkaar vast tot hun lippen gezwollen, hun huid verhit en de ramen volledig beslagen zijn, en Karena haar hand in de dichtstbijzijnde pijp van Kevins korte broek omhoogschuift en hij haar vragend aankijkt – zullen we verhuizen naar de achterbank? – als Kevin zich plotseling terugtrekt. Hij steekt een vinger op. 'Ogenblikje, alsjeblieft,' zegt hij.

Dan doet hij zijn portier open en stapt de jeep uit. 'ARGH!' schreeuwt hij naar de hemel. 'AAAAARRRRGGGGGGH!'

Karena lacht, hoewel ze er niets van begrijpt. Ze voelt aan haar haar en haalt haar vingers erdoorheen – haar moeder zou het een rattennest genoemd hebben. De lucht die door Kevins geopende portier naar binnen stroomt ruikt naar dennenbomen, is vochtig en kil, veroorzaakt kippenvel op Karena's blote huid en strijkt langs haar verhitte wangen. Ze maakt haar beha vast en trekt haar shirt naar beneden.

Kevin heeft zwaaiend met zijn armen en in zichzelf pratend over het parkeerterrein lopen stampen. Nu komt hij terug en opent Karena's portier. 'Mevrouw,' zegt hij, terwijl hij haar naar buiten helpt. 'Welkom bij de Coïtus Interruptus Tour 2008.'

'Dank u,' zegt Karena. 'Wat is er aan de hand?'

Kevin trekt haar tegen zich aan en ze staan een beetje wiebelig met hun buiken tegen elkaar gedrukt. Karena voelt dat Kevins rondje over het parkeerterrein niet echt heeft geholpen. Ze voelt met hem mee. Ze is enigszins in de war.

'Laredo,' zegt Kevin. Zijn adem roert haar haar. 'Ik steek nog liever een vinger in mijn oog dan dat ik zeg wat ik nu ga zeggen, en ik weet zeker dat elke echte kerel in Amerika schreeuwend in protest komt... maar eerlijk gezegd, word ik van dit soort... eh, handelingen... een beetje zenuwachtig. Ten eerste ben ik hier in functie. Ik ben behept met een afschuwelijk arbeidsethos waardoor ik professionele grenzen respecteer en jij bent een gast op deze trip.'

'Eigenlijk ben ik van de pers,' corrigeert Karena hem.

Kevin buigt zich achterover om haar aan te kijken. 'Reden te meer,' zegt hij. 'Ik wil niet dat je een slechte recensie over me schrijft.' Hij duwt haar haar opzij. 'Trouwens,' zegt hij in haar oor, 'ik heb het helemaal gehad met die versnellingspook in mijn pens, jij niet? Ik doe het liever op de juiste manier, Laredo. Ik wil graag gestrekt met jou.'

Karena's hart maakt een voldaan, instemmend sprongetje en haar verstandige ik is opgelucht. Zij heeft hier ook een taak te vervullen en ze moet haar hoofd helder houden voor Charles. 'Ik ben het overal mee eens,' zegt ze.

'Echt?' zegt Kevin, en hij slaakt een zucht. 'Ik was al bang dat je dat zou zeggen. Eigenlijk hoopte ik dat je me zou proberen om te praten. Ach, nou ja. We verzinnen wel iets.'

Hij neemt haar gezicht in zijn handen en ze zoenen nog een tijdje, totdat Kevin met een grijns achteruit stapt en zijn broek recht trekt. 'Oké, nu ben ik er echt klaar mee,' zegt hij, 'tenzij je wilt dat ik iets illegaals doe. Zeg welterusten, Laredo.'

'Welterusten, Laredo,' zegt Karena.

'Bijdehandje,' zegt Kevin, terwijl hij haar een tikje op haar billen geeft. Karena slaakt een verschrikt kreetje. 'Ja!' zegt Kevin, terwijl hij zich omdraait en achteruit wegloopt, 'dát bedoel ik nou, dat geluidje van daarnet. Dat wil ik vaker horen.' Hij steekt een vinger naar haar uit. 'Welterusten, Laredo,' zegt hij, 'droom maar lekker.'

Dan strompelt hij over de parkeerplaats in een overdreven Quasimodo-houding. Karena lacht. Ze weet hoe hij zich voelt, hoewel zij dat niet meer gevoeld heeft sinds... highschool? *College*? Ergens helemaal in het begin, toen alles gloednieuw was. Ze kijkt Kevin na tot hij verdwijnt in de kamer die hij deelt met Dennis. Dan draait ze zich hoofdschuddend en glimlachend om. 'Woepie,' zegt ze, en ze doet de jeep op slot.

18

De volgende ochtend wordt Karena grijnzend wakker. Ze ligt te staren naar het plafond en luistert naar de airco en het gesnurk van Fern, terwijl ze de gebeurtenissen van gisteravond opnieuw de revue laat passeren. Dan rolt ze haar hoofd opzij en kijkt op de klok. Kwart over acht. Ze bevinden zich precies op de tijdzonegrens van Central en Mountain, dus Karena weet niet zeker of ze nu over drie kwartier op de briefing moeten verschijnen of dat ze een uur extra hebben. Ze besluit het zekere voor het onzekere te nemen. Ze gaat haar bed uit, schuift de gordijnen op een kier en tuurt naar buiten. Het licht op de parkeerplaats doet haar duizelen.

'Goedemorgen,' zegt Alicia, terwijl ze zich op haar elleboog omhoog drukt. Haar haar hangt als een donkere streng over haar gezicht.

'Goedemorgen,' zegt Karena. Ze vindt het geweldig dat iedereen uit de groep de dag met deze simpele beleefde opmerking begint. Dat zou in de Cities ook normaal moeten zijn, maar met al dat verkeer en het weer en het gejakker langs de alledaagse hindernissen is dat vaak niet het geval.

'Krijg nou wat,' zegt Fern van onder haar kussen. 'Hoe laat is het?'

'Na achten,' zegt Karena. 'Tijd om op te staan.'

Ze schuift de gordijnen verder open om het reclamebord van J & J El Ranco Fergusson Inn & Suites te kunnen zien. Zo'n lange naam voor zo'n eenvoudig motel. Karena vindt het geweldig. Ze vindt het geweldig dat je er ook kunt ontbijten. Ze vindt het heerlijk dat de hitte al van de voertuigen op de parkeerplaats afstraalt, wat betekent dat er meer dan genoeg energie is voor onweersbuien en ze misschien haar broer wel vindt. Ze vindt alles aan deze ochtend even heerlijk.

Alicia komt in haar T-shirt en boxershort aan sloffen. Haar mooie gezichtje verkreukelt door het verblindende licht. 'Hoe is het buiten?' vraagt ze.

‘Zonnig,’ zegt Karena. ‘Broeierig. Perfect.’

Alicia lacht en stoot met haar heup tegen die van Karena. ‘Iemand is vandaag wel in een héél goede bui,’ zegt ze. ‘Zou dat komen door de wandeling tijdens zonsondergang die ze met iemand anders heeft gemaakt?’

‘Wandeling, mijn reet,’ zegt de bult die Fern is. ‘Ze heeft gewoon een lekkere beurt gehad.’

‘Fern!’ zegt Karena. ‘Mijn hemel.’

‘Ach jee,’ zegt Alicia, en dan: ‘Wat is een beurt? Wil ik dat weten?’

‘Nee,’ zegt Karena, ‘dat wil je niet,’ en ze gooit een kussen naar Fern.

Fern rijst majestueus op uit haar nest van dekens. Haar ogen zijn tot spleetjes geknepen en haar paarse haar staat alle kanten op. ‘Natuurlijk wel,’ zegt ze knorrig. ‘Elke vrouw zou één keer in haar leven een flinke beurt moeten krijgen, zelfs jij. Lekker goor gerampetamp waarbij je kop tegen de muur bonkt en je tig keer klaarkomt.’ Ze gooit het kussen opzij en stampt in de richting van de badkamer. Halverwege blijft ze staan en draait zich om naar Karena, waarbij ze haar hand boven haar ogen houdt. ‘Precies wat ik dacht,’ zegt ze. ‘Nagloed. Verdomd verblindend.’

‘Niet waar,’ zegt Karena. ‘Want er is helemaal niets gebeurd, Fern!’

De deur van de badkamer knalt dicht.

Alicia kijkt Karena belangstellend aan. ‘Je lijkt inderdáád een soort gloed uit te stralen.’

‘Níét!’ zegt Karena. ‘Ik ben gewoon een beetje verbrand.’ Ze loopt naar de wastafel in de nis om haar gezicht te wassen. Ze is inderdaad verbrand, ziet Karena, terwijl ze zich opmaakt in de krappe ruimte met overvolle toilettassen, föhns en opladers voor telefoons en fototoestellen. Ze zou er verschrikkelijk uit moeten zien. Ze heeft al dagen niet getraind, moet het doen met hazenslaapjes en leeft op een dieet van pretzels en v8 uit de winkels bij benzinestations. Haar wenkbrauwen lijken uit een natuurdocumentaire te komen en de huid rond haar vingernagels is ingescheurd door de zeep van diezelfde benzinestations. Maar de rode wangen en koortsachtige ogen, en zelfs de paar extra pondjes, staan Karena goed; ze oogt nu minder als een lusteloze, afgematte verslaggever van ergens in de dertig, en meer als de meisjes op de merklappen van haar oma Hallingdahl. Eigenlijk heeft ze er nog nooit zo goed uitgezien.

Fern komt met een handdoek om haar hoofd en een om haar lichaam gewikkeld de badkamer uit. 'Nagloed,' zegt ze, als ze langsloopt.

'Kop dicht,' zegt Karena.

Ze besluit het douchen over te slaan in ruil voor een fatsoenlijk ontbijt, raapt haar tassen op en draagt die naar de jeep buiten. Het is nu al heet en vochtig. De zon weerkaatst van de glinsterende stenen op het parkeerterrein. Karena blijft even staan om foto's te maken van het reclamebord van J & J El Ranco Fergusson Inn & Suites.

'Goedemorgen,' zegt ze tegen Dan Mitchell, die met veel moeite zijn ontbijt, een flesje Mountain Dew, uit een automaat probeert te halen.

'Goedemorgen,' antwoordt Dan met het gezicht van een stoere piraat.

Dennis staat voor het ontbijtgedeelte te roken en als hij Karena ziet, haast hij zich om de deur voor haar open te doen. 'Hilloo!' zegt hij met een inspecteur Clouseau-accent dat Karena aan Charles doet denken. 'Goedemorgen! Leuk om je hier te zien!'

'Goedemorgen,' zegt Karena grijnzend.

Ze loopt via het aangrenzende souvenirwinkeltje het eetgedeelte binnen. Grijs met rood linoleum op de vloer, eethoekjes van rood vinyl en formica tafeltjes. Plaatselijke bewoners in geruite hemden en overalls draaien zich opzij om met verflauwende belangstelling een blik op Karena te werpen. Op het met krijt beschreven bord aan de muur staat dat je voor negenennegentig cent zo veel koffie kunt krijgen als je wilt en dat de dagspecialiteiten minder dan vijf dollar kosten. Karena besluit dat Kadoka een van haar lievelingsplekken is. Ze ziet Kevin met Pete en Marla rond een tafeltje in de hoek zitten. Zijn haar is zo glad als een aal van de douche en Karena's hart maakt een sprongetje. Ze knikt professioneel. Kevin knikt professioneel terug. Karena gaat met Dennis, Melody, Scout en Alistair aan een tafeltje in het midden zitten.

'Goedemorgen,' zegt ze.

'Mogge,' zegt Scout, terwijl ze Karena glimlachend aankijkt. 'Heb je lekker geslapen?'

'Ja,' zegt Karena. Scout strijkt snel over haar hand en geeft Karena dan de menukaart.

Karena bestelt koffie en een omelet met bacon, ham, worstjes, tomaten, paprika, uien, champignons en gebakken aardappeltjes, drijvend in kaassaus. Ze eet alles op en ook nog twee sneetjes roggebrood. Een tijdlang is ze zich alleen maar voldaan bewust van het feit dat ze haar maag zit te vullen, de zon tussen de luxaflex door valt en Kevin achter haar zit. Als ze klaar is, haalt ze haar recorder tevoorschijn, want Dennis gaat vertellen wat ze vandaag gaan doen. Hij tekent met zo veel enthousiasme schema's op zijn placemat, dat zijn pen door het papier heen schiet.

'Dus dit,' zegt hij, terwijl hij een plekje een paar keer omcirkelt, 'dit is het doel. Als het aan mij lag, zou ik misschien wat noordelijker gaan, in de richting van de Cheyenne Grasslands. Maar Dan is gebrand op deze streek hier, tussen Pierre en Oweeo. En Dan is de baas.'

'Dan is de baas,' herhaalt Alistair. Licht wiegend en met druk bewegende duimen is hij ingespannen bezig met een spelletje op zijn gameboy.

'Jij bent de baas,' zegt Dennis tegen Alistair, die lacht maar door blijft spelen. 'Hoe zou je het vinden om vandaag een tornado te zien?'

'Super,' zegt Alistair. 'Achtduizendvierhonderdvijfenvijftig.'

'Dat is het aantal tornado's dat hij heeft gezien,' legt Melody uit. 'In *Twister*.'

'Heb de film veertienhonderdnegen keer gezien,' zegt Alistair tegen zijn spelletje, 'zes tornado's in de film, achtduizendvierhonderdvierenvijftig.'

'Aha!' zegt Dennis. 'Ik snap het.'

'Dat is ongelooflijk,' zegt Scout glimlachend. Een streep zonlicht klit heel even in haar blonde haar en maakt er een nimbus van. 'Je bent een ongelooflijke jongen, Alistair, weet je dat?'

'Briljant,' zegt Alistair.

'Vandaag zou wel eens heel goed nummertje achtduizendvierhonderdvijfenvijftig kunnen brengen, vriend,' zegt Dennis. 'Jep. De kans is groot dat Moeder Natuur haar draken vandaag buiten laat spelen.'

'Draken,' zegt Alistair, en hij lacht zachtjes.

Kevins tafelgezelschap loopt door het restaurant en ook de mensen aan Karena's tafel staan op om te vertrekken. Karena blijft nog even hangen om de resterende kruimels op te eten en gaat dan naar het damestoilet: altijd een prioriteit voordat ze op weg gaan. Tegen de tijd dat ze door de souvenirwinkel terugloopt om te betalen, moet ze achter een rij plaatselijke bewoners gaan staan. Tijdens het wachten kijkt ze naar de boeken over de geschiedenis van South Dakota, de geslepen stenen en dennengeurzeepjes en tekeningen van Mount Rushmore. Snuisterijen, denkt Karena. In de glazen toonbank liggen ringen van zilver en turkoois uitgestald.

'Zijn die van de Sioux?' vraagt Karena aan de vrouw achter de kassa.

'Nou en of,' antwoordt de vrouw, 'Lakota. Een kerel komt ze brengen uit het reservaat Pine Ridge, een gast die Black Cloud heet.'

'Ze zijn prachtig,' zegt Karena. Ze zou er graag een kopen, maar ze heeft geen tijd om te passen.

'Zijn jullie allemaal tornadojagers?' vraagt de vrouw. Ze heeft een forse overbeet en heel kort bruin haar, net als Carol Burnett, wier vriendelijke tandpastaglimlach ze ook heeft.

'Een paar van die mannen,' zegt Karena. 'De rest is gewoon mee voor de lol.'

'Nou, ik hoop dat jullie een kelder bij je hebben,' zegt de vrouw. 'Weet je nog die tornado uit 1997, Bob?' zegt ze tegen een oude boer die met zijn bon in de hand achter Karena staat.

'Nou en of,' zegt hij. 'Spencer. Verwoestte de hele stad. Pulkte de tegels gewoon uit de stoep.'

De vrouw geeft Karena haar wisselgeld terug en Karena legt de apenlookfoto op de toonbank. 'U hebt deze man zeker niet gezien, hè?' vraagt ze.

De vrouw zet de leesbril op die aan een ketting van bloemetjeskralen om haar hals hangt. 'Nou,' zegt ze, 'volgens mij wel. Maar dan zonder dat gekke kapsel. Is dit niet de kerel met die ring die leek op Howie?' Ze overhandigt de foto aan de boer, die hem op armlengte voor zich houdt.

'Wie is Howie?' vraagt Karena.

'Howie is dit jongetje hier,' zegt de vrouw, en ze tikt met haar vinger op de glazen toonbank om een ring met een grimmig gezicht van zilver en turkoois, bekroond met een tooi en veren oorbellen van ingelegd onyx aan te wijzen. 'Nooit gedacht dat we nog iemand anders met een ring als Howie zouden zien, hè, Bob?'

'Nee,' zegt de oude boer. 'Maar deze kerel had hem dus wel.' Hij wappert met de foto en laat de afdrukken van zijn lange vergeelde nagels erop achter. 'Heeft hij nog steeds dat mietjeskapsel?' vraagt hij, terwijl hij Karena een knipoog geeft.

'Nee, gelukkig niet,' zegt Karena.

'Want als het gaat om een man met veel korter haar dan dit en ietsje donkerder en zo'n twintig jaar ouder, dan denk ik dat je beet hebt.'

'Geweldig,' zegt Karena stralend. 'Ontzettend bedankt! Wanneer was hij hier?'

De vrouw kijkt Bob aan ter bevestiging. 'Ik zou zeggen... gisteren? Voor het avondeten?'

'Jawel,' zegt Bob. 'Hij nam alleen soep. Ik weet nog dat ik dacht dat hij best wat meer had kunnen gebruiken. Een stevig rukwindje en hij was weg.' Hij geeft de foto terug aan Karena. 'Heeft hij een beetje Lakota-bloed?'

'Niet dat ik weet,' zegt Karena. 'Hoezo?'

'Hij zag er gewoon zo uit,' zegt de boer. 'En waarom zou hij anders die grote ring dragen? Afijn, laat je niet te grazen nemen door die tornado.'

'Ik zal mijn best doen,' zegt Karena, en ze loopt naar buiten.

De Walvis staat al met draaiende motor bij de uitgang van de parkeerplaats. Daarachter staat de jeep met Kevin achter het stuur. Karena heeft de briefing gemist.

'Sorry,' zegt ze hijgend, als ze in de auto springt. 'Maar Charles is gezien.'

'Wacht even,' zegt Kevin, en dan zegt hij in de handset: 'We hebben haar. We kunnen gaan.'

'Begrepen, SLM,' zegt Dennis. 'KE5 UIY, mobiel,' en de Walvis slaat links af het parkeerterrein af.

'Moet je horen,' zegt Karena als Kevin erachteraan rijdt. 'Charles was gisteren hier.'

Kevin knikt. 'Mooi,' zegt hij. 'Verbaast me niets. Hij jaagt waarschijnlijk achter dezelfde bui aan als wij... en alle anderen. Het wordt hier een gekkenhuis.'

Zijn toon is zakelijk, zijn gezicht achter de pilotenbril zo stoïcijns als dat van een politieagent. Wolken schuiven over de glazen als ze over het viaduct rijden. Karena kijkt hem geschrokken en enigszins gekwetst aan. Waarom doet hij nog steeds zo zakelijk nu ze alleen zijn? Heeft ze iets verkeerds gedaan? Gaat Kevin net doen of gisteravond, gisteren, niet gebeurd is? Maar dan steekt hij zijn hand uit en legt die in haar nek. 'Hoe heb je geslapen?' vraagt hij.

'Als een os,' zegt Karena, en ze stelt tot haar verbazing vast dat dat waar is. Voor het eerst sinds tijden is ze niet om half vijf wakker geworden. 'En jij?' vraagt ze.

'Verschrikkelijk,' zegt Kevin. 'Ik heb geen oog dichtgedaan, dankzij jou, Laredo.'

Karena lacht.

'Leedvermaak,' zegt Kevin. 'Leuk. Erg leuk.'

Achter de Walvis draaien ze de I-90 in oostelijke richting op. Karena schopt haar gympen uit en legt haar voeten op het dashboard. Ze kijkt naar het voorbijvliegende landschap. Zilverkleurige rolwolken waar de zon doorheen schijnt, drijven als onderzeeërs over de snelweg. Een eenzame watertoren, blauw en ijslollyvormig in de oplossende mist, houdt de wacht op een heuvelrug.

'Dit zou wel eens de grote dag kunnen worden,' zegt Kevin. 'Ik denk dat het vandaag gaat gebeuren, Laredo.'

'Weet ik,' zegt Karena. De watertoren lijkt precies op die in New Heidelburg, waar Charles altijd zo graag in klom. Ze draait zich om en kijkt ernaar tot hij uit het zicht verdwijnt.

Kevin lacht. 'Om de een of andere reden denk ik dat we het allebei over iets anders hebben.'

'Weet ik,' zegt Karena weer. Ze klopt op zijn knie en kijkt glimlachend door het raam naar buiten.

19

De hele ochtend rijden ze over de I-90 naar het oosten. De mist verdampt onderweg, maar er ontwikkelt zich een dik wolkendek. 'Stratusdek,' zegt Kevin, die met samengeknepen ogen door de voorruit kijkt. 'Dat is niet goed.' Hij bespreekt op de ham met Dennis en Dan de strategie, terwijl Karena luistert en het landschap buiten het raam voorbij ziet schuiven. Ze heeft nog nooit zoiets gezien: een terrein dat zo onaangetast is, dat het er prehistorisch uitziet. Alleen maar golvend grasland tot het einde van de wereld. Karena weet dat hier mensen wonen, dat hoewel de steden steeds schaarser worden en de afstanden ertussen groter, zich net buiten haar gezichtsveld waardevolle, complexe en verwoestende levens afspelen. Toch is ze overweldigd. Het zou haar niet eens verbazen als ze tussen de heuvels opeens een brontosauruskop omhoog zag komen om met zijn bek vol druipende planten uit een van de poeltjes het konvooi van Whirlwind na te staren.

'Ik vind het hier prachtig,' zegt Karena opeens. 'Het lijkt me heerlijk om hier te wonen.'

'Echt?' vraagt Kevin, terwijl hij de handset terug hangt. 'Dat verbaast me, Laredo. Ik had jou toch echt als een stadsmeisje ingeschat, iemand die niet zonder haar cappuccino kan. Jij bent een complexe vrouw.'

'Nou ja, ik zou natuurlijk wel een espressoapparaat kopen,' zegt Karena. 'Maar toch.'

Ze vervalt weer in gemijmer over het voorbijvliedende landschap, de horizontale lagen blauwe lucht, groen gras en de wolken. Hoe kan ze uitleggen waarom haar hart een sprongetje maakt en haar keel schrijnt van melancholie en verlangen door er alleen maar naar te kijken?

'Het zal wel erfelijk zijn,' zegt ze. 'Onze verre voorouders hadden zich hier ergens gevestigd, we weten niet precies waar. Ergens in de buurt van Martin, denken we. In eerste instantie hadden ze een plaggenhut en daarna een echt huis. Maar ze moeten iets rampzaligs meegemaakt hebben, sprinkhanenplagen of sneeuwstormen of zoiets, want ze waren gedwongen zich terug te trekken in Minnesota, waar al familieleden gevestigd waren. Mijn betovergrootmoeder, Libby – Lisbet – is daar nooit overheen gekomen. Ze smachtte naar de leegte.'

'Wauw,' zegt Kevin. 'Fascinerend, Laredo. Hoe weet je dat?'

'Brieven,' zegt Karena. 'Brieven die Libby schreef aan haar neven en nichten in New Heidelburg, waar ze uiteindelijk zelf terecht is gekomen. Mijn vader heeft die. Of misschien het historische genootschap van Foss County.'

'Ik ben jaloers, Laredo,' zegt Kevin. 'Mijn familie bestaat gewoon uit een stelletje Poolse worstenmakertjes uit Chicago.'

'Nou, dat is ook leuk,' zegt Karena diplomatiek. Dan slaakt ze een zucht. 'Ik romantiseer het wel een beetje, hoor,' zegt ze. 'Ik weet dat het een veel zwaarder bestaan was dan ik me ooit zou kunnen voorstellen. Alleen al voor water moest je soms kilometers ver lopen en je kon sterven aan iets waar wij nu helemaal niet meer bij stilstaan, zoals een bevalling of een blindedarmontsteking... Maar af en toe zou ik graag naar die tijd terug getransporteerd worden, gewoon om te zien hoe het was. Geen tv, geen telefoon, geen internet; alleen maar mensen die 's avonds bij elkaar kwamen om te praten. Te luisteren naar de wind.'

'Zou dat je niet gaan vervelen?'

'Misschien,' antwoordt Karena. 'Maar ik denk dat ik het... vredig zou vinden.'

Kevin knikt. 'Dat is mooi, Laredo,' zegt hij. 'Volgens mij wordt vrede onderschat.'

Een paar kilometer later slaan ze bij Murdo af naar de 83 in noordelijke richting en stoppen bij de travel plaza. De toeristen lopen loom heen en weer over het terrein. Alistair dwaalt over de treinrails erachter en maakt foto's van het spoor. Melody staat langs de kant naar hem te kijken, terwijl ze kletst met Pete. De andere vrouwen vormen het gebruikelijke rijtje bij het damestoilet, dus Karena blijft buiten om de gidsen af te luisteren. Ze hebben zich verzameld bij het voorportier van de Walvis om te overleggen. Het wolkendek is een probleem, want dat onderdrukt de hitte die nodig is voor de vorming van buien, en de discussie gaat over het feit of ze eronderuit moeten rijden of beter kunnen wachten tot het oplost. 'Ik blijf maar denken dat we meer naar het noordwesten moeten gaan,' zegt Dennis, die naar voren buigt om op Dans laptop te tikken. 'Daar klaart het al op en dan zouden we die cellen te pakken kunnen krijgen als ze opstijgen.'

Maar Dan schudt zijn hoofd. 'Dan kom je in het Cheyenne River-reservaat en daar is geen wegennet,' zegt hij. 'Dan zouden we wel eens een pak slaag kunnen krijgen. Hier hebben we de keuze uit een aantal vluchtroutes en als je bedenkt hoe snel dit spul gaat bewegen als het eenmaal op gang komt...'

Dennis masseert zijn baard. 'Klopt,' zegt hij. 'Maar toch. Ik heb gewoon het gevoel...'

Ze toveren het ene na het andere scherm met gegevens tevoorschijn en Karena drentelt bij hen vandaan. Ze gaat naar het nu lege damestoilet, laat de apenlookfoto aan het personeel in het winkeltje zien en neemt de jagers onder de loep. Er zijn er aardig wat, onder wie een buslading vol meteorologiestudenten die aan raketjes likken en met een frisbee spelen. Maar het is niets vergeleken met die massa bij de Sapp Bros in Ogallala en als er steeds meer jagers vertrekken, begint Karena hem te knijpen. Stel dat Charles ook naar een andere plek is gegaan? Karena maakt voor zichzelf een rootbeer met vanille-ijs, Charles favoriete drankje, en neemt dat mee naar de plek buiten, waar Fern, Alicia, Marla en Scout op een muur van zakken strooizout tegen de winkel aan zitten.

De vrouwen waaien zichzelf koelte toe en eten lekkers dat Marla uitdeelt: chocoladekoekjes, pindarotsjes en kersenbonbons. Ze staren naar het hoge gras aan de andere kant van de snelweg. Fern zit te roken en staart mistroostig naar Dan. Ze lijken allemaal lusteloos en geïrriteerd. De lucht onder de dikke grijze wolken is naargeestig en zo vochtig, dat ze allemaal druipen van het zweet.

'Ik hoop echt dat we vandaag wat te zien krijgen,' zegt Scout.

Marla bestudeert de hemel van onder de rand van haar vlammenpet. 'Ziet er niet echt veelbelovend uit, hè?' Ze buigt zich langs Karena naar Alicia. 'Misschien kun jij er een schietgebedje aan wagen, Allie,' stelt ze voor.

'O, dat heb ik al geprobeerd,' zegt Alicia, 'geloof me.' Ze glimlacht naar Karena. 'Ik heb ook gebeden dat we je broer zullen vinden,' zegt ze.

Karena's mond valt open. Ze draait zich met een gekwetste en verwijtende blik naar Fern, die naast haar zit: nou, bedankt, hè.

'Godskolere, Alicia,' zegt Fern, terwijl ze met een vertrokken gezicht rook uitpuft.

Alicia is zich rot geschrokken. 'O nee, het spijt me zo,' zegt ze. 'Ik was vergeten dat ik het niet mocht weten.'

Fern bloost van ellende en begint zich te verontschuldigen, maar Marla pakt haar arm vast en schudt eraan. 'Fern kan er niets aan doen,' zegt ze tegen Karena. 'Wij hebben haar met zijn allen onder druk gezet.'

'Dat is zo,' beaamt Scout. 'We hebben meedogenloos op haar ingepraat. Toen jij pas was weggelopen bij dat feestje, Karena. We wisten dat er iets aan de hand was.'

Karena schudt haar hoofd. 'Geeft niet,' zegt ze. 'Het is niet erg.'

'Dat is het wel,' zegt Fern. 'Ik had niets moeten zeggen. Als ik beloofd heb mijn mond te houden, doe ik dat.' Ze trapt driftig haar sigaret uit. 'Ik dacht alleen, we hebben zo weinig tijd en vijf paar ogen zijn beter dan één...'

'We willen helpen,' zegt Scout.

'En we hebben het niet tegen de mannen gezegd,' zegt Marla. 'Echt niet. We zijn erg discreet.'

Karena moet hier wel om lachen. 'Weet ik,' zegt ze. 'Het geeft niet. Echt niet. Bedankt. Fern?' Fern trekt haar schouders op. 'Het is oké,' zegt Karena. Ze blijft haar aankijken en knikt, totdat Fern erin slaagt te glimlachen.

Karena gaat staan en klopt haar korte broek af, terwijl ze naar de Walvis kijkt. Ze kan daar maar beter meteen naartoe gaan om aan Dan te vertellen waar ze mee bezig is, aangezien het slechts een kwestie van tijd is voor hij erachter komt. Maar ja, wat had ze dan verwacht? Dit soort dingen gebeurt gewoon. Informatie lekt uit, mensen brieven dingen door, situaties lopen snel uit de hand. Karena verwijt het Fern niet. Het is haar eigen schuld; had ze haar mond maar moeten houden. En hoewel het op zich niet erg is dat de vrouwen op de hoogte zijn van Charles – sterker nog, Fern heeft vanuit logistiek oogpunt gelijk, hoe meer uitkijkposten, hoe beter – kan Karena zich deze nieuwe biechtgewoonte toch echt niet veroorloven, ze kan dingen die privé moeten blijven niet zomaar aan Jan en alleman vertellen. Want stel dat het uit de hand gaat lopen? Stel dat Karena er opeens iets uitflapt of in haar slaap gaat praten? Ze zucht en loopt in de richting van de Walvis, maar voordat ze daar aankomt, draaien Kevin en Dennis zich om en gebaren dat ze allemaal moeten komen en schreeuwen dat het tijd is om te gaan.

20

Kevin rijdt weer en ondanks de suiker in Karena's frisdrank, of misschien juist vanwege de daaruit voortvloeiende dip, valt ze in slaap. Want als ze haar ogen opendoet, zijn ze weer bij een ander benzinestation. Dit ligt echter in de stad; twee pompen in plaats van de travel plaza's waar ze aan gewend is geraakt. Karena raakt enigszins in de war van de drukke kruising ernaast, de reeksen straatlantaarns die de verte in marcheren en de pick-ups en middenklassers die langssuizen. Als Karena rechtop gaat zitten, snijden twee autowrakken de hoek van het terrein af en duiken het verkeer in om het groene licht te halen. Ze vangt flarden dreunende rapmuziek uit hun openstaande ramen op. Asjemenou, dan zijn we vast niet meer in Kadoka, denkt Karena. Ze plakt aan alle kanten – haar mond door het drankje – en ragfijne haren kietelen haar gezicht en verkleven in de vochtigheid. Het moet hier geregend hebben, want het asfalt ligt te dampen.

En Karena realiseert zich nog iets anders: de zon schijnt. Regenboogkleurige olievlekken dansen op het teer. Maar de lucht voor hen is net zo donkerblauw als een stevige bloeduitstorting en alles om haar heen vertoont die verzadigde technicolorkleur die je ziet als een onweersbui licht door een kwadrant van de hemel forceert.

Uh-ooo, denkt Karena.

Ze opent het portier en stapt uit om aan Kevin te vragen waar ze zijn. Maar ze ziet hem niet. De benzineslang zit nog in de tank. Karena haalt hem eruit, schroeft de tankdop er weer op en pakt het bonnetje. Ze heeft tot nu toe al haar eigen onkosten betaald, omdat de *Ledger* alles vergoedt, dus ze neemt zich voor om Kevin terug te betalen. Hij komt uit het winkeltje haar kant op lopen, terwijl hij een blikje koude espresso in één klap achteroverslaat. 'Brrr,' zegt hij huiverend. 'Ik begrijp niet dat je dit spul kunt drinken.'

'Nou, dát drink ik ook niet,' zegt Karena, terwijl ze naar het blikje met een ratelslangpatroon kijkt. 'Zijn we in Pierre?'

'Ja,' zegt Kevin, 'en we tanken nog één keer voordat we erop afgaan.' Hij dirigeert Karena de jeep in en draait zijn laptop naar haar toe – die heeft hij in Valentine op de een of andere manier op een standaard weten te monteren. Karena strijkt haar haar achter haar oren en staart naar de radar. Een gigantisch groen-rood rad overschaduwt het grootste gedeelte van het gebied ten noordwesten van Pierre.

'Jésses,' zegt ze. 'Die ziet er reusachtig uit.'

'Ja, het is een gezonde jongen,' zegt Kevin. Hij trekt haar de jeep weer uit en wijst naar de donker wordende hemel. 'Dat is wat we daar zien. En kijk eens naar de vlaggen. Wat valt je op?'

Karena kijkt naar de vlaggen aan het gebouw van de aangrenzende autodealer, de Amerikaanse boven die van Subway. Ze staan allebei strak gespannen in de richting van de onweersbui.

'Je ziet dat ze naar het noordwesten wijzen, hè?' zegt Kevin. 'Dat betekent dat de wind uit het zuidoosten komt; een krimpende wind, noemen wij dat. En dat zien we graag, Laredo. Die wind neemt helemaal vanuit de Golf vocht mee om onze hongerige bui te voeden. En dit ding is uitgehongerd,' voegt hij eraan toe, terwijl hij weer op de radar kijkt. 'Sterker nog, ik zou zeggen dat het een monster is.'

Ondanks de hitte huivert Karena en ze wrijft over haar plakkerige armen. Nu ze wat alerter is, ziet ze aan de horizon bliksem flitsen, hoort ze het corresponderende geknetter op iemands radio en vervolgens het alarmerende geluid van een extra nieuwsbericht. Karena's bloed stolt in haar aderen als ze dat hoort. Maar nog steeds suist het verkeer voorbij; de truck waaruit het alarmerende geluid kwam rijdt door het stoplicht. Karena kan niet geloven dat deze mensen gewoon doorgaan met wat ze aan het doen zijn, alsof het een doorsnee dag is.

Dan roept vanuit de geparkeerde Walvis: 'We gaan, mensen!' Dennis en Fern, die op de stoep staan te roken, doven snel hun sigaret en rennen ernaartoe.

'Klaar, Laredo?' vraagt Kevin.

'Zo klaar als ik maar zijn kan, vermoed ik,' zegt Karena, terwijl ze in de jeep stapt.

'Doe je gordel om,' zegt Kevin. 'Ik meen het. Het wordt nu menens.'

Ze slingeren door de steile, door trapjes verbonden straten van Pierre en doen hun best om ondanks de verkeersdrukte achter de Walvis te blijven. Karena heeft het gevoel dat ze een nieuwe hoogte bereikt en steeds hoger klimt. Ze doet het handschoenenkastje open en haalt een nat zakdoekje over haar gezicht. Ze maakt een staartje in haar nek en brengt haar recorder en camera in gereedheid. Dit keer is ze niet doodsbang, niet nu Kevin erbij is, maar ze heeft wel degelijk dat onnatuurlijke alerte gevoel. Haar huid jeukt en haar ogen schieten van links naar rechts om informatie op te slaan. Als ze de stad uitrijden, proberen de haren op Karena's armen overeind te gaan staan en ze vraagt zich af of dat door de adrenaline komt, of dat ze reageert op een daling van de luchtdruk – wat dieren naar verluid zouden doen voor een zwaar onweer –, of dat de lucht, die ijzerachtig smaakt, geladen is.

Ze rijden door de buitenwijken en Karena kijkt naar de kleine huizen met hun keurige gazonnetjes onder de nu fluitende bomen en ze hoopt dat die er straks nog zullen zijn. Gek genoeg is een vrouw haar gras aan het maaien. Ze zwaait naar de Whirlwind-voertuigen en schreeuwt iets. Karena schudt haar hoofd. Dan ligt Pierre achter hen en zijn ze zo abrupt weer in het grasland dat het lijkt of de hoofdstad nooit bestaan heeft. Deze vlaktes voelen voor Karena anders aan dan die buiten Kadoka, meer verlaten, woester, en opnieuw heeft ze het gevoel dat ze klimt, dat ze over het dak van de wereld rijden. Haar oren klappen dicht. De hemel is dichterbij. Het is ook donkerder; aan de horizon is het zwart. De bui hangt dreigend voor hen, het gras buigt ernaartoe en Karena denkt aan wat Dennis zei: 'Er was die dag iets met die buien... Ze leken wel woedend.'

Het is inmiddels bijna vertrouwd: Karena's ontzag voor dit noodweer, haar verbazing en angst, haar piepkleine hulpeloosheid in de confrontatie ermee. De Whirlwind-voertuigen die als mieren een draaimolen naderen. Ze zien nu steeds meer jagers op de vluchtstrook geparkeerd staan. Ze zetten statieven op met camera's. Geen van hen is Charles. Er valt haar ook iets nieuws op en ze krijgt het er meteen Spaans benauwd van: handhavers van de wet. Surveillancewagens van sheriffs en SUV's van de staatspolitie staan met zwaailichten in de richting van de bui geparkeerd in de berm. Ze moeten op het ergste voorbereid zijn.

'Hoe groot is hij nu?' vraagt ze, terwijl ze opzij buigt om op de laptop te kijken, die Kevin nu naar zich toegedraaid heeft. En ze hoort haar jongere zelf vragen: 'Hoe dichtbij is die?' En Charles die opgewekt antwoordt: 'Niet zo ver meer. Jep, ik zou zeggen een kilometer of acht.'

Kevin werpt een blik op de laptop. 'Geen idee,' zegt hij kortaf. 'Geen signaal. Hadden we hier verdomme maar een Threat Net-radar,' mompelt hij, meer tegen zichzelf dan tegen Karena. Ze kijkt naar de Walvis met de signalen opvangende antenne.

Kevin haalt de handset van de haak. 'KB1 SLM voor KE5 UIY,' zegt hij.

'Hier UIY,' zegt Dennis. Zijn stem is vlak en zakelijk, alle joligheid is verdwenen.

'Ik heb geen signaal, UIY,' zegt Kevin. 'Wat laat Threat Net zien? Hebben we al een rad van fortuin?'

'Wacht even,' zegt Dennis. Dan zegt hij: 'SLM, we hebben er drie. Een windschering met een snelheid van honderdtwintig knopen. Threat Net toont een opwaartse met hagelstenen van bijna dertien centimeter.'

'Begrepen,' zegt Kevin. 'Is er een haakecho? Is er gewaarschuwd voor een tornado?'

'Inderdaad, SLM. Er is een klassieke haakecho en er is gewaarschuwd voor een tornado.'

'Begrepen, UIY. Bedankt. Wat is de verwachte tijd van aankomst?'

'We vermoeden hem over ongeveer een kwartier te kunnen onderscheppen,' zegt Dennis. 'Dan denkt dat deze bui een *right mover* is, dus we houden onze zuidelijke optie in de gaten. We kunnen beter rechtsomkeert maken en wat AFD riskeren, dan proberen in het oog van dit ding door te dringen. We houden jullie op de hoogte. *Stand by.*'

'KB1 SLM, *standing by*,' zegt Kevin, en hij hangt de handset weer op.

Karena heeft aantekeningen zitten maken op haar blocnote als ondersteuning van haar opnamen en die leest ze nu door. Een paar dingen die ze gehoord heeft kent ze, bijvoorbeeld dat een haakecho een tornadoteken op de radar is, een klein krulletje dat aangeeft waar de tornado zich onder de bui zal vormen. Van de andere dingen weet ze minder. ‘Hagelstenen van dertien centimeter, is dat formaat softbal?’ vraagt ze.

‘Iets groter dan een softbal,’ zegt Kevin.

‘En een right mover, wat betekent dat?’

‘Dat is als een bui een abrupte duik naar het oosten maakt,’ zegt Kevin afwezig. Hij hangt voorover met zijn armen over het stuur om door de voorruit te turen. ‘Als dat gebeurt, botst een bui meestal met warmere lucht en verandert hij in een superbeest.’

‘O,’ zegt Karena. ‘Oké.’ Ze schrijft deze informatie op, slaat dan haar blocnote dicht en leunt achterover. De weg heeft een lichte bocht gemaakt en de wind raast nu op acht uur van hen de bui in. Hij beukt tegen de jeep en laat de elektriciteitskabels boven hun hoofd gieren als water dat aan de kook raakt. De onderkant van de bui begint in zicht te komen. Karena verbaast zich hier telkens weer over: hoe iets wat zo gigantisch is begrensd kan zijn, en niet het hele luchtruim omvat. De basis van deze bui raakt echter bijna de grond. Karena probeert te slikken. Haar keel zit dicht. ‘Kevin,’ zegt ze, wijzend. ‘Is dat een wolkenmuur op elf uur van ons?’

‘Als dat zo is,’ zegt Kevin langzaam, ‘dan is dat de grootste die ik ooit heb gezien. Die moet wel een doorsnee van vijf kilometer hebben, maar... jep, ik denk het wel. Goed gezien, Laredo.’ Hij haalt de handset van de haak en zendt deze informatie naar de Walvis als ze een Volvo-stationwagen passeren die in de berm geparkeerd staat. Die is precies hetzelfde als die van Karena thuis, alleen is deze kanariegeel en lijkt hij tegen de pikdonkere lucht geplakt. Er staat een man naast, onder een bord waarop OWEEO, 10 M staat. Hij draagt een T-shirt, korte broek en sandalen, en zijn kleren en haren wapperen in de wind. Zijn donkerblonde haren. Zijn iets donkerder huid daaronder. Hij heeft een baard en als het konvooi van de Whirlwind passeert, zwaait hij vrolijk. Zijn grijns is verbijsterend wit in zijn gebruinde gezicht.

‘Kevin!’ schreeuwt Karena. Ze grijpt zijn arm, waardoor hij de handset laat vallen. ‘Dat was Charles! Dat was Charles! Keer om!’

De jeep slingert en Kevin vloekt. Hij stuurt de auto weer de weg op en bukt dan om de handset te pakken, die aan het eind van zijn kronkelsnoer bij zijn voeten stuitert. ‘Neem me niet kwalijk,’ zegt hij, ‘maar doe dat nooit, maar dan ook nooit meer. Het is onder alle omstandigheden gevaarlijk, maar nu helemaal, en je mag iemand die over de ham aan het zenden is nooit onderbreken oké?'

'Oké,' zegt Karena, 'maar we zijn net langs Charles gereden, Kevin, dat was hem, ik weet het zeker. We moeten stoppen en terugrijden!'

'SLM, wat is er aan de hand?' vraagt Dennis. 'Problemen?'

'Nee, sorry, UIY, er ging even iets mis,' zegt Kevin.

'Heb je gehoord wat ik als laatste zei?'

'Nee. Kun je het alsjeblieft herhalen?'

'Dan denkt dat zich op half twaalf van ons een trechter ontwikkelt,' zegt Dennis. 'Stand by.'

'Begrepen,' zegt Kevin.

'Alsjeblieft,' zegt Karena. 'Kevin, alsjeblieft.' Ze durft hem niet meer aan te raken, maar ze smeekt hem met haar ogen. Ze houdt haar hand op gelijke hoogte met het dashboard om te laten zien hoe die trilt. 'Voor heel even maar,' zegt ze. 'Alleen om gedag te zeggen en te vragen waar hij heen gaat, dan kunnen we daar later met hem afspreken.'

Kevin werpt haar een blik toe; zijn uitdrukking is vlak en gespannen. Dan draait hij zich naar de wolkenmuur, waaruit een zwarte bobbel steekt.

'Alsjeblieft,' zegt Karena. 'Het is twintig jaar geleden!'

'Fuck,' zegt Kevin. Zonder noemenswaardig vaart te minderen, draait hij de jeep om. De banden piepen, er komt rook vanaf en ze ruiken de geur van verbrand rubber. Dan racen ze richting Pierre, in de richting waaruit ze gekomen zijn.

'O, dank je wel,' zegt Karena, 'ontzettend bedankt...'

'Ik kan hierdoor mijn baan kwijtraken,' zegt Kevin. 'En dan heb ik het nog niet eens over het in gevaar brengen van ieders veiligheid. Je verlaat nooit de groep! Nooit van zijn leven! Dus een beetje stilte wordt zeer op prijs gesteld.'

'Oké,' zegt Karena bedeesd.

'Eén minuut, Karena,' zegt Kevin. 'Meer niet. Als we hem daar niet meer zien...'

Karena buigt zich naar voren alsof ze de jeep wil dwingen harder te rijden. De lucht voor hen is lichtgrijs, in haar zijspiegel is die zwart. De jeep schudt op zijn chassis. Het gras buigt schuin naar hen toe en ligt bijna plat.

'SLM, waar ben je?' vraagt Dennis. 'We zien jullie niet meer. Rijden jullie nog achter ons? Kom dichterbij alsjeblieft.'

'UIY, we halen jullie zo in,' zegt Kevin met een grimmig gezicht.

'Wat is er aan de hand, SLM?'

'We komen zo, UIY,' zegt Kevin opnieuw.

'Dit is niet goed, SLM,' zegt Dennis. 'We hebben hier te maken met een massieve right mover met een tornado aan de grond. Ik herhaal, een kachelpijptornado aan de grond. Jullie moeten nu naar ons toe komen...'

'Begrepen, UIY,' zegt Kevin, en hij zet de zender uit. 'Oké, Karena,' zegt hij, terwijl hij snel in zijn achteruitkijkspiegel en zijspiegels kijkt en zijn blik dan weer op de weg richt. 'Waar is hij verdomme?'

Ze zijn namelijk aangekomen bij het bord met OWEEO, 10 M en de berm is verlaten. De weg is verlaten. De gele wagen is nergens te bekennen. Er is niemand.

'O nee,' kreunt Karena. 'O mijn god.' Ze kijkt alle kanten op. 'Maar hij was hier, op deze plek,' zegt ze. 'Echt!' Ze schudt haar hoofd. 'Misschien is hij wat verder teruggegaan,' zegt ze, 'in de richting van Pierre. Misschien als we nog een klein stukje verder die kant op rijden...'

'Misschien niets!' zegt Kevin. 'Misschien is hij daar helemaal niet!' Hij geeft een klap op het dashboard en Karena krimpt ineen. 'VERDOMME!' zegt hij.

'Ik heb hem echt gezien, Kevin,' zegt Karena. 'Ik zweer het je.'

'Daar GAAT het niet om,' brult Kevin. 'Het gaat erom dat ook al was hij hier, hij hier nu niet meer is, en dat wij ondertussen de bus kwijt zijn en KILOMETERS achter hen zitten en dat er minstens één tornado tussen ons in aan de grond is – godverDOMME!' Hij zet de jeep stil. 'Hou je vast,' zegt hij, en hij draait het stuur weer om.

'Het spijt me zo, Kevin,' zegt Karena. 'Wat kan ik doen? Kan ik iets doen om te helpen?'

Kevin heeft de jeep gekeerd en geeft gas, maar gaat dan plotseling op de rem staan. 'Godskolere,' zegt hij.

'Wat is DAT?' vraagt Karena en ze slaat een hand voor haar mond.

Want de snelweg voor hen is verdwenen in de wolken. Het is geen tornado, tenminste, Karena heeft nog nooit zo'n tornado gezien. Het is meer alsof de bui simpelweg op de grond is geland. De weg loopt nu regelrecht in een kolkende bruinzwarte massa, een torenhoge muur die de prairie voor hen heeft opgeslokt.

'Wat is dat?' fluistert Karena. 'Is het misschien... een stofwolk?' Ze denkt aan de beroemde foto van de Dust Bowl: een zwarte wolk die als een vloedgolf over een piepkleine boerderij spoelde.

Kevin zit nog steeds naar de gigantische bruinzwarte muur te staren, maar bij het geluid van Karena's stem komt hij weer tot zichzelf. 'Nee,' zegt hij. '*Holy fuck*, nee. Dat is geen stofwolk. Dat is een wig. Het is de grootste *fucking* wigtornado die ik ooit gezien heb. Zeker drie kilometer breed...'

Hij graait naar de zender. 'KB1 SLM voor KE5 UIY,' zegt hij. 'UIY, horen jullie me?'

De radio reageert niet. Kevin zoekt tastend naar de volumeknop en draait die op volle sterkte. Zijn vingers trillen. 'Dit is KB1 SLM. UIY, meld je alsjeblieft.'

...

'KB1 SLM voor UIY. UIY, horen jullie me?'

...

'UIY, dit is SLM. Over?'

...

Kevin kijkt naar Karena, die terugstaart. Kevin schudt zijn hoofd. 'We zijn de bus kwijt,' zegt hij schor.

21

Ze gaan met knipperende lichten aan de kant van de weg staan om de wigtornado te laten passeren. Kevin belt het plaatselijke kantoor van de National Weather Service om verslag uit te brengen van wat ze zien, hun positie door te geven en te vertellen welke koers de bui lijkt te volgen. Recht naar het oosten nu, een right mover zoals Dan had voorspeld, op weg naar Oweeo. Als hij ophangt, blijven ze met geel oplichtende gezichten in de berm zitten. 'O mijn god,' zeggen ze af en toe, maar verder zwijgen ze. Ze wachten alleen maar. Karena heeft overlevenden van een tornado altijd horen zeggen dat die het geluid maakt van een trein. Ze vindt dat het daar wel iets van weg heeft, maar niet helemaal hetzelfde is. Mensen zeggen dat ongetwijfeld omdat je het geluid van een naderende trein kunt voelen in je voeten en in je buik. Deze gigantische wig laat de jeep schudden, slingert modder in de greppel, maar het geluid dat hij maakt is veel lager, bijna te laag voor het menselijk oor. Het is alsof de aarde zelf gromt.

Als de wervelende zwartbruine muur aan de rechterzijde het toneel verlaat, als ze een strook licht tussen de grond en de onderkant van de bui zien en Kevin besluit dat het ergste achter de rug is, zet hij de jeep in de eerste versnelling en rijden ze in noordelijke richting terug naar Oweeo. Ze moeten meerdere malen aan de kant van de weg gaan staan om brandweerauto's, ambulances en de surveillancewagens van de politie die ze eerder hebben gezien te laten passeren. Karena zit op het puntje van haar stoel en draait alle kanten op om te kijken of ze de gele Volvo ziet. Kevin blijft aan één stuk door de radio proberen.

'KE5 UIY, dit is KB1 SLM, over?' zegt hij steeds opnieuw. 'KB1 SLM voor UIY, meld je, alsjeblieft.'

Zo'n vijf kilometer buiten Oweeo begint het zachtjes te regenen. En er dwarrelt ook iets rozeachtigs uit de lucht naar beneden.

'Wat is dat?' fluistert Karena. Ze is hees. 'Het lijkt wel suikerspin.'

'Dat is asbest,' zegt Kevin. 'Isolatiemateriaal.'

Karena werpt hem een blik toe, ziet zijn gespannen gezicht en begint dan weer het gehavende landschap af te speuren naar de auto van haar broer.

'UIY, dit is SLM,' hoort ze Kevin zeggen. 'Meld je, alsjeblieft.'

Ze kruipen vooruit en beginnen sporen van verwoesting te zien. Karena kent dit van het avondnieuws van het Weather Channel, beelden van de chaos na een tornado die de hele wereld heeft gezien. Behalve dan dat het perspectief nu natuurlijk anders is. Alles is groter. Dichterbij. Ze zitten er gewoon naast. En het zijn niet alleen de stapels houten planken op de grond, de close-up van een teddybeer of een familieportret in de puinhopen, gemaakt door een sentimentele cameraman. Er zijn ook dieren. Koeien. Ze liggen in onnatuurlijke houdingen en sommige zijn doorboord. Sommige loeien nog; een geluid waar Karena's haren recht van overeind gaan staan en dat haar doet denken aan het huilen van haar broer. Een koe is uiteengereten. Ze ziet ook een paard, op zijn zij, trappend en zacht hinnikend. Hij tilt zijn hoofd op en probeert tevergeefs op te staan. Er steekt een balk tussen zijn ribben uit. Hij rolt met zijn ogen als de jeep passeert en Karena kan hem horen schreeuwen.

'KE5 UIY, dit is SLM. Hoor je me? KE5...'

En die geur. Niemand heeft Karena ooit over die geur verteld. Het is een doordringende, grassige, zompige muskuslucht van afgerukte planten. Als ze in de buurt van het vroegere Oweeo komen, zien ze ook bomen, of wat daarvan over is: afgeschilferde takken die op schouderhoogte afgerukt zijn. Ze zijn tot punten geslepen en je ziet het witte binnenste ervan. Het is alsof hier een gigantische maaimachine is langsgekomen die alles boven de één meter zestig heeft vermalen. Dan beginnen ze gas te ruiken. Dat komt uit de leidingen die uit de grond zijn gerukt. De verstikkende geur dringt ondanks de gesloten ramen de jeep binnen. Kevin zet de ventilatie uit.

'KE5 UIY, dit is SLM. Meld je alsjeblieft...'

Karena raakt zijn hand aan en trekt haar T-shirt over haar neus, ze ademt door de dunne stof. Ze prevelt schietgebedjes voor de dode dieren: 'God zegene de zielen van dieren, God zegene de zielen van dieren, God zegene de zielen van dieren.' Ze voegt eraan toe: 'God zegene de mensen van deze stad.' En: 'God zegene mijn broer, alstublieft zegen mijn broer. Laat me hem alstublieft vinden. Zorg alstublieft dat hij ongedeerd is.'

Opeens knalt er iets op de motorkap van de jeep. Karena springt van schrik overeind. Als ze zich omdraait, ziet ze een blikje tomatensoep wegrollen.

'KE5 UIY, meld je...'

Kevin loodst de jeep over een kale berm om een deur te ontwijken die op de weg ligt, een binnendeur waar met glitterstickers CAROLEE op is geplakt. De achterkant van de bui raast rechts van hen. Hij is wit van boven en zwart van onderen, en staat bol van de borstvormige mammatus. Vanuit het westen komt nog een bui aandrijven. Het is alsof ze gevangen zitten tussen twee bloemkoolvormige atoomwolken, zo immens groot zijn die buien. Het licht is onnatuurlijk, gesmoord. Isolatiemateriaal miezert roze omlaag.

'Waar ben je, Charles?' mompelt Karena in haar T-shirt. 'Waar ben je verdomme?' Ze sluit haar ogen om te bidden.

'KE5 UIY, dit is KB1 SLM. Hoor je me?'

'SLM, dit is UIY,' kraakt Dennis' stem zwakjes. 'Wij zijn allemaal ongedeerd. En jullie?'

Karena gaat rechtop zitten en laat het T-shirt zakken. 'O, godzijdank,' snikt ze.

'Jep,' zegt Kevin hevig knikkend, 'jep, jep. Ja, we zijn ongedeerd.' Hij strijkt snel met de buitenkant van zijn pols over zijn ogen.

'Wat is jullie positie?' vraagt Dennis, terwijl Karena zegt: 'Vraag alsjeblieft of ze een gele Volvo-stationwagen gezien hebben.'

'Momentje, UIY,' zegt Kevin. Hij brengt de jeep tot stilstand en tuurt om zich heen. 'We zitten ergens in het spoor van de tornado,' zegt hij. 'Zoals jullie waarschijnlijk wel weten zijn er geen verkeersborden, want er is geen weg. Ik zie iets wat lijkt op een bakstenen muur van twee verdiepingen hoog op ongeveer een achthonderd meter rechts – op één uur – van me.'

'Dan zijn we ongeveer vierhonderd meter voor jullie, SLM. Rij maar door.'

'Begrepen,' zegt Kevin. 'O ja, heeft een van jullie een gele Volvo-stationwagen gezien?'

'Momentje,' zegt Dennis. Karena draait aan de zoom van haar T-shirt en scheurt een velletje bij haar nagel af. 'God, alsjeblieft,' zegt ze. 'Alsjeblieft...'

'Nee, SLM,' zegt Dennis. 'Niemand in de bus heeft een gele wagen gezien.'

'O, nee,' kreunt Karena en ze begint te huilen.

'Begrepen,' zegt Kevin. 'We komen naar jullie toe, UIY. Het kan even duren met al dat puin.'

'Begrepen, SLM,' zegt Dennis. 'Maar kom alsjeblieft zo snel mogelijk. Dan wil naar het zuiden afzakken. Er valt nog steeds puin naar beneden en op tien uur van ons hangt nog een fikse bui. Het is niet veilig.'

'Dat begrijp ik, UIY,' zegt Kevin. 'Over en uit.' Hij steek zijn hand uit naar Karena. Zij pakt die krampachtig vast en staart huilend uit het raampje.

'Gaat het, Karena?' vraagt Kevin. 'Nog even volhouden. We vinden hem wel.'

Ongeveer tien minuten later zien ze de knipperende waarschuwingslichten van de bus, die schuin op de voormalige weg staat. Dennis staat met zijn handen op zijn hoed bij het voorportier om zich heen te kijken. Dan is aan het bellen. De toeristen staan op een hoopje bij de zijdeur en zien er verdwaasd uit. Hoewel Dennis heeft gezegd dat ze ongedeerd zijn, telt Karena toch snel even de koppen: Fern, Alicia, Melody, Alistair, Scout, Marla, Pete, o godzijdank. Melody staat voorovergebogen, haar pluizige gele hoofd hangt tussen haar knieën en Marla wrijft over haar rug. Fern en Pete staan te praten; Fern met een sigaret in haar hand, die ze vanwege het gas niet kan opsteken. Scout staat als verlamd naar een van de afgeschilferde bomen te kijken. Alistair is degene die de jeep als eerste in het oog krijgt en hij rent er schreeuwend naartoe.

'Achtduizendvierhonderdvijfenvijftig,' zegt hij, tikkend tegen zijn hoofd. 'Achtduizendvierhonderdvijfenvijftig, achtduizendvierhonderdvijfenvijftig, achtduizendvierhonderdvijfenvijftig!'

'Wat, jongen?' vraagt Kevin, die hem opvangt. Maar Alistair slaat Kevins armen weg en gilt.

'Het aantal tornado's,' zegt Karena, 'het aantal tornado's dat hij gezien heeft.' Dan komt Fern haastig toegesneld om te helpen, aangezien Alistairs tante nog steeds staat te hyperventileren.

'Precies, Allie,' zegt ze, 'achtduizendvierhonderdvijfenvijftig, fantastisch.' Ze duwt haar capuchon van haar hoofd om Karena en Kevin ieder een kus te geven en trekt Alistair dan met zich mee.

Dennis komt naar hen toe en zij lopen zijn kant op, panelen vol spijkers en gevallen elektriciteitskabels ontwijkend. Het licht is vreemd, citroengeel, waardoor Dennis er met zijn gerimpelde gezicht uitziet als een malariapatiënt.

Als ze elkaar halverwege ontmoeten, zegt Dennis tegen Kevin: 'Alles kits, *bro*.' En dan omhelzen ze elkaar, slaan elkaar op de rug. Dennis omhelst Karena ook. Hij ruikt zurig, naar zweet en rook. 'Man,' zegt hij, als hij haar loslaat. 'Wat is dit erg. Ik heb nog nooit zoiets ergs gezien. En we zijn nog niet eens binnen de stadsgrenzen. Moge God deze mensen helpen.'

Voor het eerst sinds Karena hem kent, doet hij zijn vishoedje af en houdt die voor zijn borst. Het laat een platte cirkel in zijn grijze haar achter. 'Man!' zegt hij nog een keer. 'Man, wat was dat heftig. Volgens mij heb ik gegild als een mager speenvarken toen ik dat ding van koers zag veranderen en recht op ons af zag komen. Ik wil nooit, maar dan ook nooit meer zoiets zien.'

'Je bent niet de enige, geloof me,' zegt Kevin. 'Waar zijn jullie naartoe gegaan om te ontsnappen?'

'Het oosten,' zegt Dennis, 'en toen naar het zuiden. Gelukkig vond Dan een smal weggetje dat ermee door kon. Er lag in ieder geval kiezelzand op. Want als we dat weggetje niet gevonden hadden...' Hij schudt zijn hoofd.

'Maar jullie hebben het gered,' zegt Kevin.

'Inderdaad,' zegt Dennis. 'Maar we moesten wel ongeveer vijf minuten lang voor die wig uit vluchten en man, ik kan je wel zeggen dat dat de langste vijf minuten van mijn leven waren. Ik dacht echt dat we er geweest waren. Dat was het enige wat ik kon denken. Dit was het dan.' Hij schudt een sigaret uit zijn pakje, kijkt er even naar en steekt hem dan achter zijn oor. 'Waar zijn jullie eraan ontsnapt?' vraagt hij.

'Ook zuidwaarts,' zegt Kevin. 'Maar meer terug in de richting van Pierre, ongeveer vijftien kilometer van de stad.'

Dennis knikt. 'Dat is waar ook,' zegt hij, 'we verloren jullie volledig uit het oog, dat was ik bijna vergeten. Hoe zit dat?'

'Het was een noodgeval,' zegt Kevin, knikkend naar Karena. 'Ze dacht dat ze haar broer zag.'

Karena krimpt ineen en kijkt Dennis dan recht aan. Het is tijd voor de waarheid. Daar is Charles het meest mee gediend.

'Je broer?' herhaalt Dennis. 'Daar begrijp ik niets van. Waarom zou jouw broer helemaal hier zijn? Is hij een jager?'

'Ja,' zegt Karena. 'Hij heet Charles Hallingdahl. Chuck, bedoel ik. Hij rijdt in die gele wagen waar ik naar vroeg.'

Dennis staart haar een minuut lang aan en zegt dan: 'HAH!'

Karena werpt een blik op Kevin, die zijn schouders ophaalt. Dennis beent soepeltjes en hoofdschuddend een paar passen bij hen vandaan. Hij schopt tegen planken en praat in zichzelf. 'Hier kan ik echt niet bij, man,' zegt hij. 'Hier kan ik verdomme echt niet bij. Word ik eerst bijna om zeep geholpen door de grootste wigtornado ter wereld en dan dit...'

Hij komt teruglopen en buigt zich om in Karena's gezicht te kijken. 'Natuurlijk,' zegt hij. 'Nu zie ik het. Godallemachtig. Chuck Hallingdahls zus. Waarom heb je dat niet gezegd?'

'Het is een lang verhaal,' zegt Karena.

'O, vast,' zegt Dennis grimmig. Hij schudt zijn hoofd. 'Vast en zeker.' En hoewel ze nu wel wat anders aan haar hoofd heeft, ziet Karena dat ze Dennis' vertrouwen kwijt is, en dat voelt rot.

Dan komt er een SUV van de staatspolitie met zwaailichten op hen af rijden. De banden knerpen over het puin. Het raampje zakt naar beneden en een agent met een Smokey Bear-hoed leunt over de passagiersstoel naar buiten. God, wat is die jong, denkt Karena, hij lijkt wel negentien met die blozende wangen en dat blotebillengezicht. 'Neem me niet kwalijk, mensen,' zegt hij, 'maar ik moet jullie vragen terug te keren naar jullie voertuigen en dit gebied te verlaten. We moeten het om veiligheidsredenen afsluiten.'

Dan Mitchell stapt met zijn papieren in de hand uit de Walvis. 'Daarvan zijn we ons bewust, *officer*,' zegt hij. 'Wij zijn een bevoegd tornadojagersbedrijf en we zijn tijdens het noodweer gescheiden van een van onze voertuigen. Ik heb hen hier op staan wachten en nu ze er weer zijn, pakken we onze biezen zodra we een veilige route hiervandaan hebben gevonden.'

'Begrijp ik,' zegt de agent.

'Hebt u misschien een gele Volvo-stationwagen gezien, agent?' vraagt Karena.

'Nee, mevrouw,' zegt hij, 'sorry, heb ik niet gezien. Maar gaat u nu alstublieft terug naar uw voertuig.' Hij kijkt naar Dan. 'Er komt nog meer noodweer deze kant op,' zegt hij. 'Denkt u dat het lang gaat duren?'

'Helaas wel,' zegt Dan. 'Het is een erg actief systeem en het blijft deze kant opkomen.'

De agent gaat rechtop zitten en kijkt kauwgom kauwend door zijn voorruit. 'Daar was ik al bang voor,' zegt hij. 'Oké, gaan jullie maar gauw verder en doe voorzichtig.'

'Dank u, officer,' zegt Dan. 'U ook.'

'Wacht even,' zegt Karena. Ze tikt tegen het raampje van de SUV dat weer naar boven schuift en halverwege stopt. 'Alstublieft,' zegt ze. 'Ik zoek mijn broer. Ik heb hem eerder vandaag in die Volvo gezien en ik ben bang dat hij verongelukt is. Kan ik misschien met u mee naar de stad? Alleen maar om te kijken?'

De agent schudt zijn hoofd. 'Sorry, mevrouw,' zegt hij. 'Alleen hulpverleners. Als we hem vinden en hij medische verzorging nodig heeft, brengen we hem naar een van de drie ziekenhuizen in de buurt, St. Mary's, het Gettysburg Med Center in Pierre of naar de Holy Infant.'

'Wacht even,' zegt Karena, terwijl ze haar blocnote tevoorschijn haalt, 'kunt u dat alstublieft herhalen?'

En dan komt Marla naast haar staan. 'Officer,' zegt ze, 'ik ben Marla Johannssen uit Iowa en ik ben gediplomeerd verpleegkundige. Ik wil u graag op alle mogelijke manieren van dienst zijn.'

De agent kijkt wantrouwend en Marla trekt vloekend haar vlammenpet af. 'Hebt u een identiteitsbewijs, mevrouw?' vraagt hij. Marla doet haar portemonnee open en geeft het hem. De agent kijkt ernaar en geeft het dan terug. 'Oké, mevrouw Johannssen,' zegt hij. 'Spring er maar in.'

'Dank u, officer,' zegt Marla. 'Nog één ding. Dit is mijn partner en ik ga alleen mee als zij ook mee mag,' en ze pakt Karena's pols en zwaait ermee. 'Zij kan ons helpen met het op gang brengen van de hulpverlening. Ze werkt voor de Minneapolis *Ledger*, weet u. Zij is van de pers.'

22

Die avond voegen ze zich in de Taco Hut in Pierre weer bij de Whirlwind-mensen. Daar is Dan Mitchell zich een slag in de rondte aan het bellen om te proberen een overnachtingsplek te vinden in een stad die barst van de jagers, media en hulpverleners. De toeristen zitten het fastfood in de kartonnen doosjes over hun plastic dienbladen te schuiven. Ze zijn ingetogen, zeggen niet veel. Nadat Karena iedereen heeft omhelsd, gaat ze met haar laptop en haar mobiel in een hoek zitten. Ze belt de ziekenhuizen om naar Charles te informeren en maakt een verslag over de verwoesting van Oweeo voor de *Ledger*:

> ... Om 10.30 uur plaatselijke tijd zijn er officieel veertien doden en zevenenveertig gewonden, van wie er elf in levensgevaar verkeren. Maar het had nog veel erger kunnen zijn, aldus stadsbestuurder Chris Sides. 'De stad is compleet verwoest,' zei hij. 'Er is niets meer. Maar de sirenes zijn wel gegaan en de NWS heeft een waarschuwing uitgevaardigd. We hadden zeventien minuten de tijd om ons voor te bereiden. Als dat niet was gebeurd, zou het aantal slachtoffers onvoorstelbaar hoog zijn geweest.'
>
> Maar toen de Nationale Garde was opgeroepen en die Oweeo voor iedereen behalve hulpverleners had afgesloten, kwam er een andere supercell aan die de hulpverlening in gevaar bracht. 'Ik durf er niet eens naar te kijken,' zei Marla Johannssen, een vijftigjarige verpleegkundige uit Iowa, die in de nabijheid was met Whirlwind Tours, een professioneel tornadojagersbedrijf. 'De manier waarop de bomen afknapten,' zei Johannssen, 'de tornado sleep ze als potloden. En dan zie je ze weer naar een andere bui buigen, in dat groene licht, alsof ze onder water staan – dat is iets wat bijna nie-

mand ooit ziet, een unieke versie van de hel.'

Bijdragen voor de slachtoffers van de tornado's lopen via het Rode Kruis.

Karena leest het verslag nog een keer over, brengt het terug tot honderdvijftig woorden en stuurt het op als attachment. Meteen gaat haar telefoon: de redactie van de *Ledger* om de feiten te verifiëren. Als ze daarmee klaar is, belt ze opnieuw naar St. Mary's, het Gettysburg Med Center en de Holy Infant. In de ziekenhuizen is niemand die voldoet aan Charles' beschrijving. Ook niet in de mortuaria. Dat is goed, zegt Karena tegen zichzelf... Toch? Empirisch gezien is het goed. Charles is niet dood. Hij is niet levensgevaarlijk gewond. Maar dat zou ook kunnen betekenen dat hij nog steeds ergens daarbuiten is, gewond. Misschien zit hij vast in zijn gele wagen, vastgeklemd onder een tientonner of een koelkast. Misschien ligt hij bloedend op de grond in de regen, terwijl er nog meer noodweer oprukt.

Karena wrijft in haar ogen en kijkt weer op haar telefoon. Alweer vier nieuwe berichten van de redactie. Dan voelt ze een hand op haar schouder en kijkt ze op. Kevin. 'Hai,' zegt ze. Kevin oogt vermoeid, onder zijn ogen zitten broze paarse vlekken.

'Hai,' zegt hij. 'Hoe gaat het?'

Karena knikt, schudt haar hoofd en haalt vervolgens haar schouders op. 'Het gaat.'

'Geen nieuws?'

'Niet over Charles.'

'Mooi,' zegt Kevin. 'Ik weet zeker dat hij oké is. We zullen hem vinden.' Hij legt een hand op de stoel naast haar en Karena wacht tot hij gaat zitten, maar hij blijft staan. 'Luister,' zegt hij, 'ik wil je niet storen, maar heb je heel even? Ik moet iets met je bespreken.'

'Natuurlijk,' zegt Karena. 'Momentje,' en ze sms't snel een correctie naar de redactie. Dan kijkt ze Kevin vragend aan.

'Karena,' zegt hij, en nu gaat hij wel zitten. 'De groep vertrekt.'

'Oké,' zegt Karena. 'Waar gaan ze heen? We kunnen ze wel inhalen.'

'Nee,' zegt Kevin. 'Je begrijpt het niet. Ik vind het vervelend om je dit te vertellen, vooral nu, maar ze gaan weg.'

Karena schudt haar hoofd, niet ontkennend, maar omdat deze informatie niet tot haar doordringt. Ze kan het niet verwerken. Haar hersenen nemen het niet op. 'Gaan ze weg uit Pierre?' vraagt ze.

'Ja,' antwoord Kevin, 'ze gaan weg uit Pierre, maar ook uit dit gebied. Ze gaan helemaal naar het zuiden. Dan kon geen kamers vinden voor zo'n grote groep, alles zit vol, maar we hadden vanavond sowieso een heel eind moeten rijden.'

'Hè?' zegt Karena. 'Hoezo?' Ze staart Kevin wazig aan. 'Wat bedoel je? Om het noodweer te ontwijken?'

'Om terug te gaan naar Oklahoma City,' zegt Kevin. 'Luister, de trip duurt maar een week. En de gasten moeten overmorgen in Oklahoma City zijn om hun vlucht naar huis te kunnen halen. Dus morgen zou sowieso een rijdag geweest zijn, maar nu zitten we heel ver in het noorden. Veel verder dan zou moeten. Dus heeft Dan besloten om nu alvast te gaan.'

'Okéééééé,' zegt Karena. 'Dus... waar gaan ze heen?'

'Terug naar Nebraska,' zegt Kevin. 'Dan heeft helemaal in North Platte kamers geboekt, wat ik persoonlijk waanzin vind, maar het is niet anders.'

Karena zit daar maar en probeert het allemaal te bevatten. Dat lukt niet echt. Ze is moe, zó moe dat ze niet kan nadenken. Het slechte eten, de late avonden, de gigantische wig, de gewonden van Oweeo, Charles. Ze trilt een beetje: een raket die zichzelf uit elkaar schudt als hij de onderste laag van de atmosfeer bereikt.

'Laredo?' zegt Kevin. 'Ben je er nog?'

'Ja hoor,' zegt Karena. 'Dus... wat gebeurt er nu? Ik vermoed dat we wel om en om kunnen rijden, als we veel koffie drinken...' Ze kijkt naar haar laptop, naar haar telefoon. 'Ach nee, wat zeg ik nou, ik kan helemaal niet weg. Het verhaal is op een oor na gevild, maar ik moet hier blijven voor het geval er nog meer gebeurt. En Charles...'

'Weet ik,' zegt Kevin. 'Je moet blijven en proberen hem te vinden. Natuurlijk moet je dat doen.' Hij legt zijn ellebogen op zijn knieën en buigt voorover. 'Karena,' zegt hij. 'Ik blijf bij je als je dat wilt.'

'O,' zegt Karena. 'Echt?' Ze kijkt hem aan. Hij bloost een beetje. 'Dat is lief van je, Kevin, maar dat kan ik niet van je vragen.'

'Het is helemaal niet lief, het is eigenbelang. Ik ben hier stukken dichter bij huis dan in Oklahoma City. Ik woon in St. Paul, weet je nog? Waarom zou ik helemaal naar het zuiden gaan om vervolgens weer als een jojo omhoog te rijden? Trouwens,' voegt Kevin eraan toe, 'neem me niet kwalijk, hoor, Laredo, maar jij ziet er belabberd uit. Volgens mij kun je wel wat hulp gebruiken.'

Karena gooit haar haar naar achteren en zucht. 'Dat is waar,' geeft ze toe. 'Waarschijnlijk wel.' Ze voelt dat haar lichaam zich afsluit, alsof iemand vanbinnen een rondje loopt en alle overbodige apparaten uitzet om energie te sparen. 'Zou je dat echt willen doen?' vraagt ze.

'Dat zou ik echt doen,' zegt Kevin.

'Oké dan,' zegt Karena. 'Graag. Blijf. Bij mij.' Ze kijkt omlaag naar haar schoot, is opeens verlegen. 'Bedankt,' zegt ze. 'Dank je.'

'Graag gedaan,' zegt Kevin en hij staat op. Dan Mitchell gebaart dat hij moet komen. 'Hupsakee dan, Laredo,' zegt Kevin. 'Laten we gedag gaan zeggen.' Hij steekt een hand uit om Karena overeind te helpen en ze laat zich omhoog trekken. Dan werpt ze een blik op haar laptop. Maar die is hier wel veilig. Er is niemand anders in de Taco Hut. Karena stopt haar mobiel in haar zak en loopt achter Kevin aan naar buiten.

Het is een benauwde avond, het is ontzettend vochtig. Bliksemflitsen verlichten de zich torenhoog opstapelende cu in de verte. Donder rommelt. De toeristen hebben zich al in regenjassen en sweatshirts bij het zijportier van de Walvis verzameld. Ze schuifelen wat heen en weer; niemand wil als eerste afscheid nemen. Dan buigt Melody zich uit de bus, waar ze met Alistair zit, naar buiten. 'Dit was het dan,' zegt ze. 'Leuk jullie te ontmoeten. Doe voorzichtig.'

'Jij ook,' zegt Karena, en ze zwaait naar Alistair die ingespannen aan een spelletje op zijn gameboy bezig is. 'Dag, Alistair,' zegt ze, en Alistair schommelt met zijn hoofd.

Dan doet Scout een stap naar voren. 'Kom hier,' zegt ze, en ze trekt Karena in een verpletterende omhelzing. 'Het ga je goed, moppie,' mompelt ze. 'Hou die gids vast. Hij is een blijvertje.'

Ze stapt glimlachend achteruit en dan komt Pete. Vlug omarmt hij Karena en wuift dan naar zijn vrouw. 'Kom op, Marl,' zegt hij.

Marla schudt haar hoofd. Haar gezicht onder de vlammenpet is rood en gezwollen van alle tranen die ze eerder in Oweeo heeft ingehouden, toen ze infusen aanlegde en verminkte en bloedende mensen op stretchers tilde. Ze komt naar voren, omsluit Karena in een vochtige omhelzing, begint iets te zeggen, stokt dan en vlucht de bus in. Pete zwaait nog even verontschuldigend en gaat dan naast zijn vrouw zitten. In het flauwe binnenlicht van de Walvis kan Karena hem met Marla, die haar hoofd gebogen heeft, zien praten.

Alicia is de volgende. Ze kust Kevin en dan Karena. 'God zegene je,' zegt ze tegen Karena. 'En je broer ook. Ik zal voor jullie allebei bidden.'

'Dank je, lieverd,' zegt Karena, 'dat kunnen we wel gebruiken.' Dan stapt Alicia de bus in. En dan is er nog maar één toerist over.

'Kom hier,' zegt Karena, en ze spreidt haar armen uit naar Fern, die er in haar enorme vest met capuchon erg klein uitziet. Fern trapt haar sigaret uit en komt langzaam aanlopen. Als ze elkaar omhelzen, ruikt Karena rook en taco's in Ferns paarszwarte haar. 'Volgens mij ga ik jou het meest missen,' zegt ze in Ferns oor. Ze moeten allebei ietwat snotterend lachen. 'Succes met het bestrijden van de koorts.'

'Gezondheid,' zegt Fern. 'En laat jij je maar eens flink nemen. Hou contact, oké?'

'Doe ik,' zegt Karena, en ze meent het.

Fern maakt zich los en schuifelt weg. Er komt een hand naar buiten om haar de Walvis in te trekken en de deur knalt achter haar dicht. Dennis buigt zich voorover om Karena's wang te kussen – meer een veeg met zijn baard –, maar hij kijkt haar niet echt aan. Hij knijpt in Kevins schouder en klimt achter het stuur. Dan Mitchell opent zijn eigen portier en toont een stukje van zijn tanden. Dat zou wel eens een glimlach kunnen zijn, denkt Karena. 'Leuk dat je mee was,' zegt hij. 'Ik hoop dat je je broer vindt.'

Karena legt een hand tegen haar keel. Ze kan niets zeggen.

Vervolgens stapt Dan ook in en zet Dennis de Walvis in zijn achteruit. De grote bus rijdt via de *drive-through* achter de Taco Hut langs en verschijnt weer aan de andere kant. Karena en Kevin zien de Walvis links afslaan op de stille, natte straat. Karena vangt een glimp van Dennis' profiel op; hij zegt iets. Dan buigt in de richting van een oplichtend scherm. De radar. De Walvis schuift voorbij en hoewel Karena de toeristen niet kan zien achter het getinte glas, zwaait ze toch. Kevin doet dat ook. Ze staan naast elkaar als de Walvis gas geeft, bij een knipperend geel verkeerslicht afremt, en dan sneller gaat rijden. Dan verdwijnt hij met een laatste knipoog van zijn achterlichten onder de onheilspellend donkere hemel.

23

Om middernacht vraagt de manager van de Taco Hut of ze willen vertrekken en legt spijtig uit dat hij al een uur langer open is dan feitelijk toegestaan is. Kevin en Karena verontschuldigen zich en rijden naar Pierre, naar het motel dat Kevin gevonden heeft, de Hi-Plains Inn & Suites. Karena blijft starend door de voorruit in de jeep zitten als hij incheckt. Ze heeft nu de fase van uitputting bereikt die nadenken of bewegen uitsluit – alleen haar rechterooglid trilt: een kortstondige opleving.

Kevin keert terug en jogt langs de koplampen van de jeep door de regen, die nu in bakken uit de hemel komt vallen. Hij rijdt naar het einde van de parkeerplaats, naast het hek van gaas: het territorium van diepladers en truckcabines. Dit ziet er onheilspellend uit, denkt Karena, terwijl ze kijkt naar de door tralies beschermde gloeilampen in de trappenhuizen en de grijze deuren die eruitzien alsof men heeft geprobeerd die in te trappen. Ze kent de horrorverhalen van toeristen over de incidentele nachtmerriekamers, tweede keuzes doordat er in de wijde omtrek niets anders te krijgen was. Gaten in muren. Beestjes in bed. Vloeren die zomaar gaan trillen. Karena heeft tot nu toe geluk gehad qua overnachtingsplekken, maar misschien is dat nu afgelopen.

Kevin kijkt fronsend door het beregende raam. 'Sorry, Laredo,' zegt hij. 'Beter kon ik niet vinden.'

'Geeft niets,' zegt Karena. 'Ik ben blij dat je het gevonden hebt. Dank je.'

Kevin overhandigt haar een plastic kaartje met een advertentie voor een autowasserij, waarmee ze de deur kan opendoen. Hij lijkt een beetje in verlegenheid gebracht. 'Ik heb twee kamers genomen,' zegt hij, terwijl hij een hand door zijn natte haar strijkt. 'Ik wist niet of... Ik bedoel, gezien de omstandigheden... Nou ja, het is een erg lange dag geweest en ik wist niet zeker of...'

'... of ik genoeg energie zou hebben om jouw perverse dierlijke lusten te bevredigen?' zegt Karena met een vonkje terugkerende levendigheid.

'Precies,' zegt Kevin opgelucht. 'Daar moet je eerst een stevig ontbijt voor wegwerken. Bovendien dacht ik dat we allebei wel wat nachtrust konden gebruiken.'

'Erg attent van je.'

'Maar, Laredo, de kamers grenzen wel aan elkaar en er zit alleen een deur tussen. En als ik het zo zie, is dat waarschijnlijk een heel dunne, onbenullige deur. Dus als je vannacht bang wordt...'

'Klop ik bij je aan,' zegt Karena, en ze draait zich om om haar laptop en tas van de achterbank te vissen.

'Of als je het koud krijgt,' oppert Kevin, 'of als je zin hebt in een potje jokeren... Ik ben een doortrapte jokerspeler, Laredo. Of als *jíj* basale dierlijke lusten krijgt...'

'Begrepen,' zegt Karena.

'Want weet je, de kamers grénzen aan elkaar,' zegt Kevin op pocherige toon. Hij laat een spierbal zien en wijst met zijn vinger van Karena naar zichzelf en terug. 'Dat betekent dat ze, je weet wel, naast elkaar liggen. Ze horen *bij elkaar*.'

Karena buigt zich voorover om hem een kus te geven. 'Welterusten, meneer Genie,' zegt ze.

'Welterusten, Laredo,' zegt hij. 'En mijd de mijten.'

Karena trekt een gekke bek naar hem en rent dan door de regen naar haar kamer. Binnen knipt ze een lamp aan en leunt tegen de deur. Het valt best mee. Basaler kan niet: donkergroene sprei, vloerbedekking en gordijnen, en twee afdrukken van precies hetzelfde schilderij – een indiaanse trommel – die scheef boven beide bedden hangen. Maar het ziet er best schoon uit, behalve dan dat er een misselijkmakende, zoete geur hangt. Op weg naar de badkamer ziet Karena een paar op hun rug liggende kevers. Dat verklaart die lucht. Ontsmettingsmiddel.

Ze wast haar gezicht, trekt de sprei tussen wijsvinger en duim van het bed – ze wil niet eens nadenken over wat daarin leeft – en gaat op de lakens zitten om haar telefoontjes te plegen. Haar verhaal is opgeslagen, maar ze moet de ziekenhuizen weer checken. Geen Charles. Vervolgens de motels. Charles is nergens. Zonder zich uit te kleden – ze schopt alleen haar gympen uit – doet Karena het licht uit en gaat liggen.

Meteen lijkt de kamer naar voren te deinen, alsof ze nog steeds in de jeep zit. Elke keer als ze haar ogen sluit gebeurt dat. Erger nog, Karena raakt ervan overtuigd dat er iemand in het bed naast haar ligt. Ze beseft dat dat niet waar kan zijn, maar ze weet zeker dat ze, als ze die kant op kijkt een kerel zal zien liggen, een dode man met een grauw gezicht. Ze rolt op haar zij, kromt haar rug en staart naar het raam, dat om de paar tellen door de bliksem oplicht als de plaat achter een röntgenfoto. Er komt weer noodweer aan. Karena telt: eenentwintig, tweeëntwintig... De enorme doffe dreun van de donder laat het motel schudden op zijn grondvesten en veroorzaakt loeiende autoalarmen.

'Lekker dan,' zegt Karena. Ze gaat zitten, schuift haar voeten in haar gympen, sloft naar het raam en schuift de gordijnen opzij. Bliksem en donder exploderen tegelijkertijd, als een bom, waardoor de telefoon op de kamer *ting* doet. De regen hoost bijna horizontaal, de bomen achter het hek zwiepen heen en weer als onderwaterplanten in een sterke stroom. Dan klinkt er een vreemd geluid: *rrrrooowwwwww! RRRRooooWWWWW!* Eerst denkt Karena dat het een kat is die het noodweer probeert te ontvluchten. Het duurt even voor ze beseft dat het een tornadosirene is.

rrrRRROOOOOOwwwww! RRROOOwwwww! 'Oké, zo kan-ie wel weer,' zegt Karena, en ze klopt op de deur tussen de twee kamers. 'Kevin,' roept ze. 'Ben je wakker?'

De deur gaat open. 'Nu wel, Laredo,' zegt Kevin. Hij draagt een boxershort, waarop Karena tot haar verbijstering gelukskoekjes gedrukt ziet staan. 'Ben je van gedachte veranderd qua Wiebke, liefie? Kom maar bij papa.'

'Dat geluid,' zegt Karena, die opmerking negerend, 'is toch van de tornadosirene? Moeten we niet naar de badkamer? Of is het veiliger om weg te rijden?'

Kevin steekt zijn hand uit en pakt haar arm vast. 'Kom even mee,' zegt hij. 'Het is niets om je zorgen over te maken, gewoon een sheriffnado of zo. Vals alarm.'

'Weet je dat zeker?' vraagt Karena weifelend.

'Absoluut. Ik zal het je laten zien.'

Kevin loodst haar naar de toilettafel, waar zijn laptop als een nachtlampje staat te gloeien. Op de radar loopt een dikke groene lijn over beide Dakota's en het noorden van Nebraska. Er zitten rode vlekken in en heel veel knipperende witte bliksemflitsen, maar nergens een rad van fortuin.

'Zie je,' zegt Kevin, 'weinig tot geen rotatie. Het is nu een rechte lijn, een grote lineaire puinhoop.'

'Is dat erg?'

Kevin haalt zijn schouders op. 'Slecht, goed, dat hangt er maar van af van wat je eronder verstaat. Het betekent dat de buien geen tornado opleveren.'

'Oké,' zegt Karena. En dan slaakt de wind, die is aangewakkerd tot een gestaag geweeklaag, een zich vertakkende, doordringende kreet waardoor het lijkt alsof het motel zelf probeert op te stijgen. De laptop springt uit en Kevins mobiel piept omdat de stroom uitvalt. De lichten op het parkeerterrein doven.

'Jees,' zegt Karena, terwijl ze haar armen om zich heen slaat.

'Waarom laat je mij dat niet doen, Laredo?' suggereert Kevin. 'Kom even liggen.'

Ze verplaatsen zich naar het bed, waar Karena met haar gezicht naar het raam gaat liggen en Kevin achter haar kruipt. Het is verbijsterend hoeveel pure troost er uitgaat van zijn warme lichaam tegen het hare. Zijn huid ruikt, nu hij geslapen heeft, naar versgebakken brood en Karena's buik begint te gloeien. Maar met die jankende wind en loeiende sirene – *rrrooowwwww! wwRrrroooowwwww!* – lijkt lust ver weg.

'Waarom doe je het?' vraagt Karena.

'Hmmm?' bromt Kevin. Hij gaat langzaam met zijn hand onder Karena's T-shirt over haar rug naar boven. 'Wat?'

'Jagen,' zegt ze. 'Waarom jaag je op tornado's?'

Kevins hand blijft liggen: een zeester van warmte op Karena's huid.

'Ik jaag omdat ik gek ben op noodweer, Laredo,' zegt hij. 'Zo simpel is het.'

Karena slaakt een zucht en Kevin lijkt dat als een uitdaging op te vatten, want hij voegt eraan toe: 'Ik ben zo geboren. Ik ben altijd gek geweest op noodweer. Mijn vroegste herinnering is dat ik mijn moeder naar buiten sleurde om haar een T-cu te laten zien – een donderwolk voor jou, Laredo. Ik wist niet waar ik naar stond te kijken, ik wist alleen dat ik het prachtig vond. Ik moet drie, vier jaar geweest zijn.'

Karena schudt haar hoofd. 'Jij en Charles,' zegt ze. 'Hij was hetzelfde. Hij kroop altijd naar de bliksem toe. Sliep tijdens onweer op de deurmat. Onze moeder vond hem dan 's morgens als ze de krant ging halen. Ik vermoed... Ik snap gewoon niet precies waarom.'

'Waarom wat?'

'Waarom je het niet van een afstand kunt bewonderen. Waarom je jezelf aan gevaar moet blootstellen. Tot op een bepaalde hoogte begrijp ik het wel. Die buien zijn prachtig. En bizar en ontzagwekkend. Maar ze zijn ook destructief.'

Kevin laat zijn hand onder Karena's shirt vandaan glijden en legt hem op haar middel. 'Ten eerste,' zegt hij, 'weet jij inmiddels wel beter. We stellen onszelf niet bloot aan gevaar. We blijven uit de buurt van het pad – uitzonderingen als vandaag daargelaten. Wie had het vandaag beter getroffen, wij of die arme mensen uit Oweeo?'

'Jawel, maar...'

'Wacht even, Laredo, ik ben nog niet klaar. Bovendien, als wij er niet waren geweest, zouden er veel meer mensen omgekomen kunnen zijn. Je schrijft het zelf in je artikel: de NWS gaf zéventien minuten voordat dat ding in de stad toesloeg een tornadoalarm af. Wie denk je dat die informatie heeft doorgegeven? Spotters. Jagers. Dennis en Dan. Wij doen aan maatschappelijke dienstverlening, weet je.'

'Dat snap ik wel, maar...'

'Wacht, Laredo. Sorry, maar je hebt me op een zwakke plek geraakt, want dit zijn misvattingen die bij heel veel mensen bestaan en ik kan daar zo boos om worden. Oké, tot slot de verwoestende potentie van die buien – ja, het kan afschuwelijk zijn. Dat hebben we vandaag gezien. Maar vandaag was een úítzondering. Weet jij hoeveel wigtornado's van kilometers breed er de afgelopen eeuw geweest zijn? Iets van vijftig. In honderd jaar. Ik jaag nu twintig jaar en ik heb er maar drie gezien: Greenburg,' zegt Kevin, terwijl hij onder het tellen met zijn vingers op Karena's heup tikt, 'en Moore. En die van vandaag. En weet jij hoeveel tornado's het predicaat levensgevaarlijk krijgen?'

'Nee,' zegt Karena, 'maar ik vermoed dat jij me dat gaat vertellen.'

'Zeker weten,' zegt Kevin. 'Minder dan twee procent.' Hij geeft een zacht rukje aan haar haar. 'Noodweer,' zegt hij, 'is gewoon de manier waarop de natuur een onevenwichtigheid corrigeert. Het gaat om wind en vocht die zich van de ene plek naar de andere haasten, en als ze maar ernstig genoeg uit balans raken, komt er noodweer. Hoe ernstiger die onbalans, hoe heftiger het weer. Maar zo'n bui herstelt het evenwicht, Laredo, en daarna is de atmosfeer weer stabiel.'

'Oké, meneer Genie,' zegt Karena. 'Dank u wel.'

Kevin is even stil. Dan laat hij zijn vinger op haar stuitje rusten. 'Je klinkt niet overtuigd,' zegt hij.

'Dat is het niet,' zegt Karena, 'ik lig gewoon te denken.' En dat is ook zo. Ze denkt na over onevenwichtigheden. Ze denkt dat de natuur inderdaad majestueus is, maar ook wreed. Ze denkt dat wat Kevin ook zegt, de natuur iets is waarvoor je op je hoede moet zijn, vanwege haar schijnheilige aard. Omdat buien nodig zijn om de atmosfeer te zuiveren. Omdat er voor orde chaos dient te zijn. Omdat een menselijk brein zo door elkaar geklutst kan zijn – natuurlijk, wetenschappelijk gezien niet meer dan een zootje chemicaliën en schakelplaatsen – dat een paar uur rust, laat staan euforie, onvermijdelijk gevolgd moet worden door een afdaling in de hel. De natuur mag dan prachtig zijn, maar in haar extremiteiten is zij wreed.

'Charles dacht altijd dat er een verband was tussen zijn labiliteit en atmosferische storingen,' zegt Karena dan. 'Dat hij daarom zo goed was in het vinden van buien. Omdat hij er in wezen zelf een was.'

'O ja?' zegt Kevin. 'Dat heeft hij me nooit verteld. Interessante theorie.'

De sirene begint weer te loeien. *rrrrowwwwwww! wwrroooooowwww!*

Karena schiet overeind. 'God, ik krijg de zenuwen van dat geluid,' zegt ze. 'Ik was er vroeger altijd doodsbang voor. Charles niet. Hij was er dol op. "Sirene" was het eerste woordje dat hij zei.'

'Niet dat van jou, neem ik aan.'

Karena huivert. 'Nou nee,' zegt ze. Nu ze erbij stilstaat, was haar eerste woordje 'Charles'.

Kevin gaat ook rechtop zitten en slaat een arm om haar heen. 'Ben je nu ook bang?' vraagt hij. Zijn adem voelt warm in haar oor.

'Een beetje,' bekent Karena.

'Hoeft niet,' zegt Kevin. Hij duwt haar haar opzij en kust haar nek. 'Vertrouw me, ik ben een prof. Ik ben hier om jou te beschermen met mijn uitmuntende kennis en kunde.'

'O jee,' zegt Karena, terwijl ze haar ogen ten hemel slaat. 'We zijn er geweest.'

'Nou, dat is niet aardig, Laredo,' zegt Kevin, terwijl hij zijn vingers onder de tailleband van Karena's korte broek haakt en ze naar de knoop aan de voorkant laat glijden. 'Na alles wat we samen hebben meegemaakt,' voegt hij eraan toe, terwijl hij de knoop losmaakt, 'heb jij nog steeds niet het volste vertrouwen in mij?'

'Echt niet,' zegt Karena, als haar rits stukje bij beetje omlaag tikt.

'Verstandige meid,' zegt Kevin. En hij trekt Karena weer op het bed.

24

Als Kevin met Karena vrijt, gaat ze op reis. Dit verbijstert haar. Ze heeft jongere minnaars gehad, en langere, en fittere, en ze had nooit gedacht dat deze kleine, knokige tornadojager met zijn roodverbrande armen haar tot waanzin kon drijven. Maar dat doet hij wel. Kevin is slim en inventief en bezit een onuitputtelijke energie. Zijn lichaam heeft voor Karena iets vertrouwds, alsof ze thuiskomt. Alles is even heerlijk: zijn stevige voetbalkuitspieren, het lieve vlekje in zijn nek, de warmte van zijn mond. Misschien zijn het de feromonen, de welbekende 'klik', maar alles aan hem valt voor Karena op zijn plek.

En dan zijn er de reizen. Tijdens hun eerste vrijpartij, als de sirene nog steeds loeit, reist Karena naar haar achtertuin in New Heidelburg. De lucht ruikt naar dennenbomen, het gras prikt onder haar voeten. De tweede keer, vlak voordat het licht wordt, is het de boerderij van de Hallingdahls met haar prachtige witte hortensia's. De derde keer, als ze wakker worden van het licht en ontdekken dat ze bloot en bij elkaar zijn, is het het stadszwembad van New Heidelburg, waar Karena glibberig en glanzend ligt te zonnen en haar huid naar babyolie geurt.

'Wauw,' zegt Kevin, als Karena hem dit vertelt. Hij ligt op zijn rug met een arm om Karena heengeslagen en knippert peinzend naar het plafond. 'Stuur ik jou op reis, Laredo? Dat heeft nog nooit iemand tegen me gezegd.'

'Niemand heeft me ook ooit op reis gestuurd,' zegt Karena, terwijl ze haar hand langs Kevins buik omlaag laat glijden om te plukken aan wat zij en Tiff vroeger altijd het snoeppaadje noemden. Karena houdt het meest van Kevins buik, hoewel ze moet toegeven dat die meer neigt naar een bierbuikje dan naar een strak pannetje. De compacte ronding ervan doet haar denken aan de tekeningen van broden in de prentenboeken van Richard Scarry, waar zij en Charles als kind zo dol op waren. Daar zag je de warmte altijd in golvende lijntjes van af komen.

'Kijk uit, Laredo,' zegt Kevin, 'tenzij je iets wilt uitlokken.'

'Alweer?' zegt Karena. 'Ben je het nog niet zat?'

'Meisje,' zegt hij, 'ik raak net lekker op dreef.' Hij kust Karena's slaap en vraagt dan: 'Maarre... die reizen, brengen die je ook op leuke plekken?'

'Zeker,' zegt Karena. 'Op mijn lievelingsplekjes.'

'Dan vat ik het maar als een compliment op,' zegt Kevin. Hij rolt opeens opzij en duwt in één vloeiende beweging met zijn knie Karena's knieën uiteen. 'Gepatenteerde Kevin Wiebke Kniezwaai,' zegt hij. 'Bevalt-ie? Oké, vertel me waar je naartoe wilt en ik zal je er, als jouw vertrouwde gids, met alle liefde naartoe brengen.'

Een uur later, als de zon door het gaas om de parkeerplaats priemt, strompelen ze naar de douche. 'Lieve hemel,' zegt Kevin. 'Mijn benen zijn pap. Ik moet zeggen, Laredo, je mag er dan lief uitzien, maar je bent een beest.'

'Ik?!' zegt Karena. 'Wie heeft mij letterlijk het bed uit geduwd? Jij bent hier het beest.'

'Een beest, een tijdreismachine, wat is het nou?' zegt Kevin, terwijl hij het dopje van een piepklein flesje shampoo af draait. 'En, wat gaan we vandaag doen?'

Karena staat met haar hoofd naar beneden, terwijl Kevin de shampoo in haar haar masseert. Ze voelt zich gehypnotiseerd. Alles wat met haar haar te maken heeft vindt ze verrukkelijk. 'Nou,' zegt ze, 'ik wil minstens nog een dag hier blijven. Om de ziekenhuizen en eerstehulpposten te blijven bellen tot de officiële reddingsoperatie achter de rug is. Hoe lang denk je dat die gaat duren?'

'Geen idee,' zegt Kevin. 'Waarschijnlijk een dag of twee. Het hangt af van de omvang van de schade.' Hij draait Karena naar zich toe. Ondanks de warme prikkende straal staat ze te rillen. 'Luister,' zegt hij, 'als Chuck hier is, vinden we hem, maar eerlijk gezegd denk ik dat hij hier niet is. We hebben hem gezien toen we naar de wig toe reden, toch? En toen zijn we omgekeerd en teruggereden, en was hij er niet meer. Als hij ergens in de buurt van die tornado was, zouden we hem gepasseerd zijn. Waarschijnlijk is hij teruggereden toen hij zag dat de situatie uit de klauwen liep en is hij nu mijlenver van hier, levend en wel.'

'Nou ja, in ieder geval levend,' zegt Karena. 'Hoop ik.'

Ze denkt dat dat waarschijnlijk wel zo is – niet zozeer vanwege Kevins theorie, hoewel de logica daarvan troostend is, maar omdat Karena ervan overtuigd is dat ze het zou weten als Charles dood was. En niet vanwege die tweelingradar; die is nauwelijks effectief gebleken. Karena zou het gewoon weten, zoals ze het ook wist toen Siri stierf, een uur voordat ze dat te horen kreeg. Ze was toen op weg naar huis geweest vanuit Norwegian Ridge, de stad na New Heidelburg. Ze had een beetje rommegrod meegenomen die de oude vrouwen daar maakten, want, zo had ze bedacht, als Siri al overgehaald kon worden om íéts te eten, dan was het wel deze pap. Maar toen Karena langs Siri's lievelingsakker reed, die met de keurig aangelegde, zacht ogende rechthoeken van maïs tussen rijen gras, was ze gaan huilen. Ze was niet gebeld door de buurvrouw die bij Siri zat. Karena had het gewoon geweten.

Dus Charles leeft nu waarschijnlijk ook nog. Karena moet hier gewoon blijven om zich daarvan te verzekeren. En natuurlijk om hem te vinden.

Dat zegt ze tegen Kevin en ze voegt eraan toe: 'Lukt jou dat wel? Wat zijn jouw plannen?'

'Ik ben officieel tot 15 augustus een vrij man, dan begint het voetballen weer,' zegt Kevin. 'Draai je om, dan doe ik je rug.' Hij begint die driftig in te zepen.

'Ik zat te denken,' zegt Karena, 'dat we naast die ziekenhuizen ook langs wegrestaurants en benzinestations zouden kunnen rijden om te kijken of we Charles' auto ergens zien staan.'

'Dat is een goed idee,' zegt Kevin. 'Wat was het ook alweer, een gele wagen?'

'Volvo,' zegt Karena.

'Oké, laten we daar een foto van downloaden en daarvan kopieën uitdelen,' zegt Kevin. 'En ook een foto van Chuck, als je die hebt.'

'En of,' zegt Karena. Als Charles echt ongedeerd is – God alstublieft – dan is het zijn verdiende loon dat zijn apenlookfoto in heel Pierre hangt. 'U bent briljant, meneer Genie,' zegt ze tegen Kevin.

'Pfff, dat stelt niets voor, Laredo,' zegt Kevin. 'O jee, kijk nou, ik heb de zeep laten vallen. Hij ligt vlak bij je voet... Wil jij hem alsjeblieft even oprapen?'

'Leuk geprobeerd,' zegt Karena. 'Maar daar trap ik niet in... Ach jee, onder de douche, meneer Wiebke? Ik dacht dat tornadojagers liever niet nat werden.'

'Verzachtende omstandigheden, Laredo.'

'Dat voel ik,' zegt Karena. 'Erg verzachtend.'

'Zo, jij bent ook niet op je mondje gevallen,' zegt Kevin. 'Laten we daar maar even gebruik van maken, hè?' Hij zoent haar en zijn handen gaan alle kanten op. 'We hebben een lange dag voor de boeg, Laredo, dus laten we opschieten en kijken of we jou ergens naartoe kunnen brengen waar je je gedraagt.'

25

Ze vertrekken op woensdagmiddag na nog een dag en nacht vruchteloos zoeken, waarbij ze Charles' smoking-apenlookbeeltenis en Karena's mobiele nummer overal in Pierre achterlaten. Weer rijden ze in oostelijke richting over de I-90; eerst Karena, dan Kevin. Als ze de staatsgrens van Minnesota naderen, ziet Karena het landschap veranderen. De hoogvlaktes maken plaats voor agrarische bedrijven, eerst één, dan een handjevol, dan steeds meer, tot er uiteindelijk niets anders meer is. Donkergroene akkers met soja en maïs – 'kniehoog op 4 juli betekent een goede oogst'. Rode schuren met een witte omlijsting. Groepjes silo's. Koeien. Grond van welvarende families met grote huizen en talloze voertuigen, trots en proper onder een blauwe hemel die dromerig is van de cu. De late zomerzon stroomt als een goudkleurige siroop over het land. Het is zo volmaakt als het plaatje op de achterkant van een pak cornflakes en Karena krijgt het er doodsbenauwd van.

Ze probeert de oorzaak daarvan te achterhalen: komt het omdat ze uitgeput is, getraumatiseerd, omdat dit bizarre avontuur afgelopen is, omdat ze niet veel heeft om naar terug te keren? Heeft het te maken met haar onzekerheid over hoe het met Kevin verder zal gaan? Haar onzekerheid over wat er met Charles is gebeurd? Al het bovenstaande. Niets lijkt zeker. Karena denkt aan het grasland bij Kadoka, en dan aan Fern en Alicia en Marla en Scout, en dan aan haar oma Hallingdahl, haar oom Carroll, haar moeder Siri. En praktisch gezien aan Frank. En Charles. Karena draait zich naar het zijraampje om haar tranen te verbergen. Waarom zou je je druk maken als alles wat je lief is je toch ontnomen wordt?

'Wat is er, Laredo?' vraagt Kevin. Hij schudt zachtjes aan haar knie.

'Niets,' zegt Karena, maar het komt er bibberig uit.

'Niets,' herhaalt Kevin met een Minnie Mouse-stem, 'niets? Zo klinkt het anders niet.'

'Nou, het is zo en het is niet zo,' zegt Karena. 'Ik heb gewoon een heftige aanval van de dagelijkse dip.'

'Wat is dat, de dagelijkse dip?'

Karena vertelt over de muur van angst en paniek die elke avond op haar afkomt.

'O, die dip ken ik,' zegt Kevin.

Karena staart hem met open mond aan. 'Echt?'

'Jazeker. Ik heb het niet elke dag, maar af en toe overkomt het mij ook. Ex-dipjes bijvoorbeeld. Dat hele getuige-die-ervandoor-gaat-met-mijn-verloofde-gedoe – daar ben ik een tijdje behoorlijk van in de war geweest. Ik durfde het huis niet meer uit. Ik had voortdurend het gevoel dat er iets boven op me zou vallen.'

'Já,' zegt Karena. 'Dat je op straat loopt en dat er dan een airco of een piano of een aambeeld zomaar uit de lucht komt vallen en je verplettert. Wat ís dat?'

'Angst,' zegt Kevin, 'meestal iets wat je niet verwerkt hebt.'

Karena zucht. 'Ja,' zegt ze nogmaals. 'Je hebt vast gelijk.' Dit zei haar vroegere therapeut, dokter B., indertijd regelmatig.

'Maarre... Laredo,' zegt Kevin, 'waar denk jij dat die dip van jou mee te maken heeft?'

'De trip, voor een deel,' zegt Karena. 'Ik mis iedereen. Maar vooral met Charles. Ik heb gefaald, Kevin. Ik ben hiernaartoe gekomen om hem te vinden en ik heb gefaald.'

'Je hebt niet gefaald,' zegt Kevin. 'Je hebt gewoon je doel nog niet bereikt. Maar volgens mij hoef je je daar op dit moment niet druk om te maken.'

'O? Waarom niet?'

'Omdat je uitgeput bent en zeer traumatische gebeurtenissen hebt meegemaakt en waarschijnlijk scheurbuik hebt. Je moet naar huis toe, een lange hete douche nemen, een nacht lekker slapen en zo veel mogelijk groene groenten eten. Opladen. Dan zullen we Chuck vinden.'

Karena trekt haar wenkbrauwen op. 'Doen wé dat?' vraagt ze.

'Ja, dat doen we,' zegt Kevin, aan wie Karena's lichte nadruk op het voornaamwoord waarschijnlijk ontgaan is. 'Ik ga inlichtingen inwinnen in de jagersgemeenschap, een paar balletjes opgooien. Niet om het een of ander hoor, Laredo, je bent een ongeëvenaarde journalist, maar niemand kent jou. En de media hebben tornadojagers zo vaak afgeschilderd als krijsende ongelikte beren – van wie er, helaas, inderdaad nogal veel zijn – dat de goede vaak niet staan te popelen om met de pers te praten. Je hebt waarschijnlijk gemerkt dat je niet erg ver gekomen bent met het informeren naar Chuck, hè? Maar dat lukt mij wel. Ik zal het in ieder geval proberen.'

'Dank je, Kevin,' zegt Karena. 'Je doet er wel erg veel moeite voor.'

Kevin pakt haar hand. 'A: het is geen moeite,' zegt hij, 'en B: het is chantage. Ik wil graag met je blijven omgaan, Laredo. Als we terug zijn in de Cities. Onder minder... adrenalineachtige omstandigheden.'

Hij is vuurrood. Karena bijt op haar lip om haar lachen te verbergen. 'Echt?' vraagt ze.

'Ja. Echt.'

'Fijn,' zegt Karena. 'Want dat wil ik ook graag.'

'Echt?'

'Ja. Echt.'

'Fantastisch,' zegt Kevin. 'Dan doen we dat.' Hij kust haar hand en legt die terug op haar schoot. 'Maar in de tussentijd zou ik het op prijs stellen als je even met je klauwen van me af wilt blijven. Je moet tot de volgende stop wachten om je roofzuchtige dierlijke lusten te kunnen bevredigen. Ik probeer hier te rijden.'

Karena vouwt haar handen. 'Ik zal mijn best doen,' zegt ze nuffig.

Ze zit glimlachend door haar raampje te kijken, een beetje slaperig, als Kevin opeens zegt: 'Pukwana Wiebke.'

'Mijn hemel,' zegt Karena. 'Gezondheid.'

'Ha, heel grappig, Laredo. Nee, het is een spelletje dat ik soms doe om wakker te blijven achter het stuur. Ik heb het altijd een geweldig idee gevonden om een kind te vernoemen naar de plek waar het verwekt is. En hier zou dat een aantal unieke namen opleveren. Vandaar: Pukwana Wiebke.'

'O,' zegt Karena. 'Ik snap het.' Ze pakt Kevins kaart van de achterbank. 'Zoooooals... Pedro,' zegt ze, 'Pedro Wiebke.'

Kevin knikt. 'Leuk voor een meisje.'

'Of Wobke,' zegt Karena. 'Siebke Wiebke? Op de een of andere manier lijkt dat dubbelop.'

'Hé,' zegt Kevin.

'Eureka!' zegt Karena. 'Eureka Wiebke, kijk niet zo naar me! Anders kun je een knal krijgen!'

'Heel leuk,' zegt Kevin. 'Ik merk wel dat je goed met kleintjes om kan gaan, Laredo. En nu we het daar toch over hebben,' voegt hij eraan toe, 'iets wat ik misschien – ahem! – eerder had moeten vragen, maar zijn we beschermd tegen een toevloed van kleine Wiebkes?'

'Ja,' zegt Karena, 'momenteel wel.'

'Fijn. Ik bedoel, niet dat ik tégen nakomelingen ben of zo,' zegt Kevin. Als Karena opzij kijkt, ziet ze dat hij weer bloost. 'Eigenlijk ben ik van plan me nogal kwistig voort te planten. Het is alleen, je weet wel, alles op zijn tijd, mijn duifje.'

'Fijn om te weten,' zegt Karena, terwijl ze glimlachend op de kaart kijkt. 'Mmmoké, wat dacht je vaaaaaan... Button Wiebke?'

'Mwa. Een beetje té protesterig.'

'Ideal Wiebke? O, deze... Winner Wiebke.'

'Beter,' beaamt Kevin. 'Allitererend.'

'Winnebago Wiebke. Wilder Wiebke.'

'Uh-ooo,' zegt Kevin. 'Het klinkt alsof we flink veel gaan reizen.'

'Athol Wiebke,' zegt Karena, en ze gniffelt. 'Arm kind.'

'Oké, Laredo, volgens mij wordt het tijd om de kaart op te bergen.'

Maar Karena kan nu niet meer ophouden. Ze begint te grinniken, dan te proesten en dan moet ze zo hard lachen dat de tranen over haar wangen biggelen. 'Tennis Wiebke,' zegt ze met verstikte stem. Het is niet eens zo grappig en daardoor is het des te grappiger. 'Wakonda Wiebke,' giert ze. 'Okobojo Wiebke, Spink Wiebke, Holabird!'

Ze lacht en lacht, houdt haar buik vast en veegt de tranen van haar wangen. 'O, o,' hijgt ze. 'Holabird!' Kevin pakt de kaart van haar schoot en gooit die op de achterbank, waardoor ze nog harder gaat lachen. Eindelijk kalmeert ze tot wat gehik en gegiechel.

'Gaat het weer een beetje, Laredo?' vraagt Kevin. Hij geeft haar een zakdoekje. 'Klaar?'

‘Ik denk het wel,’ zegt Karena. Ze veegt haar ogen af. ‘Holabird,’ herhaalt ze zachtjes, en ze proest.

Kevin schudt zijn hoofd. ‘Holabird,’ herhaalt hij. ‘Jij bent een holabird.’ Maar hij pakt haar hand weer vast en lacht.

26

Ze stoppen in Austin, Minnesota, om te overnachten. Dat is aan de ene kant raar, want ze zijn maar een paar uur van huis. Maar aan de andere kant is het noodzakelijk, omdat ze allebei zo suf zijn. Trouwens, zo merkt Kevin op, in Austin is het Spam Museum gevestigd. Kevin en Karena zijn er allebei op wonderbaarlijke wijze in geslaagd dat hun hele leven niet te bezoeken. Het zou, aldus Kevin, een misdaad tegen de mensheid zijn om daar voorbij te rijden. Ze boeken een kamer in een Best Western, wat een ongelooflijke luxe lijkt, en lopen – lopen! – naar de aangrenzende Applebee's. Als Karena tegenover Kevin in een hoekje zit, kan ze maar niet wennen aan al die mensen, de nepmemorabilia aan de muren en de vele tv's die allemaal op een sportzender zijn afgestemd. In haar groezelige gympen en verkreukelde, dagen oude kleren, voelt Karena zich alsof er vliegen om haar hoofd cirkelen.

'Ik kom er maar niet achter waarom ik me zo ontregeld voel,' zegt ze tegen Kevin. 'Het is goed dat we terugkeren naar de beschaafde wereld, toch? Ik smacht naar een kop sterke koffie. En een douche met lekkere zeep. Maar ik voel me net als mijn vrienden die oorlogscorrespondent zijn geweest: ontzettend opgewonden om na al die afgelegen oorden weer thuis te komen en dan flippen als je vers fruit ziet.'

'Goh, wat een toepasselijke analogie, Laredo,' zegt Kevin. 'Het is niet niks wat wij hebben meegemaakt. Dat was ver boven en voorbij de norm. En het is sowieso altijd een beetje ontnuchterend om na een tornadojacht thuis te komen. Heb jij ooit gedoken?'

Karena houdt haar hoofd scheef bij deze onverwachte vraag. 'Een keer, tijdens mijn huwelijksreis in Mexico. Hoezo?'

'Omdat je dan weet wat caissonziekte is,' zegt Kevin. 'Als je zo'n twintig meter onder water bent geweest, moet je in fasen omhooggaan. Feitelijk is dat de reden waarom ik vannacht hier wilde blijven. Anders is de herintreding zo heftig.'

Hij bestelt voor Karena een grote biefstuk bij haar salade; dat is onder jagers de gewoonte als ze een tornado hebben gezien. 'En in Pierre zijn we die kans misgelopen,' zegt Kevin. 'Maar idealiter zouden we in de Big Texan in Amarillo moeten zitten. Daar serveren ze de beruchte entrecote van twee kilo. Een passend tegenwicht voor die afschuwelijke wig...' Hij stokt en steekt zijn hand over de tafel om die van Karena vast te pakken. Beiden zwijgen ze een tijdje.

De volgende ochtend worden ze vroeg wakker en draaien zich naar elkaar toe. 'Austin Wiebke,' mompelt Kevin als hij Karena binnenschuift. 'Faith Wiebke,' fluistert ze terug. Ze hebben een ochtendhuid: zacht en muskusachtig en ietwat plakkerig. Buiten het raam komt de dag mooi en helder tot leven.

Later gaan ze naar de lobby beneden om te ontbijten. Het is pas half zeven op zondagochtend, maar er zitten al aardig wat mensen in de eetzaal. Nog steeds in hun joggingpak of keurig gekamd en gewassen en ruikend naar aftershave bewegen ze zich in een soort slaperig ballet tussen de buffetten. Opnieuw is Karena geschrokken en verbaasd over de grote hoeveelheid mensen hier, het aanhoudende geklets over wereldnieuws op de grote flatscreentelevisie – jeetje, ze heeft een hoop in te halen – en het vele verkeer dat langs het raam raast, achter het gemanicuurde grasveld van de Best Western. Op de tv is een fragment van dertig seconden te zien over het puinruimen in Oweeo en Karena verstijft, geschrokken bij het zien van zo veel resterend puin en die afgeschilferde bomen in het felle zonlicht.

Ze haalt koffie – beter, maar toch gaat ze als ze in de Twin Cities zijn als eerste naar Caribou – en brengt die naar de tafel waar Kevin op zijn laptop zijn e-mail zit te bekijken.

'De groeten van Dan,' zegt hij als ze gaat zitten.

'O,' roept Karena uit, 'hoe is het met hem? Hoe gaat het met iedereen?'

Kevin draait de laptop naar haar toe en Karena schuift hem nog een beetje heen en weer om hem uit de zon te krijgen. Dan heeft twee zinnen geschreven: 'OKC gehaald ondanks actieve omringende cellen op de avond van de 22ste; leverde ons een mooie lichtshow op. Gasten allemaal op tijd vertrokken, ben momenteel op weg naar huis. DM.'

Karena glimlacht. 'Gezondheid,' zegt ze Fern imiterend met een Brits accent. 'Wil je hem alsjeblieft de groeten doen als je terugschrijft?'

'Doe ik,' zegt Kevin.

Karena wil net vragen of hij denkt dat Dennis open zal staan voor een mail waarin ze haar excuses aanbiedt, als haar mobiel als een bezetene in haar zak begint te brommen. Blijkbaar is die er net achtergekomen dat er hier bereik is en worden nu al haar berichten gedownload. Karena scrolt erdoorheen: er zijn er verscheidene van de *Ledger*, hoewel niets dringends, aangezien ze met haar Oweeo-verslag een paar dagen rust heeft verdiend. Het zijn voornamelijk opmerkingen van lezers. Ook heeft Lisa een foto gestuurd van een rimpelige baby: ze heeft een zoon gekregen! En een sms van Tiff: Waar BEN je gvd? Dat tornadoartikel was waanzinnig. Kom als de sdm naar HUIS!!!!! Karena gniffelt en slaat het bericht op. Ze heeft Tiff heel wat te vertellen. Maar er is niets van Charles of iemand die hem misschien gezien heeft. 'Mag ik even op Stormtrack kijken als jij klaar bent, Kevin?' vraagt Karena.

'Natuurlijk. Maar tien minuten geleden was er nog niets nieuws van Chuck.'

Karena knikt, pakt dan Kevins hand en drukt die op haar hart. Kevin kijkt haar verbaasd knipperend aan. Hij ziet er vanmorgen bijna net zo uit als de eerste paar keer dat Karena hem gezien heeft: nat haar van het douchen en een schoon T-shirt van Whirlwind. Zijn ogen zijn erg helder.

'Dank je, Laredo,' zegt hij, en hij kust haar hand. 'Oké, als je nog wilt ontbijten, kun je maar beter opschieten. Ik wil bij het Spam Museum zijn voordat er lange rijen staan.'

'Ja, want dat zal zeker het geval zijn,' zegt Karena, terwijl ze opstaat.

Kevin geeft haar een klap tegen haar kont. 'Wieberen, bijdehandje,' zegt hij.

Karena drentelt naar de buffetten en kijkt met een bord in haar hand wat er allemaal te halen valt. Na die biefstuk van gisteravond moet ze niet iets al te zwaars nemen, maar ze pakt wel een paar plakjes gebakken spek omdat die er zijn. En twee sneetjes volkorenbrood. Maar wat ze echt graag wil is een ei. Ze hunkert naar proteïne na al die bananen en pretzels als ontbijt onderweg. En ze hebben hier eieren, althans, er is nog één gekookt exemplaar over. Dat is helemaal naar de hoek van het blad gerold. Karena neemt het bord in haar andere hand om het te kunnen pakken, terwijl ze glimlachend terugdenkt aan haar moeder die altijd zei dat Karena en Charles de makkelijkste kinderen ter wereld waren om voor te koken, want het enige wat Siri moest doen was een ei koken en dan nam Karena het eiwit en Charles de dooier.

Maar er steekt nog iemand anders zijn hand uit naar het ei. Karena weet het zodra ze zijn hand ziet, een grote, bruine kolenschop, zelfs nog voor ze de ring ziet. De Lakota-ring van zilver en turkoois met de grimmige indianenkop.

Ze kijkt op. 'Hai, Charles,' zegt Karena.

Haar broer grijnst. 'Hai, zussie,' zegt hij.

DEEL II

Karena en Charles, 1988

27

Het huis van het gezin Hallingdahl staat op een bescheiden grasveld bij de kruising van Lincoln en Maine. Tegenover het tankstation en twee huizen voorbij het bedrijf in tweedehands auto's van Ellington. Het is nogal een klein huis voor een advocaat, zeggen de mensen. Ze vragen zich af waarom Hallingdahl niet een van de Sprague-huizen heeft gekocht; die stenen bouwwerken die de bankier rond de eeuwwisseling voor zijn dochters heeft laten neerzetten. Of het oude herenhuis op St. Paul Street, dat hoog op de heuveltop aan een glooiende laan ligt. Ze weten niet dat Frank Hallingdahl, toen hij nog een jongen op een boerderij was, heeft gezien hoe zijn moeder zich letterlijk kapot werkte aan het schoonhouden van zo'n groot, drie verdiepingen tellend huis, dat ze beetje bij beetje weggewreven werd, en dat hij toen heeft gezworen later met zijn eigen gezin in een modern huis te gaan wonen dat gemakkelijk te onderhouden was.

Vanbinnen is het huis van de Hallingdahls helemaal voorzien van beige vloerbedekking en het ruikt er naar de inhoud van een dameshandtas: stoffig, zoet, een beetje mysterieus. Als het klopt dat mensen geneigd zijn hun huis in te richten op het moment in hun leven waarop ze barsten van de energie en het optimisme – om het daarna te laten versloffen – dan heeft de echtgenote van de advocaat, Siri Hallingdahl, haar hoogtepunt beleefd aan het eind van de jaren zestig, begin jaren zeventig. Er hangt een zonnestraalklok aan de muur in de keuken. De tafel is van formica, de stoelen zijn van aluminium en bekleed met rood vinyl. Het behang in de badkamer is een psychedelische weide met groene, oranje en roze klaprozen. Overal zie je Afghaanse tapijtjes, asbakken, kranten, glazen en borden, want Siri is op zijn zachtst gezegd een onverschillige huisvrouw. Ze vindt het leuk om op bezoek te gaan bij vriendinnen, te bridgen en in de serre naast de keuken te zitten om te roken en televisie te kijken. Haar kostbaarste bezit is het bureau dat ze als jonge bruid gekocht heeft in La Crosse: een zwaar meubelstuk van walnotenhout met een glasplaat, waar foto's onder geschoven kunnen worden. Daar wordt de familie op kiekjes levend gehouden. De pasgetrouwde Siri en Frank op huwelijksreis in Wisconsin Dells, Frank die voor zijn net geopende praktijk met samengeknepen ogen in de lens kijkt, de tweeling als peuters, de tweeling in een pierenbadje, met hun witte bloempotkapsel en identieke geruite zonnepakjes, hoewel zij zelf, uiteraard, niet identiek zijn – even was overwogen de jongen en het meisje dezelfde kleren aan te trekken, maar Siri is altijd al een vooruitstrevend iemand geweest. Er is een kiekje van Siri's broer Carroll, die in de Twin Cities woont, met een snor en een enorme zonnebril. Er zijn bolle, blozende neven en nichten, grijsharige ouderen, kinderen van wie de verlegen schoolglimlachjes stijf staan van de beugels. Op sommige plekken is vocht onder het glas gekomen en zijn de foto's vastgeplakt en de gezichten tot wazige vlekken uitgewist.

28

Als Karena via de garage het huis binnensluipt, hoopt ze dat haar moeder slaapt, maar helaas. Karena ruikt rook, hoort het ingeblikte gelach van de tv. Ze loopt op haar tenen langs de serre, waarvan de vouwdeur gesloten is. Er komt rook onderuit kringelen als uit Aladdins wonderlamp. Karena probeert het linoleum van de keuken over te steken zonder het krakende plekje te raken, maar het werkt niet: de deur van de serre gaat met een knal als een harmonica open en Siri, die in de opening ervan staat, zegt: 'Ik ben niet van gisteren, weet je.'

Karena verstijft. 'Dat meen je niet,' zegt ze.

'Waar ben je geweest?' Siri gaat op de versleten groene bank zitten, maar Karena weet dat haar moeder snel kan zijn als ze dat wil, in een oogwenk in de keuken kan zijn om Karena een klap te verkopen of een theedoek naar haar hoofd te slingeren.

'Nergens,' zegt Karena. 'Hier en daar.' Ze doet de koelkast open om tijd te winnen. Bovendien heeft ze dorst. Door de sigaretten en het bier is haar mond kurkdroog. Maar Siri heeft alle cola van Karena opgedronken. Er staat nog maar één halfgeopend blikje en daar is ongetwijfeld alle koolzuur uit verdwenen. Voor de rest is de koelkast gevuld met mysterieuze gerechten, bakelieten schaaltjes met twee wortelen, een handjevol sperziebonen uit blik, drilpudding. Een beschimmeld stapeltje olijvenbrood. Karena knalt de koelkastdeur dicht. 'Jéés,' zegt ze, 'doet er dan nooit iemand boodschappen hier?'

'Dan ga jij toch,' stelt Siri voor. 'Er mankeert niets aan je benen.' Ze steekt een Marlboro op; haar aansteker klikt en sist. 'Kom hier, dan kan ik naar je kijken. Ik durf te wedden dat je dronken bent.'

Karena sist tussen haar tanden. 'Je hebt gelijk, ma. Ik ben lad-derzat. Hoe heb je dat geraden? Door de manier waarop ik binnen kwam waggelen? Omdat ik nauwelijks rechtop kan blijven staan?'

'Kom hier. Nu.'

Karena loopt overdreven voorzichtig de serre binnen. 'Zo,' zegt ze. 'Ben je nu tevreden?'

Siri neemt Karena koeltjes van top tot teen op; haar blik blijft extra lang hangen bij Karena's hals om die op zuigzoenen te controleren. 'Je ziet eruit als een slet,' zegt ze, terwijl ze zich weer omdraait naar de *Golden Girls*, die op de grote oude tv dikke pret hebben.

'Niet waar,' zegt Karena gestoken. Natuurlijk is dat wel zo; sterker nog, dit was precies het effect waar ze zo zorgvuldig naartoe heeft gewerkt voor ze het huis verliet. Niet zozeer om sletterig te zijn, maar haar gebleekte minirokje en bijpassende jasje, haar roze truitje met het glitterhart van lovertjes, haar getoupeerde en stijf van de lak staande kapsel dat twee keer zo groot is als haar hoofd – dit alles is bedoeld om beschikbaarheid uit te stralen naar een bepaald iemand. Maar haar moeder is nou niet bepaald de persoon die Karena daarbij in gedachten had.

'Weet je wat dat uiterlijk zegt?' gaat Siri verder. 'Het vertelt iedereen dat jouw hersenen tussen je benen zitten. Ik neem aan dat je weer met die Mike Schwartz hebt zitten tongen.'

Karena bloost. 'God, nee, hij is een engerd,' zegt ze. 'En je bent zo ouderwets, mam. Tóngen,' zegt ze smalend. 'Nee, hè.'

Siri tipt haar sigaret af in de hoge staande asbak. 'Hoe je het ook wilt noemen, Karena Lien, ik weet wat je gedaan hebt. En laat me je één ding vertellen: als je zwanger wordt, kun je college wel vergeten. En je hoeft ook niet bij mij om hulp te komen vragen. Sterker nog, je hoeft niet eens meer naar huis te komen.'

Karena's mond zakt een beetje open door de ironie van deze beschuldiging. Ze kan helemaal niet zwanger worden: ze is nog steeds een stomme maagd! Ze was vanavond niet eens met Mike Schwartz. Ze had het heerlijk gevonden als dat wel zo was geweest. Afgelopen weekend hebben ze wel zitten rotzooien op de achterbank van Mike's Bronco; ze deden wat Karena en Tiff Alles Behalve noemen. Maar hoewel ze verschrikkelijk haar best heeft gedaan, moet Karena niet zo goed zijn geweest in Alles Behalve, want heeft Mike Schwartz sinds die tijd nog gebeld? Heeft hij ook maar één keer iets tegen haar gezegd? Nee, het enige wat hij doet, is een beetje bij zijn vrienden hangen en lachen als Karena in de buurt is; dat gemene, suffige jongenslachje dat alleen bedoeld is om te kwetsen. Vanavond heeft Karena met Tiff rondgereden in de truck van Tiffs vader, rokend en bier drinkend uit de koelbox van Tiffs vader, in een poging te doen alsof het haar niks kon schelen, alsof ze gewoon geoefend heeft op Mike Schwartz. Ze heeft geprobeerd om niet aan Tiff te vragen wat ze verkeerd heeft gedaan en lauwe Old Milwaukee naar binnen geklokt alsof haar maag niet een grote verkrampte brok ellende was.

'Maak je geen zorgen,' zegt ze tegen Siri. 'Als ik zwanger werd, zou ik nooit naar jou toekomen. Ik zou naar pa gaan.'

Siri lacht en blaast rook uit door haar neus. 'Echt?' zegt ze. 'Geweldig. Veel succes.' En Karena moet op dat punt haar ongelijk bekennen. Al maanden ziet ze Frank alleen bij het ontbijt. Een of andere grote zaak over een bedrijf in Des Moines houdt hem nu al tijden van huis. 'Gerechtigheid wacht op niemand.' En ze moet ook toegeven dat Frank nogal nutteloos is als het aankomt op praktische zaken buiten de wet, zoals zwangerschap. Karena ziet voor zich hoe haar perkamentige, kleine vader, met zijn bril en ijzergrijze haar, op dit bericht zou reageren. Hij zou zijn keel schrapen en in zijn handen wrijven. 'Tja,' zou hij zeggen. 'Tja.'

'Nou, oké dan, welterusten,' zegt Karena. 'Bedankt voor het moeder-dochtergesprekje. Ik heb echt het gevoel dat we stukken dichter bij elkaar zijn gekomen.'

'O, doe niet zo kleinzerig,' zegt Siri op haar klassieke totale-ommekeer-manier. 'Kom hier.' Ze klopt op het kussen naast zich. Karena blijft nog even staan, maar loopt dan naar de bank en gaat op het uiterste puntje zitten. Is dit een val? In wat voor bui is Siri echt? Karena neemt haar moeder heimelijk op, terwijl Siri naar de tv kijkt. Ze heeft haar benen over elkaar geslagen en er ligt een boek op haar bovenbeen voor tijdens de reclames. Naast haar staat een potje nachtcrème, een pincet om wat Siri haar heksenharen noemt uit haar kin te trekken, een paar haarklemmetjes en een zacht pakje Marlboro. Dat is allemaal standaard – Siri's nestjes, noemt Charles ze. Siri maakt ze overal waar ze komt. Maar er staat ook een doos tissues en als Karena zich naar voren buigt, ziet ze dat de asbak vol is. Oké, wat is er met Charles gebeurd?

Karena wacht tot de reclame begint en vraagt dan terloops: 'Waar is Ding Nummer Twee eigenlijk?'

Siri werpt haar een blik toe en Karena wordt getroffen door de paarsbruine wallen onder haar moeders ogen. 'Ik wilde jou net hetzelfde vragen,' zegt ze, en Karena denkt: uh-ooo. Ze probeert zich te herinneren wanneer ze Charles voor het laatst heeft gezien – vanmorgen, tijdens het ontbijt. Hij at zijn Lucky Charms gewoon uit de doos en liet verspreid over het linoleum paarse hartjes en blauwe maantjes en roze diamantjes vallen. Karena ontspant zich een beetje. Dat valt dus wel mee. In twaalf uur kan Charles zich niet zo veel ellende op de hals gehaald hebben. Dan schiet haar nog iets anders te binnen. 'O mijn god,' zegt ze. 'Hij heeft de Healey meegenomen, hè?'

Siri knikt. 'Hij was weg toen ik terugkwam van Sandy,' zegt ze. 'Hij moet Franks reservesleutels hebben gevonden.'

'Godskolere,' zegt Karena met enig ontzag. De Healey is, in tegenstelling tot de andere auto's die Charles total loss heeft gereden, de lievelingsauto van haar vader, zijn speeltje. Hij rijdt er alleen mee tijdens speciale gelegenheden en haalt dan het dak eraf. Hij poetst hem met een lap zeemleer. 'Pap gaat door het lint,' zegt Karena.

'Mooi zo,' zegt Siri met een abrupte heftigheid. 'Misschien dat Frank, als hij geen auto's meer heeft, eens een keertje...' Dan houdt ze zich in en neemt een flinke trek van haar sigaret. 'Luister maar niet naar mij, lieverd,' zegt ze. 'Ik ben zo moe, ik weet niet meer wat ik zeg.'

'Dat doe je wel, ma,' zegt Karena op indringende toon. 'En dat geeft niets. Je mag best zeggen dat we met Charles paps hulp nodig hebben.' Hoewel Karena zich niet voor kan stellen dat er ook maar iets is wat Frank kan doen, behalve de situatie verergeren. Wat zou hij kunnen doen? Een of andere bevriende rechter overhalen Charles op te sluiten? Wat Karena ergens aan doet denken. 'Heb je de sheriff gebeld?' vraagt ze, terwijl ze haar wijsvinger en middelvinger knippend richting haar moeders sigaretten beweegt.

Siri duwt het pakje sigaretten over het kussen van de bank. 'Steek er maar een op,' zegt ze, en dat doet Karena. Siri blaast rook uit en staart naar de zwijgende tv. 'Nee,' zegt ze, 'dit keer niet. Wat heeft het voor zin? Het enige wat hij kan doen is Charles weer thuis brengen en hem een standje geven, en ondertussen is er dan weer de publieke vernedering. Daar ben ik helemaal klaar mee. Ik ben het zo zat, dat geroddel van de mensen. Ik wil gewoon één keertje de supermarkt inlopen zonder dat ze allemaal doen of ze geen medelijden met ons hebben.'

'Amen,' zegt Karena, want met dit deel van het gesprek is ze het hartgrondig eens. Ook zij is het spuugzat, dat half verborgen gegrijns als ze een kamer binnenkomt, de mensen die zich in allerlei bochten wringen om een typisch New Heidelburgse gevatte opmerking te maken over Charles' jachtpartijen.

Siri drukt haar peuk uit in de asbak en steekt meteen weer een nieuwe op. De eerste blijft nog nagloeien, dus Karena strekt haar hand langs Siri en drukt hem uit. 'Ik meen het serieus,' zegt Siri. 'Ik weet letterlijk niet meer wat ik moet doen. Wat moeten we met hem beginnen? Meer medicijnen geven? Andere medicijnen? Moeten we... hem ergens laten opnemen? Ik moet er niet aan denken.' Ze inhaleert diep. De askegel gloeit op en benadrukt de rimpels die van haar neus naar haar mondhoeken lopen. Ze had haar haar niet moeten laten permanenten, denkt Karena met medelijden. Het mag dan wel in de mode zijn, maar Siri zag er echt stukken beter uit met lang, glanzend, loshangend haar of opgestoken met klemmetjes. Nu is het een piramide van lichtbruine krulletjes.

'Wat heb ik verkeerd gedaan?' vraagt Siri. 'Waar ben ik de fout in gegaan? Hoe heb ik hem zo laten worden?'

Karena slaat haar ogen ten hemel; ze heeft een ontzettende hekel aan deze vragen. 'Níéts, ma,' zegt ze, terwijl ze een geïrriteerde rookwolk uitblaast. 'Dat weet je best. Dokter H. heeft het gezegd, alle boeken zeggen het. Het is iets chemisch, weet je nog? Het is net zoiets als... een recept dat mislukt of zo, terwijl je het al honderd keer hebt gemaakt.'

Siri glimlacht vermoeid en steekt haar hand uit om Karena's haar achter haar oor te stoppen. Ze trekt hem terug als Karena wegduikt. 'Je bent lief,' zegt ze. 'Bedankt dat je probeert me op te beuren. En verstandelijk gezien weet ik dat je gelijk hebt. Maar hier vanbinnen' – ze klopt op haar borst en neemt een slokje van haar cola – 'voel je je gewoon zo schuldig,' zegt ze, 'als moeder. Je blijft je altijd verantwoordelijk voelen voor je kind. Dat zul je later wel merken.'

Karena drukt haar sigaret uit en staat op. Als ze nu niet naar bed gaat, begint Siri alle erfelijk belaste voorgangers op te noemen, zowel die van haar kant van de familie als die van Frank. De oom die verdronken was op zijn boot in de Mississippi. De oudtante die in een put was gesprongen. Siri's broer Carroll, die homo is en god mag weten wat nog meer. 'Het is jouw schuld niet, ma,' zegt ze nogmaals. 'Trouwens, je staat er niet alleen voor. Ik ben er ook nog, weet je wel?'

Siri knijpt in Karena's hand. Karena gaat weer zitten. 'Je bent zo'n enorme hulp voor me,' zegt Siri. 'Je bent mijn lieve meisje.' Ze schudt haar hoofd en haar ogen worden rood. 'En Charles is ook lief,' zegt ze met nadruk. 'Echt. Diep vanbinnen is hij echt lief. Wat moet er van hem worden? Arme schat. Wat kán er van hem worden? Wat gaat hij in deze wereld dóén? Hoe gaat hij overleven?'

'Maak je daar maar geen zorgen over, ma,' zegt Karena. 'Ik zal wel voor hem zorgen.'

'Dat is jouw taak niet,' zegt Siri. Maar ze lacht weer.

'Natuurlijk wel,' houdt Karena vol. 'Hij is mijn tweelingbroer.'

'Ach, nou ja,' zegt Siri, terwijl ze een nieuw pakje sigaretten openmaakt en het cellofaan aan haar nestje toevoegt. 'Misschien maken we ons druk om niets. Misschien brengt hij de auto vanavond veilig terug en blijft hij zijn medicijnen slikken en gaat hij naar college of krijgt hij een baan, en maken we ons voor niets zo veel zorgen. Toch?'

'Inderdaad,' zegt Karena, hoewel ze daar ernstig aan twijfelt. Ze voelt zich opeens erg zwaar, alsof haar bloed gestold is en haar tegen de bank drukt. 'Precies, ma.'

'En,' zegt Siri, 'hoe was het vanavond met Tiff?'

Karena steekt nog een sigaret op en vertelt het haar. Ze blijven samen praten tot het gesprek langzaam dooft. Dan blijven ze gewoon nog een tijdje samen zitten, rokend in een gezellig stilzwijgen en kijkend naar het nieuws.

29

Nadat Karena Siri een zoen op haar wang heeft gegeven en de geur van nachtcrème en sigarettenrook heeft opgesnoven, gaat ze naar de badkamer om haar gezicht te wassen. Dan trekt ze zich terug in haar slaapkamer. Daar schakelt ze de lamp uit en haalt de asbak met haar sigaretten onder het bed vandaan. Het is de oude feestasbak van haar ouders uit de tijd dat Frank ook nog rookte. Hij is knalrood en heeft het formaat van een wieldop. Karena weet nog hoe ze 's avonds met Charles naar de gang sloop om naar de lachende en gillende volwassenen te kijken. De asbak die de volgende ochtend barstensvol peuken zat. Ze zet hem op de grond tussen het bed dat het dichtst bij het raam staat en de muur, manoeuvreert zichzelf daar dan tussen en laat zich zakken op het versleten blauw met groene kleedje. Siri heeft nooit meer over Karena's roken gezegd dan: 'Laat die sigaret niet als een boerenpummel uit je mondhoek hangen, gebruik je handen.' En Frank, die tot de ergste niet-rokers behoort, een voormalig twee-pakjes-per-dag-man, is niet vaak genoeg thuis om Karena te betrappen en haar een van zijn eindeloze preken te geven. Hetzelfde geldt voor Charles, die onlangs tot de Rookpolitie is toegetreden. Toch is Karena uit gewoonte voorzichtig en ze blaast de rook door het openstaande raam naar buiten. Om de paar trekjes spuit ze wat Obsession-bodyspray door de kamer.

Ze trekt haar knieën tegen haar borst en legt haar kin erop. Ze voelt zich afschuwelijk. Ze heeft vanavond tegen Siri gelogen – meer dan gebruikelijk. Een ernstige leugen, ze heeft iets verzwegen. Karena had haar mond open moeten doen toen Siri het over Charles' medicijngebruik had, want Karena weet dat Charles zijn pillen niet inneemt, sterker nog, hij verstopt zijn lithium en alle andere pillen die dokter H. voorschrijft op precies dezelfde plekken als waar hij als kind zijn vitaminepillen verstopte. In de kieren van de keukenradiator. Begraven onder de bladeren van de Noorse den bij de voordeur. Onder de hoes van de slaapbank in de woonkamer, weggestopt tussen de naden. Het is ruim een maand geleden dat Karena hem betrapte toen hij een medicijnflesje in een tas van de slijterij stopte en die vervolgens, zodra hij haar zag, onder het ledikant in zijn slaaphol wegstopte. 'Vertel het alsjeblieft niet, K,' had hij gezegd. 'Alsjeblieft. Je weet hoe ik ervan word. Ik voel me gewoon zo ziek. Alsjeblieft.' En Karena, die de afgelopen jaren met ontzetting had gezien welke bijwerkingen de medicijnen hadden veroorzaakt, die stiekem had gehuild om haar broers mee-eters, buikkramp, gestotter en trillende handen, had gezegd: 'Dat beloof ik.'

En ze heeft het niet verteld, maar misschien had ze dat wel moeten doen. Want stel dat Charles nu ergens in een greppel ligt? Of erger, dat hij ineengedoken en met opgetrokken knieën op de bestuurdersstoel van de Healey zit te huilen op die typische manier van hem: laag en aanhoudend, bijna te zacht om te horen? Stel dat hij de kleine auto opzettelijk tegen de betonnen pijlers van een viaduct of van een brug afrijdt? Karena denkt aan dokter H. die zei: 'Gek genoeg moet Charles het meest in de gaten gehouden worden als hij net uit een depressieve periode komt, want dan is hij tot veel meer in staat dan alleen het maken van zelfmoordplánnen. Dan heeft hij genoeg energie om de daad bij het woord te voegen.' Maar Charles was de afgelopen dagen niet depri geweest – toch? Hij heeft niet in zijn slaaphol gelegen met het licht uit. Karena is niet genoodzaakt geweest daarbeneden te posten. Misschien is Charles er gewoon vandoor om rotzooi te trappen, zoals hun oma Hallingdahl gezegd zou hebben.

Karena wrijft haar sigaret uit, schuift de asbak onder het bed en klimt erbovenop. Dit is Charles' oude bed, dat om de een of andere reden nooit verplaatst is toen de tweeling tien werd en ze te oud werden bevonden om nog langer een kamer te delen. Charles had toen gezeurd om een kamer in de kelder en die ook gekregen. Karena drukt haar gezicht in de bloemetjessprei en ademt in. Hij ruikt niet meer naar haar broer, uiteraard, maar naar stof en schimmel. Een troostende geur. Ze gaat liggen en bedenkt dat ze vanavond in ieder geval iets heeft verteld wat waar is: Karena heeft geen flauw idee waar Charles is. Die gedachte veroorzaakt feitelijk fysieke pijn, een naald in haar keel. Waar ben je, Charles? Hoor je me? Geef antwoord. Ze probeert de tweelingradar in te stellen, ziet voor zich hoe ze boven de kamer, het huis, de tuin en de stad uitstijgt, over het duistere landschap zweeft en naar beneden tuurt om in te zoomen op de plek waar Charles is. Maar de radar werkt niet meer. Die lijkt ongeveer op hetzelfde moment als het geloof in de Kerstman verdampt te zijn. Het enige wat Karena weet, is dat haar broer ergens daarbuiten is zonder haar.

Ze gaat op haar zij liggen en slaat haar armen om zich heen. Na verloop van tijd hoort ze aan de vertrouwde geluiden dat Siri naar bed gaat: sigaretten die door de wc worden gespoeld, het stromende water in de gootsteen om de asbak af te wassen, het piepen van de koelkast om het laatste halfopen blikje cola te pakken. De deur van Siri's kamer gaat dicht, ze knipt haar licht uit en Karena blijft achter in een stilte die zo intens is, dat ze er als in een hangmat in opgehangen lijkt. Ze staart naar de muur, de patronen van bladeren verschuiven in het oranje straatlicht. De takken van de den schrapen tegen de ruit.

Uiteindelijk geeft Karena zich gewonnen en mag ze van zichzelf haar favoriete herinnering ophalen, wat ze alleen maar doet op avonden dat ze Charles zo erg mist dat ze niet kan slapen. De herinnering is aan een middag waarop Charles en Karena vier jaar waren en Siri hen in bed had gelegd voor een middagdutje en Charles sliep, maar Karena niet. Dat was ongebruikelijk, want meestal was het omgekeerd: Karena bracht die tijd altijd met gestrekte armen langs haar lichaam door en deed alsof ze sliep, terwijl Charles zijn hoofd tegen de muur beukte en een liedje zong: '*Say, say, my playmate / come out and play with me / and bring your dollies three / climb up my apple tree / slide down my rain barrel / into my cellar door / and we'll be jolly friends / forevermore...*' Hij deed dit zo vaak, dat het pleisterwerk achter zijn bed scheurtjes vertoonde in de vorm van een schoteltje. Maar deze dag lag Charles met wijd gespreide armen en benen op zijn buik, zijn gezicht geplet in het kussen en zijn lippen naar buiten gekruld. Waarschijnlijk omdat hij de afgelopen vier nachten aan één stuk door wakker was geweest, tegen de muren op vloog en het op een krijsen zette als Siri hem wilde kalmeren.

Dus Karena was in de drukkende hitte als enige wakker en luisterde naar het tikkende geluid van de luchtpomp van het tankstation aan de overkant van de straat – een geluid dat alle mysterie van de lome middag bevatte en dat, zelfs toen ze al lang geen kind meer was, bleef staan voor alles wat volwassen en geheim was. En zij zag als enige dat de vierkante vlekjes zon veranderden in schaduwplekjes, zij zag het rolgordijn opbollen en weer inzakken, zij hoorde de wind opsteken en door de bomen gieren. Het werd donker in de kamer en buiten werd geschreeuwd, en toen Karena naar het raam liep, zag ze mensen rennen. 'Charles,' had Karena gezegd, 'Charles, wakker worden.' Ze schudde aan hem. Zijn lichaam was vochtig, zijn haar plakte in natte blonde komma's op zijn voorhoofd. Hij klakte met zijn tong toen ze hem kneep. Maar hij werd niet wakker. En Siri ook niet: in de slaapkamer van haar ouders bleef Siri gewoon doorsnurken toen Karena haar heen en weer schudde. Later zou Karena in de gaten krijgen wat dat medicijnflesje op haar moeders nachtkastje deed: de slaappillen die Siri soms innam om zichzelf en Charles wat hoognodige rust te schenken. Maar ondertussen rammelden de ruiten in hun sponningen en gleden de sieraden en de doos tissues over de toilettafel, alsof ze door onzichtbare handen geduwd werden. En Siri sliep maar door.

Aangezien het gezin Hallingdahl van beide zijden uit een boerenfamilie kwam, wist Karena al van jongs af aan wat een groene lucht en sirenes betekenden: ga naar de kelder. Maar ze wilde daar niet gaan zitten op het gevlochten versleten kleed, terwijl haar broer en haar moeder boven verder sliepen; stel dat ze doodgingen? Terwijl zij bleef leven? In plaats daarvan wurmde ze zich onder de slaapbank in de woonkamer en zag daarvandaan de hagel vallen. Ze sloot haar ogen toen die het zonnescherm van buurvrouw Zimmerman aan flarden scheurde en deed ze nog net op tijd open om door het grote raam de prachtig uitgelichte tornado te zien. Hij bewoog loom van links naar rechts, de onderkant van zijn staart trilde: een zwart kronkelend touw. Toen ging hij omhoog, als de vinger van een handschoen die naar binnen wordt getrokken, en was verdwenen. Later die avond, toen de zon weer scheen alsof er niets was gebeurd, hoorde Karena haar vader zeggen dat de varkensschuur van Ryan even ten westen van de stad ook verdwenen was.

Dit deel van haar geheugen wordt door Charles betwist. Hoe kon

Karena die tornado nu van onder de bank hebben gezien, hoe kon ze zich op vierjarige leeftijd al zo goed herinneren welke kant hij op ging? Hij beweerde dat het pad dat de tornado had afgelegd bijna onmogelijk vanuit hun huiskamer te zien kon zijn geweest, dat de daken van de stad in de weg moeten hebben gezeten. Hij heeft Karena verschillende fotokopieën uit de New Heidelburgse *Eagle* van die dag laten zien, ooggetuigenverslagen waarin werd beweerd dat de tornado van 1974 geen slurf was, maar een omgekeerde driehoek, zoals een ijshoorntje. Het kan Karena niets schelen. Charles mag zeggen wat hij wil. Ze weet dat hij badinerend moet doen over wat zij gezien heeft, want het feit dat hij erdoorheen is geslapen is een van de grootste teleurstellingen van zijn leven. En het is trouwens niet eens dit deel van de herinnering dat Karena koestert, wat Charles ook mag geloven. Het is het deel voor de tornado, het vreedzame moment voordat er dingen gingen gebeuren. Gewoon Karena en Charles samen op hun kamer op een warme, stille middag, het rolgordijn dat in- en uitademde, terwijl het ringetje aan het koord ervan bij vlagen tegen de vensterbank tikte.

30

Charles komt ook de volgende drie dagen niet thuis en hoewel ze heeft gewacht en gehoopt en gebeden voor zijn terugkeer, is Karena er niet op voorbereid als het daadwerkelijk gebeurt. Ze is net zelf terug van haar werk bij Chat 'n' Chew en staat in de badkamer om haar bikini aan te trekken, zodat ze voor het eten met Tiff nog even de laatste zonnestralen kan pakken bij het zwembad. Ze staat met haar hoofd voorovergebogen om voor de zekerheid nog een extra laagje haarlak op te spuiten, als de deur openvliegt en haar broers gymschoenen en behaarde kuiten in beeld komen.

'Aha,' zegt Charles met zijn inspecteur Clouseau-stem. 'Iek wiest dat er iemand bienen was.'

'Jézus, Charles,' zegt Karena, die met een schok overeind komt en haar hand op haar borstbeen legt, waaronder haar hart als een razende tekeergaat. 'Wel eens gehoord van kloppen?'

Charles wappert met een hand voor zijn gezicht. 'Wel eens gehoord van de ozonlaag? Het staat hier stijf van de haarlak.'

'Tja, niemand heeft je gevraagd binnen te komen,' zegt Karena. Maar stiekem is ze ontzettend blij dat hij dat gedaan heeft. Ze brengt nog wat eyeliner op, zodat ze hem heimelijk vanuit de spiegel kan bekijken: hij heeft geen nieuwe schaafwonden, geen bulten of bloeduitstortingen of blauwe ogen, godzijdank. Charles is daarentegen wél prachtig bruin, zijn haar is gebleekt door de zon en krult over de kraag in zijn nek. Zijn donkerbruine ogen staan helder. Elke keer als Karena haar broer ziet nadat hij een tijdje weg is geweest, wordt ze getroffen door het feit dat ze voor een tweeling zo weinig op elkaar lijken. Ook nu weer vraagt ze zich af of het misschien toch waar is wat oma Hallingdahl altijd zegt, dat Charles een beetje Sioux-bloed in zich heeft. De verre voorvaderen van de Hallingdahls hadden wel degelijk een plaggenhut in South Dakota, het belangrijkste Lakota-gebied, en misschien dat betovergrootmoeder Lisbet inderdaad op een dag was teruggekeerd van de kreek en het juk met de emmers op haar schouders verschoof toen ze *BOEM!* een stoere bink op de oever had zien zitten. Of dat nu echt gebeurd is of niet, Karena oogt als het toonbeeld van een bleke Noorse, terwijl Charles lijkt te zijn ondergedompeld in honing. Het is niet eerlijk. Maar het belangrijkste is dat hij er gezond en ongedeerd uitziet. En als zichzelf. Er is geen teken van de Vreemdeling – die sombere, piekerende uitdrukking, die neerbuigende geamuseerdheid, die felheid als een mandje slangen onder zijn huid. Nu niet, althans.

'Waarom kijk je zo naar me?' vraagt Charles.

'Ik kijk helemaal niet zó naar je. Hoe ijdel kun je zijn?'

'Hé, ik ben niet degene die zijn gezicht vol staat te kliederen,' zegt Charles. 'Voor wie doe je dat eigenlijk? Schwartz? Wisneski?'

Karena bloost. 'Voor niemand. Ik ga alleen mijn kleurtje bijwerken.'

'Uh-huh,' zegt Charles. Hij leunt met over elkaar geslagen armen tegen de wastafel. 'Is dat een nieuwe bikini?'

'Ja,' zegt Karena, die om zich heen zoekt naar haar T-shirt. 'Hoezo?'

'Hij is mooi. Het is nu net of je echt tieten hebt.'

Karena haalt naar hem uit, maar hij duikt weg. 'Je bent een vies varken,' zegt ze.

'Ik doe mijn best,' zegt Charles bescheiden. Hij graaft in de zakken van zijn bermuda. 'Vangen!'

Hij gooit iets naar Karena, een bolletje van doorzichtig plastic. Ze vangt het met haar linkerhand en friemelt eraan met haar rechter. Broer en zus zijn allebei tweehandig.

'Wat is het?' vraagt ze wantrouwend. Het ziet eruit als iets uit een trekautomaat.

Charles haalt zijn schouders op. 'Maak het nou maar open, dan zie je het.'

Karena begint het dekseltje eraf te wrikken. 'Er komt toch niet opeens iets uitspringen, hè?'

'Jézus, K,' zegt Charles, 'hoezo paranoïde?' Hij gebaart dat hij het bolletje wil hebben en Karena geeft het hem.

'Au,' zegt hij, terugdeinzend als hij het openmaakt, 'mijn oog! Geintje. Kijk, het is een ketting.' Hij laat hem voor haar gezicht bungelen en Karena ziet dat het een bliksemflits aan een zwart koordje is. 'Mooi, Charles,' zegt ze, ietwat verbaasd. Het is niet iets wat ze normaal gesproken zou dragen – zij houdt meer van bergkristallen –, terwijl Charles toch meestal erg goed is met cadeautjes. Hij geeft mensen altijd precies die dingen waarvan ze niet wisten dat ze ze graag wilden.

'Bedankt,' zegt ze, enthousiasme veinzend. 'Het is echt gaaf. Waar heb je het vandaan?'

'Uit zo'n mamapapawinkeltje,' zegt Charles, 'in de Nebraska Panhandle. Ik moest ongeveer honderd kwartjes in die automaat gooien om het te pakken te krijgen. Zal ik hem omdoen?'

'Graag.'

Karena draait zich om en tilt haar knisperende haar uit haar nek, zodat Charles de ketting kan vastmaken. Ze voelt zijn lichaamswarmte uitstralen naar haar rug, zijn adem in haar nek. Hij ruikt als altijd, naar Irish Spring-zeep en fastfood. Karena's hart zwelt, lijkt op te bollen tot in haar keel. Ze heeft dit nog nooit aan iemand verteld, zelfs niet aan Tiff, uit angst uitgelachen of terechtgewezen te worden, maar Karena koestert een zeer helder beeld van zichzelf en Charles in de baarmoeder. Ze waren net twee erwtjes in een peul. Zij lag in een hoek van vijfenveertig graden en haar omhoogstekende voeten rustten op Charles, het erwtje achter haar. Ze zag licht flakkeren door een rood membraan, bijna hetzelfde als wat Karena ziet als ze haar ogen sluit in de zon. Toen ze tijdens de biologieles op school dia's lieten zien van baby's in de baarmoeder, waaronder een van tweelingen, had Tiff zich naar Karena toe gebogen en gefluisterd: 'Kijk, dat zijn jij en Ding Nummer Twee.' Karena had geknikt en gedacht: jep, zo was het precies. Nu is Charles een kop groter dan Karena. Hoe heeft dat kunnen gebeuren?

'Zo, zussie,' zegt Charles, en hij zet een stap achteruit.

Karena laat haar haar vallen en kijkt naar beneden. 'O mijn god,' zegt ze verrukt, 'hij verandert van kleur!' Want de bliksem is groen, dan kobaltblauw en dan weer lichtblauw.

'Weet ik,' zegt Charles. 'Net als die ring waar je zo dol op was en die je bent kwijtgeraakt – toen we klein waren, weet je nog? De emotiering.'

'Natuurlijk weet ik dat nog,' zegt Karena. Ze slaat haar armen om hem heen en drukt hem tegen zich aan. 'Ontzettend bedankt, Charles! Ik vind hem prachtig!'

'Weet ik,' zegt Charles. Hij steekt zijn hand onder zijn shirt en haalt zijn eigen bliksemflits tevoorschijn die, net als die van Karena nu, turkoois is. 'Ik heb er ook een voor mezelf gekocht, zie je? Ik dacht dat het wel cool zou zijn om je te bellen als je op college zit om te kijken of we op hetzelfde moment in dezelfde stemming zijn.'

'Absoluut,' zegt Karena, 'dat moeten we doen.' En dan neemt ze de tijd om haar T-shirt aan te trekken, zodat Charles haar gezicht niet kan zien. Ze krijgt het doodsbenauwd elke keer dat hij het over college heeft – wat stom is, want het is nou niet dat ze daar niet naartoe gaat. Want dat gaat ze absoluut wel. Ze heeft erg hard gewerkt voor haar beurs en wil zo snel mogelijk weg uit New Hellishburg, zoals Charles het noemt. En het is niet haar schuld dat Charles er niet naartoe gaat – hij had meer tijd op school en minder met het achternajagen van tornado's moeten doorbrengen. Maar wat gebeurt er met Charles als Karena vertrekt? Ze durft er niet aan te denken.

'Wat ga je nu doen?' vraagt Charles als ze aangekleed is.

'Wat denk je? Ik ga naar het zwembad.'

'Met Miss Piggy?' vraagt Charles.

'Noem haar niet zo, Charles. Tiff is niet dik.'

'Natuurlijk niet,' zegt Charles. 'Ze is gewoon calorisch compact.'

'En jij bent een klootzak.'

'Sorry, sorry,' zegt Charles grijnzend. 'O, moet je kijken wat ik voor onze *madre* heb gekocht,' en hij wipt een aansteker uit zijn zak. HUP HUSKERS staat er in grote rode letters op. En als Charles op het knopje drukt schiet er een dertig centimeter hoge vlam uit. Karena springt achteruit.

'Jézus, Charles,' zegt ze, 'niet hierbinnen! De haarlak? Hállo?'

'Weet ik,' zegt Charles. Hij grijnst nog breder en Karena weet dat hij denkt aan die keer dat hij op het feestje van Jeff W. de aansteker van Tiff op de hoogste stand had gezet. Toen Tiff haar sigaret aan probeerde te steken, schoot de vlam door haar zorgvuldig gelakte pony en legde die in de as. Iedereen was de kamer uit gevlucht, onder het slaken van kreten als 'Jèk, wat een stank!', terwijl de arme Tiff stond te gillen en een hand tegen haar opeens kale voorhoofd sloeg.

'Dat was het tegenovergestelde van grappig, Charles,' zegt Karena.

'Nou, eigenlijk was het supergrappig,' zegt Charles. 'Maar goed. Je gaat niet naar het zwembad.'

'O, is dat zo?'

'Ja. Ga mee naar beneden; ik wil je laten zien wat ik gedaan heb.'

'Maar Charles...'

'O, maak je niet druk om Miss Piggy,' zegt Charles, terwijl hij Karena aan haar pols de badkamer uit trekt. 'Ze zal het je echt niet kwalijk nemen. Waarschijnlijk vindt ze het juist heerlijk als je niet komt opdagen. Dan kan zij ook een keertje de lellebel uithangen in de kleedkamers van het zwembad.'

'Charles, je bent door en door verrot,' zegt Karena als ze zich door de keuken en langs de eettafel naar de trap laat trekken die naar de kelder gaat. Ze werpt in het voorbijgaan weliswaar even een blik op de telefoon aan de keukenmuur, maar Charles heeft gelijk: Tiff zal het niet zo erg vinden als Karena niet komt. Ze heeft een oogje op Tim McDermott, de badmeester die altijd een exemplaar van *De vanger in het graan* bij zich heeft en die volgens Tiff vast een goede minnaar is, omdat hij een gevoelige aard heeft. Karena zal haar straks wel bellen om te horen wat er gebeurd is en zeggen dat Siri thuiskwam en Karena aan het koken heeft gezet. Karena zal Tiff zeker niet vertellen waarom ze haar écht heeft laten zitten: omdat het de laatste tijd zo zelden voorkomt dat ze Charles ziet, en vooral in deze stemming, en Karena heeft nog maar erg weinig tijd met hem.

De temperatuur zakt vijf graden als ze afdalen in de kelder. De geur van oud linoleum, muf en zoet, doet Karena elke keer weer denken aan alle nachten die zij en Siri en Charles hierbeneden hebben doorgebracht. Als de tornadosirene ging loeien en Siri hun kamer binnenstormde, onder elke arm een kind pakte en met hen naar de kelder rende. En dat ze dan op het ovale gevlochten kleed onder aan de trap zaten en Siri haar Marlboro's rookte, terwijl Karena en Charles snoepsigaretten paften en het noodweer met de snelheid en hevigheid van goederentreinen voorbij zagen trekken. Er hing daarbeneden ook een poster van Laurel en Hardy. Karena is altijd bang geweest voor de twee komieken, want als de bliksem flitste, kwamen hun gezichten tot leven.

Nu hangt de poster er al lang niet meer; die is waarschijnlijk vochtig geworden of verkocht tijdens een rommelmarkt. De herinneringen aan het noodweer gaan schuil onder andere, meer recente gebeurtenissen: al die keren dat Karena hierbeneden op ditzelfde kleedje heeft gezeten; alleen lag dat toen voor de deur van haar broers slaaphol. Dan zat ze daar haar huiswerk te maken of te lezen of gewoon te luisteren, terwijl Charles binnen huilde – of loeide, eigenlijk, als een koe, omdat hij niet genoeg kracht had om echt te huilen. Dat zijn de momenten waarop Charles niet kan eten, niet kan slapen, niet kan reageren, niets anders doet dan opgerold als een balletje op bed liggen. Dat zijn de momenten die de Hallingdahls het meest vrezen, die Karena meer angst aanjagen dan wat dan ook, die perioden dat ze zit en bidt dat haar broer blijft huilen, vanwege hetgeen er gaat gebeuren als hij daarmee ophoudt.

Maar Karena komt maar zelden in Charles slaaphol zelf, zelfs niet als Charles weg is. En niet omdat Charles haar dat verboden heeft, hoewel hij dat wel gedaan heeft. Karena is bang voor zijn slaaphol omdat dit de doos met bewijsmateriaal is van de verstoorde geest van haar tweelingbroer. Maar als Charles haar naar binnen loodst, aan het touwtje van de gloeilamp trekt en Karena plechtig op het ledikant installeert, ziet ze als ze rondkijkt dat het hol feitelijk uiterst geordend is, in patronen. De muren gaan schuil achter lagen en lagen papier: knipsels uit tijdschriften en kranten en foto's. Ze hangen op chronologische volgorde en overal zie je tornado's: touwtornado's, kachelpijptornado's en de grote en angstaanjagende wig. De planken waarop vroeger altijd jampotjes stonden, gaan nu gebukt onder Charles' spullen: thermometers en barometers en radio's; te veel om op te noemen. En in de boekenkast onder het hoge smalle raam staan Charles' lavalampen: bollen en schijven waarin stroomdraden kruipen alsof ze leven en een uitweg zoeken.

'Oké, K,' zegt Charles. Hij heeft druk zitten graven in een oude leren schooltas en heeft nu blijkbaar gevonden waar hij naar op zoek was, want hij komt naast haar op het ledikant zitten. 'Klaar?'

'Waarvoor?'

Hij legt een foto in haar handen, die nog steeds de geur van een chemisch badje uitwasemt. Er staat een witte streep op die geklemd zit tussen twee zwarte strepen.

'Cool,' zegt Karena plichtsgetrouw.

Charles snuift. 'Je hebt geen idee waar je naar kijkt, hè?'

'Nee,' bekent Karena.

'Dat is een supercell,' zegt Charles. 'Een mesocycloon. Zie je?' Hij strijkt met zijn wijsvinger over de lichte en donkere strepen. Zijn hand ziet eruit als die van een man, merkt Karena, groot en gebruind en knokig. Hij trilt niet. Als Charles zijn lithium innam, zou dat wel zo zijn.

'Dit is de grond,' zegt Charles, 'en dit is de onderkant. Zie je hoe dicht die bij elkaar zijn? Deze bui was superheftig. Hij was fantastisch. Een sappig monster.'

'Cool,' zegt Karena weer, hoewel ze dat totaal niet bedoelt. 'Maar is dat niet gevaarlijk?'

'Alsjeblieft,' schampert Charles. 'Doe niet zo miepig. Oké, kijk hier eens naar.' Hij bladert door de foto's en laat er een zien met een grote witte klomp. 'Hagel, zo groot als tennisballen, veroorzaakt door diezelfde bui. Maar dit, dit is mijn prijs,' en hij haalt een kiekje van een donkere vorm tegen een onheilspellende achtergrond tevoorschijn. 'Moet je zien, K! Niet te geloven, hè? Hij was ongeveer negentig meter van me af toen ik deze foto maakte. Ik moest zo'n drie tellen later in een greppel springen.'

'Wat is het?' vraagt Karena.

Charles tikt op haar voorhoofd. 'O mijn god, wat ben je toch een soepkip! Niet te geloven dat wij familie zijn! Het is een tornado, K, een klassieke, schitterende kachelpijp!'

'O,' zegt Karena – en nu ziet ze inderdaad de trechter. 'God, Charles! Ben je zó dichtbij geweest?'

'Jep,' zegt Charles bescheiden. Hij trekt zijn shirt bij zijn hals naar beneden en laat Karena een gezwollen bloeduitstorting halverwege zijn sleutelbeen zien. 'Rondvliegend puin,' zegt hij plechtig. 'Het was te donker om te zien wat het was, maar er vloog van alles door de lucht. Met die windsnelheden kan het van alles zijn geweest, een sok of een rietje bijvoorbeeld.'

Karena tilt haar hand op om de plek aan te raken, maar Charles wendt zich verlegen af. 'Laat me dit soort dingen niet zien, Charles. Het is doodeng! Waarom dóé je dit?'

Charles schuift de foto's rustig terug in een envelop waarop staat: *kearney, neb 9 juli 1988.* 'Onderzoek.'

'Ja, dat weet ik, Charles, maar moet je er dan zo dichtbij komen?'

'Ja, want anders zijn de data niet betrouwbaar,' zegt Charles. 'Ik moet recht onder de opwaartse luchtstroom staan om de rotatie te observeren.' Hij schuift de envelop in een zwart gemarmerd notitieboek – zijn buienboek – samen met een krantenknipsel uit de *Kearney Hub* met de kop: TWISTER GAAT OP ARTHUR COUNTY AF. Karena kijkt wantrouwend, maar ook met respect naar het boek – én met een heimelijke hoop. Iedereen in New Heidelburg steekt de draak met Charles' wetenschappelijke aspiraties. Maar misschien doen ze hem tekort, Karena net zo goed. Inderdaad, Charles gaat niet meer naar school. Inderdaad, hij is ervan af getrapt. Nou en? Ze noemen professors toch niet voor niets verstrooid? Charles zal misschien nooit naar de universiteit gaan of een doorsneecarrière krijgen. Maar als hij echt zó dicht bij zijn tornado's komt, zou hij dan uiteindelijk niet toch een bijdrage kunnen leveren aan... hoe heet die weer-ologie ook alweer? Meteorologie.

'Charles,' zegt Karena, 'wat ga je eigenlijk met al die gegevens doen?'

Charles grijnst en tikt op Karena's hoofd. Ze trekt haar hoofd naar achteren.

'Niet doen!' zegt ze.

'Niet doen!' doet Charles haar na. 'Sorry, K, ik kon het niet helpen. Je bent gewoon zo aandoenlijk onnozel. Ik ga het natuurlijk voordragen. Ik ga er verband in aanbrengen en er een referaat van maken en dat stuur ik dan naar de *Journal of Meteorology* en Stormtrack en *Popular Science* en dan ga ik het aanzien van de meteorologie voor altijd veranderen. Ik ga hier de Nobelprijs mee winnen, wacht maar af.'

'Maar, Charles,' zegt Karena, en ze staat op het punt hem te vragen waar het artikel precies over gaat, als boven hun hoofd de garagedeur krakend opengaat.

'Joehoe,' roept Siri. 'Karena? Charles? Ik weet dat jullie beneden zijn.'

Ze verstijven allebei. Dan port Charles Karena tussen haar ribben en geeft ze hem een zet. Ze zitten zwijgend met hun ogen te knipperen; geen van beiden wil de eerste zijn die in lachen uitbarst. Karena durft Charles niet aan te kijken. Maar dan doet ze het toch en hij murmelt 'Joehoe!', wat ze natuurlijk had kunnen weten, en dan ontsnapt haar ongewild een soort geknor. Daardoor is Charles niet meer te houden. Binnen de kortste keren zitten ze te schudden van het lachen, ze gieren van de pret en de tranen stromen over hun wangen.

'Ik snap niet wat er zo grappig is,' roept Siri. 'Hierboven is niets grappigs, dat kan ik je wel vertellen. Charles? Charles Oskar, ik heb het tegen jou!'

'Joehoe,' zegt Charles tegen Karena. Dan roept hij: 'Ja, moeder.'

'Wat is er met de auto gebeurd?' roept Siri.

Karena houdt op met lachen en veegt haar ogen af. Waarom moest Siri juist nu, op dit moment thuiskomen, net nu het allemaal zo leuk was? En waarom begint ze nu weer te zeuren? Waarom kan ze niet gewoon haar mond houden? Karena schuift een heel klein stukje bij Charles vandaan, zodat ze hem wat beter kan bekijken. Hij oogt geïrriteerd, hij strijkt met zijn handen door zijn haar, maar de Vreemdeling is nergens te bekennen – nog niet.

'Speel geen spelletjes met me, meneertje,' zegt Siri. Karena hoort het geklik van haar aansteker. Rook zweeft de kelder in en Charles staat op om het raam op een kiertje te zetten. 'Je weet best waar ik het over heb. Wat is er met je vaders auto gebeurd?'

'Niets,' roept Charles.

'Niets?' herhaalt Siri. 'Daar lijkt het anders helemaal niet op. En ik betwijfel of je vader dat ook vindt.'

'Nou ja, daar kan ik niets aan doen,' zegt Charles.

'Wat?'

'Dat is jouw probleem,' schreeuwt Charles. 'Ik ben niet verantwoordelijk voor de verwrongen perceptie van jou en pa. De auto rijdt nog prima. Ik ben toch veilig thuisgekomen? Hou er gewoon over op.'

Het is even stil en dan zegt Siri: 'Waar ben je geweest?'

'In de buurt,' zegt Charles.

'Hè?'

'Hij zei IN DE BUURT,' roept Karena, en Charles gilt: 'Nebraska.'

'Waarom? Wat heb je gedaan?'

'Gegevens verzameld. Voor mijn referaat.'

'Je wat?'

'Mijn referaat, MADRE,' schreeuwt Charles. 'Dat is een wetenschappelijk artikel. Laat maar. Dat snap je toch niet.'

'Ik neem aan dat dit betekent dat je je niet hebt aangemeld,' zegt Siri. Ze verwijst naar de mogelijkheid dat Charles volgend voorjaar naar college gaat – of misschien dat hij assistent-manager wordt bij de lokale supermarkt.

Charles slaat zijn ogen ten hemel. 'Alsof dat gaat gebeuren,' mompelt hij. Dan roept hij: 'Ik ben ermee bezig, madre. Oké? Ga nu maar lekker naar je zeer belangrijke televisieprogrammaatjes kijken. Ik heb van alles te doen. En maak je niet druk om de auto. Ik praat wel met pap als hij thuiskomt, áls hij thuiskomt.'

Er valt een stilte en dan klinkt het gekraak van Siri's voetstappen over de vloer. Karena slaakt een zucht. Ze hoort aan het gekraak dat Siri naar de drankkast in de keuken gaat voor een glas whisky. Dat neemt ze mee naar de serre om het op te drinken als ze naar het avondnieuws kijkt en tegen zichzelf, of tegen de presentatoren zegt: 'Wat moet er van dat kind worden?' En: 'Heb ik hier mijn leven voor opgegeven?' En: 'Wat heb ik gedaan dat hij zo geworden is?'

Karena voelt zich rot, echt, maar ze is voornamelijk opgelucht. Het had stukken erger kunnen zijn. Charles is niet de trap opgestoven, heeft Siri niet tegen de muur aan gedrukt, heeft niet in haar gezicht staan schreeuwen. En ergens denkt Karena toch dat Siri dit een beetje over zichzelf afroept. Zat ze maar niet voortdurend in zijn nek te hijgen. Liet ze hem maar met rust, misschien dat Charles dan gewoon iets goeds kon doen.

'Ik ga naar boven,' zegt Karena tegen Charles. 'Ben je er met het eten?'

'Ja, hoor,' zegt Charles. 'Ik moet nog wat doen, maar ik kom zo boven. Kijk maar of je madre wat kunt kalmeren. Zeg dat ze een *chillpil* moet nemen of zo.'

'Ik zal het proberen,' zegt Karena.

Pas halverwege de trap komt het in haar op zich af te vragen: wat is er eigenlijk met de auto gebeurd? Op de gang doet ze de deur naar de garage open.

'Allemachtig,' zegt ze. De Austin Healey van haar pa moet nog kunnen rijden, omdat Charles, zoals hij gezegd heeft, thuisgekomen is. Maar hoe, is een groot raadsel. De grille is ingedeukt en de motorkap steekt omhoog, zodat die nagenoeg het zicht door de voorruit blokkeert. Karena kan zich niet voorstellen dat daar nog iemand in kan rijden. 'Hé, Charles,' roept ze.

'Hé wat?'

'Kom eens.'

Charles verschijnt onder aan de trap.

'De auto is praktisch total loss!'

'Ach ja,' zegt Charles, 'dát.' Hij grijnst zijdelings naar de grond, wat hij altijd doet als hij betrapt wordt op iets slechts.

'Ach ja,' zegt Karena. 'Dat. Wat is er in godsnaam gebeurd? Was het de tornado?'

'Niet helemaal,' zegt Charles.

'Wat dan?'

'Het was mijn schuld niet, K. Echt niet.'

'Wiens schuld was het dan?'

'Van de koe.'

'Welke koe?'

'De koe die in de weg liep.'

'O,' zegt Karena. 'Díé koe.'

'Ja,' zegt Charles sip. 'Het was een koe met zelfmoordneigingen, of misschien wel moordneigingen. Hij sprong gewoon op de motorkap. Probeerde mij te vermoorden.'

'Hij ging die kant op, agent!'

'Stuur een opsporingsbericht rond voor een zwart-witte Holstein, agent!'

Karena begint te lachen. Ze bijt op haar lip en slaat haar handen voor haar mond en doet alles wat ze kan om het tegen te houden, maar het lukt haar niet. Ze hoort Siri het geluid van de tv harder zetten en voelt Siri's gekwetste zwijgen als rook uit de serre sijpelen. Karena weet dat ze hier later voor zal moeten boeten, dat deze lachbui uren, misschien wel avonden gaat kosten waarop ze Siri moet uitleggen dat het haar spijt, dat het niet haar bedoeling was om Charles aan te moedigen en nee, dat ze echt niet heeft willen samenspannen met Charles tegen Siri en ja, dat ze weet hoe belangrijk het is dat zij en Siri één front vormen en dat ze natuurlijk met hem zal praten over zijn aanmelding voor college en zijn sollicitaties. Maar op dit moment doet dat er allemaal niet toe. Het enige wat ertoe doet, is dat Karena en Charles zó hard moeten lachen dat Charles tegen de muur aan slaat en Karena moet gaan zitten op de keldertrap en zich vastklampt aan de leuning. Misschien komt het uiteindelijk allemaal goed, misschien heeft Charles een zware tijd achter de rug maar gaat het nu goed met hem, met zijn data en zijn project. Misschien hebben ze het allemaal bij het verkeerde eind gehad, hebben ze overdreven gereageerd, want als Charles is zoals nu, als hij zichzelf is, is er voor Karena geen veiliger en verrukkelijker plek om te zijn dan bij haar broer.

31

Maar dan, twee dagen later: 14 juli, de achttiende verjaardag van de tweeling, en Karena zit in de keuken blokjes kaas te snijden voor de erwtensalade. Normaal gesproken gaan de Hallingdahls op verjaardagen en andere speciale gelegenheden naar de Wagon Wheel in Creston. Maar sinds Charles' ongelukje bij Starlite durft de familie daar niet meer heen. Karena heeft echter sowieso gesmeekt om een laatste etentje thuis. Al over iets meer dan een maand zal Siri haar naar Minneapolis en college brengen en wie weet wanneer het volgende familie-etentje zal zijn? Siri heeft ermee ingestemd en Frank heeft gezworen zijn praktijk op tijd te sluiten en erbij te zijn. Karena maakt alle favoriete gerechten van haar en haar broer. Hamburgers voor op de barbecue. De aardappelsalade van oma Hallingdahl. En de erwtensalade: een kleverig samenraapsel van erwtjes uit blik, uien, mayonaise en blokjes cheddar, waar alleen de tweeling van zal eten. Zelfs Siri kan het niet door haar strot krijgen, hoewel de erwtensalade net als lefse, lutefisk en plakjes tomaat met bergen suiker deel uitmaakt van de gastronomische traditie van de Hallingdahls.

Karena wrijft de vieze onderkant van haar ene voet tegen die van de andere en zingt mee met de radio terwijl ze snijdt. De nazomer is een dromerige, buitenissige, gevaarlijke tijd van het jaar. Er hangt iets in de drukkende lucht wat zegt dat niets zeker is. Vanmorgen nog heeft Karena haar baantje bij Chat 'n' Chew opgezegd en vanmiddag zijn zij en Siri naar La Crosse geweest om collegekleren voor Karena te kopen. Natuurlijk gaat Karena haar eigen kleren kopen als ze naar de Cities verhuist, maar ze wilde haar moeders gevoelens niet kwetsen. Dus heeft ze zwijgend ingestemd met de truien en vesten en de nieuwe parka. Nu ze uit het raam boven het aanrecht naar de tuin en de oude schommel kijkt, en naar de enorme struik die Frank steeds belooft te snoeien maar dat niet doet, ziet Karena haar transformatie voor zich. Ze zal alleen maar zwart dragen en laarzen met hoge hakken. Gouden oorhangers en -ringen. Ze zal van die dunne sigaretten roken. En hoewel Karena's toelatingscijfers voor Engels de hoogste ooit in New Heidelburg zijn, gaat ze misschien wel medicijnen studeren. Of misschien ook niet, hoewel het wel fijn zou zijn om een wachtkamer vol dankbare patiënten te hebben, die Karena kan helpen vanwege haar ervaringen met Charles. En Charles zelf zal de gevarenzone al lang gepasseerd zijn en als wetenschapper de ene na de andere prijs in de wacht slepen. En dan gaan ze om het te vieren samen lunchen in een zonnig restaurant met klassieke muziek en varens. Misschien heeft Charles dan een baard.

Doordat Karena zit te dromen, verstrooid en onoplettend is, hoort ze Charles niet de trap opkomen. Doordat ze op de zaken vooruitloopt en zit te zingen, merkt ze niet dat hij staat te schreeuwen tegen Siri. Karena is dom bezig, doet net alsof alles op wonderlijke wijze weer normaal zal zijn als zij eenmaal vertrokken is. Dus pas als er een reclame op de radio komt en zij die zachter zet, hoort ze Charles tegen hun moeder tekeergaan.

'... gééf ze me gewoon,' zegt hij. 'God! Waarom doe je toch altijd zo moeilijk?'

'Ik?' zegt Siri. 'Laat me niet lachen. Vergeet het maar, jochie. Je krijgt mijn auto niet mee.'

'Waarom niet?' zegt Charles. 'Geef me één reden. Vooruit. Gewoon één goede reden.'

'Ik ben jou geen verklaring schuldig,' zegt Siri. 'Nergens voor nodig.'

'Ik wist het,' zegt Charles. 'Ik wist dat je geen reden zou kunnen bedenken. Dat verbaast me niets. Jouw hele leventje wordt geregeerd door een gebrek aan logica. Maar alleen omdat jij er niets mee doet, hoef je iemand die probeert er wel wat van te maken niet tegen te houden.'

Karena zet de radio uit en veegt haar handen af aan haar schort. 'Wat is er aan de hand?'

Charles kijkt haar over zijn schouder aan. 'Bemoei je met je eigen verdomde zaken,' snauwt hij. En Karena ziet dat ze het maar beter bij het oude had kunnen laten, want de Vreemdeling is er. De djinn, noemt dokter Hazan het. De gemene geest van haar broers stoornis, een wezen dat bij Charles naar binnen dringt als hij manisch is, achter zijn gezicht glijdt waardoor hij een minachtende uitdrukking krijgt. Een sluwe, kwaadaardige, onstoffelijke geest die honderduit kletst en niets anders doet dan bedenken wat het pijnlijkst is om te zeggen, waar hij het mes naar binnen kan steken. 'Het is alsof hij bezeten is door de duivel.' Zo had Karena het aan dokter H. in de Mayo omschreven en dokter H. had geknikt. 'Ja, dat zeggen familieleden vaak. Probeer te onthouden dat het niet Charles is die die dingen zegt. Het is de djinn, zijn ziekte, het zijn de schakelplaatsen in zijn hersenen die kapot zijn. Wat hij zegt kan erg kwetsend zijn, maar het is niet Charles die het zegt. De chemische stoffen hebben het voor het zeggen. De djinn zit achter het stuur.'

De djinn, zegt Karena tegen zichzelf, de Vreemdeling. Niet Charles. 'Waar ga je heen?' vraagt ze, want het enige wat je kunt doen als de djinn er is, is meespelen.

'Op tornadojacht,' zegt Charles, 'dúh.'

Karena kijkt naar buiten. Het is een prachtige middag, wolken drijven in een zonnige blauwe lucht. 'Maar het is mooi weer,' zegt ze.

'Maar het is mooi weer,' aapt Charles haar na. 'Wat weet jij er verdomme van? Er hangen toevallig heel veel buien, die gaan tekeer boven de dauwpuntlijn in Iowa. Maar hoe kun jij dat ook weten, hè? Luister jij naar de spotterzender? Nee. Dat dacht ik niet. Bemoei je je er dan verdomme ook niet mee.'

Hij draait zich weer naar Siri en veegt het witte spuug uit zijn mondhoeken. 'Geef me de sleutels,' zegt hij tegen Siri. 'Sleutels sleutels sleutels sleutels sleutels.'

'Absoluut niet,' zegt Siri.

'O mijn god,' zegt Charles op een van verontwaardiging stijgende toon. 'Onbegrijpelijk dat jij zo vastbesloten bent om mij van het verzamelen van mijn gegevens af te houden... Hoewel, nu ik erbij stilsta, madre, eigenlijk snap ik het best. Waarom zou jij willen dat ik iets bijdraag? Waarom zou jij willen dat ik succes heb? Waarom zou jij willen dat er iemand beter is dan jij, een of ander dom huisvrouwtje dat de hele dag voor de tv hangt en alleen maar profiteert van anderen? Natuurlijk wil je niet dat ik gegevens verzamel. Je moet er niet aan denken dat ik het misschien ga maken, omdat jij niets anders bent dan een verdomde parasiet.'

'Hé,' zegt Karena. 'Praat niet zo tegen haar.'

'O, en jij,' zegt Charles. 'Daar gaan we weer, nog meer commentaar van de Debielenbrigade. Jij denkt natuurlijk dat je nu zo bijzonder bent omdat je gaat studeren, je weet wel, oooooo, gossiemijne, lekker simpele lesjes volgen en meisjesclubjes oprichten plus een verse lichting gasten om te pijpen. Ik wil je nog wel een keer zeggen dat je je mond moet houden, maar ik weet dat dat voor jou erg moeilijk is, juffertje pijpkampioen.'

Karena's hand vliegt instinctief naar haar mond. De djinn, zegt ze tegen zichzelf, die verdomde djinn. Hoewel ze met alle liefde tegen Charles zou zeggen: zo kan-ie wel weer! Wat ís er met je? Ze zouden je moeten opsluiten en de sleutel moeten weggooien.

Maar dit is een van de ergste dingen van haar broers ziekte. Hij mag alles zeggen wat hij wil tegen Karena of Siri of tegen wie dan ook, en in feite niet alleen afschuwelijke dingen, maar de ergste dingen die hij kan bedenken, de dingen die iedereen denkt maar niet durft uit te spreken. En ze mogen niet antwoorden, voor zichzelf opkomen, omdat ze dan niet tegen hem in het geweer komen, maar tegen een ziekte. Het is zo godvergeten oneerlijk.

Maar nu is het Siri die zegt: 'En nu hou je op, jongeman. Zo praat je niet tegen haar.'

'Waarom niet?' vraagt Charles met flikkerende ogen. 'Wil je de waarheid dan niet horen? Dat K en die vette vriendin van haar iedereen in Foss County afzuigen? Waarom vraag je het haar zelf niet? Toe dan, vraag het dan! Iedereen weet dat zij de sletten van de stad zijn, alles doen om populair te zijn. Wat een giller. Weet je niet dat ze je allemaal uitlachen, K? Weet je wat ze zeggen? Dat je kniestukken met je initialen erop voor de kerst moet vragen!'

Karena schudt haar hoofd. 'Dat... is... niet... waar,' zegt ze met een trillende stem.

Charles lacht. 'O ja hoor, en weet je wat ze nog meer...'

'Charles,' zegt Siri.

'Wat!'

‘Heb je vandaag je pillen ingenomen?’

Karena zuigt haar adem naar binnen en het wordt stil. Dit is de enige vraag die Siri met het volste recht mag stellen én de vraag die vast en zeker rampzalige gevolgen zal hebben.

Charles schudt zijn hoofd alsof er water in zijn oor zit. ‘Wat?’ vraagt hij.

‘Ik zei, heb je...’

‘Ik heb je wel verstáán,’ zegt Charles. ‘Ik begrijp alleen niet waarom je zo’n idiote vraag kunt stellen. Maar goed, het antwoord is nee. Dat heb ik niet gedaan. Waarom niet? Denk je nou echt dat het wat uithaalt? Want ik zal je eens iets vertellen: dat is niet zo. Het zijn gewoon kalmerende middelen, madre, ze doen verdomme niets anders dan me ziek maken. Ze dienen enkel en alleen om die behaarde kwakzalver het idee te geven dat hij mij onder controle heeft. Meer niet.’

‘Oké, dan,’ zegt Siri. Ze klinkt kalm, maar als ze weer een sigaret aansteekt, trilt de vlam. ‘Je kent de afspraak. Geen pillen, geen auto.’

Charles slaat zichzelf tegen het voorhoofd en werpt zijn handen in de lucht. ‘O. Mijn. Hemel,’ zegt hij. ‘Dat is zo ongeveer het stomste wat ik ooit gehoord heb. Ik bedoel, ik kijk bij jou zo langzamerhand nergens meer van op, maar dit slaat echt álles. Ten eerste is er geen afspraak. Het woord afspraak impliceert overeenstemming tussen twee partijen, en heb ik ergens mee ingestemd? Zou ik dat ooit doen? Natuurlijk niet. Dit is gewoon een bizarre regel die jij bedacht hebt en waarvan jij verwacht dat ik me eraan hou. Maar, oké, laten we proberen – probéren, madre – om er logisch naar te kijken. Dit is jouw vergelijking: medicijnen staan gelijk aan auto. Maar zelfs jij moet in staat zijn te zien hoe belachelijk dat is. Waarom zou ik lithium nodig hebben om auto te rijden? Neem jíj lithium? Neemt páp lithium?’

‘Schreeuw niet zo tegen me,’ zegt Siri. ‘Geen auto. En daarmee basta.’

‘Ach, natuurlijk, trek je maar terug,’ zegt Charles. ‘Ik wist dat je dat zou doen. Jij kunt niet tegen logica, dus dan gedraag je je als een klein kind dat “lalalalalalalala ik hoor je niet want ik wil je niet horen” doet, maar ik weet dat je me kunt horen, madre, dus laten we lekker doorgaan. Moeten álle autorijders in de staat Minnesota lithium innemen? Is het een vereiste dat verantwoordelijke chauffeurs lithium slikken voordat ze hun rijbewijs halen? Zíj hoeft geen lithium te nemen,' zegt hij, terwijl hij zich met een ruk omdraait en naar Karena wijst, 'die pijpkampioen daar.'

'Hé!' zegt Karena.

'O, natuurlijk tuurlijk tuurlijk tuuuuurlijk,' zegt Charles met opgestoken handen. 'Als jij in een auto zit, zit je op de achterbank, rij je niet, dus daar valt over te twisten.'

Hij gaat met over elkaar geslagen armen dichter bij Siri staan. 'Voor de laatste keer,' zegt hij, 'geef me de sleutels.'

Siri staart vastberaden voor zich uit, alsof Charles er niet is. 'Nee,' zegt ze.

'Goed dan,' zegt Charles. 'Je hebt me ertoe gedwongen. Ik wilde dit niet doen, maar ik moet ze van je afpakken.'

Smalend zegt Siri: 'Dat moet je vooral proberen. Ik ben niet bang voor je...'

Dan steekt Charles zijn hand uit naar haar tas. Siri slaat die opzij en springt overeind. Een paar tellen staren ze elkaar aan. Dan geeft Siri Charles een klap in zijn gezicht en geeft hij haar een zet tegen haar schouder. Voor Karena er erg in heeft, vliegen ze elkaar in de haren: Charles probeert langs Siri te komen en zij weigert opzij te gaan.

'Nee!' zegt Karena, en opeens is ze in de serre. Ze weet niet meer hoe ze daar gekomen is, voelt niet dat haar voeten de grond raken. Ze weet alleen dat ze Charles van achteren bespringt en haar armen om hem heenslaat. Het is alsof ze een zak met slangen probeert vast te houden. Charles is ongelooflijk sterk. Maar Karena rekent erop dat hij haar geen pijn wil doen en ze heeft gelijk. Dat doet hij niet. Hij schudt haar gewoon van zich af. Ze valt en landt op haar stuitje.

'Au,' zegt ze, meer van woede dan van pijn.

'O, lieverd, heeft hij je pijn gedaan?' zegt Siri. Ze wurmt zich langs Charles om te kijken of Karena niets mankeert en wendt zich dan weer tot hem. 'Nou moet jij eens even goed naar me luisteren, etterbakje,' zegt ze. Bij elk woord priemt ze haar sigaret in de richting van Charles. Karena kan het niet helpen: elke keer dat de gloeiende askegel de huid van haar tweelingbroer nadert, krimpt ze in elkaar. 'Als je haar nog één keer aanraakt, bel ik de sheriff. Dan laat ik je opsluiten en denk maar niet dat ik dat niet zal doen. Ik laat je weghalen. Sterker nog,' zegt ze, 'ik denk dat ik hem sowieso even bel. Je bent... de controle kwijt.'

'Oké,' zegt Charles, terwijl hij Siri opzij duwt en haar tas van de slaapbank grist. 'Wauw, dat is een goed idee, madre. Heb je dat helemaal zelf bedacht? Doe maar. Bel hem. Vertel maar aan die ouwe Brigadier Dog dat ik je jeep eventjes geleend heb om met mijn volkomen legale rijbewijs volkomen legaal wetenschappelijk onderzoek te verrichten en dat ik hem terugbreng als ik daarmee klaar ben, morgen misschien, misschien zelfs wel vanavond al. Dat zal hij ongetwijfeld geweldig vinden, hij zal je ongetwijfeld bedanken voor het verspillen van zijn tijd, om nog maar te zwijgen over het geld van de belastingbetalers, maar als je dat nodig vindt, madre, moet je vooral doen wat je niet laten kunt. Ondertussen' – en hij steekt Siri's sleutels triomfantelijk in de lucht – 'bedank ik je hartelijk voor de lift, los ballos, tot in de pruimentijd, doewieeee!'

Dan knalt de deur naar de garage achter hem dicht en is hij verdwenen.

De lucht siddert in zijn kielzog. Zowel Siri als Karena is stomverbaasd. Siri loopt naar de telefoon in de keuken, maar blijft naar de draaischijf staren. 'O god,' zegt ze. 'Wat moet ik doen? Wat kan ik doen?'

Karena zit nog steeds met haar benen voor zich uitgespreid als haar oude lappenpop. Ze durft Siri niet aan te kijken na wat Charles gezegd heeft. In plaats daarvan staart ze naar haar moeders spullen die overal op het kleed liggen. Haarklemmetjes. Een pakje Marlboro. Een paar aanstekers. Een spiegeltje met nicotinevlekken en wat lipgloss. Is het echt nog maar een halve dag geleden dat ze ontbijtjes serveerde bij Chat 'n' Chew? En is ze echt nog maar net met Siri in La Crosse geweest om spullen voor haar studentenkamer te kopen?

Dan schuift de garagedeur rammelend omhoog en springt Karena overeind. 'Ik ben zo terug,' zegt ze.

'Wat?' zegt Siri. Ze is nu aan de telefoon, belt de sheriff of misschien Frank. Ze staat in de wacht. 'Nee, liefie,' zegt ze, terwijl ze haar hand over de hoorn legt. 'Ga er niet naartoe. Hij is gevaarlijk.'

'En dáárom kan hij dus beter niet gaan autorijden,' zegt Karena, terwijl ze de keuken in rent en haar tas van een stoelleuning grist. Ze heeft geen tijd om hierover in discussie te gaan. Natuurlijk moet ze gaan. Is Karena niet de enige die Charles kan beteugelen? Heeft ze dat niet keer op keer bewezen? Heeft ze hem niet naar beneden gepraat toen hij vorig jaar in de watertoren was geklommen? Heeft zij hem niet tegengehouden bij de Starlite? Ja, inderdaad, Karena heeft niet kunnen voorkomen dat hij zijn schouder ontwrichtte, maar daar kon zij niets aan doen. En als Charles er toen in geslaagd was Franks auto mee te nemen, had het allemaal nog veel erger kunnen aflopen. Het is algemeen bekend dat Karena de enige is naar wie Charles luistert, de enige die hem kan kalmeren. Ze mag dat dan niet leuk vinden, maar ze heeft niets te willen. Ze moet gewoon haar plicht doen. 'Geen zorgen,' roept Karena naar Siri, 'ik ga naar hem toe en breng hem weer terug.' Vermoeid maar resoluut beent ze naar de deur.

32

Ze rijden naar het zuidwesten over highway 44, die hen door plaatsen brengt waarvan Karena de volgorde net zo goed kent als het Onzevader uit haar jeugd: Norwegian Ridge, Luverne, Clinton, Accord, Creston. In Norwegian Ridge hebben haar betovergrootouders elkaar ontmoet, elkaar het hof gemaakt en zijn ze getrouwd. Luverne is Charles' favoriete stadje, omdat een tornado daar in 1967, drie jaar voor de geboorte van de tweeling, de golfbaan heeft verwoest. Net na Clinton is een T-splitsing die gemarkeerd wordt door een verlaten motel. Op de met onkruid begroeide parkeerplaats daarvan verkopen amishkinderen quilten en taarten. Karena overweegt om Charles te vragen daar te stoppen, zodat zij naar de handelswaar kan kijken: alles wat hem ook maar uit de jeep en op vaste grond kan krijgen. Maar Charles noemt de wagen van de amish een voedselvergiftigingskraam en bovendien heeft hij haast. Hij slaat links af naar highway 52 en binnen de kortste keren flitst er een bord voorbij: WELKOM IN IOWA.

Karena kent de plaatsen hier niet zo goed, maar ze herkent ze een beetje, want de middagen waarop Siri haar mee heeft gesleept op de antiekexcursies die ze samen met haar vriendin Sandy maakte, zijn talloos. De twee vrouwen konden eindeloos graven in bakken vol oude meuk in koude kalkstenen gebouwen en dan een lefse-pan of een mattenklopper omhoogsteken en zeggen: 'Ken je die nog? Mijn moeder had er precies zo een!' Veel van deze stadjes zijn nu vergane glorie: de etalages zijn dichtgetimmerd en de straten verlaten; alle hoop is de kop ingedrukt toen de spoorlijn hen inhaalde. De volgende grote plaats is Decorah. Daar is Karena van plan een pitstop te maken, zodat ze dokter H. vanuit een telefooncel kan bellen. Want opeens beseft ze – waarom heeft zij of Siri dat niet eerder bedacht? – dat Charles op de Mayo hoort te zijn en misschien dat dokter H. of zijn verpleegkundigen Karena kunnen vertellen hoe ze Charles daar het beste naartoe kan lokken.

Dan slingert Charles highway 52 af naar een smallere weg en wordt het allemaal steeds onbekender. Het landschap hier is anders dan rond New Heidelburg, heuvelachtiger en meer bebost. De weg zwiept naar links, dan naar rechts en vervolgens weer scherp naar links. Karena ziet een bord naar Stillville en slaakt een zucht van opluchting. Maar tot haar afgrijzen rijdt Charles, als de tweebaansweg naar rechts afbuigt, rechtdoor, een onverharde weg op. Steentjes ketsen tegen de onderkant van de jeep. Het landschap wordt steeds vreemder. Een boerderij met vervallen stallen. Een droge beek met dichte begroeiing, dode verwrongen bomen vermengd met levende exemplaren. Karena voelt zich als Grietje zonder broodkruimels. Ze probeert wanhopig de route te onthouden, terwijl Charles rijdt en afslaat en afslaat en praat. Maar de meeste wegen hebben geen bord en als dat wel zo is, klinken de namen allemaal hetzelfde: Amity en Valley en County, 290th Street, 190th Street. Het licht dimt en alles om hen heen wordt donker en grijs. Voordat Karena het beseft, is ze de weg kwijt.

Charles weet echter precies waar hij is. Charles handelt op grond van zijn eigen aanwijzingen, die allemaal te maken hebben met wat hij in de lucht ziet. Vanaf het moment dat ze in de auto zijn gestapt, heeft hij een enthousiaste monoloog gehouden, heeft hij aan één stuk door zitten praten. Toegenomen spraakzaamheid, noemde dokter H. het, een symptoom van de manische episode: in Charles' geval een tirade over deze bui en die bui en zijn data en dat Siri hem altijd probeert te dwarsbomen. Opeens klinkt er een donderslag en beukt er een koude windvlaag tegen de jeep. De schrik slaat Karena om het hart: de lucht, die steeds bewolkter is geworden naarmate ze verder Iowa in gereden zijn, is gestold tot horizontale lagen. Sommige zijn grijs en andere zijn wit en onder dat alles hangt een muur die zo donkerblauw is als een bloeduitstorting. Maagdenpalmblauw, herinnert Karena zich van haar doosje krijtjes van vroeger. Zo heet die kleur. Het betekent ook dat ze een behoorlijke bui in rijden.

'Hoe dichtbij is die?' vraagt ze. Ze loopt niet graag het risico de toorn van de djinn over zich af te roepen door Charles te onderbreken, maar de bui lijkt sneller op hen af te komen dan paarden kunnen galopperen.

Charles strekt zijn nek om onder de getinte strook van de voorruit door te kunnen kijken. 'Niet zo ver meer,' zegt hij opgewekt. 'Jep, ik zou zeggen een kilometer of acht.' Hij wrijft het opgedroogde speeksel uit zijn mondhoeken en gaat weer van start. 'Eigenlijk is het tragisch, als je erbij stilstaat,' zegt hij, 'hoewel vermoedelijk wel begrijpelijk. Ja, ja, natuurlijk, als je jezelf in haar situatie verplaatst. Moet je je voorstellen, K. Je leven is praktisch voorbij. Je bent helemaal opgedroogd. Je bent getrouwd en je hebt kinderen gekregen en die nemen de benen en je man ziet niet eens of je nog leeft of niet, alsof hij dat ooit gedaan heeft, dus wat moet je dan? Naar braderieën gaan en bridgen en klagen tijdens de bijeenkomst van de menopauzeclub over dat je kinderen je leven geruïneerd hebben. Het is afschuwelijk, jep, het is gruwelijk, maar zo gaat het nu eenmaal, K. Onze madre kan er niet tegen dat iemand, zelfs haar kinderen niet, slaagt in het leven. Ze is zo ongelukkig dat het de natuurlijke gang van zaken ondermijnt, haar moederlijke instincten. Ze kan niet accepteren dat haar leven voorbij is en dat wij nu aan de beurt zijn. Ik vind het vervelend om te zeggen, K, maar onze madre is eigenlijk een zwaar zieke vrouw.'

'Uh-huh,' zegt Karena. Ze is het niet met hem eens, natuurlijk niet; zij denkt dat Siri best tevreden is met haar leven, of zou moeten zijn, ware het niet dat Charles er is. Ironisch. Maar dat is het nou juist met Charles' aandoening: die belemmert Karena, zorgt dat ze het eens is met allerlei absurde opvattingen, omdat de gevolgen anders zo afschuwelijk zijn. En doet dit alles er op dit moment echt toe? Nee. Karena speurt het omringende landschap af, op zoek naar beschutting. Ze ziet een verlaten kippenschuur, waarvan het dak weggeroest is. Dat is alles. Het gras, de maïs en de bomen buigen zich allemaal in de richting van de bui, die nu op een zwartblauwe golf lijkt die op het punt van breken staat.

'Maar WIJ slaan wel onze vleugels uit,' zegt Charles. 'Ik ben zo trots op ons! Jij, jij gaat studeren, ook al is het dan een soort van basaal en lopen daar allerlei idioten rond, maar dat zal overal wel zo zijn, je moet gewoon oppassen dat je je niet laat meeslepen in die hokjesgeest. Misschien kan ik je wel helpen,' zegt hij. Hij gaat steeds sneller rijden en praten. 'Misschien kan ik bij je komen logeren als ik geen gegevens aan het verzamelen ben. Ja! In het laagseizoen! Zou dat niet geweldig zijn? Dan kunnen we samenwonen, K, ik kan in jouw studentenkamer slapen, ik kan daar aan mijn project werken, dat zou supergaaf zijn!'

'Nóú,' zegt Karena, terwijl ze zich vastklampt aan haar stoel nu de snelheidsmeter voorbij de honderd en dan voorbij de honderdtien kruipt. 'Natuurlijk, Charles. Maar zou je misschien ietsje langzamer kunnen rijden?'

Charles kan of wil haar niet horen. De rode wijzer kruipt voorbij de honderddertig en de jeep slalomt over de hobbelige weg. Een tweetandige bliksem flitst op zo'n anderhalve kilometer van hen vandaan.

'En jij kunt mij helpen, K. O MIJN GOD! Natuurlijk! Waarom heb ik daar niet eerder aan gedacht? Je kunt mijn assistente worden. Ik zet zelfs je naam op mijn referaat, maar dan wel onder de mijne want het is mijn onderzoek. Maar ik zeg je, K, dit onderzoek wordt baanbrekend. Wereldschokkend. Het gaat alle bestaande ideeën van de kaart vegen, en al die arme intellectueeltjes in Norman met hun radar en armzalige theorietjes zullen zich voor de kop slaan en zeggen: "ALLEMACHTIG! Waarom hebben we dat niet eerder gezien? Die gast van Hallingdahl is een fucking genie!"'

'Vast en zeker, Charles,' zegt Karena. Ze staart omhoog door het zijraampje en wat ze kan zien, ziet er heel slecht uit. De wolken vlak boven hen hebben de vorm van grote, hangende bulten, als de onderkant van een eierdoos. Ongeveer anderhalve kilometer verderop verdwijnt de weg in een wit gordijn. 'Maar Charles, volgens mij kunnen we beter omkeren...'

'Hè? Waarom? Ben je bang? Nee. Doe niet zo raar. Vertrouw me, K. Ik weet alles van noodweer. Kijk kijk kijk kijk kijk, je bekijkt het op een verkeerde manier. Jij ziet die buien als een of andere grote destructieve kracht, los van ons, onafhankelijk van ons. Maar dat is zó niet waar, K. Buien zijn organisch. Ze zijn precies als wij. Ze eten warme lucht en dumpen koude – ze eten en poepen, snap je? En ze bestaan voor het grootste deel uit water. En wij? Onze lichamen bestaan voor tachtig procent uit water! En de bliksem... Waar denk je dat onze hersenen door aangedreven worden, K? Elektriciteit! En nu komt het, dit is echt het waanzinnigst van alles. Ben je er klaar voor? Ben je klaar voor mijn hypothese, K? Ja? Ja?'

'Ik ben er klaar voor, Charles,' zegt Karena. Ze klampt zich vast aan de zijkant van haar stoel, terwijl de jeep voortdendert. Het is alsof ze meedoet aan een spelprogramma in een nachtmerrie. Als ze alle vragen goed beantwoordt, komen ze er misschien uit. Als ze het verkeerde antwoord geeft...

'Oké!' zegt Charles. 'Wat moeten buien doen om een tornado te produceren? In een kringetje ronddraaien, toch? HALLOOOO! Gaat er al een belletje rinkelen? Niet dat ik dus een stóórnis heb of zo, dat is gewoon wat die behaarde idioot van een Hazan zegt. MAAR ik ga bewijzen dat er een verband bestaat tussen buien die snel ronddraaien en buien die tornado's produceren, want ik ben dus zélf een *rapid cycler*. Sterker nog, er bestaat geen menselijk wezen dat meer lijkt op een bui dan ik. En voor het geval je denkt dat dat vergezocht is, moet je maar eens kijken naar het algemene patroon, het grote ontwerp, het netwerk dat het universum bij elkaar houdt: alles lijkt op alles. Kijk kijk kijk. Ik zal je helpen het te begrijpen. De nerven in een blad lijken op haarvaatjes, die weer op bliksemflitsen lijken. Snap je? Of: het slakkenhuis van je oor lijkt op een schelp lijkt op een wenteltrap lijkt op een kurkentrekker lijkt op een whirlpool lijkt op een tornado. Snap je? Als je het eenmaal in de gaten hebt, blijf je het maar zien, ik kan er niet mee ophouden en daar ben ik zo dankbaar voor, want het is zo prachtig, K, het is zo verdomde prachtig, ik zweer het je, je gaat er bijna door in God geloven.'

Er knalt iets groots en wits tegen de motorkap van Siri's jeep en Karena schiet omhoog. Ze heeft tegen haar portier aan gedrukt gezeten door de waterkanonkracht van Charles' tirade; het meest trieste daarvan is nog wel dat die bijna logisch klinkt. Tussen een cyclothyme stoornis, de bipolaire stoornis waar Charles aan lijdt, en een cycloon, de naam die hun oma Hallingdahl aan tornado's gaf – 'Ren naar de cycloonkelder!' –, lijkt inderdaad een logisch verband te bestaan, en Karena heeft het gevoel dat als ze haar hoofd nou maar precies de goede kant op buigt, ze dat misschien wel kan uitvogelen. Tenslotte is Charles een genie en Karena weet door de psychologieboeken die ze van de openbare bibliotheek in La Crosse heeft geleend dat veel manisch-depressieve mensen dat zijn. Schumann, Melville, Woolf, Van Gogh, Edgar Allen Poe: allemaal briljant. Allemaal bipolair. Misschien dat ook Charles de wereld iets verbijsterends kan meegeven.

Maar proberen wijs te worden uit wat hij nu zegt, is als het horen van een muziekstuk met één valse noot die steeds terugkomt. En de hagel die de plaggen uit de grond slaat en de maïsplanten om hen heen in stukken scheurt, herinnert Karena eraan dat zelfs als Charles een genie is, ze nog steeds wel in deze jeep gevangen zit met haar manische broer en dat die van plan is hen recht die bui in te rijden.

'Charles,' schreeuwt ze, om boven de herrie van de hagel uit te komen. 'Charles, we moeten echt terug!'

'Er is niets aan de hand, K,' gilt Charles, die een ruk aan het stuur geeft als de jeep slipt over de hagelstenen. 'Vertrouw me. Ik weet wat die bui van plan is.'

Opeens houdt het op met hagelen en het lijkt of Karena's oren verstopt zitten door die plotselinge stilte. De bui roteert boven hun hoofd, draait langzaam verder en laat alleen een streepje zwak, vies geel aan de horizon zien. Charles glimlacht naar Karena. 'Zie je wel?' zegt hij.

Dan een *PLONK*, en nog een *PLONK*, en *PLONK PLONK PLONK*, en voor Karena's ogen verschijnen onder luid gekraak grote sterren in de voorruit. Ze gilt. Ze kan er niets aan doen. Hagelstenen zo groot als softballen stapelen zich op in de greppels.

'Formidabel,' schreeuwt Charles. 'Ik was vergeten dat ik een spotter dat ooit heb horen vertellen – dat als het kleine spul ophoudt en het echt stil wordt, dat dan de grote jongens komen. Oké, hou je vast, K! We gaan het oog raken!'

'Charles, nee...'

'Dat moet wel,' schreeuwt hij. 'We kunnen nu niet meer terug, nee hoor, echt niet, we kunnen er alleen dwars doorheen. Trouwens, áls er een tornado komt, dan komt die daar! In de berenkooi! Het...'

Maar ze bevinden zich nu in dat witte gordijn aan de andere kant van de weg, dat regen blijkt te zijn en nog meer hagel. Karena ziet Charles' mond bewegen – amper, want er is zo weinig licht –, maar ze kan het niet verstaan. Ze schreeuwt zelf de longen uit haar lijf zonder zichzelf te horen. Het geluid is oorverdovend, een spervuur, het gaat haar voorstellingsvermogen te boven. En ze kan buiten helemaal niets zien. De weg is verdwenen, de voorruit is een natte vlek. Het is alsof ze een filmdoek in rijden.

Dus Karena voelt meer wat ze raken dan dat ze het hoort. De carrosserie van de auto schudt, de *plof* komt van Charles kant van de jeep en trilt via haar voeten naar haar buik. De jeep zwenkt naar rechts en Charles worstelt om hem op de weg te houden, wat sowieso lastig is in gruis dat in modder veranderd en spekglad is. Karena gilt als de jeep overhelt. In het bizarre, sneeuwerige halfduister vangt ze een glimp op van haar broers gezicht, dat uitgepraat is, terwijl hij het stuur in de richting van de slip draait. Dan komen ze slippend tot stilstand, schuin, maar nog wel op de weg.

En weer houdt het plotseling op met hagelen. Ze moeten wat Charles het oog noemt gepasseerd zijn. Karena's oren kloppen en suizen. Ze kijkt om zich heen naar het landschap dat doorweekt, ijzig en druiperig is onder de bui die er nog steeds boven wervelt. Maar het gat aan de horizon is groter en laat meer citroenkleurig licht door. Ergens fluit een vogel.

Karena en Charles staren elkaar aan. 'Wat was dat?' zeggen ze tegelijkertijd.

'Die knal,' zegt Charles. 'Voelde jij die ook?'

'Ja.'

Hij strijkt zijn haar naar achteren dat in natte goudkleurige krullen tegen zijn voorhoofd geplakt zit. Zijn borst gaat zwoegend op en neer, zijn pupillen zijn omgeven door oogwit. Hij is doodsbang, beseft Karena, net als zij. Maar ze ziet ook dat het gezonde verstand weer in zijn gezicht terugstroomt als water in een vaas. 'Een hert misschien,' zegt hij. 'Of een koe. Denk je...?'

'Dat kan niet anders,' zegt Karena. Ze wuift naar de akkers om hen heen, waarmee ze wil zeggen: er is hier niets anders.

'Ja,' zegt Charles. 'Tuurlijk. Dat was het gewoon.'

Maar ze blijven elkaar aanstaren, alsof ze bang zijn ergens anders naar te kijken.

'Charles,' zegt Karena. 'Charles, we moeten terug.'

Charles' gezicht beweegt alsof hij iets door probeert te slikken. 'Ik weet niet of de jeep dat redt,' zegt hij. 'De weg...'

Karena knikt. 'We moeten wel,' zegt ze.

'Ik kan het niet,' zegt Charles.

Dan zet hij de jeep opeens in zijn achteruit en stuift, kijkend over zijn schouder, over de lege weg terug. De banden piepen een beetje; het vreemde, gestreepte, citroenijskleurige licht reflecteert een bliksemflits op zijn keel.

'Kijk uit,' zegt Karena. 'Niet zo hard!'

Maar ze hoeven niet ver te rijden voor ze de motor zien. Die ligt half op de weg en half in de berm. Er zit iets onder geklemd. En dat kan maar één ding zijn. Die motor kan hier niet toevallig gestaan hebben en op een hert of een matras zijn gevallen. Maar tot Karena behoedzaam de jeep uitstapt en op benen die voelen als drilpudding naar de motor loopt, kan ze niet geloven dat het een man is. Het is alsof haar hersenen niet kunnen verwerken wat haar ogen zien.

Ze loopt nog een stukje verder en stopt bij de koplamp aan de bestuurderskant van de jeep. De man ligt bekneld onder de motor – Karena weet niets van motormerken, maar ze denkt dat het een Harley is. Het is in ieder geval een grote. Veel chroom. De man is in de veertig of misschien in de vijftig en heeft dik, lang, geelwit haar. Samengebonden in een staartje dat schuin op de weg ligt. Hij draagt geen helm – tenminste, Karena ziet er geen. Misschien heeft de hagel die eraf geslagen.

Wat doet hij hier? Hoe heeft hij het in zijn hoofd gehaald om tijdens dit noodweer te gaan rijden? Misschien haalt Karena's eigen brein een trucje met haar uit. Misschien bestaat hij helemaal niet.

Er valt een vlaag regendruppels ergens vanaf. Het ruikt alsof het april is, verse sneeuw en natte troep. Dichtbij fluit een vogel.

Karena loopt naar de man toe. Hij ligt eng stil. Ze ziet zijn gezicht van opzij; het ene blauwe oog is open. Hij heeft een roze huid met witte wimpers en een snor, als een albino, als een van haar neven. Hij kijkt verbaasd.

'Hé,' zegt Karena. Met ingehouden adem geeft ze met de voorkant van haar gymschoen een schopje tegen de laars van de man. Die schuift over de weg. Hij bestaat dus. 'Hé, meneer! Bent u bij bewustzijn? Kunt u me horen?'

Niets. Alleen de stationair draaiende motor van de jeep. De vogel fluit weer: *wiet-wietwietwiet-wiet-toe!*

'Hé, meneer,' zegt Karena, iets harder dit keer. 'Kunt u me horen? Zeg iets als u me kunt horen!' Ze loopt in een boogje een paar stappen naar rechts. Het trillen is nu van haar benen naar haar armen gestegen. Ze drukt een hand tegen haar mond en die is ijskoud.

Als ze recht voor de man staat, ziet ze dat de helft van zijn schedel eraf gerukt is. De motor moet hem na de val nog een stukje meegesleept hebben, want de kant van zijn gezicht die op de weg ligt, lijkt wel gehakt. Vanaf de bovenkant van zijn hoofd sijpelt bloed in een verbazingwekkend snel groter wordende plas. Dat is wat Karena verbijstert: hoe snel het gaat. Ook is er iets wat lijkt op havermoutpap uit een zakje. 'O mijn god,' kermt ze. 'O mijn god.'

En haar hersenen, die wellicht niet kunnen bevatten wat ze ziet, leggen een abrupt, bizar verband: een uit het nest gevallen vogelembryo dat ze ooit een keer gevonden heeft. In hun achtertuin. Uit de grote struik. Ze had het blauwe ei verrukt opgeraapt en wilde het mee naar binnen nemen, toen het embryo eruit gleed. Bedekt met slijm. Ze had toen net zo staan kokhalzen als nu, niet in staat te stoppen, starend vol medelijden en walging.

Ze loopt achteruit weg van de motorrijder. Ongeveer een halve meter verder ligt de zijspiegel van de jeep. Die hij geraakt heeft.

'Wat heb je gedaan, Charles?' schreeuwt Karena. Haar broer staat naast de jeep vol afgrijzen te staren en over zijn mond te wrijven. 'Ben je nu tevreden? Hè? Wat moest je hier? Wat moest je nou?'

33

Als ze weer in de jeep stappen, gaat Karena achter het stuur zitten, want met Charles is geen land te bezeilen. Hij schreeuwt en snikt, schommelt heen en weer met zijn handen voor zijn gezicht. Karena heeft nog nooit eerder een man horen schreeuwen. Pas nu weet ze dat, terwijl vrouwen vanuit hun keel en hun borst schreeuwen, mannen dat vanuit hun buik doen. Dit is nou niet bepaald iets wat ze had willen weten, maar nu dat zo is, zal ze het nooit meer vergeten. Charles' geschreeuw is een rauw geluid, gerafeld en erbarmelijk, alsof het centimeter voor centimeter over iets scherps uit zijn buik getrokken wordt. 'Neeeeeee,' schreeuwt hij. 'O god, o fuck, o mijn god, o fuck fuck fuck fuck FUUUUCK...'

'Hou je kop!' zegt Karena, want ze moet zich concentreren om hier weg te komen. De weg is papperig van de modder en de gesmolten hagel, en ze trilt zo hevig, dat het lijkt of er een elektrische stroom door haar lichaam wordt gestuurd. Ze klemt haar kaken op elkaar om te voorkomen dat haar tanden gaan klapperen en duwt haar been met een hand naar beneden om haar voet op het gaspedaal te houden.

Maar als ze de auto eenmaal gekeerd heeft en ze terugrijdt in de richting waaruit ze gekomen zijn, zegt ze: 'Oké. Oké. Het is goed, Charles. Het is oké.' Want Charles schreeuwt weliswaar niet meer, maar zit nu in zijn wangen te klauwen. Dat doet hij niet expres, denkt Karena. Hij heeft waarschijnlijk geen idee wat hij aan het doen is. Maar hij graaft zijn nagels er zo diep in, dat het gaat bloeden. Ook trekt hij zijn onderste oogleden naar beneden en onthult zo de dooraderde witte oogbollen. Net als de enge gezichten die ze als kinderen naar elkaar trokken.

'Charles,' zegt Karena. 'Charles, hou daarmee op. Haal je handen van je gezicht. Leg je handen neer. Het komt goed, Charles. Hoor je me? Het komt allemaal goed.'

'Hoeeeeee,' jammert Charles. 'Hoe dan? Ik heb hem vermoord, K! Ik heb hem vermoord!'

'Nee,' zegt Karena. 'Het is oké. Dat moet je niet zeggen.' Ze rijdt zo hard als ze durft, wat nog geen vijftien kilometer per uur is, aangezien de weg vol met water gevulde kuilen van een halve meter diep zit en ze het oog met de hagel niet wil inhalen. 'Denk er maar niet aan, oké? We gaan hulp halen. We gaan nu meteen hulp halen.'

'Ik wil dood,' huilt Charles.

'Nee!' zegt Karena. 'Hou je mond. Zeg dat nooit meer!' Ze klemt haar kaken op elkaar, zet haar armen schrap tegen het stuur, geeft wat meer gas en slalomt om de kuilen. Eindelijk komen ze bij het eind van de weg. Bij de T-splitsing kijkt Karena in het achteruitkijkspiegeltje, maar de motor ziet ze niet meer. Het spijt me, denkt ze. O god, meneer, het spijt me zo. Ze geeft richting aan – belachelijk op die lege weg – en slaat op goed geluk links af. Naar het noorden.

'Misschien leeft hij nog,' zegt ze, en haar maag keert zich om bij die leugen. Dat bloed, al dat bloed dat uit het hoofd van die man kwam. Zo veel en zo snel als dat stroomde, een beekje vormde over het spatbord, zoals water over een rots stroomt. Maar toch. Het gaat om Charles.

'We vinden wel iemand,' zegt Karena. 'Oké? We gaan naar de eerste plaats die we zien en vragen om hulp, oké, Charles? Gewoon even volhouden. Hoor je me? Luister je naar me?'

'Oké,' jammert Charles. 'O god, o mijn goooooood...'

'Oké,' zegt Karena. 'Oké.' God alstublieft, denkt ze. Help me alstublieft een stadje te vinden. Laat me ons hier alstublieft uit halen.

Ongeveer vijf kilometer verder komen ze bij een geasfalteerde weg en dan zien ze een boerderij. Karena rijdt ernaartoe en springt uit de auto, hoewel er iets niet lijkt te kloppen. De boerderij is niet goed onderhouden. Oma Hallingdahl zou het een zwijnenstal hebben genoemd, met dat blauwe plastic voor de ramen en het ingezakte dak van de hooiberg. Maar toch, het is nu niet het moment om kieskeurig te zijn. Ze hebben een telefoon nodig. Als Karena naar het huis toe rent, komt er een hond met een soort slangenkop blaffend en grommend de hoek om. Karena gilt en sprint terug naar de auto; ze kan nog net op tijd het portier dichtslaan. De hond springt tegen het raam aan; zijn neus laat een smerige streep achter. Karena rijdt in zijn achteruit terug naar de weg. Charles zit nog steeds te huilen.

Bij de volgende boerderij die ze zien, staat een verroeste aanhangwagen in de voortuin en hangen enorme overalls te wapperen aan de waslijn ernaast: alleen mannenkleren. Opeens herinnert Karena zich een verhaal dat zich hier afspeelde, uit een van Franks zaken. Daarbij was sprake van een weg die een zogenoemde dodemansbocht had; niet omdat die zo gevaarlijk was, maar omdat er in een schuur in een van de haarspeldbochten een gemummificeerd lijk van een man was gevonden. Blijkbaar is Iowa extreem gevaarlijk. Wie weet wat er hier allemaal buiten loopt en waar het toe in staat is.

Karena staat op het punt om om te keren als ze naar links kijkt en iets ziet wat zo vreemd en angstaanjagend is, dat ze meteen verlamd is. De bui hangt nog steeds boven hen: een rafelig paarsbruin plafond dat langzaam ronddraait. Uit het onderste deel ervan steekt een groene trechter, die als een vinger naar beneden wijst. Die wordt omgeven door een plotselinge halo van lichter, fosforescerend groen en buigt in een hoek van vijfenveertig graden naar de grond, misschien wel op de plek waar ze net nog waren. Karena zuigt een doodsbange hap lucht naar binnen en kijkt opzij naar Charles. Die zit in zijn ogen te wrijven en heeft niets gezien. Karena geeft gas en rijdt de boerderij voorbij. Ze stampt met haar voet op het gaspedaal. Maar de tornado reist met de jeep mee. Hoe hard Karena ook rijdt, hij blijft buigend, rekkend en op een lome manier van vorm veranderend, met hen mee bewegen. Karena's blik wordt er voortdurend naartoe getrokken. Elke keer als ze kijkt, hangt de groene tornado er nog steeds. Houdt hen gezelschap. Pas als Karena bij een andere T-splitsing komt en in oostelijke richting rijdt, laten ze hem achter zich.

34

Een half uur later komen ze door een of ander wonder op highway 52. Vanaf daar is het slechts een kwestie van die in noordelijke richting naar Decorah blijven volgen. Charles is wat rustiger nu, kreunt als een vermoeid kind. Karena betwijfelt of hij zich daarvan bewust is. Hij staart uit zijn raampje en zijn hoofd schommelt een beetje bij elke verbindingsnaad in de weg. Het noodweer is in noordoostelijke richting voor hen uit gesneld, in de richting van Minnesota en Wisconsin. Daarachter schijnt de ondergaande zon op de verregende akkers. De lucht is helder en koel. Het voelt meer als de herfst dan als juli. Als er geen plassen op de weg hadden gestaan en er geen als diamanten fonkelende druppeltjes aan de irrigatieleidingen hadden gebungeld, zou Karena misschien niet eens vermoed hebben dat er zo'n noodweer was geweest.

Het wordt al donker als ze in Decorah aankomen. Dat verbaast Karena. Ze heeft geen horloge om en ze is vergeten op het dashboardklokje te kijken. Nu ziet ze dat het bijna half negen is. Siri zal zich wel zorgen maken. Hoe lang zijn ze weggeweest? Hoe laat zijn ze vanmiddag vertrokken? Het is alsof de gebeurtenissen die achter hen liggen, de paarsbruine bui en de groene tornado en de dode man op de weg, zich allemaal buiten de tijd hebben afgespeeld, buiten het normale universum.

Karena rijdt over College Road Decorah binnen. Ze passeren het Luther College, dat rechts van hen op een heuvel ligt. Dat is ook zo vreemd aan Iowa, denkt ze, hoe hoog de heuvels hier zijn, net over de staatsgrens. Het is rustig op College Road, want het is schoolvakantie, maar over een maand zal het hier weer barsten van de auto's die brave lutherse studenten en hun familieleden uitspuwen. Karena is blij dat ze daar niet bij zal zijn. Siri heeft vroeger op deze school gezeten, in de tijd dat je daar nog af gestuurd kon worden voor een potje kaarten of dansen, en hoewel ze nu niet meer zo streng zijn, was zowel Karena als Siri faliekant tegen toen Frank zich sterk maakte voor die school. En vervolgens had Karena haar beurs binnengehaald, en dat hielp... Maar waar is ze mee bezig? Hoe kan ze in hemelsnaam aan college denken als er daar ergens een dode man op de weg ligt? Die opleiding kan ze wel vergeten. Ze gaat daar waarschijnlijk helemaal niet heen, of waar dan ook, behalve dan naar de gevangenis. De jeugdinrichting in La Crosse... En dan schiet het Karena te binnen en het is alsof ze een koude douche over zich heen krijgt. Nee. Niet de jeugdgevangenis. Zij en Charles zijn vandaag achttien geworden.

Ze steken de Upper Iowa River over en rijden de stad in. De huizen ogen keurig op hun vierkanten gazonnen onder het donkere bladerdak van bomen. Bij de meeste hangen vlaggen. Noorse, Amerikaanse, vlaggen met bloemen, vlaggen met trollen. Noorse vlaggen hangen ook aan de straatlantaarns, die nu beginnen te branden. Karena rijdt naar het eerste benzinestation dat ze ziet; zelfs de overkapping daarvan is versierd met *rosemaling*: de Noorse bloemschilderkunst. Dit is wat je noemt een stad die zijn erfenis serieus neemt.

Karena rijdt naar het uiterste hoekje van het parkeerterrein, weg van de lichten. Charles' gezicht ziet er met die schrammen niet al te best uit. Hij zit uit zijn raampje te staren en zijn lippen bewegen. Als Karena parkeert, bonkt zijn hoofd tegen het glas. Hij kan beter hier blijven, denkt Karena. Ze zet de motor uit en wil uitstappen.

Maar Charles schiet overeind. 'Nee!' zegt hij. 'Laat me niet alleen, K. Alsjeblieft.'

Dan doet hij zijn portier open en leunt naar buiten. Karena hoort hem kokhalzen. Er passeert een toeterende stationwagen vol kinderen. 'Gétver!' zegt een meisje, en een jongen schreeuwt: 'Zonde van het bier, gast!' Het gelach zwelt aan als ze wegrijden.

Als Charles klaar is, geeft Karena hem een paar vochtige tissues uit het handschoenenkastje. 'Hier Charles,' zegt ze. 'Misschien wil je je een beetje opfrissen.' Ze raakt haar gezicht aan om te laten zien wat ze bedoelt.

Charles trekt de zonneklep naar beneden en bekijkt zichzelf in het spiegeltje. Hij begint voorzichtig met de tissue te vegen. 'Waar ga je naartoe?' vraagt hij.

'Naar de wc.'

'Oké. Maar kom wel snel terug, oké?'

Karena zegt dat ze dat zal doen. Ze loopt langs de benzinepompen die baden in schrikbarend fel licht. Uit de boxen onder de overkapping klinkt een countryliedje, opgeblazen en op de een of andere manier angstaanjagend. Ook binnen, in de winkel, is het te licht. Het is niet druk, maar de mensen hierbinnen – een paar meisjes van Karena's leeftijd, een grote, vriendelijk ogende vrouw die de aankoop van een pak cakejes overweegt, een man met een truckerspetje – bewegen allemaal veel te snel, als een versneld afgedraaide film die slecht gemonteerd is. Hun gebaren zijn abrupt en dreigend in het fluorescerende licht. Of ligt het aan Karena, beweegt zij zich vreemd, verdoofd en langzaam? Haar spieren doen pijn, doordat ze zo lang gespannen zijn geweest, vooral die in haar bovenbenen. Die kan ze vanavond vast niet meer bewegen. Wat haar eraan doet denken: ze zal vanavond ook wel niet thuis zijn. Karena draait zich naar de kassa om te vragen waar het bureau van de sheriff is – maar ze moet echt nodig naar de wc. Ze wacht in een kleine gang met opgestapelde kratjes frisdrank, staart naar het bord met advertenties voor puppy's en buitenboordmotoren en huizen, en gaat dan naar binnen. Op weg naar de toonbank pakt ze een blikje cola – ze is uitgedroogd – en een rootbeer voor Charles.

Ze gaat in de rij achter de meisjes van haar leeftijd staan. Die hebben ongetwijfeld in de rivier gezwommen: hun blonde haar zit achterover geplakt en ze hebben een handdoek om hun nek. Ze leggen geld bij elkaar voor een pakje sigaretten – dus ze zijn ook achttien of ouder, studenten misschien – en Karena beseft iets: voor de vrouw achter de kassa zijn ze waarschijnlijk één pot nat. Deze meisjes en Karena. In dit stadje vol studenten zal niemand opkijken van Karena en Charles. Zelfs zijn gebraak is blijkbaar niet ongebruikelijk. De kinderen in die stationwagen dachten waarschijnlijk dat hij als eerstejaars niet zo goed tegen de drank kon.

Karena's veronderstelling blijkt te kloppen als de vrouw achter de kassa glimlacht terwijl ze Karena's aankopen aanslaat. 'Alsjeblieft, liefje,' zegt ze. 'Fijne avond, hè!'

'U ook,' zegt Karena. Ze loopt behoedzaam de winkel uit, want ze is bang dat ze toch nog krampachtige bewegingen maakt en tegen iets met scherpe hoeken aanloopt, zoals de hotdogautomaat of een tijdschriftenrek. Ze loopt weer langs de pompen onder de felverlichte overkapping met de monsterlijke muziek en suïcidale motten. Het is waar. De vrouw wenste haar net een fijne avond. Niet iets wat je tegen een moordenaar zou zeggen. Karena snapt niet dat het niet overduidelijk zichtbaar is, zoals wanneer je een bochel hebt of mank loopt. Dat deze mensen bij het zien van haar niet meteen doorhebben dat zij en haar broer een uur of twee geleden een dode man op de weg hebben achtergelaten. Waarom zien ze dat niet?

Maar blijkbaar is dit feit onzichtbaar.

Karena doet de jeep open en stapt in. Ze geeft Charles zijn rootbeer. Hij drinkt het blikje met grote slokken leeg, terwijl Karena haar pakje Marlboro openmaakt en een sigaret opsteekt. Ze blaast de rook uit en trekt haar blikje cola open. 'Beter?' vraagt ze aan Charles.

'Veel beter,' zegt hij. 'Bedankt.'

Karena knikt en legt haar hoofd een beetje duizelig tegen de hoofdsteun. Dan schiet het haar te binnen. 'Verdomme,' zegt ze. 'Ik ben vergeten de weg te vragen.'

'Waarnaartoe?' vraagt Charles.

'Naar het bureau van de sheriff.'

Maar als ze de jeep weer uit wil stappen, pakt Charles haar pols vast. 'Wacht even, K,' zegt hij.

Karena kijkt omlaag naar zijn hand, naar de nagelriemen die donker zijn van het geronnen bloed. 'Wat is er, Charles?'

Charles laat haar los en haalt zijn vingers een paar keer door zijn haar. Hij slaakt een lange zucht. Dan zegt hij: 'Ik denk dat we het niet moeten vertellen, K.'

'Hè?' zegt Karena. Ze trekt haar been weer naar binnen en knalt het portier dicht. 'Dat meen je niet, Charles.' Ze kijkt hem aandachtig aan. Zijn gezicht ziet er vreemd uit, half verlicht door een straatlantaarn, half in de schaduw. En hij is duidelijk bang en zijn schrammen zien er afschuwelijk uit. Maar hij is ook zichzelf: Charles. Er is geen spoor te bekennen van het kwaadaardige leedvermaak van de djinn, geen tobberige blik of die bizarre uit zijn voegen barstende felheid.

Maar wat hij zegt is wel degelijk gestoord. 'Charles,' zegt Karena, 'er ligt daar een dode man op de weg. Dood!'

‘Dat weet ik, K,’ zegt Charles.

‘Hij is dood,’ herhaalt Karena, alsof ze dit feit voor het eerst vaststelt. ‘Wij hebben hem vermoord!’ En dan begint ze krampachtig te trillen, erger dan eerst. Haar tanden klapperen.

‘Hou op,’ zegt Charles. ‘Het is goed, K, hou op. Ik ben vlakbij.’ En voor zover de versnellingspook dat toelaat, trekt hij haar naar zich toe. Hij wrijft over haar armen, waarop alle donshaartjes rechtovereind staan.

‘W-w-we moeten het t-t-tegen iemand z-z-zeggen,’ kan Karena eruit brengen. ‘We moeten...’

‘Ik hoor je wel, K,’ zegt Charles. ‘En onder andere omstandigheden zou ik het ook met je eens zijn. Bijvoorbeeld als dit gisteren was gebeurd. Want toen waren we zeventien, weet je nog? Maar vandaag kunnen we als volwassenen worden aangeklaagd. Ze zullen ons achter slot en grendel zetten, K, dat weet je, hè? Ze zetten ons voor altijd achter de tralies.’

Karena knikt. Ze krijgt het iets warmer en ze laat zich tegen hem aan zakken. ‘Dat dacht ik net ook,’ bekent ze. ‘Maar misschien als we gewoon de waarheid vertellen...’

‘En die is, K?’

Dat jij manisch was, denkt Karena. ‘Dat het een ongeluk was,’ zegt ze, terwijl ze rechtop gaat zitten. ‘Dat je het niet expres...’

Charles schampert: ‘O, en wat dan, K, denk je dat je het daarmee goedpraat? Denk je dat ik het bureau van de sheriff binnen kan lopen en gewoon kan zeggen: “Hé, meneer de agent, het spijt me verschrikkelijk, maar ik reed in dat noodweer en toen ben ik tegen een gast aangeknald en nu is hij dood, maar ik heb het niet expres gedaan, dus u kunt me gewoon laten gaan? O, en sorry voor al het extra papierwerk.” Je weet dat het niet zo zal gaan, K. Dat weet je.’

‘Goed, misschien niet,’ zegt Karena, ‘maar Charles, wat moeten we anders? We kunnen hem daar toch niet gewoon laten liggen?’

Charles kijkt wild om zich heen, alsof de sheriff en zijn assistenten op dat moment de jeep besluipen. ‘Je hebt gelijk,’ zegt hij. ‘Ik zal hem begraven.’ Hij knikt. ‘Ik weet niet meer precies waar het gebeurd is, maar al doe ik er een jaar over, ik zal hem vinden en hem eigenhandig begraven.’

Karena reageert verongelijkt. 'Ja, dát bedoel ik dus niet, Charles, en dat weet je best. Het gaat erom dat we een man hebben gedood! We hebben het ergste gedaan wat je een ander menselijk wezen kunt aandoen. We hebben hem zijn léven ontnomen. Daar zullen we voor moeten boeten.'

'Waarom?' vraagt Charles, en dan, als Karena overeind schiet: 'Wacht, dat kwam er verkeerd uit. Luister, ik ben het er helemaal mee eens dat we moeten boeten. Of eigenlijk dat ík moet boeten. Want ik heb het gedaan. Jij hebt er helemaal niets mee te maken. Je hebt zelfs geprobeerd me tegen te houden...' Zijn stem schiet omhoog, net als toen hij de baard in de keel kreeg. Hij kijkt opzij en slikt een paar keer. 'En dat is precies wat ik hun zal vertellen,' zegt hij, terwijl hij met zijn pols in zijn ogen wrijft. 'Dat ik het gedaan heb. Dus ik ben degene die moet boeten. Maar daarmee houdt het niet op, K. Zelfs als ze geloven dat jij niets gedaan hebt, zouden ze je nog steeds kunnen beschouwen als een... hoe heet dat, niet een handlanger...'

'Een medeplichtige,' zegt Karena.

'Ja,' zegt Charles. 'Een medeplichtige. En wat denk je dat er dan gebeurt? Ik ga ongetwijfeld de gevangenis in. En dat zou balen zijn, hoewel ik er wel tegen zou kunnen. Denk ik. Jawel, ik weet bijna zeker dat ik dat zou kunnen. Maar jij, K!' Zijn borst gaat steeds sneller op en neer. 'Jij staat net op het punt om weg te gaan,' zegt hij, terwijl hij steeds sneller gaat praten. 'Weg uit New Hellishburg. Jij hebt een beurs. Daar heb je zo hard voor gewerkt. En als ik eraan denk dat jij hier vast komt te zitten door mij... Dat ze je misschien je beurs afnemen... Dat ze je misschien helemaal niet laten studeren...'

'Oké, Charles,' zegt Karena. 'Oké.'

Charles bedaart en veegt zijn mond af. Karena leunt achterover tegen de hoofdsteun en kijkt uit het zijraampje. Ze is moe, ontzettend moe. Ze kan niet meer denken. Ze ziet een vrouw die haar dochtertje helpt van de hoge stoel in een camper te komen die bij de pomp staat. Het meisje is een jaar of drie, vier, heeft een vlaskopje, net als Karena en Charles vroeger, en een bril met dikke glazen. Ze pakt haar moeders hand en gaapt als ze naar de winkel lopen. Karena probeert zich – tevergeefs – te herinneren hoe het was om zo klein te zijn en iemand anders voor alles te laten zorgen.

‘Denk er gewoon even over na, K,’ zegt Charles. ‘Meer vraag ik niet. Laten we er gewoon een paar dagen over nadenken. Als je dan nog steeds vindt dat ik het hun moet vertellen, dan doe ik dat. Dan ga ik naar sheriff Cushing en vertel hem alles. Maar alsjeblieft, K. Laten we er nu geen beslissing over nemen. Alsjeblieft.’

Karena draait haar hoofd naar voren. In het westen kleurt de lucht roze en goud; de bomen steken er donker tegen af. Donkere figuurtjes stijgen erbovenuit en zakken er weer achter weg: vleermuizen. Karena hoort de kreten bij de rivier – kinderen die zich laten meestromen in een autoband –, een fles die breekt, iemands radio die blèrt ‘Sweet home Alabama’. Het is zo’n doodnormale avond. Wie gelooft er nou dat er vandaag, op nog geen honderdvijftig kilometer van hier, een tornado rondwaarde, dat een man op straat is gestorven? Dat hij daar nog steeds ligt? Een dergelijk geweld lijkt onmogelijk. Die twee werelden gaan niet samen. Sterker nog, het begint steeds onwezenlijker te lijken dat de gebeurtenissen van vanmiddag zich überhaupt hebben afgespeeld.

En Charles. Karena kijkt niet naar hem, maar ze voelt zijn gestaar aan de zijkant van haar gezicht. Zo maakte hij haar ook altijd wakker als hij een nachtmerrie had gehad: zonder iets te zeggen, zonder haar aan te raken, stond hij gewoon naast haar bed en staarde haar smekend aan. Op die manier haalde hij haar uit haar slaap. Hij zal bijna zeker naar de gevangenis gaan en daar gaat hij het absoluut niet redden. Het is al erg genoeg wat er met kerels in de gevangenis gebeurt, vooral met degenen die er voor het eerst zitten. Karena heeft de verhalen gehoord, van de broer van Stace Rudiger, die moest zitten voor een aanranding. Charles zal als jong vlees worden beschouwd, een lekker hapje voor een oudere gevangene. Dat wil zeggen, tot hij manisch wordt en zijn mond opendoet tegen de verkeerde persoon. Dan kan hij doodgeslagen worden. En wat te denken van de momenten waarop hij met opgetrokken knieën kermend, gevoelloos en hulpeloos op zijn zij ligt? Karena moet er niet aan denken wat ze hem aan zouden kunnen doen, de andere gedetineerden, de bewakers. Het is ondraaglijk. Dus zegt ze: ‘Oké.’

‘Echt?’ zegt Charles. ‘Meen je dat? Ga je het niet vertellen?’

‘Ik zéí oké.’

'O mijn god, K,' zegt Charles. Maar dan grijpt hij haar arm weer vast. 'Beloof het,' zegt hij dwingend. 'Beloof dat je het niet zult vertellen. We moeten het allebei beloven. Beloofd!'

'Ik beloof het,' zegt Karena.

'O, dank je wel, K,' zegt Charles. 'Dank je, K, ontzettend bedankt. Je weet dat je de juiste beslissing hebt genomen, toch? Nu kun je naar school en kan ik een manier bedenken om het goed te maken, en het spijt me zo dat ik ons zo in de nesten heb gewerkt, god, ik vind het zo erg...'

'Oké, Charles,' zegt Karena, 'zo is het wel genoeg. Ik wil nu alleen maar naar huis. Goed?'

'Oké,' zegt Charles bedeesd. 'Oké. Sorry.'

Karena start de jeep en kijkt op de benzinemeter. Ze hebben iets minder dan een achtste tank. Ze rijdt naar een pomp en Charles springt hulpvaardig naar buiten om te tanken. Als Karena zichzelf in het achteruitkijkspiegeltje bekijkt, ziet ze iets glimmen op de achterbank. De zijspiegel. Volgens haar is Charles op die weg nauwelijks van de zijde van de auto geweken, dus ze moet hem zelf op een bepaald moment hebben opgeraapt. Ze moet hem op de achterbank gegooid hebben. Ze kan het zich niet herinneren, maar blijkbaar had ze dus al een besluit genomen. Als ze Decorah uit zijn, gaan ze langs de kant van de weg staan en slingert Charles hem in de rivier.

35

Als ze thuiskomen, moeten ze als gasten door de voordeur naar binnen, aangezien Franks enige nog functionerende auto, de Mercedes diesel, in de garage staat en de ingang aan de binnenkant blokkeert.

'Hè verdomme,' zegt Karena. Ze is vergeten dat ze Frank plechtig hebben laten beloven op tijd thuis te zijn – voor die stomme verjaardag van haar en Charles. De moed zakt haar in de schoenen. Dat Frank zich nou juist deze avond aan zijn belofte heeft gehouden. Dat maakt het spitsroeden lopen alleen nog maar lastiger.

'Ga jij maar eerst naar binnen,' zegt ze tegen Charles. 'Ik dek je wel.'

Siri is waar Karena dacht dat ze zou zijn, in de serre. Maar als ze hen hoort, komt ze de woonkamer binnenrennen. 'O godzijdank,' roept ze. 'Waar bleven jullie? Ik was zo bezorgd...' Dan ziet ze de schrammen op Charles' gezicht. Karena, die achter Charles staat, spert haar ogen open en schudt heftig met haar hoofd. 'Maar!' zegt Siri. 'Jullie zijn nu allebei thuis en dat is het belangrijkste. Hebben jullie trek? Iemand zin in avondeten? Er liggen speciale verjaardagsburgers klaar voor op de barbecue.'

Charles sjokt door de woonkamer en langs de eettafel naar de trap naar de kelder. Die begint hij met hangend hoofd af te dalen.

Siri steekt een sigaret op. 'Charles?' zegt ze. 'Lieverd? Wil je een stukje taart?'

Zie je nou, dit is precies wat Karena bedoelt. Ze ziet toch dat Charles het moeilijk heeft, dat hij niet in orde is? En toch blijft ze maar drammen. Ze kan zich er niet bij neerleggen. Karena weet dat Siri haar best doet, maar echt hoor. Weet ze nou echt niet beter? Zij is toch, zoals ze dat zelf altijd tegen hén zegt, de moeder?

Maar vanavond hebben ze niets van Charles te vrezen. Charles is bekaf. Hij zegt: 'Nee bedankt, ma. Ik ben erg moe. Ik denk dat ik gewoon naar bed ga.'

'Goed, lieverd,' zegt Siri, 'als je dat zeker weet.'

'Jep,' zegt Charles. 'Welterusten. Wens papa welterusten van me.'

Siri en Karena houden hun adem in tot ze de multiplex deur van Charles' slaaphol dicht horen slaan. Ze wachten nog een paar tellen om er zeker van te zijn dat hij toch niet naar boven komt. Dan vraagt Siri aan Karena: 'Wat is er gebéúrd?'

Karena schudt haar hoofd. 'Laat maar,' zegt ze. 'Het is voorbij. Het was niet leuk, maar het is voorbij. Ik wil er liever niet over praten.'

Siri fronst haar wenkbrauwen als ze aan haar sigaret trekt. Haar bovenlip krult om de sigaret op een manier die Karena aan een kameel doet denken. De rimpels daar lijken dieper dan normaal, de lijnen van haar neus naar haar mond ogen geprononceerder. En zitten er onder haar ogen nu meer lijntjes dan vanmorgen? Kán dat eigenlijk wel? Karena huivert. Charles maakt hun moeder oud.

'Ben jíj wel in orde?' vraagt Siri.

Karena haalt haar schouders op en steekt haar hand uit naar Siri's Marlboro's, maar laat die meteen weer vallen als de hordeur dichtklapt en Frank met een vlaag houtskoolgeur via de serre naar binnen komt. 'Jee, Karena,' zegt hij met zijn zachte stem, terwijl hij zijn handen optilt en ineenslaat. 'Als dat niet de jarige Jet is.'

Karena had zich voorgenomen kwaad op Frank te zijn, sterker nog, ze is al eeuwen kwaad op hem. Omdat hij na het incident bij Starlite gewoon weer aan het werk is gegaan. Omdat hij net doet of alles geregeld is. Omdat hij niet eens weet welke angstaanjagende Charles-momenten, groot en klein, Karena en Siri allemaal voor hun kiezen hebben gekregen. Gerechtigheid wacht op niemand. Maar als ze Frank voor zich ziet, voelt Karena iets trillen in haar keel: het geheim van wat zij en Charles hebben gedaan. Ze zou met alle liefde haar mond opendoen om het eruit te gooien, naar Frank toe rennen en haar hoofd tegen zijn shirt leggen en hem alles vertellen. Ze weet nog dat toen ze net haar proefrijbewijs had, ze achteruit de garage uit was gereden en toen de favoriete plantenpot van haar moeder had verbrijzeld. Die van keramiek in de vorm van een olifant. En haar vader die naast haar zat, haar arme vader die het zo slecht getroffen had met zijn kinderen en auto's, had toen gewoon zijn keel geschraapt en gezegd: 'Tja. Ik denk niet dat je moeder dit hoeft te weten, toch?' De volgende dag stond er een nieuwe plantenpot. Frank had zijn receptioniste Jill er waarschijnlijk een laten kopen. Er zat zelfs dezelfde plant in. Niemand heeft ooit meer iets over het incident gezegd.

Dus Frank zou begripvol kunnen zijn. En zo niet, dan zou hij in ieder geval weten wat ze moesten doen. Maar als ze haar vader nu naar zich toe ziet komen, weet Karena dat ze het hem niet kan vertellen. Hij is een serieus, stil mannetje dat niemand echt kent; hij oogt ontzettend breekbaar en mager. Franks haar is nu helemaal grijs en zijn gezicht gerimpeld. Hij lijkt schrikbarend veel op Lincoln. Drie jaar geleden is hij vijftig geworden. In de rechtszaal mag Frank dan een taaie zijn, als bekend werd wat Karena en Charles gedaan hebben, zou hem dat ruïneren. Een moordenaar als zoon zou om te beginnen zijn praktijk tot een lachertje maken.

Dus Karena forceert slechts een glimlach als Frank haar een vluchtige kus op haar wang geeft.

'Het is wat,' zegt hij. 'Achttien jaar. Helemaal volwassen.'

'Hai, pap,' zegt ze.

'Heb je jouw duivelse tweelingbroer mee naar huis genomen?'

'Hij ligt in bed, Frank,' roept Siri. 'Hij voelt zich niet zo lekker.' Ze heeft zich teruggetrokken in de keuken met haar Marlboro om een antirookpleidooi van Frank te voorkomen.

Frank wrijft in zijn handen en schenkt Karena een van zijn zeldzame spottende glimlachjes. 'Charles heeft vanavond al een beetje te veel gefeest, vermoed ik.'

'Zoiets ja,' zegt Karena.

'Zolang hij dat maar niet in een van mijn auto's heeft gedaan,' zegt Frank. 'Hij zal het hele najaar moeten werken om de reparaties aan de Healey terug te betalen.'

'Nee, we zijn met mams jeep gegaan,' zegt Karena.

'Tja,' zegt Frank. Hij schraapt zijn keel weer. 'Mooi.' Hij lacht, een kort blafje.

Waarschijnlijk komt niemand ooit dicht genoeg bij hem in de buurt om het te zien, denkt Karena, maar achter zijn dikke, met goud omrande brillenglazen heeft haar vader prachtige ogen. Ze zijn zacht grijsblauw, de kleur van Lake Superior die Karena zich herinnert van een tripje naar Duluth lang geleden. Het zijn ook Karena's ogen, hoewel die van haar meer leigrijs dan blauw zijn.

'Ben je klaar voor je verjaardagsmaaltijd?' vraagt Frank. 'De barbecue gloeit. Je moeder vertelde dat je een paar heerlijke hamburgers hebt gemaakt.'

Hij knipoogt uit zelfspot, aangezien hij nooit rood vlees eet. Karena zou die hamburgers vanavond ook wel willen overslaan, gezien de gelijkenis tussen het weggereten gezicht van de motorrijder en de gemalen brij waardoor ze vanmorgen ketchup, worcestershiresaus en een ei heeft gemengd. Haar maag keert zich om en ze krijgt dat kokhalzende, speekselproducerende gevoel in haar keel weer. Maar als zij en Charles hun daad echt verborgen willen houden, moet iemand hier zich toch eens normaal gaan gedragen, en dat zal Karena moeten zijn en dan kan ze er maar beter meteen mee beginnen.

Dus ze zegt: 'Natuurlijk, pap. Lekker, hamburgers.' Morgen zal ze Siri vertellen over de ontbrekende zijspiegel en de sterren in de voorruit. Over het hert dat ze geschept hebben. De ruzie die ze met Charles heeft gemaakt om achter het stuur te mogen zitten. Dat hij daardoor die schrammen op zijn gezicht heeft opgelopen.

Frank gaat naar de achtertuin om de hamburgers op de barbecue te leggen. De tafel is gedekt met het servies, het tafelkleed en de tinnen kandelaars in de vorm van paarden van oma Hallingdahl. De kaarsen zijn al voor driekwart opgebrand: Frank en Siri moeten al een tijd op hen gewacht hebben. Siri haalt de salades die Karena die middag gemaakt heeft. Zij en Karena schenken melk in en, vanwege de speciale gelegenheid, zinfandel. Als Frank terugkomt met de hamburgers en ze aan tafel gaan zitten, proosten Karena's ouders op haar. Ze geven haar een horloge voor college, zodat ze niet te laat voor de les is. Siri maakt Karena's hamburger; ze versiert hem met ogen van augurkschijfjes en een grijns van ketchup. Karena lacht met haar ouders mee over deze herinnering aan haar jeugd en klapt in haar handen als Siri een taart tevoorschijn tovert – *Gefeliciteerd met jullie 18e, Karena en Charles!* – en Frank en Siri haar toezingen. Karena snijdt plichtsgetrouw twee punten af als ze haar hamburger, aardappelsalade en erwtensalade heeft opgegeten. Ze zal nooit meer een van deze gerechten eten.

36

Twee nachten later wordt Karena opeens om half vijf wakker. Met een wild kloppend hart zit ze even rechtop in bed om te achterhalen waarom ze wakker is geschrokken. Dan staat ze op, gaat naar de wc en drentelt naar de woonkamer. Hoewel het een warme, benauwde nacht is, heeft ze kippenvel op haar armen. Ze trekt ze onder haar T-shirt van de New Heidelburg Eagles tegen haar ribben aan, kruipt op de slaapbank en kijkt door het grote raam. De straatlantaarns vullen de kamer met een vitamine-C-pilachtige oranje gloed. De luchtpomp van het tankstation aan de overkant van de straat tikt nog steeds. Maar er beweegt niets. In de slaapkamer van haar ouders ligt een van hen – Frank waarschijnlijk – op een lage, trillende manier te snurken. Uit Charles' slaaphol komt geen enkel geluid. Het is zo doodstil in huis dat Karena's oren ervan suizen.

Ze wrijft over haar armen onder haar T-shirt. Normaal gesproken zit ze graag in de woonkamer als ze 's nachts wakker wordt; het geheimpje van het als enige wakker zijn, de eenzaamheid. Maar het enige waar Karena nu aan kan denken, is aan hoe opgewekt ze heeft moeten zijn, dat ze alsmaar heeft moeten lachen tijdens het verjaardagsetentje. Blijft het nu voortaan altijd zo? Verhuizen naar de campus, haar studentenkamer inrichten, mensen ontmoeten, brieven naar huis schrijven – en daarbij voortdurend op haar hoede zijn, haar reacties afwegen en denken: is dit normaal? Gedraag ik me op de juiste manier? Ze wordt nu al doodmoe van de hoeveelheid net doen alsof die voor haar ligt. En opeens is ze ondraaglijk eenzaam, alsof iemand haar hand heeft vastgepakt en weggeleid van alle anderen op aarde.

Achter haar ogen nadert een carrousel van beelden; dat is al zo sinds het ongeluk. Net als de diaprojector waar Tiffs vader zo graag over opschept. *Tsjk*: Tiff en haar zussen als dreumesen in het pierenbadje. *Tsjk*: Tiffs moeder die lachend een hand voor de lens houdt. Alleen in Karena's geval is het *tsjk*: de wolken die tot lagen stollen. *Tsjk*: de hagel. *Tsjk*: de man op de weg. *Tsjk*: Charles die in zijn gezicht klauwt. De groene tornado. De overkapping van het benzinestation met de felle verlichting. De vleermuizen boven de donkere bomen...

Charles. Er is iets mis met Charles.

Karena weet het, opeens weet ze het gewoon, ondanks de stilte, net zo zeker als wanneer Charles hier in haar oor zou staan schreeuwen.

Ze duwt haar armen weer door de mouwen van haar T-shirt en loopt in de richting van de kelder. Boven aan de trap blijft ze staan en houdt haar hoofd een beetje scheef. Luistert. Dan loopt ze naar beneden; de ijzeren antislipstrips op de treden voelen koud aan haar blote voeten.

'Charles,' fluistert Karena als ze in het grote deel van de kelder is dat ze in de winter altijd als rolschaatsbaan gebruikten. Ze blijft weer staan, maar ze hoort hem niet huilen, hoort zijn veelzeggende geloei niet. Alleen het gesuis in haar oren, een hoog, atonaal *ieieieieieieieie* – en de geur van oud linoleum.

'Charles,' zegt Karena nogmaals, en ze loopt naar zijn slaaphol. Er schijnt vaag blauw licht onder de deur door. Het flakkert, alsof er een tv aanstaat. 'Hé, Charles,' fluistert Karena voor zijn deur. Ze klopt erop. 'Gaat het? Ik werd opeens wakker en ik was bang...'

Ze duwt tegen de deur. Die zit niet op slot. Ze duwt hem open. Er is niemand binnen. Alleen de knipsels aan de muren, die ritselen in de tocht die Karena veroorzaakt heeft. En het licht in de lampen, de stroomdraadjes die verwoed over de oppervlakken van de bollen en schijven kruipen alsof ze een uitweg zoeken.

Karena wist zo zeker dat ze Charles hier zou aantreffen, dat het even duurt voor ze beseft dat hij er niet is. Fijne tweelingradar, denkt ze. Die werkt nog steeds niet. Toch bukt ze om onder het bureau en het ledikant te kijken... En dan hoort ze het, een gekrabbel aan de andere kant van de muur als een muis in een pijpleiding. Natuurlijk. Charles' badkamer. Dat had ze kunnen weten.

Ze haast zich het hol uit naar wat in wezen een betonnen hok is en waar zich een enge douchecabine en een brilloos toilet bevinden, dat de rest van het gezin vroeger alleen in noodgevallen gebruikte, als de wc boven bezet was. Nu is dit Charles' badkamer en Karena vermoed dat – zoals dat voor alle jongens geldt – hoe smeriger die is, hoe fijner hij het vindt. En hij ís smerig. Een kaal peertje. Geen douchegordijn. Spinnen in de hoeken. In de douche een stuk Irish Spring-zeep dat zo oud is dat er scheuren in zitten die desalniettemin bedekt zijn met zeepresten. En Charles, die in zijn boxershort en T-shirt in het midden van de badkamer op de grond zit en handenvol pillen van de stapel voor hem pakt en in zijn mond stopt. Die doorslikt met behulp van water uit zijn Flintstones-glas. Nog meer pillen pakt. Doorslikt.

'Nee, Charles,' zegt Karena. 'Wat doe je? Hou op, Charles! Hou daarmee op!'

Charles negeert haar. Hij stopt nog meer pillen in zijn mond. Drinkt uit het glas. Slikt.

Karena rent naar hem toe en schopt de stapel pillen als een mierenhoop uit elkaar. Sommige zitten nog in strips, andere zijn half opgelost. Charles' lithium... en alle andere medicijnen die dokter H. hem heeft voorgeschreven, maar het is de lithium die Karena de schrik om het hart jaagt. Hoewel dokter H. hun verteld heeft dat het een zout is dat van nature in het lichaam voorkomt, heeft hij hun op het hart gedrukt Charles' bloedsuikerspiegel goed in de gaten te houden zolang hij het gebruikt, want te veel lithium is fataal.

Karena veegt met haar voet in het rond, stampt op de pillen, schopt ze in de hoeken. Charles kruipt erachteraan. '*Fuck off*,' schreeuwt hij. 'Rot op, K! Laat me met rust.'

'Hoeveel heb je er genomen, Charles? Hoeveel heb je er geslikt? Nou?' Karena tolt in het rond, weet niet wat ze moet doen. Dan laat ze zich naast haar tweelingbroer op haar knieën zakken en krimpt ineen als een paar pillen in haar knieschijf dringen. 'Je moet overgeven, Charles,' zegt ze. 'Steek je vinger in je keel. Nu. Anders doe ik het voor je.'

Charles schudt zijn hoofd.

'Goed dan,' zegt Karena. Ze pakt Charles bij zijn nek vast en schuift huiverend de middel- en ringvinger van haar linkerhand zijn keel in. Zijn mond is schrikbarend warm en nat, en Karena bidt met een verkrampt gezicht dat hij niet zal bijten. Als hij dat doet, is ze haar vingers kwijt. De sterkste spier in het menselijk lichaam is de kaakspier. Maar opnieuw rekent Karena erop dat Charles haar geen pijn zal doen, uitgerekend haar, en opnieuw heeft ze gelijk. Charles houdt haar niet tegen, en hij verzet zich ook niet. Karena stopt haar vingers dieper in zijn keel en kromt ze. Dit weet ze van Tiff, die heeft haar geleerd hoe ze zichzelf kan laten braken als ze te veel gegeten of gedronken heeft. Karena, die net als Frank van nature slank is, maakt lang niet zo veel gebruik van dit trucje als Tiff, maar af en toe komt het van pas.

Zoals nu. Na een minuut voelt Karena dat Charles begint te kokhalzen en stroomt er warm braaksel over haar hand. Ze blijft haar vingers hardnekkig op hun plek houden, laat het spul langs haar pols glijden en op de grond spetteren. Pas als Charles drie keer heeft overgegeven en zijn speeksel helder is, durft Karena hem los te laten. Hij valt hijgend achterover en ook Karena zakt in elkaar. Ze schudt haar hand en wrijft die af aan het beton. 'Gátver,' zegt ze. 'Jék.'

'Dat moet je niet doen, K,' zegt Charles schor. Hij hoest. 'Doe dat niet, K. Gebruik de douche.'

Karena kijkt omlaag naar haar hand. De rug zit onder de krassen en bloedt. Ze komt overeind en spoelt haar hand af onder de stroom, zonder de slijmerige zeep te gebruiken. 'Doe dat verdomme nooit meer, Charles,' zegt ze. 'Hoor je me?'

Charles zit met opgetrokken knieën in de hoek. Hij geeft geen antwoord. Staart onbewogen voor zich uit. Knippert niet met zijn ogen. Karena kan niet zien of hij haar niet gehoord heeft of gewoon doet alsof. Ze begint toiletpapier af te rollen om schoon te maken. Ze schept de rotzooi op de grond zo goed en zo kwaad als het gaat in het toilet en trekt het beetje bij beetje door om te voorkomen dat de leiding verstopt. Charles kijkt met een van uitputting vertrokken gezicht toe.

Eindelijk gaat Karena met haar handen op haar heupen staan en kijkt rond. 'Veel schoner krijg ik het vanavond niet,' zegt ze, meer tegen zichzelf dan tegen Charles. 'Ik haal morgen de tuinslang wel.'

Dan wendt ze zich tot haar broer, die naar de muur zit te staren. 'Sta op,' zegt ze. 'Vooruit. Ik help je.'

Ze trekt Charles overeind en hij staat daar alsof hij niet weet wat hij moet doen.

Karena slaat haar arm om zijn middel. Hij ruikt niet al te fris en kan ook wel een douche gebruiken. Maar ze heeft het wel gehad voor vanavond. Ze is doodop. 'Kom op, Charles,' zegt ze, en ze brengt hem naar zijn slaaphol.

37

In de kleine kamer gaat Charles op zijn ledikant liggen en schuift het kussen onder zijn wang. Karena doet de lampen uit en kruipt naast hem, met haar hoofd bij zijn voeten. Het schijnt dat ze als baby's ook altijd zo sliepen. Siri legde hen netjes naast elkaar in hun wieg en dan zogen ze aan elkaars duim om in slaap te vallen, maar tegen de ochtend was Karena altijd de andere kant op gaan liggen en pasten ze als puzzelstukjes in elkaar, yin en yang.

Het is niet helemaal hetzelfde nu, aangezien Charles' scheenbenen hard en behaard zijn geworden, maar Karena maakt het zich zo makkelijk mogelijk en legt haar hoofd op een van zijn kuiten. 'Gaat het een beetje, Charles?' vraagt ze. 'Ik bedoel, kun je slapen?'

Charles produceert een schor geluid en schraapt zijn keel. Zijn stem klinkt rasperig door het braken. 'Ik denk het wel.'

'Fijn,' zegt Karena, hoewel ze zelf het gevoel heeft dat ze haar ogen nooit meer dicht zal doen. Ze staart in het duister. Ze merkt dat Charles net zo waakzaam is als zij, hoewel hij zich niet verroert en rustig ademhaalt.

Opeens zegt hij: 'Je had niet naar beneden moeten komen, K.'

Karena schuift ongemakkelijk heen en weer. 'Waar heb je het over?'

'Je weet best wat ik bedoel. Je had me met rust moeten laten.'

Karena drukt haar vingernagels in de dunne huid van Charles' enkel.

Hij haalt fluitend adem. 'Au!' zegt hij. '*What the fuck*.'

'Zeg dat nooit meer, Charles,' zegt Karena. 'Haal dat nooit... maar dan ook nooit... meer in je hoofd.'

'Jezus, K, laat los,' zegt Charles, terwijl hij probeert zijn been weg te trekken.

'Nooit,' zegt ze. 'Dat zal ik nooit doen.'

Na een poosje voelt Karena zijn spieren ontspannen. Ze ligt doodstil. Ze durft zich niet te bewegen, ook maar iets te doen, want Charles heeft het zegel verbroken. Geen enkele Hallingdahl heeft het z-woord ooit zelfs maar gefluisterd tegen een familielid, niet sinds Charles verdween bij de Starlite, niet toen hij van de zes meter hoge ladder van de watertoren afsprong. Niet tijdens de dagen en nachten dat hij hierbeneden ligt te loeien. Ze hebben het niet over de oom die op een prachtige zomerdag verdween op zijn boot op de Mississippi, de oudtante die rustig een put in stapte. Ze praten er niet over, want als ze dat wel deden, zouden ze het uitlokken. De enige keer dat Karena het woord 'zelfmoord' heeft uitgesproken in verband met haar broer, was honderdtwintig kilometer hiervandaan, in de Mayo, in het kantoor van dokter H. Een veilige en gepaste plek waar het de bedoeling was dat ze erover praatten, waar Karena gewoon deed wat ze moest doen om Charles te beschermen door te vertellen wat ze gezien had en haar angst voor de symptomen te verwoorden. 'Nee, hij heeft het er nooit met zo veel woorden over gehad, maar... ja, ik ben soms bang dat hij zich... van het leven berooft.' En zelfs toen had Karena, ondanks de vriendelijke blik en het aanmoedigende geknik van de dokter, de bijgelovige angstaanjagende vrije val van verraad gevoeld, omdat ze de mogelijkheid had geconcretiseerd en reëel had gemaakt.

Nu is ze verlamd door de verantwoordelijkheid van haar volgende uitspraak of handeling. Als die de juiste is, plant Karena misschien een zaadje in haar broers hoofd dat wortel schiet, ontspruit, groeit en hem van handelen weerhoudt als hij de mogelijkheid overweegt. Maar als ze het verkeerde zegt?

Het zal een onopgehelderde zaak blijven, want Charles doet als eerste zijn mond open. 'Het spijt me, K,' zegt hij. 'Maar ik weet gewoon niet of ik dit kan. Het is al erg genoeg om dat zwarte gat in te zakken, en nu krijg ik ook de hele tijd die gast achter me aan.'

'Wat is het zwarte gat?' vraagt Karena.

Charles slaakt een zucht en moet dan hoesten. 'Zo voel ik me als ik hierbeneden ben,' zegt hij. 'Als ik depressief ben, dan ben ik echt heel erg depressief, K. Het begint als dat gevoel dat we soms hebben, de dip. Dat je zonder reden bang wordt. Dan wordt het erger. Alles... helt. Alle oppervlakken zijn onbetrouwbaar. Alle vertrouwde dingen lijken vijandig en niets is veilig. Alle perspectieven zijn verwrongen: de vloeren, de plafonds en muren en lucht en bomen. En ze duwen me het zwarte gat in. Dat is zo'n teerachtige, drassige plek die me vastpakt en vasthoudt, terwijl mijn hersenen aan één stuk door worden geharkt met een kam die gemaakt is van messen.'

Karena voelt een huivering door hem heentrekken.

'Het is zo pijnlijk, K,' zegt Charles. 'Het doet pijn aan de binnenkant van mijn ogen. Alles doet pijn, van binnen naar buiten. Maar ik kan me niet bewegen. Dat is het zwarte gat. En de tijd is daar anders. Een minuut kan een dag of een maand duren. Het maakt niets uit. Het is zo'n slappe Dali-klok.'

Karena verstevigt haar grip op Charles' enkel. 'Maar je komt er altijd weer uit,' zegt ze. 'Toch?'

'Tot nu toe wel,' beaamt Charles. 'Maar ik ben elke keer zo bang dat dat niet zal gebeuren. Dat ik daar voor altijd moet blijven. Daarmee vergeleken is de dood helemaal niet eng. Zorgen dat die messenkam ophoudt met harken, dat nooit meer te voelen of te weten dat het eraan komt, dat zou heerlijk zijn.'

Karena weet niet wat ze hierop moet zeggen. Ze overweegt en verwerpt antwoorden met de snelheid van het licht: nee, dat is niet heerlijk, dat is dood zijn. Misschien is er een manier om dit te laten ophouden. Zelfs de medicijnen moeten beter...

'En alsof dat nog niet erg genoeg is,' zegt Charles, 'krijg ik nu ook nog die gast voor mijn kiezen.'

'Welke gast?' vraagt Karena.

'Die man op die motor. Die komt 's nachts.'

Er trekt een rilling door Karena. Ze gaat rechtop zitten, maar ze kan het gezicht van haar broer niet zien. 'Charles,' zegt ze, 'die man op die motor... die is dood.'

'Ik meen het, K,' zegt Charles dromerig. 'Dat wil hij. Dat ik ook doodga. Dat ik met hem meega.'

Karena probeert hierop te reageren, maar even kan ze alleen maar haar hoofd schudden. Eindelijk zegt ze: 'Charles. Die man op die motor? Die is niet echt.'

'Wel waar,' zegt Charles onvermurwbaar. 'Hij is net zo echt als jij, K. Ik word wakker en dan zit hij op het ledikant naar me te kijken met zijn, je weet wel, halve gezicht. En ik kan hem ruiken. Hij ruikt naar bier, je weet hoe die gasten worden als ze een tijdje in de kroeg zitten. En naar sigaren. En naar vlees, bloederig vlees, zo'n hamburger die je uit de koelkast haalt en waarvan het bloed in het plastic lekt...'

'Oké, Charles,' zegt Karena. 'Ik snap het. Maar Charles... Die man op die motor is een hallucinatie. Zelfs als je hem kunt ruiken, is hij nep. Het komt door de stress, zeker weten, maar Charles, en nu moet je niet boos worden, het komt ook door de stofjes in jouw hersenen.'

'Misschien,' zegt Charles. Zijn stem is nog steeds zacht, peinzend. 'Maar daardoor is hij nog niet onecht. Als ik hem zie en hoor, is hij voor mij toch echt? De realiteit is subjectief, dat weet je nu toch wel? De manier waarop wij de wereld ervaren maakt hem voor ons reëel. Net als de theedoeken.'

'Welke theedoeken?'

'De geborduurde groenten op de theedoeken in de keuken,' zegt Charles, 'die jennen me, weet je. Met die enge kinderkoorstemmetjes. "We ziennnn je, Charles. We weten wat je aan het doen bent, Charles." En die presentator. Die man van het tv-journaal. Toen ik vijf was. Toen heeft hij echt tegen me gepraat, K. Hij zei dat ik een smerig, walgelijk jongetje was en dat ik mijn moeder moest halen zodat ik een pak slaag zou krijgen. Dat is me echt overkomen, zeker weten, net zo zeker als jij hier zit. Het was niet leuk, dat zijn mijn visioenen niet altijd, maar ze zijn wel echt.'

'Maar Charles,' zegt Karena. Ze zoekt wanhopig naar een beleefde zin om te omschrijven wat dokter H. hun verteld had: als Charles dingen hoort en ziet die er niet zijn, heet dat een psychose. 'En hoe zit het dan met het feit dat de mensen om je heen die dingen niet zien of horen? Betekent dat niet dat ze er waarschijnlijk niet echt zijn?'

'Niet voor jou,' zegt Charles. 'Maar voor mij wel. En heb jij er ooit bij stilgestaan dat ik misschien wel gewoon iets verder ben? Ik ben een genie, weet je. En bovendien zijn niet al die dingen zo erg. De buien bijvoorbeeld. Die praten ook tegen me. Ze hebben allemaal een andere... "stem" is te simpel uitgedrukt... een ander wezen. Karakter. Sommige zijn schreeuwers. Andere mompelaars. Maar ik kan ze altijd vinden.'

'Oké,' zegt Karena. 'Maar... Is dat dan niet een reden om het niet... je weet wel. En je onderzoek, wat dacht je daarvan. Je referaat. Je zou nooit meer kunnen jagen.'

'Weet ik,' zegt Charles. 'En ik zou mijn vliegdroom missen. Zo is het als het goed met me gaat, als het echt echt echt echt goed met me gaat, zoals die droom die we allebei hebben? Dat ik urenlang over de heuvels vlieg en een hoek omsla en dat er dan een tornado hangt? En ik ben zo hoog dat ik het patroon kan zien, en dat is zo prachtig, K. Dat is met niets ter wereld te vergelijken. Kon jij het maar zien – dat heb ik zo vaak gewenst. Dat zou ik echt missen als ik dood was.'

'Mooi,' zegt Karena. Ze gaat weer liggen, nestelt haar rug tegen Charles' benen. 'Denk daar maar aan. Als je het zwarte gat ingaat. Denk daar dan maar aan.'

'Dat doe ik,' zegt Charles. 'Maar ik zweer je, K. Ik vraag me vaak af of ik de dertig wel zal halen.'

'Hou je mond, Charles,' zegt Karena fel. 'Mond dicht! Als je... dat zou doen... weet je dan niet dat dat mijn dood zou zijn? Weet je dan niet dat ik ook zou sterven?'

'Dat is de belangrijkste reden waarom ik het niet gedaan heb... Nog niet. Maar ik denk dat je je beter kunt voorbereiden op een half leven, K. Ik zal bij je zijn, ik zal er altijd zijn, ik zal alleen niet hier zijn. Ik weet niet of ik ertegen kan.'

Karena pakt zijn enkel weer beet. 'Je moet,' zegt ze. 'Je moet gewoon, dat is alles. Beloof het me, Charles.'

'Dat kan ik niet, K,' zegt Charles. 'Maar ik beloof dat ik mijn best zal doen. Wat dacht je daarvan?'

'Niet goed genoeg,' zegt Karena.

Ze liggen een tijdje te zwijgen, proberen in gedachten elkaar te beïnvloeden. Karena denkt aan de denkbeeldige worsteling waarover ze het tijdens de natuurkundeles hebben gehad: een onstuitbare kracht die tegen een onwrikbaar object aan komt. En ze denkt: er moet een uitweg zijn. Die is er niet. Ik moet het vertellen. Dat kan ik niet. Hij gaat naar de gevangenis en dat redt hij nooit. Er moet een uitweg zijn. Die is er niet...

En dan begint zich een idee in haar hoofd te vormen.

Charles slaakt een zucht, alsof hij voelt dat ze het loslaat. 'Ik wil er vanavond niet meer over nadenken,' zegt hij. 'Ik ben zo moe. Ik wil gewoon gaan slapen. Oké, K? Zullen we dat doen?'

Karena haalt haar schouders op.

'Blijf je bij me, K?'

'Natuurlijk,' zegt ze.

'En wil je wat voor me doen?'

'Dat hangt ervan af wat.'

'Zingen,' zegt Charles.

Karena moet hier wel om glimlachen. Het is zo lang geleden dat Charles haar dit gevraagd heeft. Dat was nog in de tijd dat ze de kamer boven deelden. Als hij niet kon slapen, klonk dan opeens zijn stemmetje gebiedend in het duister: 'Zing!' En als Karena ophield: 'Nog een keer!'

'Nog een verzoeknummer?' vraagt ze.

'Nee, zing maar wat jij leuk vindt.'

'Oké,' zegt Karena. 'Wacht even.' Ze denkt er even over na en zingt dan:

Say, say, my playmate
Come out and play with me
And bring your dollies three
Climb up my apple tree
Slide down my rain barrel
Into my cellar door
And we'll be jolly friends
Forevermore...

'Nog een keer, alsjeblieft,' zegt Charles als ze klaar is. Zijn stem klinkt nu loom. Dus zingt Karena het liedje nog een keer, en nog een keer, net zo lang tot het, net als bij een speeldoosje, steeds langzamer en hortender haar mond uitkomt. Tegen de tijd dat het smalle raam oplicht door de ochtendschemering is Karena, net als Charles, diep in slaap.

38

De sheriff komt de volgende avond om zeven uur met Frank over het tuinpad aanlopen, en als Karena hem vanuit het raam van de woonkamer ziet, denkt ze dat ze moet overgeven. Ze wendt zich tot Siri, die samen met haar heeft zitten wachten, en zegt: 'What the fuck?'

'Karena Lien Hallingdahl!' zegt Siri.

'Sorry,' zegt Karena. 'Maar wat doet de sheriff hier? Is het voor...' Ze wijst naar de vloer, naar Charles' slaaphol daaronder.

'Natuurlijk,' snauwt Siri. 'Waarom anders?'

'Nou, gewoon...' hakkelt Karena. 'Ik wist niet... ik had niet verwacht... O jéés.'

Ze wuift zichzelf koelte toe, haar hart roffelt in haar borst. Dit is niet goed. Dit was niet de bedoeling, niet wat Karena bedacht had – vanochtend, onder de douche, was het haar te binnen geschoten. Ze zou Frank vertellen dat Charles die pillen had geslikt en dan zou Charles teruggaan naar de Mayo. Niet ideaal, maar beter dan de gevangenis, en misschien zou dokter H. iets kunnen vinden waar Charles bij gebaat was. Maar toen Karena vanmiddag naar Franks kantoor was gegaan, in de deuropening had gestaan en gezegd had 'Ik maak me zorgen om Charles, gisteravond heeft hij geprobeerd zichzelf iets aan te doen... iets definitiefs', had ze gedacht dat Frank Charles zelf naar de kliniek zou rijden. Of dat er misschien mensen uit de kliniek met een ambulance zouden komen om hem op te halen... Maar dit niet. Niet de sheriff! Dit is een ramp. Stel dat sheriff Cushing weet van die man op de motor? Stel dat hij Karena aankijkt en intuïtief haar betrokkenheid aanvoelt? Daar is hij toch voor opgeleid? En zelfs als de sheriff er – nog – niets vanaf weet: zodra Charles hem ziet zal hij het eruit gooien, ervan uitgaande dat Karena haar mond voorbij heeft gepraat en de sheriff is gekomen om hem mee te nemen.

'Wat is er met je?' vraagt Siri. 'Hou op met dat zenuwachtige gedoe.'

'Weet je, ma, ik heb er nog eens over nagedacht,' zegt Karena, 'en misschien is dat toch niet zo'n goed idee. Misschien heb ik me wel vergist. Over Charles...'

'Waar héb je het over?' vraagt Siri.

'Ik bedoel, misschien heb ik het me gewoon verbeeld...'

Maar het is te laat. De hordeur gaat open en de voordeur met de glazen jaloezieën, en dan staat sheriff Cushing in hun woonkamer als een olifant in een porseleinkast. Zijn korte stekeltjeshaar schuurt bijna langs het plafond van de woonkamer van de Hallingdahls als hij hen begroet. Karena's blik blijft op dat moment hangen op zijn gigantische zwarte schoenen. Normaal gesproken mag ze sheriff Cushing wel – iedereen mag hem. Hij is de jongste sheriff die ooit in Foss County verkozen is en hoewel Tiff, die de voorkeur geeft aan meer erudiete mannen, hem heeft bestempeld als een typische New Heidelburgse rouwdouw, is de sheriff altijd aardig geweest tegen Charles, en dat waardeert Karena. Maar als ze hem nu aankijkt, zal hij vast en zeker zien wat zij en Charles gedaan hebben. Toch? Hoeveel weet een sheriff uit Minnesota van een verkeersongeluk in Iowa waarbij de veroorzaker is doorgereden? Zou hij daar überhaupt van op de hoogte zijn?

'Karena, de sheriff praat tegen je,' zegt Siri.

Normaal, denkt Karena, doe normaal. Ze schenkt sheriff Cushing een brede grijns.

De sheriff lijkt ietwat uit het veld geslagen. 'Geeft niets, mevrouw H.,' zegt hij tegen Siri. 'Ik weet dat jullie nu allemaal een beetje van de kaart zijn.' Hij glimlacht vriendelijk naar Karena. 'Zo, zo, je bent nu een studente, hè?' zegt hij. 'Dus je gaat nu naar de Cities?'

'Ja, dat klopt,' zegt Karena. 'Volgende maand.' Voor het eerst beseft ze dat glimlachen inspanning vergt, dat ze daadwerkelijk haar gezichtsspieren aan het werk moet zetten.

'Geweldig,' zegt de sheriff. 'Fijn voor je. Spannend.'

Dan zijn de beleefdheden achter de rug en staan ze daar maar een beetje met zijn vieren. De stilte wordt beladen en alleen onderbroken door Frank die zijn keel schraapt. Door het feit dat ze allemaal hier staan, in deze zelden gebruikte kamer met de haard en de snuisterijen en het gekoesterde bureau met de familieleden onder glas, krijgt ze het gevoel dat ze deelnemen aan een of andere akelige, formele plechtigheid waarvan niemand de regels goed kent. Van buitenaf ziet het er waarschijnlijk uit als een diorama, denkt Karena, net als die taferelen uit de tijd van de pioniers die ze ooit heeft gezien in het Great Platte River Road Archway Monument tijdens een dagje uit. Behalve dan dat in dit geval de titel van de tentoonstelling *Gezin in de problemen, 1988* zou moeten luiden. Misschien kunnen ze beter naar de keuken gaan.

Alsof hij vergelijkbare gedachten heeft, zegt de sheriff: 'Nou, mensen, zullen we dan maar?'

Maar niemand geeft antwoord. Ze blijven allemaal staan waar ze staan, geworteld in angst. De sfeer in de kamer wordt steeds benauwder, sluit zich als een vuist om hen heen.

De walkietalkie van de sheriff begint te kraken. Hij kijkt erop en vraagt dan: 'Waar is Chuck vanavond eigenlijk? Is hij hier?'

'Beneden in zijn ho... zijn kamer,' zegt Karena. 'Zal ik hem halen?'

Tegelijkertijd zegt Siri: 'Doug, ik zie dat je lopend bent. Heb je hulp meegebracht? Gewoon voor de zekerheid?'

'Ja hoor,' zegt de sheriff, 'ze staan aan de achterkant geparkeerd, op Cedar Street. Ik dacht dat als we aan de achterkant naar buiten gingen, we jullie het gestaar zouden kunnen besparen.'

Hij kijkt naar Karena. 'Denk je dat het 't makkelijkst is,' vraagt hij, 'als jij hem naar boven brengt?'

Frank schraapt zijn keel. 'AHEM!' zegt hij. 'Nee, ze is er al genoeg bij betrokken geweest.' Karena herinnert zich dat hij haar nog geen uur geleden in zijn kantoor complimenteerde en zei: 'Het is goed dat je het me verteld hebt, Karena. Je bent een brave meid, een goede zus.'

'Ik haal hem wel,' zegt Frank.

'Absoluut niet, Frank,' zegt Siri, en Karena werpt tegen: 'Dat kan niet, pap, dan weet hij meteen dat er iets aan de hand is...'

Maar terwijl ze staan te kibbelen over wie Charles moet halen, lost hij het probleem voor hen op door kwiek de keldertrap op te komen. Bovenaan blijft hij stilstaan en veegt zijn mond af. Hij heeft geslapen; nogal diep zo te zien. Zijn gezicht is rozig en rode kussenkreukels lopen kriskras over de nieuwe schrammen op zijn gezicht. Zijn haar zit aan de ene kant plat en steekt aan de andere omhoog. En als ze zich allemaal naar hem toedraaien, wordt Karena overspoeld door het medelijden dat ze altijd voelt als ze ziet hoe koeien in een vrachtwagen worden geladen die naar de slachterij gaat. Rennen, Charles, wil ze schreeuwen. Rénnen! Maar ze maakt slechts een geluidje in haar keel.

Charles staat hen met knipperende ogen verward aan te kijken. 'Wauw,' zegt hij, 'wat een gezelschap, zelfs paps is er. Wat is er aan de hand?'

Dan ziet hij de sheriff. Hij spert zijn ogen open en zijn neusvleugels gaan trillen. In haar buik voelt Karena de angstige ijsklomp die in de zijne opstijgt en heel even denkt ze dat hij zal proberen te ontsnappen.

Dan kijkt hij haar aan en glimlacht. 'Vuil kreng,' zegt hij. 'Vuil kreng dat je er bent.'

Karena schudt haar hoofd, terwijl Frank zijn keel schraapt, Siri iets mompelt en de sheriff zegt: 'Laten we dat nou maar niet doen.'

Karena kijkt Charles recht in zijn ogen. 'Ik heb het niet verteld, Charles,' zegt ze. 'Ik heb helemaal niets verteld, behalve over de pillen, hoor je me? Alleen over gisteravond. Alleen over de pillen. Alleen daarover.'

Maar Charles grijpt zijn hoofd vast en deinst achteruit. 'O mijn god,' zegt hij lachend. 'En ik vertrouwde je nog wel. Onbegrijpelijk dat ik je vertrouwde...'

En dan opeens, zo snel dat ze geen tijd heeft om zich te verroeren, haalt hij uit naar Karena. 'Ik vertrouwde je,' schreeuwt hij in haar gezicht. Hij heeft haar bovenarmen vast en klauwt daar met zijn vingers in. Hij schudt haar heen en weer. 'Ik vertrouwde je! Je hebt me verraden! Je hebt me verdomme verraden!'

Dan vliegt hij achteruit: de sheriff rukt hem van achteren los van Karena. 'Zo kan-ie wel weer, Chuck,' zegt hij. 'Rustig nou maar. Kalmeer een beetje, ja? Je zus probeert je alleen maar te helpen.'

Charles probeert zich aan de greep van de sheriff te ontworstelen; zijn blote voeten schrapen over het tapijt. Zijn gezicht is vuurrood. 'O ja, ze probeert echt te helpen,' hijgt hij. 'Ze probeert me regelrecht de cel in te helpen...'

'Nee!' zegt Karena en ze zet een stap naar voren. Haar armspieren kloppen op de plek waar Charles haar vastgepakt heeft. 'Luister... naar... mij,' zegt ze in Charles' gezicht. 'Ik heb ze alleen verteld over de pillen. Méér niet. Je gaat niet naar de gevangenis. Alleen naar een plek waar ze je kunnen helpen. Waar ze je kunnen beschermen tegen... dingen die je gisteravond zag. Oké, Charles? Oké?'

Ze knikt, blijft hem recht aankijken en doet haar uiterste best die gedachte naar hem over te brengen: ik heb niets gezegd over die man op de motor, Charles. Dat zou ik niet doen. Dat zou ik nooit doen.

Charles blijft worstelen, maar hij kijkt onzeker. Langzaam houdt hij op. Hij blijft stilstaan. Dan betrekt zijn gezicht. 'O, K,' zegt hij.

Hij begint te huilen, van die rauwe snikken uit zijn onderbuik alsof hij moet kokhalzen, en laat zijn hoofd zakken. De sheriff houdt nog steeds zijn armen vast en daardoor kan hij zijn gezicht niet afvegen.

'Het is goed, Charles,' zegt Karena. 'Het komt allemaal goed. Vertrouw me.'

'Ze heeft gelijk, jochie,' zegt sheriff Cushing zacht en troostend. 'Alles komt goed. Kun je ons vertellen wat er is gebeurd? Je zus vertelde dat je gisteravond hebt geprobeerd jezelf iets aan te doen. Is dat waar?'

Charles knikt. Tranen vallen op het tapijt. 'Ik denk het,' zegt hij. 'Ik denk van wel. Jawel, dat is zo. Ik heb een stelletje pillen geslikt. Ik had beter een geweer of zo kunnen gebruiken, maar dat was te veel gedoe. Zij heeft me tegengehouden,' zegt hij. 'K. Ze heeft me laten overgeven.'

'Oké, goed gedaan,' zegt de sheriff zacht. 'Nu gaan we gewoon ergens heen om te praten, zorgen dat je hulp krijgt. Denk je dat je dat lukt, Chuck? Kun je rustig met me meelopen?'

Charles tilt zijn hoofd op en kijkt Karena aan. 'Stuur me niet weg, K,' zegt hij. 'Laat ze me niet meenemen. Laat ze me niet weghalen. Alsjeblieft.'

Karena kan het niet meer tegenhouden. Ze slaat haar handen voor haar gezicht en huilt een paar tellen heel hard. Dan kijkt ze Charles recht aan. 'Het is niet erg, Charles,' zegt ze. 'Het is géén gevangenis, weet je nog. Het is een plek waar ze je kunnen helpen. Ik kom zo snel mogelijk.'

'Beloof je dat?' zegt Charles.

'Ik beloof het,' zegt Karena.

‘Oké, jochie,’ zegt de sheriff, ‘het is tijd om te gaan.’ Hij begint Charles zachtjes om te draaien.

‘K?’ zegt Charles. Zijn stem breekt.

Karena knikt.

‘Het gaat weer,’ zegt Charles tegen de sheriff. ‘Ik ben nu rustig. U kunt me loslaten.’

Ze lopen door de eetkamer. Sheriff Cushing houdt nog steeds Charles’ elleboog vast. Karena wil schreeuwen: wacht! Het woord vormt zich vanbinnen als een onvrijwillige niesbui. Nee, wacht, breng hem terug, alsjeblieft! Ik had het mis, ik zal beter mijn best doen, ik ben van gedachten veranderd...

Maar ze blijft staan en kijkt hoe de sheriff en haar broer door de serre lopen. Daarbuiten zal hij door de achtertuin worden begeleid en weggetoverd over de achterafstraatjes, zodat niemand het zal zien, hoewel ze het natuurlijk allemaal zullen zien. De Clarence’s, de Zimmermans en de Schmecks, ze hebben natuurlijk allemaal de surveillancewagen op Cedar Street zien staan, ze zullen allemaal achter hun ramen staan om te zien hoe die gestoorde Charles Hallingdahl afgevoerd wordt. Weer. Bij de hordeur blijft Charles staan en Karena hoort de sheriff iets mompelen in de trant van: ‘Nog maar een paar treetjes, jochie. Nog een klein stukje. Goed zo.’ Charles kijkt om naar Karena. Huilend. Doodsbang. Hij probeert te glimlachen. Dan zijn ze de deur door.

39

Het krankzinnigengesticht Black Wing voor interne zorg is een voormalige basisschool die halverwege New Heidelburg en Rochester op de steile oevers van de Mississippi is gebouwd. Een paar dagen nadat Charles is weggehaald, gaat Karena daar voor het eerst op bezoek. Ze loopt timide door de gang die haar is aangewezen en houdt een stukje papier met daarop Charles' kamernummer in haar hand geklemd. Tot dusver is haar broer een voorbeeldige patiënt geweest, heeft de verpleegkundige achter de balie gezegd. Hij heeft hun geen enkele last bezorgd, is zelfs nog niet een keer achter slot en grendel gezet, dus heeft hij een kamer toegewezen gekregen op niveau 3. Karena heeft geen idee wat dat betekent. Ze voelt zich totaal verloren op de plek die haar tweelingbroer heeft opgeslokt. Ze weet niet hoe alles hier werkt. Ze loopt op haar tenen en checkt de kamernummers, terwijl ze probeert niet naar de bewoners ervan te kijken: een man die schuin in een rolstoel hangt, een vrouw die blaffende geluiden maakt, een meisje dat aan haar eigen haar zit te trekken. De muren zijn tot aan haar middel deprimerend groen, de plafonds hoog, de erg hoge ramen beveiligd met tralies en kippengaas. Maar er zijn in ieder geval ramen op deze afdeling.

Charles heeft kamernummer 327 en bij 325 blijft Karena staan. Ze is alleen, want Siri moest naar een braderie en Frank is uiteraard op de rechtbank. Ze zijn het er allemaal over eens dat het in dit soort tijden vooral belangrijk is om hun beste beentje voor te zetten, om gewoon door te gaan. Maar op dit moment zou Karena erg graag willen dat Siri bij haar was, of zelfs Frank. Ze haalt diep adem, klopt op de deur van haar broer en duwt die open.

Maar ze ziet niets om bang voor te zijn, want het is tenslotte Charles die daar zit. Gewoon Charles. Hij zit niet in een dwangbuis en is ook niet vastgebonden; hij ligt niet met gespreide armen en benen vastgebonden op bed, waar Karena bang voor was. Hij zit gewoon met zijn rug naar haar toe in kleermakerszit op een van de twee bedden in een T-shirt en een pyjamabroek. Zijn ellebogen rusten op zijn knieën en zijn handen bungelen onder zijn polsen. Hij kijkt door het beveiligde raam naar het gazon.

'Hé, broertje,' zegt Karena, blij van de opluchting. Ze loopt naar het andere bed – dat godzijdank leeg is – en gaat zitten. 'Hier ben ik dan, zoals ik beloofd heb, in levenden lijve. Hoe gaat het met je?'

Maar Charles geeft antwoord noch draait zich om, en er loopt een koude rilling langs Karena's rug. Ze gaat weer staan, zodat ze hem in zijn gezicht kan kijken, en dan ziet ze wel degelijk verschil. Haar broer is een zombie. Zijn mond hangt een beetje open, zijn ogen zijn halfgesloten. Zijn haar is vettig en dof. Een van zijn handen gaat steeds op en neer. Hij staart versuft uit het raam naar het bleke licht op deze bewolkte dag.

'O nee,' fluistert Karena. O, Charles, denkt ze. Wat hebben ze met je gedaan?

Ze gaat op het bed naast haar broer zitten. Hij verroert zich niet. Hij ruikt niet naar zichzelf, niet naar Irish Spring-zeep en fastfood, maar naar ontsmettingsmiddel en urine. Karena's hart breekt – ze kan het voelen: een letterlijke pijn in haar borst, haar keel. Ze schuift nog verder naar hem toe, drukt haar heup tegen die van Charles en klopt op zijn stijve haar. 'Hé,' zegt ze zacht. 'Ik ben het, Charles. K. Hoor je me? Ik ben hier.'

Langzaam, heel langzaam, draait Charles zijn hoofd opzij. Het lijkt hem vijf minuten te kosten om haar aan te kijken. Zijn ene mondhoek vertrekt een beetje en Karena beseft dat hij probeert te lachen. 'Hai, K,' zegt hij. 'B-b-ben... jij?' Zijn stem is laag, traag, slepend: een 45-toerenplaat die wordt afgedraaid op 33 toeren.

'Ja,' zegt Karena. 'Ik ben het, Charles. Ik ben er.'

Wat hebben ze hem gegeven? Wat hebben ze verdomme in hem gespoten? Karena is eraan gewend Charles onder invloed van verschillende medicijnen te zien, maar zo heeft ze hem nog nooit meegemaakt. Charles kwijlt een beetje, zijn kin is nat. Met die oneindig langzame beweging tilt hij zijn arm op. Veegt zijn mond af. Staart naar zijn hand.

'K,' zegt hij. 'Nou... ze hebben me. Nogal... volgestopt.'

'Een beetje misschien,' zegt Karena. 'Ik vermoed dat ze iets nieuws proberen. Hoe voel je je?'

Charles zit nog steeds naar zijn hand te kijken, maar bij die vraag tilt hij met enorm veel inspanning zijn hoofd op en kijkt Karena met halfgesloten ogen aan. Zijn hoofd schommelt een beetje naar achteren. Er komt een draadje speeksel uit zijn mond, dat langer wordt en heen en weer bungelt. Het doet Karena denken aan Silly Putty, dat slijmerige spul dat zij en Charles altijd vastpakten en dan net zo lang achteruitliepen tot het helemaal was uitgerekt.

Ze kijkt om zich heen op zoek naar tissues, maar die ziet ze niet. Ze staat op het punt Charles' mond met haar mouw af te vegen als hij het speeksel zelf als een spaghettisliert naar binnen zuigt: *fsoep!* 'Sorry,' zegt hij. 'Zzzo... smerig.'

'Nee,' zegt Karena. Haar keel schrijnt verschrikkelijk. 'Dat ben je niet, Charles. Nooit.'

Hij laat zijn hoofd nog een stukje verder achterover vallen, zodat hij haar kan aankijken. 'Magk... je... ts vragen?'

'Natuurlijk. Uiteraard, Charles. Zeg het maar.'

'M'n... boek,' zegt hij. 'M'n... buien. Boek. Kun je...'

'Hem halen?' maakt Karena de vraag voor hem af. 'Tuurlijk. Meteen. Heb je nog iets anders nodig?'

Maar Charles draait zijn hoofd opzij en na een poosje volgt de rest van zijn lichaam. Hij zit weer naar het raam gekeerd.

'Charles?'

Charles staart naar het gazon, of misschien naar iets wat alleen hij kan zien, of misschien naar niets. Zijn kin zakt naar zijn borst.

'Oké, Charles,' zegt Karena. Ze staat op en bukt om hem een kus te geven. Ze huilt een beetje. 'Ik ben zo weer terug,' zegt ze.

Hij worstelt om iets te zeggen en Karena buigt zicht dichter naar hem toe. 'Wat? Wat zeg je, Charles?'

'Blu,' zegt hij. 'Blu. Belu. Beloof't.'

'O,' zegt Karena, terwijl ze rechtop gaat staan. 'Natuurlijk. Ja. Dat doe ik. Ik beloof het, Charles.' Ze wacht even voor het geval hij nog iets zal zeggen, geeft hem dan een zoen en loopt achteruit de kamer uit.

Als ze eenmaal op de gang is, begint Karena te rennen. Ze sprint door de gang alsof iemand achter haar aan zit, stormt door de afdelingsdeuren de lobby in.

‘Hé,’ roept de verpleegkundige achter de balie, terwijl ze overeind komt. ‘Wat is er aan de hand? Alles goed daar?’

Maar Karena geeft geen antwoord. Daar heeft ze geen tijd voor. Ze heeft een missie. Ze moet het buienboek bij haar broer brengen. Ze rent de trap af, springt in Siri’s gerepareerde jeep en stuift de parkeerplaats af. Dan draait ze River Road op en scheurt langs de oevers en Looney Valley naar het plateau, het boerenland waar New Heidelburg ligt.

Het zou een half uur moeten kosten om thuis te komen, veertig minuten misschien; zo lang heeft Karena erover gedaan om bij de Black Wing te komen, maar toen hield ze zich aan de maximumsnelheid. Nu rijdt ze honderdtien, honderdtwintig, honderddertig. De snelheidsmeter schiet pas echt omhoog als ze op highway 44 is. Ze scheurt langs tragere voertuigen, sedans en pick-ups, en steekt haar middelvinger op naar een geschrokken boer op een tractor die niet snel genoeg de berm induikt. Ze rijdt zo hard langs een amishkoetsje, dat het op en neer schudt. Ze steekt de ene sigaret met de andere aan, kijkt naar zichzelf in het achteruitkijkspiegeltje – strak en vlekkerig gezicht van het huilen, woest haar door de vochtigheid – en duwt haar voet op het gaspedaal. ‘Opzij,’ schreeuwt ze naar de andere voertuigen. ‘Rot verdomme een eind OP!’

Ze steekt nog een sigaret op. God, wat hebben ze met hem gedáán? Als Karena niet beter wist, zou ze denken dat ze zijn hersenkwab hebben verwijderd of... God, nee, zou hij elektroshocktherapie hebben gehad? Was dat het? Die gedachte brengt haar piepend tot stilstand in de berm. Ze gooit het portier open om te braken. Maar als ze met haar hoofd boven het smerige gras hangt en alleen maar blijft kokhalzen, trekt ze het portier weer dicht en rijdt de weg weer op. Nee. Dat kan niet. Dat zouden ze Charles niet aandoen, toch? Dan zou Karena dat wel geweten hebben, toch? Dat zou ze toch gevoeld hebben, iets wat zo drastisch was? Charles’ angst en afgrijzen en paniek, terwijl ze hem vastbonden, het bitje als bij een paard tussen zijn tanden stopten en de knop omdraaiden?

Hoewel... Misschien hebben ze het toch gedaan, aangezien Charles zo tegen medicijnen is, weigert die te slikken. Ja, vind je het gek! De lithium die dokter H. hem in eerste instantie had voorgeschreven, was hem door de bijwerkingen bijna fataal geworden. Het middel was bijna erger dan de kwaal. Eerst de mee-eters, die als zwarte peperkorrels over zijn voorhoofd zwierven. Toen zijn buik, aanvallen van diarree die zo hevig waren dat Charles het huis niet uit durfde, zich niet verder dan een paar meter van de badkamer waagde. Vervolgens zijn onvermogen zich te concentreren, te lezen, na te denken. 'Het is alsof mijn gedachten zich door een piepklein deurtje in mijn hoofd moeten wringen, K,' had hij die eerste week tegen haar gezegd. 'Ze zijn zo langzaam. Ik voel me gewoon zo dom. Ik ben mezelf niet.'

En zijn handen. Zijn arme handen. De tweede zondag na Charles' diagnose waren de Hallingdahls weer uit eten gegaan met de Budge's, dit keer naar een maaltijd in een kerk in Little Springs, waar Frank en meneer Budge kort tevoren een proces hadden gewonnen. Ze hadden iets te vieren. Ze wilden laten zien dat alles in orde was. Ze zaten in de kelder van de lutherse kerk, aan een grote ronde tafel, met de Budge's en een viertal boeren met hun echtgenotes, en iedereen had het over de zaak, behalve Karena. Die zat vol afgrijzen te kijken hoe haar broer, bij wie de prikkeldraadschrammen van het Starlite-incident nog steeds vaag te zien waren, probeerde zijn broodje gehakt te eten. Hij boog zich over zijn papieren bordje en pakte het broodje met zijn trillende handen vast. Het vlees schoot eruit en belandde op de tafel, zijn schoot, de grond. Het gesprek verstomde en hield toen op. Voorzichtig legde Charles het broodje neer en probeerde wat aardappelsalade. Plakkerige blokjes aardappel vielen van zijn vork. Frank schraapte zijn keel en keek om zich heen. 'Neem me niet kwalijk,' zei hij. Toen stopte hij zijn servet in zijn kraag en liep naar Charles toe om hem wat vlees te voeren.

Het duurde ongeveer een etmaal voor het verhaal zich door de stad had verspreid, dat Charles Hallingdahl een of ander vreemd verdovend middel te pakken had gekregen, slechte coke misschien, waardoor zijn handen zo waren gaan trillen dat hij als een baby of een gehandicapte door zijn eigen vader gevoerd moest worden. Achter de schermen werden de medicijnen vlug aangepast. Maar elke verandering die dokter H. in de cocktail doorvoerde, bracht weer andere nadelige bijwerkingen met zich mee. Charles' handen trilden niet meer, maar hij ging stotteren. Toen hij weer normaal kon praten, kreeg hij huiduitslag. Daarna nachtelijke transpiratieaanvallen, nachtmerries, de hik, wratten: vernederingen van een kaliber en vindingrijkheid, dat zelfs dokter H. uiteindelijk toegaf: 'Het lijkt erop dat Charles overgevoelig is voor medicatie.' Toen hadden ze hem de laagst mogelijke dosis lithium gegeven, maar tegen die tijd wilde Charles dat natuurlijk niet meer innemen. Karena kan het hem niet kwalijk nemen. Het is zo oneerlijk, denkt ze, dat haar broer zo'n hoge prijs moet betalen voor iets wat om te beginnen niet eens zijn schuld is. Ja, Charles is een genie en hij is dol op zijn bevliegingen. Maar Charles' stoornis is een geschenk dat niemand wil krijgen. Er is geen geneesmiddel voor, geen oplossing. Of Charles neemt zijn medicijnen en lijdt, óf hij doet dat niet waardoor alle anderen lijden. Het is kolossaal, ziekmakend, absoluut oneerlijk.

Het huis is leeg en stil als Karena er aankomt. Door de vochtigheid zijn de gezinsluchtjes ingepakt en versterkt: de tonijnschotel die Siri gisteravond heeft gemaakt en die niemand wilde, haar sigarettenrook, de muffe vloerbedekking. Het licht is triest en groen: dat geduldige, waterige licht dat voorafgaat aan regen. Karena rent de trap af naar Charles' slaaphol. Waar ligt het? Waar is het buienboek? Ze ontdekt het op Charles' landkaartentafel en grist het weg. Het is niet leuk om hier te zijn zonder Charles, het hol voelt aan als een lege batterij. Zelfs de lavalampen zijn stil. Karena stopt het buienboek in haar spijkerjasje en dendert de trap weer op.

Ze rijdt net zo snel weer terug naar de Black Wing, maar als ze eenmaal op de parkeerplaats staat, blijft ze in de jeep zitten en rookt haar laatste sigaret. Ze wordt een beetje misselijk van de nicotine en Karena beseft dat ze vandaag nog niets gegeten heeft; ze was te nerveus om te ontbijten. Het is na drieën en het is een beetje opgeklaard. De zon is niet sterk genoeg om tevoorschijn te komen, maar maakt de lucht wel verblindend wit. Karena rookt en kijkt naar de inrichting, een hoog, oud, bakstenen gebouw op een uitgestrekt gazon. Ze probeert het raam van haar broer te vinden. Het lukt niet. Ze neemt het laatste trekje van haar sigaret, drukt die uit en stapt naar buiten. Plakkerige condens druppelt van de bomen op haar haar en huid.

Ze haalt Charles' buienboek uit haar binnenzak en pakt het met beide handen vast. Kijkt vastberaden naar de inrichting. Tijd om naar binnen te gaan.

Maar ze kan het niet.

Ze probeert het wel. Echt waar. Doe het nou maar gewoon, zegt ze tegen zichzelf, je hebt het beloofd. Doe niet zo kinderachtig. Je moet, zegt ze tegen zichzelf. Het is Charles, Charles zit daarbinnen. Charles. Haar broer. Zit te wachten.

Maar Karena kan niet naar binnen.

Ze weet niet hoe lang ze met het buienboek in haar handen geklemd op de parkeerplaats staat. Uiteindelijk probeert ze zichzelf niet eens meer te overtuigen en staart alleen maar naar de inrichting. In ieder geval lang genoeg om de kaft van het boek zo vochtig te laten worden, dat het gemarmerde patroon afgeeft op haar handen. Dan krast er een kraai en valt er ergens vandaan een druppel op Karena's hoofd, en komt ze in beweging.

Ze keert terug naar de jeep. Grabbelt in het handschoenenkastje tussen de aanstekers en zakdoekjes en pakjes met oude crackers naar een pen. Ze legt het buienboek op de motorkap van de jeep en scheurt een van de achterste bladzijden eruit. Daar krabbelt ze, terwijl haar normaal gesproken zo keurige handschrift alle kanten op schiet, op: *Eigendom van Charles Hallingdahl, kamer 327. Zorg alstublieft dat hij dit krijgt!!!!*

Ze gebruikt een haarspeldje dat ze ook in het handschoenenkastje heeft gevonden om het briefje aan de voorkant van het buienboek te bevestigen. Ze schiet de stenen trap van de inrichting op en wil de deur openduwen, maar kan dat niet. Ze is zo'n verdomde lafaard dat ze zelfs dat niet kan. In plaats daarvan legt ze het buienboek op de bovenste tree onder de overkapping en schuift het tegen een treurig ogende stenen leeuw aan. Halverwege de trap blijft ze staan, rukt haar jas uit en rent weer naar boven om het boek daarin te wikkelen. Ze wil niet dat het nat wordt. Met trillende handen en een droge keel waarin haar hart wild klopt, geeft Karena het buienboek aan de leeuw, propt het bundeltje onder de stenen manen van het beest. Zegt: 'Zorg er goed voor.' Werpt er een laatste blik op. Rent dan weg.

40

Een maand later, de dag voordat ze naar college vertrekt, gaat Karena nog een eindje rijden met Tiff. Waarom niet? Ze heeft de tijd. Ze is gepakt en gezakt, alle persoonlijke spullen zijn weg uit haar kamer, haar koffer en reistas liggen aan het voeteneinde van haar bed. En ze komen allemaal nog één keer samen in French Island. Mike Schwartz en zijn groepje komen, aldus Tiff, en Benji R. en Weez en Jeff Wisneski, maar dat zal Karena allemaal worst wezen. Ze gaat alleen voor Tiff. Niet te geloven dat ze deze mensen ooit gemogen heeft, de gasten die haar broer primi's noemde, primitievelingen, dat Karena zo'n honderd jaar geleden vond dat ze iets te melden hadden.

Het is een schitterende middag, zo helder als een raam van gebrandschilderd glas: een en al blauwe, groene en gouden tinten. De storm van eergisternacht heeft alle vochtigheid weggeblazen en in zijn kielzog iets achtergelaten wat aanvoelt als herfstweer. De zon heeft nu al die septemberse schuin invallende lichtstralen, een verblindend wit schijnsel als van een kale gloeilamp, hoewel pas een paar bladeren van kleur beginnen te veranderen. Karena en Tiff zitten in de F-150 van Tiffs vader en Tiff rijdt. Ze bevinden zich op Foss Line Road, die New Heidelburg verbindt met de Mississippi en in drieëntwintig haarspeldbochten door het steile voorgebergte naar beneden slingert. Gewoonlijk neemt Tiff – en Karena ook – die bochten het liefst zo scherp mogelijk, zodat ze hun maag omhoog voelen komen en het uitschreeuwen. Maar vandaag stuurt Tiff, uit respect voor dit keerpunt in hun leven en uit een soort plechtig besef dat dit hun laatste middag samen is, de grote truck zo behoedzaam als een oud vrouwtje door de bochten naar beneden.

Tiff is ook zenuwachtig, ze rookt en praat aan één stuk door. Zij vliegt naar Harvard de dag na Karena's vertrek en ze heeft haar kofferbak al veertien keer opnieuw ingepakt. '... dus ik weet het niet,' zegt ze, 'wat denk jij, de Keds of de Converse? Die hoge gympen zijn misschien, hoe zal ik het zeggen, te excentriek, alsof ik té veel mijn best doe. Maar ik wil niet dat ze denken dat ik een boerentrut ben of zo, snap je?'

Karena staart naar de kudde koeien die in een modderige kreek staat. Ze zijn nu in Looney Valley, het laagliggende stuk land dat ingekneld ligt tussen Foss Line Road en de oevers van de Mississippi in het oosten. Karena heeft een hekel aan dit gedeelte. Ze voelt zich er ingesloten en de boerderijen hierbeneden zien er in haar ogen benauwd uit. Misschien ziet het er in het deel van het land waar Tiff naartoe gaat net zo uit: het westen van Massachusetts, Vermont. Eerlijk gezegd benijdt Karena haar niet. Al die oude geplooide bergen en roetkleurige steden en verwaande meisjes uit het oosten. Maar ze zegt: 'Maak je niet druk. Het is Boston maar. Je gaat niet naar New York of zo.'

'Dat is zo!' zegt Tiff een stuk opgewekter. 'Helemaal waar.' Ze gooit haar Virginia Slim het raam uit – Karena had graag gewild dat Tiff niet op dat merk was overgestapt, iedereen weet dat je longen ervan gaan bloeden – en steekt meteen een andere op. Haar bedeltjes van bergkristal tinkelen.

'Trouwens,' zegt Karena, 'je krijgt nog steeds kleedgeld, toch? Waarom wacht je niet tot je daar bent en koop je wat alle anderen dragen?'

'O... mijn... god,' zegt Tiff. 'Waarom heb ik dat zelf niet bedacht? Mijn hersenen zijn een zeef. Wat moet ik zonder jou, Kay? Ik weet het niet. Ik zou het echt niet weten.'

Karena glimlacht. Ze slaan af naar River Road en ze kan nu wat makkelijker ademen. Links van hen torenen de enorme kalkstenen rotswanden, die begroeid zijn met dicht struikgewas en bezaaid met kuilen van ratelslangen, nog steeds hoog boven de truck uit. Maar boven de Mississippi aan hun rechterzijde ziet ze weer lucht. De rivier is hier anderhalve kilometer breed en stroomt langs eilanden die groot genoeg zijn om op te wonen, tot hij aan de andere kant tegen Wisconsin aan kabbelt.

Karena tuurt over de weg richting Crescent City en kijkt dan weer opzij naar het water, naar de boten en inhammen. Als ze verder zouden rijden over de River Road, langs Crescent City, kwamen ze bij de Black Wing. Maar vandaag gaat ze niet zo ver.

Opeens klinkt er een bijenachtig gebromzoem – *ffzzzzmmm, fzzzzzmmmz!* – en worden ze aan weerskanten gepasseerd door een zwerm motorrijders. Die zijn waarschijnlijk op weg naar de ijssalon in Alma, die om de een of andere reden populair is bij motorrijders. Karena werpt een blik op de motorrijders als ze voorbijrijden. Ze wacht tot ze overmand wordt door de rillingen, net als die vreemde aanval die ze gisteren had gehad. Ze was toen thuis en niet eens buiten – geen motorrijder te zien. Ze stond gewoon in de badkamer extra shampoo en haar krultang in haar tas te stoppen. Maar toen knalde Siri een keukenkastje dicht of liet misschien een kookboek vallen. Hoe dan ook, er klonk een knal en Karena moest op de grond gaan zitten, op het roze versleten kleedje, omdat ze zo hevig beefde.

Maar er gebeurt nu niets. Alleen een beetje kippenvel, alsof er een briesje over Karena's huid is gestreken. Karena kan niet zeggen dat dit haar verbaast. Ze heeft de afgelopen maand iets ontdekt, sinds ze haar broer in de Black Wing heeft achtergelaten: de tijd plooit zich over het verleden als je dat toestaat. Natuurlijk, ze zijn er nog steeds, de dag van het noodweer, de man op de weg en de groene tornado, en ergens zal Karena altijd vast blijven zitten aan die weg, aan de jeep en het hol en de badkamer beneden. En aan de kamer van haar broer in de Black Wing en ook aan de trap daarbuiten. Maar de beelden liggen nu dieper in haar verzonken en Karena heeft het gevoel dat ze die kan laten gaan, kan laten zakken, ervoor kan zorgen dat de alledaagse gebeurtenissen zich eroverheen vouwen en ze uit het zicht halen – net als de enorme, troebele waterplas aan haar rechterzijde naar verluidt vissershutjes, boten, zelfs treinwagons naar de zilte bodem heeft getrokken, waar de modderstroom ze heeft weggevoerd.

'Holy shit, zag je die klojo?' zegt Tiff. 'Die achterste gast droeg niet eens een helm! Nou, ga maar lekker zo door, moppie. Dun de kudde maar uit, zou ik zeggen... Hé,' zegt ze tegen Karena. 'Gaat het wel?'

Karena knikt. 'Ja hoor,' zegt ze, 'niets aan de hand.' Ze steekt nog een Marlboro op en voelt dat Tiff naar haar kijkt.

'Het geeft niks hoor,' zegt Tiff op een zachtere, serieuzere toon – Tiffs therapeutenstem volgens Karena. 'Het is goed om erover te praten... als je dat wilt. Over hem, bedoel ik. Charles.'

Karena onderdrukt de neiging om haar ogen ten hemel te slaan. O jee. Het moet wel heel erg zijn met de roddels als Tiff Charles zegt als ze Charles bedoelt, en niet Ding Nummer Twee. 'Er valt niets te vertellen,' zegt Karena. 'Ik kan nu niets anders voor hem doen. Dus het is afgelopen.'

'Maar ik vind het wel erg, wat er gebeurd is,' zegt Tiff.

Karena blaast een vies smakende rookwolk uit en kijkt naar haar sigaret. Het topje brandt schuin af, aan één kant maar. Dat betekent dat er iemand aan haar denkt. Ze neemt een flinke hijs om het recht te zetten en het papier kraakt. 'Weet iedereen het?' vraagt ze. 'Van de Black Wing?'

'Nou, eh... ja,' zegt Tiff.

'Dus iedereen heeft het erover?'

Tiff controleert haar uiterlijk in de spiegel – pas geverfde kastanjebruine strepen in haar haar, donkerblauwe eyeliner, oorbellen met veertjes – ter geruststelling. 'Nou, eh... ja,' zegt Tiff nog een keer. 'Maar alleen aardige dingen,' voegt ze er gehaast aan toe. 'Ik bedoel, ze zeggen dat ze ontzettend achter jullie staan en van die dingen.'

Karena glimlacht. Het is natuurlijk niet waar, maar het is aardig van Tiff dat ze probeert te liegen. Tiff kan absoluut niet liegen. 'Bedankt, Tiff,' zegt ze.

Ze rijden een paar minuten in stilte verder, op de radio na dan, die Tiff zacht heeft gezet zodat ze kunnen praten. Dan zegt Tiff: 'Het is waarschijnlijk maar goed ook, weet je?'

'Wat?' vraagt Karena.

'Wat er met Charles is gebeurd,' zegt Tiff. Haar wangen beginnen vlekkerig rood te kleuren, maar ze gaat dapper door. 'Er is nu tenminste een diagnose gesteld, toch? Daardoor is veel duidelijk geworden. Dat hij dus niet gewoon een etterbak is... Geintje, geintje. Serieus, we weten nu dat hij niet in orde is. Een medisch probleem heeft. En hij zit op een plek waar ze hem kunnen helpen, toch, Kay? Dat is echt positief, dat ze nu echt iets voor hem kunnen doen, hem medicijnen kunnen geven.' Ze schudt haar haar los en werpt een zijdelingse blik op Karena. 'Dat moet in ieder geval een opluchting zijn,' zegt ze. 'Toch?'

'Tja, dat zal wel,' zegt Karena. Ze probeert nog een laatste trekje van haar sigaret te nemen, maar die is aan één kant verder blijven branden en gaat vanzelf uit. Ze gooit hem door het raampje. Misschien stopt ze wel als ze gaat studeren.

'Na al die tijd!' zegt Tiff op haar therapeutentoon, terwijl ze haar wijsvinger in de lucht steekt. De bedeltjes glijden rinkelend over haar arm naar beneden. 'Heb ik niet altijd gezegd dat Charles opgenomen moest worden!'

Dan zegt ze: 'Hé... O nee... O, het spijt me, Kay, ik wilde niet... Wacht even.' Ze zet haar linker richtingaanwijzer aan en zwenkt naar het parkeerterrein van de appelkraam van Leidel. Die is nog niet open, maar over een week zal het hier stampvol staan. Ze trekt de handrem aan, draait zich naar Karena toe en steekt haar armen uit. 'O, liefie, kom hier,' zegt ze.

Want Karena zit nu te huilen, écht te huilen, ze snikt en schreeuwt en hapt naar lucht als een klein kind. De tranen stromen over haar wangen en ze laat Tiff haar naar zich toe trekken, legt haar hoofd tegen Tiffs schouder en jankt. De versnellingspook drukt in Karena's heup en ze ruikt de rook in Tiffs steile haar, en Tiffs appelshampoo die in van die roze flessen zit en haar haarlak. En als Karena haar stromende ogen opent, ziet ze de River Road met de voorbijsuizende auto's en de spoorweg ernaast, de blauwe lucht met de pafferige witte wolken, de stalen brug naar Wisconsin en de eilanden met hun naaldbomen. De Mississippi stroomt langzaam voorbij en de zon zet alles in een helder schijnsel, en Karena weet dat Tiff denkt dat ze huilt vanwege Charles, omdat haar broer vastzit in een krankzinnigeninrichting in plaats van dat hij lekker buiten is op deze prachtige dag, zoals het zou moeten, gezond en oplettend en lekker in zijn eigen vel. En dat is waar: dat doet ze ook. Maar Karena huilt nog meer om zichzelf. Ze huilt om haar eigen lafheid, omdat ze tegen Charles gezegd heeft dat ze terug zou komen en dat niet gedaan heeft. Ze huilt vanwege haar egoïsme, omdat ze hem heeft verraden, niet alleen om te zorgen dat hij geholpen werd, maar ook omdat zij dan haar eigen gang zou kunnen gaan. Ze huilt vanwege deze dingen die ze in haar eigen kille hart heeft ontdekt en ze huilt vooral omdat er zo veel dingen zijn die ze nooit aan iemand zal kunnen vertellen, zelfs niet aan haar beste vriendin, omdat er haar hele leven lang zo veel zal zijn dat niemand ooit zal weten.

DEEL III

Karena en Charles, augustus 2008

41

In de vroege middag van 22 juli rijden ze de Twin Cities binnen. Karena zit achter het stuur van haar Laredo met Kevin naast zich, en Charles rijdt achter hen aan in zijn kanariegele stationcar. Karena wil automatisch naar haar huis rijden, maar Kevin wijst erop dat het logischer is om hem eerst thuis te brengen, aangezien hij geen auto heeft. Hij woont op Grand Avenue in St. Paul en hij loodst Karena over de brede oude boulevard en door bebladerde straten.

Karena is gespannen, prikkelbaar en kijkt alle kanten op – vooral in haar achteruitkijkspiegeltje om zich ervan te verzekeren dat de felgekleurde auto er nog steeds is. Dat is zo. Hij rijdt bedaard, bijna in wandeltempo, misschien stuurt Charles wel met één vinger. Karena rijdt juist defensief, alsof ze aangevallen wordt door het spitsuur. Ze zit ineengedoken over haar stuur, blijft te lang stilstaan op kruispunten, gaat boven op de rem staan bij kruisingen. Telkens als ze dat doet, drukt haar broer even op zijn claxon, maar ze kan het echt niet helpen. Ze blijft zich verbazen over de hoeveelheid auto's die langs de kant van de weg geparkeerd staan, over de huizen en bakstenen etagewoningen die zo dicht bij elkaar gebouwd zijn. Er zijn zo veel bómen. Karena moet weer denken aan wat ze in Austin aan Kevin verteld heeft, over dat ze zich een oorlogscorrespondent voelde, en dat Kevin toen antwoordde dat de herintreding nogal heftig kon zijn. Als Karena nu naar hem kijkt, voelt ze zich vreemder dan ooit. Ze is eraan gewend Kevins profiel tegen een achtergrond van lucht, wolken en gras te zien. Het is alsof ze een stukje zijn gaan rijden in zo'n oude film, waarin de auto stilstaat en de achtergrond verandert, behalve dan dat de omgeving hier volkomen verkeerd is.

'Cognitieve dissonantie, Laredo,' zegt Kevin als Karena daar een opmerking over maakt – en zelfs haar bijnaam geeft haar een schok, alsof ze een oud liedje op een nieuwe plek hoort. 'Zo noemt mijn psychiatervriendje het. Ik heb het elke keer als ik terugkom van het tornadojagen.'

'Jullie zouden een waarschuwing op de website van Whirlwind moeten zetten,' zegt Karena. 'Wanneer houdt het op?'

'Het ergste? Een paar dagen,' zegt Kevin. 'Maar het gaat nooit helemaal weg. Je krijgt flashbacks. Dan sta je bijvoorbeeld in een winkel van een benzinestation of zo en dan ben je opeens terug in Kansas, onder een meso. Maar het went. Het gaat gewoon bij je horen.'

Hij strengelt zijn vingers door de hare en Charles toetert, hoewel ze over het midden van een eenrichtingsweg rijden en er geen stopbord te zien is. Karena werpt een blik in het achteruitkijkspiegeltje. Daar is de echte cognitieve dissonantie: haar achtervolger in zijn gele Volvo. Ze kan het maar niet bevatten dat Charles echt hier is. Elke keer dat ze achteromkijkt, is het of ze een cadeautje krijgt.

Ze parkeren voor Kevins huis. Dat heeft twee verdiepingen waarvan hij de bovenste bezit. Karena buigt zich naar voren en bekijkt het nieuwsgierig. Het huis is donkerbruin en ligt op een heuvel. Het is erg smal en hoog, maar zinkt bijna in het niet naast de nog hogere oude zwarte den die bij de trap aan de voorkant staat. Het heeft een steil puntdak en Karena ziet tot haar verbazing een border van vlijtig liesjes langs het pad, evenals zo'n weerspiegelende bal op een staander. Die is knalroze.

'En, dame?' vraagt Kevin, ietwat bezorgd. 'Wat vind je van mijn vrijgezellenonderkomen?'

'Leuk,' zegt Karena. 'Schattig. Het lijkt wel een heksenhoed.'

'Heksenhoed!' bromt Kevin. 'Oké, dat ontneemt me al mijn mannelijkheid!' Hij trekt een gekke bek. 'Hoewel er dus wel degelijk een heks op de begane grond woont,' bekent hij. 'Mevrouw Axlerod. Ze stopt daar al minstens een eeuw kleine kinderen in haar oven. Ik wacht al jaren geduldig tot ze op die grote bezem het luchtruim kiest, zodat ik kan uitbreiden, maar helaas. Dat is nog niet gebeurd.'

'Dat is mooi, meneer Genie,' zegt Karena, terwijl ze een goedmoedig tikje op Kevins been geeft. 'Dus ik neem aan dat dat haar bloemen zijn?'

'Uiteraard,' zegt Kevin. 'Ik ben veel te mannelijk om bloemen te kweken. Mijn tomaten staan achter.'

Karena glimlacht en ze kijken naar de wapperende blaadjes boven de stoep. Ergens koert een treurduif.

'Dus,' zegt Karena, 'ik zie je snel, komend weekend of zo? Vrijdag of zaterdag?'

Kevin haalt zijn schouders op. 'Dat bepaal jij, Laredo. Ik ben niet degene die van alles in te halen heeft met een jarenlang vermiste broer. Ik ga gewoon geduldig bij de telefoon zitten wachten.'

'Oké,' zegt Karena. 'Ik bel je zodra de rook een beetje is opgetrokken. Om je te laten weten hoe het gaat.'

'Ja, doe dat,' zegt Kevin. Hij pakt haar hand. 'Maar even serieus,' zegt hij, 'niet dat ik het wil verpesten hoor, want ik weet dat het een soort mirakel van Lourdes is dat jullie elkaar hebben teruggevonden en dat je ongelooflijk blij bent. En terecht. Maar als Chuck ook maar een beetje bizar gedrag gaat vertonen, als hij iets zegt of doet waardoor jij je ook maar enigszins ongemakkelijk gaat voelen, wil ik dat je me belt. Oké, Karena?'

Karena kijkt in de achteruitkijkspiegel. Door de schaduwen van blaadjes en de reflectie van het licht op Charles' voorruit kan ze haar broer niet zien. 'Dat zal ik doen,' zegt ze.

'Maakt niet uit hoe laat het is, dag en nacht,' zegt Kevin.

'Oké.'

'Ik meen het, Karena. Of kom gewoon langs. De deur staat altijd open.'

'Oké, Kevin,' zegt Karena. Ze klopt op Kevins borst. 'En maak je nou maar niet zo druk. Ik red me wel.'

Kevin knikt. 'Goed dan,' zegt hij. 'Jullie gaan vast heerlijk bijpraten. Ik ben erg benieuwd.'

Hij zet zijn pilotenbril op en bukt om zijn laptoptas te pakken. Hij en Charles hebben de standaard en de ham-radio in Austin al gedemonteerd. 'Nou dan, fijne tijd, Laredo,' zegt hij. 'Ik ben verdomd blij dat ik je ontmoet heb.'

'O, ik ook,' zegt Karena. 'Ik zal je missen,' en ze buigt zich voorover zodat ze elkaar kunnen zoenen.

Achter hen wordt getoeterd. 'Sorry,' roept Charles door het raam. 'Mijn elleboog gleed uit.'

Kevin zucht. 'Waarom wilden we hem ook alweer vinden?' vraagt hij.

'Geen idee,' zegt Karena.

Kevin kust zijn vingers, legt die op Karena's wang en stapt uit. Hij loopt naar de achterbak voor zijn reistas. 'Tot gauw, Laredo,' zegt hij, terwijl hij de achterklep dichtgooit. In haar zijspiegel ziet Karena hem, met het hengsel van zijn laptoptas kruislings over zijn schouder geslagen en de grotere tas in zijn hand, naar Charles' auto lopen. Hij bukt om iets tegen Charles te zeggen, geeft een klap op het dak van de Volvo en loopt het pad op in de richting van zijn punthoedhuis. Karena wacht tot hij binnen is en kijkt dan weer naar de straat voor haar. De zon schijnt dromerig tussen de bomen door, twee jongens rijden op crossmotoren rondjes op een grasveld. Achter haar blijft Charles onzichtbaar, maar als een briesje de bladeren verschuift, ziet Karena het voorwerp dat aan zijn achteruitkijkspiegel hangt: een dromenvanger.

Ze haalt haar mobiel tevoorschijn om hem te bellen – toen ze hun nummers uitwisselden heeft Karena gezien dat Charles' mobiel een prepaidmodel van een Walmart of een benzinestation is, wat verklaart waarom ze hem niet via een telefoonmaatschappij heeft kunnen opsporen. Terwijl ze het nummer intoetst, begint de mobiel in haar hand te brommen.

'Jémig, kinders,' zegt Charles als Karena opneemt. 'Boek een kamer.'

'Ha ha, je bent hilarisch, Charles.'

'Sorry dat ik dat intieme moment heb verpest,' zegt hij. 'Mijn elleboog gleed echt uit.'

'Mmm mmm. Oké, Charles. En, ben je er klaar voor?'

'Natuurlijk,' zegt Charles. 'Daarom bel ik, om te vragen of we nu vertrekken of dat je van plan bent Wiebs huis in te rennen voor een wipje voor onderweg. Ik bedoel, als jij en Wieb wat tijd voor jullie zelf willen, kan ik wel ergens een ijsthee gaan drinken of zo.'

'Charles.'

'Ik vraag het maar... Dus, gaan we dan nu? Ik bedoel, ik vind het een geschikte kerel, hoor, maar ik wil liever zien waar jij woont.'

'We gaan,' zegt Karena. 'Tenzij je echt nog iets wilt eten of drinken... Heb je trek? Ik heb waarschijnlijk niet veel in huis.'

'Nee hoor, dat hoeft niet,' zegt Charles. 'We doen alles wat jij wilt, zussie. Wijs me de weg. Ik ben nu in jouw wereld.'

Karena glimlacht, hoewel die laatste opmerking haar zowel aan het weifelen brengt als opwindt. Ze hangt op, zwaait zodat Charles haar kan zien, knippert dan met haar lichten en rijdt weg. De gele Volvo rijdt probleemloos achter haar aan.

Doordat Karena een tijdje weg is geweest en afgeleid is, en omdat ze St. Paul niet zo goed kent, kan ze niet zomaar de kortste route naar huis uitstippelen. Ze neemt genoegen met de eerste route die bij haar opkomt, neemt Snelling naar Lake Street en steekt de rivier over. De Mississippi is hier breed en boven het traag stromende water ziet ze weer lucht. Karena haalt opgelucht adem. Ze beseft dat een van de redenen waarom ze zo gespannen is geweest sinds ze de stad zijn binnengereden, is dat ze niet de hele hemel kan zien. Nu ziet ze de nevel aan de horizon, de cu die langsdrijft – ze zal nooit meer op dezelfde manier naar wolken kijken. Dan zijn ze aan de overkant en sluiten de bomen hen weer in.

Charles toetert als ze van de brug afrijden en Karena steekt een hand omhoog in het achteruitkijkspiegeltje: wat is er?

Hij wijst naar links en Karena begrijpt wat hij bedoelt: kijk, daar is River Road! Die namen ze altijd als ze naar oom Carroll gingen. Nou, eigenlijk... denkt ze – ze zet haar linker richtingaanwijzer aan –, is dat een betere route. Om sentimentele redenen loodst Karena Charles langs oom Carrolls huis, een kleine bungalow die bijna geheel schuilgaat onder klimop, en neemt dan de Minnesota Parkway naar de stad. Ze sukkelt vooruit als een bejaarde – waar Charles vast gestoord van wordt –, maar Karena wil geen enkel risico lopen hem uit het oog te verliezen, van hem gescheiden te worden doordat er een andere auto tussen komt rijden of hij voor een stoplicht moet wachten. Ze kan het nog steeds niet geloven dat Charles hier is, echt hier, na al die jaren. Elke keer dat ze in de achteruitkijkspiegel kijkt, verwacht ze niets te zien, of een vreemde auto, te merken dat Charles weggeglipt is. Maar elke keer dat ze kijkt, is de gele Volvo er nog steeds, vlak achter haar.

42

'Kom hier, zussie,' zegt Charles.

Hij klopt op zijn borst en spreidt zijn armen. Ze staan op de stoep voor Karena's huis, waar Charles zojuist zijn auto heeft geparkeerd. Ze valt hem gewillig en gelukkig in de armen en houdt hem lange tijd vast: een veel vrediger omhelzing dan het gillende weerzien in Austin. Charles is zo dun dat Karena zijn ribben door zijn T-shirt heen voelt. En hij ruikt anders, niet meer naar Irish Spring-zeep en fastfood, maar naar zout en een zweempje patchoeli. Maar hij ruikt ook gewoon naar Charles, een geur die Karena net zo vertrouwd is als haar eigen adem. Als ze elkaar eindelijk loslaten, zijn Charles' ogen vochtig en rood.

'Het is zo verdomd goed om je te zien, K,' zegt hij.

'Jou ook, Charles.'

Hij begint zijn laptop, ham en scanner te demonteren, en Karena gaat alle andere spullen uitladen. Er is heel veel. Zo te zien heeft Charles, zoals ze al vermoedde, in ieder geval deels in zijn auto gewoond. Hij is nooit echt een georganiseerd type geweest, behalve als het om zijn data ging, dus Karena verzamelt stapels geruite flanel overhemden en T-shirts, niet bij elkaar passende sokken, een yogamatje – yoga? – en een paar bosjes van iets wat op sprokkelhout lijkt. 'Charles,' zegt ze, terwijl ze het opsteekt, 'wat is dit?'

'Salie. Om te verbranden. Kun je slechte spirituele energie mee weg krijgen.'

O jee, denkt Karena. 'Handig,' zegt ze.

'Wat ben je eigenlijk aan het doen?' vraagt Charles, terwijl hij de auto weer uitstapt.

'Wat denk je? Ik breng je spullen naar binnen.'

'Wil je zeggen dat het niet veilig is om ze erin te laten?' Charles kijkt de met bomen omzoomde straat door. 'Dit lijkt me best een goede buurt.'

'Dat is het ook,' zegt Karena, 'maar... Ik dacht... Blijf je niet een tijdje?'

Charles haalt zijn schouders op. 'Ik wil me niet opdringen,' zegt hij. 'Ik weet dat je een eigen leven leidt.'

'Doe niet zo belachelijk, Charles,' zegt Karena. 'Natuurlijk heb ik een eigen leven. En daar hoor jij nu ook bij.'

'Oké, maar...'

'Je bént er net, Charles. Zullen we later bespreken wanneer je weer weggaat? Daar in ieder geval een paar dagen mee wachten?'

Charles knikt en zijn ogen worden weer rood. 'Dank je, K.'

'Niets te danken. Help me nou maar al die troep naar binnen te brengen.'

Ze lopen een paar keer heen en weer, sjouwen de ene tas na de andere, de ene na de andere doos naar binnen. En een Mexicaanse deken. Een trommel van de Lakota die tot Karena's middel komt. Een kistje groene thee. Genoeg boeken om een kleine bibliotheek te vullen: *Sap doet leven, De natuurgenezergids van medicinale kruiden, Homeopathie voor dummies, Genezen met kristallen.* Uh-oo, denkt Karena. De andere boeken gaan over meteorologie: *Handboek orkanen en tornado's*, Flora's *Tornado's van de Verenigde Staten.* Bluesteins *Tornado Alley. Blootgesteld aan weer en wind. Het weerboek van de AMS, Veldgids van de Natuurbescherming voor het weer in Noord-Amerika.* Als Karena er een oppakt, dwarrelen er verschillende foto's van supercellen uit. En dan zijn er ook nog de stapels zwart gemarmerde notitieboeken die Karena nog kent uit New Heidelburg. Charles' buienboeken, zijn data. Ze kijkt even naar de bovenste – MRT-AUG 2003 staat er op de voorkant – en herinnert zich de laatste keer dat ze er zo een gezien heeft. Vastgehouden heeft. In haar jasje heeft gewikkeld en tegen de stenen leeuw heeft gezet. Karena kauwt even op haar lip en sjouwt de buienboeken dan de trap op.

Ze heeft zich zo vaak voorgesteld dat Charles in haar huis was, hoe hij zou reageren op die bank, die spiegel, dat het hier bijna is ingericht met hem in gedachten. Maar nu Charles er daadwerkelijk is, voelt Karena zich opgelaten. Ze kijkt hoe hij ronddwaalt, haar boeken en kunst bewondert, en ze verwondert zich over hem, zo hetzelfde en toch zo veranderd. De tijd is haar mooie broer goedgezind geweest. Zijn bolle babywangen zijn verdwenen, zijn haargrens is ietsje geweken, zijn donkere baard is gemêleerd en de lijnen zitten op precies dezelfde plekken als bij Karena: op zijn voorhoofd en rond zijn ogen. Maar verder lijkt hij niet veranderd; het belangrijkste verschil, denkt Karena, is dat Charles niet langer knapper is dan zij. Hij is prachtig.

Ze leidt hem het huis rond en eindigt boven in de grote slaapkamer. Op dit deel van het huis is Karena het meest trots. Toen ze het kocht, van een Duitse geschiedenisprofessor en haar oudere, maar griezelig knappe moeder, was deze tweede verdieping een doolhof van kamertjes. Heel licht, maar benauwd. Karena heeft alle muren doorgebroken, behalve die van de badkamer, en nu is het hier een en al ruimte en haar grote witte bed.

'Dit is belachelijk mooi, K,' zegt Charles, die met grote ogen rondkijkt. 'Alsof je in een grote cu zit!' Karena moet lachen. Dat is nou niet het effect dat ze voor ogen heeft gehad, maar met dat zachtgrijze tapijt en de crèmekleurige muren snapt ze wel waarom hij dat denkt.

'Ik ben blij dat je het mooi vindt,' zegt ze, 'want jij mag hier logeren.'

'Maar dit is toch jouw kamer?'

'Nu even niet.'

Charles steekt zijn handen omhoog. 'O nee,' zegt hij. 'Geen sprake van. Ik ben je al genoeg tot last.'

'Het is geen punt, Charles. Ik val de helft van de tijd toch al in slaap in mijn studeerkamer beneden,' zegt Karena, en dat is waar. 'Op die manier hebben we allebei privacy. Er is hier ook een badkamer, zie je?'

Charles gaat kijken. 'Niet te geloven,' zegt hij. 'Ik ga akkoord, maar op één voorwaarde.'

'En die is?'

'Dat we ruilen. Ik slaap hier een paar nachten en dan jij weer. Oké?'

'Prima,' zegt Karena om hem de mond te snoeren. 'En raad eens, jij mag al die dozen naar boven sjouwen.'

'Afgesproken,' zegt Charles en hij omhelst haar opnieuw.

Ze vertrekken weer naar beneden, naar de keuken, als nerveuze gasten op een feestje. 'Eigenlijk heb ik best trek,' zegt Charles. En geen wonder: op de klok boven het gasfornuis ziet Karena dat het kwart over zeven is.

'Wauw,' zegt Karena. 'Ik had geen idee dat het al zo laat was. Waar wil je naartoe, de Mexicaan, de Thai?'

Maar Charles steekt een hand op en wappert ermee, nee nee nee nee nee, net als op Marla's verjaardagsvideo. 'O nee,' zegt hij, 'ik heb het zo gehad met buitenshuis eten. Ik kook wel.'

Karena lacht en leunt tegen het aanrecht. 'Jíj?'

'Ik vind jouw gebrek aan vertrouwen nogal krenkend,' zegt Charles kalm. 'Hoe denk je dat ik me dat jagen kan veroorloven, K? Ik heb wel eens van die dingen, baantjes heten ze. Ik vind het leuk om in een restaurant te werken, want dan kan ik mijn gang gaan, vrij nemen wanneer ik wil. Ik kan liflafjes maken, maar ook een driegangendiner, je zegt het maar.' Hij doet de koelkast open en tuurt naar binnen. 'Alleen kan ik hier niets mee,' zegt hij. 'Augurken, frisdrank en... jézus, wat krijgen we nou,' zegt hij, terwijl hij een druipend plastic zakje naar de gootsteen slingert. 'Volgens mij probeerde het me te bijten!'

'Oké, Charles.'

'Sorry hoor, K, maar de angst slaat me om het hart. Jij eet verschrikkelijk ongezond.'

'Nou nee hoor,' zegt Karena, 'onder normale omstandigheden niet. Maar ik heb de hele week achter jou aan lopen jagen, dus ik heb nou niet bepaald de gelegenheid gehad om naar de delicatess...'

Charles knalt de koelkast dicht en draait zich om. 'Wacht even,' zegt hij, 'momentje.' Hij strijkt zijn vingers door zijn haar op die afwezige, semigeagiteerde manier die Karena zich maar al te goed herinnert. 'Was jij op zoek naar míj? Was je dát daar aan het doen met Wieb? Ging je niet gewoon achter tornado's aan?'

'Charles, alsjeblieft. Waarom zou ík ooit achter tornado's aan gaan?' snuift Karena. 'Natuurlijk was ik daarom daar. Na het telefoontje uit het ziekenhuis...'

Charles wordt doodstil. 'Welk ziekenhuis?' zegt hij dan.

'Het ziekenhuis in Wichita. Jij hebt hun mijn naam gegeven.'

Charles zoekt steun aan het gasfornuis. 'Ze hebben je gebeld,' zegt hij. 'Om wat te vertellen?'

'Niets. In eerste instantie. Maar toen ik daar kwam, dat je een paniekaanval had gehad en was ontslagen. Hoezo?'

Charles staat met zijn hoofd te schudden. 'Dat benauwt me,' zegt hij. 'Dat benauwt me heel erg. Ik geef ze jouw naam omdat ik niet anders kan, ze hebben me in wezen gedwongen. "We hebben de naam van een familielid nodig, meneer. We hebben een contact van buiten nodig." En als ik dat dan doe, heel erg tegen mijn zin, gaan ze jou bellen? Ze storen je op je werk, verstoren je leven en sleuren je helemaal naar Kansas? Wat vind ik dat erg, K. Het spijt me heel erg.'

'Het geeft niets, Charles,' zegt Karena. 'Het is allemaal goed gekomen. Ik heb er een verhaal aan overgehouden, om maar eens iets te noemen. En belangrijker nog: jij bent er.'

'Dat is waar,' zegt Charles. Hij strijkt zijn haar naar achteren en blaast uit. 'Maar toch. Wat hebben ze gezegd dat jij bent gaan jagen?'

Ze staren elkaar aan, Karena's leikleurige ogen kijken in Charles' bruine. 'Niets,' zegt ze weer. 'Ik... maakte me gewoon zorgen.'

'Tja,' zegt Charles. 'Dat was nergens voor nodig. Het was gewoon iets stoms, ik ging een beetje uit mijn dak. Kijk, dat is nou precies wat ik bedoel, zo gaat het nou altijd met die medische hotemetoten. Ze zouden gewoon een bom gebruiken om een mug te doden. Ik wist dat ik een fout maakte door daarheen te gaan. Ik zou het ook nooit gedaan hebben als... Nou ja, hoe dan ook. Ik heb het zo gehad met die hotemetoten.'

Uh-oo, denkt Karena.

'Dus dát was het,' zegt Charles. 'Oké. Dit mag ons samenzijn niet verpesten. Dus jij was daar ook op jacht, hè? Dus dáárom ging mijn tweelingradar de hele tijd.'

'De mijne ook,' zegt Karena. 'Ik liep je steeds nét mis. We reden vlak langs je voor die wig.'

Charles' grijns, die breder aan het worden was, verdwijnt. 'Waren júllie dat?' zegt hij. 'Die rode jeep daar was jouw rode jeep? Jezus. Ik ga Wieb villen omdat hij jou er zo dichtbij heeft gebracht. Hoe háálde hij het in zijn hoofd?'

'De vraag is,' zegt Karena, 'waar ben jij in hemelsnaam naartoe gegaan?'

'Naar het zuiden,' zegt Charles, 'en toen naar Pine Ridge... het reservaat. Ik heb daar een vriend, Eddie Black Cloud, bij wie ik een paar dagen ben blijven hangen. Daarna heb ik besloten jou een bezoek te brengen... Maar daar hebben we het later wel over. Jezus, K,' zegt hij, 'die wig was waanzinnig. Zelfs ik zou daar niet achteraangaan.'

'Nou, gelukkig maar,' zegt Karena. 'Het was afschuwelijk.'

Ze kijken even naar hun voeten, die op dezelfde manier op tegenover elkaar liggende tegels staan, kijken vervolgens tegelijkertijd weer op en zeggen: 'Laten we pizza bestellen.' Dan lachen ze.

'Inke pinke,' zegt Charles. 'Denk je dat we een vegapizza kunnen krijgen? En van volkorendeeg?'

'Wat jij wilt,' zegt Karena, 'het is jouw dag.'

Verdwaasd pakt ze de telefoon om de bestelling door te geven. Dan dekken zij en Charles de tafel in de eetkamer alsof ze al jaren samenwonen. Karena hoeft Charles niet te vertellen waar het bestek ligt, welke borden hij moet gebruiken en welke servetten. Hij weet het gewoon. Ook dimt hij de kroonluchter en zegt 'Kaarsen?', terwijl Karena zich op datzelfde moment met de kandelaars van oma Hallingdahl in haar handen omdraait bij het dressoir. Ze zet ze glimlachend op tafel en zegt: 'Ik durf te wedden dat je deze vergeten bent...' Maar Charles staart met een tragische, ingespannen blik naar de tinnen kandelaars in de vorm van paarden en Karena krimpt ineen. Natuurlijk. Ze doen hem aan Siri denken.

Ze trekken stoelen onder de tafel vandaan en gaan zitten. Charles duwt de paarden vooruit met zijn vinger. 'Hoe was het op het laatst?' vraagt hij zonder Karena aan te kijken. 'Heeft ze nog naar me gevraagd?'

Karena zucht. Tegen die tijd kon Siri niet meer praten, was er alleen de rasperige ademhaling die door haar ingevallen keel naar binnen en naar buiten ging. De huid rond haar mond was gezwollen en gebarsten door de buisjes. 'Ze was toen zichzelf niet meer, Charles,' zegt ze.

Charles zet de paarden met hun neuzen tegen elkaar, alsof ze aan het kussen zijn. 'En pa,' zegt hij. 'Jezus, K, hoe heb je hem met die Zwarte Weduwe kunnen laten trouwen?' Hij laat de paarden angstig hinnikend over de placemat weggalopperen.

Karena weet nog dat ze tijdens het huwelijk naast Frank stond. De ene kant van de lutherse kerk in New Heidelburg zat volgepakt met de talrijke nakomelingen van de Weduwe en aan de andere kant zat zij in haar eentje. De geforceerde glimlach voor de fotograaf. Karena die in Franks oor wilde fluisteren dat hij beter een proever in dienst kon nemen.

'Ik had er nou niet bepaald iets over te zeggen,' zegt ze. 'Hij is een volwassen man... Wáááácht eens even. Hoe weet jij van de Weduwe?'

'Ik weet alles,' zegt Charles. 'Ik weet ook van pa's beroerte. En dat de Weduwe hem gewoon in dat tehuis gestopt heeft toen het wat lastiger werd. Ik ga af en toe bij hem op bezoek.'

Karena staart hem met open mond aan. 'Echt?'

'Jazeker.'

'Dat méén je niet. God, Charles! Waarom heb je verdomme niemand laten weten dat je er was? Ik heb me rot gezocht naar je.'

'O,' zegt Charles, 'nou ja, ik wilde geen slapende honden wakker maken. Zo te zien was je beter af zonder mij.'

Hij laat de paarden naar Karena's placemat galopperen en zet ze met hun hoofden naar haar toe. 'Ik bedoel, dit huis' – hij zwaait met zijn arm door de kamer – 'en je baan. Ik ben zo trots op je. Ik heb elk artikel gelezen dat je geschreven hebt, wist je dat? Jep. Online. Ze waren hartstikke goed, K.'

'Dank je,' zegt Karena. 'Maar Charles...'

De deurbel gaat en Karena staat zuchtend op om de pizzakoerier te betalen. Als ze de doos op tafel zet, vallen ze allebei hongerig aan. Ze trekken punten los en stoppen die met bungelende kaasdraden in hun mond.

'Ik heb ook nog een keer geprobeerd pa vóór zijn beroerte te bezoeken,' zegt Charles met volle mond. 'Om het goed te maken. Vlak nadat ze waren getrouwd. Ik had zelfs een huwelijksgeschenk meegenomen: zo'n tuinkabouter waar ze zo dol op is, met paddenstoelen op zijn hoofd of zoiets doms. Maar hij was waarschijnlijk voor zaken op pad en toen zij me zag deed ze net of ze niet thuis was.'

'Dat meen je niet,' zegt Karena.

'Wel.'

'Misschien was ze er echt niet.'

'Nou en of ze er was,' zegt Charles, terwijl hij groenten van de pizza in de doos pulkt en die op de punt op zijn bord legt. 'Haar auto stond voor de garage en de tv stond aan, maar toen ze naar buiten keek en zag wie het was... hoepla! De tv ging uit. Het licht ging uit. Einde verhaal.'

Karena lacht. 'Wat gemeen,' zegt ze.

'Zeg dat wel,' beaamt Charles. 'Ze is zo'n kreng.' Hij vouwt zijn punt dubbel en propt hem in zijn mond. 'Wat denk jij, K, heeft ze het gedaan?'

'Wie wat?'

'De Weduwe. Pa's beroerte veroorzaakt.'

'Nee!' zegt Karena, hoewel die gedachte in eerste instantie wel degelijk bij haar opgekomen was, gezien de staat van dienst van de Weduwe. 'Ik denk dat ze het gewoon erg slecht getroffen heeft met haar echtgenoten.'

'Ik weet het niet,' zegt Charles grimmig. 'Ik zou strychnine niet willen uitvlakken. Of misschien arsenicum. Ja, absoluut arsenicum. Ze heeft zo'n arsenische uitstraling.'

'Ik denk echt van niet hoor, Charles. Trouwens, als het wel zo is, heeft ze het niet echt goed gedaan, hè?'

'Misschien is ze het een beetje verleerd,' oppert Charles.

'Dat kun je wel zeggen, ja,' zegt Karena.

Charles zit peinzend te kauwen. 'Over slechte huwelijken gesproken,' zegt hij, 'die Britse oetlul met wie jij getrouwd was? Wat was dát nou weer? Ik was zo opgelucht toen je hem de laan uit stuurde.'

Karena houdt op met kauwen en staart hem opnieuw aan. Het feit dat Charles haar blijkbaar net zo nauwlettend in de gaten heeft gehouden als Frank, is zo gigantisch en niet te bevatten, dat Karena er nu niet bij stil kan staan. Ze stopt het weg om er later over na te denken. 'Zo erg was hij nu ook weer niet,' zegt ze.

'Echt wel,' zegt Charles. 'Hij was een idioot. Het Brood is een verbetering, hoewel niet zo'n grote. Ik moet zeggen, K, dat ik niet zo'n hoge pet op heb van jouw smaak qua mannen.'

'Niemand heeft je daar ook naar gevraagd,' zegt Karena. En dan: 'Wat is het Brood?'

Charles gaat achterover op twee poten van zijn stoel hangen en grijnst. 'Wiebke,' zegt hij. 'Het Brood. Doet zijn pens je niet denken aan zo'n brood uit de prentenboeken van Richard Scarry waar we vroeger zo dol op waren, van die broden waar de damp vanaf sloeg?'

Karena kan haar lach niet onderdrukken. 'Ik heb inderdaad precies hetzelfde gedacht,' bekent ze. Charles maakt met zijn wenkbrauwen en handpalmen een 'zie je nou wel?'-gebaar en pakt dan nog een stuk pizza.

'Dus jij en het Brood,' zegt hij op een amechtige Godfather-toon, terwijl hij zijn wijsvinger heen en weer beweegt. 'Hoe is dat zo gekomen?'

Karena legt het uit en Charles knikt. 'Nuuuuuu begrijp ik het,' zegt hij. 'Ik kon al niet bedenken hoe jullie anders aan elkaar verslingerd waren geraakt. Jullie zitten nou niet bepaald op één lijn.'

'En wat moet ik daar nou weer van denken?'

'Kom op, K. Hij is een brodige, vrijgezelle, veertigplussige natuurkundeleraar. Jij bent een sterverslaggeefster. Reken maar uit.'

'Daar ben ik het helemaal niet mee eens,' zegt Karena, terwijl ze denkt: veertigplus? Is Kevin ouder dan veertig? Dan moet ze hem nog eens goed bekijken. 'Kevin is geweldig, Charles. En ik ben nou niet bepaald een ster.'

'Je moet jezelf niet tekortdoen, K,' zegt Charles. 'Maar ik begrijp wel hoe het is gebeurd. Ik heb het zelf ook steeds zien gebeuren toen ik nog met die trips meeging – heeft Broodje je verteld dat ik ook een tijdje gids ben geweest? Niet? Hmm. Hoe dan ook, ik zag voortdurend van die romances opbloeien. Je zit heel lang met elkaar in een afgesloten ruimte en daar komt dan nog eens de dramatische opwinding van dat noodweer bij... Dat is zo intens, toch? Hoe kun je dan níét voor elkaar vallen? Het is allemaal zo sexy, de veelzeggende blikken tijdens de ochtendbriefing, die heimelijke momenten als er niemand in de buurt is... Jeeperdepiep hoera... niet dan?' Hij knipoogt naar Karena. 'Toch?'

'Je bent een smeerlap,' zegt Karena, en Charles grinnikt.

'Dat dacht ik al,' zegt hij. 'Maak je geen zorgen, zussie, je bent niet de enige. Het overkomt iedereen. Maar dan kom je thuis,' voegt hij er met een zorgelijk schuddend hoofd aan toe, 'en wat gebeurt er? Opeens: floep! Je bent weer gewoon je saaie oude zelf. Een snijboon. In dit geval: een brood. En dat is het dan, afgelopen. Erg sneu.'

'Oké,' zegt Karena, 'dank je, Charles.'

'Ik had het niet over jou, K. Jij bent niet saai. Het Brood is saai.'

'Charles.'

'Oké, oké,' zegt Charles, terwijl hij de voorpoten van zijn stoel weer op de grond laat vallen. 'Gevoelig onderwerp, zo te zien. Neem me niet kwalijk dat ik dat gezegd heb. Ik wil gewoon niet dat je teleurgesteld wordt.' Hij pulkt wat kaas van de resterende pizza in de doos en kijkt Karena peinzend aan terwijl hij erop kauwt. 'Eigenlijk,' zegt hij, 'heb ik misschien iets te snel geoordeeld. Ja, ik denk van wel. Want nu zie ik het. Ik zie het helemaal.'

'Wat nu weer,' zegt Karena, terwijl ze haar ogen ten hemel slaat.

'Jij en het Brood,' zegt Charles. 'Jullie passen waarschijnlijk erg goed bij elkaar. Want nu ik erbij stilsta, jullie hebben veel gemeen.'

Karena wil vragen wat, maar dan schiet haar de meest voor de hand liggende overeenkomst te binnen: zij en Kevin hebben Charles allebei verraden. Ze hebben hem allebei in een inrichting gestopt. Blozend kaatst ze de bal terug: 'En hoe zit het met jou? Hoe is het met jouw liefdesleven?'

'O, ik heb niets te klagen op damesgebied,' zegt Charles, terwijl hij grijnzend zijn handen in zijn nek legt. 'Ik grijp mijn kansen.' Maar als hij ziet hoe Karena naar hem zit te kijken, zegt hij: 'Oké, goed dan, ik heb de ware nog niet gevonden. Ik heb een soort van korte aandachtsboog, weet je? Maar ik ben wel een keer verloofd geweest.'

'Is dat zo?' zegt Karena. Ze staat op. 'Wil je een glaasje wijn?'

'Nee, dank je,' zegt Charles, 'ik ben niet zo van de alcohol. Ik neem wel wat van die groene thee die we meegenomen hebben.'

Karena haalt de drankjes uit de keuken en gaat dan weer zitten. 'En, wat is er gebeurd?' vraagt ze, terwijl ze voor zichzelf een glas shiraz inschenkt. 'Je hoeft het niet te vertellen als je niet wilt, hoor.'

'Nee, ik zal het je vertellen,' zegt Charles. Hij duwt zijn stoel weer op de twee achterpoten. 'Situ. Indiase chick. Beeldschoon meisje. Heb haar tijdens een jacht in Kansas leren kennen. Ze werkte in de tent van haar ouwelui en ik was op zoek naar een kamer, en ik liep de lobby in en daar stond ze in dat afgeknipte roze T-shirtje van haar, en het motel had een hot tub en ik had een zak uitstekende weed en... ik zal je de sappige details besparen.'

'Dank je,' zegt Karena, 'dat waardeer ik. Dus jullie hebben de hot tub uitgewoond. En toen?'

'Toen ben ik vertrokken,' zegt Charles, 'ik ben de volgende dag weer gaan jagen, maar hoe verder ik bij haar vandaan ging, hoe meer ik dacht: goh, volgens mij had dat best wat kunnen worden. Ik voelde me een beetje meewarig, snap je? Dus ik hield de jacht waar ik mee bezig was voor gezien – armzalig celletje dat niets ging opleveren –, keerde om en ging terug. Dit keer stond haar pa achter de balie: meneer Chowdhury. Hij mocht mij dus voor geen meter. Allemachtig, nee. Maar ik hield voet bij stuk. Ik kreeg een kamer voor die nacht en bleef in de lobby zitten tot Situ terugkwam en heb haar toen zowaar mee uit eten genomen... naar een Pizza Hut, dat dan weer wel. Klein stadje, Pleasanton, dus tja, wat moet je? Maar het heeft zo moeten zijn. Ik meen het, K, ik wilde met dat meisje trouwen en dan samen kinderen krijgen.'

'Echt?' zegt Karena met samengeknepen ogen. 'Waarom heb je dat dan niet gedaan?'

'Drie redenen,' zegt Charles en hij telt op zijn vingers. 'Nummer een: meneer Chowdhury. Twee: meneer Chowdhury. En drie: meneer Chowdhury. Hij gaf me wel een baantje daar, klusjesachtige dingen, achter de receptie – ze hadden daar ook een blanke nodig. Het was zo'n kleine boerengemeenschap als New Hellishburg, dus je kunt je wel voorstellen hoe de inwoners over de familie Chowdhury dachten. Godallemachtig, wat ik allemaal niet voor onzin heb gehoord! Dat er insecten in de kamers zaten. Dat zij die insecten opaten. Dat ze dieren offerden. Echt de meest belachelijke lulkoek. Arme meneer Chowdhury, je moet het die kerel nageven, hij deed echt zijn best er wat van te maken daar. Oorspronkelijk was het niet eens zijn eerste keus. Toen ze uit Bombay kwamen, was hij in Boston een kruidenierswinkel begonnen. Maar toen heeft een of andere junkie meneer C. in zijn gezicht geschoten, dus toen ze hoorden dat dit motel te koop stond, hebben ze die kans aangegrepen.'

'Hebben ze hem in zijn gezicht geschoten?!' zegt Karena.

'Ja, ik weet het, leuke Amerikaanse droom, hè? Dus meneer C. stond niet te springen dat een Amerikaanse gast iets met zijn dochter wilde en, o ja, zeker niet iemand die achter tornado's aan ging, dat pleitte ook niet echt voor mij. Hij was ervan overtuigd dat ik Situ's leven zou verpesten, haar van haar medicijnstudie zou afhouden, want daar waren ze voor aan het sparen. Wat ik ook deed, ik kon hem niet van het tegendeel overtuigen. Ik hoorde ze er ruzie over maken in het kantoortje, dan stond ik dus achter de receptie en zei meneer C.: "Alsof het nog niet erg genoeg is dat je het aanlegt met een Amerikaanse jongen. Nee, je splitst me er ook nog een in de maag die gestoord is." En dan schreeuwde Situ: "Hij is niet gestoord, en trouwens, ik hou van hem!" En dan zei ik: "Welkom bij Pleasanton Inn & Suites, het ontbijt is van acht tot tien."'

Karena lacht, maar duwt dan haar hand voor haar mond. 'Sorry,' zegt ze. 'Het is niet grappig, maar je vertelt het zo... Maar ga verder.'

'Dus vervolgens,' zegt Charles, terwijl hij zijn handen door zijn haar haalt, 'bracht ik de herfst en de winter daar door, en we waren echt gelukkig, K. Dat was in 1999 en 2000, want ik weet nog dat we in onze kamer met popcorn en champagne naar de eeuwwisseling op de tv zaten te kijken. Maar in het voorjaar van 2000 begon het een beetje te kriebelen bij me... Ik ben vergeten te vertellen dat ik niet meer op jacht ging naar tornado's, want ik wilde meneer C. van mijn goede bedoelingen overtuigen, en eerlijk gezegd was Situ ook niet al te gecharmeerd van dat gedoe. Dus ik was ermee opgehouden. Maar je kunt je wel voorstellen hoe goed dat ging. Ik begon nogal raar te doen, een beetje irritant, en toen ging ik dingen zien.'

Karena neemt een slokje wijn en hoewel haar hart haar in de keel schiet, slaagt ze erin kalm te vragen: 'Wat voor dingen?'

'O, je weet wel, het gebruikelijke,' zegt Charles. 'Eerst begonnen de televisiepresentatoren tegen me te praten, bla bla, en vervolgens de goden van het altaar van de Chowdhury's... Dat was best griezelig, want Boeddha en Vishnoe lieten me weten dat ik beter mijn tong af kon snijden en mijn ogen eruit kon rukken, van die dingen. Ze waren echt erg. Ik probeerde dat altaar zo veel mogelijk te vermijden, wat lastig was omdat het in het kantoortje bij de lobby stond. Maar buiten, aan de achterkant, hing een tornadosirene, wat volgens mij sowieso al een geweldig voorteken was, dus ik zocht daar vaak een beetje troost. Dan ging ik ernaast staan en zei iets als: "Hé, maatje, alles kits?" En één keer heeft de sirene "hallo" gezegd. Maar ondertussen was ik een keer midden in de nacht wakker geworden en toen was Situ helemaal over haar toeren. Blijkbaar had ik haar in mijn slaap geslagen, omdat ik de man op de motor had gezien.'

Karena's been schiet onder de tafel vanzelf omhoog. 'Wat heb je tegen haar gezegd?' vraagt ze.

'Dat ik hem gezien had,' zegt Charles afwezig. En dan worden zijn ogen groot. Hij maakt een wegwuivend gebaar met zijn handpalmen. 'O jezus, nee, K! Ik heb haar niet verteld wat er echt gebeurd is, helemaal niet. Jemig, nee. Gewoon dat ik al van jongs af aan een eh... aandoening heb, of een gave, of hoe je het dan ook wilt noemen; dat ik visioenen heb. En dat dat iets is wat ik accepteer als iets wat bij mij hoort, een eng iets soms, maar ook een geweldig iets, omdat het mij maakt tot wie ik ben, snap je? Het helpt me dingen te begrijpen. Stelt me in staat de buien te vinden. Maar zonder daar dieper op in te gaan, vertel ik haar gewoon wat er aan de hand is, eerlijk waar, wat best moeilijk voor mij is omdat ik het meestal voor me hou; er bestaan zo veel misvattingen over. En weet je wat zij deed?'

Karena kan het wel raden.

'Ze vertelde het aan haar vader,' zegt Charles. 'Jawel. Ze ging regelrecht naar meneer C. en vertelde hem dat ik had liggen hallucineren. Lekkere steun, hè? Maar zo gek was ik dus op dat meisje, K, ik kon niet verstandig nadenken. Als ik dat wel had gedaan, zou ik geweten hebben wat er ging gebeuren, want wat had ik anders kunnen verwachten van een vrouw die uitgerekend dokter wilde worden? Kun je je dat voorstellen?'

'Nou,' zegt Karena voorzichtig, 'ja, eigenlijk wel ja, en ik weet niet of ik dat nou per se belangenverstrengeling zou noemen. In sommige opzichten zou het ideaal kunnen...'

'Ja, als je aanneemt dat ik een ziekte heb, en dat doe ik niet,' zegt Charles. Hij steekt een vinger naar haar op. 'Ik heb heel veel onderzoek gedaan naar mijn situatie, K, en niet alleen bronnen uit onze cultuur gebruikt, maar ook andere, oudere en meer vooruitstrevende. En ik heb veel tijd doorgebracht met de Lakota. Weet je hoe zij iemand als ik noemen, K? Iemand die visioenen heeft?'

'Nee,' zegt Karena.

'Een *wicasa wakan*,' zegt Charles. 'Een goddelijk iemand. Een gezegend iemand. Ja, natuurlijk, iemand wiens ziel sneller slijt dan die van anderen, vooral als hij zijn talenten gebruikt om hen te helpen. Omdat hij dingen kan zien die anderen niet zien, en dat is een psychische last. Maar toch. Het is niet zo gestigmatiseerd als in onze cultuur. Men behandelt het zoals het hoort, met respect.'

'Oké,' zegt Karena, 'ik snap wat je bedoelt, Charles. Ik begrijp...'

'Nee, dat doe je niet,' zegt Charles. 'Je begrijpt niet hoe het is om net als ik visioenen te hebben. Of wel?'

Karena staart naar haar placemat. Na een tijdje schudt ze haar hoofd.

'Het spijt me, K,' zegt Charles. 'Het was niet mijn bedoeling zo fel te reageren. Maar het is gewoon zo frustrerend dat wij verder één en dezelfde persoon zijn en dat dat het enige is wat jij niet begrijpt. En dat is niet alleen een kwestie van je genen, maar ook van je opvoeding. Jij bent een product van onze cultuur. Jij bent net als iedereen gehersenspoeld. En dat brengt me weer bij Situ. Ze was bang voor me na dat incident, vroeg me hulp te zoeken... En weer had ik op dat moment moeten inzien dat zij niet de juiste vrouw voor mij was, want als ze dat wel was, zou ze me nooit gedwongen hebben tot iets wat tegen mijn principes in ging. Maar dat deed ze wel, dus ik ben dat hele voorjaar naar een psychiater in Lawrence gegaan. Ik zat daar in zijn kamer met posters waarop INSPIRATIE en SAMENWERKEN stond en husselde dat in mijn hoofd door elkaar waardoor er TRANSPIRATIE en MENSENWERK stond. En die gast met die grote snor maar emmeren over bipolair dit en rapid cycling dat en of ik ooit lithium had gebruikt? Hij heeft me vier verschillende medicijnen voorgeschreven en die heb ik zo lang mogelijk gebruikt, K. Wat niet zo lang was, want zoals je je wellicht herinnert ben ik abnormaal gevoelig voor medicijnen. Ik stopte dus met hoe het ook heette en toen die gast me uiteindelijk vroeg of ik wel eens elektroshocktherapie had overwogen, dat die weer erg in de mode was, ben ik opgestaan en naar buiten gelopen. Ik ben teruggegaan naar het motel, heb mijn koffers gepakt en tegen de sirene gezegd: "Ik ben hier weg." En toen ben ik vertrokken. Sindsdien heb ik Situ niet meer gesproken.'

Hij zwijgt, steekt een vinger op en drinkt zijn groene thee in één keer op. 'Maar ik heb haar wel op internet opgezocht,' zegt hij. 'Ze is nu psychiater, in Denver. Geestig, hè?'

Karena knikt en neemt een slok wijn. 'Best wel,' zegt ze, terwijl ze naar Charles kijkt, wat ze al die tijd heeft gedaan. Sinds hij is begonnen met praten – nee, sinds hij haar huis binnenstapte, sinds hij haar hiernaartoe is gevolgd, sinds ze elkaar in Austin weer hebben gevonden –, is Karena op haar hoede geweest voor de djinn. Ze had zich erop voorbereid dat deze monoloog zou ontaarden in een onsamenhangend geheel, en hoogdravend en beledigend zou worden. Dat zijn gezichtsuitdrukking geleidelijk dat angstaanjagend smalende zou krijgen dat ze maar al te goed kent. Maar ze heeft de djinn niet gezien, vandaag niet, vanavond niet, alleen haar broer die ademloos een verhaal zat te vertellen. En Karena zou het verschil echt wel zien, dat weet ze zeker, zelfs na al die tijd. De djinn is vergroeid met haar motorisch geheugen.

'Tja,' zegt Charles, terwijl hij met een servet zijn mond afveegt, 'dat was het. De tragische geschiedenis van mijn verbroken verloving... Jezus, nu ik erbij stilsta, dat is iets wat ík gemeen heb met het Brood. Heeft hij je daarover verteld? Behalve dan dat hij de gedumpte was en niet de dumper, voor zover ik heb gehoord.'

'Ja, Charles,' zegt Karena. 'Dat heeft hij me verteld.'

Charles schudt zijn hoofd. 'Arme kerel. Ik heb met hem te doen. Maar ik zeg je, zussie. Jouw smaak qua mannen...'

'Charles.'

'Ik zeg het alleen maar.' Hij staat geeuwend op. 'Ik trek het niet meer,' zegt hij. 'Vind je het erg als ik vroeg naar bed ga?'

'Natuurlijk niet. En dat hoef je niet te vragen. Dit is ook jouw huis.'

'Bedankt, K,' zegt Charles. Hij draait zijn nek van de ene naar de andere kant. 'Je kent zeker geen goede holistische fysiotherapeut, hè?'

'Eh, nee,' zegt Karena. 'Maar ik kan er wel een voor je zoeken.'

'Laat maar,' zegt Charles. 'Dat doe ik zelf wel.' Hij loopt om de tafel heen en drukt een kus op haar hoofd. 'Welterusten, zussie,' zegt hij. 'Het is heerlijk om hier te zijn. We hebben nog zo veel te bepraten... Ik hou van je.'

'Ik ook van jou,' zegt Karena. Ze kijkt hem na als hij naar de gang loopt, zich omdraait en zwaait, en vervolgens verdwijnt op de trap naar haar kamer.

43

'Waar ben je geweest, Laredo?' vraagt Kevin.

Het is de zondagavond van die week en ze liggen in Kevins slaapkamer. Karena heeft hem ervan verzekerd dat de mannelijke kwaliteit daarvan meer dan genoeg tegenwicht biedt aan de verwaarloosde vlijtig liesjes en de heksenbol van mevrouw Axlerod. Zijn woning is een langgerekte aaneenschakeling van donkere kamers; de ramen worden afgeschermd door eiken en iepen, waardoor het lijkt of je in een boomhut zit. Het houtwerk is bruin, de slaapbank en leunstoel zijn van zwart leer. Maar tussen de eerste uitzinnige vrijpartij op de plakkerige, piepende bank en de tweede, veel langzamere hier, heeft Karena in haar blootje, betoverd en verrukte kreten slakend door het huis gedwaald. Overal zijn stenen en fossielen: ammonieten als koelkastmagneten, stenen met geoden op de vensterbanken. De muren zijn behangen met oude topografische kaarten – Minnesota, de prairies, Texas, Cherry County – en met Kevins foto's van nachtelijke bliksem en supercellen. In de badkamer heeft Karena een exemplaar van *Het wolkenboek van de weerwizard* uit zijn jeugd ontdekt, met *Dhr. Kevin Wiebke* in een ijverig schuinschrift op het schutblad. En boven zijn bed hangt een wolkenmobile; een geschenk, zo heeft Kevin verteld, van zijn eindexamenleerlingen uit 2003. Het huis is een combinatie van een vrijgezellenonderkomen en een natuurkundemuseum.

'Hallo,' zegt Kevin, terwijl hij op Karena's voorhoofd klopt. 'Is er iemand thuis?'

'Misschien,' zegt Karena. 'Wie wil dat weten?' Ze ligt met haar hoofd op Kevins buik en strijkt met een hand over de bolling. Brodig, denkt ze, en er ontsnapt haar een geluid dat het midden houdt tussen een gehinnik en een zucht.

'Meneer Genie wil weten waar hij je vandaag naartoe heeft gebracht,' zegt Kevin.

'De eerste of de tweede keer?'

'Allebei.'

'Gulzige meneer Genie,' zegt Karena. 'Mmmmm... de eerste keer naar een A&W.'

'Heb ik jou naar een wegrestaurant gebracht?'

'Hé,' zegt Karena, terwijl ze zich op haar elleboog omhoog drukt, 'het is toevallig wel een van mijn lievelingsplekken, hoor. Wil je het nou horen of niet?'

Kevin klopt op zijn buik. 'Leg jouw mooie hoofdje nou maar weer neer, Laredo,' zegt hij, 'juist ja, strijk die warboel daar maar glad. Ik ben een en al oor. IJskoude mok, rootbeer met vanille-ijs, van die dingen. En toen?'

'Deer Creek State Park, in het noorden van de stad. Heb ik je daar al eens over verteld? De waterkers in de beek daar kun je dus gewoon eten, zo schoon is het water.'

'Nee, daar heb je me niet over verteld,' zegt Kevin, terwijl hij Karena's haar over zijn borst verspreidt. 'Dat doe je nu pas. Maar dat geeft niet. Ik weet dat je een vrouw van vele mysteries bent die ik geduldig moet ontraadselen.'

Karena zucht. Kevin moest eens weten. Hij weet niet dat ze net gelogen heeft, en dat zal ze hem ook nooit kunnen vertellen. Want ze was tijdens beide vrijpartijen dus niet in New Heidelburg, maar op een plek waar ze lang niet geweest is: de weg in Iowa. Met de dode man erop. En de groene tornado dolend op de achtergrond.

'Daar heb je dat nare geluid weer,' zegt Kevin. 'Die zucht. Oké, wat is er, Laredo? Ik weet dat dit allemaal nieuw voor ons is en zo, maar ik zie dat je iets anders dwarszit. Is het Chuck? Gedraagt hij zich wel een beetje?'

'Ja hoor,' zegt Karena. 'Hij is een voorbeeldige gast.' En dat is ook zo. Charles is tot nu toe zeer respectvol geweest. 'Hij maakt zijn bed op. Koopt plaatselijke biologische producten. Kookt elke avond.'

'Wauw,' zegt Kevin. 'Kunnen we hem niet hiernaartoe verhuizen? Mijn badkamer moet nodig gepoetst worden.'

'Dat is zo, meneer Genie,' zegt Karena, 'dat had ik nog willen zeggen.'

'Kijk een beetje uit met die grote mond van je, hè?' zegt Kevin.

'Maar serieus, hoe is het met hem in huis?'

Karena peinst hoe ze dat het beste onder woorden kan brengen. Aan de ene kant schenkt het wakker worden met Charles in haar huis haar elke dag enorm veel troost en vreugde, iets wat ze sinds haar jeugd niet meer gekend heeft. Het is een soort Kerstmis, maar dan is haar broer het cadeautje. Aan de andere kant brengt Charles' voortdurende aanwezigheid met zich mee dat ze zichzelf steeds in stereo hoort. Hoe heerlijk het ook is om met iemand samen te zijn die haar zo goed kent, het kan ook vermoeiend zijn dat Charles haar zinnen afmaakt, ze soms tegelijkertijd hetzelfde zeggen of opkijken en vanaf de andere kant van de kamer weten wat de ander denkt. Ze wordt er af en toe claustrofobisch van. En Karena weet – uiteraard – dat Charles er precies hetzelfde over denkt, anders had hij er niet zo op aangedrongen dat ze vanavond hiernaartoe moest. 'Weet je zeker dat je het niet erg vindt?' had Karena, die zich schuldig voelde, gevraagd. 'Ik heb het gevoel dat je hier nog maar net bent.' En Charles had haar weggejaagd en gezegd: 'Nee, K, zorg jij maar dat je een lekkere beurt krijgt of zo. Je begint kriegelig te worden en daar krijg ik de zenuwen van.'

Karena vertelt dit allemaal aan Kevin, met uitzondering van het gesprek, en hij knikt, terwijl hij kijkt naar de wolkenmobile die zachtjes ronddraait door een briesje dat ergens vandaan komt.

'Erg interessant, Laredo,' zegt hij. 'Ik heb me altijd afgevraagd – dat zullen de meeste mensen wel doen – hoe het is om een tweeling te zijn. Wij niet-tweelingen fantaseren dat het net zoiets is als voortdurend een boezemvriend hebben, maar ik snap nu dat je elkaar ook voor het hoofd kunt stoten. Maarre... hoe is het met zijn stemmingswisselingen? Voel je die ook aan?

'Het is meer dat ik beter ingesteld ben op Charles' stemmingen dan wie dan ook,' legt Karena uit, 'maar het is niet zoals de meeste mensen denken, dat hij zich snijdt en ik dan ga bloeden, bijvoorbeeld. Ik raak niet geagiteerd als hij manisch is en ik ben ook niet somber als hij depressief is.'

'Godzijdank,' zegt Kevin. Hij schuift zijn vingers door haar haar en begint het te vlechten. Hij heeft vijf zussen, heeft hij Karena verteld, en als jongste is hem al vanaf zeer jonge leeftijd meedogenloos de kunst van het kappen bijgebracht. Karena wordt gehypnotiseerd door de zachte rukjes en duwtjes, die ze tot aan haar tenen en vingertoppen voelt, als Kevin zegt: 'Dus Chuck heeft eindelijk medicijnen gevonden die hij verdraagt en regelmatig gebruikt?'

Karena's ogen springen open. 'Nou,' zegt ze, 'niet echt.'

Kevins vingers pauzeren en gaan dan weer verder. 'Wat betekent dat?' vraagt hij op neutrale toon.

'Het betekent nee, hij gebruikt geen medicijnen, maar het lijkt erg goed met hem te gaan,' zegt Karena. 'Sinds hij hier is, heb ik nog geen enkel spoor van de djinn gezien.'

'Hm,' zegt Kevin. 'En dat heeft hij je verteld? Dat hij geen medicijnen neemt? Of vermoed jij dat gewoon?'

'Nee, ik weet dat hij het niet doet. Hij gelooft er niet in,' zegt Karena. Al haar spieren beginnen zich te spannen en ze doet een bewuste poging dat tegen te houden. 'Hij krijgt er verschrikkelijke bijwerkingen van, Kevin. Dat is altijd al zo geweest. Al sinds we klein waren.'

Kevin zegt niets en hij gaat door met het vlechten van Karena's haar, maar ze merkt dat hij dieper ademhaalt; zijn buik stijgt en daalt onder haar wang.

'Wat is er?' vraagt ze.

'Het bevalt me niet, Karena,' zegt Kevin. 'Het bevalt me niet dat hij daar bij jou zit en geen medicijnen gebruikt.'

Karena knikt. 'Weet ik. Ik had het ook liever anders gezien. Maar weet je,' zegt ze peinzend, 'misschien heeft hij geleerd zijn stoornis onder controle te houden. Hij weet ongelooflijk veel over alternatieve geneeswijzen. Hij mediteert, drinkt noch rookt, is erg voorzichtig met wat hij eet, hij slikt voedingssupplementen, houdt zich aan een vast patroon...'

'Ga alsjeblieft even zitten, Karena,' zegt Kevin, 'dan kan ik je aankijken.' Hij pakt haar handen en ze gaan in kleermakerszit tegenover elkaar zitten; het laken ligt verfrommeld op hun schoot. 'De manier waarop jij nu denkt, Karena,' zegt hij, 'is erg gevaarlijk. Je kunt een bipolaire stoornis niet genezen met kruiden en meditatie. Het zal wel helpen, natuurlijk. Ik weet zeker dat al die dingen van invloed zijn op Chucks stemmingen. Maar het is niet weg, lieverd. Het zit er nog steeds, klaar om naar buiten te komen.'

Karena schudt haar hoofd en de vlecht die Kevin gemaakt heeft, slaat tegen haar nek. 'Dat weet ik ook wel, Kevin,' zegt ze.

'Ik weet dat je dat weet,' zegt Kevin, 'hier,' en hij raakt haar slaap aan. 'Maar hier,' en hij legt een vinger op haar hart, 'is het een ander verhaal, ben ik bang. Je wilt nu dat het allemaal koek en ei is, alleen maar omdat je hem gevonden hebt. Maar dat is niet zo.'

Karena's blik dwaalt af, naar een rijtje ruggenwervels op Kevins bureau, naast een jampotje met oude munten. 'Dat weet je niet,' zegt ze. 'Niet zeker. Wist je dat ze een bipolaire stoornis wél kunnen genezen? In sommige gevallen. Als ze er vroeg genoeg bij zijn. De medicijnen corrigeren dan de werking van de hersenen, stabiliseren die. Permanent, bedoel ik.'

'Dat weet ik, Laredo,' zegt Kevin. 'Dat heb ik ook gelezen. Maar heb jij me niet verteld dat Chuck altijd stopte met zijn medicijnen? Zelfs als je er vroeg bij was geweest, had hij er meteen mee moeten beginnen en ermee door moeten gaan, en...'

'Oké, Kevin,' zegt Karena boos. 'Ik snap het. Het is gewoon... er zijn meer dingen tussen hemel en aarde dan volgens jouw filosofie mogelijk zijn, weet je? Het is geen exacte wetenschap, psychologie, niet meer dan meteorologie of welke andere -ologie ook. Hoe vaak heb ik jou en je collega's van Whirlwind niet horen zeggen dat zelfs nu, na al die jaren onderzoek, niemand nog weet waarom de ene supercell een tornado voortbrengt en de andere niet? Waarom zou dat bij mensen niet ook het geval zijn? Elk brein is anders en reageert anders op een behandeling, en wat bij de een misschien niet helpt, holistische medicijnen bijvoorbeeld, zou bij de ander misschien wel kunnen helpen.'

'Dat is een interessante hypothese,' zegt Kevin, 'en ik wil best toegeven dat de wetenschap niet exact is. Maar als we de parallel wat verder doorvoeren, zou ik zeggen dat jouw broers stoornis van het type F4 tot F5 is. Echt schadelijk. En de enige manier om jouw theorie te testen, is afwachten of zijn stemmingen inderdaad door holistische middelen onder controle gehouden kunnen worden. Dat is geen experiment, maar een gok, en eerlijk gezegd geen gok die ik wil wagen.'

'Tja,' zegt Karena. 'Je hebt mazzel, jij bent niet degene die die gok waagt.'

Ze staren elkaar aan. Op Karena's borst zijn roze vlekken verschenen en ze trekt het laken omhoog. Kevin kijkt met een samengeknepen mond en een uitgestreken, gesloten gezicht de andere kant op.

'Sorry,' zegt hij stijfjes. 'Mijn fout. Het was niet mijn bedoeling mijn boekje te buiten te gaan.' Hij staat op en loopt naakt de kamer uit.

'Waar ga je naartoe?' vraagt Karena.

'De natuur roept, Laredo,' zegt Kevin. 'Ik ben zo weer terug.'

Karena wacht en trekt een gekke bek in de spiegel boven het bureau. Ze ziet er belachelijk uit, met aan de ene kant die vlecht en aan de andere kant loshangend haar. Als Kevin terugkomt, heeft ze de vlecht eruit gehaald en zit ze met gekruiste benen in een vierkant zonlicht.

Kevin blijft in de deuropening staan. 'Eh,' zegt hij. 'Waar hadden we het ook alweer over?'

'Kom hier,' zegt Karena, en Kevin kruipt weer in bed. 'Het spijt me,' zegt ze, terwijl ze over zijn bovenbeen wrijft. 'Ik wilde niet tegen je snauwen...'

'Wacht heel even,' zegt Kevin. Hij pakt haar hand en legt die boven op het laken. 'Zo. Wat zei je?'

'Gewoon dat... Sorry hoor, maar Charles is míjn broer. Ik bepaal hoe ik met hem omga. En wie weet er nou beter hoe dat moet dan ik?'

Kevin doet zijn mond open alsof hij haar wil tegenspreken, maar doet hem dan weer dicht en strijkt met een hand door zijn haar. 'Karena,' zegt hij, 'je moet me geloven als ik zeg dat ik liever mijn eigen arm opeet dan je dit vraag, maar... Wil je misschien een pauze inlassen? Met dit... ons? Je hebt Chuck zo ontzettend lang niet gezien en jullie hebben zo veel te bepraten. Niet dat ik ergens heen ga,' voegt hij eraan toe, 'je kunt me nog steeds bellen als dat nodig is, en uiteindelijk zouden we dan kunnen kijken of...'

Karena steekt haar hand op – wacht even – en haalt diep adem. Dit is het moment waarop ze zich correct zou moeten opstellen, zou moeten zeggen: weet je, je hebt gelijk, misschien is dit gewoon niet zo'n goed moment. Het moment waarop ze Kevin zou moeten loslaten. Want ze heeft Charles, en dan heb je nog Karena en Charles, en natuurlijk ook de man op de motor. En als Karena al het gevoel heeft dat ze net, toen Kevin zo'n gesloten uitdrukking op zijn gezicht kreeg, in een valstrik is gelopen, hoe zou ze zich dan voelen als het er voor altijd zo uit zou zien? Want dat zou zeker het geval zijn als hij erachter zou komen. Hij zou wanhopig zijn.

Maar Karena wil hem niet loslaten. Ze ziet de overgang van de seizoenen voor zich, de zomer die overgaat in de herfst, dat ze hem bezoekt op zijn school. Door het kleine raampje in de deur kijkt, terwijl hij zijn les afrondt, voor een rij jongens staat die in die ontwikkelingsfase met die rekbare Silly Putty-gezichten zitten – en dat ze allemaal, inclusief Kevin, blazers dragen met wapens erop. Dat hij in de gang staat te gebaren, dat ze hem geintjes ziet uithalen met de kinderen. Door bladeren loopt op een nevelige middag, hem meeneemt naar haar lievelingshuisje in Duluth. Ze adoreert deze man met zijn nieuwsgierige, lichtvoetige geest, zijn warme lichaam, zijn opmerkzame, lichtbruine ogen. Hoe kan ze hem nou laten gaan?

'Is dat wat jíj wilt?' vraagt ze, terwijl ze naar beneden kijkt. 'Hiermee ophouden? Ik zou het wel begrijpen hoor, ik weet dat het nogal veel gevraagd is, dat tweelinggedoe en dat gestóórde tweelinggedoe en...'

'En wat dan ook,' zegt Kevin. 'Jezus, nee, ik wil er helemaal niet mee ophouden. Ik wil niet eens een pauze nemen. Ik probeer je gewoon een beetje tot steun te zijn.'

'O,' zegt Karena en ze lacht een beetje beverig. 'Godzijdank.'

'Kom hier liggen,' zegt Kevin. Hij trekt haar weer op de kussens en zoent haar. 'Kijk, zo mag ik het zien,' zegt hij. 'Maar twee dingen, Laredo, als we hier echt voor willen gaan.'

'Uh-oo,' zegt Karena. 'Ik had het kunnen weten.'

'Ten eerste,' zegt Kevin, 'moet je me laten weten wat er daarginds gebeurt. Ik zal me er niet mee bemoeien, maar als jij mijn meisje bent, mag ik me met jou bemoeien en ik wil dat je veilig bent. Als er ook maar íéts geks gebeurt, vertel je me dat. Beloofd?'

'Beloofd,' zegt Karena. 'Wat is dat andere?'

'Dat we liever vandaag dan morgen iets met zijn drieën moeten gaan doen,' zegt Kevin. 'Als ik deel van jouw leven ga uitmaken, moet Chuck daar maar aan wennen.'

Karena knikt en zucht. 'Waarschijnlijk heb je gelijk. Ik regel wel iets.'

'Vrouw,' zegt Kevin. 'Ik heb altijd gelijk. Oké, volgens mij hebben we het nu wel genoeg over Chuck gehad, vind je ook niet?' En Karena is het daarmee eens. Maar als Kevin haar wat vuriger begint te zoenen, is ze in gedachten ergens anders, en deze keer niet in New Heidelburg, maar in Austin. Het moment waarop Charles Kevin voor het eerst in het oog kreeg in de ontbijtzaal van het Best Western en van hem naar Karena en terug keek. 'Dus jij bent met Wieb, hè?' had hij gezegd. 'Mooi, mooi.' Hij had gegrijnsd, maar even daarvoor was zijn gezicht, al was het maar een fractie van een seconde, betrokken. En nu, zelfs nu Kevin boven op haar rolt en de Gepatenteerde Kevin Wiebke Kniezwaai doet, moet Karena aan die eerste blik denken en ze krijgt een akelig voorgevoel.

44

De zaterdag daarop gaan Karena, Charles en Kevin naar Lake Harriet om te picknicken. Dit meer, dat drie straten van Karena's huis ligt, vindt ze het leukst van alle meren in Minneapolis. In tegenstelling tot Lake Calhoun, dat zo rond is als een dinerbord, of het verwarrende, amoebevormige Lake of the Isles, heeft Lake Harriet iets sprookjesachtigs. Dat komt door de muziektent met de elegante torentjes aan de noordkant, maar ook door de schaduwrijke paden, de gele treurwilgen waarvan de voorste takken in het water hangen en de op kippeneieren lijkende, gespikkelde rotsen die Karena aan de oevers ziet liggen. Het meer is een perfecte weerspiegeling van de lucht, afwisselend donker of grijs of, zoals vandaag, helder blauw. Er zijn vissen. Er zijn boten. En er is een trollenboom.

Charles blijft verrukt staan. 'Is die er nog?' roept hij uit, terwijl hij zich naar Karena toe draait. 'Niet te geloven!'

'Geloof het maar,' zegt Karena. 'Ik kom er elke dag langs tijdens het hardlopen.'

Charles knielt naast het pad. De trollenboom is een eik met een deurtje in de stam, waarop zelfs een klopper in de vorm van een gouden leeuwenkop zit. Een pad van kiezelstenen leidt ernaartoe en aan weerskanten daarvan zijn takjes gestoken die struikgewas moeten voorstellen. Vandaag zijn ook de wortels van de boom versierd met bloemen. Het deurtje barst een beetje open door alle geschenken die de kinderen van Minneapolis – en ook behoorlijk wat volwassenen – binnen voor de trol hebben neergelegd. Doppen van flessen, barbieschoentjes, opgevouwen briefjes, ringen uit een trekautomaat. Als de trol blij is met het geschenk, zo luidt de legende, zal hij de wens van de gulle gever vervullen.

'O mijn god,' zegt Charles. 'Ik was hier altijd zo gek op. Ik droom er nog steeds wel eens van.' Hij graaft in de zakken van zijn korte broek en staat op; zijn knieën zitten onder de aarde.

'Alsjeblieft, zussie,' zegt hij, terwijl hij een muntje aan Karena geeft. 'En ook een voor jou, Wieb.' Hij geeft ook een muntje aan Kevin, die zijn portemonnee tevoorschijn haalt en daar een muntje voor Charles uit vist.

'Dames eerst,' zegt Charles. 'Ga je gang, Wieb.'

'Ho ho, Hallingdahl,' zegt Kevin, maar hij bukt om zijn muntje in de boom te stoppen. 'Laredo? Nu jij.'

'Zullen we deze dames even voor laten gaan?' zegt Karena, terwijl ze lacht naar twee kleine meisjes die met hun geschenken in hun vuistjes geklemd verlegen aan de kant staan.

'Ja, Wieb, wat zijn dat voor manieren?' zegt Charles. 'Deze kant op, dames.' Hij buigt en maakt een elegant handgebaar naar de boom. Het oudste meisje, van een jaar of vijf, zes, giechelt, terwijl het jongste haar gezicht tegen haar moeders benen drukt.

'En wat hebben jullie vandaag voor de trol meegebracht?' vraagt Charles.

Het oudste meisje vouwt haar hand open en onthult een glitterspeldje.

Charles slaat zijn hand tegen zijn voorhoofd en deinst achteruit. 'Jee... dat... is... perfect,' zegt hij. 'Hoe wist je dat trollen van haarspeldjes houden! Het is hun favoriete lunch.'

Het meisje giechelt, zwaait rond naar haar moeder, draait zich dan weer naar Charles en schreeuwt: 'JAMMIE!'

'Zeg dat wel,' zegt Charles, grijnzend naar de moeder van de meisjes – of misschien een au pair, denkt Karena nu, aangezien ze ongeveer twintig jaar is en geen ring draagt. Ze stopt haar lange krullende haar achter haar oren en glimlacht blozend.

'O jee,' zegt Karena. 'Charles, wij lopen alvast door naar de muziektent, oké? Je haalt ons wel in.'

'Oké,' zegt Charles afwezig, 'ik kom zo.' En als Karena met Kevin verder loopt over het pad, hoort ze Charles tegen de au pair praten en de au pair tegen hem. De meisjes gillen van de pret en roepen: 'Doeiiii! Doeiiii!'

'*Namasté*,' roept Charles, 'doei!' Dan loopt hij op een drafje naar

Karena toe. Hij hijgt een beetje als hij zijn hand openvouwt om een telefoonnummer te onthullen dat daar met pen is opgeschreven.

'En?' zegt hij. 'Wie is de knapste? Wie is de stoerste?' Hij knikt en wijst naar zichzelf. 'Inderdaad, zussie. Ikke. Appeltje, eitje.'

'O, alsjeblieft,' zegt Karena.

Charles slaat een arm om haar heen. 'De hemel zij dank,' zingt hij met zijn inspecteur Clouseau-stem, 'foor kléne méíssies...'

Karena duwt hem van zich af. 'Blijf van me af, viezerik,' zegt ze lachend.

'Wat is er, K? Vond jij hen dan niet aandoenlijk? Help me even, Wieb.'

'Die au pair mocht er ook best wezen,' zegt Kevin onbewogen achter zijn pilotenbril.

Charles grijnst. 'Dus dat is jou ook opgevallen, Wieb? Heel goed. Dus je zit nog niet helemaal onder de knoet.'

'Hé!' zegt Karena.

Charles wappert met zijn hand naar haar en haalt de canvas tas van zijn schouder. 'Vrouw,' zegt hij, terwijl hij haar de tas geeft, 'ga achter ons lopen en draag het eten. Laat de mannen even praten.'

'O jee,' zegt Karena weer. 'Wiens slimme idee was dit? Ik ga maar eens.' Maar ze accepteert Kevins aanbod om de tas te dragen en blijft even staan, zodat de twee mannen voor haar uit kunnen kuieren. Met hun hoofden bij elkaar en af en toe tegen een steentje schoppend lopen ze te kletsen. Karena kan niet ophouden met glimlachen. Ze heeft zich vooraf veel verschillende voorstellingen van dit uitje gemaakt, uiteenlopend van gaat-wel tot afschuwelijk, maar wat er daadwerkelijk gebeurd is, overtreft haar stoutste verwachtingen. Toen Kevin bij haar voor de deur stond – zenuwachtig, dat zag Karena aan de zorgvuldige scheiding in zijn vochtige haar en ze rook het aan de hoeveelheid Old Spice waarmee hij zichzelf besprenkeld had –, hadden de mannen elkaar aangekeken en hun kin opgetild. Charles had gezegd 'Wieb' en Kevin 'Hallingdahl' en vervolgens was het meteen ouwe jongens krentenbrood. Dat is ook wel logisch, aangezien Charles en Kevin bevriend zijn op een manier die totaal losstaat van Karena's relatie met elk van hen. Die vriendschap was zo hecht, heeft Charles haar verteld, dat ze op een bepaald moment hebben overwogen hun eigen bedrijf op te richten: Wiebke en Hallingdahl, jagers in extenso. Karena kan zich de laatste keer dat ze zo blij was om buitengesloten te worden niet meer herinneren.

Ze komen aan bij de steiger voor de muziektent en lopen helemaal naar het eind. Daar gaan ze picknicken. Charles heeft alles gemaakt: tofoesalade met kerrie, tabouleh, hummus, volkoren pitabroodjes met vegetarisch beleg en kersen. Er zijn ook een paar flesjes met zijn speciale zeewierdrankje. Dat laat Karena aan zich voorbijgaan; ze heeft eerder de fout gemaakt er een te proberen en doet dat nooit meer. Gelukkig is er ook bier.

'Vangen, Wieb,' zegt Charles, terwijl hij een flesje naar Kevin gooit. 'Organisch, gebrouwen door trappisten. Beter voor de baby,' en hij slaat op Kevins buik.

'Charles!' zegt Karena. Kevin maakt het flesje echter gewoon open, drinkt het voor de helft leeg en wrijft dan over zijn buik. 'Woe-ha,' zegt hij, 'de baby is dorstig vandaag. Bedankt, Hallingdahl. Je bent de bovenste beste.'

'Graag gedaan, Wieb,' zegt Charles.

Ze gaan zitten om te eten. Kevin pulkt wantrouwend aan zijn broodje. 'Jezus, Hallingdahl,' zegt hij, 'is dit aubergíne?'

'Eet nou maar gewoon op, Wieb, verdomde aansteller die je er bent. Wanneer heb je voor het laatst groente gegeten? In een vorig leven?'

'Nooit,' zegt Kevin, terwijl hij de aubergine in het meer slingert, waar het meteen een school witvissen aantrekt. 'Hoe vaak moet ik het je nog vertellen, Hallingdahl? Groenten worden gegeten door eten.'

Karena gaat met haar rug tegen die van Kevin zitten en laat haar voeten in het water bungelen. Dat is warmachtig en goudgroen zo dicht bij de oever, en besprenkeld met glinsterende lichtcirkeltjes. Ze geniet van haar broodje. En van de salade. En van de tabouleh, de hummus en een paar kersen. Ze houden een pitspuugwedstrijd – proberen de dichtstbijzijnde zeilboot te raken – die Karena op haar slof-fen wint. Zelfs Charles doet of hij onder de indruk is. Dan leunt ze op de warme planken achterover op haar ellebogen en boert. 'Ják,' zegt ze, 'neem me niet kwalijk. Ik denk dat ik te veel gegeten heb.'

'Dat vind ik nou zo leuk aan je, zussie,' zegt Charles. 'Je bent zo wel-gemanierd. Zo'n tere bloem.'

'Rot op, Charles.'

'Zie je nou,' zegt Charles tegen Kevin, 'hoe grof ze is? Man, ik hoop dat je weet waar je aan begonnen bent.'

'O,' zegt Kevin, terwijl hij Karena's haar streelt, 'ik denk dat ik daar wel een behoorlijk goed idee van heb.'

'Jézus, kinders,' zegt Charles, 'houden jullie dan nooit op?' Maar hij pakt nog een broodje en staart bedachtzaam kauwend over het meer. 'Ik ben hier in jaren niet geweest,' zegt hij. 'Weet je nog dat oom Carroll ons hier altijd mee naartoe nam als we op bezoek waren, K?'

'Ja, dat weet ik nog,' zegt Karena slaperig. Oom Carroll, Siri's broer, is overleden als gevolg van een stom ongeluk toen de tweeling elf was: uitgegleden onder de douche en zijn schedel gebroken. Hij heeft daar drie dagen gelegen voor hij door een buurman werd gevonden. De nachtmerrie van elke alleenstaande. Maar vóór die tijd had hij het best naar zijn zin gehad in zijn kleine bungalow, omringd door fascinerende behangboeken, tapijtstalen en kleurenwaaiers van verf. Carroll was een binnenhuisarchitect die een paar jaar in New York had gewoond en toen was teruggekeerd naar Minneapolis met een snor en een gigantische vierkante zonnebril. Hij had een lach die de bovenste registers kon bereiken als iets echt leuk was. Karena ziet nog voor zich hoe Carroll, gewikkeld in een koeiendeken, op zijn bank zat te gieren van de pret bij een aflevering van *All in the Family* op zijn kast van een televisie.

'God, wat vond ik het altijd heerlijk bij Carroll,' zegt Charles. 'Het was het toppunt van mondaniteit. Herinner je je zijn glazen salontafel nog waar we forten onder bouwden? En de regenboog die op zijn slaapkamermuur was geschilderd? Ik vond dat zo ontzettend cool. En dat we altijd op mochten blijven zo lang als we wilden en dat hij dan altijd van die drankjes voor ons maakte?'

'Dat weet ik nog,' zegt Karena. Carroll had van dat ouderwetse slagroomijs en likeurtjes waarmee hij dan drankjes maakte met namen als *grasshopper* en *golden cadillac.* Als Frank en Siri dan naar een voorstelling of een restaurant waren, kreeg de tweeling elk een eigen drankje in een plastic bekertje. 'Eentje voor jou, vanille,' imiteert ze hem, 'eentje voor jou, rum-rozijnen, en een tweetje voor mij.'

Charles lacht. 'Ja, dat is waar, ik was vergeten dat hij ons altijd zo noemde. Heb ik jou ooit verteld over de videobanden die ik in zijn kast heb gevonden? Met naakte mannen die aerobics deden?'

Karena opent haar ogen en draait zich naar hem toe. 'Dat meen je niet,' zegt ze.

'Dus wel,' zegt Charles. 'Toen hij gestorven was en mama en ik zijn huis opruimden. Het was net als zo'n fitnessprogramma op tv, alleen waren al die mannen piemeltjenaakt. O nee, ze hadden wel gymschoenen aan. En van die gevlochten haarbanden.'

'Wat kun jij liegen, zeg,' zegt Karena.

'Echt niet,' houdt Charles vol. Hij springt overeind, schudt zijn bord uit boven het water, en begint zwaaiend met armen en benen te springen. 'Een! Twee! Kom op, knullen! Ik wil jullie zien zweten! Zweet! Stoot! Span die ballen! Span die billen! Au.' Hijgend gaat hij weer zitten. 'Ik denk dat ik iets belangrijks heb verrekt,' zegt hij. 'Maar je begrijpt wat ik bedoel. Kun je je voorstellen wat voor effect dat had op een arm dertienjarig jongetje uit de provincie?'

'Nou, eigenlijk wordt me nu opeens een hoop duidelijk,' zegt Kevin.

'O, Wieb,' zegt Charles, terwijl hij zich vooroverbuigt. 'Geef me een zoen.'

Kevin duwt zijn gezicht weg. 'Niet op een volle maag, Hallingdahl.'

'Maar dat vind je juist zo leuk aan mij, Wieb. Mijn spontaniteit.'

'Oké,' zegt Karena lachend, 'wat dóé ik hier eigenlijk?' Ze doet haar ogen weer dicht. Ze luistert naar Charles en Kevin, die nu over sport praten, dan weer over buien, en dan weer over jagers die ze kennen. Kevin haalt de sigaren tevoorschijn die hij heeft meegebracht en de rook zweeft weg over het water. Er suist een jetski langs en golven slaan tegen de onderkant van de steiger. Kevin speelt met Karena's haar.

Ze wordt wakker als de zon van haar gezicht afglijdt. Er is een briesje opgestoken dat het oppervlak van het meer rimpelt. De boten schommelen op het water. Kevin zit naar haar te kijken; zijn gezicht hangt als een maan boven haar, maar dan ondersteboven.

'Goedemorgen, Laredo,' zegt hij. 'Je bent lekker verbrand hier,' en hij wrijft over het bolle deel van Karena's wangen.

Karena glimlacht naar hem, sluit eerst één oog, dan het andere. Het verbaast haar altijd weer hoe erg het perspectief verandert als ze dat doet. 'Waar is Charles?'

'IJsjes halen. Of nog meer minderjarige meisjes verleiden. Ik weet niet zeker welke van de twee het was.'

'O, doe eens een beetje aardig,' zegt Karena. 'Zijn we opeens jaloers, meneer Genie?'

'Daar is helemaal geen reden voor,' zegt Kevin. 'Geen enkele reden,' en hij buigt zich voorover om haar te kussen. Het is een nogal onhandige houding, maar zijn lippen zijn koel en rokerig en zoutig tegen Karena's verbrande gezicht.

'Je moet toegeven,' zegt ze, als ze uitgezoend zijn, 'dat Charles zich keurig gedraagt. Toch? Is hij niet geweldig?'

'Zeker,' zegt Kevin, terwijl hij Karena's haar van haar voorhoofd strijkt. 'Ik heb ook nooit gezegd dat hij dat niet was. Als het goed gaat met Chuck, gaat het echt heel erg goed met hem. Als het slecht gaat...' Zijn stem sterft weg en hij trekt zijn wenkbrauwen op. Karena draait haar hoofd om en ziet Charles over de steiger naar hen toe banjeren.

'Hé, kinders,' zegt hij. Hij draagt in elke hand een hoorntje met softijs. 'Waar hebben jullie het over? Wat doen jullie? Broodjes smeren?'

Karena komt zo snel overeind, dat ze bijna haar hoofd tegen Kevins kin stoot. Ze werpt Charles een felle blik toe: waag het eens. Charles kijkt haar met opengesperde ogen aan: wat? Karena werpt een snelle blik op Kevin, achter haar. Charles kijkt even verbaasd, maar dan valt het kwartje: ahaaa, het Brood. Hij schudt zijn hoofd – nee, nee, nee, K, dat bedoelde ik niet, sorry – en grijnst. 'Wieb,' zegt hij tegen Kevin, die de restanten van de picknick in een tas heeft staan proppen. Hij geeft Kevin een van de hoorntjes en Karena het andere. 'Alsjeblieft, kinders. En nou niet zeggen dat ik nooit iets voor jullie doe.'

'Bedankt, man,' zegt Kevin. 'Waar is het jouwe?'

Charles zet zijn handen in zijn onderrug en rekt zich grijnzend uit. 'Meen je dat nou?' vraagt hij. 'Ik eet die troep niet.'

Ze sloffen terug over de planken. Karena's gezicht gloeit. Het is een warme avond en het ijs smelt snel; ze moet het van haar pols likken als het omlaag begint te druipen. Ze slaan af naar het schaduwrijke pad naar haar huis; de mannen lopen weer voor haar en de zon knipoogt tijdens het zakken nu en dan achter de boomtoppen. Honden rennen blaffend achter frisbees aan. Mensen joggen langs met wandelwagens, fietsers bellen en roepen: 'Aan de kant! Aan de kant!' Charles vraagt of Kevin blijft eten en Kevin zegt natuurlijk, en Charles zegt dat ze dan naar wat dvd's kunnen kijken over zijn tornadojachten van afgelopen jaar, en Kevin zegt leuk. Ze drentelen voort, de een lang en mager en op sandalen, de ander kort en gedrongen en gespierd. Ze doen Karena denken aan... nee, niet echt aan Laurel en Hardy, maar aan de spotprent waarop twee mannen op een onbewoond eiland elkaar aankijken en de ene een hotdog ziet en de ander een hamburger. Misschien is deze picknick iets uitzonderlijks geweest, zal Karena er als ze oud is op terugkijken als een dag waarop ze gelukkig was. Misschien zijn ze met zijn drieën gewoon tijdelijk opgesloten in een glimmende tijdluchtbel. Maar aan de andere kant: misschien kan het altijd wel zo blijven, denkt Karena. Mensen zíjn soms gelukkig, toch? Misschien komt alles goed. Als ze langs de trollenboom lopen, laat Karena haar muntje achter de deur glijden.

45

Ongeveer een maand later, aan het begin van de derde week van augustus, de eerste van Karena's jaarlijkse veertiendaagse vakantie, komt ze terug van een zaterdagse brunch met Tiff in een huis dat ruikt naar iets smerigs. Thee. Charles' zogenaamde thee. Om de paar dagen maakt hij daar een voorraadje van, ondanks Karena's smeekbeden dat niet te doen. Hij gebruikt haar mooie kreeftenpan om de mysterieuze inhoud van een pakje in te koken, dat hij elke week per post ontvangt. Hij heeft er ooit een op het aanrecht laten staan en toen heeft Karena er nieuwsgierig in geprikt: een bolle buidel met takjes en stukjes hout en slijmerig ogende blaadjes. 'Het werkt zuiverend,' had Charles gezegd toen Karena ernaar gevraagd had, 'het brengt mijn lymfvatenstelsel in balans. En het reinigt tevens de dikke darm. Wil je wat, zussie? Ik wil niet vervelend zijn hoor, maar aan je huidkleur te zien kun je wel wat gebruiken... en het Brood ook, als iemands dikke darm een beurt nodig heeft, dan is het de zijne wel.' Karena had geprotesteerd en zich haastig uit de voeten gemaakt. Dat deed ze ook toen Charles met zijn salie liep te kliederen, met de brandende blaadjes wapperde in de woonkamer en zei: 'Ik verdrijf de slechte spirituele energie, K, ik dacht dat je dat wel zou waarderen.'

Karena heeft haar uiterste best gedaan om te leven en te laten leven. Want ook al zijn Charles en zij een tweeling, dat betekent nog niet dat ze er dezelfde gewoonten op nahouden. Karena kan leven met de salie, en met het feit dat haar huis op goede dagen ruikt naar een winkel van een landbouwcoöperatie, half naar wierook, half naar medicijnen, ze kan leven met Charles' meditatiematje op de veranda en met het leger zeewierdrankjes in de koelkast, en met zijn windklokken en zijn wierook en zijn kruiden en zijn speciale lotion en zijn gechant elke morgen om de dageraad te begroeten, terwijl hij op zijn Lakotatrommel slaat – dat kan Karena allemaal tolereren, zij het ternauwernood. Met de thee heeft ze het moeilijker. Die ruikt naar de rottende onderkant van paddenstoelen in combinatie met oude zweetsokken, en ze moet door haar mond ademen tot ze er een beetje aan gewend is.

'Hai, Charles,' zegt ze, als ze de keuken inloopt.

Charles staat boven het gasfornuis in de pan te turen. Hij draagt een korte broek en een geruit hemd, en heeft talloze medaillons aan leren veters om zijn nek hangen: kaurischelpen en een runenteken en een in vieren verdeelde cirkel die, zoals hij aan Karena heeft uitgelegd, staat voor de vier kwadranten van een mensenleven volgens de traditie van de Lakota's, waarbij diens spirituele pad door de zon in tweeën wordt gedeeld. Ook draagt hij een zeer oud, verbleekt rood schort van Siri, waarop aan de voorkant staat: IK KOOK VAN WOEDE. 'Zussie,' zegt hij, en hij laat het deksel met een *plonk!* op de pan vallen. Godzijdank vermindert dat de stank een heel klein beetje, hoewel Karena spetters van een soort grijze drab op de muur achter haar fornuis in het oog krijgt. 'Hoe was de brunch?' vraagt Charles. 'Hoe is het met Sloerie Nummer Een?'

'Prima,' zegt Karena.

'Had ze geen zin om even gedag te komen zeggen?' vraagt Charles. Hij trekt de koelkast open, maar niet snel genoeg om zijn grijns te kunnen verbergen. Karena weet dat hij denkt aan hun samenzijn twee weken geleden. Aangemoedigd door het succes van het Charles-Kevin-experiment, had Karena voorgesteld om met Tiff en Charles een wandeling rond het meer te maken. Iets wat achteraf gezien heel logisch leek; alsof je twee valse honden op neutraal terrein met elkaar liet kennismaken. Maar dit keer had het decor niet die betoverende uitwerking gehad; in ieder geval niet meer toen ze in de buurt van de rozentuin kwamen en Tiff – ja, feitelijk was zij begonnen – zich langs Karena naar Charles had gebogen en zei: 'Tja, dit is natuurlijk allemaal leuk en aardig en zo, maar aangezien je zus het niet zal vragen, doe ik het maar: wanneer ga je weer medicijnen slikken en een fatsoenlijke baan zoeken?' En toen had Charles geantwoord: 'Dat is een hele goede vraag. Misschien rond de tijd dat jij dat ook gaat doen. Jij zou toch dokter worden of zoiets?' En toen had Tiff gezegd: 'Tja, ik ben met een dokter getrouwd in plaats van er een te worden. Heb je daar soms een probleem mee?' En Charles zei: 'Nee, maar jij blijkbaar wel. Hoewel ik met je meeleef, hoor; het is vast niet makkelijk om een speenvarken te zijn voor, hoeveel zijn het er inmiddels, vijf biggetjes?' En Tiff had geantwoord: 'Ga pillen slikken, Charles.' En toen had Charles weer gezegd: 'Bemoei je met je eigen zaken, Miss Piggy.' En Tiff, die al jaren haar overgewicht kwijt is en een personal trainer heeft en aan pilates doet en feitelijk zo mager is dat haar hoofd veel te groot lijkt voor haar lichaam, was zo rood als een kreeft geworden en had gezegd: 'Je bent een imbeciel, Charles.' En toen zei Charles weer: 'Altijd een dame, hè, pijpwijf?' En toen had Tiff zich omgedraaid en was in de tegenovergestelde richting weggelopen. En dat was dat.

Dus zegt Karena nu: 'Nee, gek genoeg wilde ze dat niet, Charles. Hoe zou dat toch komen?'

Er klinkt gegrinnik uit de koelkast, waar Charles nu met zijn hoofd in gebogen staat. Hij komt weer overeind met een zeewierdrankje, drinkt dat in één teug leeg, boert en zegt dan: 'Al zou je me doodschieten.'

'Charles,' zegt Karena. 'Het zou fijn zijn als je een beetje aardiger tegen haar was, weet je.'

Charles zet grote ogen van verbazing op. 'Ik?!' zegt hij. 'Wat heb ík nou weer gedaan? Ik liep daar gewoon gezellig te wandelen, te genieten van de mooie dag, deed mijn best geen oude koeien uit de sloot te halen, en dan valt zij me opeens aan.'

Karena zucht. Het is waar. Maar ze denkt aan het onuitgesproken tweede deel van haar zin: als je voorgoed hier blijft... Ze wil echter niet de boeman uithangen, geen huisregels opleggen onder haar eigen dak. Maar hoe heerlijk ze het ook vindt dat Charles hier is, zijn aanwezigheid is inmiddels ook een soort belasting geworden. Pas nog werd Karena om half vijf 's ochtends wakker op haar stretcher in de studeerkamer en hoorde de dreun van een bas. In eerste instantie dacht ze dat het de jongeren verderop uit de straat waren die het leuk vonden om hun autowrak voor de deur te zetten en uit hun dak te gaan. Ze was naar de voordeur gelopen om hun de wind van voren te geven, maar had zich toen gerealiseerd dat de muziek van boven kwam. Ze was naar de deur gelopen en had staan luisteren. *Nn-tss-*

nn-tss-nn-tss, een clubmix met daaroverheen het gregoriaanse gezang van monniken. Karena had geklopt. 'Charles?' zei ze. *Nn-tss-nn-tss-nn-tss-boem-boem-boem-boem-boem.* Karena klopte nog een keer. 'Charles,' riep ze, 'wil je dat alsjeblieft wat zachter zetten?' Geen antwoord. Karena had nog even gewacht en zenuwachtig haar opties afgewogen. Toen was ze weer naar bed gegaan.

Niet dat ze anders niet op dat tijdstip wakker was geworden. En niet dat ze wil dat Charles weggaat uit de stad. God, nee. Karena wil hem zo dicht mogelijk bij zich in de buurt hebben. Ze wil hem helpen een eigen plek te vinden en ze zal zijn huur betalen, wat hij ook nodig heeft, tot hij geacclimatiseerd is. Ze zou gewoon wel een beetje... ruimte kunnen gebruiken.

Charles draait zich weer naar zijn pan en roert erin. 'Maarre... zussie,' zegt hij, 'ik heb eens nagedacht, maar waarschijnlijk ben ik hier niet zo lang meer.'

'Wat?' roept Karena. Nu Charles heeft gezegd wat zij dacht, moet ze er natuurlijk niet meer aan denken dat hij weggaat. 'Je mag niet weg! Waar ga je heen? Je blijft toch wel in Minneapolis, toch?'

Charles proeft wat van een houten lepel en trekt een gekke bek. 'Niet echt,' zegt hij.

'Maar waar ga je dan naartoe?' vraagt Karena nogmaals. Ze heeft het gevoel alsof een of ander essentieel membraan uit haar borst is weggerukt. 'En waarom? We kunnen op zoek gaan naar etages in uptown, vandaag nog...'

Charles lacht bedroefd. 'Het is heerlijk dat je wilt dat ik blijf, K,' zegt hij. 'En ik zou willen dat het kon. Geloof me. Maar er is iets wat ik moet doen.'

'Wat?' vraagt Karena. 'Wat kan er nu belangrijker zijn dan dit?' Ze zwaait met haar arm door haar dampige keuken om te wijzen op hun tweeën.

'Niet veel,' geeft Charles toe. 'Maar ik moet dit doen, K.' Hij leunt tegen het aanrecht. 'Ik ga me aangeven,' zegt hij.

Een paar tellen denkt Karena dat ze hem niet goed verstaan heeft, dat er een schakeltje in haar hersenen kapot is. Ze staart hem aan en begint dan te lachen. 'Oké, Charles,' zegt ze, 'erg grappig. Niet dus. Het is helemaal niet grappig.'

'Vind ik ook,' zegt Charles. 'Er is in de verste verte niets grappigs aan de dood van een man. Of dat ik daar verantwoordelijk voor ben. Ik heb hem vermoord en ik ben het zat om daarmee te leven. Het is tijd dat ik daarvoor ga boeten.'

Karena staart hem aan, duwt zich dan van het aanrecht af en spurt door de keuken, waarbij ze een kruk omstoot. Ze doet de deur dicht en op slot, slaat de ramen dicht ondanks de dampende stank van de thee. Dit is niet een gesprek dat de buren hoeven te horen. Dan loopt ze terug naar het aanrecht. Voorzichtig, denkt Karena. Kevin had gelijk. Charles is manisch. Of in ieder geval hypomanisch, een voorstadium, want waarom zou hij anders zoiets waanzinnigs suggereren?

Maar als ze Charles met een kalmerende glimlach aankijkt, kijkt hij met over elkaar geslagen armen kalm terug. 'Ik ben niet gek, K,' zegt hij.

Karena verbreedt haar lach. 'Dat dacht ik ook niet, Charles.'

Charles slaakt een zucht. 'Natuurlijk wel,' zegt hij, 'maar daar gaat het nu niet om. Het gaat erom dat ik dit ga doen. Ik ga naar New Heidelburg, volgende week misschien, zodra ik nog wat losse eindjes aan elkaar heb geknoopt, en dan ga ik de sheriff vertellen wat er gebeurd is.'

'Oké,' zegt Karena, vechtend om hem bij te benen en voor te blijven. Ondertussen evalueert ze Charles: zijn gezichtsuitdrukking is kalm, zorgelijk zelfs. Zijn houding ontspannen. Hij praat in een normaal tempo. Geen spoor van het staccato geschimp van de djinn, de smalende, verkrampte felheid. Op dat moment oogt Charles volkomen gezond en dat is juist het griezeligst van alles. Er glijdt een koude naald in Karena's maag. 'Maar ik begrijp het niet,' zegt ze. 'Waarom nu? Waarom wil je dit na al die tijd doen?'

'Omdat ik het zat ben, K,' zegt Charles. 'Omdat ik het zo verdomd zat ben om die gast te zien. Omdat ik het zat ben om wakker te worden en hem op het voeteneinde van mijn bed te zien. Hij komt nog steeds elke nacht, heb ik je dat verteld? Nou, dat is zo. Elke nacht om half vijf stipt. Hij zegt nooit iets, doet nooit iets, hij zit daar alleen maar naar me te kijken. Net als vroeger, toen we het net gedaan hadden, behalve dan dat ik hem niet meer ruik, daar is hij te uitgedroogd voor. En zijn huid – of wat daarvan over is – is lijkwit, en het bloed op zijn shirt is helemaal bruin omdat hij al zo lang dood is...'

'Ik snap wat je bedoelt, Charles.'

'Nee, dat doe je niet,' zegt Charles serieus. 'Dat is het nou juist, K. Ik zal je nooit duidelijk kunnen maken hoe erg het is. Ik heb hem vermoord, K, en dat weet hij, en de enige manier waarop ik hem kan laten verdwijnen, is door me aan te geven.'

Karena schudt haar haar naar achteren. 'Charles,' zegt ze, 'je vindt het misschien niet leuk wat ik nu ga zeggen, maar als je zus die van je houdt, moet ik het doen. Er is een andere manier om hem te laten verdwijnen en dat weet je. Je kunt medicijnen gebruiken.'

Charles schudt zijn hoofd. 'Nee,' zegt hij. 'Dat ga ik niet doen. Vraag me nooit meer dat te doen, K. Ik bedoel, je mag vragen wat je wilt, maar ik doe het niet. Nooit meer.'

'Oké. Maar,' zegt Karena, 'er is zo veel vooruitgang geboekt sinds de laatste keer dat je medicijnen gebruikt hebt, Charles. Sinds... wanneer was je ook alweer in Kansas met die vrouw? In 2000, toch? Acht jaar geleden. En weet je hoeveel nieuwe medicijnen er sinds die tijd ontdekt zijn? Er komen elke dag nieuwe medicijnen op de markt!'

'Nou, en? Wil je nu dat ik een soort proefkonijn word?' zegt Charles. 'Dat ik de ene pil na de andere ga proberen alsof het niets is, alsof het vitaminen of snoepjes zijn of zo? Dat is niet zo, K. Begrijp dat dan. Ze klooien met mijn hersenen. Ze veranderen mijn bréín. Dus in feite zeg jij dat ik mijn eigen wezen in gevaar zou moeten brengen, mijn verstand en mijn gevoel, wie ik ben, om me aan jouw wensen aan te passen. Is dat het?'

'Nee, Charles, helemaal niet. Natuurlijk bedoel ik dat niet. We hadden het over de man op de motor en dat die jou zo'n angst aanjaagt! Wil je niet dat hij weggaat?'

Charles strijkt zijn handen door zijn haar en kijkt naar de leistenen vloer. 'Niet tegen die prijs,' zegt hij. 'Nee. Nooit. En het punt is, feitelijk gaat hij misschien wel nooit weg, K. Daar heb ik veel over nagedacht. Misschien blijft hij gewoon komen, ook als ik mezelf heb aangegeven. Maar als ik hem dan aankijk, hoef ik me tenminste niet zó slecht te voelen. Dan kan ik zeggen: "Hé, jochie, hoe is het? Sorry voor wat er gebeurd is, maar je ziet in ieder geval dat ik het probeer goed te maken."'

Goedmaken! Karena grijpt dit onmiddellijk aan. 'Charles,' zegt ze, 'ik waardeer het dat je het juiste probeert te doen. Echt. Maar zoals je ooit tegen me gezegd hebt: wat maakt het uit als je je aangeeft? Hij komt er niet door terug... de man op de motor. Je kunt hem niet tot leven wekken. Weet je nog dat je dat gezegd hebt? Dus waarom probeer je niet om het op een andere manier goed te maken, bijvoorbeeld... Bijvoorbeeld door in een gaarkeuken te gaan werken of zo. Of vrijwilliger bij de rampenbestrijding te worden. Ja, dat zou echt iets voor jou zijn, mensen helpen op plekken die door noodweer getroffen zijn, zoals in Oweeo...'

Maar Charles schudt weer zijn hoofd. 'Hou op, K,' zegt hij. 'Geloof me, ik heb hier minstens een miljoen keer over nagedacht. Vandaag is het twintig jaar, een maand en zes dagen geleden dat we hem vermoord hebben. Hoeveel dagen zijn dat? Zo vaak heb ik erover nagedacht. Hoe dan ook. Het is een leuk idee, maar het zal niets uithalen. Het karma is kapot. We hebben iemand van het leven beroofd en dat maak je niet goed met het serveren van nasi aan daklozen. De enige manier om dat te doen, is opstaan en bekennen wat we gedaan hebben. Want zeg nou zelf, K. Je hebt het die middag zelf tegen me gezegd, we hebben het ergste gedaan wat je een ander menselijk wezen kunt aandoen. We hebben hem zijn léven ontnomen. Je gaat me toch niet vertellen dat jij daar nooit aan denkt?'

Karena zucht en kijkt naar de grond, naar haar eigen blote voeten met de afbladderende nagellak op haar tenen, en dan naar de grote, vierkante, bruine voeten van haar broer. Natuurlijk denkt ze eraan. Natuurlijk denkt ze aan de man op de motor. In die twintig jaar, een maand en zes dagen heeft ze meer dan genoeg tijd gehad om zich af te vragen wie hij was – meestal om half vijf 's ochtends. Ze heeft een heel leven voor hem geconstrueerd, alsof hij zo'n papieren Hells Angels-aankleedpoppetje is. Ze heeft hem een grote stacaravan gegeven met een gootsteen vol vuile vaat, een ladekast vol geruite hemden met afgeknipte mouwen, weedplantjes op de wc. Ze heeft hem zo'n verstelbare leren leunstoel gegeven die opgelapt is met duct tape. En een satellietschotel, zodat hij vijfhonderd zenders kan bekijken. Ze heeft hem een drankprobleem toegedicht, een milde hasjverslaving en het incidentele snuifje coke, want hij moet die dag iets hebben gebruikt, toch? Hij moet wel uit de plaatselijke kroeg zijn gekomen, waar hij met zijn maten had staan hijsen, want waarom zou hij anders in dat noodweer zijn gaan rijden? Op een motor? Wie dóét dat nou? Karena heeft de man op de motor een kat gegeven en geen hond, want een kat zou hem niet missen als hij niet thuiskwam. Die zou gewoon alle rotzooi onder het aanrecht opeten, het raam uit springen en de wijde wereld in trekken. Ze heeft hem verschillende boze ex-vrouwen toegedicht, die allemaal 'allemachtig' zeiden toen ze hoorden dat hij dood was, omdat hij sowieso nooit alimentatie had betaald, en ze heeft hem één dochter gegeven die ook nooit een cent van hem heeft ontvangen en beter af is zonder hem. Sterker nog, de man op de motor heeft waarschijnlijk zelf ook in de bajes gezeten, voor inbraak of aanranding of dealen, en hoewel Karena weet dat alles wat ze zich heeft ingebeeld een verschrikkelijk cliché is – alles wat ze aan journalisteninstinct in zich heeft, komt schreeuwend in protest –, maar ze kan niet anders. Ze moet er niet aan denken dat de man op de motor misschien een baan had, een gezin, een huisdier, een bijdrage leverde aan de gemeenschap, dat er mensen zijn die hem missen.

Maar hoe dan ook, het maakt niets uit. Charles heeft gelijk. Of die gast nou een Gandhi op een Harley of een totale nietsnut was, wat ze gedaan hebben is verkeerd. Ze hebben hem zijn kat, zijn motor, zijn leunstoel en zijn adem ontnomen. Ze hebben een eind gemaakt aan zijn leven.

Dan gaat er een belletje bij Karena rinkelen. Ze kijkt naar haar broer, die haar vol medeleven aan staat te staren, en vraagt: 'Waarom zeg je de hele tijd "we"?'

'Omdat wij het hebben gedaan,' zegt Charles. 'Of eigenlijk ik, maar jij was erbij, K. Jij had ook wat in te brengen. Jij had de juiste beslissing kunnen nemen.'

Karena gelooft haar oren niet. Wat is dit oneerlijk. 'Maar dat deed ik niet, Charles, omdat iemand me smeekte dat niet te doen,' zegt ze. 'Eens even denken, wie zou die iemand nou zijn? Jij, Charles! Jij!'

'Ja, dat weet ik ook wel, K,' zegt Charles. 'Maar dat was fout van me. Ik was bang en ik was nog maar een kind. Ik wist niet beter.'

'O, en ik wel?' zegt Karena. 'In al mijn oneindige achttienjarige wijsheid? Ik was ook bang! En als ik je eraan mag herinneren: ik probeerde jou te beschermen!'

'Dat weet ik, K,' zegt Charles, 'en dat zal ik ook nooit vergeten. Je hebt me inderdaad beschermd – tenminste, tot je de sheriff erbij haalde. Maar laten we het daar nu niet over hebben. Waar het om gaat is dat dit niet een soort eindexamenstunt is die je uithaalt en vervolgens vergeet, zoals het stelen van iemands auto. Ik weet dat het twintig jaar geleden is, maar toch. We moeten de boel weer in evenwicht brengen.'

'Oké,' zegt Karena, 'doe jij dat maar, Charles. Maar laat mij erbuiten.'

'O, K,' zegt Charles. 'Weet je dat zeker? Ik geef je een kans om het goed te maken. Weet je zeker dat je die niet wilt aangrijpen? Misschien doet het je wel goed.'

Karena houdt haar hoofd scheef. 'En wat wil dát nou weer zeggen?' vraagt ze.

Charles maakt een zwaaiend gebaar naar haar keuken, haar woonkamer, het licht dat door de ramen aan de voorkant binnenstroomt, sereen en zonnig op een middag in het weekend.

'Jij hebt heel wat bereikt, K,' zegt hij. 'Ik ben trots op je. Je hebt een geweldige carrière, een prachtig huis, en dat heb je allemaal in je eentje voor elkaar gekregen. Maar dat is het nou juist: je bent helemaal in je eentje. En dat klopt gewoon niet. Kom op, K. We weten allebei dat jij een man en kinderen zou moeten hebben. Je bent iemand die graag geeft. Je bent niet gemaakt om de rest van je leven alleen te zijn.'

Een paar tellen lang is Karena zó boos, dat ze nauwelijks iets kan zien. Dan ziet ze Charles dubbel, wat het nog erger maakt. Krijgt ze een beroerte? 'Oké, Charles,' zegt ze dan, 'hartelijk dank. Weet je als wie je nu klinkt? Als jouw favoriete persoon: Tiff. Of Miss Piggy of Sloerie Nummer Een of Pijpwijf of hoe je haar ook noemt. Zij zegt precies hetzelfde: dat mijn leven zinloos is omdat ik geen man en kinderen heb. Nou, zal ik je eens wat vertellen? Ik ben dol op mijn zinloze leven! Dus jullie kunnen dat oordeel allebei lekker in je reet stoppen!'

Charles staat ernstig te knikken. 'Natuurlijk,' zegt hij, 'ik begrijp best dat het zo overkomt. Maar we willen je niet veroordelen. We houden van je. We winden er geen doekjes om. Miss Piggy mag dan een gestoord wijf zijn, ik heb nooit gezegd dat ze dom was.'

Karena trekt een ja-nou-weet-ik-het-wel-gezicht. 'Oké, jij je zin,' zegt ze. 'Dit gesprek slaat echt nergens meer op. Ik ga. Ik ben weg.'

'Prima,' zegt Charles. 'Doe wat je niet laten kunt. Ik zeg alleen maar, K, dat ik weet dat je hierover hebt nagedacht. Ik kan je erover vóélen nadenken, als je 's nachts wakker wordt, en het is echt pijnlijk. Ik denk gewoon dat jij, zolang je met dit geheim rondloopt, nooit echt een hechte band met iemand kunt aangaan. En dat is eeuwig zonde.'

Karena lacht, weer. 'O mijn god, je lijkt wel een televisiepresentator!' zegt ze. 'Zit ik nu in de Chuck Hallingdahl-show? Waarom heb ik dit geheim eigenlijk, Charles? Dit absurde, afschuwelijke, knagende geheim? Door jou! Jij bent verdomme degene die me heeft gevraagd het geheim te houden!'

'En daar heb ik spijt van,' zegt Charles. 'Ik probeer dat nu goed te maken. Ik weet dat het belachelijk klinkt, K, maar denk er gewoon even over na. Meer vraag ik niet.' Karena hoort ook hierin de echo van die dag in Decorah: 'Denk er gewoon even over na, K.' Tiff en Kevin hebben gelijk. Haar broer zal haar kapotmaken.

Ze loopt naar de woonkamer om haar hardloopschoenen te zoeken. De ruimte baadt in het licht. En is schoon – tenminste, dat was zo voordat Charles hier kwam – en vertoont alle tekenen van een gelukkig, welbesteed leven: de open haard, Karena's boeken die aan weerszijden de planken vullen, de schelpen op de vensterbanken die ze van vakanties heeft meegenomen. De plankenvloer die ze zelf geschuurd en geschilderd heeft. De bank en de stoelen die ze ook zelf heeft uitgekozen... En opeens herinnert Karena zich dat haar voormalige therapeut, dokter B., zei: 'Ik begrijp het gewoon niet. We hebben zo veel vooruitgang geboekt, maar toch heb ik het gevoel dat je iets voor me achterhoudt, iets wat je voor iedereen achterhoudt, wat je ervan weerhoudt een hechte band met mensen te krijgen. Heb je enig idee wat dat is?' Karena had haar schouders opgehaald en een hulpeloos handgebaar gemaakt met een 'geen idee'-uitdrukking op haar gezicht. Vervolgens had ze de afspraak erna afgezegd, en die daarna, en de volgende, want wat had het eigenlijk voor zin om terug te gaan?

Charles staat haar vanuit de deuropening naar de keuken aan te kijken. 'En dan nog wat,' zegt hij, 'hoe zit het met het Brood? Ik zal het niet vertellen, K, dat zweer ik je. Wat het onderzoek betreft, zat ik die dag alleen in de jeep, als jij dat zo wil. Maar ga je echt proberen dit voor hem verborgen te houden? Hoe lullig ik soms ook over die gast doe, hij is erg slim en intuïtief. Hoe langer je ermee wacht het hem te vertellen, hoe moeilijker het voor jullie beiden zal worden.'

Karena recht haar rug en kijkt Charles boos aan. 'Waag het niet,' zegt ze. 'Waag het niet om één woord over mijn relatie met Kevin te zeggen. Die is van mij, dat zijn mijn zaken. Bemoei je er niet mee.'

Charles doet een paar stappen achteruit. 'Oké, oké. Ik wil alleen maar zeggen dat jij volgens mij hoopt dat het serieus iets wordt met hem en ik wens je daar alle succes mee. Maar hoe kun je zo'n relatie volhouden als het vertrouwen ontbreekt?'

'Weet je,' zegt Karena, 'ik heb geen idee, Charles. Misschien dat jij dat voor me kunt uitvogelen, nu je toch zo verstandig bent geworden. En laat het me maar weten als je zover bent... Als ik terugkom. Want ik ga nu weg en ik blijf wel even weg en wat mij betreft is dit idiote gesprek afgelopen. Af-gelopen. Oké, Charles?'

Charles haalt zijn schouders op. 'Als jij het zegt, zussie,' zegt hij. En hoewel Karena weet dat dit geen echt antwoord is, dat hij elk moment zijn schort uit kan trekken, in de auto kan stappen en naar New Heidelburg kan rijden om die hele stinkende ouwe koe uit de sloot te halen, is ze het gewoon zat om ruzie met hem te maken. Ze duwt de voordeur open en gaat naar buiten.

46

Ze blijft die nacht bij Kevin en elk uur dat verstrijkt, neemt de ruzie, die aanvankelijk tot angstaanjagende proporties in Karena's hoofd wordt opgeblazen, in kracht af. Op een bizarre manier helpt het dat Karena er niets over aan Kevin kan vertellen; het dwingt haar er niet aan te denken. De tijd die ze bij hem doorbrengt is geruststellend normaal. Ze gaan naar de bioscoop, lopen hand in hand over Grand Avenue, drinken wat op het terras van een eetcafé en keren dan terug naar Kevins mannenhol. Als Karena aan het eind van de volgende middag weer naar huis gaat, is het of Charles' belachelijke plan iets is wat ze gedroomd heeft, een nachtmerrie die halverwege de ochtend vervaagt. Ze besluit er niet eens over te beginnen tegen hem. Zoals oma Hallingdahl altijd zei: 'Geen slapende honden wakker maken.'

Maar als Karena thuiskomt, is Charles' gele Volvo weg. En zodra ze het huis binnenloopt, weet ze dat hij er niet is. Het is er benauwd en afgesloten – Charles verafschuwt de airco, zegt dat die bijdraagt aan de opwarming van de aarde en zet die dus altijd uit als hij weggaat. In zijn afwezigheid is het zo stil in de kamers, dat Karena het geknars van de oude klok boven haar gasfornuis kan horen. Ze schrikt zich rot van de *plonk!* van het naar het ijsvakje schuivende ijs in de koelkast. Ze moet dat verdomde ding uitzetten. Sinds ze terug is van het tornadojagen doet dat ding haar aan hagel denken.

Ze blijft staan, tikt tegen haar lippen en denkt na. Het is ongebruikelijk dat Charles er niet is. Overdag heeft hij zo zijn bezigheden: boodschappen doen, mediteren bij het meer... En soms, zo vermoedt Karena, een afspraakje met de au pair die hij daar ontmoet heeft. Karena heeft het hem niet gevraagd en Charles heeft er niets over gezegd. Dat zijn ze stilzwijgend overeengekomen. Charles is zelfs wel eens een nachtje weggeweest, als het weerbericht wees op een mogelijke tornado in de buurt. Karena is nooit bang geweest dat hij weer voorgoed weg was. Niet zonder dat haar te vertellen. Maar dat was voordat hij gedreigd had zich aan te geven.

Ze loopt naar de deur onder aan de trap naar haar slaapkamer en aarzelt. Dit zou een volledige schending van zijn privacy zijn. Vanaf het moment dat Karena haar slaapkamer aan Charles heeft afgestaan, is ze er niet meer geweest. Maar er zijn bepaalde dingen die Charles mee zou nemen als hij naar New Heidelburg was gegaan. Geen kleren, waarschijnlijk niet eens toiletspullen, maar wel zijn kruidengeneesmiddelen en zijn laptop, vermoedt Karena, hoewel die in beslag genomen zouden worden. En zeker zijn buienboek, dat hij misschien wél zou mogen houden. Charles gaat nergens heen zonder zijn buienboek, het enige voorwerp waar hij in de Black Wing naar gevraagd heeft. Karena klopt, twee keer voor de zekerheid, schudt dan haar hoofd en loopt naar boven.

Het ruikt een beetje verschroeid op de beklede trap, naar verbrande salie. Karena zal zo een raam open moeten zetten, bedenkt ze. Zolang ze maar niet vergeet dat weer dicht te doen voordat Charles thuiskomt, zodat hij er niet achter komt dat ze hier is geweest...

Dan gaat ze de hoek om en komt boven in de lange open ruimte onder het dak, en ze blijft staan. Staart. Haar beenspieren spannen zich om te vluchten. Ze had net zo goed een slang op de vloerbedekking kunnen zien liggen.

Charles heeft de ruimte veranderd in zijn nieuwe hol.

Het is geen exacte replica. Er zijn geen lavalampen en ook geen planken met mysterieuze elektronische apparaten. En uiteraard is het stramien van de kamer nog steeds dat van Karena: de gewelfde bouw, de vrije ruimte en de zon die door de dakramen valt. Maar de wanden ritselen van het papier: Charles mag dan een hekel hebben aan de airco, een dergelijk bezwaar heeft hij niet tegen de ouderwetse ventilator die hij van een of andere stoep of uit een achterafsteeg mee naar huis heeft gesleept. Die draait van rechts naar links en van links naar rechts, geeft een tik aan het eind van elk traject en brengt de eindeloze hoeveelheid papier die Charles heeft opgeplakt in beweging. Gelinieerde velletjes, volgeschreven in zijn piepkleine handschrift, rijen cijfers. Wat zijn het? Geografische coördinaten? Barometerstanden? Vergelijkingen? Hier en daar zijn foto's vastgeniet: de alomtegenwoordige tornado's, bliksem, de aambeelden van supercellen die Karena nu soms in haar slaap ziet. En ook tekeningen van spiralen, medicijnwielen van de Sioux, wolkenformaties. Boven het bed, naast een dromenvanger ter grootte van een hoofd, hangt een lijstje...

Kava kava
Valeriaan
A, B, B6, B12, C, D, E, zink
California poppy
Sint-Janskruid
Groene thee
Zeewier
Eddies brouwsel

Piepkleine vinkjes lopen tot de rand van het vel. Er hangt ook een papieren placemat van een fastfoodrestaurant, waarop met een ballpoint is geschreven – een groot handschrift, niet dat van Charles:

Volgens De Legende Is Er Een Dappere Met Een Zeer Slecht Humeur. De Stamoudsten Doen Alles Wat Ze Kunnen Om Hem Met Medicijnen Te Genezen, Maar Dat Lukt Niet Dus Ze Sluiten Hem Op In Een Cel. De Dappere Is Erg Boos En Schreeuwt Dat Hij Eruit Wil. Als Er Niemand Komt, Gaat Hij Rondjes Lopen. Rond En Rond, Vele Nachten Lang, Steeds Sneller, Tot Hij Uiteindelijk De Cel Opblaast En De Lucht In Tolt. Eerst Vernietigt Hij De Stamoudsten, Dan Het Dorp, Dan De Stam. Dan Tolt Hij Verder Om Elders Dood En Verderf Te Zaaien. De Grote Geest Vangt Hem En Houdt Hem Vast Tot Het Voorjaar, Maar Elk Jaar Rond Die Tijd Keert De Dappere Terug Naar De Vlaktes Om Verderf Te Zaaien. Het Maakt Deel Uit Van De Cyclus Van Dood En Voorspoed. – Eddie Black Cloud.

'Wauw,' zegt Karena.

Somber laat ze zich op het bed zakken. Hoe heeft ze in hemelsnaam over het hoofd kunnen zien wat hier, onder haar eigen dak, aan het opborrelen was? Hoe heeft ze zo stom kunnen zijn? Of niet? Dat is het verraderlijke aan Charles' stoornis: Karena weet het gewoon nooit zeker. Bepaalde gedragingen zouden ergens op kunnen wijzen, of ze betekenen gewoon dat Charles Charles is. Karena begint de tekenen inwendig op te sommen, te beginnen bij de meest basale: als Charles hypomanisch is, zijn de afwijkingen net als bij elk ziek dier het eerst te zien in zijn slaap-, eet- en hygiënepatroon. De muziek die hier de hele nacht aanstaat... Charles kan er tijdens het luisteren al dan niet bij in slaap gevallen zijn. Wellicht heeft hij lopen ijsberen, maar omdat er vloerbedekking ligt, heeft Karena hem niet gehoord. Dan is er de steeds groter wordende verzameling flesjes groene thee in de vuilnisbak – als Charles manisch begint te worden, drinkt hij aan één stuk door. Maar ja, het is augustus, iedereen heeft dorst. Hygiëne: dat geruite hemd dat Charles gisteren aanhad, had hij dat eergisteren ook niet aan? En misschien de dag daarvoor? Maar hij is een man en al die hemden zien er hetzelfde uit...

Voor elk symptoom dat Karena bedenkt, is een overtuigend tegenargument. Zelfs voor Charles' wandcollage. Die is inderdaad buitenproportioneel, maar ook weer niet rommeliger dan Karena's prikbord op haar werk, met Post-its, uitdraaien; stukjes van een informatiepuzzel die ze voor zich moet hebben. Zelfs Charles' dreigement zich aan te geven zou een resultaat van hypomanie kunnen zijn of niet meer dan een theorie van Charles. Karena bedenkt hoe kalm hij was toen zij naar hem stond te schreeuwen, hoe geduldig hij uit zijn donkere ogen keek. Dat is het nou juist, zou ze tegen Kevin zeggen als die hier was, het is waar, de djinn is er altijd, maar je weet nooit wanneer die toe gaat slaan. Het kan zo zijn dat er aan alle voorwaarden is voldaan en hij zich toch gedeisd houdt. En dat hij dan op een dag uit het niets opduikt.

Kevin. Karena moet eigenlijk Kevin bellen. Ze heeft beloofd dat ze dat zou doen als ze ook maar het kleinste wantrouwen koesterde... Maar hoe kan ze dat doen als ze niet eens weet waar Charles is? Hij zou wel degelijk in New Heidelburg kunnen zijn om zijn hart te luchten bij de sheriff. En in dat geval zal elke betrokkenheid die Kevin voelt discutabel worden, dat weet Karena bijna zeker. Of misschien is Charles wel bij de winkel van de landbouwcoöperatie in Linden Hills.

Maar hij zou ook al compleet manisch kunnen zijn en nu als een dolle in de buurt van Minneapolis rond kunnen rijden, terwijl hij de visioenen van zijn koortsachtige brein af probeert te weren. Er is maar één manier om dat zeker te weten. Ze moet het buienboek vinden.

Karena haalt de kamer overhoop tijdens het zoeken, slingert armenvol T-shirts en sokken aan de kant, doorzoekt zelfs de stapels handdoeken in de badkamer. Uiteraard ligt het op de laatste plek waar ze kijkt, de meest logische plek: onder het bed. Karena moet bijna huilen als ze AUG 2008 op de kaft ziet staan en drukt het notitieboek tegen zich aan. Charles is niet naar de sheriff. Nog niet. Karena is misselijk als ze het buienboek openslaat. Ze doet dit alleen maar omdat het een noodgeval is, ze is geen snuffelaar. Ze leest alleen het laatste stukje, dat vanmorgen geschreven is.

21 aug 2008 zondag, 10.53 uur, grotendeels zonnig, zo-wind tot 15, min 17, max 28, dauwp. mid-20. mog zwaar weer dag 2, dakota's via westelijk en zuidelijk mn. langskomende kortegolftroggen kunnen sikkelvormige tor veroorz. niet zeker of ik ga jagen want ben misschien in new hellishburg bij de sheriff, nog niet besloten. fout gemaakt het gisteren aan k te vertellen & ze maakte me in feite belachelijk. soort hoofdklopje & zei dat is mooi charles maar laat mij erbuiten. laf kreng, alsof ik de enige ben die verantwoordelijk is voor wat er die dag op de weg gebeurd is. hoewel, dat is niet eerlijk, ze is geen kreng, ze snapt het gewoon niet. snapt niet hoe het is om die klotegast elke nacht te zien, snapt niet hoe afschuwelijk het is om in dit lichaam gevangen te zitten en te weten dat ik het gedaan heb, ik hem vermoord heb. ga gewoon bij de gaarkeuken werken, zei ze, terwijl ze me heel erg neerbuigend aankijkt. wat een verdomd stomme opmerking & zij heeft makkelijk praten. voor haar is het allemaal makkelijk, ze heeft het hier mooi voor elkaar met baan & huis & auto, behalve dan dat het natuurlijk allemaal een leugen is omdat ze de waarheid niet vertelt & dat gaat zich nog wel tegen haar keren. ik ben het zo zat om dit allemaal in mijn eentje te behappen, het is niet eerlijk & ik ben het zat dat k denkt dat ik gek ben – zij & ook dat kleine hondje van haar, dat is wieb, haha, hoewel hij eigenlijk

niet zo slecht is denk ik, niet zozeer KWAADAARDIG, het is gewoon dat hij net als de meeste zwakke mensen een beperkte visie heeft & hij is jaloers & daardoor gaat hij slechte dingen doen. wieb weet dat hij niets voorstelt vergeleken met mij, hij is altijd jaloers geweest op mijn instinct & heeft geprobeerd mij aan de kant te duwen. vandaar dus die dag in ok toen we achter die tor aanzaten & en hij me op liet sluiten, what the fuck was DAT nou weer? & hoe ironisch is het dat die twee samen zijn gekomen? of misschien niet, twee zielen een gedachte & van die dingen, maar het gaat erom dat k nu daar is, samenspant met wieb & ik kan VOELEN dat ze het over mij hebben, wieb probeert k ervan te overtuigen dat ik gestoord ben, hij wil me helemaal uit beeld hebben alleen deze keer niet om mijn data te stelen maar mijn zus af te pakken. nou hij kan maar beter uit zijn doppen kijken ze kunnen allebei beter uit hun doppen kijken want ik weet dat ze me ergens weg willen stoppen waar ze me nog meer EST geven & draden in mijn hoofd stoppen...

'Waar ben jij verdomme mee bezig!' zegt Charles bij de bovenkant van de trap, en Karena draait zich om. Hij draagt een papieren zak met boodschappen en hij zet een paar stappen in haar richting. Alleen is het Charles niet, ziet Karena, die haar met een open mond van wantrouwen, met een boze en gerechtvaardigde verontwaardiging aankijkt. Nee, Kevin heeft gelijk, en Karena heeft het bij het verkeerde eind gehad, want Charles is uiterst efficiënt, als met een spons uitgeveegd. Haar broer is hier niet. Maar de djinn wel.

47

Karena zit buiten op de trap met haar mobiel en probeert achter elkaar Kevin te bellen. Ze moet hem waarschuwen, hem ervan weerhouden te komen als het maar enigszins mogelijk is. Hij geeft sinds vorige week voetbaltraining en Karena weet dat hij zijn mobiel dan uitzet en in het handschoenenkastje van zijn auto legt, om die vervolgens te vergeten en hem er pas later op de avond weer uit te halen. Ze kan alleen maar bidden dat hij dit keer een uitzondering maakt, dat hij belt om te vragen of hij nog even iets moet halen of misschien zelfs naar huis gaat om te douchen, zodat hij het bericht kan horen dat Karena op zijn antwoordapparaat heeft achtergelaten: 'Alles in orde, ik leg het later wel uit, maar kom niet hiernaartoe, Kevin. Ik herhaal, kom niet.' Karena betwijfelt echter of ze hem te pakken krijgt. Kevin is nu al een half uur te laat voor het avondeten dat, zo heeft Charles haar eraan herinnerd, Charles voor hun drieën zou maken. 'Waarom denk je anders dat ik al dit verdomde eten heb gekocht, K,' had hij gesnauwd, 'om jou de gelegenheid te geven om door mijn troep te neuzen?'

Karena heeft gelijk: Kevin komt regelrecht naar haar huis. Ze springt op zodra ze zijn Honda de hoek om ziet komen, maar Charles is haar te snel af. Met een grote bruine fles in zijn hand dendert hij het huis uit en duwt haar bijna omver. Hij komt net onder de douche vandaan, draagt een roze overhemd en een zwembroek met vlammen erop. De geur van zijn biologische zeep, patchoeli met een vleugje limoen, hangt om hem heen.

'Wieb,' zegt hij, terwijl hij over het pad door de voortuin stampt, 'Wieb Wieb Wieb Wieb Wieb! Wat goed om je te zien, man.' Hij slaat een arm om de ietwat verbaasde Kevin heen als die om de auto heen komt lopen en geeft hem een klapzoen op zijn wang.

'Jezus, Hallingdahl, wat krijgen we nou!' zegt Kevin, terwijl hij Charles van zich afschudt. 'Zo makkelijk heb je me niet, hoor. Je zult me toch tenminste eerst iets te eten moeten geven.'

'Sorry, Wieb, sorry, sorry,' zegt Charles en hij geeft hem de fles. 'Hier heb je een biertje, onderhoud voor je bierbaby, die moet uitgedroogd zijn. Het is zo warm vanavond, benauwd ook, ik benijd je niet daar op dat voetbalveld. Maar hoe was het,' vraagt hij, terwijl hij Kevin voorgaat over het pad, 'hoe was het op school, hoe was de training, hoe zijn de kinderen van tegenwoordig?'

'Meedogenloos,' zegt Kevin. 'Ik had beter kapper kunnen worden.' Hij kijkt naar Karena en trekt zijn wenkbrauwen op: wat is er met hem aan de hand? Ze schudt heel zachtjes met haar hoofd.

'Wacht heel even, Hallingdahl,' zegt Kevin, 'even mijn meisje gedag zeggen.'

'O, laat toch zitten,' zegt Charles, 'ze is waardeloos, die vrouw, steekt geen poot uit. Je zult het niet geloven, maar ik heb haar al een uur geleden gevraagd de tafel te dekken. Een uur, een heel fucking uur, en heeft ze het al gedaan? Dat is een retorische vraag, Wieb, je hoeft geen antwoord te geven. Ik zal het wel weer zelf moeten doen, net als ik hier alles moet doen, het zijn altijd dezelfden die ervoor moeten opdraaien, hè? En we moeten ook nog barbecueën, het staat al klaar, dus kom op, Wieb, we gaan mannendingen doen.'

'Klinkt goed, Hallingdahl,' zegt Kevin, 'één seconde.' Hij loopt naar Karena en omhelst haar. 'Hoe lang is hij al zo?' vraagt hij in haar oor.

'Ik weet het echt niet,' zegt ze breed glimlachend. Vanaf de veranda zegt Charles: 'Jezus, Wieb, kan het nog langzamer? Vooruit, de barbecue wacht voor geen enkele man.'

'Ik kom eraan, Hallingdahl,' zegt Kevin. Hij kijkt Karena over zijn schouder aan – Kan dit wel? Moeten we dit wel doen? – en ze knikt, haalt haar schouders op en loopt achter hen aan.

Charles sleurt Kevin door het huis naar de patio aan de achterkant, waar Karena de tafel dekt, terwijl de mannen Charles' groentenspiezen grillen. Het is inderdaad een warme avond; in het westen is de lucht achter de garagedaken oranjeroze en de vleermuizen doorkruisen die met een spookachtige, hortende snelheid. De buurkinderen aan de overkant van de steeg spetteren in hun badje: 'Marco! Polo!'

De lucht vult zich met de geur van houtskool en Karena brengt de gerechten die Charles heeft gemaakt naar buiten. Groene salade, *insalata caprese*, verschillende boerenkazen, een baguette en, zo ziet Karena met een steek in haar hart, Siri's lievelingsgerecht: plakjes tomaat met bergen suiker. Karena zet er bier en ijswater bij en steekt de citronellakaars aan. En al die tijd is Charles aan het praten – hij praat en praat en praat en praat en praat. En wat denkt Kevin van morgen? De weersverwachting ziet er nogal veelbelovend uit, hè? Gaat Kevin jagen? O sorry, Wieb, ik was vergeten dat je moest coachen, maar als Kevin wil spijbelen zouden ze samen op tornadojacht kunnen gaan, zou dat niet leuk zijn? Nog een laatste zomerjacht, Hallingdahl & Wiebke, een jacht ter herinnering aan lang vervlogen tijden? Oké, het eten is klaar! Ze gaan allemaal zitten. Karena durft Kevin niet aan te kijken, maar ze pakt zijn hand vast onder de tafel.

Ze eten. Tenminste, dat doen Kevin en Karena, want Charles blijft gewoon doorpraten. Wat denkt Kevin überhaupt van dit seizoen? Is dat volgens hem rustiger dan normaal? Actiever? Ongeveer hetzelfde? Een goed seizoen, interessant, waarom vindt hij dat? En waar is dat volgens hem aan te danken, aan El Niño? Denkt hij ook niet dat het veel te maken heeft met de opwarming van de aarde? Wat zal er volgens Kevin gebeuren als de temperatuur van de aarde met een paar graden per jaar blijft stijgen? Wat zal het effect daarvan zijn op zwaar weer, en dan vooral op tornado's? Denkt Kevin niet dat de parameters volkomen zullen veranderen? 'Als het zo door blijft gaan,' zegt Charles, 'dan kun je Tornado Alley wel vergeten, dan jagen we met zijn allen in New York City, ha ha! Dat zou balen zijn.' Hij zwijgt even om een glas ijswater leeg te drinken, er nog een in te schenken, dat ook op te drinken, zijn mond aan zijn schouder af te vegen en vervolgens weer door te gaan. 'Ik zal je zeggen, man,' zegt hij tegen Kevin, 'ik ben zó dicht bij het voordragen van mijn referaat over rapid cycling, zo dicht, zodicht!' Hij houdt zijn duim en wijsvinger tweeënhalve centimeter van elkaar en schudt ze voor Kevins gezicht heen en weer. Kevin knippert met zijn ogen en neemt nog een hap mozzarella. 'Maar het kan zijn dat ik het in de verkeerde richting heb gezocht. Ik had meer aandacht moeten schenken aan de opwarming van de aarde en de effecten daarvan op zwaar weer, dat is de toekomst, Wieb, want die kant gaat het op met de meteorologie.'

'Dat zou wel eens kunnen kloppen, Hallingdahl,' zegt Kevin. Onder de tafel knijpt hij in Karena's hand: alles nog in orde? En zij knijpt terug: ja.

'Echt?' zegt Charles, 'denk je dat echt, Wieb? Dan kunnen we misschien, misschien, misschien overwegen om samen een onderzoek voor te dragen.' Hij schenkt een derde glas water in. De schalen en borden rammelen een beetje op de tafel door Charles huppende knieen eronder. Zijn ogen glinsteren en hij haalt zijn hand door zijn haar, en hoewel hij best aangenaam klinkt, sterker nog, hij is uiterst vriendelijk, weet Karena wat hij denkt. Ze heeft Kevin de waarheid verteld toen ze zei dat ze meestal niet intuïtief kan aanvoelen wat er door Charles' hoofd gaat, maar vanavond is de kracht van zijn zwakzinnigheid zo groot, dat ze het gevoel heeft erin gezogen te worden, kan zien hoe Charles tegen hen aankijkt. Karena is een ziekelijk, blatend lammetje, angstig en kruiperig. Kevin is een onnozel kalf dat naar de slachtbank wordt geleid. En Charles, die tussen hen in zit, is strikt gezien dierlijk noch menselijk, eerder een torenhoog bewustzijn dat steeds hoger bloemkoolvormig uitwaaiert boven de tafel, boven de tuin, boven het huis en de straat en de stad en het omringende land, tot hij mijlenver boven hen is, in de stratosfeer, naar beneden kijkt en denkt: mijn hemel, wat een stelletje fucking klojo's zijn die stervelingen toch.

Opeens staat hij op. 'Nou, ik ga ervantussen,' zegt hij, 'jullie doen de afwas wel, hè, kinders? Láter.'

'Waar ga je heen, man?' vraagt Kevin.

'Naar de bliksem,' zegt Charles grijnzend. 'Ik heb naar die zuidwestelijke hemel boven jouw hoofd zitten kijken, Wieb, en er is daar best een spektakel gaande. Het zou heerlijk zijn om een paar cg's op te pikken en misschien een kruipend aambeeldje of twee. Ik wil je best uitnodigen om mee te gaan, maar ik weet dat jullie kinders alleen willen zijn en nu we het daar toch over hebben,' – hij knipoogt – 'gedraag je, doe het veilig en geen wilde feestjes, want anders haal ik de politie erbij, begrepen?' En dan is hij weg; de hordeur knalt achter hem dicht.

Karena en Kevin staren elkaar aan tot ze ook de voordeur dicht horen slaan. 'Gaat het?' vraagt Kevin, en Karena knikt.

‘En jij?’ vraagt ze.

‘Doorweekt,’ zegt Kevin. Hij laat haar hand los om de kan met water te pakken. Hij drinkt een glas leeg en trekt zijn T-shirt los van zijn huid. ‘Hij heeft me allejezus bang gemaakt. Dat is dus de djinn, hè?’

‘Dat was hem,’ zegt Karena.

‘In Oklahoma was hij er ook slecht aan toe,’ zegt Kevin, ‘maar niet zó slecht. Ik heb hem nog nooit zo opgefokt gezien. Heeft hij al visioenen gehad of dingen gehoord?’

‘Nog niet,’ zegt Karena, ‘maar dat kan elk moment gebeuren. Ik denk dat ik me vergist heb, Kevin. Ik denk dat hij hier al een tijdje naartoe aan het werken is en dat ik dat niet heb willen zien. Het spijt me, ik ben echt verschrikkelijk stom geweest...’

‘Hou op, Laredo,’ zegt Kevin. ‘A: dat ben je niet, en B: dat werkt averechts. De vraag is: hoe gaan we het nu aanpakken?’

‘Maar wat kunnen we doen?’ zegt Karena. ‘Afgezien van achter hem aan gaan. Hij zou helemaal niet mogen rijden,’ en ze maakt aanstalten om op te staan. Kevin legt een hand op haar pols.

‘Volgens mij moeten we de politie bellen,’ zegt hij. ‘Laat die het maar afhandelen.’

‘En wat gaan we dan tegen ze zeggen, Kevin? Dat hij manisch is? Daar kunnen ze je niet voor arresteren.’

‘Nee, maar kunnen we niet zeggen dat hij onder invloed achter het stuur zit?’ oppert Kevin. ‘Hoe noem je dat, roekeloos rijgedrag?’

‘Misschien,’ zegt Karena. ‘Maar onder invloed betekent alcohol of drugs en hij is...’

‘Over wie hebben jullie het, kinders?’

Karena en Kevin verstijven. Charles is terug, staat bij het hek aan de zijkant. Hij tilt de grendel op en kuiert naar binnen, waardoor de veiligheidslamp boven de deur aan schiet.

‘Mijn sleutels vergeten,’ zegt hij, ‘zal wel een beginnende alzheimer zijn, ik kan ze beter om mijn nek gaan dragen of zo. Daar zijn ze.’ Hij grist zijn sleutelbos van de tafel naast de barbecue. ‘Zo,’ zegt hij, terwijl hij de bos laat stuiteren op zijn handpalm, ‘wat gebeurt er, wat is er aan de hand, wat heb ik gemist? Wat is het heikele gespreksonderwerp aan de eettafel?’

'Niets bijzonders,' zegt Karena, en Kevin zegt: 'Ja, gewoon koetjes en kalfjes.'

'O, niets bijzonders?' zegt Charles. Hij gaat zitten en schuift met zijn stoel over de grond naar de tafel. 'Mijn favoriete onderwerp. Breng me op de hoogte. Die lichtshow kan nog wel eventjes wachten. Dus, Wieb, wie is die gast over wie je het had?'

'Hè?' zegt Kevin. Hij neemt nog een slokje water.

'Die gast,' zegt Charles, 'die gast over wie jullie het hadden. Sorry, ik heb het per ongeluk opgevangen, niet dat ik een luistervink of een bemoeial ben of zo. In tegenstelling tot mijn zus hier, heb ik het niet zo op die dingen. Maar je bent nou niet bepaald subtiel, Wieb, sterker nog, je stem lijkt wel een misthoorn, dus mijn vraag is: die gast die je met de smeris op wilde zadelen, dat is niet toevallig... míjn persoontje, of wel?'

'Nou, eigenlijk, Chuck,' zegt Kevin, 'vonden we dat je een beetje opgefokt was.'

'Een beetje opgefokt,' herhaalt Charles, terwijl hij zijn stoel achterover kantelt. Hij kijkt Kevin met halfgesloten ogen aan. Een glimlachje krult om zijn lippen. 'Een beetje opgefokt, beetje opgefokt, zo kom ik dus op jou over hè, Wieb?'

'Niet doen, Kevin,' zegt Karena zacht.

Maar Kevin zegt: 'Dat klopt.' Hij klinkt best kalm, hoewel er blaarachtige transpiratie bij zijn haargrens is verschenen. 'Misschien moet je gewoon een tijdje bij ons blijven, gewoon wat kletsen en ontspannen. Potje kaarten...'

'Nee, laten we praten,' zegt Charles, terwijl hij de voorpoten van zijn stoel weer met een dreun op de grond laat vallen. Hij veegt zijn bord opzij, vouwt zijn handen op de tafel en glimlacht. 'Praten is goed. Ik hou van praten. Vooral onder vrienden. En wij zijn allemaal vrienden hier, vind je ook niet, Wieb?'

'Charles,' zegt Karena, maar Kevin zegt: 'Natuurlijk, man. Absoluut.'

'Hoorde je dat, zussie?' vraagt Charles. 'Absoluut. Abso-fuckingluut. Zie je nou, K, Wieb vindt ook dat we allemaal vrienden zijn. En vrienden moeten eerlijke gesprekken met elkaar voeren, vind je niet?'

'Natuurlijk,' zegt Kevin. 'Luister, Hallingdahl...'

'Maar weet je,' zegt Charles, 'íémand hier heeft een andere definitie van eerlijkheid. Ik ben het met je eens, Wieb, volgens mij is vertrouwen de basis voor élke relatie, vriendschap of anderszins. Maar íémand is het daar niet mee eens.'

'Zo kan-ie wel weer, Charles,' zegt Karena.

'En wie zou die íémand zijn?' vraagt Charles. Hij kijkt theatraal om zich heen en slaat dan zijn hand tegen zijn voorhoofd. 'O mijn god! Daar heb je haar!'

'Daar heb je haar, inderdaad,' zegt Kevin, maar hij begint er gespannen uit te zien. Hij likt over zijn lippen. 'Kom op, Hallingdahl, we gaan gewoon naar binnen en...'

'Wieeeeb,' zegt Charles. 'Wieb Wieb Wieb Wieb Wieb Wieb. Ik probeer je hier een gunst te bewijzen! Ik weet hoe belangrijk vertrouwen voor jou is... zeker na die shit met je verloofde. Man, wat zal dat pijn gedaan hebben. Ik vond het zo erg toen ik het hoorde. Ik zou het verschrikkelijk vinden als je weer zoiets rottigs mee moest maken, Wieb, en K en ik hebben het hierover gehad, toch, K? En ík denk dat je het hoe eerder hoe beter kunt horen, want hoe eerder je de waarheid hoort, hoe beter het voor je zal zijn.'

'Oké, Charles,' zegt Karena, terwijl ze opstaat. 'Je moet gaan. Nu.'

Maar Kevin kijkt van Charles naar Karena en terug. 'Wat?' vraagt hij. 'De waarheid over wat?'

'De man op de motor!' zegt Charles, terwijl hij zijn handen in de lucht gooit. 'De gast die we vermoord hebben.'

Even valt er een volmaakte, akelige stilte. Dan zegt Kevin: 'Wat?'

'Jep,' zegt Charles, 'je hebt me goed verstaan. Hoewel K hem formeel gezien niet vermoord heeft, maar ik, zij was er gewoon voor de lol bij. We zaten achter een tornado aan, we waren in een prachtig noodweer, alleen was de man op de motor daar ook, en de zichtbaarheid in het oog was verschrikkelijk slecht en ik heb hem geraakt en hem vermoord. Het was natuurlijk allemaal een ongeluk, maar dat is wat er gebeurd is. Zo. Voelt iedereen zich nu niet een stuk beter?'

Kevin staart ingespannen naar de citronellakaars en klampt zich vast aan de armleuningen van zijn stoel. Karena legt haar hand op de zijne. 'Nee, Kevin,' zegt ze op zachte toon. 'Luister niet naar hem. Hij is gek, hij is volkomen doorgedraaid...'

'Wat!' krijst Charles, 'dat ben ik niet! Jezus, K, vertel die arme man de waarheid, hou nou verdomme eens één keer in je fucking leven op met liegen.'

Maar Kevin luistert naar geen van beiden. 'Hij zat op een motor,' zegt hij tegen niemand in het bijzonder. Dan komt hij heel erg langzaam overeind. Hij duwt niet eerst zijn stoel naar achteren, dus zijn bovenbenen stoten tegen de tafel. Er rolt een glas vanaf dat op het cement in diggelen valt.

'Niet doen, Kevin,' zegt Karena. 'Niet weggaan, Kevin. Wacht. Alsjeblieft!'

Kevin loopt de patio over en gaat het huis in.

'Wacht,' roept Karena, die achter hem aan rent. 'Kevin, wacht!'

'Volgens mij is hij weg,' zegt Charles.

Karena draait zich met een ruk om en loopt terug. 'Fuck you, Charles,' zegt ze. Ze geeft hem een flinke klap tegen zijn schouder. 'Ik wil dat je weggaat, begrepen? Ik wil dat je MIJN HUIS UITGAAT!' Dit laatste schreeuwt ze recht in zijn gezicht. Dan rent ze naar de keuken. Door de eet- en de woonkamer, de voordeur uit. Maar als ze halverwege is, hoort ze Kevins motor starten en tegen de tijd dat ze op de stoep staat en zijn naam roept, is hij – zoals ze al had geweten – verdwenen.

48

Omdat Karena vlak achter Kevin zit en als een bezetene over de brug over de rivier rijdt, is ze bij hem als hij over het pad naar zijn huis loopt. Karena springt haar auto uit en rent achter hem aan. 'Wacht,' roept ze. 'Kevin! Alsjeblieft!'

Maar als Kevin zich omdraait en haar een blik toewerpt, blijft Karena staan waar ze staat. De uitdrukking op zijn gezicht is precies zoals ze gevreesd heeft: uitgestreken, gesloten. Zijn mond en ogen zijn smalle strepen. Het zou net zo goed een bord kunnen zijn waarop iemand gelaatstrekken heeft geschilderd. 'Wat is er,' zegt hij.

Karena buigt zich voorover en probeert op adem te komen. Ze staat te hijgen alsof ze de stad door heeft gerend in plaats van gereden. 'Het spijt me,' zegt ze happend naar lucht. 'Het spijt me, Kevin. Het spijt me zo...'

'Geweldig,' zegt Kevin, 'láter.' Hij stopt zijn sleutel in het slot.

'Nee!' zegt Karena. 'Eén minuutje, geef me één minuutje om uit te leggen...'

Kevin slaat als een vijandige uitsmijter zijn armen over elkaar. Hij kijkt op zijn horloge. 'Eén minuut,' zegt hij. 'Begin.'

'Oké,' zegt Karena. 'Bedankt, Kevin.' Dan verspilt ze kostbare seconden door te stotteren: 'Ten eerste,' zegt ze, 'spijt het me ontzettend...'

'Dat heb je al gezegd,' zegt Kevin. 'Nog veertig seconden.'

'Maar het is zo,' zegt Karena. Ze loopt naar voren om zijn arm aan te raken. 'Je zult nooit weten...'

Kevin kijkt omlaag naar haar hand alsof het een naaktslak is. 'Doe dat NIET,' zegt hij. Karena trekt haar hand met een ruk terug. Kevin kijkt weer op zijn horloge. 'Nog vijftien seconden,' zegt hij.

'O!' roept Karena. 'Kevin. Charles is gestoord. Dat weet je! Je weet hoe hij zich gedraagt als hij manisch is, hij is slecht, rancuneus, gaat als een dolle tekeer...'

'De tijd is om,' zegt Kevin. 'Goedenavond.'

'Alsjeblieft,' zegt Karena. 'Nog een minuutje alsjeblieft...'

'Waarom?' vraagt Kevin. 'Waarom, Karena? Wat maakt het uit? We kunnen hier wel de hele nacht blijven staan, maar ik betwijfel of jij in staat bent die hele ongelooflijk kloterige situatie uit te leggen. Ik vraag je één ding. Is het waar? Van die man op die motor?'

Karena kijkt de andere kant op, naar de straatlantaarn, ze concentreert zich op het kille schijnsel daarvan om te voorkomen dat ze gaat huilen. Toch voelt ze haar kin trillen, haar ogen nat en haar gezicht vlekkerig worden. Ze weet dat haar haar in de war zit, omdat ze zo gehaast hiernaartoe is gekomen. Ze is lelijk, zó lelijk dat ze er niet tegen kan dat Kevin naar haar kijkt, te lelijk om tot het menselijk ras te behoren.

'Meer hoef ik niet te weten,' zegt Kevin. 'Bedankt.' Hij duwt zijn voordeur open en Karena reageert alsof ze met een zweep wordt geslagen. 'Het was een ongeluk,' gilt ze. 'Het was gewoon een stom, afschuwelijk ongeluk! We waren kinderen, Kevin. Achttien. Het was nota bene op onze achttiende verjáárdag. Charles was compleet manisch, hij was totaal de weg kwijt, hij had onze moeder mishandeld. Ik ben met hem mee op jacht gegaan om te proberen hem tegen te houden, en toen is hij dat noodweer in gereden, en we dachten... we dachten dat het misschien wel een hert was... O shit,' zegt ze snikkend, 'wat een fucking soap is dit.'

'Dat is een zeer interessant en afschuwelijk verhaal, Karena,' zegt Kevin vanaf de bovenste tree. Als Karena omhoogkijkt, ziet ze dat hij op haar neerkijkt alsof ze een nieuw soort insect is. 'Ik had het alleen fijn gevonden als je het me eerder had verteld.'

'Dat heb ik geprobeerd,' zegt Karena. 'Ik bedoel, eerlijk gezegd, nee, dat heb ik niet gedaan, maar ik wilde het wel, Kevin! O mijn god, als je eens wist hoe graag ik het wilde! Ik vond het zo erg om het voor jou verborgen te houden...'

'O ja?' zegt Kevin. 'Agossie, arm kind. Maar even tussendoor hè, wat is het enige waarop ik vanaf het begin heb gestaan, Karena? Dat je mij... de fucking... WAARHEID vertelde!'

'Ik zei toch al dat ik dat wilde!' schreeuwt Karena terug. 'Maar hoe moest dat dan? Verplaats je eens in mijn positie. Het is nou niet bepaald iets wat je er dagelijks uit kunt gooien, zo van: toen ik achttien was hebben mijn broer en ik iemand aangereden...'

Er beweegt iets achter het raam beneden, achter de takken van de spar, en de stroken van de luxaflex worden uit elkaar getrokken. Mevrouw Axlerod. Karena ziet het punthoofdige silhouet van de vrouw.

'Kevin,' zegt ze op een veel zachtere toon, 'ik kan dit gesprek niet op straat voeren, oké? Kunnen we alsjeblieft even naar binnen gaan?'

Kevin schudt zijn hoofd. 'Ik dacht het niet,' zegt hij.

Als ze stilstaat bij het feit dat ze het mannenhol misschien nooit meer zal zien, de zwarte leren bank en de stenen met de geoden en *Het wolkenboek van de weerwizard* op de badkamer en de wolkenmobile die zachtjes ronddraait boven het bed, begint Karena te hyperventileren. Ze buigt zich weer voorover en stopt haar hoofd tussen haar knieën.

'O fuck,' hoort ze Kevin zeggen.

Even later komt hij de trap af. Zijn voetbalschoenen blijven op een stoeptegel dertig centimeter van Karena's hoofd staan. Ze concentreert zich daarop totdat ze weer kan ademen, komt dan voorzichtig overeind en knippert de sterretjes voor haar ogen weg.

Ze glimlacht aarzelend, maar Kevins kille uitdrukking verandert niet. 'Weet je,' zegt hij, als duidelijk wordt dat Karena niet flauw gaat vallen in zijn voortuin, 'ik moet zeggen dat het nou niet bepaald ideaal is om een vriendin te hebben die schuldig is aan een aanrijding met dodelijke afloop. Sterker nog, het staat nogal fucking onderaan op mijn verlanglijstje. Maar als je me erover verteld had, Karena, hadden we er misschien wel wat op gevonden. We hadden de koppen bij elkaar kunnen steken en een manier kunnen bedenken om ermee om te gaan.'

Karena wil hem opnieuw gaan vertellen waarom ze dat niet heeft kunnen doen, maar Kevin steekt een vinger op. 'Val me alsjeblieft niet in de rede,' zegt hij, 'ik ben nog niet uitgesproken. Wat ik wílde zeggen was: goh, wat ben ik een lul. Ik moet wel een ontzettende stommeling zijn, hè, Karena? Want het stomme is, ik begon jou net te vertrouwen. En ik begon te geloven dat jíj míj vertrouwde. O, ik heb altijd geweten dat ik me op glad ijs begaf. Ik wist dat je iets achterhield, dat je op de een of andere manier beschadigd was. Kijk maar eens naar hoe lang het geduurd heeft voor je me vertelde waarom je werkelijk mee was met Whirlwind. Maar toen ik eenmaal wist hoe de vork in de steel zat en wist dat jij Chucks zus was, dacht ik: jézus, man, geef haar een beetje ruimte. Geen wonder dat ze zo schichtig is. En bovendien loop ik niet elke dag tegen een vrouw aan die knap en slim en grappig is en tijdreizen maakt in bed, dus ik dacht: oké, als het alleen maar om Chuck gaat, kan ik het wel aan. Hij is een voldongen feit en er mankeert aan iedereen wel iets.'

'O!' zegt Karena. Ze heeft de hele tijd staan knikken om te laten zien dat ze luistert, maar dit floepte er gewoon uit, omdat Kevin herhaalt wat zij dacht op de weg die dag in Cherry County. 'Ja,' zegt ze, 'precies, iedereen heeft wel iets, en nu we weten wat mijn "iets" is, kunnen we er...'

'MAAR,' zegt Kevin, 'en nogmaals, ik moet je vragen mij niet te onderbreken, MAAR zo werkt het niet, Karena. Dit is niet zomaar een last die je met je meedraagt. Dit is niet zoiets als: ooo, je hebt een gemene ex-man of vier kinderen of zelfs problemen met intimiteit. Jij en je broer hebben een man vermoord. Laten we dat niet vergeten, oké? Want ik denk dat het nogal belangrijk is. Maar wat me dus echt de das om doet, Karena, wat dus echt *fucking killing* is, is dat jij Chuck na al die tijd nog steeds meer vertrouwt dan mij, dat je alles wat het tegendeel bewijst negeert. Jouw dwaaaaaaaze broer.' Kevin wriemelt zijn vingers voor zijn gezicht. 'Jij. Vertrouwt hem. Meer dan mij. Heb je enig idee hoe dat voor mij voelt?'

Karena staat nog steeds te knikken, te knikken als zo'n hondje op de hoedenplank van een auto, en ze houdt oogcontact omdat ze gelezen heeft dat je dat moet doen in geval van een gijzeling, om je voor je gijzelnemer menselijk te maken. Nu voelt ze aan dat er behoefte is aan een andere reactie, dus ze fluistert: 'Nee.'

'Hmm,' zegt Kevin, 'nee, dat dacht ik al. Nou, ik zal het je vertellen, ik word er misselijk van. Ik krijg het gevoel dat ik besmet ben, nu ik jullie tweeën bezig heb gezien. Dat ik jullie slachtoffer ben. Weet je, Karena, ik was niet van plan dit te gaan zeggen, maar ik heb al die tijd gevonden dat er iets buitensporigs was aan jou en Charles. Dat er iets niet klopte. En in het begin dacht ik dat dat wellicht iets tweelingachtigs was, snap je? Dat ik er gewoon bizar allergisch op reageerde, zoals mensen soms doen.'

Karena knikt nog maar een keer, dit keer omdat ze weet waar Kevin het over heeft. Al haar hele leven zijn de meeste mensen gefascineerd door het feit dat zij en Charles een tweeling zijn, hebben ze hen altijd met belangstelling en nieuwsgierigheid benaderd. Maar er is ook altijd een handjevol bijgelovigen geweest, mensen die niet beter wisten en wantrouwend waren. Zo mompelde oma Hallingdahl soms iets over het ongeluk van de dubbele dooier. En een van Franks cliënten verbood hun op zijn zuivelboerderij te komen, omdat iedereen volgens hem wist dat je van tweelingen zure melk kreeg. In de tijd van de pioniers werden identieke tweelingen op het platteland soms rondgereden op karren, als een curiositeit. Heel even denkt Karena aan het kalf met de twee koppen in de vitrine van het Great Platte River Road Archway Monument. Het is niet voor het eerst dat ze een freak wordt genoemd.

'Maar toen hield ik mezelf voor dat ik niet zo belachelijk moest doen,' gaat Kevin verder, 'dat ik gewoon jaloers was. Ik wist dat het een uitdaging zou zijn. Ik weet dat de band tussen tweelingen sterker is dan wat dan ook. En als klap op de vuurpijl bleek jouw tweelingbroer toevallig ook nog eens Chuck te zijn. Toch bleef ik mezelf voorhouden dat het gewoon een natuurlijk fenomeen was – jullie zijn gewoon eitjes, toch? Twee eitjes die tegelijkertijd zijn bevrucht, een volkomen natuurlijk proces. Ik snapte maar niet waarom ik zo overgevoelig reageerde als ik jullie tweeën samen zag en ik ging twijfelen aan mijn eigen intuïtie. Maar nu weet ik dat ik het al die tijd bij het rechte eind heb gehad. De moord, die gast die jullie om zeep hebben geholpen, dat is al erg genoeg. Maar dan is er ook nog die rare manier van doen van jullie. Anderen belachelijk maken. Denken dat jullie slimmer zijn. Denk je dat ik niet weet dat jullie tweeën mij achter mijn rug uitlachen, Karena? Denk je dat ik niet weet dat jullie waarschijnlijk een of andere stomme bijnaam voor mij hebben?'

Karena wordt rood. 'Ik...' begint ze, maar Kevin schudt zijn hoofd.

'Ik wil het niet weten,' zegt hij. 'Ik wilde je dat vanavond gewoon vertellen. Op het moment dat Chuck besloot dat het wel grappig zou zijn om die grote onthulling te doen. Ik had het gevoel dat ik naar een peepshow zat te kijken. En zo heb ik me al die tijd gevoeld, Karena. Dat jij en je broer jullie gemene tweelingdansje doen en ik het noodzakelijke publiek ben. Jullie idiote éénpersoonspubliek. Nou, ik ben er klaar mee.'

Karena wacht en kijkt hem aan. Kevin strijkt een hand door zijn haar. 'Nee, ik bedoel dat ik er klaar mee ben,' zegt hij. 'Ik ben er echt klaar mee.'

'Oké,' zegt Karena. Ze haalt diep adem. 'Ten eerste, Kevin, zo was het helemaal niet. Het...'

'Heb je me niet gehoord?' zegt Kevin. 'Ik ben er klaar mee. Met jou. Met ons. Het is over en uit.'

Karena schudt haar hoofd. 'Dat meen je niet,' zegt ze. 'Kom op, Kevin. Na alles wat we samen meegemaakt hebben...'

'Tja,' zegt Kevin, 'ook daar ben ik een soort van klaar mee.' Hij draait zich om en begint de trap weer op te lopen.

'Kevin, alsjeblieft,' zegt Karena. 'Draai je om. Kijk me aan! Is er iets wat ik kan doen?'

'Je kunt me met rust laten,' zegt Kevin. 'Ga naar huis, Karena, naar je broer,' en hij trekt de deur achter zich dicht.

49

Dus dat doet Karena. Ze gaat naar huis naar haar broer, want wat moet ze anders? Behalve dan dat ze, als ze met hoge snelheid terugrijdt over de Mississippi en door het pulserende neon hart van uptown op een zomeravond, als ze om de meren heen slingert en haar huis in Edina nadert, maar één doel voor ogen heeft: Charles moet haar huis uit. Als hij al niet weg is.

Niet dus. Zijn gele Volvo staat nog op de stoep. Karena werpt er een boze blik op en parkeert aan de achterkant. Ze beent over de patio, ziet de puinhoop van het avondeten: schuin geschoven stoelen, versplinterd glas, een kaars die staat te walmen in het gesmolten vet. De keuken is een rampgebied: overal spetters van tomaten en groenteschillen. De Rorschachs van Charles' kookkunsten.

'Charles!'

Geen antwoord. Karena stampt de trap op naar haar slaapkamer, steekt haar hoofd over de reling. Geen Charles, alleen de draaiende ventilator die zijn roostergezicht heen en weer beweegt. Karena rent weer naar beneden.

'Charles!'

Ze kijkt in haar studeerkamer. De eetkamer. Woonkamer. Op de veranda aan de voorkant. Het tuinpad. Weer naar binnen.

'Charles! Waar ben je? Ik weet dat je er bent! Geef antwoord!'

Naar de kelder. Het washok. De ruimte waar de boiler staat. Weer naar boven. Naar buiten. De garage? Karena staat met haar handen in haar zij om zich heen te kijken.

'Charles!'

Het lijkt of de buurkinderen haar antwoorden – Marco! Polo! –, hoewel die al lang naar binnen zijn. Ze hoort alleen krekels en het vage ingeblikte gelach van iemands tv. Karena schudt haar hoofd. Ze begint haar verstand te verliezen.

Dan schiet haar Charles' andere hol te binnen, in New Heidelburg. En de aangrenzende badkamer daar. Waar Charles zat op de avond dat hij probeerde...

Karena rent zo snel mogelijk de trap naar haar slaapkamer weer op. Er brandt geen licht in de badkamer, maar als ze dat aandoet, ziet ze het bloed. Het zit overal, felrood op de tegels en de wanden. De deur van de kast, ooit een spiegelende schuifdeur, bestaat nu uit stalactieten van spiegelglas. Er ligt nog meer op de vloer: vlijmscherpe scherven groter dan haar arm, zo dik als de ijspegels die 's winters aan de dakrand hangen. Charles zit tegen de muur aan de andere kant, tussen het bad en het toilet.

'Charles!'

Bij het geluid van haar stem krimpt Charles nog verder ineen, als een duizendpoot die geprikt wordt met een takje. Zijn ratelende gejank krijgt dat rauwe, diepe, vanuit de buik opstijgende gekerm, dat Karena zich herinnert van die dag op de weg. Ze kruipt over het glas naar hem toe, schuift een gemeen zwaard ervan tussen duim en wijsvinger opzij en knielt naast hem.

'Laat me kijken, Charles. Laat me je polsen zien.' Maar zijn aderen zijn ongeschonden. Karena klopt op zijn gezicht, zijn hoofd, zijn armen, zijn bovenlijf, zijn benen. 'Waar komt dat bloed vandaan, Charles? Waar zit de wond?'

Het is zijn rechterenkel; het bloed sijpelt uit een snee. Natuurlijk. Hij heeft de spiegeldeur van de kast ingetrapt. De wond oogt echter schoon: er zit geen glas in. En het bloed stroomt er niet uit. Karena grist een handdoek van het rek en duwt die op de wond. Charles schopt protesterend met zijn been en jammert, maar Karena zegt: 'Hou op!' Ze slaat tegen zijn scheenbeen om hem te kalmeren. Als hij stilligt, duwt ze hard tegen de handdoek.

'Auuuuu,' snikt Charles.

'Heb je iets geslikt, Charles?' vraagt Karena. 'Medicijnen, lithium, iets anders?'

Charles kermt iets. Karena buigt zich dichter naar hem toe. 'Wat?'

'Neeeee,' zegt hij. 'Het spijt me. Ach, god, sorrrrryyyyy...'

Karena drukt met haar volle gewicht op de handdoek en vraagt zich af of hij de waarheid vertelt. Aangezien Charles nu meneer Holisme is, bezit hij waarschijnlijk niets sterkers dan kruiden, en het zwaarste wat Karena zelf in huis heeft zijn aspirines...

'En spullen van de drogist?' vraagt ze. Haar bungelende haar strijkt over Charles' gezicht en ze slingert het met een ongeduldig gebaar naar achteren. 'Heb je tylenol geslikt, tegen de verkoudheid?'

Charles schudt zijn hoofd. Zijn gezicht is rood, vertrokken, tranen ontsnappen aan zijn gesloten oogleden. 'Je haat me,' zegt hij. 'Je haat me...'

Karena zucht. 'Nee, dat doe ik niet, Charles.'

Charles slingert zijn hoofd heen en weer. 'Wel waaaaaar,' kreunt hij. 'Ach, god. Ik wil gewoon dood....'

'Zeg dat niet, Charles,' zegt Karena, zonder de gebruikelijke felheid en overtuiging. Ze tilt de handdoek op en tuurt eronder: het bloeden is bijna gestopt. Toch houdt ze het badstof met een hand tegen de wond aan, terwijl ze met de andere het haar uit haar broers gezicht strijkt. Instinctmatig heeft ze het gevoel dat ze dit moet doen. Zodra ze hem aanraakt, klauwt Charles paniekerig in haar korte broek en drukt zijn gezicht plat tegen Karena's been. Ze staart omlaag naar zijn hoofd, naar het mooie honingblonde haar dat bij zijn slapen dunner wordt, en ze voelt niets. Geen liefde of medelijden, zelfs geen vermoeidheid. Ze weet dat de emoties er moeten zijn, maar ze kan er niet bij. Kevin had gelijk, denkt Karena, er is hier sprake van iets buitensporigs. Maar dat zijn Karena en Charles niet. Het is Charles' stoornis, de manier waarop die een volwassen man reduceert tot een snikkend hoopje paniek op de grond. De manier waarop die Karena gevoelloos maakt. De manier waarop die je knikkend en glimlachend bij de hand neemt en je elke keer weer naar diezelfde plek brengt, waardoor je juist op het moment dat je denkt dat alles misschien toch nog goed komt, thuiskomt en de deur opendoet naar een kamer vol bloed.

Charles ligt nu te loeien, te kreunen, en terwijl Karena over zijn haar strijkt, kijkt ze de badkamer rond; haar blik en gedachten dwalen af. Er zit een scheur in het plafond, het armatuur van de lamp zit onder de dode vliegen. Hoeveel zou het kosten om de spiegeldeur te vervangen? En het kleedje? De tegels zullen ook gebleekt moeten worden, het bloed is in de voegen gedrongen. En de muren.

Charles zegt iets, woorden vermengd met gekreun. Karena buigt zich voorover. 'Wat zeg je?' vraagt ze.

'Het spijt me,' hijgt hij. Hij heeft zijn ogen nog steeds stijf dichtgeknepen, alsof hij niet tegen het licht boven hem kan of tegen het feit dat Karena naar hem kijkt. 'Het was niet mijn bedoeling. Het was niet mijn bedoeling jouw leven te verpesten. Het spijt me, ik heb er gewoon zo'n spijt van.'

'Dat geeft niet, Charles.'

'Alsjeblieft,' zegt hij. 'Help me alsjeblieft, K. Alsjeblieft.'

Opeens is het of Karena's oren na een lange vliegreis openspringen, alleen gaat het nu om haar gevoelens. Ze stroomt er vol mee, haar liefde voor hem en het medelijden. 'Dat zal ik doen,' zegt ze. 'Dat doe ik, Charles.'

'Alsjeblieft,' zegt Charles weer. Hij bedekt zijn gezicht met zijn hand. De Lakota-ring kijkt Karena streng aan. 'Alsjeblieft, K. Haat me alsjeblieft niet. Ik heb het allemaal niet expres gedaan... Het is alsof er een vreemde in mijn hoofd zit. Een of andere gast die ik niet in toom kan houden...'

'Ja,' zegt Karena. 'Ik ken die gast, Charles.' Ze trekt Charles' hand weg, zodat ze recht in zijn oor kan praten. 'Luister,' zegt ze met een zachte stem. 'Ik zal je helpen. Ik zal je helpen, Charles, maar dan moet je mij ook helpen, oké? De Vreemdeling... Hij is ongelooflijk sterk. Maar jij bent sterker. Dat weet ik. Je moet het proberen. Je moet mij helpen hem te verslaan. Je moet samen met mij teruggaan naar de artsen, andere medicijnen proberen tot je de goede hebt gevonden. Dat zal niet makkelijk zijn, maar ik blijf bij je. We doen het samen. Heb je me gehoord?'

Charles knikt hevig. 'Ja,' zegt hij. 'Ja, ja, wat dan ook, K, ik doe alles wat je wilt. Maar laat me alsjeblieft niet alleen. Laat me alsjeblieft niet alleen hier in het zwarte gat.'

Karena leunt tegen het bad terwijl ze hem troost. Ze geeuwt, haar ogen zijn troebel, en ze denkt aan een droom die ze regelmatig heeft. Ze heeft er Charles nooit iets over verteld en het is een droom waarvan ze vrijwel zeker weet dat hij die niet heeft. In die droom staan hij en zij in een rij in een of andere schemerige tussenwereld te wachten om geboren te worden. Ze kijken door een lange glimmende buis omlaag naar de plek waar ze elk moment terecht kunnen komen. Ze ziet de daken van New Heidelburg, de kerktorens, de blauwe lollyvormige watertoren, het kleine rechthoekje dat hun huis zal worden. Vlak voordat ze de sprong wagen, wordt er echter een bekertje doorgegeven in de rij. Karena neemt uit beleefdheid een slokje, trekt een gekke bek en wil het doorgeven. Maar Charles, die ook dan al lichtzinnig is, grist het bekertje uit haar hand, drinkt het helemaal leeg, slingert het aan de kant en draait zich naar haar toe. 'Klaar, K?' vraagt hij glimlachend. Ze geven elkaar een hand om aan hun levenslange avontuur te beginnen.

Ze zal hem nooit verlaten. Omdat Karena maar een miniem slokje van het bittere vocht heeft genomen, terwijl Charles de hele beker heeft leeggedronken, zal ze hem nooit in de steek laten, voor niets ter wereld. Dus als Charles huilt en Karena smeekt niet weg te gaan, verzekert ze hem ervan dat ze dat niet zal doen, ze gaat niet weg. En ze meent het. Ze zal wachten tot hij in slaap valt en dan zal ze alleen maar naar de telefoon lopen om te bellen met het medisch centrum van Hennepin County. Dan zal ze teruggaan en de hele tijd bij hem blijven. Maar het is Karena die in slaap valt – blijkbaar is ze toch uitgeput –, want als ze wakker wordt, is het raam een licht vierkant van zon en is het opgedroogde bloed donker en plakkerig. En ze is alleen. Charles is weer weg.

50

Voor Charles' terugkeer afgelopen zomer ging Karena redelijk vaak terug naar New Heidelburg. Maar als ze in zuidelijke richting over highway 52 langs de toren van de Lone Oak Church snelt, en langs de Boog naar Nergens, beseft ze dat het al een tijdje geleden is dat ze daar geweest is om Frank te bezoeken. Hoe lang? Begin juli? Eind juni? Langer dan een maand, wat beschamend is... En ook dat is iets wat bij die stoornis van haar broer hoort: de manier waarop die alle lucht wegzuigt uit alle andere terreinen van haar bestaan, haar vriendschappen en verplichtingen. Niet dat Frank het zal merken. De laatste keer dat hij zich van Karena's aanwezigheid bewust was, dateert van voor zijn beroerte, en dat moet in... 2002 geweest zijn, tijdens Thanksgiving bij de Weduwe, toen Karena tussen een vloot van bijgerechten zat en probeerde gesprekken te voeren met haar zes zwijgende stiefbroers en -zussen met hun vlaskoppen. Frank had aan het hoofd van de tafel gezeten en de Weduwe zat voldaan te grijnzen aan de andere kant. Toen de maaltijd was afgelopen, stond Frank op, klopte op Karena's schouder en verdween in zijn nieuwe kantoorkamer. Zes jaar geleden en Karena kan zich met geen mogelijkheid herinneren wat de laatste woorden van haar vader aan haar geweest zouden kunnen zijn.

Nu brengt Frank zijn dagen ofwel geparkeerd in zijn rolstoel ofwel als een klein heuveltje in een ziekenhuisbed door, een omhulsel dat ruikt naar urine en ontsmettingsmiddel. Het beste waar Karena op kan hopen, is dat haar vader zich binnen de gevangenis van zijn lichaam nergens van bewust is... En waarom zit zij eigenlijk aan Frank te denken? Karena is er slecht aan toe. Haar gedachten schieten als waterwantsen alle kanten op. Voortdurend werpt ze een blik op het briefje op de passagiersstoel, dat onder haar handtas is vastgeklemd.

Zussie. Het spijt me ontzettend dat ik er zomaar vandoor ga na alles wat je voor mij gedaan hebt, maar ik kan er gewoon niet meer tegen dat ik je leven verpest. Ik ga terug naar waar het allemaal is begonnen, & je weet waarom. Ik hou van je, zussie. Charles.

Het punt is: Karena weet het niet. Maar ze kan het wel raden en beide opties zijn niet goed. Charles is terug naar New Heidelburg om zich aan te geven. Charles is terug naar New Heidelburg om zich op de een of andere dramatische manier van het leven te beroven, en Karena heeft geen idee wat ze moet doen. Moet ze de sheriff bellen? Maar dat kan niet, want als de sheriff Charles inderdaad vindt, zal die alles bekennen. Karena kan wel janken. Ze gaat de weg af bij Pine Islands voor een toiletbezoek en nog meer cafeïne. In de winkel van het benzinestation barst ze bijna in tranen uit vanwege de geur van oude koffie en hotdogs, en het rek met geroosterde maïskorrels. Ze gaat naar de wc en plenst koud water in haar gezicht.

Terug op de snelweg kijkt ze op de klok – het is bijna middag – en trapt de Volvo naar honderdvijfendertig. De piepkleine wolkenkrabbers van Rochester verschijnen links van haar in beeld. Tiff woont bij afslag 49B, in het Kleine Herenhuis op de Prairie, zoals ze dat zelf noemt. Als ze wist dat Karena in de buurt was, zou ze haar uitnodigen voor scones en een uitbrander. Maar Karena kan zich er niet echt toe zetten de telefoon te pakken. Ze heeft niet veel met Tiff gesproken sinds de rampzalige wandeling rond het meer en ze betwijfelt of Tiff erg veel medeleven zal kunnen opbrengen na het zoveelste slechte nieuws over Charles. 'Weet je wat jij moet doen, Kay,' zou Tiff zeggen. 'Die klootzak uit je leven bannen. Ga verder met je eigen leven. En verder wil ik er niets over horen. En daarmee basta.'

Bovendien kent Tiff niet het hele verhaal, dus ze zou niet veel aan haar hebben. Slechts één persoon heeft alle stukjes van de puzzel, zou in staat zijn Karena raad te geven, haar van een betrouwbaar advies te dienen. En als ze hem wil bellen, kan ze dat maar beter snel doen, aangezien ze met haar mobiel geen bereik meer heeft in Foss County. Ze is Rochester al gepasseerd en rijdt nu op de tweebaansweg naar haar geboorteplaats. Karena klapt haar telefoon open en drukt op de snelkeuzetoets 1. Niet dat ze denkt dat hij haar vergeven heeft... niet nu al, nog niet. Misschien zal hij dat nooit doen. Maar Karena kan gewoon niet geloven dat Kevin niets van haar wil horen, al was het alleen maar om te weten waar ze naartoe is, wat ze aan het doen is. Hij is haar persoonlijke gps geworden, verbindt haar met de wereld. In eerste instantie ervoer Karena dit als een verbijsterende luxe, iets om je over te verwonderen en te verkneukelen. Vervolgens werd het een gewoonte en nu is het blijkbaar een noodzaak.

Kevin neemt op als de telefoon vier keer is overgegaan, als Karena tussen de golvende maïsvelden bij Merrion door rijdt, die er in de middagzon weelderig dampend bij liggen. 'Zeg het maar,' zegt hij.

'Kevin? Ik ben het.'

'Dat weet ik, Karena,' zegt Kevin bars. 'Ik heb nummerherkenning.'

'O,' zegt Karena. 'Juist.' Ze wacht, en als hij niets zegt, waagt ze te zeggen: 'Hoe is het met je?'

'Hoe denk je verdomme dat het met me gaat?'

'Eh,' zegt Karena. 'Niet zo goed?' Ze probeert een nerveus lachje, maar als dat niet werkt, zegt ze: 'Het spijt me, Kevin. Echt. Ik ga een tijdje de stad uit, een paar dagen misschien, maar ik zat te denken, als ik nou terug ben, kunnen we dan praten? Ergens koffie gaan drinken of zo...'

'Ik heb je gevraagd me met rust te laten, Karena,' zegt Kevin. 'Weet je nog?'

Karena knikt. Ze schraapt haar keel. 'Ja,' zegt ze.

'Waarom respecteer je dat niet?' vraagt Kevin.

'Het spijt me,' zegt Karena slikkend. 'Het is gewoon... Ik hou van je, Kevin. Dat had ik je eerder moeten vertellen. En ik zeg het nu niet omdat ik je nodig heb, hoewel dat wel zo is, ik heb je verschrikkelijk nodig. Maar ik hou nog veel verschrikkelijker van je en hartstochtelijker en intenser.'

Ze zwijgt. Kevin reageert niet, maar Karena denkt dat ze zijn verbazing kan voelen. Ze hoort hem sowieso ademen, en het gekraak van leer. Ze ziet hem voor zich in de leunstoel in de woonkamer, met een glimmende voetbalbroek en een T-shirt van Whirlwind, en haar dat aan één kant omhoog staat. Hij kijkt uit het raam naar het vogelvoer dat hij in de eik heeft gehangen, naar de kardinaalvogeltjes die eromheen vliegen. Haar keel schrijnt tot ze nog maar amper kan ademhalen.

'Enfin,' zegt ze uiteindelijk. 'Ik moet naar New Heidelburg, ik weet niet hoe lang precies, maar Charles is daar. Denk ik. Hoe dan ook, hij is weer weg en ik moet hem vinden, maar als ik terugkom...'

'Het spijt me, Karena,' onderbreekt Kevin haar. 'Dat kan ik niet.'

'Wat?' zegt ze.

'Ik trek dit niet. Jou niet en hem niet en niets niet. Ik moet er even tussenuit.'

'Oké,' fluistert Karena. Dan zegt ze: 'Maar dat is positief toch, er even tussenuit? Want er komt een eind aan, het is niet voor altijd. Dus hoe lang...'

'Karena,' zegt Kevin. 'Hou op. Stop ermee.'

Karena verplaatst de telefoon naar haar andere oor en wacht.

'Je luistert niet naar me,' zegt Kevin. Hij klinkt erg vermoeid. 'Ik wil dit niet. Bel me niet. Bel me niet meer en zoek überhaupt geen contact met me. Oké?'

Karena zegt niets. Ze rijdt. Kijkt met samengeknepen ogen naar de bochtige weg.

'Maar succes met je broer,' zegt Kevin. 'Dat meen ik.' Hij zwijgt even. 'Dag,' zegt hij dan eindelijk, en hij hangt op.

Karena blijft de telefoon tussen haar oor en schouder geklemd houden, tot een stem zegt: 'Als u wilt bellen...' Dan gooit ze hem in haar tas. Neemt een slokje koffie. Haar hand trilt, dus ze zet de beker terug in de houder. Behoedzaam loodst ze de Volvo een heuvel op – ze is nu diep in het heuvelland doorgedrongen, de weg slingert tussen maïsvelden die zo dichtbegroeid en groen zijn, dat Karena de damp ervan door haar raam kan voelen. Ze herinnert zich dat ze met Charles in het maïsveld van de Hallingdahls speelde, hoe ze drijfnat en onder de schrammen en zaadpluizen uit die geheime schemerwereld opdoken. In deze tijd van het jaar produceren de gewassen zo veel vocht, dat ze een eigen microklimaat creëren en daarmee buien opwekken – evapotranspiratie, noemde Kevin dat. En de zon hamert tussen rijen schapenwolkjes door, altocumulus of altocu; een teken dat het later op de dag noodweer kan worden...

Opeens hoort Karena Kevins stem, niet alleen in haar hoofd, maar ook in de auto... Hij komt uit haar tas. Hij moet haar teruggebeld hebben! Karena schiet bijna de weg af als ze in haar tas naar haar telefoon graait, maar als ze die vindt, zijn er geen nieuwe berichten. Toch blijft Kevin doorpraten... Dan begrijpt ze het: het is haar taperecorder. Toen ze de telefoon in haar tas gooide, moet die het PLAY-knopje hebben geraakt. Karena vist de recorder uit haar tas en zet die op haar schoot.

... En kijk hier eens naar... Een kans van vijfenveertig procent is indrukwekkend en betekent doorgaans opmerkelijke, langdurige tornado's. Het zou mij niet verbazen als we tegen de ochtend zijn opgewaardeerd tot een verhoogd risico.

Dat is goed, toch? Nou ja, afhankelijk van wie je dat vraagt natuurlijk.

Inderdaad, Laredo. Het betekent dat we te maken krijgen met een uitbarsting. Maar denk aan Dennis' verhaal, dat verhaal over die lekke band. Dat gebeurde ook op een dag met verhoogd risico. Dan kan het er al snel heftig aan toegaan. We zullen op onze tellen moeten passen.

Wauw. Eng.

Niet eng, Laredo. Een ervaring. Denk ook aan wat ik over angst heb gezegd. Je moet gewoon weten waar je mee bezig bent... Net als ik. Ik leer het je wel.

Ja, hállo. Nu zit je gewoon op te scheppen.

Klopt. Maar jij houdt nu je grote mond, jongedame, want anders laat ik je nablijven... Stukje wandelen, Laredo?

Goed.

Karena luistert naar dit gesprek tot aan het einde. Als het is afgelopen, drukt ze op REPLAY. Ze luistert er steeds opnieuw naar, verdwaasd door verdriet en verwondering. Als ze Norwegian Ridge bereikt, de stad voor New Heidelburg, zet ze hem eindelijk uit. 'Verdomme,' zegt Karena. 'O, verdomme!' Ze slaat met de muis van haar hand op het stuur, veegt haar gezicht af aan een oud servetje en rijdt door.

51

Aan de andere kant van Norwegian Ridge begint Karena de tekenen van thuiskomst te zien. Meestal krijgt ze daar de zenuwen van, omdat ze de voorbodes zijn van een moeilijk bezoek aan Frank. Vandaag zijn het echter welkome tekenen van vertrouwdheid – als kleine briefjes waarop staat: je hoort hier thuis. De lutherse begraafplaats waar haar moeder en oom en alle vier de grootouders zijn begraven. Siri's lievelingsakker met de keurig aangelegde, zacht ogende rechthoeken van maïs tussen smaragdgroen gras. De landingsbaan van New Heidelburg, waarvan de windzak naar het noordwesten wijst. Dat betekent, berekent Karena automatisch, dat de wind uit het zuidoosten komt, krimpt en vochtige lucht uit de Golf meeneemt. De golfbaan van New Heidelburg. De Starlite Supper Club. Het bord bij de stadsgrens: WELKOM IN NEW HEIDELBURG, HOOFDSTAD VAN DE ADELAAR IN ZUIDELIJK MINNESOTA!

En vervolgens alle bedrijven langs het stuk snelweg aan de rand van de stad: de auto- en tractordealers, het propaangasbedrijf met de spuwende oranje vlam. De IGA, de nieuwe American Inn & Suites, de dollarwinkel en Dairy Queen. En daar is de watertoren, zichtbaar boven de bomen – alleen zijn het er nu twee; een tweede blauwe lolly, die precies hetzelfde is als de eerste, markeert de noordkant van de stad. Normaal gesproken vallen deze bedrijven Karena nooit zo op, vormen ze gewoon de achtergrond van haar geboorteplaats, het decor dat er altijd geweest is en er altijd zal zijn. Maar haar perspectief is veranderd en nu ze New Heidelburg door een volwassen lens beoordeelt – afzet tegen de spooksteden die ze de afgelopen zomer op de prairie heeft gezien –, vindt Karena dat haar geboortestad het er goed afbrengt. En uiteindelijk voelt ze zich toch een bezoeker.

Uit gewoonte kijkt ze of ze Charles' gele Volvo ziet staan bij het

Elmwood Café en de Kwik Trip, waar Karena en Tiff altijd in een hoekje op jongens zaten te wachten. Maar Karena gaat er eigenlijk niet van uit dat ze Charles daar vindt. Ze weet waar hij is. Ze neemt de afslag naar Main Street en rijdt naar downtown, slaat linksaf en neemt dan de eerste weg rechts, naar Lincoln. Daar is het tankstation, nog steeds met de pompen met van die voorbijrollende cijfers en de eeuwig tikkende luchtpomp. De oorspronkelijke watertoren doemt als een blauwe ballon op aan het eind van het huizenblok. Karena parkeert en zwaait naar de benzinebroers die nieuwsgierig uit hun garage naar buiten kijken, twee vrijgezelle zestigplussers met borstelig haar en innemende gezichten. Charles' gele Volvo staat tegenover die van haar, bij de stoep voor hun oude huis. Hij zit in kleermakerszit op het grasveld op een grassprietje te kauwen.

'Ik wilde naar binnen,' zegt hij sip als Karena naar hem toe komt lopen, 'voor een laatste bezoekje, maar er is niemand thuis.'

Karena vindt dat het getuigt van opmerkelijke zelfbeheersing van Charles' kant dat hij toch het huis niet in is gegaan, omdat het, zoals de meeste huizen hier, waarschijnlijk niet op slot zit. Ze gaat naast hem zitten en Charles geeft haar een stukje van iets waarvan ze nu ziet dat het geen gras, maar peterselie is. Dat groeit hier in het wild, is overgewaaid uit Siri's tuin. Haar hele volwassen leven wordt Karena al overvallen door de doordringende groene geur ervan, de schok nostalgie die het met zich meebrengt. Ze steekt het takje tussen haar tanden. 'Bedankt,' zegt ze.

'Graag gedaan.'

Ze zitten kauwend te mijmeren over het huis uit hun jeugd. Ook dat is veranderd, hoewel subtiel. Karena is er al eerder een paar keer langsgereden en heeft toen het nieuwe dak en de oprit gezien, ze heeft opgemerkt dat de seringenhaag verwijderd is en de voordeur met de glazen jaloezieën is vervangen door een moderner model met een bewerkte glasplaat. De zwarte den voor hun slaapkamerraam staat er nog en beschut Siri's rode esdoorn, maar al met al verkeert het huis in een veel betere staat. Dit is een soort persoonlijke belediging en Karena vraagt zich af of het vanbinnen nog steeds naar Siri's handtas ruikt, of de nieuwe eigenaars eindelijk die grote struik aan de achterkant hebben weggehakt en de schommel hebben weggedaan. Ze zucht.

'Ik weet het,' zegt Charles. 'Het is om gek van te worden, hè? Het lijkt wel zo'n zoekplaatje: zoek de twintig dingen die niet kloppen.' Hij plukt een handvol gras, kijkt of er nog peterselie tussen zit en stapelt de resterende sprieten op het rekverband dat om zijn enkel zit. Karena vraagt zich af waar hij dat vandaan heeft. Het is al groezelig.

'Charles,' zegt ze, 'wat doe je?'

'Je weet best wat ik doe,' zegt hij. 'Nog één keer rondkijken voor ik de bak inga.'

Karena slaakt een zucht van opluchting die van bedroevenswaardig korte duur is. Charles' voornemen zich aan te geven, is beter dan het alternatief, maar het scheelt niet veel. Sterker nog, Karena vraagt zich af of het geen verkapte zelfmoordpoging is. Hoe denkt Charles te kunnen overleven in de gevangenis, zonder zijn holistische geneesmiddelen, zijn lichaamsbeweging, zijn tornadojagen? Denkt hij echt dat hij daardoorheen komt?

'Charles,' zegt ze, 'weet je nog waar we het gisteravond over hadden? Je hebt beloofd met mij naar een dokter te gaan.'

Charles leunt kauwend achterover op zijn gespreide handen. De zon belicht kleine sneetjes op zijn gezicht die Karena niet eerder zijn opgevallen – van rondvliegende glassplinters – en maakt een stralende paardenbloem van zijn haar.

'Dat weet ik, K,' zegt hij, 'en het spijt me, maar dat kan ik niet. Ik kan het gewoon niet op jouw manier doen. Om te beginnen geloof ik nog steeds niet in medicijnen. In die zwarte dokterstas zit niets voor mij. En dan nog, ik zou nog steeds boete moeten doen voor de man op de motor. Als ik dat niet rechtzet, blijft al het andere hypothetisch.'

'Met alle respect, Charles...' begint Karena, maar Charles onderbreekt haar. 'Ik weet dat je het er niet mee eens bent,' zegt hij. 'Maar ik ben het zo zat, K. Ik ben het zat om alles steeds te verknallen. Jouw leven. Dat van het Brood. Van Situ. Van mam. Van pap... En ga me niet vertellen dat zijn beroerte niet op de een of andere manier mijn schuld was. Ik weet dat het een of andere bizarre aangeboren afwijking kan zijn geweest, maar de mentale belasting die ik hem heb bezorgd, heeft het er niet makkelijker op gemaakt, dat is een ding dat zeker is.'

Karena zou dit graag tegenspreken, maar aangezien ze er soms net zo over denkt, doet ze dat niet. In plaats daarvan zegt ze: 'Maar Charles...'

'Maar niets Charles,' zegt Charles. 'Snap je het dan niet, K? Ik heb geen controle over die gast in mijn hoofd... de Vreemdeling. Niet zonder mezelf volledig weg te vagen. Mijn persoonlijkheid. En dat kan ik niet. Maar ik kan het goedmaken met de man op de motor. Dat is het enige waar ik wat aan kan doen. En ik ben het spuugzat dat dat steeds boven mijn hoofd hangt. Jij niet?'

Charles legt zijn hand op haar arm. Het grimmige gezicht van de dappere Lakota glimt in de zon. 'Niet te snel antwoorden,' zegt hij zacht. 'Kom nou niet met een voorspelbare reactie. Denk er echt over na. Waarom ga ja niet met me mee? Als ik naar de sheriff ga. Want jij bent het toch ook zat, K? Allemachtig, ben jij niet doodmoe?'

Karena staat op het punt hem te pareren met een gevatte opmerking, wil zeggen dat ze natuurlijk moe is, ze is de hele nacht met hem op geweest. Maar ze weet wat Charles bedoelt. Ze is moe. Niet gewoon moe, zelfs niet uitgeput, maar geestelijk en emotioneel aan het eind van haar Latijn. Karena is het zat om altijd afstand te bewaren, er nooit helemaal bij te horen. Ze is het zat haar gesprekken te censureren, zich te moeten herinneren wie ze wat heeft verteld, hoe ver ze daarin is gegaan. Ze is het zat om om half vijf 's ochtends wakker te worden en zich ellendig te voelen vanwege een man die ze nooit gekend heeft. Ze is het zat om te proberen de schade te beperken en te proberen die te herstellen als dat niet gelukt is. Ze kijkt naar haar ouderlijk huis, naar het erkerraam waar ze achter zat toen deze hardnekkige vermoeidheid begon, op de slaapbank in de woonkamer in het nachtelijke schijnsel van de straatlantaarns, en voor het eerst overweegt Karena het op te geven. De hele boel over te dragen aan mensen die betaald worden om het te regelen, de verantwoordelijke autoriteiten. De vertegenwoordigers van de wet en rechtbanken, die de emotie eruit zullen ontleden, het zullen reduceren tot papierwerk, een vonnis, duidelijkheid.

Maar dit is waanzin. Is Karena haar verstand verloren? Dit is niet een of ander gewetensspelletje dat zij en Charles spelen. Dit is de realiteit. Er zál een vonnis geveld worden. Er zullen aanklachten volgen en consequenties zijn. Karena zal het kleine beetje wat ze heeft – haar baan, haar professionele reputatie, haar huis – kwijtraken. En Charles. Wat zal er van Charles worden?

Had ze maar wat meer tijd. Gewoon iets meer tijd om hem ervan te overtuigen dat er andere opties zijn. Om hem eraan te herinneren waarom ze vrij moeten blijven. De smaak van ijsthee op een warme dag. Zon. De geur van de wind. De kans om mensen te helpen die niet achter de tralies zitten, iets eten wat hij zelf wil als hij trek heeft... Daar zal Karena mee beginnen. 'Kom,' zegt ze, terwijl ze opstaat en haar hand uitsteekt.

Charles kijkt op, zijn uitdrukking hangt tussen hoop en wantrouwen in. 'Ga je met mij mee naar de sheriff, K?'

'Nee,' zegt Karena. Om dat vervolgens te nuanceren: 'Nog niet. Laten we gaan lunchen, oké? Laten we er ergens over gaan praten.'

Een sedan, die over het midden van Lincoln Street aan komt rijden, vertraagt naar een kruiptempo, zodat de inzittenden de volwassen man die op het grasveld van het oude huis van de Hallingdahls zit goed kunnen bekijken. Karena herkent het echtpaar Rice, bridgepartners van Siri. Ze steekt een hand op. De sedan zoeft weg.

'Laten we maar naar een plek gaan waar niemand ons kent,' voegt ze eraan toe, 'als we het hierover gaan hebben. La Crosse, misschien.'

Charles kijkt haar met samengeknepen ogen aan en draait zich dan al kauwend om naar het huis. Karena slaakt een zucht van ergernis en loopt naar de weg, terwijl ze haar autosleutels pakt. 'Echt hoor, Charles,' zegt ze, 'ik sterf van de...' En dan ziet ze het; het torent als een atoomwolk boven downtown uit, hoewel het in werkelijkheid waarschijnlijk minstens tachtig kilometer verderop hangt. De bekende politiepetvorm. Het verbaast Karena nog steeds dat iets wat zo groot is, zo geniepig kan zijn... Of eigenlijk verrassend is, simpelweg omdat het zo gigantisch is; dat de hersenen niet toegerust zijn om iets van dat formaat te herkennen.

Karena is nog nooit zo blij geweest met het zien van noodweer. 'Hé, Charles,' roept ze.

'Hé, wat?' zegt Charles.

'Wil je daarachteraan of niet?'

52

Charles kijkt op. 'Pardon?' zegt hij.

'Je hebt me wel gehoord.'

'Vroeg jij me nou of ik daarachteraan wilde?' zegt Charles lachend. 'Wie ben jij en wat heb je met mijn zus gedaan?'

'Hou om met die flauwekul, Charles. Wil je erachteraan of niet?'

Charles staat op, de losgetrokken grasprieten vallen op de grond, en hij loopt naar de rand van het grasveld. 'Oké,' zegt hij, 'ik hap. Hangt daar echt een bui?'

Karena wijst. 'Aambeeld,' zegt ze. 'Op tien uur.'

Charles trekt zijn wenkbrauwen op. 'Krijg nou wat,' zegt hij. 'En moet je jou nou horen, zussie. Het Brood heeft je goed opgevoed.'

Karena zou hem graag een mep verkopen. Ze loopt een stukje verder, zodat ze niet in de verleiding komt. De drang is net zo snel verdwenen als dat hij opgekomen is; ze wil zich nu alleen nog maar midden op Lincoln Street neer laten zakken, op de olievlekken en scherpe kiezelstenen en stukjes glas, om daar als een hoopje ellende te blijven zitten.

'O shit,' hoort ze Charles zeggen. Hij komt naar haar toe en wrijft over haar rug. 'Sorry, K,' zegt hij. 'Maar hij trekt heus wel bij.'

Karena kijkt naar de in sandalen gestoken voeten van haar broer, de grote vierkante teennagels, het groezelige rekverband. 'Ik denk het niet,' zegt ze.

'Ja hoor, echt wel,' houdt Charles vol. 'Ik ken hem.'

O ja, natuurlijk, jij kent Kevin veel beter dan ik, wil Karena snauwen. In plaats daarvan loopt ze onder Charles' hand vandaan. 'Serieus,' zegt ze, 'wil je achter dat ding aan of niet?'

Charles laat zijn handen in zijn kontzakken glijden en bestudeert het aambeeld. 'Jij?' vraagt hij.

'Ik vroeg het jou.'

'Nou ja... natuurlijk, denk ik,' zegt hij, terwijl hij Karena een blik toewerpt. 'Nog één keer jagen voor ik de bak inga kan geen kwaad.'

'Charles.'

'Wat?'

'Niets.'

Als ze allebei met hun gordel om in Karena's auto zitten, rijdt ze terug door de stad en gaat er aan de andere kant uit. Te laat realiseert ze zich dat ze hadden kunnen, hadden móéten stoppen bij de Barmhartige Samaritaan om Frank te bezoeken. Het tehuis flitst voorbij, een laag gebouw van betonblokken onder een opgewekt reclamebord: LATEN WIJ DE OUDEREN NIET VERGETEN. JA, ZELFS Ú WORDT OUD!!! Maar de bui wordt voor hun ogen groter en neemt de karakteristieke aambeeldvorm aan. En daaromheen verschijnen nog talloze andere: kleinere ijsbolletjes die in de verte ontploffen.

'Sappig monstertje,' stelt Karena vast, wanneer de watertorens van New Heidelburg in haar achteruitkijkspiegel steeds kleiner worden.

Charles, die door de voorruit heeft zitten turen, duikt met zijn hoofd omlaag op een manier die suggereert dat hij een grijns verbergt. 'Zeg dat wel,' zegt hij.

'Kom op, doe ook eens wat,' zegt Karena. 'Hoe kunnen we het beste rijden?'

Charles doet het handschoenenkastje open. 'Heb je hier geen gps?'

'Eh,' zegt Karena. Ze hadden Charles' Volvo moeten nemen, want hoewel die net als die van haar van '98 is, is die voorzien van een radar, een ham-radio, een laptopstandaard, een antenne om signalen op te vangen en alle andere dingen die ze nodig hebben, terwijl die van Karena niets heeft. Zelfs haar scanner, schiet Karena nu te binnen, ligt onopgeladen in de kofferbak.

'Dan doen we het op de ouderwetse manier,' zegt Charles, terwijl hij op de achterbank tast en Karena's wegenatlas vindt. Hij bladert naar de staat Minnesota, checkt de lucht, werpt weer een blik op de kaart en gooit het boek dan weer over zijn schouder naar achteren. 'Blijf naar de I-90 rijden,' zegt hij, 'en neem dan de 90 in westelijke richting naar highway 13 in noordelijke richting. Hebbes. Wel héél erg makkelijk.'

'Begrepen,' zegt Karena. Ze schieten lekker op, zijn al aan de andere kant van Clinton. Het bord WELKOM IN IOWA schiet links van hen voorbij en Karena werpt er zonder dat ze het wil een blik op. Charles lijkt het niet te merken. Hij zit met over elkaar geslagen armen en een achteroverhangend hoofd en lijkt slaperig. 'Ik hoop alleen dat jij niet doet wat ik denk dat je probeert te doen, K,' zegt hij uiteindelijk als ze door Plainfield rijden. 'Want dan moet ik je teleurstellen.'

'En wat denk je dan dat ik probeer te doen?' vraagt Karena.

'Mij afleiden,' zegt Charles met een kakenknarsende geeuw. 'Mij van mijn missie weerhouden. Me ervan afbrengen me aan te geven door te laten zien waar ik het meest van hou in het leven... afgezien van jou dan, natuurlijk. Tornadojagen.'

Karena fronst. Hoe heerlijk het ook is om zo goed gekend te worden als Charles haar kent – een behoefte, denkt Karena soms, die net zo primair is als die aan voedsel of onderdak –, er zijn momenten waarop het echt storend is om zo doorzichtig te zijn. 'Zou je voor één keer eens wat minder egoïstisch kunnen zijn?' vraagt ze. 'Is het ooit bij je opgekomen dat ik het misschien wel léúk vind om te jagen? Dat als jij in de baarmoeder niet al die noodweergenen bij elkaar had gegrist, ík misschien wel de tornadojager in de familie was geworden? Heb je daar ooit bij stilgestaan?'

'Eh, nee,' zegt Charles.

'Nou,' zegt Karena. 'Zo zie je maar.'

'Oké,' zegt Charles. 'Ik spreek je niet tegen, K. Ik zeg het alleen maar.'

Karena schiet de andere weghelft op om een dieplader vol hooi te passeren en is daar net op tijd langs om de afslag naar de interstate te nemen. Het wordt donker op de snelweg en dan weer licht, en opnieuw donker als een gigantische cu over hun hoofd trekt. Vrachtwagens sputteren over de tegenoverliggende rijstrook langs hen heen en het aambeeld van hun bui verspreidt zich als pannenkoekbeslag hun kant op; begint het licht te doven. Karena buigt zich naar voren om de balans op te maken, te evalueren en te herevalueren wat ze ziet. Tot haar verbazing beseft ze dat het op een bepaalde manier waar is wat ze tegen Charles zei: ze heeft dit gemist, deze kippenvel opwekkende alertheid. Wat zei Kevin ook alweer? 'Je moet een tandje bijzetten als je jaagt, want dan ben je op je best en je scherpst. En dat maakt het ook zo leuk.' En dan realiseert Karena zich ook waarom ze steeds naar de berm kijkt, ook al zit Charles pal naast haar: ze zoekt Kevin. Ook al is hij waarschijnlijk op de voetbaltraining. En zelfs als hij dat niet is... Voor hetzelfde geld zit hij dan nu achter een andere bui aan... En trouwens, wat denkt Karena eigenlijk dat er zal gebeuren als ze hem ziet? Maar toch blijft ze naar hem uitkijken. 'Hé, Charles,' zegt ze.

'Ja, zussie?'

'Gaan we achter de goede cel aan?' vraagt Karena, want hun bui is er nu een van de vele, een vloot van moederschepen die zwijgend aan de horizon drijft.

Charles haalt zijn schouders op. 'Jagersdilemma, K,' zegt hij, 'dat weet je nooit. En zonder radar is er niets zinnigs over te zeggen.'

'Dus?' zegt Karena. 'Wat kan ik het beste doen?'

'Jij mag het zeggen,' zegt Charles, 'het is jouw jacht.'

Karena kijkt hem fronsend en geïrriteerd aan. Hij hangt lusteloos tegen zijn portier, bekijkt het landschap met zijn kin leunend op zijn hand, alsof hij naar een nogal saaie film zit te kijken. 'Wat zou je doen als je in je eentje was, Charles?'

'Waarschijnlijk in de buurt van de oorspronkelijke blijven.'

'Mooi,' zegt Karena. 'Dan doe ik dat.'

Charles wijst naar het bord van highway 13 als dat langsschiet en Karena neemt de afslag. Ze bevinden zich nu op een tweebaansweg die tussen akkers door kaarsrecht naar het noorden loopt. Maar in plaats van dat ze bij het aambeeld komen, zien ze steeds meer laaghangende wolken, vormloos en kleurloos. Het motregent. De binnenkant van de voorruit beslaat en de lucht in de Volvo wordt zo broeierig dat Karena de blower aan moet zetten. Het licht wordt dof, alles om hen heen is grijs en groen. Karena tuurt door haar wimpers. 'Ik zie niets,' zegt ze. 'Ik kan niet zien hoe die bui eruitziet.'

'Dat komt doordat we nu in een stratusdek rijden,' zegt Charles. 'Maar dat is niet erg. De opwaartse luchtstroom zag er best goed uit, dus zolang deze onzin-vectie niet alle sap van de bui opslurpt, zou die in leven moeten blijven. Gewoon doorrijden – als je dat wilt.'

Karena wil dat wel. Als ze door Otisco en Waseca rijden, zit ze recht op haar stoel en houdt de lucht in de gaten: welke kant de vlaggen op waaien, wat er met het licht gebeurt. Al snel sluiten de wolken zich aaneen tot de vertrouwde lagen en in de buurt van Waterville komt de basis van de bui in zicht. Het is geen vloedgolf, zoals de bui in Iowa, en hij is ook niet paarsbruin, zoals de supercell in Ogalalla, of zwart en gigantisch als de bronbui van de wig, maar toch; deze is groot, grijs en rafelig. Grote driehoekige wolkenflarden hangen er als puntige tanden onder en vanaf de horizon worden er nog meer wolken ingezogen.

'Charles,' zegt Karena.

'Huh!' zegt Charles, die weggedoezeld was. Hij trekt zijn wang los van zijn hand. 'Jék,' moppert hij vol afgrijzen.

'Wat denk je daarvan?' vraagt Karena, terwijl ze naar de rondcirkelende wolken wijst.

Charles kijkt. 'Dat is gewoon nevel,' zegt hij. 'Dat stelt niets voor.'

Maar het licht verdwijnt als ze Waterville binnenrijden, de middag verduistert tot nacht, met uitzondering van die gloeiende witte streep onder de basis in het noorden, als licht dat onder een deur door schijnt. Ze passeren een motel, twee straten met woonhuizen, een benzinestation en dan zijn ze aan de andere kant van de stad. Karena moet aan de kant gaan staan om een politiewagen met zwaailichten langs te laten scheuren, gevolgd door een rits pick-ups en middenklassers. Ongelikte beren, zou Kevin zeggen, plaatselijke bewoners die met hun mobiele telefoon foto's van de tornado willen maken. De nachtmerrie van professionele jagers, en ook van de handhavers van de wet, want de ongelikte beren weten niet waar ze mee bezig zijn en lopen vaak in de weg, brengen iedereen in gevaar.

Dan begint de sirene van Waterville achter hen te loeien. 'Wauw,' zegt Karena, en dan: 'Kijk!' Ze geeft Charles een por en ze zien een aaneengesloten grijs gordijn als de steel van een dikke paddenstoel langzaam van west naar oost over de horizon bewegen. Daarachter strekken piepkleine rokerige trechters zich naar beneden en trekken zich weer omhoog, strekken zich naar beneden en trekken zich weer omhoog, allemaal op verschillende momenten, als paarden op een draaimolen.

'Is dat een tornado?' vraagt Karena, wijzend naar de paddenstoelsteel.

'Nee, dat is het oog,' zegt Charles. 'Hoewel...' Hij buigt zich voorover en tuurt. 'Er zou een in regen gehulde tornado in verstopt kunnen zitten.'

'En die kleine... kringelende dingetjes, zijn dat tornado's?'

'Ik kan niet zien of ze echt de grond raken of niet,' moet Charles toegeven. 'Er staan bomen voor en ik zie geen rondvliegend puin. Maar het zijn wel degelijk trechters.'

'Dus dat is ons aandachtsgebied?' vraagt Karena.

Charles draait zijn hoofd alle kanten op. 'We willen hier overal zijn, K,' zegt hij. 'We zitten in de berenkooi.'

'Ga weg!' zegt Karena, en doet dat dan prompt zelf. Ze duwt het portier open en gaat op de berm staan om omhoog te kijken. Recht boven de Volvo botsen de zwarte wolken tegen elkaar, een front dat naar het westen beweegt en een ander dat in oostelijke richting gaat. Ze komen zo snel als auto's op elkaar af – met minstens tachtig, honderd kilometer per uur. Ze vergroeien en kolken, recht boven hun hoofd. Het is alsof ze op de bodem van een gootsteenputje staat.

Karena stapt weer in de Volvo als de sirene hun kant op draait. 'Ik voel me hier niet veilig,' zegt ze.

'Wat zeg je?' schreeuwt Charles.

'Ik voel me niet veilig!' gilt Karena.

Charles haalt zijn schouders op en zegt iets.

'Wat zeg je?'

'Ik zei oké,' schreeuwt hij.

'Volgens mij kunnen we beter teruggaan naar het benzinestation,' gilt Karena.

Charles zegt weer iets.

'Wat?' schreeuwt Karena.

'Prima!' zegt Charles. 'Laten we gaan, K! Laat het los.'

Karena scant beide zijden van de snelweg, draait dan om en rijdt de paar kilometer terug naar Waterville. Ze heeft het afschuwelijke gevoel dat ze ertussenuit knijpt, dat ze een lafbek is. Maar ze kan niet anders. Het is afgelopen. Het bord van het benzinestation is fel geelwit tegen de donkere kolkende lucht. Karena gaat eronder staan. Dan draait ze de auto in noordelijke richting, zodat ze naar de bui kunnen blijven kijken. Naast het benzinestation is een klein meer en er staat een handjevol caravans. Regen knalt in dikke klodders op de voorruit. ‘Het spijt me, Charles,’ zegt ze.

Charles zit aan zijn rafelende rekverband te pulken. ‘Wat?’ zegt hij.

‘Het spijt me!’ schreeuwt Karena, net op het moment dat de sirene begint af te zwakken. *IEIEIEIEIEIEIERRRRRRRRRrrrrroooooowwww wwwwwrrrrrrrr.* Ze begrijpt niet waarom ze hem uit hebben gezet, want de kleine, stroperige trechtertjes komen nog steeds naar beneden, sommige zelfs net aan de andere kant van het water. Maar niets klopt meer.

‘Ach, laat toch zitten, K,’ zegt Charles. ‘Ik wilde er sowieso niet achteraan. Het was jouw idee.’

‘Weet ik,’ zegt Karena. ‘Sorry dat ik je heb overgehaald. En sorry voor alles. Het spijt me van de man op de motor, en het spijt me dat ik je die dag niet heb kunnen tegenhouden en het spijt me dat ik je niet beschermd heb. Het spijt me dat ik zo egoïstisch en laf was en jou daar gewoon in de Black Wing heb achtergelaten...’

‘Je bent niet egoïstisch en laf, K,’ onderbreekt Charles haar.

‘Oké, maar wacht even, laat me dit gewoon even zeggen, oké? Het spijt me dat jij het hebt gekregen. De stoornis, of jouw aandoening of de visioenen of hoe je het ook wilt noemen; ik vind het verschrikkelijk dat jij het hebt gekregen en ik niet. Dat vind ik mijn hele leven al verschrikkelijk,’ zegt Karena. ‘Erger dan jij denkt.’

Charles tilt zijn hoofd op en kijkt door de voorruit. ‘Dat weet ik best, K,’ zegt hij. ‘Het geeft niet.’

‘Ja, het geeft wél, Charles,’ zegt Karena.

Charles lacht een beetje. ‘Je hebt gelijk,’ zegt hij, ‘het geeft wel. Eerlijk gezegd is het volkomen oneerlijk. Maar het is niet jouw schuld, K, en ik waardeer het dat je dit allemaal zegt. Echt. Dank je.’

Karena leunt achterover. ‘Echt?’ zegt ze.

‘Echt.’

‘Dank je, Charles.’

‘Graag gedaan, K.’

Ze kijken door de voorruit naar de draaimolen van trechters. Achter hen zijn mensen uit het benzinestation naar buiten komen lopen. Ze drentelen rond en staren omhoog, alsof ze wachten tot het moederschip hen komt oppikken. Karena hoort hen kreten slaken, ziet camera’s flitsen in haar zijspiegeltje.

'K,' zegt Charles.

Ze kijkt hem aan.

'Je moet me nu terugbrengen,' zegt hij.

Karena boort haar ogen in de zijne: weet je dat zeker?

Charles kijkt kalm terug: ja.

Ze staren elkaar aan: onstuitbare kracht die tegen een onwrikbaar object aan komt.

Uiteindelijk slaakt Karena een zucht, zet de auto in zijn een en rijdt de parkeerplaats van het benzinestation af.

Als ze over de 13 in zuidelijke richting rijden, komen ze terecht in tijdelijk verblindende regenhozen, neerslag die van de akkers opstijgt. De rand van het aambeeld van hun bui komt tegen een andere aan, dus waar blauwe lucht zou moeten zijn, zien ze alleen een flard en vervolgens weer een aaneengesloten wolkendek in de bobbelige mammatusvorm. 'Ga maar niet terug naar de interstate,' zegt Charles, die de kaart raadpleegt. 'We zijn omsingeld. Neem de 14 in oostelijke richting naar de 52 en rij niet harder dan tachtig kilometer per uur of zo. Dan zouden we het moeten redden.'

Karena doet wat hij zegt. Ze begeven zich door kleine stadjes, passeren de spotters langs de kant van de weg, burgers die met hun gezicht naar de hemel geheven op hun veranda staan. Charles zwaait en de meesten zwaaien terug. Het gaat langzaam, aangezien ze omsingeld zijn door noodweer. Aan alle kanten lichten torenhoge cumuluswolken op als enorme hersenen die een briljante ingeving krijgen. Bliksem doorklieft de lucht boven de horizon, pulseert in knopen en klitten en waaiers. Maar Karena en Charles blijven buiten gevaar vanwege hun gestage tempo, alsof ze in een tijdbubbel reizen, en tegen de tijd dat ze highway 52 kruisen en in zuidelijke richting naar New Heidelburg rijden, is het donker en komen de vuurvliegjes tevoorschijn. Het zijn er gigantisch veel, meer dan Karena of Charles ooit gezien heeft. Misschien reageren ze op de bliksem, gist Charles, of de vochtigheid van de paarszwarte nacht, oppert Karena. Hoe dan ook, ze komen allemaal tegelijkertijd, bruisen op uit de akkers aan weerszijden van de weg. Duizenden en duizenden vuurvliegjes, de ene fonkelende golf na de andere.

53

Als ze terugkomen in New Heidelburg nemen ze een kamer in de American Inn & Suites langs highway 44. Het komt op Karena nogal bizar en tegennatuurlijk over om in haar eigen stad in een motel te overnachten, maar wat moeten ze anders? 'We kunnen altijd naar de Weduwe gaan,' oppert Charles, en Karena zegt: 'Goed idee, Charles. Bel me maar om te laten weten hoe het gegaan is.' Het knappe meisje achter de balie geeft hun kamers die tegenover elkaar op de gang liggen: Charles zit in 106 met uitzicht op de voorkant, Karena in 105 aan de achterkant. Ze overwegen en verwerpen het idee om uit eten te gaan, wat op dit tijdstip – na tienen – zou betekenen dat ze naar Starlite moeten rijden om aan de bar popcorn te eten. In plaats daarvan omhelzen ze elkaar snel en wensen elkaar welterusten, en hoewel Karena dat verlaten gevoel krijgt dat haar altijd overvalt als ze van Charles gescheiden wordt, hoe kort ook, is ze ook opgelucht. Hij ook, dat merkt ze. Het is een lange dag geweest.

Haar kamer is groot en schoon en vrolijk, met de gebruikelijke veelkleurige sprei in een abstract bloemenpatroon, de groengevlekte vloerbedekking en kastanjebruine gordijnen. Als ze haar tas en laptop neerzet en haar gezicht wast, wordt ze overvallen door een eenzaamheid die zo heftig is, dat haar borstkast wordt platgedrukt. Ze denkt aan Fern en Alicia, aan Marla en Scout en Dennis en Dan. Ze denkt aan de Sandhills Inn & Suites, aan Pierre. En natuurlijk denkt ze aan Kevin. Mijn motelzomer, denkt ze, als ze de sprei van het bed dat het dichtst bij het raam staat tussen duim en wijsvinger optilt. Zelfs op een plek die zo nieuw is, is die waarschijnlijk nog steeds een bron van bacteriën.

Ze opent de gordijnen en zet het raam open. Meteen vult de kamer zich met een vochtige lucht die voor haar naar thuis ruikt: klaver, veenreukgras, mest. Door het raampje boven de achterdeur ziet Karena een voorraadschuur, een elektriciteitshuisje en een tornadosirene. Hebben alle motels tegenwoordig een eigen exemplaar? Deze is klein en geel en vierkant, en Karena herinnert zich Charles' verhaal over de vriendelijke sirene in Kansas. Ze moet toegeven dat hij inderdaad iets menselijks heeft.

Die zou vannacht wel eens van pas kunnen komen. Het noodweer in het noordwesten is nog steeds zichtbaar: aanhoudende horizontale bliksemflitsen. Aambeeldslijmers, zou Charles ze noemen. De bliksem schiet heen en weer aan de onderkant van de aambeelden. Het plaatselijke nieuws uit Rochester bevestigt dat Foss County nog steeds te maken heeft met zwaar onweer en dat voor de *county*'s ten noorden daarvan – Fillmore, Olmsted, Sibley, Scott – een tornadowaarschuwing geldt. De hoofdpunten van de journaals gaan allemaal over de talrijke tornado's in Minnesota vandaag, waaronder die net buiten Waterville, waar een mogelijke F3 een oudere man in een caravan fataal is geworden. Karena logt in op het Storm Prediction Center en ziet dat de F3-tornado highway 13 inderdaad gekruist heeft. Als ze in noordelijke richting verder was gegaan, zouden zij en Charles er regelrecht in zijn gereden. Ze vraagt zich af hoe het de ongelikte beren vergaan is, of ze al dan niet ongedeerd zijn.

Ze kijkt op Stormtrack, een zucht slakend over de ironie daarvan, om te zien of K-WIEBKE iets heeft gemeld – niet dus – als de telefoon op de kamer rinkelt. Karena pakt hem met een hand op zonder haar blik van het beeldscherm te halen. Dus Charles zit ook naar de verslagen te kijken en wil er met haar over praten, of hij wil toch naar Starlite rijden... hoewel Karena daar niet over peinst. 'Wat is er, Charles?' zegt ze. 'Ik ben kapot.'

'Doodslag,' zegt Kevin.

Karena schiet overeind en zet het geluid van de tv uit. 'Jij ook goedenavond,' zegt ze behoedzaam.

'Zo zou de aanklacht kunnen luiden,' zegt Kevin. 'Onvrijwillige doodslag bij een verkeersongeluk. Geen moord. Want Chuck heeft die gast niet expres doodgereden, toch?'

'Nee, natuurlijk niet,' zegt Karena.

'Vandaar dat onvrijwillige. En hij was manisch, zei je, ten tijde van het ongeluk? Als in: volkomen doorgedraaid? Zoals hij pas was?'

'Dat klopt,' zegt Karena.

'Goed,' zegt Kevin. 'Of niet goed, maar je begrijpt wat ik bedoel. Als Chuck manisch was ten tijde van het ongeluk wil dat zeggen dat hij zogenoemd verminderd toerekeningsvatbaar was. Hij wist niet wat hij deed, ergo er was geen opzet, ergo het was geen moord. Tenzij... hè, gatver, wacht even. Die manie was toch eh... natuurlijk? Niet opgewekt door drugs, zoals hasj of coke of meth?'

'Charles gelooft niet in drugs,' brengt Karena hem met een stalen gezicht in herinnering.

'O ja, o ja,' zegt Kevin. 'Dan was hij verminderd toerekeningsvatbaar en kan hij niet met de grote jongens vergeleken worden, de ernstige misdrijven, zoals moord met voorbedachten rade. Zelfs geen doodslag. Dan wordt hij waarschijnlijk veroordeeld voor een lichte overtreding, bijvoorbeeld voor het niet doen van aangifte of zelfs voor het verlaten van de plek van het ongeluk.'

'Okéééééé,' zegt Karena, terwijl ze als een bezetene zit te typen. 'Wacht even, ik schrijf het allemaal op... Hoe is het trouwens met je?'

'Wil je weten wat de straffen zijn?' vraagt Kevin.

Oké, Kevin, denkt Karena, als je het zo wilt spelen. 'Nee,' zegt ze en ze moet een beetje lachen. 'Maar ik vermoed dat ik dat wel zou moeten doen. Informatie overtroeft angst, toch?'

'Precies,' zegt Kevin monter. 'Wacht even.'

Karena wacht en staart naar haar knipperende cursor.

'Oké,' zegt Kevin, 'er is dus goed nieuws en niet zulk goed nieuws. Het goede nieuws betreft Chuck: omdat hij verminderd toerekeningsvatbaar was, zal zijn vonnis waarschijnlijk redelijk mild zijn, een paar jaar voorwaardelijke gevangenisstraf of zo. Dat hangt af van de rechter. Het niet zo goede nieuws is dat aangezien jij, Karena, ten tijde van het ongeluk wél toerekeningsvatbaar was, er wél verantwoordelijk voor kan worden gehouden, ook al zat je niet zelf achter het stuur. Ja, ik weet het, ik weet het,' voegt hij eraan toe, 'je had hem op geen enkele manier kunnen tegenhouden. Maar volgens de wet had je dat wel kunnen doen en aangezien jij goed van fout kunt onderscheiden, had je de misdaad moeten aangeven.'

'En wat betekent dat?' vraagt Karena.

'Dat eh... De minst zware aanklacht voor jou zou het verlaten van de plek van het ongeluk zijn. Daar kun je een voorwaardelijke straf voor krijgen. Of vijftien jaar gevangenisstraf. Dat is aan de rechter. Aan de andere kant zou je veroordeeld kunnen worden voor onvrijwillige doodslag en de straf daarvoor... eh...'

Karena's huid prikt. 'Ga alsjeblieft door,' zegt ze.

'Nou,' zegt Kevin, 'sommigen van hen hebben levenslang gekregen.'

Karena heeft alles op zitten schrijven, maar bij dit laatste feit houdt ze daarmee op. Haar oksels zijn vochtig, haar hoofdhuid voelt te strak. 'O jee,' zegt ze.

'Ik weet het,' zegt Kevin. 'Niet zo fijn.'

'Zeg dat wel,' zegt Karena. Ze zucht en steekt haar haar achter haar oren. 'Maar het is waarschijnlijk beter dat ik het weet... Dank je, Kevin. Waar heb je die informatie trouwens vandaan?'

'Advocatenvriendje van me,' zegt Kevin. 'Ik heb hem mee naar de kroeg genomen en hem de oren van het hoofd gevraagd onder het genot van kannen vol bier, en hij zei dingen als: "Natuurlijk, Wiebke, jouw vríénd heeft iemand tijdens de tornadojacht aangereden. Juist, jouw vríénd heeft die gast geschept. Weet je zeker dat je me niet iets wilt vertellen?"'

Karena lacht. 'Nou, nogmaals bedankt,' zegt ze. 'Erg aardig van je.'

'Geen probleem,' zegt Kevin. 'Ik dacht dat je het wel wilde weten, voor het geval je... Voor het geval je besluit er iets aan te doen.'

Karena zegt niets en probeert die opmerking in te schatten. Wat betekent die? Vindt Kevin dat ze dat moet doen? Sterker nog: wat moet ze van dit hele gesprek denken? Heeft hij haar vergeven? Neigt hij daartoe? Of is dit gewoon een gunst voor een vriend die in de problemen zit?

'Tja, dat was het dan, mensen,' zegt Kevin. 'SLM over en uit.'

'Oké,' zegt Karena. 'Welterusten... maarre... Kevin? Hoe heb je me gevonden?'

'Iets wat informatie heet, Laredo,' zegt Kevin. 'Zou je een keer moeten proberen, volgens mij is dat best handig bij jouw soort werk. Je zei dat je naar New Heidelburg ging en er is daar maar één motel. Het is nou niet bepaald een swingende stad.'

'Dat zou je nog verbazen,' deelt Karena hem mee.

'Lekker weertje daar, geloof ik, hè?'

Karena kijkt uit het raam. 'Best wel,' zegt ze. 'Raad eens wat ik vandaag gedaan heb?'

Als ze even later ophangen is Karena rusteloos. Ze begint te googelen op het wetboek van strafrecht van Iowa, maar klapt de laptop dan dicht en zet hem aan de kant. Ze zorgt dat de sleutel van haar kamer in de zak van haar korte broek zit en gaat naar buiten. Loopt door de lobby van de American Inn & Suites. Komt op het parkeerterrein. Het is een ontzettend vochtige nacht en het barst van de insecten, die tegen het verlichte motelbord aan fladderen. Om de halogeenlampen ziet ze halo's. Achter het gordijn in Charles' kamer ziet ze het licht van de televisie flakkeren. Karena loopt weg bij het motel, naar de weg daarachter. Ze kijkt dezelfde kant op als uit haar kamer, naar het noordwesten, maar dan zonder de nachtverlichting. Een stevige wind blaast het haar uit haar gezicht. De uitlopers van het noodweer.

Ze kan de buien zien, of in ieder geval een, waarschijnlijk de laatste van het front dat over het oostelijke deel van de staat raast. Iets wat de jagers een staart-Charlie noemen. Op deze afstand is die zo groot als een vuist, een samengebalde cu, maar het is een heetgebakerd exemplaar met bliksemflitsen die om de paar tellen alle kanten op schieten. En Karena weet dat dit komt doordat ze de bui door de nevel aan de horizon ziet, dezelfde atmosferische truc waardoor sommige zonsondergangen rood lijken. Deze bui heeft echter wel degelijk kleuren. De bliksem is geel en oranje en paars en felroze. Aan de andere kant van de hemel komt de maan boven de snelweg op. Die is zo helder, dat het schijnsel ervan dat van het bord van de American Inn & Suites overtroeft.

Karena kan haar ogen er niet van afhouden, de bui aan de ene kant en de maan aan de andere. Ze had nooit gedacht dat zoiets mogelijk was, chaos en orde aan hetzelfde firmament. Vóór deze zomer zou ze er nooit erg in hebben gehad. Ze zou in bed gelegen hebben, ze zou aan het werk zijn geweest, een blind date hebben of met Tiff aan het stappen zijn. Als er noodweer was, zou ze dat op televisie gezien hebben. En als het heel erg was, zou ze in de kelder hebben gezeten. Ze zou nooit iets geweten hebben van deze woeste en geweldadige schoonheid, zou het nooit met eigen ogen ervaren hebben. Ze staat op de weg en blijft er lang, heel lang naar kijken.

54

De hele nacht marcheren de buien voorbij naar het noordwesten, laten de grond als een verre artillerie schudden. Als de dag aanbreekt, is Karena ook daar getuige van. Ze zit op de rand van het bed bij het raam als de caleidoscoop van de hemel van wit naar goud naar blauw verkleurt. Dan neemt ze een douche, zet een mok koffie en maakt zichzelf zo toonbaar mogelijk met de noodmake-up in haar tas. Zelfs de slappe koffie van het motel smaakt haar goed en voordat ze de kamer verlaat, drukt ze haar gezicht in de handdoek, inhaleert het bleekmiddel, voelt het dunne, ruwe weefsel.

Ze steekt de gang over om op de deur te kloppen, maar die zwaait al open. Charles is ook al op. De wallen onder zijn ogen zijn de stille getuigen van het feit dat hij net zo'n slapeloze nacht heeft doorgebracht. Maar hij lijkt kalm, sereen zelfs. Hij lijkt over het tapijt van het motel te zweven, zijn sandalen hangen een paar centimeter boven de grond.

Ze rijden naar het Elmwood Café, waar ze aan een hoektafel tussen de vaste klanten gaan zitten – voornamelijk boeren en gepensioneerden die een potje dobbelen voor het ontbijt. De gesprekken stokken als de Hallingdahl-tweeling binnenkomt. Dan steekt Leslee Rotman van het makelaarskantoor op de kruk aan de bar haar hand op, hoewel ze niet opkijkt van haar krant.

Karena bestelt een omelet en Charles wil roerei met groenten, twee volkoren boterhammen, aardappelkoekjes en een groot glas sinaasappelsap. Hij werkt dit met smaak weg, terwijl Karena de ene na de andere kop koffie opdrinkt en haar eten onaangeroerd laat. Ze had maar wat graag een sigaret opgestoken. De zon verschijnt boven de bomenrij aan de andere kant van highway 44 en schijnt fel het café in. De serveerster doet snel de jaloezieën naar beneden. In het kielzog van het noodweer wordt het een prachtige dag.

Charles laat een fooi van tweehonderd procent achter en als hij eenmaal buiten is, heft hij zijn gezicht naar de hemel. Hij doet zijn ogen dicht en haalt diep adem. Dan zegt hij, zonder zijn ogen open te doen: 'Oké, K, we gaan.'

'Charles...' zegt Karena.

Charles slaat een arm om haar heen, trekt haar naar zich toe en drukt een kus op haar haar. 'Het is tijd om te gaan, zussie,' zegt hij.

Karena rijdt zo langzaam mogelijk de stad in; ze houdt als een oude boerin het verkeer op. Als ze niet in Minnesota waren, zou er waarschijnlijk iemand gaan toeteren. Desalniettemin neemt het ritje naar het provinciegebouw vijf minuten in beslag. Karena parkeert op de plek voor bezoekers naast de surveillancewagen van de sheriff en zet de motor uit. Ze blijven zitten en kijken naar het gras, het oorlogsmonument, de elkaar kruisende paadjes onder de zeer oude bomen. 'O,' roept Karena opeens uit. 'Je auto, Charles.'

'Laat maar staan, K,' zegt Charles, 'die heb ik toch niet meer nodig.' Hij probeert te glimlachen, maar Karena ziet hem slikken; zijn adamsappel blijft steken in zijn keel.

Ze wendt haar blik af. Ze is verschrikkelijk bang. Ze is nog nooit zo bang geweest. Ze voelt de ophanden zijnde aanklacht op hun schouders drukken, iets onherroepelijks en harteloos en krachtigs, als een trein. Ze kijkt naar het provinciegebouw en moet denken aan een klassenbezoek van lang geleden, het doolhof van kamers die roken naar angstzweet, de afgehandelde dossiers in dozen die in de hoeken stonden te verstoffen. De gevangenis achter de ouderwetse kluisdeur die sheriff Cushing opende en sloot door aan een wiel te draaien. Het geluid van stalen tuimelaars die op hun plek vielen.

'Nou, zussie,' zegt Charles, 'ik denk dat het zover is.'

'Dat denk ik ook,' zegt Karena.

Ze stappen uit. Het dubbele dichtslaan van de Volvo-deuren – *boing, boing* – klinkt erg hard. Ze lopen over de stoep naar de trap en passeren twee vogeltjes die een stofbad nemen, horen een vrouw een andere vrouw begroeten op Main Street: 'Goh, halló, hoe is het met je?' De wind sijpelt tussen de bomen door.

'O, nee, zo is het wel goed, K,' zegt Charles, als Karena achter hem aan de trap oploopt. 'Je hoeft niet met me mee naar binnen. Eigenlijk zou ik het zelfs fijner vinden als je dat niet deed.'

'Nou, dat is dan jammer, Charles,' zegt Karena. 'Want ik ga met je mee.'

Charles blijft staan en kijkt haar aan.

'Ik ga met je mee,' herhaalt Karena. Ze knikt, probeert te glimlachen tot hij het snapt.

Charles moet moeite doen om zijn gezicht in de plooi te houden. Hij wendt zich even af en vermant zich. Dan draait hij zich weer om. 'Dank je wel, K,' zegt hij.

'Graag gedaan, Charles.'

Ze staan elkaar in het ochtendlicht aan te kijken, een briesje speelt met Charles' haar. Dan pakt Charles Karena's hand. 'Ben je er klaar voor?' vraagt hij. 'Ik tel tot drie. Een... twee...' Hij doet de deur voor haar open en ze lopen naar binnen.

Epiloog
Augustus 2009

Het is bijna op de kop af een jaar later als Charles afscheid komt nemen. Karena ligt op de bank in de woonkamer te slapen – of eigenlijk iets wat in haar huidige toestand zo veel mogelijk op slapen lijkt. Ze dobbert aan het oppervlak, maar is zo moe dat ze niet laat merken dat ze hen kan horen als Kevin Charles binnenlaat en zegt: 'Sssjj, stil, man, ze is bijna de hele nacht op geweest, kom, we gaan naar de patio.' Maar ze voelt dat ze op hun tenen naar haar toe komen lopen om even te kijken, en als Charles fluistert: 'Weet je zeker dat ze nog twee weken moet? Ze is verdomme gigagantisch', mompelt Karena: 'Dat heb ik gehoord.' Maar misschien zegt ze het toch niet hardop, want hun voetstappen sterven krakend weg en de deur van de koelkast gaat met gerinkel van flessen open, en dan de achterdeur, en dan zijn ze buiten.

Hun gesprek bereikt haar in flarden, is niet zozeer wát ze zeggen, maar meer de tweetonige teneur van hun stemmen. Het doet Karena denken aan de keren dat ze met Charles op de achterbank van de auto zat, naar huis reden van de Starlite of de boerderij van de Hallingdahls, en luisterden naar het gemompel van Frank en Siri voorin. Karena weet dat ze zich omhoog zou moeten hijsen, zich bij de mannen op de patio moet voegen. Ze heeft nog maar zo weinig tijd met haar broer. Maar het is alsof er lood in haar bloed zit, alsof ze in de kussens gedrukt wordt. Ze tilt een hand naar haar buik en zoekt het hoofdje van de baby... Ja, daar. Ze zweeft.

Ze mijmert over aanpassingsvermogen, de eigenaardigheden en inconsequenties daarvan, de rekbaarheid van de tijd. Waarom heeft het haar bijvoorbeeld zo veel tijd gekost om na het tornadojagen weer te wennen aan het thuis zijn, om de diepgewortelde naschokken van zich af te schudden, terwijl ze zich aan andere situaties met een figuurlijke druk op de knop aanpast? En die bovendien als vanzelfsprekend is gaan beschouwen. Haar zwangerschap... Karena kan zich niet meer herinneren dat haar lichaam niet opgezwollen was, dat ze geen last van maagzuur had, dat ze nog een mager hardloopstertje was dat zich moeiteloos en elegant een weg door de wereld baande zonder erbij na te denken. Het lijkt een verhaal over iemand anders. In dat verhaal was Karena tevens verslaggever, een vrouw die in een blazer en met blokhakken naar haar kantoorbaantje ging. Die trots was op haar werk. Die zich daardoor belangrijk voelde. Die er elke dag zingend naartoe reed.

Nu is Karena eraan gewend dat Kevin haar rondrijdt en net doet of hij dat verschrikkelijk vervelend vindt. Hij brengt haar naar de markt, zorgt dat ze op bezoek kan gaan bij Frank en dat ze haar welzijnswerk kan doen. Allemaal voorwaarden van Karena's voorwaardelijke straf. 'U, juffrouw Jorge,' had de rechter van Winneshiek County vorig jaar december in Iowa gezegd, terwijl hij haar over zijn brillenglazen aankeek, 'aangezien u het geluk hebt gehad niet aan de aandoening van uw broer te lijden, weet en wist u beter. U had zich moeten melden, voor zijn bestwil en die van de gemeenschap. U wordt veroordeeld tot drie jaar werken met bipolaire patiënten bij de medische instellingen van Minneapolis. Voor het verlaten van de plek van het ongeluk wordt uw rijbewijs voor dezelfde periode in beslag genomen.

En u, meneer Hallingdahl,' ging hij verder, 'u moet meer te weten komen over uw stoornis en leren hoe u daar beter mee kunt omgaan. Ik zie dat u momenteel ook woonachtig bent in Minneapolis. In het medisch centrum van Hennepin County hebben ze een uitstekend programma voor externe patiënten. Dat gaat u een jaar volgen.' Uiteraard had Charles daartegen geprotesteerd, hij had gevraagd om een zwaardere straf; in ieder geval een straf die net zo zwaar was als die van Karena. Maar de rechter had hem te kennen gegeven dat hij moest ophouden met het verspillen van de tijd van het hof en had de zitting gesloten.

Misschien wel het makkelijkste waar Karena aan heeft moeten wennen, de situatie die het meest natuurlijk aanvoelde, was het feit dat Charles in de buurt was, aan de andere kant van de stad, in de studentenwijk die, heel toepasselijk, bekendstond als De Wig. Zo dichtbij en toch op een passende afstand. Het zal haar veel, heel veel meer tijd kosten om te accepteren dat hij weer weggaat, dit keer naar Arizona om een tweejarige studie natuurgeneeswijzen en gezondheidszorg te volgen. Maar het zal anders zijn dan vroeger, zegt Karena geruststellend tegen zichzelf. Ze zal weten waar Charles is. Hij zal een mobiel hebben, e-mail, een vast adres. Ze zullen regelmatig contact hebben. In de vakanties komt hij over. Maar toch, in het meest belangrijke opzicht zal het precies zo zijn als vroeger, omdat Karena opnieuw moet gaan zitten wachten op het telefoontje, wachten tot de telefoon gaat rinkelen met het nieuws dat er iets ergs is gebeurd met Charles. Dat hij zichzelf iets heeft aangedaan. Deze angst mag dan vertrouwd zijn, ze mag er dan de afgelopen twintig jaar mee geleefd hebben, maar ze zal er nooit aan wennen. Nooit.

Alsof ze in opstand komt tegen de zorgen van haar moeder, tegen de manier waarop Karena's hart samentrekt, draait de baby zich om – voor zover ze dat kan in die beperkte ruimte. Die beweging doet Karena altijd denken aan jonge walvissen die naast hun moeders zwemmen. Ze hapt naar lucht. 'Oefff,' zegt ze, en ze worstelt zich omhoog. 'Oké, oké.' Ze bindt haar nieuwe, schouderlange haar in een elastiekje – ze heeft het nu altijd snikheet – en wrijft over haar gezicht. Ze kan niet helemaal geloven dat de baby ooit zal komen, maar ze is meer dan bereid dit kind in haar armen te sluiten. Ze heeft ruimschoots de tijd gehad om zich te verwonderen over deze verbijsterende buik en nu is ze het zat.

Ze probeert zich van de bank te hijsen als Kevin en Charles naar binnen komen lopen. Als ze haar zien, haasten ze zich naar haar toe. 'Ik kan het best zelf,' zegt Karena kribbig als ze elk een arm vastpakken. Ze voelt dat Charles staat te schudden van het lachen. Maar ze zijn of allebei spontaan doof geworden of ze negeren haar volkomen.

'Heb je haar daar goed vast, Wieb?' vraagt Charles.

'Ik hoop het, Hallingdahl. Huppetee dan maar.'

Onder luid gekreun en gegrom hijsen ze Karena van de kussens en zetten haar overeind. 'Hartstikke bedankt,' zegt ze. 'Zó zwaar ben ik nou ook weer niet.'

'Nou, eigenlijk wel, K,' zegt Charles met een van pijn vertrokken gezicht. 'Volgens mij heb ik iets in mijn rug verrekt.'

'Daar vind je ongetwijfeld wel een holistisch kompres voor,' zegt

Karena als ze naar de veranda aan de voorkant lopen.

Kevin wrijft over haar stuitje. 'Gaat het een beetje, mama?' vraagt hij. Ze slaat haar ogen ten hemel en geeft hem dan een zoen.

Het is een rustige, bewolkte dag. Af en toe vallen er regendruppels, schijnbaar uit het niets. De gele Volvo staat bij de stoep met een spiksplinternieuw kentekenbewijs op de voorruit. Wie had dat kunnen denken, denkt Karena verwonderd, Charles met een verzekeringsbewijs. De wagen zit tot aan de nok toe vol met zijn spullen, alles wat hij het afgelopen jaar in zijn studio heeft vergaard. De wielen van Charles' fiets, op het rek achter op de auto, draaien nu en dan in de wind.

'Kun je wel wat zien door het achteruitkijkspiegeltje, Hallingdahl?' vraagt Kevin weifelend, terwijl hij rond de Volvo loopt om Charles' inpakverrichtingen te inspecteren.

'Achteruitkijkspiegeltje, welk achteruitkijkspiegeltje?' zegt Charles, terwijl hij zijn nieuwe, langere haar met een leren veter in zijn nek bindt. 'Wij hebben geen rottige achteruitkijkspiegeltjes nodig, Wieb.'

De twee mannen omhelzen elkaar even en slaan elkaar op de rug.

'Hallingdahl,' zegt Kevin.

'Wieb,' zegt Charles.

Nu het afscheid achter de rug is, loopt Kevin het tuinpad weer op en gaat naar binnen. In het voorbijgaan werpt hij Karena een handkus toe.

'Charles,' zegt Karena, en Charles zegt: 'Huh?' Dan zegt hij: 'O, sorry, sorry, K,' en springt de trap op om haar naar beneden te helpen. 'Bedankt,' zegt Karena, als ze bij de auto staan.

'Nee, jij bedankt, K,' zegt Charles. 'Bedankt voor het servies. En de lakens en de handdoeken. En omdat je niet gezeurd hebt. Ik weet dat je liever had gehad dat ik iets anders ging doen. Maar ik waardeer het zeer dat je mijn keuze respecteert.'

Karena knikt en probeert te glimlachen. Ze kunnen nog altijd met een medicijn komen dat Charles wel kan verdragen. Hij zou nog van gedachten kunnen veranderen. Ze kan altijd blijven hopen. Bij het rechtervoorportier kijken ze elkaar aan. Karena plant haar voeten stevig in de strook gras.

'Nou, zussie,' zegt Charles. Dan springen hem de tranen in de ogen.

'O nee hoor,' zegt Karena, terwijl ze hem een mep geeft. 'Niet doen.

Als je dat doet, begin ik ook, alleen kan ík er niet meer mee ophouden.'

'Weet ik,' zegt Charles sniffend. 'Sorry.'

'Ach, weet je, laten we maar zo denken, we zien elkaar weer met Thanksgiving.'

Charles dept zijn ogen met de mouw van zijn Cubaanse shirt. 'Ik kan gewoon niet geloven dat ik er niet ben als zij wordt geboren,' zegt hij.

'Jij bent de eerste die het hoort,' zegt Karena. Inwendig huivert ze bij de gedachte aan Charles en Kevin in één verloskamer. 'Dat beloof ik.'

'Vertel haar maar dat ik erbij wilde zijn, maar dat haar gemene papa dat niet goed vond,' zegt Charles. 'Zeg maar dat oom Charles van haar houdt.' Hij buigt zich naar Karena's buik. 'Ja,' kirt hij. 'Oom Charles houdt van je, ja hoor, echt waar. Dat weet je toch, hè, Broodje van me?'

De baby begint enthousiast te schoppen. 'Au,' zegt Karena, naar adem happend. 'Noem haar niet zo, Charles. Hoe vaak moet ik je dat nog zeggen? Ze heet...' Ze noemt de naam van het stadje waar, voor zover Kevin en zij weten, de baby is verwekt. Sowieso ergens tijdens hun nieuwjaarstripje; ze hadden net gedaan of dat een realityprogramma met de titel *Verzoeningsvakantie* was.

'Dat is een stomme naam,' zegt Charles. 'Die vindt ze niet leuk, hè meisje? Neeeee, ze vindt Broodje leuk. Toch, Broodje?' De baby schopt weer. 'Zie je nou wel?' zegt Charles knikkend. 'Oom Charles weet dat gewoon.'

'Oom Charles kan er maar beter vandoor gaan,' zegt Karena, 'voordat hij vroegtijdig de weeën opwekt.'

Charles slaakt een enorme zucht en kijkt de straat uit. 'Je hebt gelijk,' zegt hij. 'Kom hier, zussie.' Hij steekt zijn armen uit en ze omhelzen elkaar zo goed en zo kwaad als dat gaat met Karena's buik. Als ze elkaar loslaten, zijn Karena's ogen nat en die van Charles droog.

'Alsjeblieft, K,' zegt Charles, terwijl hij de Lakota-ring van zijn middelvinger wurmt en die aan haar geeft. 'Alvast een kraamcadeautje. Succes.'

'Dank je, Charles,' zegt Karena als ze de ring, die nog warm is van

Charles' hand, aanpakt. Ze klemt hem in haar vuist als hij om de Volvo heen loopt.

'Ik hou van je, zussie,' zegt hij als hij instapt.

'Ik hou van jou, Charles,' zegt ze. Ze zwaait als de gele Volvo wegrijdt bij de stoep en naar het eind van de straat zoeft. Hij blijft staan bij het stoplicht daar. Het linkerachterlicht knippert geduldig. Dan springt het licht op groen en is de auto verdwenen. Toch blijft Karena staan en kijkt naar de lege weg. In gedachten volgt ze Charles' route: via Fiftieth Street naar Lyndale Avenue naar de 62-oost naar de 35-zuid naar de I-90-west... Verder durft ze niet te denken. Ze beseft dat ze nog steeds Charles' ring vasthoudt en wil die om haar linkerduim schuiven. Maar dan verplaatst ze die naar haar rechterduim, weg van de smalle gouden trouwring met de inscriptie *KB1 SLM & Laredo, 2009.* Ze kan die ringen beter uit elkaar houden.

'Hé,' zegt Kevin van achter de hordeur op de veranda. 'Blijf je daar de rest van de dag staan, vrouw? We krijgen gasten, hoor.'

'Het zijn ook jouw gasten,' zegt Karena. En dat is zo: Fern en haar verloofde Ben Hendrickson, een nieuwe Whirlwind-gids die Kevin aan haar voor heeft gesteld. *Ik weet dat het misschien een beetje hypocriet overkomt,* had Fern eerder die zomer geschreven toen ze het nieuws bekendmaakte, *maar híj aanbidt me dus wel en nu kan ik naar de States verhuizen. Wat wil een mens nog meer, toch?*

'Sterker nog, volgens mij heb jíj hen uitgenodigd,' zegt Karena, hoewel ze dat in feite samen hebben gedaan. 'Jij zou ook best eens wat kunnen doen hier, hoor.'

'Echt hoor, Laredo, jij bent de meest luie zwangere vrouw van de hele buurt,' zegt Kevin. 'Ga gewoon wat koken, je hebt toch niets beters te doen!'

'O, ik zal jou eens laten zien wat ik voor beters te doen heb! Wacht maar af, meneertje.'

Ze werpt nog een laatste blik in de verlaten straat en begint dan vastberaden het tuinpad op te waggelen. Dit is nu haar leven: dit huis en deze man en hun dochter. Het zal een gezapig leventje zijn, misschien niet zoals Karena het zich als kind had voorgesteld... Maar ja, hoe had ze het zich toen eigenlijk precies voorgesteld? Nu ze erbij stilstaat: ze heeft nooit echt een plan voor de toekomst gehad... In ieder geval geen plan waar Charles niet bij betrokken was. En ze heeft het altijd veel te druk gehad met het wegwerken van dingen, met het beperken van de schade. Maar áls ze ergens van gedroomd heeft, dan had het er waarschijnlijk zo uitgezien. Voorspelbaarheid. Acceptatie. Rust. De wetenschap dat als je jezelf in het diepe werpt, je ook weer boven komt drijven.

Kevin komt vochtig en kruidig ruikend van de douche de veranda op. 'Heb je hulp nodig, Laredo?' vraagt hij.

'Nee, dank je,' zegt Karena, 'we redden het wel.' Maar toch pakt ze de hand die Kevin naar haar uitsteekt en laat hem haar ophijsen. Haar schouder raakt de bronzen windklok die Charles hun als huwelijksgeschenk heeft gegeven, waardoor die begint te tingelen. Als een soort antwoord komt er een windvlaag van het meer. Maar voor de komende week wordt geen slecht weer verwacht, weet Karena. Het seizoen is bijna voorbij. Dit is gewoon een lokaal frontje dat passeert. En dat is ook weer zoiets verbazingwekkends, denkt Karena als ze het huis binnengaan: hoe warm het kan zijn als je de wind in de rug hebt.

Dankwoord

Eerst even iets over tornado's en de mensen die erachteraan jagen: ik heb echt mazzel gehad dat ik tijdens de research voor dit boek veel tornadojagers heb leren kennen; het is een vrijgevig en veeleisend stelletje. Elke jager die *In tweestrijd* leest, zal merken dat ik me vrijheden heb veroorloofd betreffende de tornado's, en data en locaties heb veranderd. Ik ben dankbaar voor hun waardering voor mijn dichterlijke vrijheid.

Wat betreft de meteorologie heb ik echter wel degelijk geprobeerd accuraat te zijn. Alles wat ik over het weer weet, heb ik geleerd van de gidsen van Tempest Tours, met wie ik elke zomer sinds 2006 heb mogen jagen: leider Martin Lisius, Bill Reid, Brian Morganti, Keith Brown, Rob Petitt, Chris Gullickson, dr. Bob Conzemius en Jennifer Dunn. Als je ooit iets te weten wilt komen over zwaar weer, moet je met Tempest meegaan (www.tempesttours.com); er is geen betere. Ik heb met name veel gehad aan de kennis die de voorzitter van Weather Radios Across America, Chad Cowan, op mij heeft overgedragen en wiens expertise me tot vele nieuwe scènes heeft geïnspireerd; aan mijn jachtpartner Marcia Perez, de Ansel Adams van stormachtig weer, en aan mijn geliefde mentor, meester Kinney Adams, wiens wijsheid over tornado's en het leven mij een steuntje in de rug geeft. Deze jagers hebben met een engelengeduld mijn vragen beantwoord en alles wat in dit boek klopt, heb ik aan hun wijze lessen te danken. Alles wat niet klopt, ligt aan mijn koppige domheid.

Ik wil ook graag mijn familie bedanken: Franny Blum, Joey Blum, Judy Blum en, in memoriam, mijn vader Bob Blum, en voorts Woodrow en de familie Joerg, voor hun niet-aflatende liefde en steun. Hoofdmeteorologen Pete Bouchard van Bostons WHDH Channel 7 News en Belinda Jensen van KARE 11 News in Minneapolis, die zo vriendelijk waren me hun studio's binnen te laten stormen en al mijn onnozele vragen over het weer wilden beantwoorden. Christina van Doc's in Spring Grove, voor de koffie en de gesprekken elke dag. Mijn vertrouwde redacteuren Jean Charbonneau, Stephanie Ebbert Devin en Sarah Schweitzer, voor het feit dat ze me nu door twee romans hebben geholpen. Dr. Kathy Crowley en Julie Hirsch, voor hun medische en psychologische commentaar. Bram en Elizabeth deVeer, geboeide doch bereidwillige tornadojagers. Sheriff Doug Ely van Houston County, Minnesota, voor zijn rondleiding in de rechtbank/gevangenis van Caledonia en het oplossen van problemen in mijn scenario's. Hope en Mark Foley, mijn persoonlijke Rode Kruis, de meest verbazingwekkende buren-vrienden aller tijden. Tornadojagerfotograaf Ericka Gray, voor het lezen en de gekkigheid. Grub Street Writers, de allerbeste schrijfgroep ter wereld, en vooral mijn geliefde Council. De Guymon-meisjes: Elvia Hernandez, Melyn Johnson en Rachel Sides; ik ga zo elke dag met jullie paardrijden (en ik neem mijn petje af voor het hoofd van de brandweer van Guymon, Oklahoma, van wie ik Elvia mocht ontvoeren). Sandy Hanson en de Monday Night Trash Gang, omdat ze me in Caledonia in de gaten hebben gehouden. Rechter Dennis Larson uit Decorah, Iowa, die me met de wettelijke logica heeft geholpen. Sonya Larson, voor het doorlichten van de tweeling. De familie Patel, eigenaars van de AmericInn in Caledonia, Minnesota, die me zo hoffelijk hebben ontvangen tijdens de twee maanden dat ik daar verbleef om de eerste versie te schrijven. De familie Perez in Oklahoma City, die me een tornadojagershuis ver van huis hebben geboden. De Tempest Repeat Offenders: Leisa Luis-Grill en Rob Grill, sexy Kirstie Johnson, Stacy Williams en David Yamada. Brian Tart en de geweldige staf van Dutton, vooral Erika Imranyi, die over twee vaardigheden beschikt die elke redacteur zou moeten hebben: arendsogen en tact. De Writers Girls, Cecile Corona, Kirsten Marcum en Erin Almond, voor het luisteren naar al mijn wisselende ideeën voor dit boek in de loop der jaren.

En ik dank mijn geweldige lezers: er is geen dag voorbijgegaan zonder e-mails met vriendelijk commentaar van jullie op mijn eerste boek, *Het familieportret*, en de steeds terugkerende vraag: 'Wanneer verschijnt je tweede roman?' Hier is die dan, vergezeld van mijn innige dank voor de dagelijkse inspiratie die jullie me gegeven hebben – er is geen betere. Ik ben jullie zo veel dank verschuldigd voor het gastvrije onthaal bij jullie thuis, voor de uitnodigingen om over mijn schrijverschap te komen vertellen, voor het verwezenlijken van mijn droom en het in leven houden van mijn personages in jullie hoofd en hart.

Tot slot wil ik mijn allergrootste dank betuigen aan drie bijzondere mensen: dr. Lydia Baumrind, die me door de bomen het bos heeft laten zien. De ongeëvenaarde, vinnige en toegewijde Stephanie Abou, die één scène per dag eiste en zo veel meer gegeven heeft. En Andrew Brewster Ballantine, mijn vertrouwde gids in alle kwesties. Zonder hen zou dit boek er niet geweest zijn.

LEES MEER VAN

Jenna Blum

Is alles geoorloofd in oorlogstijd? Vijftig jaar lang heeft Anna Schlemmer geweigerd te praten over haar leven in Duitsland tijdens de Tweede Wereldoorlog. Anna's dochter Trudy herinnert zich niet veel: zij was nog maar vier toen zij en haar moeder door een Amerikaanse soldaat werden bevrijd en met hem meegingen naar Minnesota. Maar ze bezit één bewijsstuk uit het verleden: een familieportret waarop zijzelf staat, samen met haar moeder en een nazi-officier. Gedreven door schuldgevoel over wie haar voorouders zouden kunnen zijn, gaat Trudy op onderzoek uit. Ze slaagt erin om eindelijk de dramatische, hartverscheurende waarheid over haar moeders verleden boven tafel te krijgen. *Het familieportret* is een gepassioneerd maar gedoemd liefdesverhaal en een indringend portret van een moederdochterrelatie, dat de lezer nog lang zal bijblijven.

Verkrijgbaar als
e-book
& papieren boek